U0675399

神女

叶梅 著

作家出版社

重庆出版集团

重庆出版社

民国时期长江三峡示意图

目录

第一章　凤鸟

1

我是一只窈窕的凤鸟，我金色的羽毛长而滑润，在赭红的云霞里翻卷如旗。我从那短发的十八岁女子心里凌空而起，她在我的视线里，我在半空低头看着这苍茫的峡江之畔，见这女子拖着腿，喘息着从江滩上走过，脚下高低不平的礁石，夹杂细碎的白沙，将她的青布鞋尖沾染得星星点点。她长着一张椭圆的脸蛋，但却正扭曲着，皮肤下蓝色的筋脉像雨后的江河暴涨，从美丽的两颊起伏而下，到了脖子那里越发倔强了，硬硬地直立着，支撑起女子欲倒不倒的身躯。

女子使劲抬起头来，那时并没有刮风，江边没有一丝风，大河里的波涛却是狂躁着，万马奔腾地呼啸而去。她黑发蓬乱，如同被大风吹过，她漆亮的眼珠像闪光的宝石，因为绝望而一时犀利如剑、一时汪洋如海。她似乎在寻找我，但她看不见我，我飞翔在云际，发出一阵阵悲鸣。我看见她朝天仰起的脸庞，看见她抖动的睫毛和隐约的泪滴。她一手抹去，小小的身子，山一样大的身子，惊心动魄地向前移动。

那十八岁的女子，她受了伤，她白皙光洁的面颊上血渍已经干了，倒像不甘心而点开的梅花，她在尖锐的礁石上站立不稳，一次次跌倒。她这样艰难地喘息，我能清晰听见她从牙缝里发出的嘶嘶声，还有急促的心跳，像一面响彻在峡谷的虎皮大鼓，咚咚、咚咚、咚咚咚……

她正在被人追杀，一队持刀抡棒的乡丁沿着龙船河荆棘丛生的小道，追着她和她的情人卡臣。就在半个时辰之前，卡臣拽着她的手从祠堂侧门里跑出来，她的父亲，人们都叫他"牟家老爷"的那个人，背靠着土黄大墙，夕阳将他的胡须染得与土墙一般颜色，看着他的乡丁们一哄而上，追着她和卡臣的背影而去，他垂下肩膀，说："死了她。"

"死了她。"他说。

他的声音仿佛只有他脚下的黑蚂蚁才能听见，可乡丁们却都听见了，他们备受鼓舞地挥动刀棒，像要去乡场上参加热闹的集会，有几个忍不住扭捏地回头看看，牟家老爷的眼里喷着血光，他的双手仿佛在一瞬间变成了两段枯枝，他朝天晃动着，叫道："都死了吧！"他牟家的人，新鲜如花的女子，富态的半老妇人，精壮饱满的男子，还有三个顺梯大小的娃儿，他们蜂子巢窝一般缩在牟家老爷的周围，男子们惶然束手，不敢上前言语。女人们苍白失色，哭倒在地，牟家嘎嘎，也就是她的母亲，一个三寸金莲的妇人挪不开步子，她散乱了头上的一丈二尺青布帕，像拉开了一条长河，她在河里爬行，哭着叫她女儿的名字："栀子！栀女娃子！"

她，栀女娃子听到捕人的信时，乡丁和她的父亲牟家老爷已经拐过了山坳，快到祠堂跟前了。她和卡臣从祠堂侧门跑出来，慌不择路地钻进翠竹林，峡江的竹叶扫打着她的脸，半年前她的红唇吹这叶儿，成一首曲子，咿咿呀呀，卡臣不让她吹，要吻她的唇。那时候这些竹叶儿看到的是她和卡臣的欢乐，现在却是也跟着受到了惊吓，唰唰地，在这竹林里动弹起一片肃杀。

虽然她一个女子，并且被身后的乡丁竹镖射伤，但卡臣跑得并不比她快，卡臣是城里人，平素走不来山路，竹林里冒出的根菟葳了他的脚，他头上冒出豆大的汗粒儿，他说："栀子，我跑不动了！"

她说："跑不动也得跑，落在他们手里，他们会杀死我们的。"

她已经有预感，她美丽的心像一枚太阳，我就在那暖日里翱翔，盘绕吸吮着阳光。她的目光顺着龙船河，朝向三峡，那天下闻名的峡谷在顶天立地的大巴山之间，长江取道而来，造化数百里纵深奇峡，两岸如刀削一般陡峭的山峰，岩石嶙峋，树木森然。我驻足山顶，看大河东流，那是天地的精血。我来自这女子的魂魄，我晓得她所想的一切，哪怕我与她隔着两个世界。她对她的情人说："你快跑，往那边跑，那边的林子密，他们看不见，你穿过林子，蹚过龙船河，往西就是巫山的县界了，你去找你的叔叔！找到就有救了！……"

在那样危急的关头，她像一个小母亲叮嘱远行的孩子，嘱咐她的情人："你快跑！……看着脚下，不要再摔了跟头！……"

"那你呢？"卡臣一开始觉得匪夷所思，"这种时候，我怎么能丢下你？"

她急急地说："我们两个，一人跑一边，我往东边跑，你往西边跑！总会有一个人活下来。"她使劲推了一掌，卡臣松开了手，男人

3

总是会在最后一刻松了手，尽管满眼都是难舍。他喊了一声："栀子，我在巫山等你！"

她摇动着高高的楠竹，压低声音叫道："快跑！"

她摇啊摇，摇啊摇，在没有风的那个夏日的黄昏，满山竹林随她的手而摇曳，而顺从地弯下身子。我在高高的云端，能闻到那一片竹林喷发的清香，每一根竹子和每一片细长的竹叶都随着她的手而释放芳香。她没有跑，除了摇动竹子，她静默着，一直到那队乡丁钻到她的跟前。

有人叫了一声："她在这里！"然后蝗虫般一个个从竹林里跳出来，兴奋的脸，流着油汗的脸，喜形于色地朝她靠近。她认识他们，她父亲雇佣的乡丁，在背人的时候，他们之中常有人朝她挤眉弄眼，或眼睛望着一边，嘴里唱些疯话："十八岁的妹妹奶子大，哪个摸来哪个掐？"这时，她逼视着他们，那些人闪开眼睛，畏缩后退。她像一座山屹立着，这群猥琐的男子一时肃然。

不知僵持了多久，一个太阳穴上长了个黑痦子的乡丁突然叫了起来："莫怕她！革命党，犯了死罪的女娃子，还要啥子小姐脾气？"乡丁们听他喊道："把她捆起来，押到对河县衙里去！县长说了，十块大洋！"

乡丁们欢跃地叫起来："对头！十块大洋！"

"捉一个十块，她和那个男的，一共二十块！"

他们一窝蜂拥上来，带着熏人的旱烟和汗骚味道，摆弄着棕扎的绳索，黏黏糊糊地一步步靠近她。她倚靠着一丛钻入云天的翠竹，手撑着竹竿使劲挺直了身子，啐了一口，说："不用你们捆，我自己走！"

她说着，费劲地抬起腿，挪开了脚步。

　　夕阳下，她沿着龙船河边的山道朝长江边走去，她走一步，用手撑一下膝盖，粗粗地喘息几口。那群乡丁簇拥在她身后，就像一团蠕动的蛆虫。我万分难过地看着她，这年轻的女子正在受难，可我眼睁睁地无法帮她，我飞翔着，在缥缈的云天外，也在她的身体里，我只能疯狂地盘旋，她的血在沸腾，让我如在烈火之中飞旋，我多想一把火烧了这世界，再一头扑向那江大水，在那浑浊的汹涌波涛里，得一身清凉。

　　她就那样汗涔涔地从龙船河走到了奔腾的大江边。江是长江，三峡之间的大江呵，湍流不息那么多年，那么多年，看似不管不顾，浑浑噩噩地自顾流着，并不理会江边的男人女人，以及他们蚂蚁似的人生。或许它也载不动那么多的生与死、悲戚与伤痛呵。天色渐渐黑了，大巴山的阴影像染上了一层墨汁，这群饥肠辘辘的人在刀尖似的礁石小道上失去了最后的耐心，乱哄哄地叫骂着："狗日的牟家人，没一个好东西！他不是说死了吗？都死了才好！"

　　年轻女子已是精疲力尽，为了她的卡臣，她此前摇动竹林，已拼出了全身气力，现在她终于领着这群乡丁向南，而卡臣向北去了。迷蒙的江面上，看不见船帆波动。她喘息着说："我，不走了。"

　　就像一根洋火砰地点燃了夜路上的野火，乡丁们烦躁地推搡着她，"不走，不走你是不是想死啊？"

　　我翻滚着，周身如同被火烧灼，在一片烟雾中，我无法看到我的羽毛，那金色的尾，颤动着灰飞烟灭，我再不是一只鸟，我是她跳动的灵魂。我想伸出手去，扶她起来，从那尖锐的礁石上，那刺伤了她身子的凶狠的石头，是峡谷里的鬼蜮。

她被推倒在江滩上，来不及呻吟，一把刀砍向了她美丽的头颅，可以想象，那一刀下去，那冲天而起的血将从她的脖颈深处迸溅开来，即便是夜色来临，所有经过的鸟儿、鱼儿也都被惊吓坏了，它们尖叫着，想要呵护这女子的魂魄。但只有我知道，她不能闭上的眼睛，瞪大的双眼朝着天空，她一定看见了我的翱翔，赤色的翅膀来自她的精血，在黑夜里闪过一道亮光，她心有不甘，她竟然在那刀锋贴近的时刻，骨碌碌地滚进了大江。

那群人惊叫着，他们本打算将这女子押到县衙，或者砍下这个女革命党的人头，也能换回十块光洋，但却没想到她竟向江里滚去。一群人眼见她从礁石上斜斜地滚下了江滩，有人想一把攫住却被带出一个仆趴，眨眼间就见她掉进了急流之中，身子起伏着，迅疾地随波而去，片刻便不见踪影。

"真他妈晦气！"

"白忙活一场！"他们沮丧地叫骂着，跺着脚，也只是无奈，便只好作罢，拍拍手起身走了。

大江在呜咽，为这年轻的女子，你如花的面容，玉一般的身子，竟然如跳跃的江豚，一会儿浮在水上，一会儿沉入江底，这时你的双眼合上了吗？你能看清水底的景象吗？那些为你失声而啼叫的鸟儿久久地在江面上盘旋，想伴你送你。

可我无法帮你，我还在你的身体里，火一般的热血正在冷却，我已经感到彻骨的冰凉和窒息，我的羽毛被冻结，无法动弹，我一声声悲鸣，从云端落下，再也飞不起来，你远行，我也将远行。

2

漆黑的夜，江水却在夜色中闪光，那是随着闪电而来的，这样的时刻，天地总是紧紧地黏合，就像从来也没有分离过，天就是地，地就是天。咔嚓一声，天空撕裂出一道长长的口子，将隐藏在黑洞深处的光亮刹那间炸现出来。

就这一瞬间，已经足够了。

滔滔江水立刻吸住了这一万丈光，千万丈光，来自天际的炫目，在江水里变得狂暴而又诡异，随着一道道波涛的闪动，推涌，仿佛是在被揉搓着，这些碎片似的光亮又洒在那峡谷两岸的礁石上，一沓沓、一个个就像林立的怪兽，张开大嘴亮出利牙，就要向江上的船儿扑来。

峡谷间风雨大作，霹雳声夹着闪电从天而降，大雨则像一根根利箭齐刷刷射了下来。一只船在那剧烈的颠簸之中逆流而上，它几乎没能往前一步，白浪扑打在船舷上，船歪歪倒倒的，好几次就要向一丛丛礁石撞去，又贴着岩石的边缘扭过。

站在船头的覃义蛟在那咔嚓声中震得浑身一抖，随即一眼看见那块凸起的蛇形礁石上，多了一团黑影。他把着这艘木船的前艄，双眼扫描着前方的一切，那闪动的江面、两岸的绝壁，在这夜晚忽然降临的大雨中变得更加模糊不清。他两手摁着那只变得狂躁的艄把，抬起臂来，用胳膊肘擦了擦落在额上的雨水，使劲瞪大眼睛，想看得更清楚一些。

往日看惯了的礁石，高低起伏全在心里，那一团多出的黑影，多半是从江上漂来的物件。滩前是一个大拐弯，江水急泻而下之后，冲出这道浅滩，常有被打烂的船板，还有溺亡的尸首搁浅于此。按照江上的规矩，无论是谁，见到江上漂浮的人，不管是死是活，都得出手相救，活着的救上船来，死了的打捞上岸，就地埋葬。

覃义蛟大叫一声："靠起——！"

船上左右两排的六个桡夫子，齐吼吼应着："靠起！"

但耳边却跟着有人说："蛟哥，这里怕是停不得，赖大爹的地盘。"

覃义蛟吼了一声："管他哪个的地盘，按江上的规矩来。"

他一把将前艄扭向浅滩，抄起艄旁的桡竿戳向江边的礁石，船舷蹭擦着礁石丛停了下来。他一脚踏上船舷，纵身跳下船去。

说来也怪，大雨就在那一刻戛然而止。峡谷西边的悬崖尖上，一弯月牙儿探出头来，刚才还是疾风暴雨的江滩上一片月光，伴着浩浩荡荡的江水，那紧靠礁石的沙滩上躺着一个仰面朝天的女子。她衣衫完好，一双赤脚，湿濡濡的头发散乱在她的额前，裹着斑斑血块。她一动也不动，像是没了呼吸，但脸色却是那样平静，就像安然睡着了一般。

她是一个美丽得让人心惊的女子，脸在月光下就像一盘白玉，晶莹泛光，她闭着双眼，眼角却是微微往上翘着，就像这天上的月牙儿，她的鼻梁挺直秀气，嘴唇似张似合，她想说什么呢？

覃义蛟蹲在她身边，小心地碰了碰她耷拉在石头上的手，冰凉的。跟在他身后跳下船的两个兄弟问道："蛟哥，抬到哪里去埋？"

这么美丽的女子，就要埋在石头底下？黄沙堆里？或者密林深处？再或者老岩洞里？正在这么想着，覃义蛟突然感觉月光下，那女子的右手食指动了一下，他瞪大眼睛，千真万确，就是他刚才碰过的手指，又动了一下，他不禁欣喜若狂。"她还活着！"他大叫道。

船上的兄弟都跳上岸来，"当真还活起的？"

绝对不会看错。覃义蛟他有一双风里来、浪里钻的鹞鹰眼，天气好时，能看清百丈悬崖上停栖的鸟儿，能看清船儿划过的江水深处的鱼儿，他能肯定，这女子还有气。"快快，抬起她来，抬到东瀼口杜先生那里去。"覃义蛟喊道，"赶快赶快，说不定还能救活她。"

几个兄弟拿来一件蓑衣，捆在两根桄竿上，将这女子裹起，然后托到肩上，攀过乱石丛，那边的灌木野草之间有一条被人踩出的小径，通往东瀼口的栈道。

就在他们忙着抬这女子之时，一行黑衣人无声无息地从峡谷黑魆魆的林子里钻了出来，绕过他们背后的礁石，一阵风似的下到浅滩，从他们停泊的船上扛起一卷卷布匹，然后飞身上岸，眨眼就又消失在那黑林子里了。

3

那传来的一声闷叫，就像时常游出水面的江猪子[①]，鼻子一边喷着水一边发出的叫声，虽然只是那么短促的一响，但正在往岩上攀爬的覃义蛟还是听到了。并且他清晰地感觉到，那叫声并不是来自

---

① 江猪子：川江方言，指江豚。

水里的江猪子，而是他那艘麻阳子船上传来的。

他站住脚，思忖了片刻。船上留下了向幺爸、四麻子、二莽子几个，按说不会出什么大事，这会儿风雨已过，满江月光，即使刚才船靠得急，有他们在，船也不会冲下滩去。

救人要紧，覃义蛟顾不得再多想。双腿加足劲，继续往上爬，他和一个兄弟抬着那蓑衣裹着的女人，另外两个兄弟相跟着，在月光下找寻野草覆盖的小路，一步步爬过陡峭的山崖，总算上了栈道。

这栈道虽然窄而险，紧贴在峡谷的岩壁上，但离杜先生所在的东瀼口只有两里路，难走但比上水船要快得多，只是不能有半点大意，木栈道上多有年久腐朽烂掉的空洞，一不小心踩进去，说不定就会掉下悬崖。

雨后的峡谷，挟着凉森森的夜风。倒是六月天气，肩上又抬了人，前后牵扯着，在栈道上根本转动不得，不一会儿竟走出一身大汗，覃义蛟听得身后的兄弟喘着粗气，晓得他们也已是精疲力竭。

今天一早从秭归的青滩开船，本是一帆风顺，如果不是这场突如其来的大雨，平常日子他们的麻阳子船早过了牛口，再使劲划几桡板，过了黄岩这个大拐弯，就可以远远看见江北官渡口的灯火了。他们通常会趁着夜色回到官渡口，然后各自下船回家歇息，明天一早再把船上的货送到江对面的巴东城里，这趟活路就算完事。

却没想到今天半道上碰到大雨，又碰到这垂死的女子。

已是夜深，东瀼口的几户人家早都灭了灯火，影影绰绰之中，覃义蛟他们摸着夜路，还没到杜先生的吊脚楼前，一条大狗突然从暗处窜了出来，却不叫唤，奔跑过来亲热地呜呜哼着，围着覃义蛟的腿打转，又朝他胸前扑腾。覃义蛟摸摸大狗的头，"莫闹莫闹，快去请杜先生开门。"

那狗像是听懂了他的话，立刻嗖地奔向吊脚楼，抬起前爪拍打着木门。还没等覃义蛟几个将女子抬到跟前，门就吱扭一声开了，一个十几岁的少年披着衣裳，手里掌着一盏桐油灯，吃惊地问："覃板主！这是……？"

覃义蛟顾不得多言，叫那少年："火娃子，快请杜先生出来，救个人。"

东瀼口早年建有一座天主教堂，后来教堂又办了所小学，杜先生便是这小学校长，且会些医道。覃义蛟曾在这学校念过二年书，之后也是常来常往的。杜先生这晚还在里屋灯下披衣看书，听得声响，便从里边应声而出。

三峡两岸搭救遇难之人，是常有之事，杜先生并不奇怪，赶忙叫他们将这裹衣裹着的女子抬进厢房，叫屋里的女人杜师娘烧了热水，先给这女子擦了身子，换了衣衫。一通照看下来，杜先生发现女子头上撞出一个大坑，仍在淅淅冒血，肩上腿上各中了一根竹镖，好在伤得不深。杜先生仔细把脉之后，不禁连叫稀奇，"这女子并没有呛水，不像是落水之人。"

那她为何出现在江边的沙滩上，前后并无路径，不是从上游江水打下来的，又能是从何处来的？杜先生说："先不管那些，赶紧给她弄些草药，把脑壳上的洞堵起来才是。"

峡谷里行路不便，几乎每户人家都会备放一些中草药，用于跌打损伤，头疼脑热，发痢疾打摆子……这时杜先生叫火娃子将他配的几种药，有红花、乳香、没药、五灵脂、姜黄，在石碓里捣成糊，亲手抹在那女子脑壳的伤口上，用布扎紧。一番料理之后，那女子仍是脸色苍白，双眼紧闭，没有任何反应，杜先生擦擦手，低声说："看过了这半夜，明天她能不能醒得过来。"

覃义蛟帮他递过手巾，问："那要是醒不过来呢？"

杜先生擦掉手上的药糊糊，叹气道："生死在天。"

没想到说话间，眼见那女子苍白的脸颊开始变红，像抹了胭脂，又像春天峡谷里的桃花，却是片刻不到越来越红，像涨潮一般，那红迅捷爬上女子的眼皮、额头，漫过她的脖子。杜先生叫声"不好"，伸手在那女子头上一摸，烫得他往后一缩。

女子如在火焰中灼烤，她扭动身子，双手向天空抓拿着，嘴里含混地叫嚷："快跑！跑哇！跑哇——"

杜先生叫过他女人杜师娘，又叫覃义蛟："你们过来把她按到起，莫让她跈①坏了身子。我去请德尔沃神父。"

躺在床上的女子让站在眼前的覃义蛟手足无措。在他十九年的人生经历中，还是第一次这么近这么分明地看到一个女人的身体，他想躲都无法躲开地眼见她挣脱了衣衫，双手在胸前撕开薄薄的棉布，几颗盘扣被她轻易地扯掉，光溜溜地露出了挺拔的乳房，圆圆的饱满得就像秋天满山遍野的浆果，似乎汁液欲滴。她整个身体就像一蓬熊熊燃烧的山火，通体红红的，那乳头更是紫红得就像熟透了的山楂，一碰就会掉落。

覃义蛟的头嗡的一下就蒙了。

"快跑——"这女子嘶哑着喉咙，奋力从床上跃起，又险些一头往床脚栽去，杜师娘抖着手朝义蛟叫道："你莫傻站起，快帮我撑

---

① 跈：川江方言，滚动的意思。

12

住她。"覃义蛟别开脸，过去按着女子的两条腿，杜师娘按着她的胳臂，几番扳扯，那床上的女子用尽气力，终于静了下来。她似乎并未感觉到任何痛楚，布满身体的酡红一层层淡去，软软地躺着，但脑壳上那个洞开始渗血，先前敷的药被浸透，散落成带血的药渣，杜师娘急慌慌地撕开一条床单，捆扎在女子头上，一会儿就又浸红了，她颤抖着哀告道："天啦天啦！救救这女娃娃！快莫要流了！"

正在这时，门外传来大狗的哼哼声，杜先生和教堂里的神父德尔沃进得门来。杜先生帮神父提着一个棕皮药箱，瘦高个儿的德尔沃一见屋里的情景，在胸前画了个十字，说："天主与我们同在。"

第二章　官渡口

1

覃九河坐在官渡口自家的吊脚楼上，拿一把蒲扇，从江北望着江南。

江对岸是金子山，斜看去，那半山腰的巴东县城就在眼前。巫峡的江面很窄，从官渡口看过去一目了然。县城那一条独街从三道桥下来，到无源洞跟前，就像悬挂在半坡上的一根腰带。城里的房子也都是吊脚楼，一层层参差错落，那些面朝大江的木楼回廊里，晃动着一个个人影。

对岸靠江的街口，好几道长长的石梯一直插到了江滩，他覃九河闭着眼睛也能数得清那一级级礓礤子^①，晓得哪块缺了半截，哪块有个坑。那一道道石梯便是县城下连大江，上连街面的陈家码头、蔡家码头、黄葛树码头，覃家用船运来的货正是从那些礓礤子一坨坨、一包包背到街上，背进一家家铺子里的。

江边停靠了一排排木船，有的船正在下货，可见背伏们正扛着

---

① 礓礤子：三峡一带方言，指石阶。

14

沉重的麻包一步步踩过从船舷搭到岸上的跳板，再费力地走过黄沙江滩，"嘿咗嘿咗"地往礓磋上爬去。

六月天气，一天比一天闷热。但在这走马转角的木楼回廊上，一阵阵大江的凉风夹带着水腥穿过，不用摇动手边的蒲扇，也不用敞开衣衫子，身上竟无一点汗意。覃九河倒想出身大汗，他朝楼下叫了一声："罐罐茶。"

不出片刻，就有人给他拎来一罐滚烫的热茶，摆放在跟前的木几上。覃九河就爱喝这种劲道很足的罐罐茶，这茶的熬煮有一番讲究，须专为把船划到波浪翻滚的大江中心，用陶罐或杉木桶取急流之水，带回家中，倒进这把被烟熏得黑红发亮的铁罐里，再往里撒一把鹰嘴岩上的老叶子茶，用火塘里的柴疙蔸不疾不徐地明火熬煮，必须过三滚之后，才够味道。

这一喝，大汗就下来了，就像诸葛亮点兵，那汗珠儿密密匝匝地从前胸到后背、满脑壳冒了出来，擦一把又来一把，覃九河扯下头上的白布包帕，在胸面前揉搓着，连叫："痛快！"

他又叫："把老三给我找起来。"

有人在楼下应道："哎！"

覃九河在官渡口威震一方，他是这渡口信陵船社的船主，也称"大板主"，拥有四条大木船，十条"弯豆角"小船，在这川江一带上至巫山、奉节、涪陵、重庆，下至宜昌、汉口，来回拖运布匹、食盐、药材、瓷器……除了船队，在县城和官渡口还各开有一家杂货铺。

官渡口是巴东江北的一个古渡口，从隋朝建巴东郡开始，这一方就有了人烟，也有了大江上的摆渡船，迎来送往南北的过客。相传此地原名"纪塘关"，因唐六陵王出游江南，在此渡江，故名"官渡口"。巴东旧县城原在此地，宋代时，二十二岁的寇准来到巴东当县令，将县城迁到了江北，但官渡口依旧一直人烟稠密，生意兴隆。

覃家世代在此过活，起起落落。川江两岸土地贫瘠，坡度陡峭，有的山地立足都难，唯官渡口这一带稍显平坦，可种苞谷、红苕、洋芋，还有柑橘、板栗、核桃，但若遇天旱，也常是颗粒难收。覃家一直都靠在河里讨生，除了在川江上行船，还在龙船河上运送客货，龙船河自那高高的神农架发源，流经官渡口，汇入长江。覃九河的父亲那一辈，家道中落，只剩得几只在这小河里拖货的"弯豆角"。覃九河自幼随父亲在江河上闯荡，那根长长的纤绳就是他童年的伙伴，他少年有志，勤扒苦挣，二十岁时发得一笔财喜，有了一条自己的木帆船。自那以后，运气一直不错，渐渐挣得家私，建起了人强马壮的信陵船社，如今川江上下，无人不知他覃九河的大名。

他的家世和发财的经历被人津津乐道，其中藏有的秘密不为人知，就如他覃九河的性格，平时看上去喜眉笑眼，但突然间又会风云大作，让人始料不及。

木楼的楼梯咯吱响起，覃九河靠在竹躺椅上，头也不回地问："老顾？"

上楼的脚步声并不是他要见的三儿覃义蛟，却是管账的顾择，他身穿一件青布衫，手里拎一罐正冒着热气的茶，瘸着一条腿上得楼来，说了声："九哥，是我。"

覃九河问："让你们叫的老三呢？"

顾择将茶罐拎到跟前，将木几上的茶碗倒满，然后双手递给覃九河，"九哥，三板主他们刚从城里回来，船才靠岸，还要等一下。"

停了停又说："九哥，听说他们船上少了十匹布。"

覃九河脸上阴云陡起，"前日他没回来，我就猜到会有事。"

话未落音，木楼梯上噔噔直响，满头大汗的覃义蛟连跳带蹿地上了楼，叫着："爹！我回来了。"他大步流星地走过来，重重的脚步震得楼板直闪。

覃九河靠在竹躺椅上，鼻孔里哼了一声，却不搭腔，他面朝大江，只用眼角扫了一眼。

覃义蛟站在他爹覃九河的竹躺椅前，他爹得抬起下巴才能看到他的脸，这是一张气血旺盛的红脸膛，粗黑眉毛，宽阔的额头，颧骨生得跟覃九河一样，也是宽宽的，看去就像峡谷里的岩石一般硬朗，加之突起的高鼻梁，轮廓分明的大嘴，显得整张脸有棱有角，骨气满满。这是他们覃家的脸型，覃义蛟兄弟几个无论走到哪里，只要认得他覃九河的，就能一眼看出他们是覃家的后人。

覃九河与妻子杨氏育有三儿一女，大儿子佑蛟已成婚，是覃家信陵船社的少板主，打理覃家大小船只的生意，二儿子远蛟在武昌水电学校读书，幺女覃玉蛟在宜昌女中上学。这三儿覃义蛟也在宜昌念过学堂，却不再深造，只爱在川江行船。覃九河心里唯愿他如此，却又希望他远走高飞，三儿他自幼聪明仁义，按理说能做一番大事，只是行事还稚嫩得很。

管家顾择见义蛟站在那里，覃九河却不理不睬，便道："三板主，我在河坎上刚看到你们的船靠岸，还当你有一阵才能到家呢，没想到你跑得这么快。"

覃义蛟说："择叔，船在江上就听到岸上人在喊，说我爹找我，我没等船靠拢就一蹦子跳上岸了，一路飞跑。"他撩起衣襟扇着风，嚷嚷道:"好热好热。"

顾择说:"你坐下来陪板主说话,我让甘嫂给你们切个西瓜。"说着就要往楼下走去,不料覃九河一声呵斥:"哪个叫他坐下来?"

随着这声吼叫,覃九河霍地从竹躺椅上跃起,他一甩宽大的衣袖,站在了三儿覃义蛟面前。覃九河虽是已过知天命之人,却仍是筋壮骨满,身手不凡,这一站就如铁塔一般,年轻力壮的三儿跟他爹一比,倒似一棵嫩生生的树子,不由往后退了两步。

覃义蛟叫了一声爹,又道:"爹呀,我有事要给您家^①说。"

覃九河却像是未曾听见,他横眉竖眼地朝楼梯那边一指,"你给我站到场坝里去,把水桶拎起,不到太阳下到岩坡里不许给我动半步。"

2

六月的太阳当空照,晒干了禾塘里的水,晒蔫了河坎上的草,也晒疼了赤膊站在青石场坝里的覃义蛟。

他一手拎着一个装满水的木桶,直挺挺地面朝吊脚楼的堂屋,已经站过了三个时辰。开始他昂着脑壳,胳臂抬得跟肩一般平,水桶举得高高的,半点水也没洒出来。但后来就渐渐撑不住了,膀子不由自主垂了下来。身上的汗早已流干,他好想喝水,嘴上起了燎泡,先是舔破了,流出一丝丝血,他吸进嘴里,咸咸地咽了下去。

---

① 您家:三峡一带方言,指"您",对人的尊称。

他想叫妈，给他一口水喝。

就喝一口。

但他张不开嘴。

他的娘亲杨氏一根板凳坐在堂屋的暗处，不敢看她的三儿。她手里拿着一个正在扎的布鞋底，糨糊打的粗布壳子，一层加一层，厚厚实实的，用针线密密地扎，千道万道地扎出来，这鞋底就像铁板板，经得住穿。但这时她扎一针，扎到了手板心，再扎一针，又扎到了指头尖，一针针扎得她疼到了心里，疼得浑身哆嗦。

第一个时辰，杨氏朝楼上看，覃九河一动不动地躺在竹椅上。第二个时辰，杨氏又伸长脖子朝楼上看，覃九河还是一动不动。第三个时辰，杨氏站起身来，她攥着鞋底走出堂屋，看到她的三儿腿在打晃，两只手拎的水桶也在打晃，像竹筛子在筛糠一样，水都筛在了三儿脚下的青石板上，那水珠子一落，青石板就嗞嗞地响，眨个眼就又干了。三儿的脸红得像喝醉了酒，眼珠子瞪得像牛铃铛，太阳穴的青筋鼓起多高，人都变了形，眼看他摇晃着，就要倒了下去。

男人覃九河的脾气，她哪能不晓得？他要做的事，任何人都拦不住，更何况，他这是在管自己的儿子，他不会是在害他。但做妈的实在是熬不住了。

"我的天哪！"杨氏一声长长地号了起来，她一屁股坐在了堂屋前的石阶上，用鞋底拍打着石板，哭道，"老天爷啊！你扯起这大的太阳！我的三儿啊，你造的什么孽哟！"

管账的顾择撩起长衫一瘸一拐地犹豫着上了楼去，踮着脚走到覃九河跟前。覃九河斜躺着，其实并没午睡，他眯着双眼，在看一本古来的象棋《梅花谱》，那古谱招法细致，奇妙精巧，让他着迷，百看不厌。顾择小心地凑上去，"九哥，差不多了。"

覃九河抬头看了看他，"啊？"

顾择指了指楼下，杨氏正在那里号哭，顾择说："九哥，三个时辰快到了，莫把义蛟搞出病来。"

覃九河问："太阳下到岩坡里了吗？"

抬头看去，一轮火鸟还挂在金子山的上空，从午时到此刻，已快三个时辰，但六月的阳光仍然火辣辣的，一抹亮闪闪的正好穿过吊脚楼廊檐，射到覃九河的竹椅上。覃九河摸了一把竹椅光滑的扶手，像是也摸了一把黄浸浸的阳光，然后举起手上的线装书，"老顾，你看这《梅花谱》，三十六局，招招都是狠手，就说这屏风马破当头炮，看似容易却是变化多端，就像川江上走船，哪一步都是险招。"

顾择干咳了一下，"九哥，你听九嫂她哭得好伤心呢……"

覃九河看看他，"唉！老顾你呀，你九嫂她在哭着喊天，天莫非塌下来了吗？"他放下《梅花谱》，走到回廊栏杆前站了片刻，突然朝青石场坝里暴晒的那个人叫道："覃义蛟！"

站在太阳底下的覃义蛟恍恍惚惚的，有一刻，他觉得自己都差点要瞌睡了。他使劲睁大眼，盯着天上的太阳，那万道金光就像一万条龙，罩着他的全身，他像一个小虫子，被吸干了的空壳，脑壳、两条膀子两条腿，都不像是自己的，轻飘飘的，像是没了知觉。他听见有人在哭，又有人在叫："覃义蛟！你给我转过身来。"

好像是在叫他。于是他摇摇晃晃地朝那叫声扭过身子。

只听那一方如雷霆大作："覃义蛟，你一个掌船的人，竟然半夜三更弃船不顾，自己上了岸，胆大包天坏我信陵社的规矩，今天罚你，算是轻饶了你，若再有下次，老子卸了你的腿！"

刹那间，太阳落下了岩坡。

对岸的金子山头顿时黑黝黝的，一阵清凉的风穿过大江，穿过青石坝，在楼前回荡。杨氏奔下堂屋的石阶，一把抱住覃义蛟喊道："三儿啊！你爹饶了你了！"她去接那覃义蛟手攥的水桶把，却扯不下来，顾择过来，也扯不下来。覃义蛟的两只手已经僵在那两只木桶把上，掰呀掰，好一阵才掰开。

杨氏泪眼婆娑地说："三儿啊，莫怪你爹心狠，他是在为你好。"

灯下，杨氏要给覃义蛟的满嘴燎泡上点膏药，覃义蛟不肯，说没得事，睡一夜就好了。三个时辰的烈日暴晒，其实对川江上跑船的人来说，算不得什么，只是站在那里半步也不能动，两手又拎着满当当的两桶水，这比挨那板子还难得熬。覃义蛟算得是好汉一条，不过半个时辰，就着腊肉炒青椒豆豉、合渣①，吃了一大钵苞谷饭，又是生龙活虎。娘亲杨氏问起究竟，义蛟便说到前日事情的经过。

在船上，他就晓得事情不好，猜想爹是肯定要罚他的。

前日夜晚本该回到官渡口，却因在东瀼口碰到那个落难的女子，将她抬到杜先生的家里，救了一天一夜，等他回到船上，向幺爸和四麻子几个愁眉苦脸地告诉他，船上来了棒老二②，上船来就捂了嘴把他们迷倒了，搬走了十匹上好的府绸。

覃义蛟晓得，掌船的人轻易不得离船，但人在江湖走，岂能见死不救？那狗日的棒老二肯定经常出没于东瀼口，随时埋伏在险滩要道，早就盯着他们船上的货，要不然哪会那么快就下手？

---

① 合渣：三峡一带常吃的菜，黄豆泡过磨成带渣的豆浆，加青菜煮熟。
② 棒老二：三峡一带指土匪。

但心里痛快的是，那女子竟然被救活了。真的是九死一生，半夜发起高烧，脑壳上的洞流血不止，要不是那位洋神父恰好在东瀼口布道，被杜先生请来，给那女子打了一针盘尼西林，又用了些药，险些命就没了。

杨氏听得心惊，问那女子是哪里人，怎么掉到了江里。

覃义蛟摇头，他哪里晓得。那女子是醒过来了，她睁开眼的那一刻，覃义蛟正守在她的床前，高烧之后她又昏迷了半夜，到第二天夜里，她突然眼皮忽闪忽闪的，眼睛猛的一下睁开了。好亮的一双眼啊，水汪汪地打量着头上的木楼枕，身上的蓝花被，随后将目光落在了他的脸上。

她满脸疑惑地说："你？"

他和杜先生一家喜极了，可这女子却一脸茫然，问她什么都不晓得。不晓得自己叫什么，从哪里来。她反倒问："我怎么在这里？我是哪个？你们是哪个？"

倒把覃义蛟和杜先生一家问傻了。

或许是，女子头上撞的那个洞，把她的记性都带走了。

3

女子模样清秀，皮肤白皙，不像是个做粗活的人。她仍在恍惚之中，常自言自语，有时甚至像在与人说话一样，说着说着，眼神变得热烈，然后专注地搜寻着峡谷顶上的天空，仿佛那里有一只鸟儿飞过。她远远地看着，嘴里唤道："凤！凤！"

杜先生和娘子听得心里发紧，她总在叫"凤"，杜先生叹息道："唉，好可怜。就叫她'凤娘'吧。"

一叫"凤娘"，女子居然就答应了。她似乎真的就叫这个名字，她应道："哎！我是凤娘，对了，我是凤娘！"她想，她终于找到自己的名字了。

"可你们怎么晓得我叫'凤娘'？我是你们家里的人吗？"她赶忙追问。

杜先生不知如何回答她。杜先生不会撒谎，他只会教书，在教堂里帮神父做义工。他的老父亲早先就认识了来到巴东传教的比利时神父，他从小跟着进出教堂，他们一家都信天主教，内心安宁，遇事先祷告。杜先生只能说："神把你带到了我们这里，是神的意志。"

凤娘惊讶地问："神？神从哪里把我带来的？"

杜先生说："你是从江上来的。"

大江离得不远，就在瓦屋脚下的峡谷里，凤娘站在屋场的青石坎上眺望着滔滔江水，江面上白帆摇动，便回过神来，"我是坐船来的？"

杜先生想了想，"嗯，坐船来的。"

"那是从上边来的，还是下边来的？"凤娘像一个初进学堂的孩童，连连发问，"那划船的人呢？"杜先生说划船的人回去了，回官渡口那边去了。凤娘一听欢喜不过，说："那我到官渡口去找他，只要找到那个划船的人，我就晓得我是哪个了。"

从那以后，凤娘天天缠着杜先生和杜师娘，问去官渡口的路有多远，她恨不得立刻就动身前往。杜师娘心善，扶着她的身子说："你的伤还没好，出不得门，快躺下来歇起。"

凤娘头上的洞结了痂，杜师娘替她把周边的头发都剪了，身上还有两处伤，德尔沃神父看过，说是你们这里的人用暗器扎的。杜先生也看得出来，猜想这柔弱的女子得罪了何人，会遭此暗算。

凤娘不想躺下来，说："我没得病，我好好的，你们看，我什么病都没得。"她穿着杜师娘给她的黑布长裙，伸胳臂蹬腿，像是打出了一套莲花拳。

这女子天真无邪的样子让人看了又心疼又难过，杜先生和娘子商量打算将她收留下来，等她将息些日子之后再作打算。看样子她也就十八九岁，一切都可以从头再来，以后可以到小学校去帮忙做点杂活，还可以跟着识文断字。

凤娘的心思却不在将来，一心想把自己是谁弄明白，要去找划船的人。她从早到晚，想起来就热切地问杜先生，那个人长什么样子，多大年纪，家住官渡口何方。杜先生和他娘子在忙别的事，顾不上回话时，她就会一旁喃喃自语。

"凤，昨晚我又梦见你了，你在天上飞呀飞，你低下头看我，凤，我梦见你好多回了，你一定晓得我是哪个，我就是凤娘啊。可是我叫你，你为什么不答应……"

过了些日子，那天一早天未亮，窗户棂子糊的皮纸还黑乎乎的，睡在底楼的火娃子被脚步声惊醒，见那凤娘一步步走下楼梯，开了大门走了出去。火娃子忙大叫杜先生，杜先生和他娘子掌着油灯出来，追出门去，凤娘站在路旁的柿子树下，披散的齐耳黑发，长裙飘飘，眼神清亮地说："我要走了。"

杜先生从她的眼神里看出，留也是留不住的。

"走吧，走吧。"杜先生说，"我带你去官渡口。"

第三章　寿宴

1

八月桂花满地开，官渡口满街都是桂花香，尤其覃家吊脚楼前的那棵大桂花树，层层叠加，开得密密麻麻，进出的人都沾了香气。覃九河的五十五岁寿宴就在这香气扑鼻的吊脚楼前，摆出了热闹的流水席。

三峡两岸的红白喜事都会摆流水席，不光是请来的四方亲友，就是路过的陌生人也可以进来端碗吃饭喝酒，吃一拨走一拨，又来一拨，从早到晚如流水不断，有开一天一夜的，也有大户人家开三天三夜，甚至七天七夜的。

管家顾择就给少板主覃佑蛟出主意，要给老板主覃九河的寿宴开上七天七夜，覃佑蛟当然赞同，叫顾择准备鸡鸭鱼肉，酒菜瓜果，八月十八这天开席。不料佑蛟去给覃九河禀报，覃九河却连连摇头，不许铺排，只准在那天请一些亲朋好友，吃到晚间就散。

"民国二十一年了。"覃九河看着身材魁梧的大儿佑蛟，感慨道，"佑蛟你生在民国前，今年也都快三十的人了，要晓得世事无常，风头不宜太盛啊！"

这些年也就跟开流水席一样，在这风水险要的官渡口，黑道白道，川军、神兵、棒老二，还有贺龙的红军游击队，一拨拨来去，砍的砍杀的杀，都恶躁得很。官渡口就像一桌吃不完的酒菜，恶人来了都要抢着坐席，朝这里伸一筷子，只有红军是帮穷人的，体恤人的。所以湘鄂西和三峡一带传有民谣：

> 睡到半夜深，
>
> 门前在过兵，
>
> 婆婆坐起来，
>
> 竖起耳朵听，
>
> 不要茶水喝，
>
> 又不喊百姓。
>
> 只听脚步响，
>
> 没有人作声。
>
> 你们不要怕，
>
> 这是贺龙军，
>
> 媳妇你起来，
>
> 门口点个灯，
>
> 照在大路上，
>
> 同志好行军。

覃九河暗中帮红军买过几次枪支，还秘密送些川盐、药品，都是大儿覃佑蛟和管家顾择亲自操办。覃九河叮嘱，与红军的来往不要透露给外人，就连三儿义蛟和船社其他的人都不知晓。这几年想打信陵船社主意的家伙不少，人心难测，不得不防。"我覃九河的子孙和信陵船社，可不能成了砧板上的肉，由得人家来剁。"又道："你们一个个给我把尾巴夹紧些，这个世道风光不得。"

覃佑蛟生性憨厚，长得壮实，身大力不亏，往人前一站自带威风，但对爹的话从来是言听计从，即连忙抱拳应道："爹说得是，按您家说的办，只办一天流水席。"

寿宴的请帖发给了巴东县城里的亲朋故旧，也发给了江北龙船河周围的亲戚六眷，神农架那边的姨家，巫山、奉节、秭归、兴山一些素有来往的老友，至于信陵船社上河帮的水手们，还有镇上的人家自不待言。

八月十八这天，官渡口镇上覃家门前张灯结彩，朝街的大门外贴了大红寿联，上联是"东海白鹤千秋寿"，下联是"南岭青松万载春"，横批为"松鹤延年"。上河帮的年轻儿娃子，清一色白布帕包头，青衣大脚裤，足蹬缀着红绒球的新麻鞋，个个健壮利落，在大门前穿梭似的迎来送往，只要有客人往门前走来，就马上有人放开喉咙叫道："来客嗒——！"

大门内的场坝里自有一帮人响亮接应："来客进来坐起——！"

吊脚楼的雕花围栏上已挂满一幅幅寿幛，都是来客送的，有钱人用的是红绸缎，小户人家用的是红纸，有写"箕畴五福"，有写"大德必寿""家和人乐"。要数最好看的是西兰卡普，又称作"打花"的织锦，本来大多织作土花铺盖，也有织作挂布的，这回杨氏带着甘妈将丝线、麻线染出五彩，亲自上机，眼看手背，手织正面，采用"通经断纬"之法挑织出一幅"祝寿图"，却是活灵活现的寿星佬和大仙桃，给这寿宴添了喜庆。吊脚楼正堂大门微启，门前站着两个青皮少年，客人若行到此处，少年会面带微笑地示意止步，只请在石坝上坐席。那客人会禁不住好奇地探头向门内张望，却只能隐约感觉堂内透出一股逼人的气势。

寿宴从中午就开始了，吊脚楼前的青石坝朝着大门，阔展铺摆开了一桌桌酒席，虽说要行事低调，但还是长板凳配大桌子，四条板凳坐八人。摆出了"十大钵"的庆寿宴。峡江摆宴有讲究，"四大碗"称不上席面，"六大碗"只能称作"叫花子宴"，只有上了"四盘八碗"或者"十大钵"，才够得上宴席的礼数。

这天管家顾择安排的都是峡江的土菜，第一道是"抬格子"，这是峡江的蒸肉特色菜，将提前腌渍的鲜猪肉、老南瓜、萝卜、洋芋切片拌上苞谷面，用竹蒸笼大火蒸熟后，一格一格原样抬上酒宴。接下来是酢广椒炒腊肉、精炖土鸡、泉水煮鱼、粉蒸肉、懒豆腐、白菜薹、炕洋芋、萝卜饺子、腊蹄子火锅。这火锅烧的是炭炉子，往大桌子上一放，小铁锅里白汤翻滚，炖好的腊猪蹄，配了六月天气晒干的小洋芋果，一股浓郁的咸香合着烟熏气四处弥散。

覃九河陪同第一轮贵客坐在坝子上方的头桌。"一张桌子四角方，张郎设计鲁班装，两边装的云牙板，中间嵌的一炷香。"这桌子可以用来祭祀。中间有缝，明显有上下之分。覃九河身穿管家顾择特为他从宜昌定制的寿袍，酱色的香云纱料子，起着暗色的团花，气派华贵，头上包的是白布帕，脚上穿的是妻子杨氏亲手扎的青布鞋，红光满面地坐在上首，陪他坐在一条板凳上的是亲家宋老板，长子覃佑蛟的老丈人，头天专程从秭归香溪那边坐船来的。

佑蛟过来倒酒，老三义蛟手捧一摞子半寸高的土碗，抢先将碗在桌上客人面前一一放好，佑蛟提一个小缸似的酒壶，从客人身边举起倒进碗里，一时酒香四溢。同桌有县城赶过来的几家店主，都与覃九河的信陵船社多有交往，不禁齐声叫道："好酒！"

覃九河夸赞道："这是我大儿佑蛟亲酿的酒。"

官渡口盐铺的陈老板做了多年官盐生意，在县城商会也任了副会长，这天他带着夫人和女儿金桂来得最早，这时道："覃九公真是好福气，养的好儿女，佑蛟帮你管着船社，还做酒熬糖，替你挣了不少钱吧？还有这老三，读过书还又会船上的本事，啧啧，好人才。"

"哈哈，陈老板过奖了。"覃九河与同桌三杯酒下去，众人都兴致开怀，覃九河与陈老板又眉飞色舞地单喝了一杯，他们早有心打成儿女亲家，陈老板心宽体胖，女儿金桂也是满脸富态，女眷们另在一桌。此刻金桂随母亲坐在侧边桌上，正大口喝着鸡汤。覃九河这边看得满意，举杯笑道："陈老兄会养女儿，我看是有福之相。"

陈老板听得高兴，笑道："岂止是有福之相，还是旺夫之相呢。"两人说着，会心大笑不止。

三儿覃义蛟此时随大哥在席间穿梭倒酒，侍候着年长的贵客，浓眉大眼的义蛟穿一身浆过的青布衣裤，人群中显得十分挺拔俊朗，招惹人眼。陈老板拿眼看去，嘬了一口酒在嘴里呷了好一阵，才舍不得似的吞下去，脱口赞道："好。"

覃九河故意问道："兄弟你是说酒呢，还是说人？"

陈老板笑起来，"九哥，人好酒才好，酒好人更好。"

一旁的宋老板听出他二人话中的意思，也逗趣道："看你们两个说得起劲，我看不如干脆把这寿宴办成喜宴，叫作喜上加喜，岂不更好？"

同桌来客也都凑兴说笑。陈老板夹了一片蒸得透亮的腊肉，又咂了一口酒，说道："这好酒得一口一口地抿，哪能得急？九哥您说是不是？"覃九河点头，"对头。只要酒好，不得急，越喝越出味道。"俩人又含笑碰杯，宋老板看得眼气，一旁说："陈老板，我家姑娘嫁到覃家都好几年了，还没怎么样，你这后来的倒是风光！"

"所以您家坐上席，是不是？"陈老板说。

"咳，手板手心都是肉，在座的哪位跟我们覃家不是几十年风雨同舟？就是不论亲家，也是好兄弟。"覃九河叫道："佑蛟、义蛟，再倒酒来！"

青石坝上几十桌酒席挨次摆开，一拨拨来客川流不息，大门内外不时响起："客来嗒——！""来客坐到起——！"接客声、道贺声此伏彼起，正是三峡大户人家吃酒的场面。坐在席上的覃九河一边与宋老板、陈老板几个说笑，一边接受着来客们的恭贺，心里一时难得的欢畅。眼见日头过了正午，流水席上的头轮客人已是喝得七分醉意，大门前突然又响起一声："客来嗒——！"

隔着一桌桌酒席，只见一行人大摇大摆地走进了大门，还未等覃九河看清面目，顾择从那边一瘸一拐风快地走到跟前，凑到覃九河耳边小声说了几句，覃九河脸色陡变。

打头的男子长相斯文，尖鼻细眼，年不过四十，穿一件白绸长衫，手拿一把折扇，就像是个晚清的秀才。他身后跟了一帮挑担抬桶的伙计，却是个个束着腰带，横眉竖眼如狼似虎。坝子上吃酒的人见了，顿时一阵骚动，有的忙起身躬腰打拱，有的则朝后闪避不已。

这人正是川江上有名的赖大爹，领有一家船社，为下河帮的帮主。赖大爹的称谓听去像个老者，他的本名赖成绪倒很少有人知晓，自打十几岁在川江上厮混时，他就自称"赖大爹"，让别人一开口就低了一头。赖大爹平素穿衣打扮喜爱一副读书人斯文模样，却是杀人越货，明偷暗抢，无所不为，又与历任官府走得紧密，虽然民间对他多有怨恨，却是奈何他不得。赖大爹的下河帮素来与覃家的上河帮不和，常为争夺生意而明枪暗箭，覃家寿宴并未给赖大爹下请帖，他却自己带人走上门来，分明是来者不善。

2

众目睽睽之下，赖大爹摇着折扇径直朝主桌走来，他走得不慌不忙，还不时朝两边的人点头示意，主桌上的宋老板、陈老板见状要起身，"这家伙不请自来，要做么事？"但见覃九河稳坐在桌前一动不动，二人便只好又坐下。

只见赖大爹走到跟前，对着覃九河一拱手，"覃板主，赖某人闻得您家的寿辰，今日上门来只想讨个喜庆，不晓得覃板主肯不肯赏座？"

说话间，覃佑蛟和义蛟兄弟早已站在了爹的左右，此时朝那白衣人怒目圆睁，就要作势开赶。覃九河放下手中的酒碗，抬手摇了摇，语气平和地说："老话说，进门就是客，哪有不迎之理？你们还不快给赖帮主让座。"随之就有人过来，请赖大爹到一边席上就座，赖大爹却说："不忙。我既来给覃板主祝寿，也带来一份薄礼，请覃板主笑纳。"说着便叫身后："上礼！"

一声令下，门前两个壮汉用碗口粗的青冈木杠抬着一个大木缸走上前来，木缸里不知装着何物，压得壮汉肩上的杠子直颤。众人无不觉得怪异，便一路有人探头朝缸里打量，纷纷惊道："江猪子！"

木缸抬到了覃九河的大桌前，两个壮汉朝地上重重一放，缸沿溅出一道道水花。覃九河朝前不看则罢，一看顿觉心头一沉，原来那半缸清水里却卧着一大一小两只江豚，三峡人又都叫它"江猪子"，那蓝灰色的生灵长约五尺，圆圆的脑壳，如一个成人的身子蜷在缸里，露出向前凸出的额头，小眼睛里含着恐惧盯着人。小的则不过尺余，紧闭双眼，偎在大江豚的身下一动不动。

一旁的陈老板也看过去，不由惊道："看来是一对母子。"

赖大爹得意地摇着手上的折扇，"陈老板说得不错，它们正是一对母子。昨日先是在西陵峡口的江上凑巧捕了小的，没想到后边跟来这条大的，这家伙恋子，从江心翻腾过来，紧追着我们的船不肯离开，硬是追过了好几道滩，我只好叫伙计们动手将它也捕了。要说也真是不易，它在江里上蹿下跳，差点把我一条半头船弄翻。"

说完这番话，赖大爹回身朝大门口招呼："过来，过来！"又道："这可是稀罕大补之物，今天我让伙计们在这里现宰现杀，给覃板主做寿，也请诸位尝鲜。"

他一招手，果然又有两条汉子抬来一篾筐，筐里面砧板铁钩、钢斧利刃一应俱全，哗啦铺开在覃九河酒席前的石板上。一壮汉伸手就将那小江豚从木缸里扯了出来，摔在石板上，作势就要摆平刀砍斧剁，不料突然间，那蓝灰色的大江豚呼地从缸里跃起，有丈余高，口中发出鸟叫似的哀鸣，似要朝那小江豚扑去，但却又摔落到木缸里，一时水花四溅。那生灵在木缸里挣扎扭动，一次次奋力欲将跃起，引得众人一声声惊呼。

拿斧的那人更是兴起，举起大斧就要朝那大江豚的圆头砍去，旁边闪出一个人来，一把扭住了他的膀子，厉声喝道："住手！"

那人正是覃家三儿义蛟，只见他满脸怒气，蚕眉倒竖，将那汉子手腕拧得翻转，从他手中夺过大斧子，愤然指向赖大爹，"你姓赖的不请自来倒也罢了，哪个叫你们在我爹的寿宴上杀生？"

一时无人答话，义蛟吼道："你们一个个都给我滚！"

那几条壮汉哇哇乱叫起来："敢撅老子们！"大门口的还有几个也跟着叫嚷，跟前的撸起袖子就要扑向覃义蛟。没容他们动手，老大覃佑蛟跳上前来喝道："强盗儿子，欺到我覃家门上来了！伙计们，给我拢来！"

青石坝上，信陵船社的精壮儿娃子呼地站了出来，从吊脚楼下、石坝四周，酒桌前，齐崭崭的白布帕包头，青衣大脚裤，瞬间就将赖大爹几人团团围住，这边怒目圆睁，那边龇牙咧嘴，眼看就要一场血斗。一直坐着的覃九河这时掸袍起身，他站直了，用右手指弹去了袍子下摆的一片葱末，抬头说道："覃家不欺上门客！"

他朝佑蛟、义蛟兄弟一摆手，转脸朝赖大爹说："赖帮主不要与我这些儿们一般见识，不过这两只江豚既然是送给我祝寿，那就归了我，该宰该杀由我说了算。"

赖大爹站在酒桌前一直也不动声色，只是摇动着手中的折扇，扇面上画的是一只斑斓黄毛吊睛老虎，被他摇动出起伏跳跃之势，他笑道："那是当然，今天就是专门来给覃板主祝寿的。赖某人本是一番好意，覃家兄弟千万莫要误会。不过，为捕这两条江豚差点折了我一条船，覃板主不给赖某一点回礼？"

"你想要什么？"覃九河似笑非笑地问道。

赖大爹指了指吊脚楼说："我早就听说覃帮主家有一尊巴国时候的虎钮錞于，今日能否请出来让我和兄弟们开开眼？"

众人听来都不由一惊。相传覃家确有一尊青铜虎钮錞于，是覃九公的爷爷藏于家中，传于后人的。有懂的看过，说那原是巴国时候的乐器，圆如碓头，大上小下，近似桶形，錞于顶部中央铸有虎形钮，虎形仰头张嘴，倨牙翘尾。据说錞于又是号令军士行动之器，祖先巴人天性劲勇，英勇善战，錞于所发的乐音清响良久，声震如雷，用来催动军士英勇上阵。赖大爹竟然想看这尊古器，有何居心？

却听覃九河笑道："赖帮主，看哪时我们上河帮和你们下河帮对起阵来，我们信陵船社的儿娃子们上阵去的时候，我一定会击打这錞于，请你看个明白。"

"覃帮主说笑了。我们下河帮从来都以上河帮为兄弟，哪会对阵？看来我一时没有眼福了。"赖大爹说，"不过，我们下河帮船社一直都吃的是您上河帮的残汤剩饭，能不能把您家好吃好喝的，给我们分一杯羹？"

覃九河道："哦？"

赖大爹用折扇朝陈老板指了指，"那盐行的生意，还有宜昌的生意，分给我们下河帮船社一半。"

"这可由不得我。"覃九河沉下脸来，他四下看了看，"我上河帮信陵船社老老少少几百号人，都靠这些生意养活，我要是分给你一半，我的这些兄弟们怕是不会答应。"

场坝两侧站满的青衣白帕后生们，齐声吼道："不答应！"

老大覃佑蛟上前恨道："爹，用不着跟他们啰唆！"义蛟也早就

34

忍耐不住，拳头都要攥出水来。赖大爹收起折扇，眼色阴冷地睃巡着覃家上下，却不开一言。覃九河心下愠怒，但仍是一动不动地站在席前，"我看赖板主今天上门名为祝寿，却是想割肉放血来了。我覃九河刚才已经让了你一步，但你若还要在此无礼，就不要怪我这些娃儿们不听招呼！"

一时间，青石坝上就像撒满了火药，只待一根火苗闪动就会砰地熊熊燃起。坐在席上吃酒的客人们早已看出情形不对，哪还有吃喝的心，一个个苦着脸坐着，走也不敢走，动也不敢动，只恐沾了血腥。这些年里，官渡口很少太平，小户人家的百姓都怕了，吃上覃家的寿宴酒，本是喜庆之事，没承想会遇到这番风波。

剑拔弩张之际，坐在主桌的几位见势不好，惶惶然打开了圆场，宋老板直朝女婿覃佑蛟使眼色，做手势，叫他熄火，又把覃九河摁回到板凳上，说："寿星老儿莫发脾气。他们哪个敢惹寿星老儿发脾气，我姓宋的饶不了他。"又转脸对赖大爹说："赖帮主你是个肚里能走船的人，生意场上的事改日再说不迟，今天先坐下喝酒。"

陈老板也起身说道："赖帮主的生意做得开，我们几个都晓得，将来我陈某盐行若是生意扩张，定会去请你帮忙，到那时还得仰仗您家呢。"同桌的几位也都帮着劝和，赖大爹一收折扇，冷笑道："各位都如此开明，我姓赖的倒显得有些不省事①了。好嘛，既然生意场上的事改日再说，那今天我就不再打扰了。"

未等他把话说完，覃九河高声吩咐："送客！"坝子里的后生们随之应声长吼："送客——！"

---

① 省事：懂事的意思。

赖大爹昂首说道:"来日方长,赖某我还会再来拜访。"又道:"覃板主您家的后人果然有血性,我这里送两匹布给他们兄弟,算是一个见面礼。"一招手,门前就有人捧过一黑一白两匹布来,搁在了当门的酒桌上。一行人然后扬长而去。

覃义蛟心下疑惑,却见搁在桌上的那两匹布眼熟,当下便叫向幺爸、四麻子几个船上的伙计过来,拆了包在布上的皮纸,露出细密光滑的一匹白府绸,一匹黑府绸,却是上等的货色,布角上打着宜昌泰和布庄的漆印,正是他们前些日子丢失的布匹。

"狗日的,原来是赖大爹他们偷的。"向幺爸几个拍着布匹叫起来。覃义蛟一股火冲上头顶,他二话不说,抬脚跨出大门就朝赖大爹他们走的方向——大河边的礓礤子奔去,向幺爸和四麻子几个也紧随而来。

大哥覃佑蛟追出大门:"老三,你们要搞什子^①?"

义蛟怒气冲冲地指着河坝里说:"找那姓赖的算账去!那十匹布就是他们偷的!"大哥惊道:"老三你等起,我再叫几个弟兄!"他回身抄起一根棍棒,吆喝了一帮人,就和义蛟他们往渡口那边追去。刚跑了几步,身后却听管家顾择从大门里叫出来:"少板主!少板主!"

"你们莫追哒!九公叫你们都回来!"顾择站在河坎上大声叫喊,"赶紧都回来。"

一听是爹的吩咐,大哥提着棍棒站住了脚,并拉住了义蛟。

"强盗龟儿子!未必就让他们这么走了?"义蛟恨道。向幺爸几

————————

① 搞什子:干什么。

个也叫着："不能让狗日的就这么过身①！"

顾择提着长衫沿着礓礤子疾步走到他们跟前，直叫："少板主，义蛟，今日是九公的寿宴，赖大爹是故意来搅事的，你们这下追过去打起来，九公的寿宴就变成了一场恶斗，传开去，岂不让川江上的人笑话？"

"要笑该笑他姓赖的，他明抢暗偷，想打我们上河帮的算盘，欺负到覃家门上来了，还不搞他狗日的？"义蛟气鼓鼓地说。顾择又劝道："忍字头上一把刀，老板主寿诞之时，你们不可莽撞。"

大哥佑蛟说："老三，老顾说得有道理，听爹的招呼，回吧。"

覃义蛟拗不过顾择和大哥，他站在礓礤子上，悻悻地看着渡口那边，赖大爹一行正快步走过江滩，继而跳上了木船，眼见他们解缆划船顺水而去，义蛟不禁远远骂道："狗日的强盗！等下回再收拾你！"

大哥叫他："走吧。"义蛟只管站在那里朝着江心，却不肯回头。

不知过了多时，身后突然响起一个女子清脆的声音："哎！义蛟！"

3

覃义蛟闻声一惊。

他扭头一看，一个女子从桂花树下飘然而来，她一双凤眼，嘴

---

① 过身：经过、结束、了结的意思。

角带笑，身上系着一条破旧的褐色麻裙，宽腰大摆，打了好几处补丁，但这女子却穿出了一身仙气。长裙摆遮住了她的脚，看不见她迈动的脚步，只觉她走得好快，就像人在水上漂。还离着老远，她就眼睛亮亮地一甩额前飘散的黑发，从宽大的袖筒里伸出手来，指着覃义蛟欢喜地说："就是你！"

这女子叫道："义蛟，总算找到你了！"

覃义蛟愣住了。

但那只是一瞬间。接着，他马上就认出了那双亮亮的眼睛，虽然她看上去清瘦了些，脸色有些苍白，但她亭亭玉立，裙裾生风，完全不像他最先看到的奄奄一息的模样，那双闪亮的眼睛却是没有变，那是一双曾让他吃惊不已的眼睛，她在与死亡相搏的久久昏迷中醒过来之际，就是这样一睁眼，亮晶晶地盯着他，嘴里喃喃地说："你？"

那一眼直叫义蛟心头乱撞。

那会儿，她久久地打量着他，想必一定是铭心刻骨地记住了他的脸，所以现在她确信无疑，如释重负地再次说道："总算找到你了。"

在这覃家院坝的大门前，街上赶场的乡民、小贩、背脚的[①]人来人往，一堆好奇的看客正在要散未散之际，他们先是看覃家兄弟要去追赶赖大爹拼命，没想到只开了个头就收了场，正好生遗憾，却见桂花树下冒出这么一个奇怪的陌生女子，直朝覃家老三而去，街上闲人便又一群群拥围过来。只见那女子走到覃义蛟跟前，义蛟却一时不知所措，他身子直往后退，那女子一把拉住了他。

---

① 背脚的：指三峡一带背运货物的人。

义蛟的脸都热了，忽然见杜先生从人堆后边挤了进来，立刻像见了救星，"杜先生，你快来！她、她怎么找到这里来了？"

瘦削的杜先生一头汗，上前对女子抱怨道："凤娘，叫你跟在我身边不要乱跑，怎么一眨眼就不见了？"

女子却笑着一指覃义蛟，"刚才在那边河坎上，离得好远我就一眼认出他来了，他就是那个划船的人。"

覃义蛟看看女子，又看看杜先生，"凤娘？"

杜先生点头，"哦，她就叫凤娘。"

闹哄哄的人群中，杜先生小声对义蛟说："进到你们屋里头说去。"

覃家吊脚楼的青石坝上，一场风波过后，酒席又已安定下来。灶上加了热菜，大碗腌菜扣肉、苕粉鸭汤、酢广椒炒腊肉，一盘盘端上席面，客人们这回又放心地坐稳当，大块吃肉，大碗喝酒。长裙飘动的凤娘跟在覃义蛟和杜先生身后，从一桌桌酒席间穿过，她满眼新鲜地东看看，西望望，一直来到主桌覃九河的跟前。

覃义蛟叫了一声爹，说东瀼口的杜先生来了。杜先生碎步上前打躬作揖，"覃板主，不晓得您家今天过寿，也没带些礼性①，真是失礼！"

覃九河忙起身还礼。清瘦谦和的杜先生和他办的小学校远近闻名，杜先生念过私塾、国学，通晓天文地理，还懂些医术，会说洋话，与巴东教堂里的洋人对答如流，县长见了杜先生都要客气地称他杜校长，礼让三分。覃家子弟有在杜先生的小学校就读过，覃九

---

① 礼性：指礼物。

河这时连忙让顾择给杜先生让座，"咳，杜校长是请都请不来的贵客，能光临寒舍，覃家真是蓬荜生辉。"覃九河嘴上说着，见杜先生身后跟着一个神情异样的女子，不免觉得有些蹊跷。

同桌的宋老板、陈老板也都纷纷起身让座，杜先生连连打躬作揖，"打扰打扰，杜某今天只是带这凤娘来找三板主义蛟问一件事，片刻就走。"

覃九河一听更是惊疑，"哦，找义蛟问何事？"他将目光扫向凤娘，女子丝毫不怯，眼睛亮亮地迎着覃九河，说："我来问他。"她指着一旁站立的覃义蛟，"哎，你晓不晓得我是哪个？晓不晓得我从哪里来的？"

女子口出此言，让众人一惊，盐行陈老板更是听得不自在，抢白道："你是哪个你自己不晓得？为么事要问这家老三？"

凤娘也不理会，直是盯着覃义蛟，"你倒是说呀。"

当着众人的面，义蛟涨红了脸，叫了一声杜先生，又叫了一声爹，"咳，您家过来，我给你说。"覃九河沉下脸来，闷声问："哪门搞起的？"

义蛟将爹请下酒席，走到吊脚楼后花栏一侧，将前些日子从宜昌回来，夜晚经过东瀼口，在江边上救起这女子的经过说了一通，说幸亏杜先生一家帮忙，又找洋神父打了针药，才把女子救活，但她脑壳被撞伤，之前的事完全都不记得，非要杜先生领她来找我问事，可我也不晓得她家住何方啊。

覃九河明白了大半，思忖片刻，"遇难救人是川江上行船的该做之事，但她一个年少女子，与你再有牵扯多有不便，请杜先生早些带走为好。"便让义蛟去请杜先生过来说话。

青石坝上这时人声喧哗，一桌桌流水席吃喝得风卷残云，大门前仍不断有人纷至沓来，来的来，去的去。那凤娘像一只蝴蝶，旁若无人地在酒席间穿行，又像一个看稀奇的小妹娃，东张西望的，招惹得一道道诧异的目光。杜先生随在她身后，不时说着什么，女子却顾自而行。

隔着花栏，覃九河看在眼里，不由眉头紧锁。作为寿星老，他这一天过得并不顺心，先前下河帮的赖大爹不请自来，一番挑衅已让他心烦，紧跟着又来这么一个奇怪的女子，点名道姓要找三儿义蛟问事，这在陈老板他们面前如何说得清白？真是一波未平一波又起。

待义蛟将杜先生请到跟前，覃九河开门见山："杜先生您一向行善积德，我覃九河多有佩服。义蛟与这女子素不相识，出手相救也算一件功德，但最终多亏杜先生您救治得法，不然即使救上岸来也怕是性命难保。俗话说救人救到底，这女子如今落在杜先生您家，您看还有什么需要我覃家出力的，只管吩咐。"

杜先生听出覃九河话里的分寸，不由苦笑道："实不相瞒，这女子命大，义蛟从江上救了她，我们又治了她的伤，但没想到她失了记忆，连自己姓甚名谁都想不起来，我和内人也不晓得往后该如何安置她才好。"

覃九河干断地说："要说往后，我看她长相不俗，不愁找不到人家。这样吧，我让老顾拿些钱，杜先生您家带回去开销，给这女子也置办些衣裳行头，早些给她找个好人户，也算一件善事做到底。"

杜先生摇头，"有劳覃板主费心。但我这次带凤娘来，不是图覃家的银钱，只想为她的来由问一个究竟。至于日后的事，走一步看一步吧。"他转头朝一旁的义蛟，"天色不早，我们还得赶回东瀼口去，义蛟你再想想，有没有什么线索，可以告诉凤娘？"

覃义蛟一脸为难，发愁道："我见到她时，她人事不省地躺在河滩上，多半是翻了船漂上来的吧？别的哪里晓得。"

"杜先生既然还要赶路，义蛟你闲话少说，陪杜先生吃碗酒，等老顾拿些钱来，送杜先生他们下河。"覃九河见杜先生推谢钱财，却又要义蛟与那女子说话，心下便多了几分不快，勉强客气道："义蛟你把老顾叫来陪杜先生，我那边还有客，就先不多陪了。"

覃九公回到那边酒桌，义蛟请杜先生也过去吃酒席，杜先生说："吃酒就免了。凤娘可怜，就想问你，她究竟从何而来，你好歹编几句，只莫说刺激她的话。这些天，我看她除了不记得从前的事，其实是蛮灵性的一个人，等再将息些日子，或许自己就慢慢想起来了。"

俩人说着话，却忽然感觉花栏那边，好一阵没看见在人群中晃动的凤娘了，再仔细看去，青石坝上一张张酒桌旁坐满了人，空隙间送菜的、迎客的穿梭来往，却唯独没有那个披着黑发、轻风一般的女子。覃义蛟奔出花栏，跳上吊脚楼前的石阶，居高临下地朝坝子搜寻了一遍，还是没看见。

凤娘不见了。

4

义蛟和杜先生一时不好声张，暗中分头找去。杜先生到大门前张望，怕她是走出了覃家院子，小镇街前的人群熙熙攘攘，可只见一个个挑担的背背篓的，赶场的下河的男子妇人，哪有凤娘？

义蛟则在自家吊脚楼前后寻找，覃家人口多，吊脚楼也建得气派，房屋大小有几十间，一时半会儿又哪里寻得过来？

大巴山三峡一带的吊脚楼，有的靠山而建，有的临江而建，有的平地而起，样式各有不同，分单吊式、双吊式、四合水式。平常人家多是单吊式，又称之为"一头吊"或"钥匙头"，正屋一边的厢房伸出悬空，下面用木柱相撑。双吊式又称为"双头吊"或"撮箕口"，正房的两头皆有吊出的厢房。四合水式则更为庞大，将正屋两头厢房与吊脚楼上层连成一体，形成一个四合院。两厢房的楼下即为大门，这种四合院进大门后还必须上几步石阶，才能进到院里。

覃家的吊脚楼临江而建，地处官渡口东边气势最佳之处，覃九河的爹早先建得小，覃九河头些年改造成气派的四合水式，围着大青石坝子的吊脚楼有上下三层，屋柱用的是神农架采来的粗大楠木，凿眼穿洞，柱头之间用大小不一的楠木斜穿直套连在一起，未曾用一个铁钉，却是严丝合缝，十分坚固。屋顶上铺着后山瓦店子烧制的青瓦，楼檐翘角如鸟儿展翼欲飞，四壁用杉木板开槽密镶，用桐油里外一层层刷过，而且每年雨水过后都要重刷一次，整座吊脚楼常年一派亮堂洁净的淡黄色。

覃义蛟问过大门前迎送的伙计，都说未曾见那女子走出大门，那她一定还在这吊脚楼里。义蛟于是绕着吊脚楼走了一圈，与正屋相连的回廊，廊外花栏下安着一排长凳，家人们平素常坐在那里歇息或做些手工活。这时却有一帮女客正吃完酒席，散坐在阴凉处喝茶。母亲杨氏一眼看到覃义蛟走来，便叫道："老三，你怎么下桌了？"

还没等义蛟回话，杨氏笑着拉起他的手，"正在说你呢！"她指着身旁的几位妇人，"这都是我们覃家的贵客，你要喊嬢嬢、婶婶呢。陈家嬢嬢和她家的金桂也在这里，你快来见过她们。"

"我早就见过三哥了。"就有一个穿花色旗袍坐在长凳上、体态丰满的女子扭过圆圆的脸儿来，朝覃义蛟仰头一笑。旁边的半老妇人拍手叫道："咳，义蛟真是越长越英武，好儿郎哎！"

杨氏笑道："陈家嬢嬢，你家金桂不也是女大十八变，越变越好看吗？义蛟，你去把席上的女儿红拿来，再敬你陈家嬢嬢一杯。"

"陈嬢嬢，你们先坐着，我有点事再过来。"覃义蛟心里想着找人，匆忙打了声招呼，也不容她们再言，便大步流星走开了。杨氏在他身后紧叫："哎，老三你慌忙脚手往哪里去？"义蛟也不管身后的叫嚷，转过走廊便上了楼。

他挨个房间看去。楼下青石坝的酒席仍在继续，楼上的房门却是一扇扇紧闭着，管家顾择早就安排伙计在摆席期间将楼上的房门都锁紧。三峡一带的风俗进门便是客，人不论高低贵贱都可以坐上流水席，但该有的提防还是免不了的。

二楼的正屋门紧闭，里头设了一道神龛，摆放着一尊青铜虎钮錞于，正是方才赖大爹点名要看之宝物。巴人尊崇白虎，是因先祖廪君死后，魂魄化为白虎，巴人击鼓而祭其祖，有錞于随巴人部落酋长等人物传于后世。如今这尊难得的双虎钮錞于被覃九河放置在那神龛之上，轻易不示人，甚至家人也不能触摸。这时义蛟从窗眼里看了看，只见那錞于静静散发着幽暗的青光，不禁心里安定了些。

他在楼上的回廊走了一圈，没有看到凤娘，又回到楼下绕到后院，走着走着，隐隐听见后梢房里有人说话："……你不要死，你刚刚生下来，怎么就死呢？"

这不就是那女子凤娘的声音吗？虽然义蛟之前只听她说过几句话，但那声音却是刀刻一般在他心里，绝不会有错的。后梢房是覃家的仓库，放一些灶屋里不常用的笼屉簸筐物件，她怎么会进到此屋，又在跟哪个说话？

覃义蛟在门外疑惑地停住脚步，却听凤娘柔声柔气地恳求道："你快醒来，你听，你妈妈在叫你呢……"

那口气就好像在跟一个娃儿说话，这仓屋里哪来的娃儿？覃义蛟跨进门去，却见凤娘半个身子伏在一口大木缸上，两手攀着缸沿，黑发遮住了她探向缸里的脸。义蛟叫了一声："凤娘！"

趴在缸沿上的凤娘抬起身，从暗处一时没认出他来。义蛟上前说道："凤娘，我和杜先生找你好半天，你怎么在这里？"

凤娘这才认出了他，悲喜交加地叫起来："义蛟，你快来救救它们，它们快死了！"

覃义蛟走过去一看，原来是装着两只江豚的大木缸被抬到了这屋里，小江豚在木缸里已经奄奄一息，几番折腾之后它已睁不开眼睛，躺在缸底像块木头一样，大江豚也已动弹不得，它一定晓得它的孩子命在旦夕，极力发出一声声短促的叫声，像是鸟鸣，又像是羊儿的叫唤。除了哀鸣，它显然毫无办法，它身上蓝灰色的光泽正在一点点淡去，再过不了多久，这母子俩定死无疑。

没人留意到江豚的叫声，但四处晃悠着的凤娘却听见了，在嘈杂喧闹的人声中，这女子独自听见了。她正走在杯盘交错的酒席之间，却从吹过吊脚楼的风里隐约听到异样的声音，心就被揪扯住了，她觉得心里好疼。那悲哀的鸣叫牵引着她，她寻摸着，寻着进了这暗暗的屋子，她扑在缸沿上，看到了缸里濒临死亡的江豚，就眼泪不止。这会儿，她眼神急切地看着覃义蛟，"你快救救它们，它们就要死了。"

看她张着双臂，就像一个奋不顾身要保护娃儿的小母亲，覃义蛟不由想起那晚月光下，这女子濒死的模样，她刚活下来，却似乎忘了自身的伤痛，倒来护着这江里的生灵。他这个在川江急风狂浪里来去的汉子，第一次感到心里又酸又痛，一个念头油然而生，他想要护住这个柔弱的女子，就像她要护住这些江里的生灵一样。

"你放心，我这就把它们放回到江里去。"义蛟抚着缸沿说。凤娘眼里顿时闪过一道亮光，"我就晓得，你会来救它们的。"

天哪，她对他是如此信任。"你真的这么想的？"他忍不住问。

"是的，我晓得的。"女子的眼角还残留着泪光，但眼神却笃定得很。义蛟被她这一看，浑身都长了力气。

他不再多言，立马叫来向幺爸、四麻子几个伙计，用抬杠抬起大木缸，就从吊脚楼后门的青石礓磋子，下到了江边。

凤娘执意要跟着他们，江风吹鼓了她的大裙摆，她一手拎着裙子，一手拎着两只青布鞋，光着脚在沙滩上奔跑起来，黑发像一面旗帜飘在她的脑后。她似乎就爱这一江大水，俊秀的眉眼完全舒展开了，嘴里不停地叫着："来了，回来了！"

义蛟几个把大木缸抬到了靠近岸边的江水里，歇下杠子，再把木缸往江里推了几把，一阵阵浑浊的大浪拍打着木缸，那缸里的江豚一定是闻到了江水的气息，开始睁起眼睛，扭动着身躯。义蛟使劲将木缸倾斜放倒，大浪冲进缸里，不一会儿，一大一小两只江豚顺着水流呼的一下滑入了大江。

小江豚漂浮在水面上，起初任由波浪的冲打，却一动不动。大江豚潜入水中，过一阵又浮出水面游到小江豚身边，用嘴碰它小小的头，一下又一下，可小江豚仍然没有动，只是随水漂浮。凤娘赤脚站在江边的水里，担心地看着，她身子前倾，嘴微微张开，就像在帮着使劲。

江豚妈妈再次潜下水去，一会儿又从小江豚旁边冒出来，继续用嘴摩擦着它的头和身子，轻轻地拱动着，拱动着，突然，那小江豚像是动弹了一下。

"它活了！"凤娘惊呼道，"它活了！"

果然，小江豚苏醒过来了，它缓缓地游动，在波浪的起伏之下忽高忽低，不一会儿也学着母亲的样子钻入了水中，再出现时就显得灵敏了，嗖地飞向远处的江水。江豚妈妈紧跟着它，也忽地没入了水中，再见它冒出头来，已在江心。

义蛟几个站在江边，看它们远去，正要收拾木缸抬杠，却听凤娘惊叫道："快看！"义蛟回头一望，一时也惊呆了。

那大江豚带着小江豚顶风而行，从波涛汹涌的大江远处竟然又朝站立在江边的覃义蛟和凤娘他们游了回来，并昂起身子，伸着又粗又圆的脖子不时地点头。

江猪子冒出江面，点头"拜风"，这情形在川江上偶尔可见，老辈人说那是这有灵性的水中之物在祭拜江神，或是风神。眼前它们却明明是在朝人而拜，或许这生灵也懂得获救的恩情。

大江豚带着小江豚从江心游到近处，凤娘赤脚站到水中，朝它们招手，大江豚点着头，翻转滚动像是在撒欢，忽然又一跃而起，在空中划出一个拱门似的弧形，再落入水中之后，它朝覃义蛟和凤娘他们再次深深地点头，最后回转身，领着小江豚朝江心游去，一忽儿就再也没了踪影。

"这下好，它们回家了。"

凤娘朝着滔滔大江伸出双手，脸上绽开了笑靥。覃义蛟看了一眼，不敢再朝她看，这女子的笑容就像酒一样，看了醉人，他怕当着向幺爸他们，醉倒在这江边。

第四章　独活

1

凤娘没有跟杜先生回东瀼口。

她从那个桂花飘香的八月来找覃义蛟，就留在了覃家吊脚楼。杜先生那天要带她走时，她说她还有好些话没问明白呢，她要问义蛟。

义蛟，义蛟，覃义蛟被她叫得心里发烫。家里人常叫他"老三"，镇上、船社的伙计们都叫他"少板主"或是"三哥"，而这个眼睛亮亮的女子见面就叫他"义蛟"。她从杜先生那里得知了他的姓名，只说了一次，她就牢牢地记住了。

杜先生带不走她。凤娘说她问过天上的鸟儿，问过江里的鱼，它们都没有告诉她，她到底是谁。但她从它们在江上久久的徘徊中领悟了，只有找到在江上救她的人，才唯一可能找回自己。杜先生只有把她交给覃义蛟。

事情是因自己而起的，不能再让做了善事的杜先生为难，覃义蛟明知爹不高兴，但还是冒起胆子向爹禀告，请爹将这孤苦无依的女子留在覃家。覃九河不应允，但灶屋里做饭的甘妈却看中了凤娘，想让她给自己搭个帮手。闯荡江湖的覃九河吃遍天下不少山珍海味，但最爱吃的还是甘妈用柴火灶烧出的土菜，甘妈在覃家灶屋里做了几十年，年纪已过花甲，一双老眼被烟火熏成了"火巴眼"，见风或烟就流泪。她一边抓起围裙擦眼睛，一边对覃九河咕哝："我老了。这女子灵性，把她留在灶上吧。"

杨氏也说："甘妈是要有个帮替的人。"

甘妈擦拭眼睛的手就像风干的鸡爪，覃九河沉默了半天，终于吐口："哼，你们看紧些，这来历不明的女子，不要弄出些什么怪事情。"

从此凤娘便跟着甘妈在灶屋里做杂活，择菜洗碗，清扫门庭，到江边去洗衣裳。覃家上下一大家子人，每天都会有一堆要浆洗的。凤娘很乐意，一早帮甘妈煮好饭，就会背起满满一背篓衣物下到江边，她寻到一块伸进江水里的石板，先把背篓里的衣衫倒出来，泡进脚边的江水里，再掏出一把干皂角，用棒槌捣碎了，裹在衣衫里揉搓。覃家吊脚楼旁有一棵大皂角树，洗衣的皂角就是从树上摘下来的。揉搓好的衣衫，有时候还有被单，铺在石板上，再用棒槌捶打。凤娘她身子柔婉，一手扬起棒槌，一手翻弄石板上的衣衫，溅起的水花在她身边飞舞，晶光闪闪的，那模样好逗人喜欢。

官渡口的人们都有点喜欢上了这个看上去好天真的女子。他们也都很想知道，她从前住在哪里，家中都有何人，但又不敢多问，听她的口音还就是三峡一带的人，有一次说到巫山，她就跟着神情恍惚地说："巫山，巫山？"

他们就猜测，莫非她是巫山那边的？

这女子跟别人不太一样，她不涂脂粉却自带红润，她看上去娇弱却柔韧得很，爬坡上坎背重物也都能干，她帮甘妈做菜，一看就会，风快地就干完了手边的活儿，甘妈说她从未见过这么利索的人。更让人惊奇的是，她在吊脚楼后边的一块园子里侍弄着，旁人都以为她闲来走走，却没想一些日子过后，那里飘出一股股异香。杨氏走过去一看，不知何时，这后院竟成了花草园，凤娘种下了山茶、玄参、独活、续断、天麻、大黄、贝母等草本药材；四周又种了银杏、杜仲、黄柏、厚朴、皱皮木瓜，金银花、鱼腥草、半夏、青蒿。一问都是凤娘从山沟里河滩草丛中挖来的，她有空就拎一把小锄去寻觅，将挖回的药草背到园子里细心栽种，不到半年间，这园子竟然神奇般地百草蓊郁，花儿轮开。

杨氏一干人看得惊讶，到得冬来，见凤娘趁晴天手脚麻利地将那茎叶枯萎的独活——又叫"独摇草"的挖出根，切去芦头和细根摊晾，待水分稍干后又摊在灶头烘炕，弄得吊脚楼里外都是异香。炕至易折断后堆放回潮，凤娘再将独活理顺扎成小捆，根头部朝下，用文火炕至全干，收至仓屋里。那曾经抬进过江豚木缸的仓屋不知不觉被凤娘打理成了一个药库。

"凤娘，你哪里学来的这些本事？"杨氏和甘妈都问她。

凤娘笑而不答，她连自己的爹妈都不晓得，又如何晓得自己从哪学来的？都不记得了。

但她走在山里，就会发现脚边的草啊花啊都在朝她点头，仿佛都与她相熟，亲昵得要拥到她的怀里。她说，她想起来，《本草图经》有记载："独活、羌活，出雍州川谷，或陇西安南，今蜀汉出者佳；陶隐居所云：今又有独活，亦自蜀中来，形类羌活，微黄而极大，收时寸解，干之，气味亦芳烈，小类羌活。又有槐叶气者，今京下多用之，极效验，意此为真者。"还有，这园中的玄参也曾载于秦汉时期的《神农本草经》，看它个体均匀、质坚实、横断面色黑、光泽明显、特异香气浓郁。

"你们都闻到了吧？"凤娘笑盈盈地问。

杨氏不敢相信，去和覃九河说，那女子竟背得些古文，像是药典。覃九河像是早就料到，"定是原来念过书的，但愿她早些想起家里的父母，就能送她回家了。"

老三覃义蛟如今不走船时也爱往江边跑，他坐在一块礁石丛的高处，像是在看江上的帆船，实际上是在斜着看凤娘洗衣。他看凤娘蹲在水边上使劲地搓呀捶呀，将一件件长的短的衣衫抖到江水里，扯在手上任急流冲洗，那样子比画还好看。凤娘她将洗好的衣衫拧干后，晾晒在身后的礁石上，那一丛丛赭红色的礁石每天早晚都被江潮冲刷过，尘土和鸟屎、小虫儿都冲走了，干净得很。等到衣衫在太阳底下晒得半干，凤娘就一一收到竹背篓里，背回覃家吊脚楼。

凤娘去挖药草的时候，义蛟也会尾随着去，假装无意中碰见似的，帮她把草根拔出来，抖尽泥巴，扎成小捆扛回来。有了凤娘在江边洗衣和挖药草的风景，这日夜奔流不息的大江，以及江边的码头，从江边通往小镇的礓礤子，在义蛟的眼里都变得越加有趣了。

就在这些日子里，盐行陈老板几次来到覃家，与覃九公商量他家女儿金桂和覃家老三义蛟定亲之事。覃义蛟得知以后，不假思索地一口回绝，说根本没想过要娶陈家的金桂。覃九河十分恼怒，将义蛟叫到跟前好一顿训斥，说不听父母言，吃亏在眼前，跟陈家金桂本是一段好姻缘，老三你怎么不知好歹。义蛟却说现在是民国了，婚姻不能包办。又说二哥都还没有定亲，为么事先要给我定。

覃九河说："混账东西，你二哥不是还在读书吗？"

义蛟便赌气说："那我也去读书。"

老话说，皇帝老子也疼幺儿，覃义蛟排行老三，在男丁中是老幺，从小顽皮任性，受父母疼爱最多，挨打受罚也最多，兄弟几个就他敢跟爹妈还嘴。前次因少了半船布匹被罚在烈日下暴晒，脱了一层皮，但他跟爹说话仍无畏惧，直是不肯答应与陈家的婚事。

眼看一桩好婚事就要搁浅，覃九河气得上了火，白天夜晚的牙疼，他咬牙切齿地说："覃义蛟你这个背时儿子，你晓得陈老板的盐行对我们的生意有多要紧吗？而今从四川奉节、巫山那边运盐又都添设了卡子，一般商家的盐根本出不了巫山口，只有陈老板跟川盐局那边有来往，他的商号才做得成买卖。"

义蛟说："他做他的买卖，他发他的财。"

看义蛟一脸的不在乎，覃九河骂道："不成器的东西！我看以后你就是一个拉纤的命。我给你把话说到这里，你要是听话跟陈家结亲，我就是你的爹，你要是不听话，非要作践，我覃九河就不是你的爹！"

覃义蛟笑了起来，"爹呀爹，打断骨头连着筋，我再不听话也还是您家的老三，爹您家莫怄气，我以后绝对不给覃家丢脸就是。"

转眼就要过年，正月忌头腊月忌尾，不吉利的话不能说，不吉利的事也不能做，覃九河此时不想再跟老三计较，待过了年再找陈家议事。

冬季里川江水枯，走上水船比春秋之时更为不易，一趟趟从汉口、宜昌运回的年货刚到码头，就被早已等候的商户号上了，刻不容缓地叫背脚的力人把一包包布匹、糖果、海带、煤油、洋皂、火柴背上礓磜子，上了街，进到各家店铺。官渡口镇和江对岸巴东县城的年味就一天比一天浓起来。

那些日子，信陵船社的大小木船没有半点空闲，为了赶运年货，桡夫子和纤夫们几乎是以船为家，大哥覃佑蛟和老三义蛟各带着船，一连好些天奔波于江上。覃九河安排得当，又特意嘱咐两个儿子和船社的桡夫子们，忙中不要乱，冬季水小，行船切不可掉以轻心，出事往往就在大意。

义蛟好些天没有在吊脚楼吃上一顿饭，也没能跟凤娘说上话。但每次船回官渡口，只要远远看见蹲在江边洗衣的凤娘，看见她穿着那条肥大的长裙，裙摆都拖到了水里，站起身来时裙子下摆湿淋淋的，就像是从江水里冒出的一个精灵，年轻的儿娃子覃义蛟心里就会涌起一阵阵莫名的悸动，过一阵才又稳稳当当地笃定下来。要是哪天在江边没见到凤娘，就不免心慌乱了神，会猜想这女子去了哪里。磨骨搔痒地想跳下船去寻找，就想听她那一声唤，义蛟！

他想想就觉得好笑，自己这是在发什么癫？

2

没想到年根下出了大事。

就在覃家信陵船社在川江上赶运年货，生怕出任何差错的时候，大哥覃佑蛟在过青滩的时候中了黑镖。

那天，他们的船从宜昌西陵峡口上行，要经过青滩，天气阴沉，覃佑蛟驾着一只载满杂货的"神驳子"，来到滩前。神驳子是川江上

54

装货多的木船，这回装满了过年紧俏的棉布、砂糖和一些日用品，船身吃水深，覃佑蛟加倍小心。

长江有一百多道险滩，尤以三峡西陵峡一带的滩口为最险，泄滩、青滩、崆岭滩，正在这几十里水道上，一滩接一滩，不知撞毁过多少船只。那青滩又名"新滩"，古名"豪三峡"，分为头滩、二滩与三滩，又叫作"上滩""中滩""下滩"，古来就时常发生崖崩和泥石流，不断形成新的滩头。宋代文人范成大的《吴船录》中曾有过记载："新滩旧名豪三峡，晋、汉时山再崩塞，故名新滩。"青滩长约百十米，洪水期间，水涨滩平，水势看去稍显平稳，而每到枯水季节，江水下降，头滩流水会出现高达数丈的陡坎，俨然江中瀑布，流速势如脱弦之箭，飞闪而下，冲击江心礁石，波涛汹涌，漩涡成串。江流靠北又有三尖石卧于江心，还有状如天平的巨石堵在江水正流，来往船只只能绕着弯曲而行，稍有不慎就会被水底漩涡卷到暗藏的礁石上，撞成碎片，顷刻间船毁人亡，青滩因此历来被称作"鬼门关"。

敢在青滩撑篙或当纤夫，川江上称作"打青滩"，有桡夫子传唱的船歌为记："打青滩来绞青滩，祷告山神保平安。血汗累干船打烂，要过青滩难上难。"上滩的船不论季节都得依靠成队的纤夫拉扯，有时水流太急拉扯不动，还不得不将货物卸下船来，从栈道上背过滩去，再拉扯上空船装回货物，叫作"盘滩"。

青滩一带从唐代就有了人户，沿江的茅屋里住着一些专门在此拉纤、盘滩的苦力，还有长年打捞沉船货物、溺水亡者尸骨的人，后来渐渐成为一座青滩小镇，在那镇东口外建有一座白骨塔，特为装殓青滩溺亡人的白骨。

船行到此，两岸危崖耸立，江水急流如雪，只见那下水时船如飞箭，上水时则好比登天，不远处那白骨塔若隐若现，令人心生寒意。

覃家老大一年四季驾船来往，本是摸透了这里的水势，心中并不恐慌，只是春夏水高冬季水枯，逼仄之处比平日越加水急浪险，船上的桡夫子全都下船拉纤，无奈还是拉扯不动。

佑蛟便又吆喝着，请了岸上的十几个纤夫，合着桡夫子们一起拉船。要说最苦的便是川江上的这些纤夫，寒冬腊月也只穿了一件单薄的破棉袄，下身更只有半截裤子，好些的蹬双草鞋，其余多半都是赤脚两片，在水里泡得久了，又经岸上礁石的摩擦，双腿免不了血刺啦口的。这时听得覃家少板主要多给赏钱，领头的"头纤"打起精神，肩上套好纤绳，一声上滩号子喊将起来：

吧喂吧

哦哦哦哦哦哦

吧嗨啊哎哎哎

哦哦

啊啊吧哦

啊哦啊哦啊哦

川江号子能喊出多种调子，还有喊词，但这"头纤"在寒风凄雨之中喊的却是无词的号子，当人拼尽全力时，便淡忘了所有的句子，只有从胸腔里憋出的呼喊，一步一叹：

吔吔吔哎

哦哦哎吔哦哦啊哦哦啊啊

哦吔啊

吔哎哦哦哦吔哎哎吔哎哦吔哦

吔哦吔哦啊哦吔呀哦呀吔

纤夫们的肩膀被套绳勒出深槽，他们几乎是匍匐在地，脸快贴到了礁石，长长的纤绳在他们身后绷成了直线，随着每一声号子的节奏，船在疾浪中艰难上行。

二驾长在船头撑篙，覃佑蛟在船尾掌艄，他稳住艄把，紧盯着前方，眼看船被一步步拉过了下滩、中滩，就要过这上滩之时，突然峡谷一侧闪过几道黑影，覃佑蛟暗叫一声："不好！"

川江上常有土匪棒老二出没，在一些险滩隘口设卡打劫，但信陵社板主覃九河在江湖上威望颇高，多施仁义，棒老二一般不敢侵扰，覃家船队近年来还算平安。没承想年关将近之时在青滩这里遭人暗算，峡谷悬崖的松林密处朝船上的覃佑蛟投来一只只飞镖，他东躲西闪，舵把也不禁跟着摇晃。

纤夫们正埋头躬腰，拼力一步步攀过岸礁，突觉船在剧烈晃动，回头见岸上飞镖正蝗虫一般朝掌艄的覃佑蛟而去，也都慌了手脚。纤夫们脚下一松，激流中的船就猛地往后倒退了两三丈。须知上滩最怕的就是松纤，这时纵然有千般定力，也架不住巨浪激打，弄不好便连船带人卷入浪底，就连岸上的纤夫也会被套住的纤绳扯得翻滚，随着坠入水中。覃佑蛟这时毛发耸立，拼尽全力稳住舵把，朝前方纤夫们一声暴喝："嗨起拉啊——！"

这一声吼震得峡谷间不住回荡，嗨起——拉啊——拉啊——！

头纤一声应和：嗨起——纤夫们扎稳脚跟齐声喊：嗨起——拉啊——

呫呫呫哎

哦哦哎呫哦哦啊哦哦啊啊

哦呫啊

呫哎哦哦哦呫哎哎呫哎哦呫哦

呫哦呫哦啊哦呫呀哦呀呫

在纤夫们拼死拼活地合力拉扯之下，神驹子终于过了三滩，在水势平稳的江边，纤夫们收了纤绳，这才发现船主覃佑蛟捂着右臂，脸色青紫，舵把上沾满了鲜血，他不知何时已中了一镖。

幸亏这船上的桡夫子大多都跟随覃家在川江上闯荡多年，见过风险浪恶，当下将覃佑蛟的伤口扎紧，出来一人掌舵，众人飞快划桨，天黑之前赶回了官渡口。下得船来，覃佑蛟行走了几步，但才上碛碌子就脚步踉跄，身边人一把未扶住，他竟一头栽倒在地。

老三覃义蛟的麻瓢子船早先已回到官渡口，闻讯立刻赶到跟前，将大哥火急背回吊脚楼。掌灯一看，只见佑蛟双眼紧闭，脸色发青嘴唇乌紫，中镖的右臂已肿胀得大碗一般粗。嫂子碧蓉吓得扯开嗓子哭喊，两个娃儿也跟着喊爹叫娘，吊脚楼里一片慌乱，覃九河带人赶来，喝道："号有什么用？赶快去请大夫！"

镇上开有两家诊所，一家西医，一家中医，覃义蛟着人飞快将这两家的医生都用轿子抬了来。西医乔大夫留过洋，穿白大褂戴口罩，脖子上挂一个明晃晃的圆巴巴，像面小镜子，在人胸口上按来按去，这几年蛮吃得开，县城里还常有人来请他过江去看病。他用小镜子按过的病人，说没得治就没得治，说开刀就得开刀，不然不能活，后来真的有些病人应了他的话，死的死了，活的又活下来了。

西医乔大夫用小镜子按过覃佑蛟，检查了他的右臂伤口，皱着眉头说镖上有毒，而且毒素已进入血管，看来只有锯掉右臂才能截毒，否则性命难保。听得此话，碧蓉嫂子和一双儿女更是不管不顾地哭喊起来。

中医闻先生年过六旬，等乔大夫看过之后，他给覃佑蛟把脉，翻眼皮，也看右臂伤口，已是黑紫一片，连手指甲都变得乌紫，不禁也皱了眉头，但说急火攻心，镖上有剧毒，不过赶紧扎住刮骨疗伤，说不定还有一救。

乔大夫听了闻先生的话，不由几声冷笑，"你当他是三国的关公吗？他中的这毒早已扩散，光是刮骨能救得了命？"他把脖子上的小镜子收进皮盒子，对站在佑蛟床前的覃九河、义蛟一干人说："我再说最后一遍，时间耽误不得，如果熬到天亮，就是再好的医术也救他不得了。"

他这一说，屋里的哭声又嘤嘤响起，众人都眼巴巴地看着覃九河，等他一句话。覃九河看看杨氏，杨氏早就和大媳妇碧蓉哭作了一团，他又看看老三义蛟，义蛟神情犹豫，他心里难以决断，若是听乔大夫的，大哥就要锯了膀子，但若是听闻先生的，又怕救不活命，他不敢再往下想，可时间不等人，只有硬着头皮说："爹呀，就听乔大夫的吧，先救大哥的命。"

正在此时，门前突然有人说了一句："该听闻先生的才是。"

覃九河拿眼看去，跟前站着顾择、杨氏、碧蓉和娃儿，靠着门前一堆人，有船上的伙计，也有吊脚楼的帮工，还有甘妈一帮女人。"哪个在说话？"覃九河问，"给我走到亮处来，再说一遍。"

凤娘这时从门口暗处走了进来。

"是你？"

"是我。"凤娘走到屋子中间的灯光之下，她腰间紧扎着蓝花围裙，头上梳一根独辫，脸上干干净净的，眼神奇特地看着覃九河，"是我说的，该听闻先生的话，刮骨疗伤，不要锯了少板主的膀子。"

一旁的义蛟急得变了脸色，上前拦住她的话头："凤娘，你晓得么事？你莫乱说。"顾择也朝女子小声呵斥："这里有你说话的吗？莫在这里添乱。"便吩咐甘妈快些把凤娘带到灶屋去，给下船来的伙计熬一锅姜汤。

覃九河却拦住了他们，"你们莫拉她。凤娘，我问你，你为么事说要听闻先生的？"

凤娘清亮亮地说："闻先生方才说少板主中的镖毒是蛇毒，那何不就用解蛇毒的方子，赶紧捣药敷上，先止了毒性，等太阳升起之时，阳气就会上升，即可刮骨疗伤。"

乔大夫不屑地看了看凤娘，"可笑！"

闻老先生却道："覃九公，这女子言之有理，我治过多年中蛇毒之人，少板主他今日中的镖毒看来是白头蝰蛇毒汁，只要立刻对症下药，毒伤自会有所消减，只是一刻也不能再耽搁了。"

覃九河额头暴起青筋，一咬牙，"闻先生赶紧吧。"

一言九鼎，闻先生忙叫随身的药童着手配药，那凤娘跟在身后询问不止，又道："可用那七叶一枝花、雪药、斑叶兰，还有一味山麻黄，闻先生您那里可有？"

闻先生惊异不止，这几味药确有解毒之力，不知这女子怎会得知？也顾不得细问，便在配药时加上了她说的这几味，好在闻家诊所就在镇上，药柜里都有，当下飞速取来捣碎了，用黄酒化成泥状，敷在了覃佑蛟肿大的右臂上。

一个时辰过去，先有大股黑血渗出，床前接了黑乎乎的一盆，屋子里一股腥臭，众人都无法站立，不得不捂鼻而退，唯有凤娘和义蛟跟在闻老先生身后忙碌。三个时辰过去，换了两次药，黑血仍然流着，但胳臂的肿胀明显消退，覃佑蛟乌紫的嘴唇也变得苍白，闻先生喜道："有救了。"

一语未了，守候在门外的杨氏、碧蓉几个听得分明，叫了声："菩萨吧！"就又呜呜地哭起来。

3

橘子红了。

三峡两岸多有橘树，一层层从江滩叠上山腰，青枝绿叶的树杈之间，挂满了小小的红灯笼，正是晚秋初冬时节，小灯笼似的橘子就都红了，丛丛点点，好比山里娃娃的笑脸。人走过时，橘的清香会触到鼻尖，娃娃仰着脸，也对着橘子笑。主人家追出来，塞一个带着绿叶的橘子给娃娃。娃娃舍不得吃，虽然自家橘树上也挂满了果，但这橘的可爱更让娃娃喜欢，便一直握在手里。

凤娘常坐在江边，看着山上的红橘和爬上爬下的娃娃们，痴痴地笑。覃义蛟忍不住走过去，"凤娘，你在笑么事？"

凤娘说："我在看娃娃看橘子。"她朝义蛟莞尔一笑，"甘妈说大人盼种田，细娃盼过年。那些娃娃都盼着过年呢。"这个灵性的女子，除了不知道自己从哪里来，山间的事一眼就看明白了。

快过年了。

大哥覃佑蛟经由闻老先生一番刮骨，起死回生，甘妈和凤娘按闻先生的药方，将重楼、紫花地丁煎成药汤，覃佑蛟每天喝着，已经下地行走。

在武昌读书的二哥覃远蛟回来了，在宜昌女中的小妹玉蛟也快回来了，覃家吊脚楼里一派喜庆，还没到过年就已经有了浓浓的年味。灶屋里从早到晚都是热气腾腾的，甘妈说，幸亏有凤娘在，要不然哪忙得过来。

该打糍粑了。三峡一带无论城乡，过年之前粑粑是要打的。先泡糯米，一天一夜之后，雪白的米涨成一粒粒滚圆的珍珠，晶莹透亮。大桶的糯米泡好，甘妈叫凤娘用竹筲箕沥干水，然后柴火灶烧大火，把糯米倒进松木甑子里蒸，半个时辰之后，蒸汽如三峡冬日峡谷的白雾，在灶屋里飘绕，甑子里透出一股清香。扣在甑子上的竹篾甑盖像一个小斗笠，甘妈拎起盖子，剜出一团热腾腾的糯米，让隔着灶台的凤娘尝一尝。尝了这香甜的米团，就要去打粑粑了。

蒸好的一团团糯米放进石碓里，凤娘拿起木杵嗵嗵嗵地打下去，那是要出大汗的力气活儿，正打得气喘吁吁，覃义蛟从回廊那边走了过来，身后跟着一个貌美如花的少女。

凤娘停下手来，立着木杵看那短发少女，穿一件蓝色素花的棉旗袍，正到膝盖那里，露出腿上的白色棉袜子，带祥的黑漆皮鞋，一看就是个女学生。少女歪着头问："你就是凤娘？"

凤娘点头，"你怎么晓得我的名字？"

少女笑着一指义蛟，"三哥到宜昌接的我，坐在他船上，一路都在说凤娘、凤娘，我能不晓得？"

义蛟红了脸，从凤娘手里抢过木杵，"我来打。"

再是剽悍的三峡男子，打这又糯又黏的糍粑也会觉得扯动起来像是使不上劲，凤娘和玉蛟凑上去帮着一起打。扑通通，一下又一下，打得看不到一颗米粒，全成了细软的糊糊，然后倒进一个个模子压紧，压出来就成了标致的糍粑。花样有好多种，有喜鹊闹梅、二龙戏珠、栀子花、凤凰飞，那压印出花来的糍粑，看着就蛮喜庆。

半年多没有回家的玉蛟，看覃义蛟帮着凤娘收拾一地的家伙什儿，哂笑道："三哥，我看你变了。"

覃义蛟将石碓移到墙根下，百十斤的石碓，他两手一使劲就抱了起来，落地放下后，他拍了拍身上粘的米粒，反问道："我变什么了？"

玉蛟跑到他跟前，故意对着他的脸左看右看。"小时候你老是欺负我，现在怎么变得这么和气？"她凑到义蛟的耳边，"是不是有凤娘的功劳？"

义蛟瞟了一眼蹲在灶头的方桌前专心用模子压糍粑的凤娘，小声说："幺妹，凤娘她是个好人。"

自从在众人抢救覃家老大的慌乱之际，凤娘出乎意料地口出惊人之语，帮闻先生救了覃佑蛟一命，老板主覃九公与船社、吊脚楼所有的人都对她刮目相看，客气相待，暗中也越加对她的来历添了揣测，都道稀奇。凤娘却对这些变化浑然不觉，她仍然一副云淡风轻的模样，见了人常是视而不见，顾自飘然而过，即使是老板主覃九公问话，她也只是平淡答对，不怯不躁，但只有见到义蛟，凤娘的眼里就放出光来。

义蛟每次跑船回来，凤娘会不加遮掩地迎上去，跟着他问这问那：遇到江猪子没有？看见峡口的太阳雨了吗？早晨看到一只鸟往巫山那边飞去了，你在船上看见了吗？那口气就像一个初涉人世的娃娃。凤娘她爱吃橘子，有时会将一个红橘掰成两半，一半放进嘴里，另一半塞给义蛟，有人在旁边观看，她也毫不在意。若是别的女子有这样的举止，自然是会被人笑话，甚至指责的，但凤娘在人们眼里已是一个特别的女子，她有什么格外的举动已经不足为奇。

从宜昌回到官渡口的女学生覃玉蛟，喜欢上了吊脚楼新来的这位凤娘，她发现凤娘与自己年龄相仿，却有一双扑闪扑闪、溢满天真的眼睛，一张脸干净得找不到半点瑕疵，白里透红，也没见她抹过女学生都用的雪花膏。后来又发现凤娘其实识文断字，能背出李白杜甫的诗、刘禹锡的竹枝词，甚至还有治病的药方，不觉兴奋不已。玉蛟每天都和凤娘黏在一起，最喜欢的是在凤娘栽种的花草园里，帮她扯草、修剪。义蛟回来插不上手，恼恨道："幺妹，你一个女学生也不温习功课，只晓得玩。"

"我这是在玩吗？我是在帮凤娘做事啊。"玉蛟推了推凤娘，"你说是不是？"

凤娘在太阳底下用一张竹席晒切好的独活、黄连、川贝，说："是的。义蛟你也来呀。"

义蛟只想跟凤娘单独在一起，幺妹看出来了：我偏不走，看你三哥怎么办？

随着年味渐浓，打完糍粑之后就要杀年猪吃"煲汤"了。三峡乡间每到腊月间杀年猪时，要把亲戚好友接到家里，大块吃肉大碗喝酒。这时不管是哪个主人家都会十足的大方，穷家小户也恨不得倾其所有，让上门的客人吃得爽性。刚宰杀的年猪鲜肉，柴火大灶炖煮起来，自家种的青菜，新磨的豆腐，地窖里藏了多时的苞谷酒，香味扑鼻的排骨炖萝卜，咕嘟咕嘟煮着，配着酢辣椒、酸泡菜，上桌吃喝起来。覃家青石坝里这回不是流水席，来吃煲汤的都是近亲远客，大多还带来女眷娃娃，算得都是自家人。

娃娃们坐不住，吃饱了就会溜下桌，在人缝里钻来钻去，耳边尽是大人们难得的笑声。娃娃们知道这时即使顽皮得过分，爹妈也不会发怒，于是便在青石坝上疯跑，追主人家的黄狗。那狗平时很凶，过路人想进吊脚楼，老远就得叫喊：把狗看起哟！但这时，黄狗也很知趣，这样的日子里不得嚣张，它只能垂着尾巴，听任娃娃们戏耍，顽皮的娃娃扔过一块骨头，等狗殷勤地偏着头去啃时，娃娃又一脚将骨头踢开了，这狗也只是委屈地哼哼。

黄狗跑到在灶屋里忙活的凤娘跟前，只有凤娘在意它的委屈，凤娘蹲下来摸摸黄狗的脑壳，柔声说："你不要与娃娃们计较，来，我给你一块骨头。"黄狗欢实地摇开了尾巴。自从凤娘来到这里，黄狗的毛也眼见更顺溜光滑，跑起来就像风一样。

真正的过年是从腊月二十四开始的。打扫完吊脚楼里的扬尘，甘妈开始在灶上炒香嘴的吃食，花生、瓜子、蚕豆、板栗，还有三峡人爱吃的苞谷花、苕片洋芋片。甘妈备有一包专门炒香货的沙子，黑油油的一颗颗带着力道，每年沙子都会有些损耗，要补进去一些。

凤娘跟着甘妈到江边去铲沙，甘妈说沙不能太细也不能太硬，那样会坏了铁锅。她挖了一堆青沙，接着用罗筛筛，在江水里淘洗，让那些难以成器的沙粉随水而去，剩下的便是一粒粒芝麻粒似的沙子。凤娘学甘妈的手艺，淘出一笸活蹦乱跳的沙子。然后倒进烧热的铁锅里，加些菜籽油，嚓嚓嚓用大锅铲翻炒，然后倒进生瓜子、花生，不停的翻动中，香气渐渐四溢。

玉蛟追着香气跳进灶屋，蹲在灶门口帮着添柴，但她不添还好，她把柴火一塞进灶里，烟就朝着在锅前炒瓜子的凤娘去了，烟子不依不饶地追着凤娘，熏得她眼泪鼻涕直流。甘妈佝偻着腰，把炒好的香瓜子装进瓷坛，说："么妹儿，你的火哪门烧起的？我眼睛可是遭不住。"

玉蛟丢了火钳，看炒熟的花生摊在簸箕里，抓一把还烫手，就拍打着剥着吃，还往凤娘嘴里喂。甘妈说："凉一凉再吃，没凉的炒货吃了要上火的啊！"玉蛟不管上火，舌头打转地嚼着滚烫的花生粒，叫道："好香啊好香啊，给二哥三哥吃去。"她抓几把花生用衣摆兜着，就跑开了。

腊月间还要炸丸子、蒸扣肉、煮腊肉，三峡的习俗是提前把过年的菜都准备好，等到正月里相互拜年，请客人吃饭时，家家都有现成的硬菜，一蒸一煮就能上桌。甘妈带着凤娘从早忙到晚，灶屋里一派红火，覃家兄妹都爱往这屋里钻，甘妈说："你们莫在这里凑热闹哦。"她不时扯起衣角揩着"火巴眼"，她一忙就眼睛里流水，眼角角常年都是红的，这些日子就更是红得像一个烂桃子。

凤娘说："甘妈您家歇起嘛，灶屋里的事我来做。我给您家弄点药擦眼睛。"

她从山上挖来刺蒺藜，用水煎了，然后让甘妈用这药汤对着眼睛先熏再洗，每日三次。几天之后，甘妈的眼睛果然感觉清凉了许多，不再红肿流水，也不再疼痛。甘妈心里松快，逢人就夸凤娘，说她是仙女下凡。

凤娘说："我要是仙女就好了，我飞到天上去，问玉皇大帝，我从哪里来的？"甘妈看这模样俊秀的女子，却是身世不明，以往的事一概忘了，便叹息道："唉！这日子晓得也是过，不晓得也是过，你只当从头过起就是。"

凤娘笑着说，甘妈的话她记下了。她的笑容是那种明眸皓齿的，一下子能把这暗暗的灶屋间照亮。甘妈的火巴眼不疼了，开心地拿出私家绝活儿，教凤娘做年饭，覃家要在腊月二十九这天过"赶年"，得备出好多菜。

4

过"赶年"是三峡的习俗，不光是覃家，三峡的土著人家都在腊月末提前一天团年。传说是在明朝时期，有一年恰逢年关将近，三峡一带的子弟奉调东南沿海出征抗倭，军令紧急，于是家家户户在腊月二十九提前团年，第二天一早就赶赴征程。喝完团年酒，把酒碗摔在地上，表示义无反顾地奔赴战场。

民间又叫"喝摔碗酒"。

过赶年的习俗一代代传了下来。这天一早，覃九河带着佑蛟兄弟和船社的伙计先到龙王庙祭拜。三峡两岸多在水急浪大、暗礁险滩之处，或是商贾云集的繁华小镇建有龙王庙，百姓又叫王爷庙、镇江阁，每逢节庆，或新船下水，船队出行都要在此举行仪式，祭祀祈愿。官渡口巫峡北岸江边高台地上的龙王庙始建于清嘉庆年间，主殿供奉龙王塑像，配殿供奉火神、财神或灵官菩萨，覃九河一行来到庙前，顾择和义蛟将带来的祭品、供品摆放好，正要燃放鞭炮，覃九河却看了看身后，朝义蛟问道："你二哥呢？"

义蛟忙说："哦，二哥他打早过江，到城里书店买书去了，说他会赶回来团年。"

覃九河皱了皱眉，一言不发地摆了摆手，义蛟便去点燃庙前的鞭炮，噼里啪啦地炸起来。鞭炮声中，覃九河双手合十，朝殿上的龙王默默地念着祭词，祈愿龙王保佑船社一年里平安行船，保佑全家和船社老小四季福暖。待他念完后，众人随他跪拜叩首。

从龙王庙祭拜回来，覃家吊脚楼里已是一派喜庆，花栏侧边的一溜蜡梅花开了，碧蓉领着娃娃剪了些花枝，正往花瓶里插，甘妈和凤娘从灶屋里将做好的过年菜用托盘端进了堂屋，那张大桌子上已堆满了佳肴。杨氏叫碧蓉她们快收拾好，换了衣裳，要上席了。

覃九河又问义蛟："你二哥还没回来？"

义蛟心里也着急，只说："快了快了。"

团年饭前先要祭拜祖先，覃九河带着儿孙正要在神龛前磕头，老二覃远蛟从大门外啪啪地跑进来，十冬腊月的，他脸上起了一层微汗，搓着两手说："爹，妈，我没来晚吧？"

覃九河见他跑得匆忙，蓝色学生装的衣兜里塞着一本书，便只说了句："磕头吧。"

义蛟随在二哥一旁磕完头，起身之后悄悄问二哥："你到底做什么去啦？"二哥怔了一下，也放低声音说："不是告诉你进城买书去了吗？"

二哥从小爱读书，长得一副国字脸，两道浓黑的剑眉，宽肩细腰，在义蛟心里，二哥不仅是他敬仰喜欢的哥，还是无话不谈的朋友。二哥考上武昌的水利学堂，已经读了快三年，往年放假回来，总是关在家里读书，但这次却与往年有些不同，二哥之前去哪里总爱叫上他，两人一路有说有笑，这次却避开他独自出去，像是去小镇的后山上会什么人。

二哥说是去买书，但义蛟昨天在家里就看见二哥这本黄色封皮的书了，他一定是为别的事出去的，二哥一定藏有什么秘密。

"哼，你不告诉我，我以后有什么事也不告诉你。"义蛟跟在二哥身后说。二哥照他的背上不轻不重给了一拳，笑着走开了。

祭完祖宗之后，覃义蛟兄弟几个在门前放了三挂鞭炮，叫作"关门鞭炮"，然后关上吊脚楼大门，围着大圆桌坐下来吃团年饭。

团年席且是十分庄重的，不像吃煲汤那样随意，大人娃娃都换了新衣，衣裳扣子扣得齐整，正襟危坐。覃九河坐在上首，看着桌旁的儿孙们，不禁神色怡然，他身旁挨次是杨氏、长子佑蛟，妻子碧蓉，二儿远蛟，三儿义蛟，幺女玉蛟，年幼的孙子覃浩、覃瀚。这覃家的团年，算是齐整了。覃九河说："老顾他们的席面都排好了吧？"

杨氏说："厢房那边有两桌，顾管家在那边招呼呢。"

"团年酒，叫伙计们敞开了喝。"覃九河说。

老三义蛟拉了拉板凳，小声对身旁的玉蛟说："幺妹，你不把凤娘叫过来？"玉蛟眨眨眼睛笑了，起身跳开去。覃九河看在眼里，问："老三你们在搞什么？"义蛟装作未听见。一会儿玉蛟从厢房那边回来，凑到义蛟耳边说："凤娘她不肯过来，说要帮甘妈端菜。"

二哥远蛟听见了，朝义蛟挤了挤眼睛。

嫂子碧蓉给桌上的酒碗都倒满了酒，覃九河端起酒碗，说："儿们，我们覃家团年了。"杨氏也跟着说："团年了。"

"多亏祖宗保佑，总算是有惊无险又过了一年，全家人稳稳当当地坐在了一起。我覃九河知足了。比上不足，比下有余，我覃家比缴不起税课、挨饿受冻的人家要强过百倍，更莫提那些遇到战乱灾荒，无家可归的人。"覃九河朝身边的儿女一一看去，"老大你遇到一劫，但大难不死，伤势见好，老二和幺妹在学堂里也都还安然，老三嘛最辛苦，一年四季都在跑船，老大受了伤，船社的大小事都少不了老三帮衬。儿们，你们几个都没给我和你妈丢脸。来，我们先干一碗团年酒。"

席上人都一个个举起酒碗，老大覃佑蛟膀子还不得力，左手端起酒碗说："爹，最辛苦是您老人家，要不是您主阵，覃家和船社哪有今天？全靠爹这棵大树支撑，为我们后人遮风挡雨。我们先敬您家。"老二也随着说道："大哥说得是，我和幺妹没能帮上家里的忙，爹、妈和大哥大嫂、老三你们辛苦，先敬二老！"

席间免不了又说些平安吉祥的话，大家都干了碗里的酒，就连九岁孙子覃浩也喝了一小口，居然眉头都没皱，覃九河看得高兴，"这才是我覃家的种。"

酒过三巡，覃九河眼神慈爱地叫了一声老三，语重心长地说："今后船社的事，老三你还要多担一些，你也不小了，我看过完年，就给你把亲事办了，早晚好有个人照顾你……"

覃义蛟放下酒碗，噘了噘嘴说：“爹，团年就团年，哪门又说起这事？”

覃九河剜了他一眼，“这是为你着想的终身大事，趁你们兄弟伙的都在，现在不说何时说？”

覃义蛟梗着脖子，“爹，我早就说过，我的婚事不要二老操心。”

“屁话！”覃九河啪地摔下筷子，脸上升起怒气。母亲杨氏忙说：“三儿，好生跟你爹说话。”老大覃佑蛟也说：“爹，您家莫见气，老三他还小，性子直，让他多想想。”老二远蛟也在一旁点头。玉蛟暗中碰了碰义蛟的胳膊，笑着举起酒碗，“爹，妈，我和三哥敬您二老。”

义蛟也举起酒碗，正想开口，脸色愠怒的覃九河却将面前的酒端起来，一仰脖就喝了下去，然后啪的一下，将碗摔在了地上。

第五章　灯会

1

俗话说，正月忌头、腊月忌尾，不能说不吉利的话，不能做伤和气的事，过年期间如果发火，那这一年都会生气。全家团年之时，覃九河本待发作，但想想作罢。他喝了摔碗酒，说了句："喝多了。"

正月初二一大早，覃九河要带人划船过江，到县城去给一些人家拜年。麻雀也有三十夜，他让管家顾择回乡过年去了，老大受伤未愈，平时管家料理的事自然就都落在了义蛟身上。

义蛟粗中有细，先请教大哥，按照往年的惯例打点了礼盒挑子，又殷勤地给爹带上出门的铜烟袋和洋火，擦脸的手巾。他站在青石坝上大声吆喝着，忙前忙后十分勤快，覃九河看他一应事物考虑得周全，先前板着的脸由阴转晴。

帆船从官渡口摇过大江，上了曾家码头，覃九河带着远蛟、义蛟和一帮挑担提盒的伙计，来到县城街上。正是春节，长街两旁的店铺都挂起了灯笼，门前也都贴上了红春联，小城里许多人都认得信陵船社的老帮主覃九公，一路走来，迎面便不断有人问候寒暄，对他身后两个相貌英俊的儿子赞不绝口。覃九河一边拱手回礼，一边听来也不由喜笑颜开。

覃九河先要去县公署拜望傅县长。

从民国十六年春开始，武汉国民政府将县知事公署改为县行政公署，知事也从此改称"县长"。行政公署后也改称县政府，但巴东的老百姓还是都按老叫法，称"县公署"。覃九河为信陵船社的帮主，兼着巴东商会的副会长，对县公署里的情况大都知晓，巴东县被国民政府定为三等县，设教育局、财务委员会、钱粮柜，还有跟商会密切相关的契税征收所、营业税稽征所、整理田赋委员会。此外县公署还附设了催收所、禁烟分局。覃九河心下明白，信陵船社要把生意做好，不能不和县公署上下的官员相处好，山不转水转，哪个都不能轻易得罪。

傅县长的家在县公署后边的半山坡上，白墙黑瓦的一幢小楼，带着小院，大门前站了一个仆人。覃九河父子一行挑着装满山珍野味的大礼盒，有金黄的腊肉火腿，腌好风干的长江鲥鱼，神农架挖来的人参当归，进了小楼。不料刚一进门就见下河帮的赖大爹已经捷足先登，坐在客厅上方正与傅县长谈笑风生，桌上摆了一堆绸缎，几个精致的首饰盒，县长太太正拿着一个金镯子在手腕上比画。

见覃九河几个进来，县长太太连忙叫丫头把绸缎和首饰抱走。覃九河只当视而不见，他昂然而入，也不理会递过笑脸的赖大爹，领着两个儿子只朝傅县长作揖拜年。傅县长这边早已站起身来，连说："覃帮主贵客，快快请坐。"

这头发稀拉、已经秃顶的傅县长，毕业于四川法律专门学校，原先在宜昌公署做文秘，一直混到年近五十才得了个县长的职位，却是在这山高坡陡、贫寒困苦的巴东，总觉不得意，又逢时局不好，便在县里勉强混些日子。逢年过节见有人大包小盒地上门拜年，倒也开心，定睛看那覃九河身后两个青年，一个玉树临风，一个如铁打金刚，便道："覃帮主的船社后继有人啊。"

覃九河趁机说道："覃某三个儿子一个女儿，这是老二远蛟，在武昌念书，这是老三义蛟，在信陵船社跑船。以后覃家老小都还请傅县长多多关照。"

说话间，丫头送上茶来，覃九河也不客气，与傅县长对面坐下，傅县长说："覃帮主儿女双全，有福之人啊，不像我傅某，膝下就一个女儿。"

赖大爹一旁冷坐了些时，笑着插话："县长何不再添一丁？"他这天穿了一件黑皮袄，袖口翻出蓬松的狐狸毛，边说边掸了掸粘在狐狸毛上的纸屑，大概是街上炸鞭炮时粘上的，有意无意地往覃九河那边一掸。

傅县长听罢笑道："咳，傅某都已过知天命之年，有此心也无此力啊。"赖大爹往他跟前一凑，说："县长先莫打退堂鼓，古来七十还有添丁一说，县长正值壮年有何不可？"

傅县长说："哦？"

"下回我带点东西来，保准您和太太吃了管用。"赖大爹说到此处，索性起身凑到傅县长身边，小声地越发说得亲热。傅县长耸起肩膀，两手摁着罗圈椅的扶手，边听边嘿嘿直笑。

站在父亲身后的覃义蛟见此状，不由心生厌烦，刚刚见到赖大爹，他就有了仇人相见、分外眼红的恼怒，只是在此不便发作，此刻又见这姓赖的这番做派，便气鼓鼓地瞪起眼睛叫了声："爹，傅县长这里忙，我们何必再打扰？"

赖大爹闻此言扭过脸来，"这个覃老三，你的脾气蛮冲呢，县长在和我们说话，你都敢插嘴？"

覃义蛟恨道："关你屁事？"

赖大爹说："哎，你覃老三敢犯上，按辈分你得叫我一声叔……"

正说着，只听咔嚓一声，傅县长吃惊地看到，覃九河手上的茶碗竟然碎了，却在不动声色地伸开五指，让碎掉的瓷片一点点坠落在地。傅县长曾听说覃九公从小习武，身怀绝技，莫不是动了气？他假装糊涂，"啊，这茶碗好不经事，覃会长你没伤到手吧？"一边大声叫丫头来换茶。

县长太太领着两个老妈子正在侧屋那边忙得不亦乐乎。三峡一带过年，三十、初一都不兴出门，初二才开始相互拜年，傅县长家从一早晨就来了拜年的，络绎不绝，县长太太欢喜得屁股都扭圆了。那边像一个接待室，若是来了县里的头面人物、商贾老板，丫头就领到客厅来见傅县长，若是来的职员下属，就由仆人几句客气话打发了。听得傅县长叫换茶，县长太太忙叫丫头过去，覃九河起身说道："不必了，已在傅县长这里得了喜庆，我们就先告辞了……"

但恰在这时，门口仆人突然一声高叫："牛团总来嗒！"

傅县长脸色一变，霍地从八仙桌旁站起，却听一人粗声大嗓地在门前说道："傅县长年过得安然啊！"

一个肩披黄大氅、腰扎宽皮带的壮汉，足蹬一双亮晃晃的大马靴"嗒嗒嗒"地走了进来，他身后一群黄马褂的大兵，也跟着一拥而入，客厅里顿时挤得满满当当，覃九河父子和赖大爹都被堵在了屋里。来人是驻扎在巴东县的牛团总，傅县长脸上堆满笑容，忙不迭地让秘书和仆人端椅子，拿板凳，请牛团总一行坐下。

牛团总却不肯落座，他抖了抖肩上的大氅，转身对那些兵们吼道："你们一个个傻站着干啥子？快给傅县长拜年嘛！"

"哦，拜年拜年，县长赏钱！"这帮兵油子嬉皮笑脸地朝傅县长打躬作揖，"县长老爷，小的们给您家拜年啦！"

傅县长脸色尴尬地笑道："多谢多谢！各位兄弟辛苦辛苦！"

牛团总喉咙粗壮地说："哎！傅县长多谢啥子？你给了赏钱，该兄弟们说多谢才是嘛。"

话说到这个份上，傅县长无法装佯，只好苦着脸说："唉，牛团总不是不晓得，巴东是个穷县，兄弟我在任上收到的税银，连县公署人员的月饷都发不出来，年前也算凑了些薄礼，已给牛团总你们送过去了，这眼下就再也拿不出……"

牛团总没好气地抬起右腿往八仙桌旁的太师椅上一蹬，"县长老爷，这大过年的，弟兄们听你县太爷哭穷来了？"

他又一拍桌子，"巴东县山高皇帝远，地穷出刁民，六年前共产党的红军杀官夺印，把县太爷的脑壳挂在了城门上，傅县长你难道没听说过？这几年若不是我这些兄弟们舍命保护，只怕神仙来了位置也坐不稳，你说是不是？"

傅县长点头哈腰，"是，是。"

他不敢说不是。三峡一带兵患不断，各路武装争夺地盘，纷扰不断，他这个当县长的确实危机四伏。

辛亥革命之后，军阀割据，川军不断由西向东扩展势力，所属三万余人沿巴东、兴山、房县边界设防，防南军东下，划巴东、秭归为第一作战区。湖北靖国军即南军，兴起"荆襄自主"遭到失败，自民国七年一月，从襄阳败退后攻克秭归、兴山、巴东部分地区，所属两万余人连营数十处，也沿江至巫山一线布防。南北两军对垒半年之久，多次摩擦交战，各自损伤惨重，在巴东签订协议，南军退入川东，北军占据巴东。但沿江布防的南北两军仍然战火不断，均难取胜，时战时和。

民国十年春，北洋军阀王占元任两湖巡阅使、湖北督军时，社会动荡，湖北各界发起"驱王自治"行动，赴四川请兵，四川督军刘湘决定出兵两万，并自任"援军"总司令，川军由夔州出师，兵分三路援鄂，会攻宜昌。其时，民国北京政府为维护其在湖北的统治地位，由吴佩孚、萧耀南取代王占元任两湖巡阅使和湖北督军，调集四个师的兵力，迎击川军，在巴东一带激战多日，双方占地交织混杂。长江上游总司令孙传芳令人严守巴东江北之盘沱溪、江南之土地堂，而后分驻巴东边境要隘。川军第二混成旅则驻火峰、罗溪、西瀼口一线。几番交战之后，两湖巡阅使吴佩孚前往四川同刘湘议和，途中停留巴东县城，视察防务。最终签订各守边界、会同剿匪等十七条《川鄂联防草约》，川军撤离县境，只留下地方团防。

巴东一带的神兵也不可小觑。

神兵自民国初年兴起，起初是受河南、兴山等地的"大道会""红枪会"影响，是为不堪兵乱匪患之苦，百姓奋起自卫，在乡间设佛堂，传神法，练功习武。数年后神兵会众已有万余人，多为贫苦百姓，中共巴东特支根据上级组织暴动计划，派人加入神兵，控制了部分神兵组织。

恰有一股土匪"棒老二"自称济贫军总司令，聚三千余众，枪两千支，占据巴东、兴山、秭归一带，窜掠城乡，所到之处十室九空，当地一些百姓不得不抛弃家园，流落他乡。这股土匪后为川军杨森部收编，沿江设关堵卡，拦劫行船，勒索捧税，百姓无不切齿。巴东神兵于一个冬月冲入万户沱匪巢，活捉匪首，解县城伏法，百姓拍手称快，当时县公署还以神兵灭匪自卫有功，给予了嘉奖。但后来有人举报，神兵中有共产党，巴东团防伙同当地驻军以"剿匪"名义掉头打击神兵，还趁机将平素有仇的商家乡绅也列为"红匪"，占田夺地，取人性命，世人皆知。团防集军政大权于一身，寻常百姓见了他们都唯恐避之不及，此时牛团总带着兵们上门拜年要钱，傅县长一时无计可施，只有赔着笑脸说好话。

岂料兵油子们毫无忌惮，在小楼里外乱窜，见桌上堆了绸缎首饰，地上又是几挑腊肉干鱼的礼盒，不由眼都红了，一个个骂骂咧咧："妈拉个巴子！老子们舍命来保那些人的平安，他们吃香的喝辣的，老子们却连块油渣都尝不到！牛团总，弟兄们没法干了！"

牛团总听任他们七嘴八舌地闹嚷，冷眼看着傅县长。

傅县长见兵们撸袖子挽胳臂的，太太丫头都吓得花容失色，身上直抖，便只好说："兄弟们既然来了，要是看得起，就把屋里这些礼性带回去，本来都是些巴东乡邻的心意，傅某也没打算收。"

牛团总冷笑道："县太爷既然不打算收，那我们兄弟帮你收起。只是除了这些顺水人情，兄弟们还想讨点银钱，为了给县上保平安，兄弟们过年都没回家，过几天有的兄弟要回去看八十岁老娘，县长不打发几个盘缠？"

傅县长嘿嘿干笑，眼珠转来转去，落在了赖大爹和覃九河父子身上，"这几位都是川江上的船社帮主，他们豪侠仗义，牛团总可认得？"

牛团总审视着覃九河父子几个，转而盯上了赖大爹身上的狐狸

78

皮袄，讪笑道："光这身皮就够我们几个兄弟吃喝一年的。"

赖大爹朝他拱了拱手，"团总见笑。赖某曾听杨森司令的副官说到牛团总领兵有方，早就想请团总喝杯薄酒，要是您家这两天有空，赖某专程来拜访团总。"

牛团总神色大悦，"好啊。"

"要说川江上的船社，我们下河帮本钱单薄，只有几个烂船板板，这位信陵船社的覃帮主覃九公才是川江霸主，跑船的人都奉他为老大呢。"赖大爹一脸诚恳地指着覃九河对牛团总说。

牛团总打量着脸庞坚硬的覃九河，"原来你就是覃帮主？早闻你的大名，无缘相会啊！"覃九河此时心中愠怒，但却往前拱手道："县长、团总，我覃九河说不来乖巧话，覃家和信陵船社交粮纳税，从没少过官家一分一厘，今天是来给巴东的父母官拜个年，祈祷一方平安，不想在此碰见牛团总和诸位兄弟，岂不正是缘分？"

牛团总听得不耐烦，"啥子缘分啰，这年头没得钱，兵都带不下去了。"

没想到覃九河伸手从怀里掏出一张银票，往跟前的八仙桌上一放："我这里恰好带着年前跑船的一点苦力钱，原本是想拿给城里的小店做生意的，既然团防的兄弟们来了，就按团总说的给兄弟们添些盘缠吧。"

牛团总拿眼一瞟，桌上那张银票却是一百块大洋，立刻转怒为喜："哈哈，痛快！我牛某就喜欢爽快人，覃帮主以后有事只管吩咐。我代兄弟们多谢了！"

屋里的一伙兵油子也跟着叫嚷："多谢多谢！"

正在一片欢闹之时，站在墙角的覃家老二远蛟却突然大声说道：

"各位，作为军人，难道不应以国耻为先，民族为先吗？"

一屋子人都愣住了。

傅县长、牛团总看着这位长相俊朗的后生，不知他为何发出此言。覃九河叫了一声"老二"，但远蛟却不顾他的阻拦，神色愤然地说："作为军人，你们难道不晓得，东北三省已落入倭寇之手？日军炮轰中国东北军北大营，制造了震惊中外的'九一八事变'，接着侵占了东北、华北，抢我中华，欺我百姓，如今上海、南京均已沦陷，各位不思国耻，不谈抗战，竟敢当着县长的面明抢暗夺，成何道理？"

一时语惊四座，牛团总脸色酱紫地怒喝："你什么人，敢教训老子？"

未等远蛟再开言，覃九河将他往身后一推，斥责道："混账！你一个书呆子晓得么事？在这里胡言乱语？"转身便对牛团总说道："犬子脑壳有病，不知天高地厚，覃某代他赔罪！不敢再打扰各位，傅县长，我们告辞了！"

牛团总一抖黄皮大氅，就待发作，覃九河撩起长袍，背过脸将腰间佩戴的一块玉石摘下来，笼在袖口边，一把塞到了牛团总怀里，这一连串只在眨眼之间。然后他便连推带搡地将远蛟和义蛟领出门去，身后有团丁叫喊："他妈的莫跑！"

牛团总扬扬手说："算了，让他们走。"

父子三人和门前等候的两个挑伕，急急走下光溜溜的石阶，义蛟耐不住兴奋地说："二哥你真行，训得他们无话可说！"覃九河低声训斥："找死啊你们？快给老子闭嘴！还不快走！"

县公署门前的巷子里，穿长衫的，背脚挑担的，来往人多眼杂，岂是随意说话的地方？兄弟二人见覃九河一脸怒气，便再也不吭声，唰唰地加快了脚步。

今天的拜年多有不顺，那赖成绪与县长打得火热，看上去已有了交情，又故意在牛团总那个魔头面前，把覃家父子推到风口浪尖上，害得覃九河白白折了一百块光洋。本想花钱买个平安，没想到老二跳出来一席话，让他惊出了一身冷汗。牛团总和那帮兵油子平日里横行霸道，杀人越货，什么事都干得出来，老二的当面斥责，简直就是不要命，刚才若不是他急中生智舍了那块宝玉，只怕今天他们父子难以脱身。

覃九河催着远蛟他们脚不沾地走出县公署的小巷，来到了人来人往的街面上，仍心有余悸，他回头看了看，担心那帮兵油子会追了上来。一个娃儿从街上跑过，嬉笑着朝天扔了颗爆竹，砰的一声在他们头顶上炸响。覃九河看着炸开的爆竹屑，庆幸这不是枪响。

2

小城里洋溢着过年的喜气，街上店铺门面都大敞八开，一串串鞭炮声在门前炸得噼啪作响，街面的青石板上一层鞭炮纸屑。前来拜年的人在门口大声说着恭贺，主人家迎来送往，满街飘散着一股股酒肉的香气。三峡人爱说"麻雀也有三十夜，穷人也要过大年"。过年的日子里，家家户户都在做最好的吃食，一路上都是浓烈的美味酒香。覃义蛟放慢了脚步，吞了吞口水，叫了声二哥："你饿了没得？"

远蛟却像是没听见，眼睛盯着街旁的一家书店。

那家店门楣上挂着"华文书坊"的柏木牌子，敞开的柜台上摆放着书报杂志，又码放着一些白肥皂、火柴盒，还斜立着一排装有酥糖、小麻饼的玻璃罐子，门前立着一个招揽牌，上有毛笔楷书："张恨水新编《啼笑因缘》，颠倒神思书中藏情影。"

义蛟见二哥看得出神，走过去碰了碰他，覃远蛟指着牌子说："哦，老三，你看过这《啼笑因缘》吗？"

覃义蛟摇头，"我成天在江上跑船，哪有工夫看这个？爹在前面走了，快走吧，我肚子饿得咕咕叫。"

前面曾家码头旁边，就是覃家船社在城里开的信陵杂货铺，店里摆放着船社从重庆、宜昌、汉口运来的好些稀罕货物：布匹绸缎，胭脂花粉，煤油桐油，箱柜木材，热水瓶搪瓷盆，镜子信纸……日常用品几乎无所不有。市面上的俏货，小城里的人想买又时常买不到的东西，在这信陵杂货铺里多半能找到。除了门市上的零售生意，还与多家商户有订销往来，城里好几家绸缎铺、烟酒铺、木材店，都在这店里订货，然后由信陵船社打川江上下运载而来。

杂货铺的掌柜是覃九河的外甥曾子唯。

覃九河父子三人走进店时，曾老板和两个小伙计正忙得不可开交，进到店里来买拜年礼品的人不少。覃家兄弟在门口叫了一声表哥，曾老板忙丢了手上的生意，迎上来招呼，先朝覃九河叫了声舅舅，说："您家过江来了？老二老三，你们也来了？"

一番寒暄后，覃九河说："哦。你先忙你的。"

店里人气蛮旺，门前不断有顾客进来，覃九河看年前从下江进的各样货色竟然都卖去了一多半，心头不由一喜，外甥子唯到底不负所望，把店子料理得生意兴隆。

曾子唯是覃九河二姐的儿子。二姐当年从官渡口嫁到这城里有钱的曾家，风光了好多年。曾家在江南绿葱坡开有煤矿，专门在长江边上建了一个曾家码头装卸煤炭，这码头从江边上街的几百步石阶，被煤炭碎末染得黑乎乎的，旁人一般都不愿走，只有他们曾家的生意专用，从早到晚，邻近的人家都能听到石阶上传来的响动，那是扛煤炭的苦力的脚步声、喘气声、哦嗬声。

那些年曾家可说是日进斗金。但好景不长，曾家姐夫后来染上了鸦片瘾和赌瘾，渐渐只在鸦片馆里躺平，最后把家业抽得一干二净，临死前连码头和房产都卖给了别人。家道破落，居无定所，人到中年的二姐气得抑郁而死。膝下的大儿子曾子宁早年在外读书，后来考上了黄埔军校，又去到日本武官学堂深造，再也未回巴东。小儿子曾子唯恰在少年，舅舅覃九河供养他念完高中，带他在船社干了几年，后来便将城里的这家杂货铺交给他来打理。

曾子唯听说覃九河父子刚从县公署傅县长家出来，眼看快到中午，赶忙叫伙计从街前的穆桂英酒家叫来几个卤菜，有顺风耳尖、夫妻肺片、鸭舌鹅掌，都是些味道香浓的下酒菜，又抱出自家酿的苞谷酒坛，说先请"过中"①，垫补一下，晚上再备一桌正经酒菜好生吃喝。

覃九河见外甥忙前跑后，周到细心，心里舒坦了许多，对远蛟义蛟二人说："你们要学你表哥才好，遇事莫那么莽撞。"又朝曾子唯夸赞道："这信陵杂货铺自从有你当家，生意越做越红火，替信陵船

---

① 过中：中午时分不吃午饭，只吃些点心、零食。

社添了彩头。舅舅应该请你喝酒才是。"

虽是正月新春到来，但峡江小城仍然寒气不减，这曾子唯却只穿了一件薄棉袄，跟店里的伙计一样戴着套袖，一看就是成天在干活的样子，他往覃九河面前的酒盅斟满酒，一边说："这都是托舅舅您家的福，要不是您家，莫说这店里的生意做不起来，就是我们几个的衣食饭碗，又从哪里来？"

覃九河摆摆手，"一家人不说两家话。子唯，你这些天辛苦了，打明天起你歇一歇，回家陪陪老婆娃娃，这里让老三来看店，你过完正月十五再来。"

义蛟好生意外，"爹，我不跟你回官渡口？"

覃九河也不看他，用筷子敲敲菜碟，"你表哥一年辛苦到头，难道还不让他过个年？"

曾子唯忙说不辛苦，还是让三弟回去歇歇，他在江上跑船比在店里做生意要累得多。覃九河却不由分说地摆摆手，只管喝酒。远蛟一旁察言观色，"爹，我和老三一起在这儿看店吧。"

覃九河说："这里没你什么事，你明天一早跟我回官渡口去。"

远蛟说："爹，我在城里恰好有点事要办。"

覃九河将酒盅往桌上一蹾，"你要办么事？我看你是要惹事！今天在傅县长那里差点就没惹出大事来，你在武昌几年书读到哪里去了？"

曾子唯见势不好，忙叫了声舅舅，说喝酒喝酒。他看看面前的几碟卤菜，忽然想起："咳，还是我粗心，舅舅您家不是喜欢吃隔壁岳家的香干吗？哪门给忘了？"说着就叫小伙计去隔壁买些豆干来，远蛟站起身说："我晓得他们店里哪种豆干好，我去。"

岳家豆腐店就在隔壁，远蛟抬腿就出了门，但半个时辰过去，这边两杯酒已经见底，也未见他回转。曾子唯朝门口张望，想叫小伙计过去看看。义蛟推开椅子，说"我去"，就几大步又蹿出门去了。覃九河看着他的背影，摇头叹道："毛里毛躁的，这俩弟兄都叫人操心。"

曾子唯说："舅舅多虑了，远蛟他会读书，将来从武昌学堂毕业出来就是栋梁之材，义蛟他在江上走船已是一把好手，如今信陵船社有他和大哥支撑，舅舅您家只管高枕无忧啊。"覃九河知道外甥是在好意宽慰，想到这无爹无娘的孩儿倒是尤其懂事，比自己的三个儿子要善解人意，便对子唯又多了一分疼惜。

义蛟从杂货铺出来，一步跨进隔壁岳家豆腐店，只觉一股热气腾腾的豆香扑鼻而来。小城里的人都爱吃豆腐香干，街上有好几家豆腐店，岳家却是做得最好的，特别是卤香干，川江上下闻名。岳家店有一口老锅，锅里的卤水说是从乾隆皇帝那个年代传下来的，一辈传一辈，比性命都重要。老锅每天一早就开始用小火熬煮，隔三岔五加上无源洞里的山泉水，添放一些山鸡棒骨和秘制的香料包，那汤色看上去又浓又醇，卤出来的香干却是红里透亮，色泽诱人，咬一口顿时余香满嘴，绵软里透着筋道，回味无穷。

一个伙计朝覃义蛟迎上来，问道："要香干还是豆腐？"

岳家豆腐店跟杂货铺的木楼一样，当街一层是设了柜台的店面，几个伙计在忙着招呼买卖。楼底下还有两层，一层做豆腐豆干，最下面一层做仓库，后门一直通到江边。

义蛟说："我找人。"便顺着楼梯到了楼下。房梁正中吊垂着一盏罩子灯，昏黄的灯光下，满屋热气蒸腾，品字形安放的三口大锅正煮得咕嘟咕嘟的，伙计们有的在做豆腐，有的在卤香干。义蛟四下里一看，找见二哥手提着一扎粽叶子捆好的香干，站在墙角暗处，正跟一个身系红花围裙的女子说话。

那女子皮肤白白的，两腮透着桃红，一口牙珍珠粒似的在暗淡的屋子里闪着光，她细声细语，嘴边含笑，眼神里似也有话。

义蛟叫了一声二哥，远蛟吃惊地回过头来，义蛟说："二哥你这老半天，是买豆干还是在帮卤豆干？"

女子一见义蛟倒欢喜地先叫起来："三哥你也来了？"却都是认得的，正是豆腐店岳老板的女儿绣儿，绣儿从前又黄又瘦，去年没怎么见，变得差点没认出来。义蛟便应道："绣儿，好久不见你了。"

绣儿笑着打趣："我正跟二哥说呢，你们读书的读书，跑船的跑船，一年四季都不打个照面，未必都不想吃我们岳家的豆干？"

义蛟说："这不都来了吗？刚才在杂货店一说起岳家的香干，我二哥就抢着要过来买，好半天也不回去，原来是在和绣儿说话。"

绣儿一双眼睛看着远蛟，"二哥他到武昌学堂里读书，好不容易才回来，我爹叫我留他吃饭。"

远蛟对绣儿笑了笑说："多谢岳老板了，绣儿，那我们先回去了，我爹还等着香干下酒呢。"

绣儿说："等一下。"她利落地去大锅那边捞起十多块香干，用一个小竹箕摊开装了，说刚出锅的味道最好，也不用粽叶子扎了，就这么拿回去下酒。远蛟上楼要去柜台给钱，绣儿双手拦住不让，"大过年的，我们还没去给覃九公拜年呢！我爹说了，几时等覃九公有空，要请他过来喝酒。"

兄弟二人回到杂货铺，给覃九河学说了一番，覃九河嚼着香干多喝了一杯，又说："这绣儿，前年看去还是一个人前都不敢说话的小丫头，如今也学会了为人处世，唉，日子真是快啊！"

3

当晚，覃义蛟和二哥在杂货铺的楼上抵足而眠。

覃九河吃过饭歇息片刻，就带着船社的挑伕和几个伙计过江回了官渡口，临走叮嘱老三在城里好生看店。表哥曾子唯依照他的吩咐，将店里的生意交代给了义蛟，又叫留在店里的两个伙计小心招呼，然后千恩万谢地回到上街自家屋里去了。

老二远蛟说只在城里住一晚，明日就回，覃九河勉强应允。这晚杂货铺的板楼上便成了兄弟俩的世界，煤油灯下，俩人坐在被窝里东扯西拉，说个没完。

义蛟从小和二哥就很亲密，时常睡在一个被窝里，你抓我的腿，我挠你的脚板心，这会儿他脱得光溜溜的，先钻进冰凉的被窝，说先把被窝焐暖和，免得二哥冷。二哥是一个读书人，比他怕冷。二哥说，我才不怕呢，我天天在学堂洗冷水澡，锻炼意志。

他们先说了一阵白天的事，覃义蛟气愤难平，说赖大爹那个狐狸阴险狠毒，暗中使计谋，一直想挤抢信陵船社的生意，他的手下人乔装打扮，在青滩一带出没打劫，上次偷了船上的布匹，年前大哥中了毒镖，八成也是姓赖的手下人干的。没想到他还有另一手，跟官府没少来往，听他的口气还攀上了川军的长官杨森，难怪他平日做事下手狠，原来是背后有人。

二哥说："官匪一家，各有利益，受害的是劳苦大众。老三，这个世界是个吃人的世界，我们要打翻它。如今日寇又在不断侵犯中国，我们年轻人不能等着当亡国奴，要想办法参与抗战。"

覃义蛟崇拜地听着二哥的话，二哥只比他大两岁，但就像他的老师。他们兄弟三人，二哥读的书最多，话也总说得在理，虽然有些话他不怎么懂，比如："打翻这个世界？怎么打？"

"日本人真的会打过来吗？"

"中国军队要是不抵抗，中国的土地就会被日本军队一点点占领，所以我们不能让他们得逞，我们要跟随抗日力量，保卫家乡，保卫黄河，保卫长江。"二哥说到激昂处，像是忘了在跟义蛟说话，而是站在台上演讲一样。

覃义蛟趴在枕头上，一只胳膊撑起脑壳看着他，说："二哥，你这样子好帅气哟，今天站在傅县长屋里也是的，话说得又硬肘^①，我要是个女娃子，肯定会巴到^②喜欢你。"

二哥被他说笑了，义蛟又说："我看绣儿就蛮喜欢你。"

二哥说："没有的事。那几年我在城里念中学，常去岳家店里买豆干吃，跟绣儿就熟了，今天碰到就多说了几句。"

义蛟说："绣儿长变了，她看你的眼神像放了糖一样。"

二哥脱下身上的蓝灰色制服，板板正正地叠好，放在床头藤椅上。本来在家里穿的是大襟衣褂，今天进城，爹特为要他穿上武昌学堂的制服，远蛟身材挺拔，穿上更显得英俊潇洒，走在小城街上十分打眼，就连义蛟心里都羡慕不已。

---

① 硬肘：川江方言，棒的意思。
② 巴到：川江方言，盼到、等到的意思。

二哥朝他的光膀子拍了一下，"你倒是跟我坦白，为么事不肯听爹的话，跟陈家的金桂定亲？你心里是不是有了凤娘？"

覃义蛟钻进被窝里不吭声，床头的煤油灯照在他脸上，二哥见他抿着嘴似笑非笑，就说："你看，我猜中了吧？我回来的那天，见你和凤娘坐在江边的石头上，你那副样子，我就猜到你是喜欢人家了。"

义蛟嘿嘿地笑起来，停了停问："二哥，那你看凤娘这人怎么样？"

二哥仰头想了一阵，"凤娘是一个少见的女子，不说她身世不明，言谈不同寻常，也不说她居然懂药理，会治病，就说她那双眼睛，看上去那么透亮，又那么深不可测，她这人就像一阵风，让人欲近还远……"

覃义蛟听二哥这一说，心里倒像不认得凤娘了。他说："唉！我没想那么多，只是一天不见到这个人，就像丢了啥子东西一样……"

"丢了魂。"

二哥说得没错。筋强骨壮的覃义蛟叹了口气，他还有些话难以启齿，夜里他老做梦，在梦里抱着凤娘，和她亲热，胯裆里湿漉漉的醒来，他问这是不是得了什么病。

"什么病？男人到这个年龄都会得的病。"

义蛟说："那二哥你也得过啰？"

二哥笑而不答，看来也是了。义蛟放了心。

"凤娘是一个奇女子，老三你要是喜欢她，就莫要辜负了她。"二哥坐到他身边说，"现在时兴新生活，哪怕穷乡僻壤的三峡县城和乡镇，也都可以文明恋爱。不过，老三你要好生想一下，是不是真要跟凤娘好，如果只是一时放不下，就趁早断了瓜葛，莫要耽误人家，也耽误自己。"

义蛟点头。他看着二哥那张英俊的脸，挺直的鼻子，棱角分明的嘴，下巴冒出的青胡楂，不禁说："要说定亲，也应该给你先定才是，我看陈家的金桂配你还差不多，不过绣儿更好看。"

二哥在被窝里蹭了他一脚，"你莫瞎扯。爹都说了，我这不是还在读书吗？"

"巴东县在外边读书的人又不是只有你一个，宜昌、武昌、广州、北平的都有，过年前就有好几户人家的儿子办喜酒，他们都是从外边回来成亲的。"

窗外小街上，响起打更的敲着锣：当——当——已经过了二更，兄弟俩还在说个没完。

"我心里有一个人。"二哥说。覃义蛟呼地坐起来，扳着他的肩膀连问："哪个哪个？"

二哥说跟他是同学，会琴棋书画，会写诗，弹古筝，她低着头拨弄琴弦的样子很奇妙，会拨到人心里去……最重要的是，她还是一个热血女子，一心要救国，舍弃学业去当了兵……二哥从他的制服贴身口袋里掏出一张照片，义蛟抢过来看，照片上一个瓜子脸丹凤眼的女子，紧抿着嘴唇，俊秀之中透着一股刚劲。

还是个女兵？覃义蛟正要问那女子现在哪里，楼下的店门突然一阵砰砰乱响，有人大声嚷叫："开门开门！"

他俩一怔，什么人这时候来砸门？紧接着又一阵摇得大门哐啷哐啷巨响，覃义蛟抓起棉袄往身上一披，飞快地朝楼下奔去，店里的两个小伙计也迷迷瞪瞪地来到大门前，义蛟一把拉开大木闩，两扇门便轰的一下子被挤得大开，三四个浑身酒气的团丁持枪带棍地闯了进来。覃义蛟伸手想拦住他们，"三更半夜的，你们想搞么子？"

那几个推开他，口里乱叫："搞么子？你们开店搞么子？你们卖东西赚钱，老子们就是来买东西的。"

嚷嚷着就在店里堆放的杂糖罐、桐油桶、竹木家什上乱摸乱踢。小伙计一旁想拦又不敢拦，吓得手直哆嗦。覃义蛟掌起灯来，却见那几个团丁都像是白天去到过傅县长家里的，心里便明白了几分。眼见一个歪眼团丁把手伸到杂糖罐里掏了好几把，扔进嘴里乱嚼，又用脚踢向摞放在墙角的一堆陶罐，砰砰几脚上去，罐子哗啦啦碎了一地。

覃义蛟火气冲到头顶，一把揪住这歪眼团丁，"买东西就买东西，想要闹事找错了门！"歪眼照着覃义蛟脸上就是一拳，"你想找死？"覃义蛟一抬胳臂肘，撞得歪眼往后直倒，那家伙恼怒地叫道："狗日的！老子给你一把火烧了！"

柜台一侧摆着好几个煤油桶，歪眼扑上去就要拧盖子，覃义蛟上前一脚踢中了他的手腕，歪眼怪叫一声垂下了手，另外几个团丁见状，举起枪托就朝覃义蛟扑来。

二哥站在楼梯口喝道："哪个敢动手！"

歪眼看见二哥，立刻嚷道："就是这个家伙，白天在县衙门里日撅[①]我们，绑了带起走！"几个团丁一窝蜂又朝二哥扑去，覃义蛟冲到二哥身前，想护住他，二哥却无惧色，倒将义蛟轻轻扒开，上前几步，对那几个气势汹汹又醉醺醺的团丁说道："好哇，我倒正想再

---

①　日撅：川江方言，挖苦的意思。

会会你们牛团总，川军的刘司令让我带个口信过来，他要找时间来巴东见你们各位。"

"刘司令？"歪眼几个发愣。

"川军刘湘总司令，难道你们都不晓得？你们当的是哪家的团丁？"二哥说，"团丁本当防守安民，你们却仗着酒性，半夜三更撞入民宅撒野，太没得规矩！湖北省府和川东边防三路司令刘湘已签订条约，三峡一带都由刘司令掌管，他正要过问你们这些团防的情况，我也正好向刘司令禀告……"

几个团丁听得一头雾水，突然醒悟过来，"你一个学生娃儿，也敢吹牛皮！莫把老子的鼻子笑歪了！"他们打量着二哥身上的学生制服，耻笑道："你要是有本事禀告刘司令，那我们几个就有本事禀告蒋委员长啰！"

"少跟他啰唆，绑起来带走！"歪眼几个扑到二哥跟前，二哥从怀里掏出一本证件，举了起来。歪眼凑上去一看，脸色不禁变了，又瞪眼细看了一阵，心不甘情不愿地往后退去。

那旁边几个见势不对，歪眼打着手势说："走！"几个也不敢再问，悻悻地跟着走了。

杂货铺里安静下来，小伙计收拾着地上的陶罐碎片，义蛟忙问二哥，刚才拿的是什么证件，镇住了这些存心闹事的家伙。二哥伸出刚才那黄皮小本，只见栏格里赫然写着：覃远蛟，陆军第二十一军军部参谋。

义蛟不相信自己的眼睛，拿过来看了又看，吃惊地问："二哥，你不是在上武昌水电学堂吗，怎么成了陆军参谋？"

"上楼说去。"二哥说。

原来二哥已在半年之前投笔从戎，一位省府的元老，也是二哥水电学堂的老师，一封书信将他介绍给了川军司令刘湘。刘司令见他文章写得甚好，且透着一股机灵，便将他留在军部做了参谋。他这次就是从军部所在的成都辗转到重庆，再坐船回来的。义蛟如梦方醒，"二哥，原来你在做大事啊。"又说："二哥你回来这些天，怎么一个字也未给家里人透露？"

二哥说："老三，我不是说过了吗？如今日本鬼子的铁蹄已经从东北伸向华北，还在不断南下，二哥我当兵为的就是抗战，为了打击侵略者。前方战事越来越紧，说不定哪一天我会上战场，去和日本鬼子拼个你死我活，我不想让爹妈和家里人晓得了替我担心。"

"全家人都以为你一直在武昌学堂里念书呢。"

"战火弥漫，大江南北哪里还安放得下课桌？我的好些同学也都弃笔从戎，我给你说到的那位女同学，已经在国军第十八军十一师当了电报员。"二哥说，"我在成都军部，这次过年本来没有时间回家，但特为请了假，是想探望一下年事渐高的爹妈，同时还有些要紧的事。"

覃义蛟问什么要紧的事，二哥说要去华文书坊买书。

华文书坊，就是白天经过的那家书店吗？覃义蛟不解，什么书在成都、重庆买不到，非要到巴东书店里来买？

二哥看看他，说以后你或许就知道了。街上的更锣敲过五更，二哥把义蛟摁进被窝，义蛟翻来覆去的睡不着，"今天一些稀奇事，我回去要告诉凤娘和幺妹。可爹叫我看店，也不晓得哪天才能回官渡口？"

二哥困了，任义蛟自个说着，嘴里含混地说："我看爹是不想让你守着凤娘呢。"义蛟说："哼，我明天就回去，看爹他又能怎么样？"二哥说："过几天，我把凤娘给你带到城里来。"

义蛟心里一喜，再想问二哥，那边已经轻轻打起了呼噜。

4

过完正月上九日，不几天就到了三峡人喜爱的十五元宵节，这一天的灯会格外热闹，傍晚时分，上码头、下码头，金子山，河对岸，各有一班玩灯的队伍，就都拥到了县城的街面上。随着铿锵的锣鼓，灯笼火把不夜天，整个小城都沸腾起来，街上的人挤得水泄不通。

覃义蛟和店里的伙计坐在信陵杂货铺的梭板柜台上，兴高采烈地看热闹。从街前过来的灯会班子一个接一个，看得人眼花缭乱，喉咙都喊干了。刚过去一溜采莲船，又过来一队打莲湘，再过来一个划桨的少年，引出一个大蚌壳。大家都晓得，蚌壳里有一个标致姑娘扮的蚌壳精，这时将那两扇壳一开一合，逗引得街上的娃娃们一个劲从人堆里往前拱。那红衣绿裤，粉团团的脸儿实在是神秘诱人，刹那间又哪能看得分明？满街的大人娃娃都瞪起眼睛，巴望那蚌壳精快出来，快出来啊！

那一旁伴着蚌壳精的少年郎，一把桨舞过来划过去，又是唱来又是念，在人们的喝彩声中，用一根红绸牵出了俊俏俏的蚌壳精，人们一阵欢呼。

覃义蛟眼前一亮，他惊诧地发现，那蚌壳精不就是凤娘吗？

他简直不敢相信，可再一细看，没得错，那就是她，凤娘那双清亮亮的眼睛，即使在夜晚也闪着波光，在那满街的灯火中格外透亮。他立刻从梭板柜台上纵身跳到街前，从人堆里挤进去，抬头就想叫一声凤娘，可一眨眼，那蚌壳精又钻进了壳里，只是一闪一合的，再也看不清。

他又兴奋地认出来，那旁边的少年是二哥远蛟。

二哥那天早起说要到去华文书坊买一本《啼笑因缘》，义蛟想跟他去，陪他走到书店，二哥让他在门外等。二哥进去了好一阵，义蛟看他不像只是买书，等他出来就问："那卖书的老板跟你认得吗？"二哥说："老三你莫问这些，我这就回官渡口去了。"

临走时二哥又说，他会把凤娘给他带到城里来。义蛟只当二哥在逗他，不料正月十五这天，凤娘真的随着官渡口玩灯的班子过江来了。

刚才只顾看蚌壳精，没认出二哥远蛟扮成了一个渔夫，头戴小斗笠，身穿浅蓝裤褂，腰束板带，蹬一双皂靴，手里拿一把木桨，绕着蚌壳精划来划去。义蛟从人堆里钻过去叫了一声二哥，二哥笑着说："你来得正好！"像是候的就是他，二哥摘下头顶的小斗笠就一把扣在了义蛟头上，又把手上的木桨也塞给了义蛟，然后将他推到蚌壳精旁边。

三峡人从小就喜欢玩灯，唱词和锣鼓点子，平日里也都哼唱得滚瓜烂熟。覃义蛟被二哥这一推，也就情不自禁地跟着玩灯的班子舞将起来。他常年在川江上划桨摇橹，拿起这木桨就如一根小棍轻飘飘的，毫不费劲地上下左右飞舞，舞得那桨板流星一般，逗得看灯的人山人海中发出一阵阵喝彩。义蛟却一心只盯着蚌壳里的女子，一开一合之间若明若暗，脸儿似嗔似喜，让他浑身的热血像呼呼的火苗直往上蹿。

玩灯的队伍边舞边往前行，蚌壳精刚过去，又来了推鼓儿车的标致妹娃子，歌儿唱得脆生生："我的鼓儿车哟，依哟喂，拜新年啦，哟依哒……"这些词三峡人都能倒背如流，因此每唱到"依哟喂、哟依哒"时，便重现"下里巴人，和者甚众"，一人唱来万人和，高亢的声浪在峡江之间一阵阵回荡。

划龙船的过来了，"正月里是新年，妹娃我去拜年，金哪银儿索银哪银儿索，阳鹊叫啊捎着鹦哥，妹娃要过河，是哪个来推我嘛？"众人一声吼叫："我们就来推你嘛！"

龙船划过之后，龙灯就在一阵紧似一阵的锣鼓声中飞奔而来，那龙的一双大眼，通常比娃娃的头还要大，它随着逗领的龙珠上下飞旋，时而一掠而过，时而紧盯着看客，似有无穷的话语深藏。

随着鞭炮急雨般地炸响，小城正月十五的灯会才算达到结尾的高潮，但人们意犹未尽，娃娃们不肯归家，满街上寻觅着未炸完的炮仗，又有一伙人追着蚌壳精非要看个究竟。

殊不知那渔夫已将蚌壳精拉到了曾家码头的江边上。

凤娘的绣花鞋在拥挤之中差点被人踩掉，她在鞋面上绣的一对凤鸟似乎也要飞了起来，她一只手被覃义蛟紧紧拉着不放，一路快跑，一路跌跌撞撞，她被拉得直叫："义蛟，义蛟！"

覃义蛟最爱听她叫"义蛟"，也最怕听她叫"义蛟"，一叫他心里就化了。他顾不得答应，就一直拉着她的手，生怕她跑了似的。二哥说要大胆去追求，他覃义蛟的胆子足够大，能闯三峡的"鬼见愁"，能过十八道滩，滩滩都是鬼门关，川江上的跑船人，没得什么可怕的，管他人多人少，他就是要拉着这个女子的手，飞起来跑。

一口气从曾家码头的石阶嗖嗖地下到江边，江水滔滔，一轮明月升在半空，照亮了峡谷和大江，那一江大水似乎沉浸在月色里，一动不动，就像银白色的绸缎摊开来，伸向远方。江水被江边悬崖阻挡又倒卷起雪似的浪花，一层层迭起，夜色中就像盛开的百合花，沿着江岸一路开去，伴随着大江的喘息。

还有他和她的喘息。

站在月光下，看这凤娘抹了胭脂的脸，就像一朵山茶花，他只想一把抱住她。凤娘却说："义蛟，你把我拉到这里来做么事？"

覃义蛟说："我就想听你叫我，再叫一声。"这么皎洁的月光下，要说的话儿千言万语，但又不晓得从何说起。

"凤娘，这些天你过得好吗？"

他其实想问，他不在的时候，她想过他没有？找过他没有？但凤娘说："园子里的蜡梅都开了，比腊月间开得还要多，我问鸟儿，花香不香？我问鸟儿，义蛟哪时候回来？"

义蛟闻到凤娘身上飘过来的香味，在官渡口的河边上，他就闻到过，就像花香，又带着药草香，他使劲吸了吸，往凤娘身前靠了靠，说："凤娘你看，十五的月亮好大哟！"

凤娘朝天上看去，那轮明月正挂在峡谷的上空，她眼里也有了一轮明月，清亮亮的，她像是看得好远，喃喃地说："她飞过去了，我看见她朝着月亮飞过去了，你看，她飞得好高好高……"

覃义蛟顺着她的目光，看那峡谷顶上的夜空，闪烁着一颗颗星星，飘浮的白云，一会儿像白熊，一会儿像白虎，只有它们伴着圆圆的月儿，没有看到凤娘说的飞翔。凤娘的神情就像在做梦一样，眼神清亮却又缥缈，他拉起她的手说："凤娘，凤娘，你看到什么了？"

凤娘指着天上，"义蛟，一只凤鸟，朝月亮飞去了……"

夜空中只有星星在眨眼，却并没有鸟儿飞过，这半夜三更的，鸟儿早都歇息在幽密的树林窝巢里了，天上哪还有鸟儿？覃义蛟后悔不该叫凤娘看月亮，看得她魂不守舍。他凑到她耳边说："凤娘，你听我跟你说话。"

凤娘好一阵才转过脸来，"哦。"

覃义蛟想把她拉到一块大石头上坐下，正月里峡谷的风带着寒意，但义蛟全身却像着了火，心里烧得滚烫，他脱下棉袄垫在石头上，凤娘却不坐。她站在那里，小巧的绣花鞋踩在尖石头上，夜风吹动着她的裙衫，就像长出了翅膀，覃义蛟担心她随时会像一只鸟儿似的飞起来。

"凤娘，凤娘，你坐下来嘛。"

凤娘低头看着他，忽然一脸认真地说："义蛟，你现在该告诉我了吧。"

"啊？"

"我到底从哪里来的？"凤娘问。

覃义蛟有些发恼，可这满江的月光又让他好生无奈，他说着早先跟杜先生一起编好的话："凤娘，我给你说过了，你从四川那边上了我的船，然后我把你划到了东瀼口。"

"四川哪边？是巫山？还是奉节？万县？涪陵？重庆？"

覃义蛟好生惊讶，这些天未见，凤娘居然把川江上的地名弄得一清二楚。他后来才晓得，是幺妹玉蛟每天跟凤娘在一起，谈天说地，读书习字，让凤娘一点点记起从前学过的字词，不仅如此，她还从幺妹那里知道中国在抗战，上海、南京打了仗，最近战况如何。幺妹说，莫非她跟二哥一样，也是个上过大学堂的？

凤娘又问他："那我再问你，我上了你的船，你没问我预备往哪里去？给没给你船钱？我怎么受的伤？"

他没法回答她。她一本正经地询问，就像一个学堂里的考官，覃义蛟只念过小学没念中学，就是因为怕见考官，他宁可下河跑船拉纤，也不愿受考试的夹磨。覃义蛟忍不住说："凤娘你莫再问了好不好？"

他突然提高的嗓门让凤娘一怔。

"你发火了？"她脸上的表情就像一个挨了骂的娃儿，可怜巴巴的。她明明是无助的，他却在吼她，覃义蛟好心疼，手忙脚乱地说："没有，没有，我哪能对你发火？我是心里着急，你问的这些我一概都不晓得，我是在吼我自己。"

凤娘的眼睛在月光下显得水波荡漾，就像他覃义蛟走船闯滩的大江之水，扑他而来，他感觉整个人就在那波涛之中，晕晃晃的，他声音颤颤地说："凤娘，你听我说，我不晓得你从哪里来，也不晓得你过去经历了哪些事，但我就是喜欢你，喜欢你……"

她好像并不觉得意外，只是安静地看着他，听他说。

"我覃义蛟要对你好一辈子，一辈子，你晓得吗？"

她轻轻点头，"嗯。我晓得。"

覃义蛟一把将她紧紧地搂进怀里，她单薄的肩膀、柔软的身体都在他壮实的怀抱里了，他在她温温的馨香里贪婪地呼吸着，语不成声："凤娘，你，你嫁给我吧。"

"嫁给我，我们一起过日子。"

第六章　凤祥药房

1

不知何时，我渐渐从冰雪的包裹中苏醒，我抖动金色的羽毛，那样沉重，那样呆滞，我沉睡了多久？一千年，一万年，还是一夜之间？

我就是那只向往远方的凤鸟，但我情愿站立在这峡谷之巅，守望那亿万年来流淌不息的大江。这从雪山奔腾而下的大江，一行千万里，不知滋养了多少平凡的生灵，又带走了多少不灭的灵魂？我晓得，你日夜奔流，每一声喘息中都含有无尽的沧桑，你浩荡的沉默，淹没了世间所有的争夺、狡诈和算计，也让所有的悲哀和欢喜由惊涛骇浪而变得无足轻重。

白云苍狗，在我睡眠的时候，高山和长江却一如既往，对它们而言，千年万年也只是极其短暂的时光，只在转瞬之间，山川依旧，似乎什么都没有发生。

我抖一抖翅膀，顺流而下，我的羽翼掠过了瞿塘峡、巫峡、西陵峡，呵，这些森严伟岸的峡谷，从何而来？"遂古之初，谁传道之？上下未形，何由考之？冥昭瞢暗，谁能极之？冯翼惟象，何以识之？明明暗暗，惟时何为？阴阳三合，何本何化？"那是春秋屈子的天问，他既问了，就该由天地来回答。

实际上，那回答是早就有了，只是人们一时并不懂得。

天地的语言有时是叱咤雷电，有时是狂风暴雨，有时是云开雾散，彩虹毕见，有时大地会让一只青蛙彻夜不停地鸣叫，天空会让一只鸟儿高飞而啼鸣，那一定是在传递某种不可忽视的信息，青蛙和鸟儿这时都是天地的信使。

总之，天地的语言极其庞杂，屈子所有的发问早就由大自然一一作答。天地之间的自然万物本不需要躲藏，回复屈子天问的所有答案明白如晓，有些人会渐渐懂得，但也有许多人永远不会明白。

而我，并不只是传递天地之声的鸟儿，我还是一只与人的血肉和情感相连的凤鸟，我原本就是人，人也是鸟。我就是那个十八岁的巫峡女子，我是她的灵魂化作的凤鸟。我无法告诉你们，我意会神灵，吸纳天地之精华，从神女峰的尖顶，化作一只鸟儿飞翔于天上人间。是这女子的魂魄让我有了生命。在她遭遇灭顶之灾时，我也在冰山冻结和火焰烧灼之中，以至干渴昏厥，而后不得不离去。我再一次飞升。我回到神女峰下，盘旋在巫峡两岸，时常飞过她的头顶，或飞进她的梦里。这位失去记忆的女子，那双清澈的眼睛能够穿透云雾，她在一片暮色的晚霞中发现了正在飞翔的我，她用她好听的声音朝我呼唤："凤！凤！"

那是她赐给我的名字，她因此也不再是从前的名字，她就叫"凤娘"。

凤娘，我的魂魄栖息于你。我和你时常融为一体，又时常分离。你的一声声呼唤，让我从沉睡之后的懵懂醒来，我掠过三峡，从高高的神女峰到急浪滔天的崆岭峡口，从顶天立地的夔门到金子山，你在寻找我，我也在寻找你。是了，在我一次次凌空飞起，又长久地盘旋之中，我欣喜若狂地看到你美丽的身影，你比之前更有了风韵，你站在月光下，仰天凝望着我飞去的翅膀，有无尽的抚爱都在眼神里，那目光几乎让我就想落下，坠入你的怀中。

但我只能远远地看着你，如同神女峰上那位永久站立的女子，她的魂魄虽然可以游历四方，但她曼妙的身子却只能站立于那座最高的山峰之上，即便楚王为她朝思暮想，即便屈原弟子宋玉为她写下传世的词赋，她也只能在烟雨蒙蒙的夜间以魂相随，而从不敢真正离开那座亘古以来的山峰。

我也只能站立或者飞翔，远远地凝望着你。

凤娘，我看见救你于江滩的男子与你相拥，你的眼神迷离，你感激这个年轻壮实的男子，但你心存困惑，你不晓得你是谁，究竟从何而来，之前发生过什么。

我无法告诉你，我的凤娘。就像大江东去，挟裹了多少秘密。冥冥之中，你会在人生的森林迷宫里穿行，那些让你难解的答案就在你足迹经过的野草丛生的道路旁，凤娘，你若弯腰搜寻，或许就能发现其中某一个小小的秘密，但野草和泥土掩埋了它们，即使弯腰也未必搜寻得到。更多的时候，你若是不经意而去，它也就默默地深埋在地下，或许永远不为人知。

晓不晓得答案，大江都在永不停息地向东而去，岁月也如同流水，毫不犹豫地一天又一天，一年又一年。

对于时光来说，所有的秘密都不重要。

好了，在一次次飞翔中，我看见你有了凤子，你的第一个初生的婴儿。后来你又有了凤弟，你天生就是一个会生养的母亲，凤娘，我真为你骄傲。我在三峡的天空盘旋了九十九圈，我看见你怀里的孩子，那对着你的粉红小脸，让你也格外容光焕发。你嫁给了覃家三儿义蛟，你在覃家的吊脚楼里辛劳，除了不晓得你的来历，所有人没有不夸赞你过人的能干和贤良的。你有了丈夫和儿女，而后，你从官渡口过江进了县城，还有了家业，你同峡江那些平凡人家一样日出而作，日落而息，但潜藏在最深处的记忆像一个被锁闭的山鬼会在深夜里挣扎，搅动你的梦，你仍然时常在梦里呼唤："凤！凤！"

2

凤娘突然从梦中惊醒，她被人追赶着，从大山深处踉踉跄跄地奔到了波浪滔天的大江边，突然一把锋利的长刀朝她的头上砍来，她大叫一声，朝汹涌的江水扑去……

"呜——！"长长的汽笛声将她唤醒，她前胸后背都汗漉漉的，坐起来侧耳细听，那是铁驳子轮船在夜航中的长鸣，每到半夜时就会在峡谷里悠长地响起，让人听来满心怅惘。凤娘在黑暗中睁大双眼，使劲回想梦中那些人的面孔，可每一张脸都是模糊的，而且多是背对着，或一闪而过，怎么也看不清。但她分明感觉有一个最让她揪心的人，穿一身学生制服，从背影看好像二哥覃远蛟。

可为什么他要跑得远远的？在那么多人对她的追杀之下，那人却没有帮她，而是闪进了密密的竹林里，消失了。她孤身一人就像兔子落入了狼群，好生险恶，一眨眼就要被撕咬成碎渣！想起来她仍然头上冷汗涔涔，一声长叹。

"凤娘，你又做噩梦了？"枕边响起丈夫义蛟的询问，他被她的响动弄醒了，也半坐起来伸手将她轻轻搂住。一股男人浓烈的汗气贴身而来，凤娘她早已熟悉义蛟身体的味道，无论冬夏都像一团火似的，稍一贴近，她的身体也会跟着燃烧，头上的冷汗马上干了，乱跳的心也不再怦怦直蹦。她安稳下来，放松地往丈夫身上一靠，"嗯"了一声。

她不想再说自己的梦，同样的梦她已经做过好多回，覃义蛟也已听过好多回，每次他都会说："梦是反的，你晚上做了噩梦，白天就会遇到好事。"她晓得是在安慰她，义蛟是一个疼人的丈夫，可他明天就又要跑船，这回是要去汉口，也不晓得多少日子才回得来，她抱紧他的脖子，扭着腰说："我要。"

半夜里，覃义蛟被怀里的女人又勾起了烈焰，这晚睡前他们已经轰轰烈烈地烧过一回，现在又毫无阻挡地雄风再起，他使劲亲了女人一口，"好嘛，再来。"他将怀里的女人放平，然后再满打满算地抱住她，亲着她的每一寸肌肤。

他舍不得凤娘，可再过几个时辰，他就要下河远行了。他要带着信陵社的白木船队下巫峡、西陵峡，经宜昌、沙市、岳阳、城陵矶，直抵汉口，在那里装满货物，然后再运回宜昌。但不是一趟，而是要往返无数趟，直到江防司令部下令停止。不晓得会去多少天，更不晓得会遇到什么样的事情，吉凶难卜。

就在凤娘认识覃义蛟的那一年，也就是民国二十一年，日本军队就已经占领了东北三省，接着几年又如蝗虫一般攻占了华北，眼下民国二十六年，令人惊惶的消息不断传来，七月底，京津失陷。

八月之后，上海那边打了大仗，也落入日本军队之手，如今日军虎视眈眈地朝向南京、武汉，而且时刻都会沿江而上。人们都在传说，汉口也要打仗了！

长江下游一带的商户、机关、学校纷纷向鄂西川东的山区转移，三峡沿岸的码头一天比一天拥挤喧闹，一艘艘轮船、木船运来潮水般拎着箱子、扛着包袱的下江人，他们满脸凄惶地到处打探有没有落脚之处。

巴东小城也跟着喧闹起来，码头上、小街上，外乡人一天天增多，小街两旁的店铺门前挤满了无家可归的人，一拨又一拨挨家挨户来租借房子。哪怕物价飞速上涨，信陵船社杂货铺里的东西也已卖得缺这少那，可船社已经没法及时运来货物补充。

早在夏季，八月七日刚成立的第六战区司令部即下令，将长江沿江所有木船编队，供战略需要随时调运。前几天，长江上游江防军司令部又传下令来，巴东县内征令五十条木船前往汉口运送战备物资，两日之内必须开船，不得有误。既然是大敌当前，国难当头，来不得半点犹豫，信陵船社的老板主覃九河毅然决定将近几年苦心经营扩充的船队全部交由江防军指挥，自家只留了两条小船急用。覃九河本想亲自率领船队前往，但他的体力已明显不如从前，家人们都再三劝阻，由老三覃义蛟自告奋勇带队。明日就将带船队前往汉口，受江防军指派运送战备物资。

老大覃佑蛟自从当年中了毒镖之后，膀子再不能受力，半边身子还时有麻木。老二覃远蛟那年过了春节离开巴东时，家人们也都得知他已弃学从军，这几年间军务繁忙，偶尔来信，说时常在川江上下经过，但却无法回家。只有老三覃义蛟终年以一当十，划船摇橹往返于江上，撑起了信陵船社。

他与凤娘的亲事，当初遭到父亲覃九河的反对，血气方刚的覃老三不顾一切，带着凤娘离开了覃家吊脚楼，一船划过江进了县城。表哥曾子唯在曾家码头一侧帮他们租下一间小屋，暗中帮他们夫妻二人安顿下来。随后覃义蛟到桡铺子①里找活干，去到巫山一家船队做了桡夫子，都道他身大力不亏，摇橹拉纤一把好手，各家船帮都争着雇他，窃喜挣回的银钱已够养活家口。没承想凤娘这女子真的非同一般，她生儿育女，又兼顾着采购药材，将小屋开成了药铺，替人问诊拿药，竟然常是药到病除。那临街小药房的名声便渐渐传开来，义蛟和凤娘用积攒下的钱，索性将那间破旧的小屋买了下来，楼上楼下做了一番修缮，当街成为"凤祥药房"，楼上住人，底层做药材仓库，如信陵杂货铺那边一样，也可通到江边。

凤祥药房门前设一药碾子，收的徒儿坐在小凳上，两手推着铜碾来回碾药，抓药问诊的人尚未进门，就会闻到一股浓浓的药香，再进得门来，见那美丽的凤娘站立于柜台之后，明眸皓齿，一脸祥和，便会不由精神一爽，病也好了一半似的。

这凤娘看病犹如神助，她眼观患者，伸手拿脉，时轻时重，又连番柔声询问，然后思忖片刻，握一管纤纤毛笔从那案上的石砚里蘸得墨汁，随即将药方写在手帕大小的土纸上，那方子上的一笔好字常令人脱口称赞。有懂得些药理的，读凤娘开出的药方，又都觉颇为奇特，那方子既有古来医书所传，又多有民间土方，还有一些苗家秘籍，义蛟也不知凤娘她从何而知。凤娘选购的药材大多来自

---

① 桡铺子：为桡夫子即船工们介绍船老板的中介。

神农架的深山密林，药性纯正，且并不昂贵。前来凤祥药房看病或是配药的人越来越多，都道凤娘的药喝下去熨帖，有的是药到病除，有的即便是所患顽疾一时未能根治，病痛也会减轻许多。

凤娘真是个好女人。

覃义蛟对怀里的女人怎么也爱不够，虽然已生养了两个娃儿，但凤娘的身子仍然柔韧如柳条，在他一百次、一千次冲击下反弹不止，让他越加兴致勃发。"凤娘，凤娘。"他气喘吁吁地在她耳边说，"你还要吗？"

"要。"女人呢喃着，两手摸着他的脸颊，半夜醒来的凤娘似乎仍在一种迷离之中，她没完没了地亲他，含混不清地，"要你……"白天的凤娘替人看病，操持家务，照看娃娃，时刻都很清醒，而每到夜里就似乎变作了另一个凤娘，她神色恍惚，有时独自发笑，喃喃自语，覃义蛟很想听清她吐出的每一个字，但却从未听懂。即使是在夫妻亲热之时，凤娘也像是在神游，每次事毕之后，义蛟都要唤醒她来。

"凤娘，凤娘。"义蛟扑在她身上，好一番亲热之后说，"明天我就要走了，你和娃娃在屋里好生些……"他身下的凤娘这才醒悟过来似的，"要走了？"

其实他们这两天一直都在谈论这个话题，凤娘早已为他收拾好了麻布包袱，有换洗的衣衫，还有一兜用小火炒香的苞谷籽，可以用来充饥。但在这昏沉的夜里，凤娘似乎忘了他的出行，只在迷离中没死没活地要他，眼看窗外天色发白，却是该出门的时候了。果然楼下的店门吱呀一声打开，碾药的小伙计踏踏地走到楼梯跟前，朝楼上叫道："三板主，该起身了。"

凤娘呼地坐起应道："这就来。"却回手摁住义蛟，让他再躺一小会儿，她要去给他煮碗挂面。

三峡一带的饭食平时多为大米、苞谷，但家里来客或者家人要出远门，都常常会享用一大碗面。凤娘不仅把甘妈的厨艺学到了手，还有自己独到的做法，即便是萝卜白菜，经由凤娘的手，味道也会格外鲜美可口。片刻之后，凤娘将一海碗面端到了覃义蛟面前，汤水里卧着两个鸡蛋，漂着一层油绿的小葱花，这面看似简单，却透着十足的鲜香，原来是凤娘头天晚上就熬好的大骨汤，加几滴芝麻香油，又撒了一把切碎的山里野葱和芫荽，再加上一勺凤娘腌制的糟红辣椒，覃义蛟大口吃下去，连汤喝得一滴不剩。

凤娘问，要不要再盛上一碗，义蛟摇头，"时候不早了，我该走了。"

他几把包好白头帕，桡夫子上船都要先包紧头帕，扎紧腰带，然后卷起预备拿到船上挂起来的顺风旗，叫一声："走哦——！"

夫妻俩出得门去，凤娘送他下了曾家码头，眼见江上船队一溜排着，那红、白、蓝、黑四色的四方旗都挂在了船尾，上绣一个大大的"覃"字。义蛟告别凤娘跳上船去，同桡夫子们撑起了篙竿，一条条白木船依次撑开，缓缓进入到激流之中。一忽儿工夫，便像箭一般顺流而下。

凤娘站在江滩上，睁大双眼，一直盯着远去的船队，看那一面面"覃"字旗在风中呼啦啦地直立着闪动，像一块块竖起的门板，硬邦邦的。渐渐地，船队变成了一个个小黑点，随后越变越小，消失在黄蜡石的悬崖之下。

3

太阳斜照在药房门前，凤娘刚刚从江滩爬上码头，口干得厉害，进到店里还没来得及喝水，就突然感觉门前一黑，两个女人走了进来，她们身后还跟着几个男人，站在了药房门口。

走在前面的是一位年轻贵妇，身穿一件翠绿镶金线的缎子旗袍，脖子上挂了一条金项链，浑身珠光宝气，走在后边的是一个穿戴整齐的小丫头，拎着小包。贵妇神色傲慢，眼睛打量着药房的柜台、药柜，最后落在了凤娘身上。俩人四目相对，贵妇眼里闪过怨恨和敌意，凤娘认出眼前这妇人，却是官渡口盐商陈老板的女儿金桂。

那年陈家想把金桂嫁给覃家老三义蛟，却被义蛟一口回绝，金桂气得很长日子在家闭门不出。前年由父亲陈老板做主，将金桂嫁给了县电报局的局长尤占坝。陈家打那以后，断了与覃家的生意来往，陈老板把持的官盐再不交给覃家船社运转，早就觊觎这桩生意的赖大爹趁势而上，一揽子接了过去。覃家在县城里的信陵杂货店，再也拿不到陈家经营的盐包，生意由此清淡了好些。

凤娘与金桂本不相识，只从甘妈那里得知陈家一二，在官渡口和县城的街面上与这位陈家大小姐偶尔相遇，侧身而过，并未有过言语，这会儿见金桂突然来到凤祥药房，不免有些吃惊。门前碾药的小伙计已照例起身招呼："客人是要看病还是抓药？"

跟在金桂身后的小丫头趾高气扬地说："找你们当家的。"

小伙计拿眼看凤娘，凤娘笑盈盈地走过去，对着金桂的目光，躬身谦让道："这不是陈家小姐？难得光临我们小药房，快请坐。"

她看那金桂虽然一身穿金戴银，圆脸却比从前清瘦了些，颜色蜡黄，眉宇之间似有愁意，又见她攥着一方手帕，下意识地垂手捂着小腹，便道："陈小姐你身子有些不安逸？"

金桂一听却抖起精神，柳眉倒竖，仰着下巴颏说："你这人好没道理，张口就想咒我吗？我哪来的不安逸？"

小丫头也跟着数落："还叫陈小姐？这是我们尤太太。"

凤娘却不生气，眼神怜惜地看了看她，然后自去料理箩筐里碾碎的药材，淡淡地说："噢，这凤祥药房本是治病取药之处，尤太太若是身子无恙，何必受累来到小店？若要寻开心，还是去城里别的地方吧。"

金桂哼了一声，"你既开着门，我想进就进。不过是听人说凤祥药房能治病，我倒要看看是真是假？"

"真又怎样？假又如何？"凤娘笑道。

金桂一时语迟，稍后说："要是真就算了，若假，我就叫他们把这药房给砸了。"她朝门口看了一眼，那里站着两个虎彪彪的大汉。凤娘未听完就笑起来，她把手里的药材，叫作川连根的理成一堆，轻轻地说："我看你还是赶紧坐下为好，你这身子阴虚阳亏，多日不净，久站必会加剧。"

金桂听罢神色大变。

一会儿她不由将手捂住小腹，眼里竟沁出泪水来。凤娘见状，过来将金桂扶在一张圈椅上坐下，又取来一个绣花软垫放在她的身后，"这样腰会轻省些。"

金桂两手搭在圈椅上坐着，眉宇间不再骄横，她示意那小丫头一旁走开，口中支吾道："凤娘你，真会看病？"

凤娘不点头也不摇头，却坐在她对面，叫她把手伸过来，桌上小枕头为脉枕，金桂伸出左手平放，凤娘三个指头搭上她的手腕，对准穴位凝神聚气，指尖摁着时轻时重，过一阵叫她换了另一只手。

金桂服帖地伸出手来，小声说："听好些人说你看病看得好，我这才来找你……"凤娘却道："不说话。"

金桂忙噤了嘴。

两人都静静的，凤娘微合双眼，那手指在金桂的腕上按动了好一阵才松开，却说："尤太太，你最近一年，是不是身上来了总是不止？"

"身上来了"，是女人来了月经一种避讳的说法。金桂脸色潮红，欲言又止。凤娘道："寻医看病尽管说明病情为好，不必忌讳。"金桂却仍似难言，凤娘劝道："你我都是女人，但说无妨。"金桂紧锁双眉，这才叹气说："唉，今天索性把脸丢在这里了。"

她说从去年春上开始，每次身上一来就是半个多月，停不下来，吃过好些药，但都未能见效。

自从嫁给电报局长之后，金桂出门坐轿，进门有丫头侍候，吃香喝辣穿金戴银，面子上很是风光，外人都说她享福，但哪晓得她是有苦难言。尤局长虽然年近四十却如狼似虎，几乎每天晚上都要折腾一回。偏偏金桂身上一来就淋淋洒洒，兼着小腹疼痛，还得咬牙应对丈夫的折腾，真是苦不堪言。她常常借口回娘屋，躲在官渡口歇息几天，但在爹妈家里住不到三日，尤局长就会派人过江来接她。娘家人还炫耀说他们夫妻恩爱，尤局长把她宠上了天。却不知男人常常不管她身上是否"干净"①，每到夜里不由分说就硬要摁住她

---

① 干净：指妇女月经停止。

搞一盘，弄得她病情越发加重，小肚子成天疼得无法走路。

这些话金桂无法对人言，就是对自己的亲妈也只能说个一句半句。她看了好几家医院诊所，后来听说凤祥药房的凤娘妙手回春，本来实在不愿见到覃家的人，但有病在身也无可奈何，犹豫再三才豁出来到此一试。

凤娘已从脉上拿到金桂的病情，见她吞吞吐吐，就不再多加追问，又仔细看过她的舌苔、眼底，提笔写下一张药方，"这方子你先吃上三服，若有好转可接着再吃，若无好转你再来找我拿脉。"

金桂接过药方看了两眼，脸上有些诧异，欲言又止。叫过小丫头，搀扶着出门，上了一乘青布小轿先行走了。门口站着的男子则走进来一个，在柜上付了药钱，等小伙计抓好药，拎着药包而去。

不料这天到了半夜，月明星稀之时，凤祥药房的大门被一顿乱砸，还未等小伙计起来开门，一伙警察竟把大门撞开冲进来，绑走了刚从床上爬起来的凤娘，也不管伙计惊叫，两个娃儿跟着哭喊，将凤娘一路推搡到了警察局。

原来金桂回家煎服了凤娘开的草药之后，夜里竟然下体血流如注，同床共枕的尤局长待行房事却见势不好，一问是喝了凤祥药房的中药，不由勃然大怒，当即便给县政警队的魏警长打了电话，告凤娘邪术行医，谋财害命。凤娘当晚被抓进县大牢里，未经审讯就先挨了一顿鞭子，浑身被打得皮开肉绽，脖子套上木枷丢进了黑牢。

第二日清早，魏警长吃饱喝足之后才来提审。

这巴东是个小县，民国二十三年起，公安事务由县政府兼办，设公安督察员一人，警佐一人，长警及清道夫共十四人，受县政府第一科指挥。政警队设警长一人，警目二人，政警十九人。县城秋风亭下设三间黑牢，平日抓来的犯人就关押于此，若是重犯，审过后要么就地砍头，要么押解恩施或宜昌。若是一般小偷小摸、闹事打架，关个十天半月，挨几顿臭揍则赶出牢门。凤娘所犯之事，关乎电报局长太太的性命，非同小可，魏警长为了邀功，将手下政警排了五六个，摆开阵势要审出个名堂。

魏警长先是一顿威胁，接着严刑逼供，逼着凤娘承认药里下毒。殊不知这凤娘看似柔弱，骨头却比金子山上的花岗岩还要硬，鞭子抽也未能让她花容失色，面对凶神恶煞的魏警长，她只回答了几句话：

"平生不做亏心事，半夜不怕鬼敲门。"

"善有善报，恶有恶报，不是不报，时辰未到。"

凤娘的这些话本来耳熟能详，但魏警长听来却有些心惊肉跳，想再对凤娘加刑，不觉有几分犹豫。毕竟这下毒一说证据不足，那尤太太自己找上门去看病，说明凤娘并无预谋，至于开出的方子，找来城里的老中医看过，都说虽然用药奇特，但却并无致命的毒性。

过了一天，尤局长打来电话，问魏警长审得如何，太太的病情未见好转，下体出血依然持续，准备送往宜昌救治，如果知道了下毒的药性，便于在宜昌对症就医。可听说什么也没问出来，尤局长气急败坏地在电话里一顿臭骂。电报局长的官级虽然不高但地位显赫，三峡一带交通不便，民间通信主要靠书信，官方军方则主要靠电报，能被委任为电报局长的官员不仅要有资质，还一定是省府考核宠信之人。因此尤局长在电话里骂骂咧咧，魏警长只有唯唯诺诺，不敢有半点冒犯。

接完电话，他把一腔怒火发泄在凤娘身上，亲手操起带刺的皮鞭狠狠抽打，凤娘几度昏厥，又几度被凉水泼醒，连一旁的两个打手看去都有些不忍了。

可这魏警长在尤局长的催逼下，见凤娘始终不肯承认下毒，更说不出究竟是何毒性，便准备施一道酷刑"背火背篓"。这道刑罚是将一个特制的铁桶烧红，扣在犯人的背上，比烙铁要狠百倍，受过此刑的人即使当时没有毙命，也会皮肉烧焦，在溃烂中痛苦不堪，还不如当场死去。

魏警长吩咐在牢房的场坝里烧起一个大火炉，将备好的铁桶丢进去，渐渐由青灰色变为深红，然后命两个打手操起大火钳抓起那烧得通红的铁桶，就往推倒在地的凤娘而去。正在这铁桶青烟直冒，眼看就要靠近凤娘之时，却有一人匆匆走来，高声叫道："住手！"

魏警长几个朝那人一看，却是新来的县长于良仲。

这于县长满脸怒气，连声斥责："谁让你们滥施酷刑？"

两个打手龇牙咧嘴地将烧红的铁桶扔到了场坝边上，那片小草立刻被烧得焦黑。于良仲指着正在熊熊燃烧的大火炉，地上的木枷、皮鞭，怒道："你们政警队简直无法无天！"

魏警长连忙辩白："于县长，这桩案子是电报局尤局长报的案，说这凤祥药房的女老板谋财害命，令我审出详情，我才不得已用了些方法。"

于良仲指着滚到一边的红铁桶，"这就是你的方法？我看你们比恶魔法西斯还要凶残。"魏警长说："这女子嘴硬，不得不吓唬她……"于良仲脸上越加恼怒，魏警长便连忙住了嘴。

于县长看那被拷打得遍体鳞伤的女子，倒在地上虽是奄奄一息，但昂起头来眼神清亮，敢于直视，根本不像作奸犯科之人，料定这其中必有隐情。

新县长于良仲为年轻才俊，前年毕业于北平燕京大学，在武汉国民政府工作了两年，被委派到巴东接替了傅县长。于良仲年轻气盛，怀有忧国忧民之心，上任即指望励精图治，让这贫穷多难之地有所改变。可他很快就发现巴东官场虽小，但跟其他地方一样，也是腐败成风，有禁不止，有令难行，很难推动变革。又眼看上海沦陷，南京告急，他更是心急如焚，前些日子奉上司之命，县府动员协派船只前往汉口运载军用货物，近日又要筹备粮款支援宜昌、汉口会战，昨晚他刚从野三关乡下筹粮之后赶回巴东县城。正想今天再找县工商界一些头面人物前来议事，却不料信陵船社的老板主覃九河一早就悲愤交加地找上门来，说已等候县长多时，他家老三覃义蛟领着船队前往汉口为政府抢运物资，家中妻子却被人半夜三更无故抓进了大牢，要请县长做主救人。

于良仲一听很是吃惊，让秘书小沈赶紧询问，不料确有其事，他便急忙赶来秋风亭下。

于良仲来巴东后与覃九河一家已有过交往，这次覃家为运送战备物资，几乎将所有船只都列进了江防军派遣去往汉口的船队，他心中颇为感动，却没承想魏警长会把覃义蛟的妻子抓进大牢，真是让人愧对覃家。他暗自庆幸还算来得及时，要是再来迟一步，只怕这覃家媳妇性命难保，那将该如何向覃家父子交代？

想到此，他顾不得再训斥魏警长，亲自为凤娘松开绳索，要派人送她回家。不料遍体伤痕的凤娘支撑着站起来，却倔强地摇头道：

"不，我要还我一个清白，再回家。"

这女子脸上血渍斑斑透着青紫，肿胀得变了形，但她掠开额前的乱发，双眼如水晶一般，射出一道道精光，真有一番非同寻常的风骨。于良仲不由暗暗吃惊，"你要怎样还你清白？"

"就在这里，再等三个时辰。"凤娘说。

"啊？"于良仲奇怪。

凤娘的嘴唇失去了血色，裂开了口子。"能不能，给我一碗水。"她说。于良仲赶紧叫小沈找来一碗水，凤娘一口气喝干了，说："三个时辰以后，你们再问问金桂，哦，尤太太的病情。"

那天恰是雾大，秋风亭上看不见太阳，于良仲盯着手腕上的表，按这女子的说法，估摸着过了三个时辰，给电报局长尤占坝打去一个电话，问他太太的病情如何，是否要马上送往宜昌。那尤占坝接到于县长的电话，有些语无伦次，但在于良仲追问下，尤占坝说太太的病情突然明显好转，一直淅淅沥沥的月经收住了，小腹也不再疼痛，刚才已经下床走动，吃了一碗鸡汤面，来了精神，正要擦澡更衣呢。

于良仲奔向凤娘，"好了，你把人治好了。"

凤娘靠在秋风亭油漆斑驳的柱子上，久候了三个时辰，此时朝天一笑，"好药！神农架没有负我！"

4

说来也怪，金桂的病情自从那日下午突然好转之后，竟然一日好似一日，不到一周过去，面色红润，身子清爽，小腹再无不适的感觉。她择日乘一顶小轿又去到了凤祥药房。

小城只有一条独街，从上街到下街不过三五里，电报局在上街黄葛树一侧，小轿颤颤地走了没几步，金桂叫轿夫停下来。街旁一个老妇在卖栀子花，她挽着的竹篮里，堆放着一朵朵洁白的栀子花儿，翠绿的枝叶衬得那花儿惹人喜爱，金桂心情愉悦，掏钱叫丫头将那一篮子花儿全都买了。

她插了一朵在发髻上，进得凤祥药房，还未见到人，她就连声叫凤娘："不晓得你喜不喜欢这栀子花儿，我看跟你倒是蛮配的。"可等到凤娘从里屋走出来，金桂一看就傻了。

凤娘穿了一件宽大的棉纱裙，遮住了满身的伤痕，但却遮不住脸上的伤，她涂着自己配制的膏药，从额头到嘴角、脖子都黑乎乎的，看去像一个活鬼。金桂丢下手中的花篮，说："凤娘，凤娘，我只晓得你坐了两天黑牢，没想到你受了这么大的罪……"

凤娘倚着柜台坐下来，默默地看着她，任她诉说。

"喝了你的药，头一天我以为我要死了，要被你整死了。"金桂说，"我在屋里咒你，想把你撕成碎片，可到了第二天我又觉得活了过来，肚子不那么疼了。第三天好奇怪，下边不再来血，身上干净了，好清爽，好轻松。过了这些天，我晓得自己的身子没了毛病，凤娘，你救了我。"

她想去拉凤娘的手，可刚一碰，凤娘忍不住"哎哟"一声。金桂忙说："哦，罪过，又碰疼你了。"

凤娘脸上糊着药，金桂看不清她的表情，只看见她一双眼睛亮闪闪的，金桂叹道："凤娘，你心里一定是早就有数，开药的时候就晓得药效会怎么样。可你既然晓得药效，为么事不跟魏警长他们说？”

凤娘将地上的花篮拎起，又将散落在地的栀子花一一捡回竹篮里，使劲吸了一口气，“好香。这栀子花一定是从神农架摘来的，只有那边山里的花才会是这种香味。”

金桂追着问她：“你这人怪得很，为么事不说清白，非要挨魏警长的鞭子？”

“你忘了？”凤娘侧头看看她。

“忘么事？”金桂不懂凤娘的话。

凤娘爱惜地将花篮放在了柜台一角，打量了一会儿，回转身对金桂说：“唉，你自己说过的话都忘了？你说，不要把你的病情告诉任何人。那天你坐在这药房里，指着天上地下说，除了你我，只能让药房里飞过的蚊子晓得，地上爬过的蚂蚁晓得，二别个谁都不能晓得你的病情，不许我告诉任何人。你要我赌咒，我说用不着，我凤娘会说到做到。”

金桂当然记得，这话是她那天来看病时说的。她不想让别人晓得她身上这种脏病，不能让巴东城和娘家官渡口的人晓得，也不能让已经成了凤娘丈夫的覃老三晓得。总之，她不想让任何人晓得她隐秘的病情，背地里笑话她。

但这话对她再要紧，在凤娘来说，又怎么会有自己的性命要紧？凤娘她竟然为信守一句诺言，打死也不泄露她的病情，这真让人惊骇不已。

看凤娘那张面目全非的脸，还有长袖里伸出的手臂上累累伤痕，即便如此，眼神里却是山高水远，淡然得很，金桂心中不觉赧然，怨不得覃义蛟不惜跟全家人闹翻，非要娶这个女子，原来她是这么特别。

"凤娘，算我欠了你的人情。你想要几多钱？我男客^①不给，我找我妈屋里要了给你。"金桂说。

"尤太太你想多了，治病救人是开药房的人该积的功德。你不晓得，能治好一个病人是几多让人欢喜的事情。"凤娘笑起来，也将一朵洁白的栀子花插在了耳朵边的黑发上，"说实话，我给你开的这药方，也是冒起胆子开的，这方子从前没用过。"

那天给金桂拿过脉，脉象凶险，凤娘感知光是温性的药难以奏效。她剑走偏锋，且药量用得大，第一服药里用了排风藤、垂盆草、红花，这几味药并不直接对女性病症，却是祛风除湿，活血散瘀，消肿，但看这金桂脚步行走迟滞，眼皮肿胀，料她体内必有寒湿邪气，故先配上羌活、独活、桑寄生等，为之疏通筋脉，清宫活体，将郁积在子宫里的血块一并打下。第二服药继续配伍白术、茯苓、防己、黄芪、防风、蝉蜕、金银花、乳香、没药、骨碎补、续断等，清热解毒，消痈散结，保肝护肾。第三服药则用了柴胡、益母草、川芎、香附、艾叶、丹参、生熟地、阿胶、当归、白芍等。因此第一天会血府逐瘀，大量出血，第二天则会逐渐减少，颜色渐淡。她曾嘱咐金桂多喝些温和的红茶，体内似这样几番清洗，至三日下午则会渐渐收敛，人自然会轻松起来。

金桂听了凤娘一番话，恰似拨云见日，当下感激涕零，更觉亏欠。她从身边绣花手袋里掏出十块大洋，说："这次我就带了这些钱，

---

① 男客：川江一带指男人，也指丈夫。

凤娘你莫嫌少，以后我再报答你。"

凤娘却只收了三块大洋："上次你们拿药时已经给过了，这次我再给你开些药。凤祥药房看病，照规矩只收一块钱，另外收药草两块钱。这些药草大都采自深山，采药人不易，给他们得多一些。"

金桂心中多有歉意，但好说歹说，凤娘却是不肯再多收，她又给金桂开了三服药，叮嘱她安宫养身，将这病断了根去。又说吃药期间，要戒辛辣，戒大怒大悲，还要戒房事。

金桂听在耳里，心里对凤娘有说不出的感激。回到家便照这些话行事，开始煎药喝药。不料当晚尤局长上得雕花床来，就又要扒她的裤子。金桂死捏着裤腰不松手，急急说道："凤娘开药时说了，这段时间要戒房事，要不然我这病就断不了根……"

尤局长床上怒道："他妈那个 ×！凤娘说了，凤娘说了，我 × 她凤娘的奶奶！她的话管个屁呀！我的女人我想睡就睡！"说着就下手动蛮，又是撕来又是捶打。

不想金桂这晚也像吃了豹子药，再不似往日那样顺从，她连踢带蹬，死活就是不肯，俩人揪扯之中，尤局长一巴掌打在了她脸上，金桂侧身一滚就大声号叫起来："救命啊！救命啊！"

尤局长始料未及，一时慌了手脚。他家住在县城上街一幢小洋楼里，虽然屋内宽敞讲究，但也是紧挨着街面上左邻右舍，金桂这一喊说不定就会传到邻居们的耳朵里，甚至夜里街上的行人也会听见，岂不是笑话？

尤局长只好作罢，不敢再行蛮。

金桂趁势抱着被窝跑出房门，闪进另一间房里，把门紧紧地关上了。家里的小丫头披衣起来，迷瞪瞪地问出了什么事，追出房来的尤局长也不好再去骚扰金桂，只好回身低声骂娘。

接连几日，夜夜都是如此。

尤局长心里恨透了那个凤娘，正是因她惹来一堆麻烦，于县长责罚了魏警长，扣他三月警饷，又连带着将尤占堪也训斥了一通，说抗战局势越来越紧，作为担任机要通信之重责的电报局长，在后方不以前方战事为重，反倒为了一点私事兴师动众，惊扰百姓，成何体统？若是按尤局长的资历，本不把这个年纪轻轻的县长放在眼里，但现在进入抗战非常时期，鄂西一带成为战略要地，宜昌、恩施各县的官员都在战区司令长官兼省主席的亲自部署下大换班，原来那些老气横秋的县长一个个被撤职或调离，新换的这批年轻官员据说都有些背景，他一个小电报局长，这个时候哪敢鸡蛋碰石头？只有低头认错。

但受于县长一番责骂也就罢了，那个可恶的凤娘居然挑唆金桂与他作对，连床上这点事都被她害得搞不成，岂不让人烦恼透顶？尤局长背地里咬牙切齿，但一时也无可奈何，成天在电报局里黑着脸，弄得下属们一个个提心吊胆，生怕有什么事犯在局长手上。

金桂的腰倒挺了起来，跟尤局长闹过几夜之后，她干脆挑明要与他分床而睡，如果相安无事就好，若是夜里再来行蛮，她就卷了陪嫁回江北官渡口娘家去，跟爹妈说明病情，再也不跟他过了。这一说，尤局长更怕把事闹大，金桂的爹陈老板势力不小，一时也得罪不起，便只好耐着性子，一边给金桂说些好话，一边另打主意去背街巷子里的妓院泄泄火。巴东城虽小，但从汉口、宜昌、重庆过来的烟馆和妓院却在前几年添了有好些家。

金桂吃了凤娘的药，果然身子好起来，忍不住逢人便夸奖凤祥药房的医术，城里的太太小姐们一传十，十传百，有了大病小病都必去找凤娘，哪位要是没去过，倒仿佛就算不得这小城里的名媛。

凤娘的身子却并未恢复，每日支撑着应接不暇，不觉时而有些头晕，有一日竟晕倒在了店堂里。

第七章　暗斗

1

从官渡口划船过江，要不了一个时辰，那天覃九河带着顾择出门，打算赶早过江进城去，料理杂货店和凤祥药房的一些事，却没想到在江边渡口干等了一个上午。

信陵船社的船只都跟着老三覃义蛟去了汉口，巫峡口的江边只留了一条摆渡船。这船儿长年在江上来回，不收人一文钱，过江来往的人都抢着坐，板主覃九河要过江，也只能跟那些挑担背货、拖一根打杵子①的挤在一条船上。

渡口上一早就站满了人，伸长脖子巴望渡船快些从江上晃悠过来，然后一窝蜂挤上船去。但小船每次只能载得十二三个人，又都挑担子背背篓，要去城里卖青菜腌菜、红苕洋芋、苞谷粑粑，那船身眨眼就吃水下去一两尺，船舷恨不得要歪倒在江面上。划船的梢夫子老疤急得直喊："上不得了！上不得了！快下去两个。"

好不容易上得船的人哪个又肯下船？覃九河站在船上人堆中间

_____

① 打杵子：鄂西一带背货歇息时用来放于背篓之下的工具，常用一根长树杈做成。

123

举目一看，只好说："各位乡亲侧个身，让我们下去。"

老疤叫一声九公，对船上人喊道："你们这些人啰，站起都不动，假装不认得覃板主？这条船都是他老人家的，还要他下船去，把位置让给你们这些背时砍脑壳的……"

船上就有人说："唉！九公您家就莫下船嘛，大家都挤一下嘛，都是为了求生活，赶到城里去做点小生意，没得法。"覃九河说："莫挤莫挤，虽是求生活，大家的命还是要紧。我们的事没得你们的急，让你们先走。"

于是，他带着顾择让过一拨又一拨渡江人，快到中午时分，守在渡口上的人才少了些，老疤的渡船终于又从江那边划了过来，顾择忙请覃九河上得船去。

正在这时，上水来了一条带篷的大帆船。

这黄褐色的杉木船一看就是刚下水不久的新船，高大的船身像一座房子，气势逼人、横冲直撞地朝老疤划的小渡船挤了过来。老疤赶紧将篙竿戳向岸边的礁石，想将船儿躲开，却眨眼之间就被挤得东倒西歪，船儿在水上摇晃不停，渡船上的人一片惊叫。站在船尾的覃九河心中诧异，川江上往来的大小船儿靠岸都必须讲究先来后到，这是哪来的船不讲规矩，敢在此称霸赌狠？

老疤仰起脸，张口朝那船上骂道："是哪个掌的船？没长眼睛啊！"

大船上冒出一个黑衣紧袖的桡夫子，手握一根用铁皮包了尖顶的篙竿，恶狠狠地喝道："哪个在放屁？"

那船身比渡船高出半截，老疤昂着头说："你才放屁！你们掌船的看不到跟前有渡船吗？为啥子非要朝这边挤？"

话没说完，大船上的黑衣人操起篙竿就朝老疤戳来，老疤还算闪得快，腰往后一倒，篙竿上亮铮铮的铁尖擦过他的胸前，险些就戳中了他，老疤也跟着歪倒在船头。

黑衣人收了收篙竿，起势又朝老疤戳来，这回老疤来不及躲闪，只有失口大叫，千钧一发之时，一直稳站在船上的覃九河突然斜刺里伸出手来，一把拽住了戳向老疤的篙竿，并就势往下一扯，那黑衣人来不及松手，竟被拽下船来，扑通一声掉进了江里。

倒是好水性，浑黄的江水里咕嘟咕嘟冒出一串白泡，黑衣人的脑壳就从水里钻了出来，扒着渡船沿就要往上爬。老疤恨不过，抓起篙竿要往他身上戳，覃九河一把摁住了老疤的手，"留他一条命嘛。"转身他却朝那高篷船上喊道："船老板！你船上要出人命了，你还躲起看风水？"

覃九河的声音并不大，但却透着硬铮铮的威严，不一会儿，大船高篷里走出一个人来，身穿白布长衫，秋风飕飕的还手摇一把折扇。那人正是赖大爹，他居高临下地站在船头，笑了笑说："没想到覃板主一把年纪还是身手不凡，赖某佩服！"

覃九河冷笑道："我早就料定又是你赖成绪。"

赖大爹却说："覃板主居然混到跟背老二挤在一条船上，未必连条新船都置不起吗？"

站在覃九河身旁的顾择忍不住说："赖帮主你少阴阳怪气！我们船社几十条船都到汉口替政府运物资去了。"

赖大爹一收折扇，正色道："哦，不过你们覃家的船队去了汉口，我赖家的船队也都去了汉口，全民抗战，理所应当，没什么可夸耀的。倒是要有本事帮政府抗日，也要有本事再置新船做好自家生意，对不对？"

覃九河见赖成绪神色倨傲，句句话如小针扎在他身上，不由汗毛乍起，他举起从黑衣人手上夺过的那根篙竿，就朝大船上投去。赖大爹不由脸上一惊，下意识弯腰躲闪，但那篙竿只是从他身边飞过，啪地落进了船舱。赖成绪晓得覃九公并非真的动手，只是威吓，便也就只是站直腰打了个干哈哈。

覃九河也不再理会，扭头叫老疤划船："走。"

却不想就在这会儿，渡口上又拥来好些挑担背篓的，见老疤要将船划动，便都上了船，霎时船儿又挤得偏偏倒倒，老疤喊叫："莫挤莫挤，挤到江里去嗒。"

赖大爹这时用扇柄敲着船舷，朝渡船上叫道："来来来，要渡江的人到我船上来，我送你们过江去。"

那高篷大船宽敞又结实，老疤渡船上的人听得此言，争先恐后地转而上了那新船，纷纷朝赖大爹说"多谢，难为您家"。赖大爹得意地叫一声开船，那船上的桡夫子操起篙竿，一篙点开，赖大爹朝小船上笑道："覃板主，我又要先行一步了！"

老疤朝江上啐了一口，骂道："看你狗日的得意到几时？"

顾择站在覃九河身边，说："九哥，这年头姓赖的在哪里发了横财，又置了新船？"

一江大水之上，只见赖大爹的高篷船也在摇晃不定，覃九河叹道："乱世之中，几人说得清？老疤，过江！"

"要得，过江！"老疤船儿划得好，这会儿渡船上人少轻巧，他滴溜溜掉过船头。在江上划了快二十年的渡船，老疤对过江的水道就像对他女人的身子那般熟悉，闭着眼睛也能操持，这时一心想快些，便避开急浪，绕过漩涡，小船在浪峰上飞跃不止，激流顺水，不觉间竟赶上了前面那条高篷船。

等赖大爹的船划到江边抛锚之时，覃九河与顾择早已下了小船上得岸去。赖大爹站在船头好生不甘，只见覃九河一行头也不回地走过江滩，赖大爹将身边的黑衣人一脚踹进了江里。

2

还没走到凤祥药房的门口，就远远闻到一股浓郁的药香，覃九河心中不由叹息，覃家世代只在川江上跑船，如今却在县城里开起了药铺，也不知哪世修来的奇缘。当然这都是因凤娘而起，她奇巧精灵，给这覃家添了好些喜事，也带来许多麻烦，覃九河心中总存有一种隐忧，因为凤娘，不晓得还会有哪些想不到的事情发生。

正坐在门口碾药的小伙计一眼瞟见覃九河和顾择一行，忙丢了药碾，朝后叫道："凤老板，覃板主来了！"凤娘在屋后应声而出，她还没走到跟前，一大一小两个娃娃争先恐后地也从屋后冲了过来，扑到覃九河的怀里，连声大叫："爷爷！"

两个娃娃一女一男，生得圆头大脸，叫得又脆又甜，把个覃九河欢喜得一边咧嘴直笑，一边又搂又亲："哎哎，我的乖乖哎！小凤，江娃子，看爷爷给你们带的好咋叭①，快快，顾爷爷快打开包袱。"一旁的顾择解开背上的白布包袱，摊在桌面上，小凤和江娃儿凑上去

---

① 咋叭：川江一带指零食。

歪起脑壳看，却是裹了芝麻的米子糖、软而甜香的柿饼，一袋子炒熟的板栗。弟弟江娃儿说："我最爱吃柿饼啦！"姐姐小凤说："我最爱吃米子糖。"弟弟占强，说："我都爱吃。"

小凤让着他，"好嘛，都给你吃。"

两个娃娃吧嗒着嘴，嚼得津津有味。覃九河坐在一旁的圈椅上，心里像有一块糖在化。他看了看凤娘，脸上的伤还没全好，额头上一条疤痕拖到了左脸颊上，眼睛周围也仍是青紫，令人不忍多看，便怜惜地说："凤娘，听说你前些时还晕倒了一次，不是让你把药铺关了，多歇几天吗？为何不听话？"

天气已过了谷雨，从江面吹到小街上的风已没了寒意，但凤娘还是有些怕冷，身上穿了一件青布薄棉袄，头上也包了一圈青布帕子，脸色苍白。她给覃九河沏了一壶玉露茶，笑一笑说道："爹，不要紧，我早就松活①了。多亏曾表哥和表嫂，还有绣儿，时常过来帮忙看店看娃娃，这些天连下了几场雨，天气忽冷忽热的，城里好多人受了寒气，头疼咳嗽的，一早就有人等在店门前要抓药呢。"

果然是这边说着话，那边柜上的伙计忙不迭地抓药，一会儿又有人进得店来，要请凤娘看病。

覃九河坐不安稳，将顾择叫到跟前说："老顾，我看这店里缺人手，老三去了多时，也不晓得哪天才回得来。你叫两个伙计过来帮着看一些时，等老三回来再说。"

顾择点头，"要得。明天就要官渡口那边过来人。"

覃九河又对凤娘交代了一番，便说要和顾择去杂货店那边看看，

---

① 松活：川江方言，轻松的意思。这里指好起来了。

凤娘领着两个娃儿送出药房大门，却见岳家豆腐店的绣儿从街上急急走来，小凤江娃连叫："绣儿嬢嬢，我爷爷来了。"

绣儿俊俏的脸儿红扑扑的，给覃九河一行侧身行礼，"九公伯伯，您家过来了？"

绣儿恰恰又是过来给凤娘帮忙，熟门熟路地跟两个娃娃亲热着，覃九河站住脚，目光慈祥地说："绣儿，难为你了。"覃家杂货店与岳家豆腐店相邻多年，眼见这绣儿从小黄毛丫头长成俊眉秀眼的大姑娘，又懂事乖巧，覃九河说："凤娘一家有你们在跟前，帮了他们多少忙，回头九公伯伯让顾管家给你扯一身好绸料子做衣裳。"

绣儿含笑道："使不得。九公伯伯不晓得，自从有了凤娘开的药房，街坊们有个三病两痛的方便多了，我爹妈都时常来找凤娘抓药，叫我无事就来陪陪凤娘呢。"

覃九河听得耳顺，说："问你爹妈好！就说覃九公又想吃岳家香干了。"

绣儿笑起来，"我这就给您家拿去。"

覃九河撩起长衫挪动脚步，"不得急。"

"我过一会儿给您家拿刚卤出来的。"绣儿说，她又叫了一声九公伯伯，脸上闪过一丝羞涩，扯着衣角说，"二哥他来信了吗？二哥他还好吗？"

看那姑娘家满脸羞红，覃九河猜出绣儿是对老二远蛟有了心思，做长辈的也不好点破，便道："你问的是远蛟？咳，他的信来得少，近来说是从成都到了重庆，几年也见不到个人。"

覃九河说的是实情，老二远蛟弃学从军之事，家人都已知晓，但除了替他担心，平时也无法与他联系，只有等着他写信来。绣儿这一说，倒是又勾起覃九河一份担忧，他摇摇头，"哦，绣儿，老二他那边要是有信来，我就让凤娘告诉你。"

绣儿脸更红了，高兴地只顾点头。

覃九河略闻绣儿她一直没说人家^①，街上有说媒的上门提过好几次，都是不错的人户，可绣儿不肯，岳老板夫妇也舍不得逼她。绣儿对覃家老二有意，但世道不稳，远蛟又没在跟前，覃九河虽然看这绣儿好，但也不便再往下说。

小街上的人比过去多了，大都是些陌生的、惊惶不安的面孔，一个扛着皮箱的青年男子蒙头蒙脑地撞在顾择身上，差点把他给撞倒在地。

顾择揉着瘸腿说："你眼睛长到哪去啦？"

"你眼瞎了？冒看到我扛的箱子，也不晓得让下路。"男子口音是汉口的，穿一身蛮洋气的制服，说着又要撞上来，"乡里人，躲一边去。"

顾择恼火了，"你这家伙撞了人还逞凶啊，老子教训教训你！"

覃九河伸手拦住他，"算了，撞一下就撞一下吧。"

"不过我要提醒这位小哥，你从汉口逃命到三峡，为的是一条命，不是为闹架，对不对？"覃九河的眼神不怒而威，"莫瞧不起乡里人，我们三峡乡里人的火气大，真要是惹起火来，弄不好会伤了你，要了你的命。"

那人手一软，皮箱顺肩溜在了地上。他不敢看覃九河，刚才没注意，这位穿戴寻常的峡江人目光像刀子，开口像砸出一块块石头，

---

① 说人家：指说亲、定亲。

他躲闪着说："是我的错。我跟你们赔个不是。"

覃九河挥挥手说："走吧，都是可怜人，看哪里好安身，快去找个地方安身要紧。"

3

曾子唯得知覃九公进了城，在杂货店门前候了些时，总算看到他们从凤祥药房那边过来，忙迎了上去。

进得店来，曾子唯就指着店里残留的货物说道："舅舅您家们来得正好，这些时店里的货都快卖光了，您家看，洋油桐油都见了底，红糖和肥皂火柴也都只剩这几小包，再不进货只怕是要关门……"

店里的确空空荡荡的，往日堆得满满的柜台眼下光溜溜的，只有旮旯里几个空油桶显得最为醒目。

覃九河四下里看着，皱起眉头说："莫慌莫慌！子唯你这个人哪门沉不住气，不是给你说了嘛，等老三带的船从汉口上来，洋油布匹就都有了。这些时你先想办法在江南这边多弄些山货，卖了再说。"

曾子唯见覃九河脸色不好，不敢再多说，背过身来跟顾择嘀咕："老三哪时候才回得来？"

顾择小声说："我也不晓得。听说南京都快保不住了，汉口这边岂不是更紧张了？"他话没说完，却见门前走进两个人来，忙迎上去叫了一声："杜先生！"

来人果然是小学校长杜先生，他戴一顶灰礼帽，提着一个装书的藤包，带着伙计火娃子，进门见覃九河正在店堂里，便弯腰行礼，"覃帮主，近日可好？"

覃九河迎着他说："快请杜先生后边喝茶。"

后边恰是临江的吊脚楼，安置着茶几竹椅，推开窗门，便有习习江风吹进来，一江水滚滚东去，端的好风景。几人坐定之后，曾子唯将煨好的罐罐茶端来，覃九河亲手倒在杜先生面前的茶碗里，一股热腾腾的醇香就飘散开了。

"不晓得杜先生喝不喝得惯，我就爱喝这劲儿大的热茶，再是五黄六月也是喝它。"覃九河说。

"覃帮主豪爽，喝茶也不例外。"说完，杜先生问道："覃帮主今天叫我来，为了何事？"

这杜先生却是覃九河特意派人从东瀼口请过来的，只说有事要请杜先生帮忙，请务必拨冗走一趟。杜先生以为是凤娘又遇到危难，刚走到凤祥药房门前问过却不是，心里便一直在揣摩。

却听覃九河长叹一声："过去我总以为我覃九河在巴东大小也算个人物，但如今经历了好些事，才晓得我狗屁都不是……"杜先生一脸惊讶，"覃帮主……"

"不说别的，就说前些日子凤娘遭受不白之冤，差点连命都送在了大牢里，我覃家又能怎样？"

杜先生叹了口气，却又说："神爱他每一个儿女，而有时候，爱的方式是通过一定的苦难来试炼，使之成长的。"

覃九河摇头，"杜先生有所不知，现如今已不是我覃九河一家的苦难。自从为义蛟的婚事得罪了盐行陈老板，他再也不肯把盐运交给我们信陵船社，全都给了下河帮，你看这经营了好些年的杂货铺竟然都没有盐卖，还牵连了从我们这里进盐的那些小商家，他们都是靠小本生意养家糊口的，现在都日子难过啊。"

杜先生听来只有跟着叹息，说起义蛟与凤娘的婚事，似乎多少跟杜先生有些关联，一时他不知该说什么是好。

"听说杜先生与奉节盐行谢老板有过深交，不知能否帮信陵船社引荐引荐？"覃九河突然说道。

杜先生不禁好生诧异，"原来覃帮主为的此事。"

"我们不能坐以待毙啊，想来想去只有请杜先生帮忙。"覃九河恳切说道。

杜先生说："我与谢明轩早年确在奉节中学，就是最早的夔州府中学堂念过书，可后来他做他的生意，我当我的教书先生，我二人少有音讯来往，覃帮主怎么会晓得我与他相识？"

说来话长。

覃九河说，其实他很早就与奉节、巫山一带的盐商有过生意来往，但后来盐业被官府控制，每个县都有限定的流通渠道，旁人再也很难插进去。他也试过好几回，打听到奉节那边最大的盐商谢明轩，去年让曾子唯专程给他送去了神农架的两棵灵芝，可好不容易见到谢老板，人家没提生意的事，随口问了一句："你们从巴东来的？杜逸尘还好吗？"

曾子唯一时没想出这杜逸尘是哪一个。谢老板提醒："你们不都叫他'杜先生'吗？东瀼口小学校长。"曾子唯这才赶忙说杜先生蛮好蛮好。谢老板说："我跟他是中学同学，他清高得很，看不上我们这些生意人，从来都不给我来个信，你们回去告诉他，说我谢明轩请他到奉节来摆龙门阵。"

覃九河说："杜先生，你哪时候到奉节去，我给你专门派船，让子唯陪着你去，请你在谢老板面前替信陵船社美言几句，给我们一条盐路。"

杜先生面露难色，按他平素的做派，实在是不想沾裹到生意买卖之类的事情中去，但此刻看从不求人的覃九河一副礼贤下士、屈尊相求的样子，又不好拒绝，便说："覃帮主不是说有两件事吗？您家干脆把那一件也说了，让我好一起想想。"

覃九河说："这第二件嘛，恐怕比第一件还要麻烦些。"

"您家说嘛。"

"杜先生您带我去见一下德尔沃神父，我晓得他跟长江巡江司的外国人有来往，我想请他找一个懂行的人，帮我买一条英国造的小火轮。"

杜先生又吃了一惊，"覃帮主，您家要买小火轮？"

第八章　火龙

1

覃义蛟藏在舱底的木盒子里，已经放进了五块小木牌。

这就意味着，从汉口到宜昌，再从宜昌又到汉口，他带领的信陵社的船队已经走过了五趟。一开始，江防司令部传下来的指令说只要两三趟，将一些急需的战备物资从汉口拉到宜昌，他们就可以返回川江，做自己的营生去。可是一趟趟下来，丝毫没有停止的意思，相反，随着从东边传来的炮火声越来越近，催促速度的指令越来越急。头天晚上，覃义蛟他们刚刚到达汉口接驾嘴码头，半夜就有江防来人到船上，将他们一个个叫醒，催他们立马去另一个码头上货，并要求一早就开船，尽快去到宜昌。

在汉口码头停泊的船舶密密麻麻，沿着长江、汉水两岸的码头挤插着，一眼望不到边。随着战事的逼近，汉口大多数码头已停止了往日热闹的商运，大多数船只被征用，昼夜不停地往长江上游的宜昌、重庆运输物资。那些著名的大码头，艾家嘴、关圣祠、五圣庙、老官庙、四官殿和花楼巷子停泊的是大型军舰、商船，一些铁壳子船，好些挂着外国旗。

覃义蛟他们的白木船进不了大码头，只能从远处遥遥相望。白木船在这千帆竞发的汉口码头上毫不起眼，又最为常见，这船却是以最小的吃水量获得最大的载货量，船身宽大，长八十四英尺，横梁宽十四英尺，隔离舱把船舱分为两大货舱，船的腰部有两个舱口，是进入货舱的通路。舱口盖可分块移动，船壳用结实的柏木建造，在船舷转弯处，用内龙骨加固船壳，船头嵌入一根粗大树干横梁作顶部，固定两个环形螺栓外带短草绳和船钩用来帮助船停靠。在两个系缆柱中间有个重铁锚。

这船尾微微上翘，与别的船不同的是，尾端为水木板，后舱室在甲板下的两侧，尾部以草席遮盖，是行走于长江上最常见的货运木船。按江防司令部划定的区域，他们的船停靠在往年运送炭薪的接驾嘴码头，听命一早来到宝庆码头上货。

隐隐的炮声不时响起，就像天边滚过的闷雷。在这格外拥挤的码头上，人头攒动却听不见喧闹，人们都沉着脸，深压着内心的恐惧和惊慌。一大早，就像蚂蚁一样，有的在紧张地搬运货物，有的扛着箱子行李、拖儿带崽地期盼能挤上西行的客船。偶尔有提着小篮子、小木桶的商贩从人群中穿过，拖长声音吆喝着：

"油条面窝、欢喜坨、麻花——"

"洋糖发糕，吃了不长包——"

四麻子坐在船头啃着硬邦邦的苞谷粑粑，朝小贩喊道："来两个欢喜坨。"一问要三个铜板，不由惊叫："这么贵？原先一个铜板可以买两个的呀。"

"大哥，这都什么时候，还说原先？你要晓得汉口的人都在往外跑，哪个这时候还来码头上做生意？这都是拿命来换钱，还不涨几文？"小贩苦着脸说。

四麻子说不买了，扭转头还是啃自己的苞谷粑粑。从接驾嘴划到宝庆码头，少帮主覃义蛟带着他们半夜起锚，将船划到这里天已大亮了。接着就从宝庆码头的粮仓里将沉重的麻袋扛上船，哦嗬哦嗬，窄窄的跳板在脚下直颤。等到麻袋装满船舱，四麻子他们一个个头都饿晕了。

四麻子啃得满嘴苞谷楂，梗起喉咙翻白眼，一摇身边的葫芦没了水，就从船头探出身子，把葫芦嘴摁到江里，咕嘟咕嘟灌了，提起来就要喝。坐在一旁的向幺爸打开他的手，"你龟儿子还是莫要喝这江里的水，招呼飙稀^①。"

靠近江滩的水面上，漂浮着烂木头、泛着蓝光的油垢、发黄的芦苇草根和一些被人丢弃的破鞋烂袜，刚才旁边船上的男人还撅着屁股朝江里拉了一泡屎，漂远了，但臭味似乎还在。四麻子朝江里啐了一口，倒了葫芦里的水，说："我这次到了宜昌就回巴东去，不干了！"

"那由得你吗？"向幺爸说。

"由不由，脚杆长在我身上，我想走就走。"四麻子说。

江滩上头，覃义蛟跟仓库的人交办过货票，手里攥了一把竹签大步流星走过来，问叫卖的小贩："竹篮里还有几个欢喜坨？"

"十几个？都拿来，连篮子，多给你一个铜板。"

小贩先是一喜，又嘟哝着："篮子给你了，我这生意还做不做？"覃义蛟说："你不是说汉口人都在逃命吗？你还做个啥子？"

他给了钱跳上船来，将手里的竹篮往船板上一丢，"要吃自己拿。"船上的桡夫子一窝蜂朝竹篮子伸出手去，眨眼就抢得一干二

---

① 飙稀：拉肚子。

净。四麻子吃得狼吞虎咽，连手指上的芝麻粒都舔到了嘴里。

"看你狗日的，是饿牢里放出来的。"向幺爸说，"你们也不给老三留一个。"向幺爸要把自己手上捧的一个欢喜坨给覃义蛟。

义蛟摇头，"一点糯米粉子炸出来的，有什子吃头？扛不起饿。"他回身从船舱里拎出一个布口袋，从里边掏出一小把焦黄的苞谷籽，往嘴里一塞，鼓动着腮帮子，有滋有味地嚼起来。这是出门前的头天晚上，凤娘用柴火灶给他炒的苞谷籽，装满了一大口袋，他夜里当枕头，白天拿来充饥。炒得喷香开花的好吃食，舍不得多吃，到现在还剩下小半袋，金子一般藏着。

从巴东出门快三个月了，风吹日晒，担惊受怕地一趟趟上水，又一趟趟下水，其间遇到了好几次日军飞机的轰炸，幸亏白天大多靠近江边行船，只要一听到飞机嗡嗡的声音，就赶紧把船划进江边的芦苇丛中，算是躲过了一次次劫难。再加上从汉口到宜昌，水面开阔，比川江的水势要平缓得多，覃义蛟仗着对航道的熟悉，在有月光的夜晚就走夜船，这样会安全得多。但不是所有的船都像他们这样幸运，只要日本人的飞机丢过炸弹，沿江就会漂下被炸翻的船板，还有漂浮在江面上的一具具尸首。

覃义蛟明白，他们每走一趟，都是在刀尖上。

2

"这到哪天是个头哦？"白木船上的桡夫子都在私底下嘀咕。

扯起锚来，船儿依次划离了码头，逆水而上的辛苦又开始了。

往宜昌而去的上水路，走起来少则十天，多则半个月。但愿路上不要遇到轰炸和天气的麻烦。

四麻子划着桨，扯起喉咙喊了一嗓子："日妈的，走哦——！"

身后那座繁华的城市渐渐远去，覃义蛟多少晓得一些，这里有亚洲第一的汉阳铁厂，除了上海，是全国内河航运最重要的码头，最大的金融中心。可是，他和白木船上的桡夫子对这座城市的感觉，就跟眼前远去的景象一样模糊不清。

虽然已经来过很多次，但都只是在码头附近逗留，吃在船上，睡在船上，拉在江里。最热闹的汉口跑马场都一次也没去过，没有钱，也没有时间。汉口，在他们的概念里就是江边的码头和仓库，来到汉口的日子里总在扛包，把运来的扛进仓库，再把要运走的扛上船。肩膀上垫一块帕子，多半就是平素包在头上的帕子，之前的白帕子都裹成了酱黄色，一当垫肩二擦汗。几趟船过来，又是划桨又是拉纤的，桡夫子们的衣裳裤子大都磨破了，袖子裤脚成了巾巾索索，覃义蛟交接货物时，跟江防的长官讨要了好几回，给船上的伙计每人讨来一套江防换装淘汰的旧军服，也不管大小还是破旧，好歹身上有了披挂，腰间系根绳子，比没有的强。

从巴东出发前，听过县长于良仲的指派，大敌当前，全民抗战，人人有责。走了几趟才把事情弄明白，这次征调的木船上至重庆，下至江汉，由交通部航政司筹划，会同江防司令部、汉口航政局、军事委员会长江水道运输处负责征集，川江一带三河二十帮木船帮首无不慨然参与，上千艘被征集的木船分别编队行驶，在波浪滔天的滚滚长江上穿梭来往。

挣钱说不上，本来货运的运费早已上涨，每条白木船装满货从汉口到宜昌，已从战前的三十块大洋涨到了一百九十块大洋。但这次是征调来的，政府只按趟次和运载的货物多少补一点，还不足二十块大洋，勉强凑够了打伙的饭钱，覃义蛟把饭钱剩余的也都发给了各人，也就每人三两个铜板。

"连个伸抖①女人都没看到过。"四麻子不止一次说，他二十三了，还没娶到姑娘客②，看到女人眼睛就会发亮，盯着一看好半天。码头上出现的女人，都是逃难的，满脸凄惶，没有几个标致的。四麻子看着不过瘾，几次私下里跟向幺爸说，想到花楼街去找家挂灯笼的过个夜。向幺爸说："你荷包里有几个铜板，敢往那里去？再说了，招呼染一身疮，把你胯里那个东西烂掉了它。"

四麻子一听吓不过。

"义蛟！"向幺爸年纪大些，看着覃义蛟长大的，只有他对三帮主直呼其名，"义蛟，你问了他们没得？我们这一趟到了宜昌，是不是就可以回巴东了？"

覃义蛟摇头，刚才在宝庆码头，他也这么问过发货的人，他们啥时可以回巴东，发货的人苦笑着摇头，说他哪里晓得，这事只能问江防司令部的长官，他只管仓库里发货。那倒是。

这一带的永宁巷、五彩巷、石码头有好些大粮行，由荆门、天门、襄樊等地运来的粮食都储存在此，覃义蛟的船队拉了好几趟，也只见仓库里缺了一只角，那小山似的粮食仍然堆得满满的。要是日本人打来了怎么办？发货的人苦笑着，"怎么办？一把火烧了它，也不能留给狗日的鬼子。"

---

① 伸抖：利索的意思，这里指清爽的女人。
② 姑娘客：女人。

烧了？覃义蛟想，怎么能烧呢？还是使劲搬吧，拼命搬，搬到宜昌去，搬到重庆去，或者搬到巴东去，那么多人缺饭吃，哪能一把火烧了？

可他的船队又能拉多少呢？

更为重要的军用物资是由军舰和货船拖运的。跟覃义蛟他们一样，从三峡兴山、秭归一带征调来的民间船队，这几个月都在竭力快速地将汉口的生活物资转移到宜昌以上的城市。有的在流通巷码头搬运大宗的食油和皮油，有的在大水巷码头运棉花、布匹和衣被，还有的在运客。而这次，覃义蛟的船队装的不光是粮食，还有两条船专门从沈家码头药帮巷装满了药品，收到的指令是要专船专送，把药品送到宜昌石牌岭的军事基地。

船行第二日，又是一个艳阳高照的大晴天，江水平缓，来了一阵风，白木船队张开帆，在江上一条接一条地连成线，向西而行。过了城陵矶，借助风势省了好些气力，船上的桡夫子便分作了两班轮流，这班划一个时辰，再换另一班。松了桨的四麻子在太阳底下把一身旧军衣脱了，光着身子仰面躺在甲板上，船上的人都朝他黑不溜秋的胯下打量，嘻嘻地笑。覃义蛟走来踢了他一脚，"四仰八叉的，也不晓得难看。"

四麻子嬉皮笑脸地说："我在晒胯，免得像向幺爸说的烂了胯就糟了，连个女人都还没碰呢。"又说："帮头，这么好的天气，找个好湾子歇一下嘛，这边江里的鱼多，钓几条起来喝点儿鱼汤。"

覃义蛟不答他的话，却大步走到船尾，对掌舵的向幺爸说："靠边上走。"向幺爸眼睛盯着前方说："照直走倒是蛮好的水路。"覃义蛟绷紧了脸，伸手把舵往边上拉了两把，加重语气："靠边。"

向幺爸看了看他，不再多话，把舵朝向了芦苇丛生的江边。

"再靠边。"

"再靠边水就太浅了，走不动。底下的水草搞不好还会把船缠起的……"

"我叫你靠边就靠边！"覃义蛟闷起喉咙吼道。

向幺爸连忙说："要得，要得。"

他发现在江上的这些日子里，覃义蛟的脾气越来越像他的爹覃九河，侧面看去，瘦下去的脸巴子，冒起的颧骨，未刮净的胡子楂，棱棱角角，都透着他爹的威严，话比往日少多了，开口就像往外砸石头，一砸一个坑。船上的桡夫子都对他生了畏惧。

向幺爸将头船的舵朝向江边之后，后面的白木船队也都渐渐跟随，像一条长龙摆尾。四麻子从甲板上欠起身子看了看，船身几乎要贴近了江边的芦苇，伸手就能抓到，能闻到江岸湿地的土腥气了。正在湿地上觅食的一群群麻黄野鸭子见到白木船，"扑棱"地往远处飞奔，四麻子就想纵身跳下船去，"伙计们，我去逮两只回来，一会儿烤了吃。"

还没容他起身在船板上站稳，覃义蛟一声吼道："你敢跳？我这一巴掌扇死你。"四麻子晃了晃身子，两手捂在裆下，咧开嘴说："我活闲儿①的，哪个真跳？"

中午时分，江上明晃晃的，一支庞大的木船队出现在下游，起初只是一些小黑点，片刻之后，远远地传来了船队密集的桨板拨打着江水的"哗——哗——"声。那些船走在江心的水深处，桨划得

———

① 活闲儿：鄂西方言，开玩笑的意思。

整齐利索，在覃义蛟他们的注视下，很快就要来到跟前。"那不是下河帮的船吗？"四麻子指着江心叫喊。

覃义蛟早就认出来，这支看上去至少由几十条白木船组成的船队，不光有巴东赖大爹下河帮的船，还有兴山、秭归船帮的船，前些日子他们曾在江上碰到过。这次在汉口，听说将他们编成了一个队，从三月开始专门拆卸装运汉阳铁厂，要将各类主要的机件、器材拆装到宜昌去。下河帮与信陵船社素来不和，在江上两方的船队碰见了要不就绕道走，要不就故意挤占水道，不轻不重地对骂几句，倒也怪哉，骂着骂着火气消了不少，反倒是有些亲热起来。

这回见覃义蛟的白木船贴着江边走得缓慢，几乎是停在芦苇深处，下河帮的船上就有人隔着老远嘲笑："哎——！这是哪个的乌龟壳壳船，划不动了？要不要老子们来帮忙扯一把哟——？"

"狗日的莫得意——！老子们是在这里歇凉呢！"四麻子跳起脚喊道，"我们这里有西瓜，你们要不要——？"

刚才在船上"过中"，四麻子还是趁覃义蛟不注意，贴着船边梭到岸上捡来一捧野鸭蛋，又摸到滩上的瓜田里偷摘了两个大西瓜，上船来就开了一个，黑籽红瓤，船上的伙计们正啃得痛快。

"拿起来嘛——！"那边船上几个嬉笑道，"我们这里还有一碗腊肉，要不要？"四麻子兴奋地从船舱里扯出一个箩筐，边口拴上一根草绳，把一整个没开的西瓜放进筐里，然后朝覃义蛟叫了一声："帮头帮头，我给狗日的送过去。"却未等回话，就刺溜一下梭进了江里，推着箩筐往江心的船队而去。

四麻子从小好水性，几岁就在江里扑腾，他一条光溜溜的身子就像鱼儿一样在水里欢实得很，扭过来扭过去，还回头张大嘴朝船上的覃义蛟扮了个鬼脸。他跟覃义蛟一起光着屁股长大，在江水里捉"蒙蒙"，藏在水下你扯我的腿，我揪你的小鸡鸡，船上的伙计们只有他不怕覃义蛟。"我给你拿腊肉去！"他踩着水，甩起脑壳嘻嘻一笑。

覃义蛟抬头看了看天，正午的太阳好刺眼，万里蓝天，江水金灿灿的，只有几朵棉花般的白云，倒映在水中，随着波涛起伏不定。初夏时节，平原上的麦子快熟了，一望无际的田野也是金灿灿的，跟江水连成了一片，显得无比宽阔的江面上风平浪静，甚至一派慵懒。可是，覃义蛟心里却有一种不祥的预感，揪得他心里发紧，他朝江上叫喊："四麻子，你快给我回来！"

一群白色的江鸥呼啦啦地飞过来了，突然间，不知从何处冒出来的，却不是平时悠闲地飞，成双成对地飞，而是惊慌失措的，自顾自的，一只只翅膀乱扑，忙不择向，有的相互撞着，有的朝水面倒栽下去，发出一阵阵惊叫……

随之，一阵嗡嗡声就传来了。

嗡嗡嗡、轰轰轰，令人头皮发麻，刚刚万里无云的天空飘来一层层乌云，再细看却不是云，而是一群黑色的巨鸟，从天边嗡嗡变成轰轰，眨眼就飞到了头顶之上，恶狠狠地遮住了太阳和蓝天。天空黑了，一切都没来得及看分明，突然一声声轰隆巨响接连不断，江面上的浓烟火光冲天而起。就在那如雷轰顶的一瞬间，赤条条的四麻子像鸟儿一样飞向了半空，可是只有半截身子，一只手像鸟翅膀似的扬开来，嘴张得大大的，就像他刚才扮过的鬼脸。

那只是极为短暂的一瞬间，立刻就在覃义蛟眼前消失了。四麻子的半截身子掉入了江里，江心的白木船队成了几截火龙，刚才还在与他们说笑的人和船也都没了踪影，只有火烧得江水毕剥作响。覃义蛟和船上的伙计们脸上、身上，还有船板上落满了滚烫的木屑、铁片和裹着血的碎渣。

"四麻子——！"覃义蛟热血偾张地扑向船舷，灼人的烈焰呛进喉咙，燃烧在他的心里。他朝天喊道："杀人啦！你们这些遭天谴的，到这里来杀人啊！！"天上的恶鸟盘旋着，飞一圈丢一回炸弹，江心的火龙翻腾着，江水一片血红，像是被烧得沸腾开了锅，冒着泡。

"义蛟，后边的船也起火了！"向幺爸推着他嘶声喊叫。覃义蛟朝后看去，他们的白木船也有两条被炸弹击中，火光熊熊，船上的桡夫子正在一个个朝水里跳，覃义蛟大喊："快进芦苇荡——！"

3

这一趟到了宜昌，把大米卸到了二码头的仓库里，江防司令部就设在宜昌，专管接收货物的一行长官对覃义蛟他们很客气，专门问了在城陵矶遇到日本飞机轰炸的经过，得知他们被炸沉两条船，死了一个，烧伤两个，便道："你们幸亏早一些藏进了芦苇荡，跟你们同时在城陵矶相遇的船队八十条船被炸沉了一多半，上千个船工只活下来一百五十多个。"

覃义蛟黯然无语。

向幺爸坐在船头一把鼻涕一把泪，"天老爷啊！四麻子他连块西瓜都没啃完，造孽啊！他想到花楼街去过个夜，我为么事要拦他？"他一遍遍重复四麻子跟他说的话，四麻子都二十三了，还是一个童子娃娃，做梦都在想跟女人亲热，为么事不成全他？

船停在宜昌码头，向幺爸到岸上的竹市找篾匠扎了一个竹草人，脑壳上系了一条红头绳，描了俊眉秀眼，然后拿到靠着水边的江滩上烧了，把草灰扬到了江里，喊道："四麻子，给你送个媳妇来，你们好生过啊。"

覃义蛟站在向幺爸背后，看那把草灰被风扬起，在大江的半空中打着旋，然后飘散开，落在流动的江面上，不由想起四麻子飞在空中的半边身子，树杈般的膀子，面目狰狞的脸，血红的眼睛，他的头立刻就像要炸裂似的疼开了。

这些日子他没法睡觉，只要一闭眼，四麻子就来了，活生生地站在跟前，说帮头帮头，让我下河去摸条鱼嘛！帮头帮头，我给你端碗腊肉饭来！帮头帮头，这次到了宜昌，你让我回巴东去，我要去看我的爷爷，他都快八十了，走不得路，屋里没得人，只怕都快饿死了……

四麻子是个孤儿，父母双亡，从小是他的驼背爷爷把他带大的，四麻子小时候脸上长了疮，也没得钱找大夫拿药，爷爷在山上找把草药在嘴里嚼了敷在他脸上，疮好了，却留下些黑窝窝。四麻子不怪爷爷给他敷成一脸麻子，他只记得脸上长疮流脓，又疼又痒，爷爷口嚼的药往上一敷，就凉悠悠的好受了。麻子就麻子，有什么不得了？太阳底下一晒，脸上都是一板黑，不过细也看不出来。

四麻子当桡夫子挣钱养活驼背爷爷，四麻子是个有孝心的人。这些时，覃义蛟不止一次在半睡半醒中对站在跟前的四麻子说，回巴东就去看你爷爷。他替向幺爸给篾匠掏了钱，又塞给向幺爸一块大洋，"你再找个寿衣铺，给四麻子买身衣裳送去。"

四麻子走的时候身上赤条条的，连根纱都没披。

向幺爸指着船板角落里说："他脱的衣服都还在，要不就送这个……？"覃义蛟摇头，"给他买套新的。"

可向幺爸在码头周围找遍了，也没找到一家寿衣铺，再走远些，东门口、鼓楼街、铁路坝都找不到卖寿衣的。街上的店铺大都凌乱不堪，半掩着门，没有几家店还在正经做生意。就在前些天，日本军队的飞机在宜昌上空一连丢了好多次炸弹，铁路坝这边被炸成了一片废墟，街上不时走过一队队荷枪实弹的军人。头上包着白头帕的向幺爸揣着一块大洋，从二码头走到铁路坝，隔几家问一声有没有卖寿衣的，却到晚间也没回到船上来。

覃义蛟叫船上的夏元子、祥安几个上街去找了好几圈，回来都一个个摇头。有人说："是不是拿着帮头给的钱跑了哟？"

"放屁！"覃义蛟烦得破口就骂，"向幺爸不是那号人。"

等到夜深，码头上的灯火只剩稀稀拉拉几点，还是没见到向幺爸的身影。江防司令部的告示贴在码头的趸船上，战时防空袭，过了夜晚九点，各条船上一律不许点灯。覃义蛟带着两个伙计摸黑踩着跳板上了江岸，朝码头那边的街上张望，夜里已无人行走，偶尔有拉洋车的一闪而过，一条流浪狗夹着尾巴在街头的渣子堆里嗅来刨去。向幺爸会去哪里呢？

刚才船上又有人说："向幺爸是不是揣着大洋找地方过夜去了噢。"覃义蛟不信，"向幺爸哭四麻子想女人，他自己一把年纪，哪还有那个心思？再说每天担惊受怕的，人都快把那事给忘了。"

一阵凉风吹来，覃义蛟朝天打了个喷嚏。是凤娘在念他吗？他想。三峡一带有个说法，人只要一打喷嚏，肯定是在被人说道。从春天离开巴东码头到现在，小半年过去了，他没有见着他的凤娘。有时候在船舱里睡到半夜，迷迷糊糊地往边上一摸，以为会是那温软的身子，却一把摸着个硬船板，听到的是伙计们高低不平的鼾声、放的臭屁，他身上一股子热火就像被凉水浇过，迅速退去。

他托人两次往巴东城里带信，还捎回两丈细纹布三斤红糖，都是稀缺的东西，也不知都送到凤祥药房没有，他心里牵挂着也得不到个消息，凤娘一直没有回信。也难怪，现如今从巴东下来的船都在宜昌到汉口之间来回，凤娘她想找人带信都难。但愿她不要晓得他们的船在江上走着走着，天上就来了炸弹，但是巴东那么多的白木船都被炸了，消息不会不传到巴东城里，凤娘她不会不听说，这个喷嚏就是她在念叨呢。

是的，凤娘，这年月在江上走船，就是在过鬼门关。一群群的日本飞机，疯狗一般，但是他炸死我成百上千，炸不死我几万万，凤娘，你放心，我覃义蛟有九条命，一定要活着回去见你。

"四麻子被炸死了，你们怕不怕？"

夜风中，覃义蛟问跟在身边的伙计夏元子、祥安。他俩相互看了看，二十岁的夏元子摇摇头，说："不怕。"夏元子的爹在信陵船社划了大半辈子船，划不动了回乡，把儿子又送到船社来，在船上总能得几个活钱，比在坡上种地要强，山坡地尽是岩壳壳，一年四季累死累活也收不到几箩苞谷，遇到天干，满坡的苞谷都是瘪脑壳，只能砍了当柴火。夏元子懂事，手脚勤快，覃义蛟在船上最爱叫他打个帮手。

比夏元子小两岁的祥安迟疑着，也说："不怕。"

"说是不怕，心里还是有些怕，是不是？"覃义蛟拍了拍祥安圆圆的脑壳，祥安点头，"怕。"

祥安的爹是老实巴交的种田人，也是指望儿子到船社挣几个钱，找到覃九河三拜九叩，让祥安在船社落了名。山里人穷，家里能有在外面挣到活钱的，就算是好人家。祥安在船上还算个学把手，听话，指东不打西。覃义蛟想到四麻子，就心疼船上的这些伙计，"我跟你们说，天上掉炸弹，没得哪个不怕。听江防军队的人说，日本鬼子的轰炸机这些时还会不断地在江上来回丢炸弹，他们想把我们搬迁武汉一些工厂的船队全都给炸了。你们两个都还小，保命要紧，若是想回家，明早就有条船回巴东，我让你俩跟船走。"

"那帮头你呢？"夏元子问。

覃义蛟说："我哪里走得脱？"

武汉的工厂有民营的、官营的好几百家，再加上抗战爆发后，从上海、河南、山东、大冶一些地方迁来的工厂又有几百家，这都是中国工业的命根子。为了保住这些厂子，组织了三套机构负责从武汉到长江上游三峡一带的拆迁，一是直属军政部的钢铁厂迁建委员会，负责拆迁武汉附近的钢铁厂和兵工厂；二是湖北省建设厅，负责省属各工厂的迁建；三是工矿调整处，全面督导与组织武汉民营、官营各工厂的迁建。日本军队早已觉察到这些部署，疯狂地沿江进行轰炸，现在是要和日寇抢时间。

哪个不想回家？但眼目下还是不行，还得往汉口去，那边的局势越来越紧，大批的军火、物资都要朝宜昌以上的三峡两岸的城市运，抢得一船是一船。

夏元子说："帮头，你在哪里，我们跟到哪里。"

祥安也说："嗯，我也要跟着帮头，我爹说过，到了信陵船社，就是一切都听帮主的。"

第九章　二码头

1

覃义蛟带人在码头附近找到半夜，最终也没等到向幺爸回来，看来一定是出了什么事情。

等到天明，伙计们在船上煮了苞谷饭，就着腌菜吃饱了肚子，覃义蛟派一条小船将两个烧伤的伙计送回巴东去。好在只是烧伤了腿和膀子，但先起的大片燎泡，不久破皮烂肉，流出一道道黄水，疼得他们一天到黑都在哼哼。天气热起来，江边的蚊虫一阵阵飞舞着，闻到血腥味儿更像发了疯，嗡嗡地往船上扑。平常桡夫子们皮糙肉厚的，不怕蚊子叮，但烧伤的伙计难受其扰，扑到跟前的蚊子苍蝇一堆堆的，烟都熏不走。

到了宜昌，开始是往医院里送，但没想到几家医院都是满满的伤病员，人家都是从前线打仗负伤的将士，有的还住不进病房，就住在走廊上，还有的就住在医院草坪搭起的帐篷里。覃义蛟他们只好把两个烧伤的伙计抬回船上，每天用些盐水给他们洗伤口。他记得凤娘曾给人治过烧伤，便让这船赶紧划回巴东，去凤翔药房问诊拿药。

这边安排妥当之后，覃义蛟便准备带船到石牌岭去，前日刚给那边送过两船药，空下来的船又让装了码头仓库里的弹药，要接着送到石牌岭去。正在江边打理着，岸上来了两个穿裙子的女学生，顺着江边的船一路打听过来。"找巴东的覃义蛟？那不是吗？就在那边。"有人给她们指点。

"三哥！三哥！"

覃义蛟一听那声音脆得像八哥，就像是小妹玉蛟，抬头一看果然是她朝着这边飞跑过来。几个月没见，小妹晒黑了，还是那身白上衣，蓝短裙，白袜子青布鞋，两根大辫子甩打着，她拉着一个女同伴的手，气喘吁吁地跑到跟前，"三哥，总算把你找到了。"

站在白木船旁的覃义蛟又惊又喜，"小妹，你怎么找来的？"

小妹的女子学堂就在这宜昌城里，几月前刚跑头一趟船时，覃义蛟来到宜昌就去找了小妹，请学堂门房将小妹叫出来见了一面。他兄妹二人从小亲昵，见面自是高兴，覃义蛟带给她一包东西，是凤娘特意给小妹制的清凉药膏，说蚊叮虫咬时好用，还有凤娘亲手给她做的两件小内衣，薄而轻软的白绸，细针密线好手工。玉蛟看了喜欢不尽，说凤娘嫂嫂真是神仙下凡，做的小内衣比同学从汉口那边带回来的还要好。但这次见面之后，覃义蛟每次船到码头就是卸货装货，船上的事情一件件等着他来安排，再没得空去看小妹。

玉蛟嗔怪道："三哥你这些时都没个音讯，要不是碰到向幺爸，我还以为你们的船早就回巴东了呢。"

"你碰到了向幺爸？他在哪？"覃义蛟听来一惊，白木船上的夏元子、祥安几个也闻声凑了过来。

说来也巧，这天玉蛟她们女学堂组织慰问宜昌驻军，到了铁路坝兵站，那里有一批从上海、南京和汉口撤下来的军人、伤病员，女学生们前去嘘寒问暖，送上一双双亲手缝制的鞋袜，还表演了小话剧和歌舞。慰问结束之后，她们走出兵站大门，正碰到一队军人路过，随行还有穿戴不一的挑伕，突然就听到有人喊："玉蛟，覃小姐！"覃玉蛟站住脚左右看，发现挑伕队里有一个包白帕子的朝她招手，再一细看却是信陵船社的桡夫子向幺爸。

"向幺爸去当了挑伕？"夏元子几个惊叫起来。

覃玉蛟说："我跑过去一问，他是被当兵的硬拉去的。"

向幺爸替四麻子买寿衣，在街上东问西问，没想到碰上军队在街上拉伕，见到青壮男人二话不说就逼着跟上队伍走，要他们挑起军粮、弹药担子，翻山越岭到恩施那边去。向幺爸给当兵的说好话，说他是划船的桡夫子，也是在替政府运货，一船的人都在等他，行行好放他回船上去。可任他再怎么申辩也没用，多说几句，当兵的就恼火了，举起枪托子就往他身上砸。向幺爸喊爹叫娘，只好依照吩咐挑起担子跟着队伍走，碰见了覃玉蛟如同见了救星。

覃玉蛟和几个女学生当时就找到带兵的连长，请他们放了向幺爸，可这连长手摁在腰里别的手枪上，黑着脸说："委员长有令，一切服从抗战，哪有恁多婆婆妈妈的。"覃玉蛟和她的女同学都不服气，想和这连长论论理，可人家一扭头就走开了，一边呵斥他的兵："都站着做甚？还不赶紧上路。"

几个当兵的过来，举着枪托子就不由分说地驱赶玉蛟她们，连带旁边围观的人群。玉蛟和她的同学都差点气哭了，她们刚在兵站慰问军人，还沉浸在一派亲切、和气的氛围里，没想到走出兵站大门就遇到这么凶神恶煞的军人。旁边有老者小声劝她们几个，莫要去招惹这些当兵的，不晓得他们都是从哪处战场下来的，已经杀红了眼，惹不起。

宜昌城的街头巷尾弥漫着大战在即紧张纷乱的不安，当地人都在传说各种消息。就在前些天，宜昌曝出了一条惊天丑闻：由国民政府军事委员会拨款，动用几万民工构筑的宜昌至当阳的防御工事名为钢筋混凝土，却暗中偷工减料，用树枝、竹竿作骨架，一脚踢去就散了架。曾任第六战区司令长官的冯玉祥将军虽然被排挤离职，但仍为抗战奔走于鄂、豫、湘、黔等地，他在亲历宜昌工事时发现了不少问题，花了钱却不顶用，不光质量严重不行，设计上也是毛病百出，有的死角太大，有的目标太暴露，有的工事里边尽是水，根本不能进人。冯将军怒批，是谁如此作孽？一查原是任荆宜师管区司令兼宜昌警备司令的蔡继伦督办的工程。

蔡继伦为鄂中人，保定军校毕业，曾任西北军少校参谋和中校参谋，后经人介绍进入陆军大学镀金，外表长得人高马大，声若洪钟，威风凛凛，暗中贪腐享乐，擅弄权势，常行贿赂，后来当上了荆宜师管区司令，授少将衔。抗战爆发后，加委为宜昌警备司令并宜昌防空司令，还是宜昌《三户日报》的董事长。一九三八年一月二十四日上午十时许，从南京起飞的九架日机，飞抵宜昌铁路坝机场上空投弹数十枚，将中国方面刚从国外运到而正准备装配启用的六架飞机几乎全部炸毁，炸死炸伤修机场的民工二百余人。重庆方面派员调查真相，原来防空情报早已从武汉传递到宜昌防空指挥部，却因蔡继伦及其所属官员花天酒地，通宵取乐，早晨酣睡而延误。蔡继伦罪责难逃，但不知他使了什么手段，使得这事不了了之。他胆大包天，不思悔过且罢，竟然大敌当前还不收手，在修筑宜昌

153

防御工事上贪污巨额国防工程款，未料到很快就被冯玉祥将军发现。这一次终于在劫难逃。在宜昌内外一片愤怒声讨之下，蔡继伦被革去官职，押赴重庆，经军事法庭审判，判处死刑，吃了枪子。

这一来，宜昌百姓无不拍手叫好，军队和政府上下也受到极大震慑，一些官员和富豪暗自打包金银细软，纷纷逃离宜昌，到西南大山里找地方藏匿起来。这惹得一些当兵的更是怒气冲天，街头上纷争斗殴不时出现。宜昌工事需要重修，恩施那边也在抢修机场，几地都需要大量的民工，宜昌及周边的长阳、五峰这一带见了男人就拉，根本不问青红皂白，拉了先做挑伕，挑修工事的水泥石灰，再把从汉口那边运到宜昌的军火物资一点点挑到恩施去，到了恩施之后就又赶到机场工地接着干。有的挑伕中途试图逃跑，抓回来轻则一顿打，重则就地枪毙。

玉蛟把见到向幺爸的经过，还有在街上听到的这些消息给三哥覃义蛟他们叙说了一遍，大家也都只有叹气。义蛟说："唉，早晓得宜昌街上拉伕，真不该让向幺爸去买寿衣。"

夏元子几个说，向幺爸要跟着挑到恩施去，从宜昌到恩施有好几百里路呢。有的说八百，有的说一千。

覃玉蛟这时拉起身边女同学的手，说："这是我的同学孙晓雯，晓雯的父亲在省民政厅，已经搬到恩施去了，她说向幺爸若是到了恩施，她请她父亲想想办法，让向幺爸回巴东。"

"哦？"一伙人听来都有些惊喜。玉蛟身旁的女孩却是眉清目秀，一脸的落落大方，见覃义蛟和众人的目光投过来，她略一弯腰，说："大哥你好！"

玉蛟挽着义蛟的手臂说："这是我三哥，晓雯你也叫他'三哥'吧。"

晓雯说:"三哥!"

覃义蛟嘴上答应着,看看妹妹和这女学生,担心地说:"小妹,这兵荒马乱的,市面上太危险,你们不要到处乱跑,还是赶紧回学堂去吧。向幺爸的事你们不用管了,被拉伕的也不止他一个,上头派的活路做完了自然就会放人。"

"我们晓得。"玉蛟说,"三哥,我们学堂快要停课了,有消息说也可能要迁到恩施那边去。"覃义蛟说:"那你们越不要到处乱跑,好生在学堂里待着,等我的船再跑一趟汉口回来,你跟我一起回巴东。"

覃玉蛟却扭着身子说:"我不走,我要留在宜昌。"

覃义蛟有些意外,小妹主意多,学堂要是都停了课,她留在宜昌搞么事?就是给人添些担忧。玉蛟脸上带着不容干预的神情,说她在这里还有事。她又告诉义蛟,前些日子爹请杜先生几个到宜昌找人,要买一条小火轮,说是已经交了订金。还有,凤娘嫂嫂因为给金桂看病惹出一些麻烦。覃义蛟一听心里乱糟糟的,连连发问:"什么麻烦?你嫂子她怎么了?"

玉蛟忙说:"事情都已经过去好久了。我要不给你说嘛,日后你晓得了会埋怨我,说了又惹得你干着急。嫂子她没得事,都是金桂的男人使的坏,幸亏爹找了新来的于县长,把嫂子从大牢里救了出来。"

覃义蛟一听还把凤娘弄进了大牢,气得半天说不出话来,他两眼冒火,捏起拳头在船帮上砸得砰砰响。"这群王八蛋,等我回去找他们算账!"他骂了一通,恨不得此刻就掉头把船划回巴东去。

正在撸胳臂挽袖子，夏元子从那边汗淋淋地过来问他："帮头，船上货都装好了，哪时候往石牌岭去？"

覃义蛟回过神来，正在运军火，事情没做完，哪里走得脱？

听说白木船要往石牌岭那边的海军驻地去，玉蛟不由喜形于色，"我也跟你们去。"又拉拉孙晓雯，晓雯说："我也去。"覃义蛟说："你们去搞么事？刚才我还说，姑娘家家莫到处乱跑，你……"

"三哥，我们是真的到石牌岭去有事，搭一下你的顺风船嘛。"玉蛟一本正经地说，"我给你船钱。"她作势从身边的布书包里掏着，手却半天不拿出来，眼睛看着覃义蛟，抿着嘴一笑。

2

石牌是长江三峡西陵峡右岸的一个小村庄，因峡江南边象鼻山中一座类似令牌的巨石而得名，这石牌高达数丈，突兀而立，长江因它在此，陡然右拐一百一十度，构成一道绝美的天堑，为历代兵家必争之地。石牌挡在长江这个急弯的尖上，距西陵峡东口的宜昌城约有三十余里，所有的船只都要在石牌的脚下转弯，正因为这个弯和两岸兀立的石壁，自古以来，它就是据守长江的天险。

石牌村方圆七十里，上有三斗坪军事重镇，第六战区前进指挥部、江防军总部等均设于此；下有平善坝，与之相距仅咫尺之遥，为石牌的前哨，亦为军队河西的补给枢纽。中国军队淞沪抗战失败，一九三七年十二月南京又失守，如今日军对武汉已成围攻之势，中央机关已陆续迁到重庆，险峻的长江三峡成为陪都的天然屏障，石牌便成为拱卫陪都重庆的第一道门户。

石牌这个不足百户的小村，成了广阔的中国战区最关键的要塞。

为防止日军由长江三峡西侵和威胁陪都，中国海军在石牌设置了第一炮台，其左右有第一、第二分台，安装大炮共十尊，为长江三峡要塞炮台群的最前线。与之相配套的还有川江漂雷队、烟幕队等。驻守石牌的海军官兵共有一百多人。

"你一个女学生，哪里晓得这么多？"

覃义蛟拗不过玉蛟的软泡硬磨，小妹从小就吃准了三哥的宠溺，可使花言巧语、撒娇耍赖百般手段，三哥无奈之下总得由着她，玉蛟和孙晓雯终究还是踩着一闪一闪的跳板上了船。江风习习，玉蛟在船上给三哥说开了石牌要塞的重要，好像她是一位军事专家。

船上来了两位漂亮的女学生，桡夫子夏元子和祥安他们起鼓子①得很，桨划得格外带劲，虽然是逆水而行，使出劲跟划龙舟一样，船头仍嗖嗖地往前蹿。玉蛟不回三哥问她的话，却扭过头与孙晓雯交换着眼色，咕咕地笑。

覃义蛟不晓得她们为何发笑，自去船尾掌舵。孙晓雯拿眼瞟着覃义蛟，好一阵没言语，随后将嘴附到玉蛟耳边说："你三哥好英武。"

两手扶着舵把的覃义蛟光头青皮，上身穿件白短褂，也就是三片布几根绳，坚实的胸肌时隐时现，双臂一使劲，胳膊上的肌肉就像鸽子蛋一样滚动着，身子随着船的摆动和手上的舵把一仰一合。他将黑粗布的缅裆裤挽在了大腿根下，叉着两条粗壮的长腿，稳稳

---

① 起鼓子：带劲儿。

地站立着，赤脚两片，脚趾弯曲得像钩子一样，紧扣着船板。那样子，在女学生孙晓雯眼里很是受看。"可惜我没带纸和笔，要不画一幅素描多好。"她朝覃义蛟那边眯着眼睛，手在空中一笔一笔比画着。

玉蛟不以为然地说："咳，你没见我三哥从前那样子才是英俊，这几个月在外头肯定是不方便，头发也剃了，脸上晒得黢黑，胡子巴碴的，嘴角角都烂了，心里着急上的火。"

"这才有味道呢。"孙晓雯说。

她比画了半天，意犹未尽，忽然说："玉蛟，等你三哥他们的船再从汉口回到宜昌，我想坐他的船到巴东去，你问他要几多船钱？"

覃玉蛟惊讶地扬起眉毛，孙晓雯的爹是湖北省民政厅的副厅长，前些日子来信说省府的机关和他们全家已经搬到了恩施，要晓雯近日乘坐民生公司的轮船先到巴东，会有人在码头接应，并用车把她送到恩施。玉蛟说："你爹不是都给你安排好了吗？"

孙晓雯瞟了一眼掌舵的覃义蛟，"我就想坐三哥的船。"

"你真是小姐脾气，想起一出是一出。"覃玉蛟没好气地说，"放着舒舒服服的轮船不坐，偏要找罪受。"

船划进了西陵峡口，水流立刻变得急起来，白木船开始有些摇晃，迎风站立的玉蛟和孙晓雯身子也随着晃荡，覃义蛟在翘起的船尾上喊道："你们两个快找地方坐起！"说着一股激浪打来，船左右摇晃得更厉害了，孙晓雯脚下一滑，玉蛟一把将她紧紧拉住，俩人没受到惊吓，倒相互搂着哈哈地笑个没完。划桨的夏元子、祥安几个桡夫子看出满眼的兴奋，覃义蛟却厉声吼道："找死啊你们！"

他吼得跟打雷一样，再看那脸上眉毛竖起，眼睛瞪得铜铃大，玉蛟心里吓了一跳，赶忙拉着孙晓雯一歪身子坐了下来。船板上湿漉漉的，孙晓雯却不在乎，蜷起穿着白袜子的腿，两手抱着膝盖，兴趣一点不减地看着江上的风景，说："坐木船过三峡，太有趣了。"

玉蛟说："大小姐，这还只在峡口边上呢。你没尝到三峡急流险滩的滋味，比这里可要凶险一百倍。"孙晓雯昂起头说："你不是老说你三哥是川江最好的船帮头吗？有他在怕什么？玉蛟，我去巴东一定要坐三哥的船。"

覃玉蛟使劲摇头，"不行。我三哥不会答应的。"

孙晓雯碰了碰覃玉蛟的肩膀，笑道："哎，覃玉蛟，你还欠我一个人情呢。你要让我表哥来求你吗？"

玉蛟一下子语塞。

"我就是想体会一下当年李白、杜甫、陆游他们乘木船进三峡的感觉，陆游的《入蜀记》你读过了吧？我得看看三峡沿岸他写的那些景色是不是还在。"孙晓雯兴致勃勃地说，"你要能跟我一起走，那当然再好不过，可你为了我表哥，不是说不离开宜昌吗……哎哟！"她突然捂着膀子叫起来："你掐我做什么？"

玉蛟咬牙小声说："就掐你！这满船的桡夫子，你胡说什么呀？"

"我没说什么呀。"

"你还说没说，还说没说？"

两个女子你掐我、我掐你地打闹起来。

太阳偏西的时候，两条白木船靠近了石牌岭简陋的码头，斜坡上堆满了石头和沙袋，筑起了防御工事。这座山又叫"灯影峡"，山顶有几块酷似唐僧师徒四人的大石，从江上看去，映在天空之上极为分明。在这些险峭的石峰下，耸立着一块巨大的长条状的石牌，石上寸草不生，白生生光溜溜的，天造地设，显出大自然的庄严。

平常人看不见，就在这石牌下方，山腰间的密林丛中，倚山挖出了一个个炮台，支起一尊尊翘起的高射炮。要塞炮台的炮火可以封锁宜昌南津关以上的长江江面，极具威慑力。为保卫石牌要塞，军委会派驻重兵防守，孙晓雯的表哥周捷正是这要塞炮台的营长，去年从南京调防到此。

周营长在宜昌女中学堂附近与表妹孙晓雯见面之时，恰好偶遇玉蛟，晓雯将玉蛟介绍给了表哥。周营长念过大学，又上过黄埔军校，一身阳刚又文质彬彬，女学生玉蛟俊俏爽朗，又带有几分峡女的野性，两人相识竟然是一见钟情，难得几次见面，聊得很是投缘。可最近有一两个月都未见周营长来宜昌城，连晓雯也不知是何情形。今天碰巧搭上三哥的船来到石牌岭，覃玉蛟内心雀跃，只想给那位周营长带来一个大大的惊喜。

船抛锚靠岸之后，立即有守在码头上的海军士兵持枪过来，验明了覃义蛟递上的路条，又查看了船舱里的弹药，便叫他们把弹药卸到岸上的一个石窟里去。覃义蛟吆喝夏元子他们开始搬运，玉蛟和孙晓雯也想相跟着上岸，却在码头的石阶前被两个持枪的士兵一左一右拦住了，说除了搬运弹药的船工，其他人不得靠近。

覃玉蛟嫣然一笑，"我们找你们周营长。"孙晓雯一旁也说："对，我是周营长的表妹，特为来看他的。"

右边持枪的士兵脸色犹豫了一下，说你们在这里等着，便让另一个士兵去石窟工事那边报告。一会儿那士兵拎着枪跑回来，玉蛟和孙晓雯抬脚就要迈上石阶，不料那士兵却说："周营长不在，你们二位请回吧。"

"不在？他明明一直在这儿的呀。"孙晓雯踮起脚朝石窟那边张望。玉蛟看那士兵的眼神闪烁，便有些心疑，"周营长他去哪儿了？"

士兵说："长官的行踪，我们哪会知道？"

覃玉蛟说："那我们既然来了，就让我们上去等等，或许他一会儿就会回来。"孙晓雯卖力地帮腔："对，我们上岸等他。"说着俩人就又要迈上石阶。两个士兵却不由分说，将装了刺刀的长枪往她们面前一横，孙晓雯恼了，"你们要干什么？为什么非要拦着？我偏要上去！"

晓雯说着，就使劲朝跟前的长枪推了一把，两个士兵嘴上说着："军事重地，闲人不得进入！"手上并不敢用力，却也一步都不退让。正是暑天，几个人你推我搡的，腰间扎着皮带的士兵脸上淌下汗来，滴在枪把上，也蹭在了玉蛟和孙晓雯的白衬衣上，一股子汗腥味儿包裹着他们。两个女学生把吃奶的力气都使出来了，累得气咻咻的，正在揪扯不停之时，先搬了一箱弹药到石窟那边的覃义蛟走到石阶上头，见此情景立刻急得大叫："快莫扯了！"

话音未落，只听孙晓雯一声惊叫，斜挡在她身前的刺刀在她的推搡之间，剐破了她的右手指，顿时见红，滴滴答答地沾在刺刀上，也沾在了她的胸前，白衬衣上立刻现出一摊鲜红的血渍。玉蛟一旁急了，猛地就要向持枪的士兵撞去，幸好被赶到跟前的覃义蛟一把拉住。

士兵见有人拉住了玉蛟她们，也就退到了一旁，且虎视眈眈地盯着。覃义蛟拉起孙晓雯的手察看，好在只是一点擦伤，他叫夏元子："把船上那个碗拿过来。"然后从自己白汗褂的边上"刷"地撕扯下一条，蘸了那碗里的盐水，结结实实地缠在孙晓雯手指上。孙晓雯开始龇牙咧嘴地吱哇乱叫。覃义蛟不松手。"忍到起。"他板着脸说。

孙晓雯叫了几声，便咬紧牙，不动也不叫了，抬着右手任由他料理。

覃义蛟一边给她包扎，一边歪着头朝玉蛟厉声吼道："叫你们不要来，你偏不听话，这里是炮台要塞，不是你们这些女学生玩的地方。"给孙晓雯包扎完，便板着脸让玉蛟她们都回到船上去。

玉蛟好生委屈，三哥从来都惯着她，从来都没有对她发过火，但这次见面却像变了个人，看不到个好脸色，不帮她们说话罢了，还当着外人这么凶巴巴的。她一甩辫子，"我不要你管，我就要在这里等他。"

"他是哪个？"

"他是他。你管不着。"玉蛟说。

3

玉蛟终究还是上了三哥的船，当晚回到了宜昌城。她满心的不情愿，船到二码头之后，她跳下船，头也不回地走了，跟三哥连声招呼都没打。

已是夜色之中，孙晓雯跟在她身后，在江滩的沙子里深一脚浅一脚，连声叫："玉蛟你等等我，等等我。"

玉蛟在前面走得快，也不搭理。孙晓雯捧着手，哎哟哎哟地叫起来，玉蛟这才站住脚，回过身来问道："怎么，还在流血吗？赶紧去医院吧。"

孙晓雯直是叫疼。

玉蛟过来扶起孙晓雯的胳膊，找到码头附近的一家小诊所，给孙晓雯手上的伤口做了处理。护士在解那根布条时，说了一句："缠得可真紧。还好，没感染。"原来三哥让夏元子拿过的盐水碗是船上总备着的，桡夫子的手脚随时都可能在哪里蹭着，破了皮马上抹一点盐水，免得烂了，办法很管用。

从小诊所出来，玉蛟说："你累了吧？要不叫人力车？"

孙晓雯说："不。"

夜来还是蛮热，沿着码头的小街上店铺大敞着门，还有一些挑担拎篮的小贩沿街叫卖："醪糟汤圆——！""豌豆凉粉——！"玉蛟又说："你饿不饿？我们吃碗凉粉。"

孙晓雯还是说："不。"

覃玉蛟见晓雯一直噘着嘴，便问："你怎么啦？生我气了？"

孙晓雯这时才嗔道："哼，刚才你是不是都想丢下我不管啦？"她拿眼瞪着覃玉蛟，玉蛟也毫不相让地瞪着她，"咳，哪个叫你跟我三哥一个鼻孔出气，要不是你非劝着我上船，我才不听他的呢。"

孙晓雯说："你三哥还不是为我们好。"

覃玉蛟说："哼，真没想到你会替他说话。不过看在你今天挂了彩，算我对不起，好吧？"

俩人这才相视一笑。

好在离女子学堂不算太远，俩人就沿街走去，一边说着话。覃玉蛟和孙晓雯在女子学堂同学近三年，一开始也是针尖对麦芒，从三峡来的覃玉蛟不把官家小姐放在眼里，大户人家出身的孙晓雯也没把山野间的妹子当回事。覃玉蛟每次上体育课都大出风头，田径跑步，扔铁饼，跳远跳高，还有爬吊杆，玉蛟总是第一。孙晓雯暗中讥讽："覃玉蛟从小在山里练出来的身手，怎么不去参加奥运会呀？"中国人参加奥运会是件稀罕事，总共没去过几个运动员。

孙晓雯却是体育不行，跑步总是落在最后几个，捂着腰跟跟蹬蹬的气力不支，但她作文写得好，先生喜欢拿到课堂上念："我的故乡不止一个，我住过的地方都是故乡。我从小生在汉口，但现在却在宜昌，宜昌也成了我的故乡。宜昌临着长江，汉口也临着长江，一只船可以载动我游走的故乡……"

先生夸赞之后让大家讨论，覃玉蛟举手发言，她不以为然，"这不就是学周作人先生的写法吗？周先生在《故乡的野菜》里开篇也是这样写的：我的故乡不止一个，我住过的地方都是故乡。"先生说，适当的借鉴也是可以的，孙晓雯只是学了周先生的开头，后面的内容全是自己的感受，像这个"一只船可以载动我游走的故乡"就很有诗意，一条江、一只船把生活过的汉口与宜昌连起来，相互之间有了亲密的关系，等等。先生说得听似有理，覃玉蛟有些不服，但也有些惭愧，自己不该一知半解就在课堂上揭人家的短。

但没想到孙晓雯这人还蛮大度，反倒一下课就主动来找她说话："覃玉蛟，没看出来你还蛮爱读书的，都背得周作人先生的文章。"玉蛟借势忙说："凑巧碰上这一篇而已。说得不当，你莫见怪。"孙晓雯大方地说："没关系，课堂上讨论，又不是暗地里传怪话。"这一下让覃玉蛟顿时对她心生好感。

俩人性格各有不同，但都很敞亮，从那以后便多了来往，渐渐无话不谈，形影不离。

一年前，孙晓雯大姨家的表哥周捷从南京调防到宜昌，约孙晓雯在学堂旁的茶室浮香阁见面喝茶，晓雯把覃玉蛟也拉去了。那军官周捷相貌堂堂，一身戎装笔挺，腰间扎着皮带，风纪扣扣得紧紧的，神情严肃又温和，说从南京到汉口，受二姨委托，特意来看表妹。他只在孙晓雯介绍时看了覃玉蛟一眼，之后便目不斜视，只是专注地跟孙晓雯说话，对她的学习、生活一一问来。

孙晓雯不想让好友被晾在一旁，就把话题不时扯到玉蛟身上，说她在学堂有玉蛟做伴，蛮好的。玉蛟跑得快，跳得远，爬得高，又漂亮又能干。玉蛟长玉蛟短，那军官这才朝坐在茶案一侧的覃玉蛟注意地看去，不料那身着浅蓝旗袍的黑发女子端坐在那里，在背后淡黄色窗帘的衬映下，像一束散着幽香的兰花，可那眼神却是火辣辣的，正目不转睛地盯着他。

他俩四目相对，军官心里不由怦的一下，像是电光石火撞击上了，顷刻间嚓嚓地冒出了火花。

人世间最说不清的秘密之一，就有男女之间的情感奥秘。军官周捷开始本来只打算礼貌性地来看一看表妹，他们从小都在汉口长大，但各是一家，来往并不算多，他对这个小表妹的印象仅仅是逢年过节两家走动时的见面，这次如果不是二姨来家里叙话，他并没有打算一来宜昌就约见表妹。但这次礼貌性的喝茶，从军官与覃玉蛟的目光相对之后，浮香阁里的茶味便莫名地变得浓稠起来。

军官的身姿稳稳地坐定，他们之间的对话由一般性的客套进入较为轻松的家常。之后，忽然转向对时事的讨论，问题首先是覃玉蛟提出的："我想请教一下周营长，上海沦陷了，南京也沦陷了，武汉还有多久？国民政府也打算放弃武汉吗？"

周捷有些意外。女学生问得犀利，又带着期待，其实这些问题也是军官和士兵们都想知道，但却又不愿意拿到嘴边上来的。

他苦笑摇头。

覃玉蛟不甘罢休，她咄咄逼人地说："作为军人，难道你们不应该对国家兴亡负责吗？这些时候，从上海、南京、汉口涌来的难民满大街都是，他们失去了家园，流离失所，有的老人孩子病饿交加，就死在了路上，你没看这宜昌城里添了多少乞丐，多少无家可归的外乡人……可周营长，你为什么不回答我的问题？"

覃玉蛟激昂地说着，坐在她对面的周捷脸色沉郁，双手扶着茶碗一动不动，到后来他将目光转向窗外，窗外江天一色，烟雨朦胧，他的眼神投得很远，像在寻找什么。玉蛟和晓雯也不由随着他看向窗外的远方，灰暗的云雾压着江面，偶尔有江鸥一掠而过，转瞬化为一个个小黑点，继而消失在云雾里。再回过头来时，玉蛟惊骇地看见军官的眼角噙含着大滴的泪珠，正在顺着脸颊滚落。

"表哥！"晓雯也看见了。

军官的双肘撑在茶桌上，手掌捂住了脸，眼见那泪水从指缝间渗了出来，像汩汩不断的泉水，片刻间浸湿了衣袖。他的肩膀抑制不住地剧烈抽动着，却是无声的，拼命压抑着的。该是怎样的悲伤，才让他一个男人这样恸哭。

孙晓雯叫："表哥！表哥你怎么了？"

她要起身绕过茶桌去他身前，覃玉蛟按住她，小声说："他一定是憋了好久了。"

她们怀着忐忑，默默地守候着。不知过了多久，周捷终于平静下来，他松开手，一把抹去满脸的泪水，端起面前的茶碗，咕嘟咕嘟一口饮尽。她们看着他，不敢再开口。

"对不起，在你们面前失态了。刚才你的问话，让我想起了我死去的那些战友。"周捷看了看覃玉蛟。

"二十多岁，三十多岁，他们家里有天天把门盼望的父母妻儿，有的还从未娶亲，就在淞沪会战、南京保卫战中，一个个死了。都死了，再也见不到了。"他嗓音嘶哑，又转过脸去看着窗外。不知什么时候下开了雨，箭似的雨柱刷刷地扑打着窗棂，不远处的大江上云雾缭绕，传来涛声闷闷的回响。

"如果子青他们能活下来，也坐在这窗前，听一听长江的涛声，该有多好啊！"他说。

"子青跟我在军校同学，他的妻子刚给他生了一个儿子，子青连儿子的面都还没见着。八一三事变以后，我和子青所在的第十八军守卫上海宝山，一九三七年九月五日，倭寇集中三十余艘军舰，掩护陆军向宝山发起猛攻，子青是营长，带着他们营的几百名官兵，浴血奋战了整整两个昼夜，击退了日军一次次攻击，直到他和手下的士兵全都战死。

"我们在上海经过了三个多月的鏖战，日军从杭州湾登陆，对上海进行侧翼包围，国民政府为避免上海作战部队两面受敌，下令军队向南京外围既设阵地转移，我们接到命令撤到了南京。日军十一月十二日占领上海，继续向南京围攻，统帅部感到事态严重，调集了十万兵力，加强了南京外围和复廓两道阵地的防线。日军从十二月三日开始从正面进攻，南京成为围城，十二月七日，日军突破南京外围第一线防御阵地后，继续向南京城复廓阵地攻击，我们的部队听命应以与阵地共存亡之决心尽力固守，绝不许轻弃寸土。那些仗打得好惨啊，直到又接到撤退的命令。"

周捷难过地说："一时间，全都乱了套，我们炮兵营撤到了江北，但还有几万人的军队没有撤出来，南京城的百姓更是没能撤出来。结果你们都听说了，日军屠城，见人就杀，下关江边血流成河，尸横遍野……不是我们当军人的要撤，我们拼了，就想拼他个你死我活，可最后还是眼睁睁看着日军占领了南京，现在又逼向武汉，逼向宜昌。"

晓雯惊叫道："表哥，我们该怎么办？"

"国家无力，百姓遭殃。"周捷一拳砸在了茶桌上，他面前的茶碗砰地跳起来，"中国，就剩下长江三峡这道最后的防线了。"

从撤离南京之后，周捷已经很久没有说过这么多话了，他有时候一整天一整天地不想开口，说不了一句话。可是那天在浮香阁的茶室里，见了表妹和覃玉蛟，被玉蛟这一问，他多日压抑在心头的悲愤和哀伤竟像滔滔江水一泻而出，一番倾泻之后，心里敞亮多了。

在他忘我倾诉之时，女学生覃玉姣心里也在倒海翻江，她一颗心不知不觉全系在了军官身上，她好想替他擦去脸上的泪痕，甚至好想将他的头抱在怀里，轻轻地抚摸。当然，她并未动作，但她的目光却毫不设防地流露出了她的心思。

军官正是在她含情脉脉的目光鼓励下，才一直不停地倾诉，就像是在沙漠里行走了大半天，焦渴难耐的旅人，终于找到一棵绿树下的清泉，他吮吸着，滋润着血与火烧灼过的心田。

从那以后，军官周捷时常来到女学堂的门房前，约表妹和表妹的好友在浮香阁见面，差不多每周日的黄昏他就会出现在校门口，门房老伯都认识了这位挺拔帅气的军官，几乎不用他开口，就着人去女宿舍那边叫孙晓雯她们。几次之后，孙晓雯觉察到表哥望向玉蛟的目光多了许多内容，俩人对答甚密，晓雯倒像是成了陪客，她后来便知趣地闪退了。

在学堂宿舍里，无他人在场时，孙晓雯对覃玉蛟说："我姆妈①说，我大姨给周捷找过好多富家小姐，可他总是推托，说没有心思考虑。可现在我看，他和你的眼神都不对了，你们有两次趁我不在，还到江边去散了步，是不是？你老实告诉我，你们是不是在谈恋爱了？"

覃玉蛟笑盈盈地推了她一把，却没有否认，只是说："哪有哇？我们在一块儿说的都是打仗的事。"

孙晓雯："你晓得什么打仗不打仗的。"

"我们土家人有一位抗英的陈连升将军，你晓得吗？"玉蛟说。

晓雯摇头。覃玉蛟就给她讲陈连升的故事。

她从小就在官渡口吊脚楼的火塘边上，听爹爹覃九河有了闲空，给她和几个哥哥摆古，说清朝道光年间，恩施鹤峰有一个勇武过人的陈连升，一身武艺，曾随钦差大臣林则徐到广州禁烟，成为林大人最得力的将领。陈连升先后率军多次抗击过英军的挑衅，击沉一艘英军双桅飞船，被提升为三江协副将，调守虎门沙角炮台。道光二十年（一八四〇年）八月，英舰入侵磨刀洋，陈连升受命率五艘战舰、三千水兵，与英军进行了激烈的海战，击退了英军的进攻。一八四一年一月十五日，英军大举进攻沙角炮台，陈连升带领的六百官兵腹背受敌、敌强我弱，但他毫不畏惧，英勇抗敌，用地雷、火炮歼敌数百，火药耗尽，在无外援的情势之下，又以弓箭射杀敌

---

① 姆妈：汉口一带称妈妈为"姆妈"。

军。战至最后，陈连升抽出腰刀冲入敌阵，与英军展开肉搏。陈连升之子武举陈长鹏也跟随其后，父子拼死血战，战死在沙场。英军攻下炮台后，将陈连升的坐骑黄骠战马掳去香港，此马竟遥望大陆绝食而死，被称为"节马"。

孙晓雯听罢，跟着赞许不已："中国要多有几个陈将军，哪还怕什么日寇？"

覃玉蛟说："我看那些经历过上海淞沪会战、南京保卫战的将士，就是陈连升将军那样的人。"孙晓雯打量着她，"你是在说周捷吧？"

少女的眼睛是一份告白书，覃玉蛟不用回答，她的眼睛水汪汪地已经宣告了一切。在她心里，周捷就是让人仰慕的英雄。他脸上坚定又带着忧郁的神色让她着迷，他的叙述，无论是经历过的战争，还是偶尔说到的家常，都让她感觉到这个军官身上同时并存的威武和柔情。

她想到他驻防的石牌要塞去看一看，可周捷却没有答应，"那里不是你们去的地方。"他的语气毫不含糊，但这并没有打消覃玉蛟的念头，反倒增添了心里的好奇。

几个月前，周捷总是会趁到宜昌城里办一些公务时，抽空来看看她和孙晓雯，但最近明显来得少了，差不多快一个月，既没有见到人，也没有半点音讯。"出什么事了吗？"她不止一次问孙晓雯。

晓雯说："不会的，我表哥他不会有事。可是你看宜昌的军人比以往又多了好多，只怕宜昌也要打仗了……"

孙晓雯说的这些，其实玉蛟也早已明白，正因为如此，她才日思夜想地担心，只想亲自到石牌去见一见周捷，哪怕就看一眼也好。孙晓雯倒是一语点醒梦中人，难道这就是恋爱吗？

就要打仗了？周捷，你在哪儿？

第十章　寻亲

1

"二哥！"药房门前走进一个人来，凤娘从诊桌前抬起头，惊喜地一眼认出，那不正是二哥远蛟？

几年未见，二哥显得更为英俊练达，眉宇间又多了些沉稳，他身着一件青布长衫，头戴礼帽，像来往于商铺的生意人。凤娘迎上去，二哥摘下礼帽，叫了一声"凤娘"，问道："你和老三都好吧？老三他何时回来？"

凤娘说："二哥你快到客堂里坐，我先给你泡茶。"

凤娘这些时夜里老做梦，梦见丈夫义蛟，也梦见覃家的一些亲人，只是看不清脸，想必梦里也会有二哥的，这时突然出现在眼前，她喜出望外。请二哥到里边客堂，忙不迭地沏茶倒水，一边说家里都还好，义蛟他带船去汉口已快半年，或许过些天就会回来。又问二哥这些年都在哪里公干，为何没有回家，也少有书信。

远蛟说："一言难尽。"

他从重庆坐船回到巴东已有好几天了，但先是办了好些公务和要紧事，昨天才赶回官渡口拜见了几年未见的父母，今早又从官渡

171

口那边进到县城来的。远蛟这时已经在"四川王"刘湘身边从军好几年，其间风云诡谲，战事频繁，他虽然曾多次坐船经过巴东，但身为副官，军务在身，眼望家门却难以上岸。只能偶尔寄回一封书信，却是行踪不定，家里人回信也不知寄往何处。

南京沦陷之前，川军司令刘湘曾通电请缨，主张全国总动员，与日本拼死一决，后来到南京出席国防会议，慷慨陈词，表示四川可出兵三十万，供给壮丁五百万，供给粮食若干万石！受到会议上下好评。会后，共产党的代表周恩来、朱德、叶剑英等亲临刘湘寓所访问，赞誉他积极抗战的决心。这期间，覃远蛟暗中做了许多重要的联络工作，他原在武昌念书时就秘密加入了中共地下党，后听从指派加入川军，凭着一位跟刘湘关系紧密，又与中共暗中来往的川蜀参议员的得力介绍，来到刘湘身边。远蛟写得一手好公文，办事利索，从不拖泥带水，加之不沾酒色，不赌不嫖，在同僚中口碑甚好，很快取得刘湘的信任，被任命为贴身副官，紧随刘湘左右。

南京国防会议之后，国民政府任命刘湘为第二路预备军司令长官，辖九个军，刘湘激情勃发，又命覃远蛟等人起草，亲自发表了《告川康军民书》，"全国抗战已经发动时期，四川人民所应负担之责任，较其他各省尤为重大！"川军各路将领随之纷纷请缨抗战，刘湘率部出川抗战，并任第七战区司令长官，作战地境为江苏的太湖以西和浙北、皖南部分地区，覃远蛟也一直紧随。

但在此期间，刘湘已患多种疾病，众部属劝他留在四川不必亲征，刘湘却说，过去打了多年内战，脸面上不甚光彩，今天为国效命，如何可以在后方苟安！他坚持率部抵赴前线。一九三七年十一月二十日，国民政府发表宣言，移驻重庆办公，刘湘即命覃远蛟拟电发布："谨率七千万人，翘首欢迎。"

刘湘于二日之后亲自乘船前往南京，下令所部各军、师堵击在浙江金山卫登陆、正向浙江境内侵犯的日军，重点坚守于广德、泗安方面，以保卫南京，并安全护航国民政府迁往重庆。但不料就在十一月二十三日，刘湘胃病突然复发，大口吐血不止，昏迷中被护送至芜湖医院，接着又送汉口万国医院就医，经抢救才苏醒过来。接下来的战事越加紧张，十二月十三日，南京沦陷，刘湘为司令长官的第七战区所辖地境也被敌军占领。一九三八年一月二十日，重病的刘湘在汉口去世。覃远蛟随同司令部办完刘湘的后事，便随川军一部回到了重庆。

远蛟对凤娘说了说这几年的大概经历，凤娘听得入神，叹道："二哥，这几年你跟在那刘司令身边，也真是多经磨难。"

"如今这个世道，真正受磨难的还是天下百姓，他们赤手空拳，原本只想过平常的生活，却无一日不受到战争的威胁和蹂躏，无助地承受这些战争的恶果。我们现在要鼓动民众参与抗战，一定要赶走日本鬼子。"覃远蛟说。

有些秘密只能藏在心里。

此次来巴东，覃远蛟在上司面前争取到以川军名义，带着两个下士到巴东来巡查江边防务，实际上，是要执行中共一项重要任务。跟随人员经他挑选，也是早已在军中被秘密发展的中共地下党员，他们要暗中保护陪同中共南方局一位负责人和鄂西特工委书记到巴东召开"巴归兴"，也就是巴东秭归兴山三县一片的党组织负责人秘密会议，传递中共高层指示，组织三峡民众抗日。巴东县城的书店"华文书坊"是建立多年的联系点，当地的地下党组织将会议地点定在茶店子的向家湾，那里恰是江防司令部所设防空高射炮之地，远蛟正好以巡查之名到那里走动。

一切妥帖之后，远蛟才抽空来看望亲人，他问凤娘："昨天在官渡口见到爹妈和大哥他们，还听说老三带领的船队在城陵矶也遇到了日寇的轰炸？"

凤娘难过地说："是啊，前两天义蛟让一只小船从宜昌送回两个烧伤的桡夫子，说巴东去的白木船被炸沉了一多半，船炸毁了，人也炸没了。二哥你看，这城里城外的好多人家门上都挂着引魂幡，老的小的都在哭。"

远蛟说："都是日寇造的孽。我昨天也见到那两个烧伤的兄弟，说凤娘你调制的烧伤膏药，抹上去就疼得松活了，我爹让船社的人好生照料，想必过些时会好起来。"

凤娘说："原本是想让那两个兄弟在城里住着，可以随时给他们换些膏药。但城里不太平，日本人的飞机总往这边飞，丢了好几次炸弹，才把他们送回官渡口去。"

远蛟思索道："凤娘，我看你不如也带着娃娃到官渡口乡下躲避些日子，日军现在一心想西进，三峡的大山阻挡着，他们的军队进不来，就会不停地派飞机轰炸，城里太危险了。"

"二哥，我们想走也走不得。"凤娘指着药店里的柜子、药坛子，"城里的医院都在为国军抢救伤员，药店又有好几家关了门，城里的百姓想看病拿药的而今都往我们店里来，我们要再关了门，想看病的怎么办？"

远蛟听凤娘谈吐，又想起妹妹玉蛟的信中不时提到凤娘，说她的医道在县城周围颇受好评，不禁也暗暗赞许。他打量这药房，柜台药格上分别写着"麻黄、桂枝、紫苏、荆芥、防风、白芷、细辛、苍耳子、半夏……"毛笔字体十分娟秀，便随口问这字是何人所写，凤娘说："呀，是我写的，难看得很。"

"弟妹你过谦了，我看你这字只怕从儿时就有了功底。"正说着，两个娃娃连蹦带跳地闯进门来，见有生人便收住了脚，眼珠子黑葡萄似的，挓挲着两手瞪着覃远蛟。

"又到江边玩去了？看你们这一身沙子。"凤娘将他们拉过来，揽在怀里拍打着，说，"快叫二伯！这是你们的亲二伯！"

两个娃娃也都不怯生，上前就叫"二伯"。覃远蛟喜得拍手叫道："来来，快让二伯抱抱。"问他们名字，女娃叫凤羽，儿娃子叫凤翼，又有小名，一个叫小凤，一个叫江娃，覃远蛟从身上掏出几块银圆，"凤羽凤翼，二伯来得匆忙，没顾得上给你们买礼物，你们拿着自个儿买好吃的吧。"

凤娘忙说："二伯莫要给他们钱，你自己留着吧，在外开销大。"覃远蛟笑道："不缺这点儿。"

覃远蛟把两个娃娃搂在怀里，叔侄三个说这说那，十分亲热，凤娘给远蛟添上热茶，看着也心喜，这时便说道："二哥，有个人一直在盼着你回来，每天都在打听二哥你的消息。"

覃远蛟说："哦？你说的是哪一个？"

凤娘说："二哥其实也猜得到的。"她把小凤拉到身边，往她耳边说了一句，小凤脆脆地应道："好，我这就去。"一溜烟地跑出了门，片刻就喧腾地叫嚷着："绣儿孃孃来了——！"

随着话音，小凤拽着豆腐店的绣儿进来了。绣儿脑后甩一根乌黑的独辫，身上扎着围裙，看样子正在店里忙活，她一眼看见远蛟坐在屋里，俊气的脸儿腾地就红了，却又忍不住往外冒的笑意，叫了一声："二哥！"两手不知往哪儿放才好。

"绣儿，好多时不见，岳叔他们都好吧？"远蛟起身问道。

"多谢二哥，我爹妈他们都还好。"绣儿想看远蛟，又不敢紧盯着看，含羞说道，"二哥，你真成了稀客啊，这么多时候都不见你回来。"

凤娘一旁说："绣儿每天都到我们药房来帮忙，每天都会问，二哥有信来没有……"绣儿忙打断凤娘的话："哪有啊？凤娘嫂嫂说笑呢。"那眼睛一包水，却是情意都荡在里头，藏也藏不住。

远蛟一时无语。那年正月的夜晚，老三和他聊到大半夜，老三都看出了绣儿的心思，没想到过了这几年，绣儿还一直念着他，真是个痴情的女子。远蛟想了想，用一种再是柔和不过的声调说："绣儿，刚才我还想问凤娘，岳叔给绣儿找好婆家了吧？老辈人不是常说，女大当嫁吗？"

绣儿的两手正一下下捋着胸前的辫梢，听覃远蛟这一问，她一下子怔住了，两手停下来，不知所措地低下头去。凤娘心细，看她一时竟红了眼圈。

凤娘忙扯过一把椅子，说："绣儿，你坐下来，跟二哥好好说话。"

绣儿却不坐，她昂起头看着覃远蛟，这回眼睛直盯着，亮开嗓门说："是呀，女大当嫁。可二哥莫忘了，不是还有一句男大当婚吗？二哥你为么事不像三哥一样，也给我们娶个嫂嫂？"

覃远蛟苦笑道："绣儿，我跟你们不一样……"

"有什么不一样？"绣儿气冲冲地说，"二哥既然不成亲，何必管我的闲事？说什么女大当嫁？我就不嫁！"绣儿说完，扭头就捂着眼睛往外走。小凤傻傻地跟在她身后，叫着："绣儿孃孃，你不要走。"

凤娘看绣儿夺门而去，转身对覃远蛟说："二哥，绣儿人标致，心眼儿也好。"

远蛟说："我晓得。"

凤娘说："爹他们也喜欢绣儿，爹说岳家是多年街坊，厚道人家。"覃远蛟说："凤娘你不用说了，我晓得你们都是为我好，但我现在顾不上这些，你跟绣儿走得近，劝她早些听她爹妈的话，找户好人家吧。"

正说着，门前响起汽车喇叭，一辆黄色的吉普车停在了药房门前，小凤和江娃立刻兴奋地扑到跟前去看。巴东县城就这一条独街，且又窄，偶尔有汽车从街上开过，满街的人都会停下脚步打量，就连两边铺子里的人也会凑到门口来张望。

吉普车连按了两声喇叭，覃远蛟拿起礼帽对凤娘说："我该走了。"凤娘惊道："二哥，这车是来接你的？你板凳还没坐热，这就要走？"

覃远蛟快步向门外走去，说："我还有些公事。若是一半天不走的话，我再来看你们。"

凤娘追着他说："二哥，义蛟带信说他很快就要回来，二哥你多在巴东待几天，等他回来再走。"

覃远蛟点头上了那辆吉普车，凤娘将一双儿女揽在身前，心里五味杂陈。

177

2

吉普车是县长于良仲专为覃远蛟几人安排的。

于良仲在县公署见到覃远蛟一行，虽是便装简从，但却是受重庆江防总部的指令，来巡访督察三峡一带的江防情况，从重庆沿江的涪陵、万县、奉节、巫山下来，而后来到巴东，便立刻说道："覃督察，我早就盼着上面派人来检查了。"

于良仲坦言相告，他来巴东这些时雄心勃勃，想把这个巫峡边的穷困小县治理出个模样，也不负他于良仲的青春年华，省政府也多次训令，要勤政廉洁，整肃社会风纪，全民投入抗战，但实行起来却是困难重重。江防本为大事，但国力有限，县里更是拿不出钱，他不得不拼尽全力。

他拿出一张表，指点给覃远蛟几人看，"现如今，县境内的江边设了高射炮九处十八门，土地堂、镇江寺后山、沙帽山、东瀼口、宝塔河、红梁子、牛口西岸徐家湾、许家湾、向家湾各二门。茶店子设有四个机枪和高射炮射击组。"

"嗯，这些地方我们都要去看一看。"覃远蛟有意大声说着，随行二人会心地点了点头，茶店子向家湾正是预备召开中共秘密会议的地点。

于良仲又说："目前还在动员百姓修建防空洞、防空壕，鲁家湾、马鹿口、龙亭桥、石灰窑、青石洞、白鹿洞、红石梁、二道桥都各挖了一个，防空洞设了防空总哨和警钟，条把坪、江北镇江寺还设置了报警的灯球。"

覃远蛟端详着那张表，说："看来于县长你的确忠心耿耿，为国家和民众尽心尽力啊。"

一番交谈下来，于良仲发现似乎遇到了知音，有些喜出望外。覃远蛟说这次来巴东就是要明察暗访，希望于县长给予方便。于良仲说那是自然，他派了吉普车，还问要不要他也随着前往，覃远蛟说不必。

于良仲说："看你们好像还有随行的客人，怎么不请到一起坐坐？"

覃远蛟心里一惊，看来他们从码头上岸时，就已经有人注意到了他们，嘴上便说："那是几位做生意的商人，已自在城里峡江旅社住下了。他们都是故去的刘湘司令的朋友，上司特为要我们顺便陪同关照。"

于良仲听得此话，便道："既然是刘司令的朋友，他们若在巴东有什么事，覃督察你只管吩咐。"覃远蛟说："他们是想看看各地的药材茶叶，有无生意可做。若有顺路时，我们会尽量照顾着，就不劳烦于县长了。"

覃远蛟怕夜长梦多，抓紧开着于县长的吉普车，设法将中共南方局的负责人和鄂西特工委书记送到了西瀼口的向家湾，夜晚在那里秘密召开了"巴归兴"三县一片的党组织负责人会议，播下了三峡两岸抗日的火种。顺利开完会议之后，参会人分头撤离了向家湾。覃远蛟白天接着领人专门查访了江防司令部在向家湾设下的高射炮防空站，发现那里兵力薄弱，值班的兵士躲在哨所里打瞌睡。还有几处也是如此。

几天之后回到县公署，与县长于良仲二次交谈，得知目前巴东江防总队竟由之前的牛团总负责，因财力有限，上司指令原来的县警卫队牛团总和手下几十人改为江防总队，为他们配备了相应的军械和物资。于良仲原以为他们会以此为荣，安心驻防，但这牛团总贪得无厌，三天两头找到县政府来要这要拿，一会儿说军饷得涨，一会儿说军粮不够，因为市面上物价飞涨，兄弟们吃不饱饭。

于良仲被他缠得苦不堪言，吩咐秘书小沈，见牛团总来就说县长到乡下去了。牛团总却不信，坐在县政府的楼里抽卷烟，手下跟在一旁骂骂咧咧，弄得县府的职员都无心办公，恨不得躲得远远的。这伙兵痞常弃江防正事不顾，不光贪婪索取，还跟峡江沿岸一些黑帮土匪暗中有勾结，趁国难当头，到处浑水摸鱼。

覃远蛟几年前就曾领教过牛团总一伙人的横行霸道，又看于良仲年纪轻轻的，额上却起了抬头纹，想来也是劳累焦虑所致，不禁真心说道："于县长你放心，我一定将查访的情况如实向重庆江防总部，还有恩施第六战区长官司令部禀报，我们这两天就会先去恩施。"

于良仲说："那就好，希望上峰早些派人换防，不要误了巫峡江防大事。"又说："贫寒小县，覃督察你们来此，也未给你接风，今天我个人请你们几位吃顿便饭，就算送行吧。"

覃远蛟连忙谢绝，"岂敢岂敢，公务在身，何谈接风送行。远蛟我本是当地人，在此有不少亲朋好友，都未敢去打扰他们，何劳县长破费？"

交谈中于良仲得知覃远蛟便是信陵船社覃帮主的二儿子，语气中又多了几分恳切，说覃帮主一家为国效力从不推辞，为本县解了不少忧难。又说到前些日子覃家媳妇凤娘平白受了冤屈，作为县长真是心有愧疚。他执意要请覃远蛟一行去到江边，说那里有一小饭馆，门面不大客人也不多，但鱼做得却是一流，不妨去坐坐，还可以再说说话。

覃远蛟见他一片诚意，不好再拒绝。两下正要整装出门，却不料听得门前一阵喧闹，秘书小沈进来小声说："县长，那个牛团总又来了，我说您这会儿有公事，但他说今天非要见您不可。"

于县长一脸苦笑，"真是扫兴。又来索钱的了。"

小沈说："他这回不像来要钱的……"

正说着，身宽体胖的牛团总居然一推门就走了进来，"哈哈，于县长你忙什么呢？兄弟都到了县太爷门口，不能让我吃闭门羹吧？"

于良仲只好站起身说："哦，牛团总来了，我这里正谈些公事。"

牛团总一眼扫过来，只见一便装男子侧身坐在于县长办公桌前，手里端着一碗茶正喝着，他低头用茶碗盖子撇了撇茶叶末，向墙角甩了两甩，像是毫不在意屋里有人进来。牛团总看得心里不快，又觉这人似曾相识，便转头问于良仲："这位是？"

于良仲正要回答，覃远蛟却开口说道："我是谁与阁下无关，不过凡事有个先来后到，阁下若要拜见县长，也要等我跟县长把话说完不迟。"

牛团总脸色一阴，右手习惯地向腰间摸去，忽而又转怒为喜，笑道："老牛我今天心情好，不跟人斗气，你先来就你先来，我只请于县长动驾到屋外，老牛两句话就完事。"说着拉起于良仲的衣袖就往外走，于良仲也只好跟着他。

俩人在外面嘀咕了一阵，倒是工夫不长，牛团总打着哈哈走了，于良仲一脸无奈地走进来。覃远蛟端着茶碗问："这么快就走了？你答应给他钱了？"

于良仲生气地说："我倒情愿他是来要钱，真是想不到，他让我给他做一回媒人。"

"做媒人？"

于良仲摆着头，"他说他在汉阳老家的太太今年得病死了，得找一个续弦，他看中了巴东街上的一个姑娘，说要明媒正娶，说那是正经人家，非要我去给他说媒不可。我说我从来没干过这种事，再说跟人家姑娘父母也不认识，说什么媒呀，真是荒唐。"

听起来确是一件荒唐事，俩人不禁议论，这乱世之中，像牛团总这种人什么事都想得出来、干得出来。他都快四十的人了，非要娶人家二十都不到的姑娘，老牛吃嫩草。还有，他家里的老婆是否真病死了都难说，无人得见呀。这媒要做了，就是害了人家姑娘。

听于良仲说到这里，覃远蛟便问："他想娶的是哪一家的姑娘？"

于良仲说："我也不认得，他说是下街豆腐店岳老板家的，那姑娘名叫绣儿。哎，岳家紧挨着覃家杂货店，你可是认得这姑娘……？"话未说完，只见覃远蛟脸色发青，牙关咬得紧紧地骂道："王八蛋！"

"覃督察你怎么了？"

覃远蛟怒吼道："你告诉那姓牛的，绣儿是我的未婚妻，谁要敢动她一根汗毛，我让他死无葬身之地，扔到长江里喂狗鱼！"

3

岳家豆腐店这些时生意格外忙，小城里的人越来越多，从汉口，甚至南京上海逃难来的人拥挤在狭窄的街巷里、码头旁，趁着天气不算太冷，有的干脆在江滩上搭起了草棚。猪肉小菜的价钱都在飞涨，全城店铺唯独价钱不变的，恐怕只有岳家的豆腐豆干了。岳老板说不能趁这个时候发难民财，但黄豆价钱涨了好几倍，豆腐店的生意虽然红火，却没有挣到一分钱，反而是在赔钱。

尽管如此，岳老板还是坚持说："人在做，天在看，说不定哪天行情就会好起来，岳家做了几代人的豆腐，不能到了我这一辈坏了名声。"豆腐店半夜就要起来推黄豆，几个帮工也忍不住叫苦，每天都累得要命。一清早还没等开门，大门外就已排起了长队，吃不起肉的人们都争先恐后地想买块豆腐解解馋，半夜起来做的豆腐不到一个时辰就卖光了。买不到豆腐的不肯走，坐在街前求岳老板再做几板，岳老板说："黄豆得泡，磨子要推，哪有说做就做的呢？"

话虽然这么说，但还是在店里搜刮着，把磨下的豆渣，从前存的豆饼都拿出来，只要有人买，就都卖了去。从前买豆腐是进店来买，眼下人一多就把店里的大门关了，只开了靠街的柜台门，绣儿时常穿着青布红花围裙，梳一条光溜溜的大辫子，额前一排刘海，站在柜台里两手并用，应着柜台外的吆喝"两块豆腐"，"一筒豆干"，右手用竹刀划开豆腐，左手捡起一片粽叶，将白嫩的豆腐托稳了交给柜台外的买主。

无论街面上怎样拥挤喧闹，绣儿且是井井有条，并不慌乱。常是卖完当天的豆腐豆干，绣儿就抽空去凤娘的药房里帮忙晒药、碾药，或是领着小凤、江娃玩上一阵，然后又回到店里大灶上帮忙，一刻也不闲着。

这天她从凤娘药房里低着头跑回来，眼圈一直红着，岳老板站在柜台里数钱，看绣儿走过，发现情形有些不对，便问："绣儿你怎么了？"

绣儿瓮着鼻子说："没得事，爹。"

岳老板思忖着，又问了一句："先好像听得街上有人说覃家二哥回来了，我这里忙得脱不开身，小凤不是拉你过去了吗？见着覃二哥了没有？"

绣儿的心思平时也无法对爹妈张口，这时爹的一句话顿时让她眼泪唰唰往外流，她扯出荷包里的手绢，捂住嘴就往楼下跑，叫她也不应声。绣儿手脚勤快，不像有些生意人户的女儿娇气，在豆腐坊里什么活都干，也从不唉声叹气、哭哭啼啼的，今天见她如此伤心落泪，岳老板很是吃惊，联想刚才说起覃家二哥的事，心里不由明白了几分。

便叫绣儿妈问出绣儿的话来，正是上午在凤娘的药店里，绣儿见到朝思暮想的覃家二哥，却不料只是剃头挑子一头热，二哥劝她早些嫁人的话，让她心里冰冰凉。岳老板和绣儿妈这几年也看出来，上门说亲的不断，绣儿却横竖就是不肯，每天有空就往凤娘药店里跑，有事没事地打听覃家二哥，就晓得女儿心思八成是在覃家老二那里。却没想到盼了几年才回来他倒劝说绣儿早些嫁人，绣儿妈听了也不由大为失落，"咳，我和你爹见你们素来见面亲热得很，还当你们都有了心思，覃家老二从前有没有给你许过愿？"

绣儿摇头。

绣儿妈又盯着问："你给妈说句实话，你一天到晚巴望着他，他到底有没有跟你许过？要是许了现在又不认账，我到官渡口找他爹说理去……"

"妈呀，您家说到哪里去了？"绣儿急赤白脸地叫起来，"您家把二哥看作什么人了？……"

"好好，你这丫头还这么维护他？可人家是进过大学堂，闯四方的，心头根本没有你，你掉的哪门子泪？还不赶快死了这条心。"绣儿妈只想让女儿断了念想，一句句朝狠了说。绣儿听了，越加哭得泪人儿一般。

母女俩正在店后边说着，街前来了一辆黄包车，下来一个穿金戴银的妇人，却是电报局尤局长的太太金桂。

金桂这两年吃着凤祥药房的药，治断了身上的病根，加上丈夫再不敢像从前那样没完没了地折腾，身子就养好了，脸上也桃红花色的。这年月她吃喝不愁，也不需操心受累，每日里除了约几个太太打打牌，就是坐着黄包车在街上闲逛。这黄包车在小县城里也算稀罕物，小城街道本来不长，走一个来回也就不到三里地，一般人根本用不着坐车，只有腰包里闲钱无处花的人才会坐着车瞎逛，看满街人都比自己矮一头。金桂就属于这种人。她也爱吃岳家豆腐店的豆干，隔三岔五要亲自来买一回。

她隔着柜台叫了一声老板，岳老板在里边应道："尤太太来得晚了些，柜上的早就卖完了。"

金桂朝里头看了看，一眼看见绣儿站在楼梯跟前，便指着她说："柜上没有了，我就要刚卤出来的，叫你们绣儿替我拿了来。"

金桂当惯了太太，会支使人，岳老板磨不开脸，只好叫绣儿到楼下把刚卤的给尤太太拿些来。绣儿下楼去，过一会儿端了一板热腾腾的豆干上来，那香气扑鼻，金桂深吸一口，连说好香！

她瞟了瞟绣儿，夸赞道："岳老板，看你们家绣儿越长越好看，这脸上就跟玉豆腐一样，能掐出水来。"绣儿背过脸去，她刚才哭了半天，眼圈肿肿的。绣儿妈从她手里接过香干，用粽叶扎着，在一旁搭话："我看尤太太倒是越来越少嫩，哪像做太太的，要不是头上梳了簪，明摆着就是一个黄花大姑娘。"

金桂听得高兴，脸上笑开了花，说："家有好女不愁嫁，我听说有军官相中了你们家绣儿呢。"

绣儿妈问是哪个，金桂说："我也是听王太太她们几个打牌时说起的。"她招呼绣儿妈到跟前，俩人隔着柜台把头凑到一起，金桂小声说："好像是江防司令部的牛团总。"

绣儿妈听来一怔，手里的豆干都差点掉在了地上。岳老板一旁板着脸说："尤太太，这话可不能乱说。"

"我哪是乱说？"金桂见他夫妻二人变脸作色，便撇着嘴说，"又不是我说的，是王太太她们几个说的，人家牛团总就是看中了你们家绣儿嘛，发誓赌咒要娶她，还要请县太爷来做媒呢。"

金桂臊眉耷脸地说了半天，仍觉不够，心想明明是一件好事，小户人家的女儿，被当军官的看中，不是求之不得吗？生的哪门子气？再说了，她不过好心多了一句嘴而已，这夫妻俩跟她垮什么脸子呢？金桂站在街前，越想越来气，声音也渐渐大起来："县太爷做媒，面子还不够大吗？比铺盖面子还大呢。"

门前买豆腐、过路的人都纷纷朝她看，问出了何事，岳老板见围的人多起来，心里好生焦躁，便一个劲儿地摆手，只想金桂快快离开。不料金桂一见更来气，她这些时身子好了，大小姐的脾气又见长，便只管说道："自古以来男大当婚，女大当嫁，别说是人家有名有姓的军官看中了你家姑娘，就是那混头青皮想与你家姑娘攀亲，说说又何妨？"

过路人都当是豆腐店前有人吵架，挤挤攘攘地围过来，正是一片喧嚣之时，店内一个伙计从楼下慌慌张张地跑上来，叫岳老板快去看看，绣儿姑娘刚才从底楼的后门往江边跑去了，看她一路跑一路哭，怕是要出什么事。

岳老板和绣儿妈一听慌了神，顾不得门前的生意，撒腿就顺着楼梯子往下跑，一边叫烧灶煮豆浆的几个伙计，都快跟着去找绣儿。

岳老板带着一群人跑出豆腐店的后门，飞快地奔到江边，只见绣儿已爬上了乱石丛中那块高耸的礁石，正痴呆呆地面朝波涛翻滚的江水站立着。绣儿妈老远就哭喊起来："绣儿啊，我的儿，你在做么事？你快给我下来，快下来呀！"

岳老板也呼天抢地："绣儿啊，你想要你爹妈的老命啊！"

伙计们也跟着喊："绣儿姑娘，快下来吧。"几个人就要爬上礁石去拉扯，绣儿回过身，神色凄厉地说："你们都莫过来！过来我就跳下去！"

"好好，我们都不过去。"岳老板急得只有拼命大喊，"绣儿，你有话跟爹说，爹替你做主！你给我先下来！"

绣儿身上的围裙都没解，她从早到晚都在干活，从小到大都在干活，没有一天闲着。绣儿平日见人都是一脸笑，可是这天藏在心里的美梦被打碎了，化成苦水还没来得及往下咽，又来一个满脸横肉的牛团总。天哪，她绣儿是绝对不会嫁给那种男人的。可真要是县太爷来说亲，那嫁与不嫁，全县人都会晓得，她在这世上还怎么活？

活不下去了。扑到这江里去，一切都干净了。

绣儿就是这么想的。

爹妈的呼唤好揪心，对不住啦，绣儿泪眼模糊地想，女儿不能给你们养老送终，可我不再给你们添麻烦，不让你们再为我操心。江水在她脚下的礁石前打着漩涡，环绕着徘徊着，然后拉长，顺着江流而去，一圈圈发出哗哗的声响，每一道漩涡都好似在向她招手。身后的呼唤变得朦胧起来，绣儿摇晃着身子，就要往下扑去。

"绣儿——！"

就在这时，一双有力的臂膀突然从身后抱住了她，像一道铁箍，她根本挣不开，于是身不由己地随着倒在了礁石上。

她回头的瞬间，竟然看见了那个她日夜思念的人儿，她在梦里偷偷亲了好多回的脸，离她这么近，贴着她的脸庞，那滚烫的呼吸，一下子热上了她的头。这是在做梦，还是已扑到了江水里，进入到了另外一个世界？可这么热，这么踏实，真真的啊！她盼了多少个日夜，回回梦里都有他的怀抱，这回是真的在他的怀抱里了。

"这是死了吗？如果是这样的话，死了真好。"

"不，你没有死。绣儿，你要活着，你要好好地活着。"是他在说话吗？绣儿闭上了眼睛，她舍不得睁开眼睛，生怕这一睁眼，一切就都没了。

可她不得不弄明白，"二哥，是你吗？真的是你？"

"是我，绣儿，是我。你睁开眼看着我。"

这声音真好听啊。她慢慢地睁开眼，二哥俊朗的面孔，黑黑的眼睛，微微皱起的眉毛，正对着她呢，嘴里吐出的呼吸像一道轻轻的热风，吹得她脸上痒痒的。二哥眼里满满的疼惜，她从来没见过他这热切、着急的目光。这目光是对着她的，对着她绣儿的。

"二哥，二哥！"绣儿热泪直涌，峡谷顶上的太阳还没落下去，她在太阳的余晖之下，真正地看清了，的确不是梦，是二哥抱着她。她搂紧覃远蛟的脖子，深深地扎在他的怀里，生怕他一下子飞走了。

第十一章 民生

1

覃远蛟那天在长江边上救回了想跳河的绣儿，岳老板全家感激不尽，认定覃远蛟就是未来的女婿。救人救到底，这当口覃远蛟也只好默认，但说公务在身，必须立即赶到恩施去，家里事等以后回来再说。他也已给县长说明绣儿就是他的未婚妻，于县长断然不会来替牛团总提亲，而且会把此事给牛团总说明，如果姓牛的还要来找麻烦，就到县府去告他。

凤娘得知此事，心里倒是放下了一块石头。她一直认为二哥跟绣儿郎才女貌，天生一对，只盼促成此事，但二哥东奔西走，这次好不容易回到巴东，却并无此意，又阴差阳错，牛团总提亲一事反倒促成了二哥的决心，真是歪打正着。

覃远蛟的吉普车在县城里开过，从绣儿家开到凤祥药店只有几步，街上人多，车开得慢，车后跟了一群看热闹的娃娃。小凤和江娃更是兴奋得小脸通红，见人就说："这是我家二伯的车。"

覃远蛟是过来告别的，他下车来，递给凤娘几本书，说："这是我从书店挑来的药典，也不知对你有没有用。"又拿出一个小袋塞到凤娘手里，凤娘打开看是几块银圆，远蛟说："弟妹，我身边也没别的东西，这是给爹妈的，我平时也没法孝敬他们二老，家里的事好多都是弟妹你在帮忙操心，眼看就要到重阳节，天气转凉了，你拿这钱给爹妈和娃娃们添些衣物。"

凤娘这才收了，正待说二哥你放心。峡谷东边突然传来嗡嗡嗡的声音，远蛟抬头一看，"不好，日本人的飞机来了！"

远远的半空中出现几个小黑点，像够不着的苍蝇，随着嗡嗡声，黑点越来越大，覃远蛟"啪"地推上车门，挥手叫司机："快开到无源洞那边的树林里去！"

他转身又朝街上的人叫喊："大家快到地下屋里躲起来！快快！"他一边喊，一边两手将小凤和江娃抱起，叫凤娘赶紧进药店下底楼。

街上的人群一下大乱，人们像被捣了窝的蜂子到处乱窜，大人叫娃娃哭，覃远蛟把凤娘他们母子送到药店底楼，又返回到街上叫那些无处可藏的人也到凤祥药店里来，一个个挤进了底楼。

一时间这平素堆放药材的底楼挤得水泄不通，大家在黑暗中缩着身子站着，又恐惧地伸长脖子，搜寻着峡谷上空的飞机轰鸣。那轰隆声越来越响，很快就像到了头顶上，几个胆小的女人忍不住压抑地哭起来，又不敢大声，只把一声声抽泣压在喉咙里，惹得身边的娃娃也跟着哭号起来。

凤娘被挤在最里边，靠着冰冷的岩墙，她两只胳臂将小凤和江娃紧紧地揽在怀里，小声但用力地说："快都莫哭了。再哭，就把飞机引来了！"

底楼顿时一片寂静。

日本人的飞机已经不是一次两次飞过巴东县城的上空，一年前按照公公覃九河的吩咐，船社派人在这底楼石墙一侧挖出一个能容近十人的洞窟。巴东人都晓得，日本飞机已经在重庆、宜昌轰炸了好多次，并且沿江轰炸，往奉节、巫山、巴东这些小县城丢了好几次炸弹，炸到了巴东城里的码头和江滩，还有几处民房，伤亡虽不算大，但已经令县城的人心惊胆战。

覃远蛟守在楼梯口，紧张地捕捉着上空飞机轰鸣的变化，由小变大，又由大渐渐变小，难道日本飞机这次只是路过？又挨过了一刻，飞机的轰鸣声终于完全消失了。覃远蛟直起腰来，对着楼下黑压压的人群说："好了，飞走了。大家都出来吧。"

"哎呀！老天爷呀！"人群里一个个如释重负地叹气、庆幸，"总算又逃过一劫。"

"狗日的日本鬼子，欺负到我们三峡来了！"

又有人说："那些当兵的，哪门也没放一炮，把它狗日的飞机打下来！"

人们一个个从覃远蛟身边走过，又散在了大街上。

覃远蛟的心被触痛，眼看着日本飞机在头顶上飞，想来就来，想炸就炸，可我们却没有还手之力。军队设的江防高射炮都干什么去了？

黄色的吉普车从街面上开了过来，车篷顶和车身两旁插满了带着绿叶的树枝和野草，刚才躲藏在树林里的司机想法给吉普车做了伪装，就像是将一座草绿色的小屋搬到了街上。凤娘带着两个娃娃站在药店门前，送覃远蛟上车，又看着树枝摇晃的吉普车渐渐走远，儿子江娃奶声奶气地问："姆妈，二伯要去哪里？"

凤娘朝着远去的吉普车说："二伯要去打日本鬼子，不让日本飞机往我们身上扔炸弹。"

江娃扯动着母亲的手，一个劲儿地问："日本在哪里？他们为么事要炸我们？"

姐姐小凤瞪圆眼睛说："他们要来抢我们的东西。"

江娃想了想，说："我长大了，也要去打日本鬼子。"

凤娘摸摸两个娃娃的头顶，江娃说："哦，哦！我肚子饿了，想吃米粑粑。"凤娘说："好，我带你们去买。"走到上街的粑粑店，一块银圆只买到十个粑粑，原先只要一文钱一个，后来变成两文钱一个，现在涨了十倍都不止，凤娘好生惊讶。

粑粑店的老板却道："莫怪我们涨价，现如今哪还有大米做粑粑？江上走不了船，下江的大米进不来，存的一些米都快用完了。我这个店眼看就快关门，好歹做几个卖几个吧。"

凤娘无语。江娃说："姆妈，爹不是在江上走船吗？怎么不给粑粑店运大米？"

小凤说："爹是帮政府运货去的，不是帮粑粑店运大米。"

两个小人儿一问一答，凤娘牵着他们的手，心里想着丈夫覃义蛟，又有好些日子没有消息，会不会又在江上遇到炸弹？让人时刻担心。这一晃都半年多了，到底什么时候才能回家？

2

奇怪的是，从前老爱做梦的凤娘，这些时却无法入梦。她想男人了，想老三的身子，想他有力的冲撞和紧紧的拥抱，义蛟不走船

193

的日子，隔天就要"搞一盘"，义蛟把夫妻间在床上做那种事叫"搞一盘"。等两个娃娃睡去，她收拾好药房，洗漱完毕，义蛟就会劲鼓鼓地在床前迎着她，说："搞一盘嘛。"

她不言声，只是轻笑着上床去，迎合他所有的情爱。

这张床是义蛟专为他们自己做的婚床，找人从江北楠木园买回的上好楠木，又请了官渡口手艺最好的木匠，照着武举人家的老床，做成一张前有台阶、后有顶棚的大床，几乎花去了义蛟从前所有的积蓄。公公覃九河以往只是按照船社的规矩给老三饷钱，公公说年少之人钱多不是好事，手上有钱就会想花花心思。覃老三没有成家之前，一点私房钱只是随便用个小布袋装着，平日掖在枕头边，要是船上的伙计哪个遇到难事，他就从小布袋里掏出一些，因此一年到头也就剩不了多少。

这张散发着楠木香味的婚床是凤娘和义蛟无数次神魂颠倒的大河，他俩就像大河上的小船随着波涛起伏一时冲高，一时沉溺。跟男人在一起的时候，不觉得"搞一盘"多么稀罕，义蛟往日下河走个十天半月，小别胜新婚，回来倒觉情趣更加浓烈。但这一次太久了，凤娘和义蛟成婚以来，从来没有过这么久的分离，她不能不想。曾经好几次在梦里和义蛟在一起做事，也有十足的纠缠，但到了最要紧的关口，那艘小船觉得就要爬到波浪的顶峰，她气喘吁吁地盼着那一刻，只差那么一点点，但突然梦就醒了。

空有一场欢喜，没有到顶的冲浪，让她意犹未尽，浑身难受，总要想半天别的心思，才会慢慢平静下来。而现在，连这样的梦也没有了。

梦里好歹会跟男人相拥在一起，被他好一阵抱着亲着，但这些天夜夜失眠，凤娘躺在楠木床上，嗅着义蛟留在枕头上、床棚里的气味，怎么都睡不着。白天在药房里，她给人拿脉看病、开药，要是一时没有人来，坐在案前她就会觉得睡意沉沉，真想伏在案上睡去。可到了黑夜里却睡意全无。她将两个娃娃安置好，一边守在他们的小床边坐到夜深，一边读二哥专门从书店买给她的《本草纲目》。

她不晓得自己从前读没读过这本药典，但却发现读来毫不吃力，好多药方都熟悉得很，看一两眼就能倒背如流。她心里暗暗吃惊，自己从前到底是一个做什么的女子？家在何方？父母何人？显然上过学念过书，又还识得药谱，懂得药方？油灯将凤娘的身影映在墙上，摇晃的灯苗将她的影子一会儿拉长，一会儿又变短，她好奇地端详着，觉得那是一个奇怪的人，让她都觉得陌生的人。

你是哪个？

她轻轻地问。

影子不答。她一抬手，影子也抬手，像是跟她打了个招呼，却无声响。

你到底是哪个嘛？

墙上的影子静默着，比凤娘她沉得住气。

油灯闪了几下，突然熄灭了。近些天，县城所有的铺子都买不到煤油了，幸亏家里原来存有一桶桐油，原本是拿来油漆桌椅的，日子过得好的三峡人家，都喜欢每年用桐油刷一遍桌椅板凳，刷得亮晃晃的。没有了煤油，便拿这桐油来点灯，可眼看桐油也快没有了，该怎么办？

凤娘在胡思乱想中熬过一夜，鸡叫五更时恍恍惚惚地睡着了，忽然听得有人叫："凤娘，凤娘！"好像是男人义蛟的声音。哦，好不容易又做梦了，哎哎，义蛟你在哪里？如何听得见声音却见不到人？

"凤娘！凤娘！"这回叫得更急了，门敲得啪啪响。

"姆妈，姆妈！你快醒醒，有人在敲门呢！"

凤娘一激灵，从床上坐了起来，女儿小凤披散着小辫，正站在床前推着她的身子，"好像是爹在外面呢！"

真的吗？不是做梦？她扑到大门前，天还未大亮，门前站着一个人，胡子巴碴的，半截裤腿挽到了膝盖之上，腰里扎着板带，袖口也破了，看不清他的脸，但闻到气味就晓得是自家男人。天啦！这不是做梦，真的是男人回来了！

凤娘腿一软，扑在了覃义蛟的怀里。

昨天夜里，义蛟带的几只白木船停靠在了东瀼口，一连多少天紧赶慢赶，要不是遇到变天下雨，他们早就心急如焚地想连夜赶回巴东城。幸亏半夜雨停了，覃义蛟不用叫唤，伙计们一个个都揪身爬起来，起锚开船，这才天不亮就回到了家。凤娘将桐油灯芯拨得亮亮的，举着灯看丈夫的脸又黑又瘦，裸露的手臂和小腿上好几处伤疤，不禁好心疼。

"天啦！你总算回来了。"她看着，念叨着，要去找药膏给义蛟敷。覃义蛟一头歪倒在圈椅上，"你先莫弄那个，快给我煮碗汤面吧，我饿了。"

"好好，这就去，这就去。"凤娘真是晕了头，一时不知要给义蛟拿什么来才好，却忘了他又累又饿，吃饱肚子才是最要紧的。她急忙到灶屋里烧火，小凤跟进来，拿起瓢从石缸往锅里舀水，"姆妈，我帮你。"

"真是个懂事的女娃子。"凤娘说,"我来煮面,你去把弟弟叫起来,陪爹说说话。"小凤说:"嗯。"

很快,凤娘将一碗热汤面端到了义蛟面前,覃义蛟捧着大碗,呵哈几下就连汤带水吃了个碗底朝天,凤娘赶紧去给他再盛了一碗,可还没等她端到跟前,就见义蛟倒在椅子上,已经打起了呼噜。小凤带着江娃围在爹的椅子旁边,眨巴着眼睛看着爹,都不敢吱声。

凤娘的眼泪淌了下来。

她抹去泪水,找一床薄被来盖在义蛟身上,可往他身上一搭,义蛟忽地就惊醒过来,他撑起身子瞪着双眼四处看,随后才了然,"哦,我还当是在船上呢,哪门一下就睡着了?"

小凤和江娃这才大声叫起来:"爹呀,爹,你回来了!"

覃义蛟一把将两个娃抱在腿上,亲了又亲,"你们想爹了没有?"

小凤和江娃都一个劲儿点头。覃义蛟左看右看地看不够,"唉,半年多不见,娃娃都长高了。爹不好,爹在外边去这么久,也没给你们带什么东西回来,爹对不住你们。"

凤娘说:"小凤,江娃,快从你爹身上下来,让爹歇歇。"又说:"你平平安安回来,就是带给我们最好的礼性了,小凤江娃你们说是不是?"

小凤脆脆地说:"是,爹回来就好了。"

江娃说:"爹你要再不回来,姆妈说就要带我们找你去。"

覃义蛟乐得大笑,转头问忙着给他找换洗衣衫的凤娘:"江娃说的是真的吗?"凤娘笑着说:"是的呢,你再不回来,我就打算带着娃娃坐船找你去。"

她从柜里找来一套棉布衣衫，叫义蛟赶紧去后边洗澡，她在木盆里倒了热水，放进了艾蒿草，飘出一股清香。覃义蛟起身到后屋泡进了大木盆，这一盆热汤的烫洗简直就好比神仙点化，魂魄飘然，全身的疲惫一时去了大半。

当晚夫妻俩自然是好一番亲热，覃义蛟拿出在江上顶风破浪的豪情，一次次冲撞不止，那凤娘也比往日多了渴盼，一次次使劲地迎合上去，止不住地口里叫："义蛟，义蛟！"她这一叫，义蛟更是恨不得化在了她身上，"哎！哎！我的好女人，你想我了，是不是？"

凤娘呢喃道："想你了，就是想你了。"

"好啊！凤娘想我了，我让你想个够……"

义蛟浑身冒火，他拿出浑身的手段，好好地侍弄这女人，侍弄得她欲醉欲仙。凤娘，你是我心爱的女人，为我生儿育女、看家理财的女人，我风里浪里差点舍了命去，幸亏家里有你和娃儿等着，让我活得好有盼头。覃义蛟念叨着，在凤娘身上闯过一道又一道滩，一次次抵达浪峰，终于俩人一起倒在了滩头。精疲力尽，又浑身轻松。

半夜时分，夫妻俩却没有睡意，枕头边说起半年多家里家外的事情。覃义蛟摸着凤娘额头上的伤痕，细问了电报局尤局长将凤娘害进大牢的经过，不由牙咬得咯咯响，恨道："姓尤的王八蛋，欺负到我覃义蛟头上来了，明日我就去找他算账！"

凤娘轻轻捂住他的嘴，"都过去了，金桂为这事来家里好几趟，又要送钱又要送米的，说代她男人赔不是。你就莫再去翻动此事了。"

覃义蛟不甘地说："白白让你受了罪，哪能就这么轻易放过他。"

"爹也找于县长说了，于县长训了尤局长，街面上的人也都说他的不是，就连金桂也都骂了他好多次，你就别再找他了。"凤娘说。

义蛟想起金桂从前在覃家吊脚楼里的笑脸，那时金桂一家都指望义蛟能成为陈家的女婿，便叹了口气，"凤娘，你真是一个善人，都是我给你惹的祸，要不是金桂来找你的麻烦，哪会有后边的事？"

凤娘说："快莫这么说，金桂也是身上有病才来找我，你就莫再提这事了。天快亮了，你再睡一阵子吧。"

义蛟在枕头边捧住凤娘的脸，又亲了一口，"好久没跟我女人睡在一起，哪还有瞌睡？要不是怕娃娃们这会儿醒来，我还想再搞一盘。"

凤娘压住声音笑起来，"你这下回来了，有你的时候。"义蛟却一时没接她的话，凤娘见他不作声，便问："你睡着了？"义蛟抱紧了她，半晌才说："唉！过不了几天我又得去跑船。"

凤娘一惊，"又要走？"

义蛟说，他们的白木船队一直在从汉口到宜昌运送物资和拆卸的工厂机械，汉口那边的局势吃紧，物资逐渐停运，他们以为可以回到巴东了，但就在前些时，又在宜昌接到民生公司的招呼，要他们的船继续参与，要将目前屯集在宜昌的军用物资送到奉节、万县一带，看来又不是一趟两趟，不知何时才拉得完呢。

"民生公司？"凤娘问。

"是啊，江上走的那些铁壳子轮船都是民生公司的，最大的老板姓陆，我们那天在宜昌码头上还见到他了，瘦瘦的，身后跟了一大群人，把军事物资运到四川这边来，都是他指挥调运的。日本鬼子的飞机在天上追着他的船队扔炸弹，民生公司的几十条船被炸沉了好些，可宜昌还有堆山似海的物资要运走，所以我们这些白木船也都派上了。"

凤娘听罢，心里沉沉的。她默默地坐起身来，说了一句："天快亮了，我来蒸些苞谷粑粑。"

义蛟拉起她的手，"凤娘，你真是一个懂事的女人，我这辈子娶了你，不晓得是哪里修来的福气。"

凤娘听得笑了，低头端详着他的脸，"唉！我看你在外边这些时，多半是长了见识，嘴也比往日甜了。"义蛟说："是嘛，那我再甜你一口。"说着就又要亲她，凤娘挡住他的嘴，说："哦，还有件事说给你听，保证你听了欢喜。二哥他回来过，跟绣儿算是定了亲，爹他们晓得了，都说再好不过。"

覃义蛟一听又惊又喜，"二哥他在磨子上睡瞌睡，想转了？"那年正月里，他们兄弟俩在杂货店的楼上彻夜长谈，二哥说他心里有个人，却不知后来怎样，如今跟绣儿定了亲，倒也让人高兴。

听说二哥去了恩施，义蛟说："我也想二哥了，等我跟民生公司跑完船，我就到恩施去找二哥。"他嘴上这么说，可心里却又想，哪天才算完呢？

3

覃九河在官渡口的吊脚楼里，一大早起来，喝了熬煮好的一大罐滚烫的老叶子茶，这回用的是一个大碗，端在手上吸溜着碗边，边喝边吹气。杨氏给他端来一盘蒸好的红苕饼，说："慢些喝，莫把嘴烫了。"

覃九河说："你晓得么事，我这是要发汗。"

前两天在江边受了风，半夜咳嗽不止，覃九河不肯吃药，就喝一罐又一罐老叶子茶，说把汗逼出来，受的那点风也就带出来了。可连喝了两天也没见好，夜里躺下就咳，连觉都睡不安稳。杨氏要顾择去镇上请中医诊所的闻先生来，覃九河也不让，说："大惊小怪的，咳两声就不得了啦？"

这一早正在喝罐罐茶，船社的一个后生从外边嚷嚷着跑进大门，站在青石坝上就喊："九公！三板主他们回来了！"覃九河一听喜出望外，立马放下手里的茶碗，从老藤椅旁站了起来，"老三他回来了？"

顾择忙颠颠地过去，将那后生问了一遍，果然说是义蛟他回到县城里了，一条船停在县城码头，另外几条今天一早回了官渡口。

覃九河走下台阶，大声说："把大锅支起，腊肉煮起，让他们回来的人吃，窑里存的酒拿出来让他们喝。"又叫顾择："备船，我这就进城去看老三。"

顾择说："好嘞！"

吊脚楼里的老少一阵风就都晓得了，老大覃佑蛟走过来说："爹，我也跟您家过江去看看老三吧？"

覃九河说："你先招呼好回来的兄弟，顾择你把账上的钱开出来，让老大给回来的兄弟按月钱两倍发放。"

顾择脸上为难，嘴里还是应着："哎！"

杨氏拿根手巾一直在擦眼睛，跟在覃九河身后叮嘱："他爹，你让老三他们一家都回来住几天，我和甘妈给他们煨汤喝，天晓得老三在外头过的什么日子！"

风和日丽的天气，不一会儿船就过了江，顺着曾家码头的石阶爬上去，覃九河有些气喘，中间站着咳了两次，顾择想扶他，覃九河捂着嘴，瞪了他一眼，顾择只好收回了手。

码头的石阶上坐着一些拎包袱提皮箱的男女，看样子都是从下江来的外乡人，一时还没找到落脚的地方，只有在这江边码头上坐着。这些时不光县城里挤满了外地人，就连江对岸的官渡口、东瀼口也每天都有了一拨拨外来的陌生人，惊惊惶惶地走在街巷里，覃九河想熬些稀饭舍给那些讨吃的人，但顾择和甘妈都说自家的粮食都不够了，哪有多余的舍出去？勉强熬了两回，惹得外乡人常围挤在吊脚楼门前，后来见没有放粥，有的便开骂起来，说这屋里住的都是些见死不救的黑心人。顾择和伙计们听到，气得直想揍人，但到底不敢动手，也不敢给覃九公说。

这天上了县城曾家码头，左边是信陵杂货铺，右边是凤祥药房，覃九河站住脚歇了歇气，对顾择说："先去子唯那里吧。你去把老三从药房那边叫过来。"

顾择点头说："要得。"

信陵杂货铺门前也挤满了人，前些日子覃九河请杜先生牵线，与奉节的盐商谢老板有了来往，总算从奉节运来了盐，又让曾子唯打来一些山货，店里的生意又照常兴隆起来。曾子唯这会儿连大褂都没顾得上穿，一身短打扮在柜台里外忙活。覃九河带人进得店来，还没等子唯上来招呼，便吩咐跟随的几个后生："你们都莫站起，都去给店里帮忙。"

几个伙计跟随覃九河多时，都是眼里有活的人，一边答应着，一边就手不停脚不住地做起事来，有的搬拆盐包，有的归拢货物，有的帮着在门前招呼顾客。曾子唯精神抖擞地奔到覃九河跟前，说："舅舅，您家来得正好，义蛟他半夜回来了。我一早过去看，他和凤娘正吃着早饭，看样子还好，只是瘦了些。"

覃九河点头道："平安就好。"

他看店里进出的人流不断，欣慰地说道："子唯呀，你去了几趟奉节，没有白去。"曾子唯说："还是舅舅您家的点子高，要不是有杜先生给谢老板写的信，谢老板哪会将盐巴给我们。"覃九河说："一物降一物，如今这世道活着不容易，不动脑筋活不下去。"

他抬眼朝店门口张望，曾子唯猜出他的心思，便说要不要他再去叫义蛟一声。覃九河摆手，"着什么急？顾择已经去了，来来，把茶给我泡起。"

正说着，就听得店门前响起覃义蛟的叫喊："爹呀！"

义蛟几大步跨进店门，顾择瘸着腿一溜小跑也跟不上。到了跟前，义蛟就一把将坐在椅子上的覃九河搂了起来，"爹呀！总算见到您老人家了！"

覃九河被三儿搂在胸前，一时手足无措，又想虎着脸，又想笑，嗔道："看你这个德性，还是个长不大的样子！"

覃义蛟扶着爹坐稳，"爹呀，我要再长大您家就老了，还是慢点长好。这回我是差点见不着您家了，那个炸弹轰的一下就炸在江面上，一溜船都炸成了碎片，我们的船幸好靠边走，躲进了芦苇荡。"

店里的人都围上来，听覃义蛟说起江上的那一次次轰炸，不时跟着发出惊惧的叹息，"有的人没躲过，爹呀，四麻子丧了命，还有好几个受了伤，身上烧得烂完了……"

覃九河说:"我让船社在山上给四娃立了坟茔,让他有个归处。受伤送回来的那几个,凤娘给他们下了药方,如今好在都结了疤。"

"爹呀,我带出去十条船,有两条在汉口码头边上被炸了,有一条在青滩撞了礁,想拖都没拖住,十条船只回来七条,我对不起您家……"

覃九河听得心里难过,眼圈都红了,背过脸去连咳几声,摆着手说:"说的什么话,你们把命保住了,就是我覃家的运气。"又叫了一声子唯,"你给老三端把椅子来,让他坐起。"

义蛟不肯坐,覃九河两手摁住他的肩,把他摁在了椅子上,父子俩面对面地看着,义蛟见爹眼里闪着泪光,也不禁心怄,几个月不见,爹显得苍老了,脸上多了几道褶,神色也没了光亮。爹平日说话硬气得很,对儿子们从来只放狠话,今日这般怜惜,令人百感交集。顾择一旁说:"义蛟,九公他这几个月吃不香睡不好,每天都在找人打探你们的消息,这两天一直在咳,也不肯吃药……"

义蛟挣开爹的手,扑通跪在地上给爹磕了个头。覃九河摸着他的头,说:"娃娃,这是在做什子?男儿膝下有黄金,哪能随便朝地上跪?快给我起来。"

众人在一旁看得眼睛发潮。覃九河说:"都忙你们的去,我跟三儿说会儿话。"众人散去,覃九河点燃一袋旱烟,问:"义蛟哇,这回你们在家能歇几天?"

覃义蛟在宜昌答应了民生公司的活,一时不知如何对爹启齿,见爹问了,便只好说:"爹,您家是不是已经晓得了?过两天就要下河。"

覃九河拔了一口烟,烟子爆爆的,他的脸在呛人的烟雾中半明半暗的，他干咳着说："于县长早就在商会说了此事，动员巴东县的船社只要还能划动的船，都要想法腾出来跟着运货。这回下河帮的赖大爹还蛮仗义，他的船被炸沉了好几条，在商会议事时二话没说，又出了八条船，我们信陵船社不能比他的少，这次再想法子把龙船河那边的都弄过来，凑上十条船，由你大哥和你一起，跟民生公司去拖货。"

义蛟好生惊讶，没想到爹在家里已作了周密安排，可是大哥自从中了毒镖，手膀子一直不得力，在跟前小河里掌船还行，大江里哪遭得住？

可覃九河说："别人家的儿子也是儿子，一个独儿的都去了，我们家三个儿子，去两个还不该？我倒是想上船，但你大哥死活不让。"

曾子唯这时过来，说凤娘让伙计来请舅舅他们过去吃饭，他本想就在对门巫峡酒家叫上几个菜，在店里喝点苞谷酒，可凤娘说那边已经都预备好了。

义蛟一听忙说："爹，快过去吧。"

覃九河说："好嘛，老三你先过去。我和老顾随后就来。"等义蛟出了店门，覃九河将曾子唯叫到一旁，小声叮嘱："你上次说有人打听凤娘的事，莫给老三说。"

曾子唯点头，"嗯，我晓得。"他犹豫了一下，又说："舅舅，昨天我听县税务所一个兄弟说了一件事，是关于赖大爹的，不晓得真假。"

"哦？么事？"覃九河的脸上顿时警觉起来。

曾子唯说："那个兄弟说赖大爹这次派到民生公司的船，其实都已经不是赖家的了，就在上个月初，赖大爹已经把船社的十几条船全部卖给了下江来的一个棉布商人。那个老板带着全家是从南京那边一路迁过来的，在川江一带没有根基，赖大爹答应帮他做生意，还把城里的一幢木楼也卖给了他，让他全家人有了住处，条件是要他买了赖家的船，说这是为了帮他。"

覃九河一听，跌坐在椅子上，沉着脸一言不发。

曾子唯不知他在想什么，也不敢再问，默默地在一旁候了片刻，小心地说："舅舅，顾管家，过去吃饭吧。"

顾择过来扶覃九河，覃九河推开他的手，沉默着站起身，径直走出店门来到了大街上。中午时分，阳光晃着人眼，也晃得覃九河身子有些不稳，曾子唯担心地跟在身后。刚到了凤祥药房门前，小凤和江娃就扑了上来，欢叫着："爷爷——"

覃九河想跟往日一样一把抱起江娃，再举得高高的，却没承想使足了劲，也只抱到了胸前，覃九河咕哝了一句"娃娃长大了"，便悻悻地放下江娃，在凤娘摆好碗筷的桌前坐了下来。

顾择看出覃九河神色异样，小声问子唯，子唯说了赖大爹的事，顾择和覃义蛟都大吃一惊。义蛟说："爹刚才还说姓赖的这次仗义，看来其实他是早就算计好了，难怪那么慷慨。"

顾择走过去对覃九河说："九哥，姓赖的既然晓得打自己的算盘，我们信陵船社也不能光当冤大头，要不这回少去几条船，义蛟他们都已经白帮政府跑了多半年，也说得过去了……"

曾子唯也跟着附和，说这几年，只要政府开口，信陵船社总是走在前头，说出钱就出钱，说出人力就出人力，为了江防修工事，每年都要捐几百方木料、几千斤石灰，十多条船白用了不说，前些时又要人到恩施去修机场，又从船社后生中挑了十多个，而今船社就剩下一些老弱，这次还是少去几个人为好……

"扯淡！"闷坐在桌前的覃九河突然一声吼，"这个不去，那个不去，就等着鬼子的军舰炮弹打到你家门口来是不是？"

顾择几个面面相觑，覃九河伸手点着他们，"我跟你们说，这次信陵船社非但不减一条船，我覃九河还要亲自上船去把舵，我看老天爷收不收我？"

顾择和曾子唯都哑口无言，覃义蛟忙说："爹，您家说得对，信陵船社就是要十条船上阵，拉炮弹去，打他狗日的日本鬼子。不过您家嘛，还是坐守大营，冲锋陷阵交给我和大哥。"

覃九河这才熄了火气。

正说着，凤娘绾着发髻，系着围裙从后厨端出一个热气缭绕的青花瓷钵，叫道："爹，顾先生，你们都等急了吧？快请用饭。"

端上来的却是一大钵氽汤丸子，凤娘守在锅边，亲手将调好的肉馅挤捏成一个个小巧的丸子，费了些时间，那汤水晶亮，漂着细碎的葱花，散出扑鼻的香气。凤娘说："顾先生说爹这两日有些咳嗽，我在汤里多加了些胡椒，您家喝了顺顺气，会轻省一些。"又有一碗拌好的折耳根，学名叫"鱼腥草"的，从城外山坡上挖来，白净的根，紫红的小叶儿，切碎用盐拌了，加了些花椒油和大蒜，凤娘说也是清火解毒的。桌上五六样菜，自然少不了岳家的豆干，凤娘合着青蒜素炒，加了两片陈皮，便多出一种味道，且也是止咳的。

看着桌上的饭菜，覃九河的眉头舒展开来，义蛟给他倒了一小杯店里泡的药酒，说这酒劲大，不能多喝。凤娘却道："我给爹另备了一盅，这酒就莫要喝了。"转身端来一盅捧到覃九河面前，覃九河饮了一口，奇怪地说："这哪是酒？是醋嘛。"

他当是凤娘倒错了酒，凤娘却道："正是特为给爹调的，头年从子唯表哥那里弄的山西陈醋，加了一勺蜂蜜，您家把它当酒喝就是。"

覃九河心下虽有不愿，但却没有说出口。

对这儿媳凤娘，覃九河一直心情复杂，既暗暗佩服她出人意料的医道和大气，又总觉得有些摸不清底细的疑惑，他宁可敬而远之，隔着些距离，或许看得更明白。平素见面，也只是一般寒暄，没有要紧事绝不多言。但今天不到两个时辰，凤娘刚听说他咳嗽，就操办出这些菜肴，几乎每样都是药膳，让他心生感动。老三娶了这女子，总归还算是覃家的福气。于是，他便依从凤娘的话，将那盅醋当作酒，小口地抿将起来。

饭桌上，又免不了说起当下的时局，大家都关心宜昌能否守得住，问覃义蛟在宜昌跑船的时候，看到的情况如何。义蛟也只有实话实说，如果宜昌守得住，又何必把那里的物资抢着往川江上运？有钱的人家能跑的都跑了，只剩了些老百姓，幺妹玉蛟的学堂也说要搬迁，驻防的军队倒是在不断增加兵力，看来有一场大仗要打。

也就是说，这时候再往宜昌去运货，无疑就是上刀山下火海，随时都会有性命之忧。大家心中都明白，饭桌上的对视都变得沉重起来。顾择和曾子唯都不敢拿眼去看义蛟，也不敢去看凤娘，想到再过两天义蛟就又要上船，心里都沉甸甸的。

凤娘见大家都不再动筷子，起身给覃九河盛了一碗清汤丸子，催劝道："顾先生，表哥，你们倒是快吃呀，这丸子汤凉了就不好喝了。"

江娃伸过碗来，"姆妈，我要。"

家里好多天没见过肉星，两个娃娃也是很久没吃肉了，凤娘给他们每人舀的一小碗，娃娃几口就下了肚，这时就连懂事的小凤也眼巴巴地盯着桌上的青花瓷钵。

覃九河端起跟前的汤碗，把丸子拨到江娃和小凤的碗里，"唉！先把娃娃顾到才是。"又说："义蛟，你们几个喝酒的喝呀，凤娘做的菜我看在巴东城里没几个人比得过。"

说着问起绣儿，往日每次来凤祥药房，总会见到绣儿在前后帮忙，今天怎么没见着？

凤娘说绣儿的妈病了，屋里事多走不开。绣儿的两个弟弟都还未成人，岳老板要照看豆腐坊的生意，绣儿妈一生病，家里活都落在了绣儿身上。若不是这样，爹从官渡口那边进城来，绣儿还不赶紧来问候？

本来就是家家都有一本难念的经，遇到这动荡不安的年月，更是多了些凄惶，覃九河叫顾择吃过饭，把从官渡口带过来的一些苞谷面给岳家拿些去。

覃九河这时又问曾子唯，近日城里还有哪些事，曾子唯说杂货店里人来人往，倒是总能听到一些消息，最近县城里的有钱人家往恩施那边搬的不少，就连电报局的尤局长也怕汉口、宜昌那边的战火再跟着烧过来，预备辞了职带着老婆金桂躲到重庆，甚至昆明那边去。还听说赖大爹下手得更早，有人说他在恩施城里已经买了一个商铺，还开了一间酒楼，如今省政府都搬到了恩施，机关学校遍地都是，赖大爹的酒楼生意十分红火。

一顿饭没吃多少，却净顾了说话。凤娘早就下了饭桌，到前面药房忙碌去了。隔着门帘，影影绰绰地只见药房门口有人进出，曾子唯朝那边盯了两眼，突然神色一愣。

第十二章　野渡

1

县城通往江边的一条条窄巷子五光十色，挨次开着一间间茶馆、饭馆，斜插着挑出黄色、白色的招贴，另有修脚按摩刮痧，算命卜卦，卖唱跳神，无奇不有，密密麻麻地挤在这些小巷子的旮旯里。随着外来人的增多，这两年越加繁闹。

巷子里的生意通宵达旦，江防要求每到夜晚十点之后，街巷里都不许再有灯火，就连路灯也都熄灭了，但在几条隐蔽的窄巷子里照常接客，用黑布将窗户遮挡得密不透风，一丝光也透不出来。政府明令禁止鸦片烟，但巷子里仍藏有秘密的烟馆，外表跟普通民居无有两样，只是木门紧闭，是熟客才进得去。

尤局长便是那小巷子里的常客。这一晚，尤占埙换了一件深蓝色长衫，戴了一顶旧呢帽，将脸遮去大半。他白天在电报局或是县里开会，总是穿制服或中山装，三七分头梳得光溜，再抹点儿上海来的头油，铮亮的，一看就是体面人。有时候上街还拄一根文明棍，照他这个年纪原本是不需要的，可好些时尚人士都兴这个，他一个电报局长也免不了要跟上时代潮流。但到了夜晚，每次去巷子里找乐时，他就把制服或中山装脱了，换一件普通的布衫，跟街上的行人差不多的样子。话又说回来，如今还顾忌什么呢？自己连电报局长的官职都要辞了去，还怕什？但习惯使然，总归还是避人耳目为好。

心里这样想着，尤占塉等到天黑之后，大大方方地跟金桂说要出去会一个朋友，也不顾金桂斜着眼睛不屑的脸色，迈着八字步踱到了江边，先去了一家小烟馆。这家烟馆外边黑灯瞎火，屋里却是烟雾腾腾，洋油罩子灯下弥漫着一股鸦片烟、香粉混合的浓烈气味。早有人迎候着，见是尤局长进来，轻车熟路地侍候他躺在了一张铺着绣花软被的榻上，给他点好烟灯，又软手轻脚地为他烧好了烟泡，填进烟枪双手递过。尤局长捧在怀里猛吸了几口，一时间腾云驾雾，浑身说不出的舒坦。

尤局长再过两天就要独自坐船去重庆了，这巴东县从官场到家里，都已经让他厌烦。时局混乱，升迁看来一时根本无望。老婆金桂总往娘家跑，心思不在他尤占塉的身上，一到夜里就说肚子疼，不让人碰，结婚几年也没给他尤家生下一男半女。他眼下对金桂还既不敢打也不敢骂，稍一动手，这女人就跟他撒泼打滚，还把娘家兄弟叫上门来跟他论理。那几个舅子都是乡下有田地，城里有商铺，财大气粗的家伙，尤占塉一个外地人没法跟他们对仗，只有听他们一个个训斥，然后忍气吞声地小心赔罪，窝着一肚子火。

他心中谋划，辞职去重庆或者恩施，那两处的一些要害部门都有曾经在武昌电训班的同学，随便去哪一处谋个差事并不难。

天高任鸟飞，海阔凭鱼跃，想到很快就要离开这个山高水险的小城，甩掉金桂这个不招人喜欢的婆娘，尤局长心里十分松快。他暗中早将家里的财物变卖，换作了银圆，准备走时一包带走，还趁

212

金桂回娘家时，将她藏在箱底、床下的一些首饰也都卖到了青楼里。这回身边带了一个玉镯，准备抵了往日的烟资。但又一想，过两天就要远走高飞，日后恐怕再也不朝这方来，又何必还管那些欠账？

看来时局乱也有乱的好处，不少机灵人没少发国难财，前几年就趁乱捞足了金银，然后携家带口去西南找个青山秀水之地过上了闲适日子，一辈子啥都不愁，从前的事，无论好坏也都一笔勾销，真让人羡慕。跟那些人相比，自己算不得机灵人，但也不能心甘情愿做个傻子。尤占塬躺在绣花榻上吸足了烟泡，脑子里一边把前后的路想了一通，打了个呵欠抽身起来，就要往外走。

一旁侍候的伙计手疾眼快，立马捧着个账本凑过来，觍着脸笑道："都半年了，局长这回把账结了吧？"

"你少给我局长局长的，我还差了你们这几个钱？"尤占塬气壮如牛地说，"你只说，这几年我往你们这烟灯上烧了几多钱？比孝敬我爹妈都要给得多，你们还没个够？"

"不是，不是，我们晓得局长一路来都在照顾我们生意，只是现在县里抓得严，于县长都带人在巷子里搜过好几回了，进点货开这个烟馆都是冒着砍脑壳的凶险，您老人家也好歹可怜可怜我们，赏我们一口饭吃。"

尤局长听得一时心软，差点伸手从怀里将那个玉镯子掏了出来，却又转念一想，我这时候可怜他，到我没钱时的光景哪个又来可怜我？心肠就又硬了，一抬手将伙计推到一边，"下回再说。"

伙计追到门外，黑暗中急得跳脚，却也不敢声张，眼睁睁看尤占塬扬长而去。

尤占塬得了便宜心里很爽，他一时意犹未尽，摸到不远处一家常去的青楼又混了大半夜。这家青楼原来也有个常接应他的妓女，叫大柚子，肥软的大屁股，熟门熟路的，平日玩得蛮尽兴。但这晚尤占埗体力不支，怎么也挺不起来，弄到半夜也是个软塌塌的。大柚子撑起身来，劝他歇歇。这不劝还好，一劝尤占埗来了气，往日在这女人身上没少花钱，今晚弄不成何时又才能再来？他好生不甘，将大柚子推倒在床，死命在她阴户上搓擦、掐捏，而后将床头案上的灯盏举起，放在了大柚子的小肚子上，说要好生看一看。大柚子被他这一番折腾得哭泣不止，尤占埗倒越发起劲，说你要是有本事不出声，我就好好侍候你，还多给你两块银圆。

大柚子一听加钱，便死命忍住疼痛，把嘴巴皮子都咬破了，但到最后还是没忍住，身子一抽搐，肚子上的灯就倒了下来，滚烫的灯油泼了她半身，烫得大柚子鬼哭狼嚎地蹦跶而起，两手两脚乱抓乱弹。老鸨和添茶的伙计听到动静，以为着了火，呼天抢地地叫人围了过来。尤占埗却是抓起长衫帽子，趁乱溜出了大门，庆幸半文钱也没给。

天还没亮，一出来发现四周还是黑乎乎的，尤占埗撑着掏空的身子，沿着石阶朝前走了一段，斜伸进去一条更窄的巷子，一边是歪歪倒倒的板壁屋，一边是凹凸不平的乱石坡。他心里暗骂县长于良伸，要不是他三番五次地吆喝着打击烟毒赌，烟馆妓院哪会藏到这些破地方来？害得他此时高一脚低一脚的。正想着赶紧回家去睡一个回笼觉，后脊梁上突然一阵凉风，还没容他转过身，一根大棒劈头而来，他朝旁边一闪，大棒落在了他的右肩上，尤占埗"妈呀"一声滚倒在地。

昏暗中，模糊见得一个身材壮硕的男人手提一根大棒，又朝他扑来。尤占埧吓得魂飞魄散，就地趴着告饶："好汉好汉，是哪里得罪，且请饶命！饶命！"那人且不言语，一脚将他踹滚，尤占埧像个破麻包在石阶上翻了几番，跌撞得半死，两条腿拖拉在石阶棱上，那人照着就是一棒，只听咔嚓一声，尤占埧一时痛晕了过去。

他想今天可是死在了这里，但等他睁开眼来，那人已没了踪影。挨到天大亮，身边来了几个过路人，想扶他起来，却是肩膀垮了，一条腿从膝盖以下断成了两截。尤占埧被抬回家里，只对金桂说路上遇到了歹人。金桂看他身上血糊糊的，又是害怕又是心烦，连忙要去给魏警长打电话。

尤占埧半死不活地躺在床上，却说："不要打，不要打。"只叫金桂把城里正骨的大夫请到家里来，多给些钱，把肩膀和断腿接起。

尤局长不敢报警，他怕于县长晓得了，追问他半夜三更为何去了那条背街的巷子。第六战区司令部明令禁止，所有人都不许抽大烟，在恩施清江河坝里枪毙了好几拨鸦片贩子，还随之抓了抽大烟的，统统送去修机场，干最苦的活，每天扛大石头，只给两顿发霉的苞谷饭。尤占埧这晚的经历要是被于良仲查出来，轻则是去机场扛石头，重则若是撞在第六战区搞什么运动的裉节上，只怕连脑壳都保不住。

金桂晓得尤占埧背着人到暗藏的小烟馆里抽大烟，已不是一时半时，也晓得他在外边玩女人，这时不禁幸灾乐祸，"我看你是平时不积德，现世遭报应。你跟魏警长好得穿一条裤子，不找他来给你报仇？"

尤占埧躺着动弹不得，恨恨地说："你少说风凉话，我是你男人，我要有个好歹，你就是个活寡妇。现如今日本人都快打到宜昌，巴东城里也不太平，大家都是泥菩萨过河，各顾各，就是报了警，老魏他能查得出来吗？"

金桂说："那你就这么算了？"

尤占埁咬牙切齿地说："我心里有数。我一个电报局长又不是扛枪拿刀的，在哪里得罪过人？要说跟我有仇，除了覃家的人，还有哪一个？"

站在床沿前的金桂听来一愣，脸上的笑意顿时收了。

"还不都是为了你！"尤占埁怨毒地说，"要不是因为你这女人的龌龊病，沾惹了开药房的凤娘，我一个电报局长怎么会跟覃家人有了过节儿？"还有两句话，到嘴边又吞了回去，本想说现在倒好，我得罪了姓覃的一家，你倒是跟他们打得火热，说不定是跟从前的相好合着来害我，也未可知。但此时残了身子，还得靠金桂前后支应，于是硬把这话吞回了喉咙，放软口气说："当初是为心疼你，怕你被那江湖女郎中给害了，一得急才找魏警长，哪晓得他会给凤娘动大刑，让覃家人跟我们结下仇？"

先是听到尤占埁说"龌龊病"，金桂心里就来了火，正要破口大骂，又被他后边一番话止住了，男人千般不好，但说到底那次的事还是为了她，如果真要是覃家人对他下的手，自己倒的确有些干系，便道："算了算了，只当半夜三更撞到了鬼，哪个叫你到那些背时旮旯里去的？"

请来的正骨大夫勉强给他接上了骨头，尤局长说是在坎上摔断的，大夫说这一跤摔得也太狠，连肩胛骨带腿都折了。尤局长心里说，岂止这些，身上揣的一个玉镯也摔成了几截，成了一堆碎末，原先找人看过，雍正年间的翡翠镯子，真是可惜了。

这一来，伤筋动骨一百天，想到去恩施或重庆的打算，现在哪里还动弹得？尤局长在床上长吁短叹，只差以泪洗面。

2

让覃九河想不到的是，县长于良仲在召集商会议事的那天，下河帮的赖成绪带着一个姓吴的棉布商人，竟然都到了场。

已是入秋的天气，赖成绪仍穿了一身白竹布长衫，手拿折扇，神色淡定地听人叫他"赖大爹"，拱手作礼，细声细气地寒暄问好，并向人介绍身旁那位身材干瘦的吴老板。

于县长让他坐到了身边，又起身招呼晚来一步的覃九河："覃帮主，快快请坐！"

覃九河朝他们瞟了一眼，却不肯去上座。于县长走过来双手挽起，说："九公您家要是不上坐，大家都不好坐。"赖大爹手里玩着折扇，斜着身子也道："覃帮主，县长厚爱，您家还是坐过来吧。"

覃九河说："于县长，你召集我们来开会，不是来坐席，不必太多客气，有何吩咐就尽早说来，我们船社购置的一条小火轮，今天就要开进巴东码头，我过一下还得前去接应。"

在场的商家老板一听都亢奋起来，"小火轮？覃帮主，你真不愧是上河帮的老大呀！这么乱的世道，日本人的飞机每天都在沿着长江扔炸弹，覃帮主还居然购了小火轮，从上海一直开到了巴东，这可是川江上头一条新闻。"

赖成绪听来也不免吃惊。

众人不知，覃九河为购小火轮筹措了多时，几年前他就卖了官渡口的一些田地，一心想给船社添置铁壳子船，但上海、南京先后被日本人占领，只有英国、德国的船才走得通，覃九河就又请杜先生找比利时神父德尔沃，与长江巡江司的外国专家几番周折，经过多时，终于才从一家英国轮船公司那里购得一艘二手小火轮。那是一艘曾经在吴淞口一带拉煤运货的钢质蒸汽机动船，船长二十多米、宽四米多、总吨位有四十多吨。覃九河花高薪雇请了船上原先的英国水手、轮机长、大副和司炉。船上仍挂着英国国旗，才算躲过了日本人的炸弹，从宜昌装载了满满一船军需品，正为重庆江防所急需的物资，今日不久就要经过巴东，然后继续溯江而上去往重庆。

　　覃九公此举一时惊动了在座的各位商家老板，这些时本来人心惶惶，一个个暗自盘算，有的宁肯舍了江边的生意，准备携家带口到鄂西大山里找更安全的地方躲藏，有的一时拿不定主意，像热锅上的蚂蚁。没承想覃九河这老帮主骨头硬，行事这般笃定，不仅不撤，还又置办铁壳子船，商户们也像是跟着吃了一颗定心丸。

　　于县长见群情激奋，便请大家坐定，开始讲话。他就着覃九公的小火轮为重庆运载军需，说到自十月下旬武汉失守后，还有三万多人员、九万吨以上物资滞留于宜昌，交通部次长，国民政府军委会运输管理委员会主任，民生公司陆总经理运筹指挥，集中了二十二艘轮船，二百多条大小木船，冒着日机的轰炸，正在日夜抢运。这些船里就有我们巴东信陵船社的小火轮，还有二十多条木船，有信陵船社的，也有在座几家船社的。

　　年轻的于县长情绪激昂，索性站起来，"各位，目前还有很多人员和物资需要在短时间内运到万县、重庆、昆明和大西南，那是为了保留中国抗战的根基呀！抗战需要大量的枪支弹药和军需品，那些机械物资迁到大西南重建工厂，特别是军事工业，就是为抗战输血呀，各位说要不要抓紧？"

商户老板们都纷纷点头称是。

有一人突然大声说道："于县长，我们都晓得事关国家存亡，可有的人为何偏偏在这时候把船全都卖了，自己落得一身轻松？"

说话的是香溪河的宋老板，覃九河的亲家，他前年看着船社生意好，便也在信陵船社入了股，这回得知女婿覃佑蛟也要带船去宜昌抢运物资，心中多有担忧，便忍不住把话头挑了出来。

他这一说，好几个人跟着应和，都拿眼瞟着赖成绪，说我们都把船凑起去宜昌，可有人却在这节骨眼上卖了船，还敢坐在这里得意？都以为这下子赖老板无话可说，却不想他朝众人惊讶地看了看，说："噢？巴东县有卖船走人的？我倒还想将船社做大呢。"他又点名道姓叫了一声宋老板，说："在下如今有幸跟你一样，也是船社入股的大股东啦。"

众人都不解。

"委员长号召全民抗战，多一个人多一份力，我这里顺便禀告大家，这位吴老板从江浙那边过来，一心投入抗战，正遇我们下河帮船社前些时折损不少船只，伤了元气，新来巴东的吴老板愿出资入股，他财力厚实为大股东，我赖成绪和老船社的一些同事也都成了船社的股东。"只听赖老板款款说道，"之前专门向于县长请示报告过了，若没有县长的鼎力支持，这事也无法驾势①。"

---

① 驾势：开始的意思。

"赖老板所说属实。"县长于良仲果然点头。他见众人神色各异，又说道："下河帮船社在抢运物资时，被炸沉了五条船，现在有吴老板的资金加入，又在添新船，的确是件好事。吴老板，你今天也来了，给大家说两句吧？"

身板瘦瘦的吴老板，筋骨里透着劲，操一口尖脆的江浙话，先满脸堆笑地朝众人打躬作揖，然后说："各位老板，大家都晓得的，南京上海那边没法待了，我全家人逃到了巴东，承蒙赖老板帮忙，在这峡江安身立命，讨口饭吃。生意嘛还是要做的，不过做得好不好难说，还请各位多多关照。"

老板们都纷纷点头，说恭贺恭贺，互相关照。宋老板几个一时倒无言以对。

于良仲神情肃然地说："各位，今天请大家来，还要转达第六战区司令部的通告，目前战事紧张，日军占领武汉之后，正在不断向宜昌聚集兵力，想将长江航道拦腰截断。宜昌襄樊恩施目前已成中国战场最为重要之地，中国军队水上可经宜昌而通沙市，再至东南沿海；陆路经宜昌可抵襄樊，以入豫陕腹地，第一、第三、第五、第九战区的后勤补给，也多赖此转运。更重要的是，宜昌襄樊恩施拱卫陪都重庆，身系大西南安危，保卫长江三峡，决死一战看来就在眼前。我等虽非军人，但凡我中华热血男儿，此时此刻谁也不能有半步后退。"

覃九河站起来说道："于县长，我信陵船社跟川江共存亡，绝不当怕死鬼！"

商会屋顶上方突然传来嗡嗡嗡的声响，这两年已经被峡江人熟悉的嗡嗡声，显然是日本飞机又已飞临巴东上空！众人不由神色紧张，一个个都站立起来。

于良仲飞快地合上桌上的卷宗，叫道："各位不要慌乱，请立刻随小沈到防空洞去。"

秘书小沈前面带路，引着众人从侧门进到一条小巷子里，靠着红砂岩有一个幽暗的洞穴，老板们这时也顾不得体面，奔命地跑着，争先恐后地挤进洞去。只有覃九河和赖成绪走在了最后边。

飞机轰鸣声越来越近，覃九河仰头望去，一架铁灰色飞机正从头顶飞过，那舷窗一侧的日本太阳旗赫然在眼前，一时间飞机翅膀倾斜，跟着就吐出一颗颗长条炸弹，眨眼落在了靠近江岸的趸船上。那一片立刻火光冲天，附近江滩上的茅草棚瞬间被一团团火点燃，一些人像惊慌失措的蚂蚁从茅棚里窜出，有的身上披着火苗扑向江水，有的在沙滩上打滚。站在半山洞口前的覃九河看得浑身汗毛耸起，他朝天骂道："天打雷劈的！"

于良仲这时刚从商会侧门跑出来，覃九河朝他嘶声吼叫："为么事不开炮？我们的高射炮呢？快叫他们开炮哇！"

于良仲顾不得回答，远远地叫覃九河："快进洞去！"

噗噗噗一串响，洞前的一排水青树被扫得东倒西歪，强盗们不光丢炸弹，还用机枪往下扫射，于良仲赶紧仆倒在一块红砂岩后。覃九河身处危险，还没来得及转身，旁边伸过一只手，一把将他拽进了洞里，接着又是一串"噗噗噗"，正扫在覃九河刚才站立的石头上，一下子石块碎末四下飞溅。

若不是那人拉他一把，他的脑袋瓜就成了那堆碎末。他想知道那人是谁。

狭窄的洞里却是一片黑暗，浓浓的潮腥味，合着男人们压抑的喘息。过了好一会儿，覃九河的老眼才看清洞里的情景，一转脸，竟然发现是赖成绪贴身站在一旁。难道是他刚才伸手相救？那一位恰是面带关切地看着他，不管覃九河心里有多少个不情愿，却不能不承认，今天是赖成绪救了他这条老命。

3

老三覃义蛟带着船队离开巴东码头的那天上午，天色灰蒙蒙的，峡谷里随之起了风，一阵大雨浇了下来。赶到码头来为佑蛟、义蛟兄弟送行的曾子唯好在带了一把油纸伞，一早他就发现天色不对。他撑开伞，站在礁石上，看船队在风浪中越行越远，变成了一个个小麻雀子，直到再也看不见了，他还是扬起手臂使劲地摇了又摇。

他晓得，义蛟他们每出一次门，就如同去闯一次鬼门关，生死未卜。这年头，几乎每天都有想不到的灾祸发生，自己也好，那些出门在外的人也好，哪个又能料到明天会不会遇到什么凶险呢？他摇了摇头，不再往下想。

义蛟临行前的那晚，跟曾子唯聊到了半夜。

他托付给表哥子唯好几件事，一是帮忙照看年事渐高的父母，二是帮忙照看凤娘和一双儿女。这些都是自然。可还有一件奇怪的事，义蛟特为嘱咐，要他多加留意。他说这次回来，凤娘说有一个端公曾经好几次来到药店，说一些莫名其妙的话，让凤娘好生疑惑。

那端公问凤娘来自何方，娘家在哪里，为何不到江北去找一找。凤娘对自己的从前一无所知，听这端公话中有话，便问那端公为何问起此话，是否晓得她是谁。

端公却神秘莫测地一笑，说知之则自知，不知则不知。过了些时，却又一次来到药店，说从奉节来的，要替一位患者取些疏经活络药，凤娘问是何病情，端公说只怕凤娘认得，那人名叫卡臣。凤娘却是不认得此人，再问，端公说有缘则会，不需多问。凤娘揣摩着，将店里上好的药材五味子、当归、附子、僵蚕、全蝎烘干，研成细末，又搓成丸药，交付给那道士，嘱患者一日三次，用白酒服下。

过了些日子，端公又飘然而来，说那位患者服药之后病情颇有好转，因此他欠凤娘一个人情，不取分文替凤娘看相。凤娘迟疑，端公也不强求，说："我送你几句话，风波浪里藏性命，故人相逢不相识，巫峡口上山鬼过，凤翼双飞莫笑痴。"凤娘不解其意，追问再三，端公却不肯再多言，扬袖而去。

义蛟回来后，凤娘在枕边说起此事，义蛟宽慰她，峡江边上的端公专门跳神驱邪，祈福卜卦，难免说些不明白的话，讨些银钱罢了，不必在意。但义蛟心中多了隐忧，眼下这县城乱纷纷的，凤娘带着两个幼儿独守药店，三教九流的人进出，便请表哥多照应。

不料曾子唯说，那奇怪的端公前几日还来过，就在覃九公进城说话喝酒的那天午间，端公怀里抱根牛角，站在凤祥药房门前念念有词。曾子唯见他神色蹊跷，本想起身去询问，又怕搅了舅舅的兴致。这端公几次三番来找凤娘，莫非他知道凤娘的身世？

上半年，曾子唯去奉节也遇到一件怪事。那里的谢家盐行生意做得大，东壤口的杜先生早年跟谢家老板有交往，九公让曾子唯拿着杜先生的信去拜见了谢老板，几番游说之后，谢老板才答应给巴

223

东信陵杂货铺供盐。子唯说："可有一件事我没敢告诉舅舅，谢家的少老板背着他爹要见我，让他一个贴身袍哥把我带到一处幽静的宅子里，那三进院摆设素净，进出的仆人都脚步放得好轻的，我还以为谢家少爷是为了盐行生意，背着他爹想跟我索要大价钱，但没想到那少爷是个瞎子。他坐在后院的厅堂里，戴一副墨镜，遮去了大半脸，开口便说，你是从巴东来的？要盐不难，可有件事要拜托。"

曾子唯问是何事，谢少爷说他要找一个人，一个在巴东江边失散好几年的女子，走散时才十八岁，圆脸，左边眉心里有一颗痣。谢少爷说他眼瞎了，没法亲自去找，但心里有预感，那女子还活在这世上。曾子唯听得吃惊，不过这兵荒马乱的年月，失去音讯的人多如牛毛，上哪里寻去？但为了谢家的盐，他也只好满口答应，说回到巴东一定帮忙询问，心想也只是宽慰这谢少爷而已，却有一日在凤祥药房里与凤娘说事，无意间竟发现凤娘左边眉心里恰有一颗红痣，当时他便惊呆了。细琢磨，凤娘真的很像谢家少老板说的那女子，她当年被救之时，不也差不多正是他说的年月。

"凤娘莫不就是谢家少爷要找的人？"曾子唯疑惑地说。

"曾子唯！你少胡扯！"覃义蛟一把扯下头上的白布帕子，眼睛瞪得像铜铃似的。曾子唯吓得刚要解释，义蛟怒吼道："他找他的人，我行我的船，各不相干。凤娘是我覃义蛟的女人，是我儿子姑娘的妈，哪个都莫想打她的主意。"

曾子唯说："老三，我只是把遇到的事情说给你听，又不是说凤娘当真就是……"义蛟厉声打断他的话："以后不许再提这件事，我要是从别人那里听到半点口气，你曾子唯就再也不是我覃义蛟的亲人。"他说着将白头帕唰地撕下一截扔了过去。

曾子唯明白他的意思，如果今后再提此事，跟这撕断的白布一样绝交。

他一脸苦笑，心里却很委屈，这事又不是因他而起，义蛟怎么跟他赌狠呢？这么多年，他都在为覃家卖力，铺子生意全是他在打理，船社的大宗货物都借着这家铺子进出，为船社挣回不少钱。覃九河不止一次当着人说，这年月，城里的铺子如果不是子唯顶着，恐怕早就黄了。虽然舅舅覃九河待他亲如己出，可其他人却难说，他这些年做人行事，从来都得看覃家人的脸色，有时候心里真不是个滋味。

细雨中，眼看覃义蛟他们的船队消失之后，曾子唯在江边上仍站了好一会儿，思前想后，他带着一些惆怅，顺着曾家码头的石阶，回到了小城街面上。正走着，打算到店里沏一壶热茶，驱驱心头的寒气，却听身后有人叫道："曾老板！"那声音力道十足，回头一看，却是下河帮的赖大爹带着几个伙计从街上齐刷刷地走来，一个腰扎板带的伙计撑着一把酱红色大油纸伞，罩在赖大爹头上，就像一座移动的小亭子似的。

曾子唯不敢得罪，忙侧身让道："赖帮主！"

赖大爹一身古铜色香云纱短衫，站在大伞下，用折扇拍打着手心，说："这么巧，曾老板，正要去你家店里找你，在这儿碰上了。"

"找我？"曾子唯有些奇怪，"赖帮主有什么事吗？"

"没事就不能见曾老板？"赖大爹挪动脚步，说要去信陵杂货铺坐坐。曾子唯见他不容分说的样子，心里又惊又疑，却又不便推辞，只好一行来到了自家店前。

赖大爹让随行的伙计站在了门外，说不得打扰店里的生意，自己却走进去，在铺子里上下前后打量了好一阵，说："曾老板，你这店打理得好哇。可惜我手下没你这么个能干人。"然后说："曾老板你不请我喝杯茶？"

曾子唯见他和颜悦色，心里松活了些，忙叫店里伙计烧水沏茶，又请赖大爹到里屋坐下。赖大爹将茶碗端在手上，却不喝，只在手心里搓弄着，说："今天有件事来求曾老板。"

曾子唯慌得忙说："赖帮主言重了，有什么事尽管吩咐，我能办就办，办不了回我家老帮主，请他老人家出面就是。"

"哈哈，你想到哪里去了，何劳人家覃帮主。"赖大爹放下茶碗，"我是听人说你写得一手好字，便想请你写块匾，我在恩施新开了一家店，大门上就差一块牌匾。"

"写匾？"

曾子唯吃惊不已，下河帮与上河帮素来不和，也从不来往，今日怎么会为一块匾单单找他来了？他心里想着，嘴上忙说："哎哟，岂敢岂敢？我那几个毛笔字只是用来记账，哪敢写匾？赖帮主高抬我了。"

赖大爹说："哎！谁不知曾老板家学渊源，令祖曾是峡江有名的秀才，曾为川江一带好些店铺写过牌匾，看这巴东城里的清和园、天昌号都是令祖的手迹，笔力生风，外柔内刚，奉节、巫山城里也都有好几家令祖的题匾，至今被店家奉为镇店之宝。曾老板你深得家传，写得一手好隶书，赖某仰慕已久，我们下河帮正是求之不得呢。"

听他一番话，对曾家祖先的书法如此推崇，曾子唯不禁暗自有些惊喜，江湖上都晓得这赖成绪狡黠狠毒，还附庸风雅，没想到还

226

真有几分文气。却又听出赖大爹话里藏有机锋，一时拿不准是该应允还是回绝，赖大爹见他犹豫，便道："还有一事要请曾老板帮忙，今日索性都说了。"

曾子唯问还有何事。

赖大爹手中的折扇敲击着茶几，"今天我专程登门拜访曾老板，一是求字，二是请你把奉节盐商谢老板的盐分给我一半。"

曾子唯大吃一惊，急忙摇头。却未等他开口，赖大爹又说道："你先不用急着回我，我晓得覃帮主是你的亲舅舅，你不会背着他做事，可你不妨从奉节盐商那里再多要二百担，这个坑就填满了。再说我要这些盐不为别的，是为了在恩施新开的杂货店，湖北省府的机关学校现在都搬到了恩施，一下子添了十几万人，不得吃盐？我在那里开店也是为了支援抗战。对不对？"

曾子唯说："赖帮主结交之广，上至川军司令、省府官员，下至县官江防商会老板，要进川盐不就是一句话的事，何必要找我们分一杯羹？"

赖大爹一声长叹，"自贡的川盐当然是好，可从沱江那边运过来滩多险大，十载要损七载，这些年战事不断，更是豆腐办成了肉价钱。但要是从巫山、奉节这边进巫盐，成本要减少一多半，这笔账不能不算啊。"

曾子唯当然晓得这本账，要不然，舅舅覃九河也不会想尽办法就近去找巫山、奉节的盐商打通关系。可下河帮现在也想来占一腿，他怎么敢应承？

赖大爹见他直是摇头，却将折扇打开来朝大门口一招，一个伙计立刻从外边走进来，手里拎着一个金丝绒袋子，捧到赖大爹跟前。

赖大爹接过袋子掂了一掂，转脸对曾子唯说："盐的事你再想想。我家在恩施的铺子不几日就要开张，曾老板先赏一墨宝吧。"说着将那袋子往桌上一放，"一点润笔费，不成敬意。"

曾子唯又吃了一惊，语无伦次地推辞："这，这，咳，这要不得，要不得……"

他想将那金丝绒口袋搛回到赖大爹怀里，可不想赖大爹身上有功夫，他两手碰上去就如碰上了一堵石墙，赖大爹胸脯轻轻往前一顶，曾子唯就像被人使劲推了一把，身子一歪，差点坐倒在地。

赖大爹一把将他挽起，浅笑道："明日我让人来取墨宝。"

说完就带着伙计几个出了店门。曾子唯不敢上前追赶，他回到里屋，背着人打开那个沉甸甸的金丝绒袋子，一数竟然有五十块光洋，不禁惊出了一头毛汗，写几个字就能挣这么多钱？他在信陵杂货铺干了这些年，风里来雨里去的，攒下的几个活钱总共加起来也没这么多。

当晚回到家，他把多日未用的写字的毛毡铺开来，笔也秃了，墨也干了，他念叨着明日要去买笔墨纸砚。妻子奇怪，说好些日子只顾忙里忙外的，怎么突然想起写字了。曾子唯把话藏到了心里，连同那个金丝绒袋子，也找一个暗处藏了起来，没在妻子跟前言语。

第十三章　石牌大战

1

将近一个多月里，覃义蛟和大哥佑蛟带着船队在川江上涉险而行，从宜昌到奉节来回数趟。跟他们同样为抢运军用物资的船队仍有不少，为了躲避日本飞机的轰炸，昼伏夜行，走走停停，就连江面上的风吹来，身上的肉皮都是紧紧的，没人敢有半点松懈。

下水船快，义蛟的船队那天从奉节卸了军械，再次空船奔往宜昌，如箭一般，经过巫山、巴东，一刻未停，照直下了西陵峡的泄滩、青滩、崆岭滩。几十里水道，一滩接一滩，滩滩原本都是鬼门关，但跟往日不一样的是，沿江突出的礁石旁更多了一堆堆烂船板，甚至江滩上，荒野旁，到处都是在江面漂浮过的死尸，川江上叫作"水打棒"的死尸，不只是一具两具，而是多得令人心惊。

更让人心惊的是，从下水溯江而上的大船小船像是从地里冒出的蝗虫，不顾死活地挤擦着抢着上滩。有的船由纤夫拉着，挣扎着一步步往上游挪动，还有的船雇不上纤夫，在滩下的激流中滴溜溜打转，船上的桡夫子拼命撑篙也无济于事，转着转着，船就撞上了江心的礁石。惊叫声随之而起，但立刻就像泡沫一样瞬间被大浪卷走，也没能看清有几人落水，有几人逃命上岸。

远处传来隐隐的炮声，天上闪过低飞的日本飞机，看来飞机的主要目标不在江上的木船，偶尔挑逗似的扔下一两颗炸弹，随即便又向西飞去。

准备前往宜昌的覃义蛟和大哥，从江上越来越多的上水船得知，日本军队在一天前杀进了宜昌城，正在城里杀人抢东西放火，有一些地方仍在展开巷战，还有一部分国军在死守。整个宜昌城陷在枪声火光和炸弹的烟雾笼罩下。

上水船的桡夫子见他们的船还在往下江去，都隔船朝他们叫喊："覃家掌船的，你们不要命啦！日本人把宜昌城都快烧光了，你们还敢走下水船？"

"你们是要去送死啊？"

覃义蛟的船队刚冲过了一道险滩，眼下在平稳的江面上顺水走着，大哥佑蛟皱着眉站在另一条船的船头上，覃义蛟隔船叫了一声大哥，让夏元子、祥安几个把船靠近，他一步跳了过去。那船只是摇晃了两下便稳住了。大哥迎着义蛟说："老三，我正要跟你说话。"

义蛟猜到大哥要说什么，在水道上听说了宜昌那边传来的战况，他心里也不由得七上八下，果然大哥说："老三，看来宜昌是去不得了。"

义蛟却说："大哥，只怕去不得也得去呀。"

"你没听上水船的人都说，我们这是去送死吗？"大哥说。

义蛟说："幺妹还在宜昌呢，大哥。你带船队先回巴东去，我和夏元子、祥安几个划条船，到宜昌去把幺妹接回来。"

大哥佑蛟迟疑着，想了想又摇头，"早先就要她回来，这个女娃子就是不听话。眼目下日本兵把城都占了，你们几个精壮力强的前去，不是往虎口里送？"

听说日本军队见到男人就杀，见到女人就奸，而妹妹玉蛟却不知身陷何处，大哥和义蛟都心乱如麻。商议了一阵，义蛟坚持说："我们几个到宜昌好多回了，城里的路都熟，能想法子避开日本兵，只要摸到幺妹她们学堂附近，我就找地方翻墙进去，看能不能找到她，把她接出来。"

大哥说："宜昌码头上肯定到处都是日本人，你们哪上得了岸？"义蛟说："石牌岭现如今还是国军的地盘，我们把船靠在石牌岭这边，从那里上岸，再走小路进宜昌城。"

"那还是太危险了，日本兵杀红了眼，老三，我不能让你们去送死。还是先得回巴东，见了爹再说。"大哥说。

义蛟急了，"我们都快到宜昌跟前了，还不把幺妹接回去？她要是有个好歹，我们哪门跟爹妈交代？"

大哥叹道："你说得是啊，但要是你也有个好歹，我这当大哥的又如何交代？"覃佑蛟脸上又黑又瘦，连日的劳累，身上的伤痛又犯了，人勉强靠在桡竿上，膀子疼得抬不起来，他咬着牙，不时倒抽一口凉气。

覃义蛟不再跟大哥争执，他解下腰间的板带，包扎在大哥的膀子上，替他在脖子上吊好，"大哥，这样抬高些，疼得松活点儿。"大哥点头。义蛟朝船上的桡夫子吹了声口哨，说："大哥你把船队带回巴东去，下船就让凤娘给你抓服药，好生养息。这边我们几个就去宜昌了。"

义蛟不等大哥回答，一脚踩住船舷，嗖地跳回到自己船上，大声叫道："起风了，把帆升高点儿！"

大哥扑到船舷边朝他喊："老三，你给我回来！"

义蛟却只管喊道："伙计们赶紧划哟！"

夏元子、祥安几个应道："划哟——！"

说时迟那时快，小船在江心箭似的往下水飙去，眨眼间就离了大哥的船半里远。覃佑蛟无可奈何，他倾过身子，嘶声喊着："老三，我的话你记到起，莫要乱跑啊！"

义蛟在船上使劲朝他摆手，"大哥，你们快回巴东。"

2

这天夜里，覃义蛟的船摸黑划到了石牌岭山脚下，还未等靠岸，昏暗中几把刺刀逼到了船前，只听有人呵斥道："干什么的？"

覃义蛟连忙答应："老总，自己人，我们都是自己人。"

他从身上掏出一块常备的木牌，上面刻着"拖运"的字样，是江防司令部之前特为给拖运军械物资的船只发放的，夜色中虽然看不清，但持枪的士兵一摸那块木牌，也就知道了底细，一个个便垂下枪来。

问清覃义蛟的来历，听说他要绕山道进宜昌城去找人，士兵们好意劝道："宜昌城外围了好几层，哪里还进得去？石牌岭这边马上有大仗打，你们还不赶紧离开。"

而此时，熟悉川江水情和两岸草木的覃义蛟也早已嗅出味道，他已经没有退路了。

山雨欲来风满楼，这场大仗早已如积压的乌云，叠加已久。

距宜昌城仅三十余里的石牌要塞一直在中国军队控制下，要塞炮台的炮火可以封锁南津关以上的长江江面，具有绝对威慑力。日军侵占宜昌后，石牌成为保卫陪都重庆的第一道门户，日军对此早有觊觎之心。一九四一年三月上旬，曾以重兵从宜昌对岸进攻石牌正面的平善坝，并以另一路进攻石牌侧翼之曹家畈。两路日军当时都遭到中国守军的严重打击，惨败而归。

因此，日军不敢再贸然从正面夺取石牌要塞，而是调动了大量兵力，迂回石牌岭背后，企图围攻而取之。中国军队也已破译了敌军的行动计划，正在加紧调遣兵力，准备殊死一战。

暗夜中，数不清的士兵正在大巴山西陵峡口这一处险峻的山道上潜行，义无反顾地投入山地的密林和江岸两侧的岩洞、礁石夹缝中，山水凝重，士兵们压抑的喘息应和了江涛的扑打，那是数十万人血与火的聚集。江水似乎也知道了这场大战的来临，它变得烦躁不安，比往日掀起高过数丈的波浪，咆哮着，翻滚着，吞咽着。

然而，大江难以吞咽所有的血与火。

自打宜昌沦陷之后，日军已在所占领的黄花乡两河口以东一些地方，修筑了大量半永久性工事，明碉暗堡密布，铁丝网拉满山头。国民党七十五军预备第四师则退至晓峰一带，为阻断日军入川的线路，在黄花乡与日军展开频繁的拉锯战，每天都有激烈的战斗和伤亡。一天凌晨，七十五军预备第四师指挥部向十团下令，夜袭沙坝店子的日军据点。临战之前，指挥部命令通信排以最快的速度架通联络用的电话线，以便指挥作战。但当电话线被千辛万苦架好后，却发现有一段线路的内线被潜伏的汉奸特务弄断，只得临时改变线路。

主攻团进入预定区域后，在离日军阵地约三百米的山地中陷隐蔽下来，工兵排则被派往前方排除障碍。他们摸黑来到日军的前沿阵地，用虎口钳剪断铁丝网，把敌阵撕开了一个口子，使得整个团前进了一百多米。但是，工兵排在剪断第三道铁丝网时，触动了敌人的警报。日军立刻发出照明弹，中国军队的一千多人顿时暴露在敌人机枪的扫射之下。由于在前进状态中，没有掩体和战壕，众多士兵倒在了机枪扫射下。

第二次冲锋开始时，十团全团已伤亡过半。其中五十多名战士从侧面迂回接近敌阵，连续炸掉两个碉堡，接着与三百多名日军正面交战，展开惊心动魄的肉搏战，最终因寡不敌众而全部殉难。

七十五军预备第四师十团在这次血战中存活的战士不足十名。天亮以后，日军打扫战场，只要发现尚有气息的士兵，就残暴地用刺刀刺死。幸而当时预四师还有两个团埋伏在日军周围，增援部队也随之到来。日军担心继续待在原地的危险，便草草打扫战场之后，撤出了沙坝店子据点。

交织拉锯的战斗一直在持续，而即将到来的将是前所未有的大战，决死之战。暴风雨即将来临，敌我双方都以百倍的杀气酝酿着这一场大战，死亡之神化作峡口上空的乌云，沉重地积压铺垫着，鄂西千里和三峡两岸笼罩在紧张惶惑的恐惧之中。

宜昌城大半成了废墟，靠着码头不远的女子中学也被炸个稀烂，学校的老师学生全都四散逃离。好不容易避开日本兵，从一些偏狭的小巷子摸进城去的覃义蛟，带着夏元子和祥安几个，爬上道边的银杏树，跳过女子中学的围墙，见到的只是一片断墙残垣，满地都是残破的书本和纸屑，不见人影。幺妹玉蛟根本难知去向，一时往哪儿找去？

夏元子和祥安跟着面面相觑，问义蛟怎么办。

他们躲在一堆破砖瓦后边，没有烧尽的几根房屋木椽倒在砾瓦堆上，冒着浓烟，不远处的楼群，有些已被炸成半截，一幢尚还完整的洋灰楼顶，插着一杆日本人的膏药旗。覃义蛟朝那边啐了一口，说："夏元子你们两个现在就往石牌岭去，石牌岭后山的悬崖下边有一条采药的小路，可以穿过凤凰岭，顺着小路一直往前走就可以出秭归，走到巴东的地界上。"

"那你呢？"夏元子和祥安齐声问。

"我要在这里打他们强盗狗日的。"覃义蛟瞪着眼，胡子巴碴地说。只要两天不刮脸，他的络腮胡就青吼吼了，"四麻子是他们炸死的，汉口、宜昌也是狗日的炸烂的。我们跟日本人隔着千山万水，他们凭么事抱着枪炮炸弹跑到我们家门口来杀人？狗日的占了南京、上海、武汉、宜昌还不够，还要往上走，要是让他们占了石牌岭，三峡就完了，往上秭归、巴东、巫山、奉节、重庆也跟着就完了。"

"三哥，我晓得，要是日本人打过三峡，重庆要是完了，只怕中国就完了。"夏元子说，"三哥，我不走，我跟着你。"

"我也不走。"祥安说，"可是三哥，我们拿什么打，到哪去找枪？"

"没枪。我们去帮石牌岭的军队运东西，运伤员。"覃义蛟说。

先打石牌岭经过时，就听说每天都有成批的伤员需要从战场抢运到分散在几处的野战医院，极缺人力。还有，日军封锁了运输线，全靠民夫徒步运送少量药品，野战医院缺医少药，时常眼睁睁地看着一个个身负重伤的战士无法救治而死去，连裹尸布都不够用，只好将尸体直接抬进土坑或山洞里，忍痛掩埋。这时帮军队抢运医药和伤员，就是在救人的命。覃义蛟带着夏元子和祥安从宜昌城的二码头绕小巷，爬废墟，摸回石牌岭，找到驻扎在那里的国军炮兵营，自告奋勇地报名参加了担架队。

他们夜里睡在白木船上，一大早就跟着医院的救护队钻到子弹横飞的前线，来回拖运伤员，也不知过了多少天。

石牌岭上的杜鹃花不觉之间开了，满山遍野怒放着，大丛小丛，一片又一片，紫色、粉色、鲜红地绽放着，要不是横飞的子弹和炮火就在跟前，覃义蛟此时定会像往年一样，站在山坡上吼起山歌，朝天吼，朝峡谷里吼，吼得峡谷里猴儿们蹦跳，鸟儿惊飞，回声久久不止，心里那个爽啊！可这时一看那鲜红的花儿，就好像看见士兵们的鲜血，不由得眼睛发愣，心里发紧，哪还吼得出歌子。

每天都在跟鲜血淋漓的人打交道，从早到晚都会见到血，义蛟和夏元子、祥安的胸前、膀子上到处沾满了血污，只有夜间到大江边，脱得赤条条的，跳进江里狠搓一阵才能洗干净。江防驻军本来不许人在江岸附近走动，但覃义蛟他们跟士兵都已混得熟悉，也无人再阻拦。都不知第二天是死还是活，折腾下来，能在大江里洗个澡，算是最痛快的了。

一天夜里，他们几个正在江水里泡着，扎猛子，甩开膀子游到江心又游回来，夜色中，突然听见岸上有人说话，却是一个女子，"这块江滩好平，就在这里洗，要得不？"

"啊？水里好像有人呢。"另一个女子轻轻叫了一声，说，"真的好像有人。你快看。"

"走吧，那赶紧走。"先前说话的女子说。

覃义蛟耳朵一炸，那叫了一声的女子像是玉蛟，是幺妹的声音，他急慌慌地从江水里蹿起身子，使劲叫："玉蛟——！幺妹！"

却没人回应。

想必是江风吹过，把他的叫声吹飞了。覃义蛟急忙游上岸，但等他湿淋淋地爬上江滩，月光下却不见半个人影。他朝黑黝黝的小树林跑去，又大叫："幺妹子！玉蛟——！"

夏元子和祥安跟在他身后也爬上岸来，追着问是不是看见人了，覃义蛟四下张望，"刚才我明明听见玉蛟的声音，她在跟一个女的说话，就在这河坎上头。"

夏元子抱着膀子打了个喷嚏，说："哪有哇？祥安你听见了吗？"祥安说："没有哇。"

月亮挂在峡谷山尖上，幽深的河道里吹着一阵阵小风，覃义蛟说："怪得很，未必是我耳朵发岔？"夏元子说："三哥，你这些时夜里老说梦话，脑壳里头想的事情太多了。"祥安也说："脑壳想蒙了，耳朵就发岔。"

覃义蛟说："扯淡！"心里到底还是有些疑惑，真是听岔了？

3

五月的太阳从西陵峡口升起，正午时分，炽热的阳光下，石牌岭的最高峰凤凰岭上，站立了一排排身着戎装的军官，青石台前摆好了香案，案上安放着三尺香烛和峡江烈酒、供果，军官们神情肃

237

穆，垂手而立。

凤凰岭的山崖之间，也站立着士兵们。

炮兵营长周捷，紧随在接受命令、将死守石牌岭的陆军师长身后。

随从说师长一早就在军营内沐浴更衣，特意换上了这套熨烫得笔挺的新军服，眼看正午时分已到，师长率众跪倒在地，亲口朗读祭天誓词：

谨以至诚昭告山川神灵：我今率堂堂之师，保卫我祖宗艰苦经营遗留吾人之土地，名正言顺，鬼伏神钦，决心至坚，誓死不渝。汉贼不两立，古有明训。华夷须严辨，春秋存义。生为军人，死为军魂。后人视今，亦犹今人之视昔，吾何惴焉！今贼来犯，决予痛歼，力尽，以身殉之。然吾坚信苍苍者天必佑忠诚，吾人于血战之际胜利即在握。

念毕，众军官向苍天三叩首，齐声道："天必佑忠诚，血战在即，胜利在握！！"

山间站立的所有军官和士兵，在树丛中、山岩旁，守着大炮工事，持着枪，握着拳头，也随之跟着呼喊。一时间，血性男儿苍劲的吼声在峡谷间此伏彼起，久久回响不绝。

周捷脖子上暴起青筋，禁不住热血偾张，他恨不得此刻就持枪挥刀冲向敌阵，将那些入侵者杀他个人仰马翻。

在战前会议上，周捷和军官们再次听取了中国军队掌握的敌情通报。远在一九四一年三月上旬，日军即曾一度窥伺石牌。当时，日军一路由宜昌对岸进犯石牌正面平善坝一带，另一路则以三个联队的兵力，攻击要塞的侧翼——大桥边和曹家畈。守军拟诱敌至曹家畈以西，一举而围歼日军，然而日军没有深入，攻势顿挫之后，即偃旗息鼓而退。日军自此再不敢轻骑深入，而随后使用大兵团迂回作战。战线自江北南延，绕过滨湖地带，以迄清江以南的鄂西山地，绵亘千里。

从一九四三年五月五日开始，侵华日军第十一军军长横山勇，为了消灭江南地区的中国军队，夺取石牌要塞，将下辖各部（第三师团、第十三师团、第三十四师团、第三十九师团、第四十师团、第五十八师团、第六十八师团、独立混成第十七旅团）部署到宜昌至洞庭湖江汉平原一带，实施"江南歼灭作战"计划，伺机歼灭中国军队第六战区主力，攻击岳阳至石牌长江南岸，控制这一段长江水路。五月五日凌晨，日军在飞机大炮掩护下，率先向第六战区第二十九集团军发动进攻，日军作战计划由此启动。早已对石牌要塞势在必得的日军，在宜昌周边集结了两个师团、一个旅团，号称"钢铁猛兽"，纠十万兵力直面扑来。这次，他们的战役目的很明确——击破中国陪都第一道大门——石牌要塞，并以此消灭沿江中国野战军，打通入川水道，延伸长江运输线。

拱卫陪都重庆的石牌失守，重庆将门户洞开。中国军队以防守石牌要塞为核心，部署如下：沿汉洋河至渔洋关北岸，由八十七军第一百一十八师和第一百三十九师防守。清江北岸至野三关，由九十四军第五十五师、第十三师、暂编三十五师、六十七师布防。石牌要塞附近，整个战场，由吴奇伟总指挥。石牌及侧翼部署：第十八军所属第十一师死守石牌要塞；十八军所属第十八师防守于偏岩（巴王店附近）、曹家畈、八斗方等石牌东南一带；第三十二军第五师，在要塞以南贺家坪、高家堰、峡当口布防，阻敌绕道向三斗坪窜犯。

石牌要塞第一总台海军官兵，除不断向江面布放水雷，阻止日军舰船溯江西上与陆军协同作战外，他们还坚守炮台战斗岗位，沉着应战。任凭日军飞机、大炮猛烈轰击，第一总台全体军人临危不惧，决心与炮台共存亡。

五月二十一日，长阳、渔洋关等地已被攻陷，日军主力渡清江，由南而北，全力进攻。控制在宜昌的日军第三十九师团主力，这时也渡长江，由北向西南，进攻磨市殷家渡一带阵地。"石牌要塞必须死守"，中国军队充分利用石牌周围山峦叠嶂、壁立千仞、千沟万壑、古木参天的有利地形，构筑坚固工事。此外还在山隘要道层层设置鹿寨，凭险据守。

五月二十二日，宜昌西岸，在宜都红花套附近强渡之日军三十九师团主力及三十四师团两个步兵联队、一个骑兵联队约一万五千人，逐渐集结于桥边附近，准备向西进攻石牌右翼。从五月二十四日黎明开始，日军步兵第六十八联队、二百三十一联队及配属的西岛大队、步兵一百一十七联队等日军向石牌右翼我守军发动疯狂进攻。防守曹家畈、八斗方、彭家坡一带的中国军队第十八师与日军鏖战数日，伤亡惨重。五月二十五日，日军大量增援部队渡过清江，向石牌方向逼近。五月二十六日，日军借空军掩护，一部分突入长阳偏岩坪、津洋口之间，遭我步兵南北夹击，伤亡甚重。

日军逐渐迫近石牌要塞的轴心阵地！

一场恶战就在眼前。

防守在石牌要塞的官兵们祭拜盟誓，深知此次大战将会九死一生，决心以身殉国，死守石牌，绝不后退半步。大战前夜，许多人都给家眷写下了遗书，黄埔军校毕业的师长给远在陕西老家的父亲和妻子各写了一封遗书，二日早起交给了副参谋长，嘱他带着军马去往秭归方向。副参谋长大哭而别。

师长的信中写道：

父亲大人：儿今奉令担任石牌要塞防守，孤军奋斗，前途莫测，然成功成仁之外，并无他途。有子能死国，大人情也足慰，恳大人依时加衣强饭，即所以超拔顽儿灵魂也……

给妻子的信中难免歉然：

我今奉命担任石牌要塞守备，军人以死，原属本分，故我毫无牵挂。仅亲老家贫，妻少子幼，乡关万里，孤寡无依，稍感戚戚，然亦可奈何，只好付之命运。诸子长大成人，仍以当军人为父报仇，为国效忠为宜。……家中能节俭，当可温饱，穷而乐古有明训，你当能体念及之……十余年戎马生涯，负你之处良多，今当诀别，感念至深。兹留金表一只，自来水笔一支，日记本一册，聊作纪念。接读此信，毋悲亦毋痛，人生百年，终有一死，死得其所，正宜欢乐。匆匆谨祝珍重。

周捷也写了两封书信，一封给父母，另一封却是写给那个让他心动的女子覃玉蛟。但他写好之后没有交给炮台的文书，却把这两封信藏进一个扁扁的小铁盒，揣进了胸前的衣兜里。石牌岭里外已被敌我双方围得铁桶一般，那些交给文书的信件也不晓得能否寄得出去，与其被丢失，还不如揣在身上，写在信封上的亲人姓名贴着胸口，摸着铁盒就像亲人守护在身边一样。

　　提笔给玉蛟写信时，周捷一时心怀犹豫，毕竟与那位性格爽朗、行走如风的三峡女子只能算是意中人，彼此却都从未挑明。但他早看出这女子的心思，玉蛟她一次次来到石牌想见他，一定是真心喜欢他。他又何尝不喜欢玉蛟？这三峡的女子跟他从前所见的城市名媛淑女都不一样，她毫不做作，不掩饰，就像山里的清泉一样透明，她那双野葡萄似的眼睛盯着他，火辣辣的，他的心早已经被她射穿了。

　　他喜欢这三峡的奇峻，就更喜欢这生在三峡的俏丽女子，但他一次次狠心回避，吩咐手下的士兵说他不在炮台，他不想在这场生死未卜的战争中让这个活泼泼的女子受伤害，作为战时的军人，随时都有牺牲的可能，何必去连累别人呢？

　　但他还是忍不住给她写了信，或许再也没有机会对她说出心里话。而且，这封信也或许永远不会被她读到，那么这些心里话只当说给飞过石牌岭的鸟儿，说给流过西陵峡口的江水，她即使未能读到听到，但说不定将来哪天会有知情的鸟儿飞过她的头顶，在她日后驻足的江边，也说不定会踩到他走过的足迹，那时她便会感知一个临战的军人对她的真情。他喜欢她，就如喜欢这壮丽的三峡，喜欢这气势磅礴的长江。如果他有幸没有战死，只要她愿意，他想娶她为妻，永远与她相伴。

周捷在信中就是这样写的。

写下了这些话，他心情恬然，感觉不枉在世上走了一遭，碰见了中意的女子，与她神魂相通，这是多么让人迷恋的事啊，那么即使这次战死在石牌岭，也心满意足了。

战斗打响了。

日军先是主攻外围阵地南林坡，周捷所在的炮兵营首当其冲，守军将士奋勇杀敌，予敌重创。日军屡攻不下，遂派来飞机加钢炮，对炮兵阵地进行轮番轰炸。周捷身旁的连长与二排长相继阵亡，迫击炮手和重机枪排也伤亡惨重。打到第四天，负责守卫南林坡的七连伤亡四分之三，但坚守住阵地，没有后撤一步。

其余外围阵地同样打得艰苦，日军飞机的轰炸把山上的树都炸成了秃子，岩石炸碎，泥土翻起，趁轰炸间隙，日军开始突破外围阵地，作势直取石牌要塞。要塞的中国守军已经可以看到近在眼前的日军狰狞的面孔，激烈的战斗打到最白热化的阶段，战场上却没有了枪炮声。

石牌岭下的山谷里，敌我双方交织在一起，数万士兵在狭窄的峡谷和山岩之间进行一场殊死搏斗。

寒光闪闪的白刃战你死我活，一个个年轻的躯体混战在一起，鲜血飞溅。周捷怒喝："强盗！我跟你们拼了！"

炮台的工事早已被炸成坑地，他和战士们已经打光了子弹，他奋身跳出炮台的战壕，持枪扑向一个身材壮实的日本兵。那家伙刚刺倒一个娃娃脸的中国兵，满脸得意地抽回刺刀，要再次刺向这娃娃兵的胸口。周捷照准他脖子就是一枪刺去，那家伙惊愕地想扭过身子，却没来得及，就扑通倒下了。

周捷朝前冲击的身子尚未站稳，两个日本兵瞪着血红的眼珠朝他扑了过来。周捷憋足一口气，左右抵挡，猛地刺中了一个日本兵的腿，那家伙也不叫唤，闷闷地哼了一声，拖着鲜血流淌的腿仍朝他扑来。

这是自从枪械发明之后，二战中最大规模的白刃战。

整整三个小时的肉搏，血光冲天，遮住了太阳，吓跑了山上所有的鸟兽。一千五百名年轻的中国军官和士兵，都正值青春年少，好些在宜昌、恩施一带征召的士兵还只有十六七岁，他们大多是这片山地的农民子弟，站着还没有加了刺刀的步枪高，家中有种苞谷、背架子背篓的爹妈，还有年迈的爷爷奶奶。如果没有战争，这些稚气尚存的子弟会像爹妈一样守着三峡种苞谷，或是划船打鱼，再过几年娶一门亲事，生儿育女。但苞谷地、橘子树、鱼塘水井、茅舍瓦屋早已被日本飞机炸平，日本强盗眼看就要踏进家门，他们如果不持枪，爹妈和弟妹会被杀光、烧光、抢光，年轻的士兵们别无选择，没有退路。

守住石牌岭就是守住家园，守住重庆，守住中国。

大家都明白，此番战斗于国于家生死攸关，石牌岭保不住，三峡就成了日寇的通道，日军的铁蹄将会长驱直入，经三峡直取重庆，重庆陪都失守，将意味着亡国。

誓死不当亡国奴！大战前的盟誓，将士们高喊："今贼来犯，决予痛歼！"

刺刀上滴着血，没有枪炮声，只有沉闷的肉体被刺的"噗噗"

声，捅进去再也拔不出来，就用手抠，用牙咬，一对一、两对一地抱在一起，在岩石上翻滚，有的翻下了悬崖，有的掉入了天坑。侥幸站起来的士兵，红着眼再找下一个对手，黄乎乎的人影晃动，血糊糊的脸，一时分不清，猛然就又有人扑了上来。

再撕再咬，摁倒在石头上，咬断他的脖子，撕碎他的脸。

周捷身边的人一个一个倒了下去。

他也不晓得自己身上中了几刀，根本不觉得痛和累，也不晓得过去了多长时间。所有的人此时都成了疯狂的野兽，咬牙切齿的只有一种念头，杀死对手，杀死他们！他拼尽全力扑向一个又一个敌人，浑身像在血海里浸泡了一样湿漉漉的，刺刀和手都在往下淌血，眼前的草丛红了，山上的石头也红了，天空也红了。

啊！他叫着，往前扑去，前方还有敌人，在举着刺刀朝他狞笑。他未等鬼子冲到跟前，扑上去一刀砍去，但是刀还没落下，他的后背突然像被巨石狠狠地撞了一下。他痛苦地回过头去，身后已被重重地刺了一刀，随着那把刀的抽出，一股凉风仿佛穿透了他的身体，就像猛然生出了一个风洞。

身子倒下去的刹那间，周捷骇然发现险峻的石牌岭劈头盖脸地倾斜过来，那块巨大的石牌白得耀眼，放射着光芒，而石牌上一道道漆黑的皱褶，就像天书，是谁书写的文字？是上天吗？写的是天意吗？山要倒了吗？会不会阻断大江？流水涨起来，大地成了汪洋，人或为鱼鳖？

到那时，也许所有的人都难以幸免。

4

战场不止这一处。

石牌保卫战战线自江北南延，绕过滨湖地带，以清江之南的鄂西山地绵亘千里，作战规模空前。

战斗打响之前，第六战区司令长官来电询问："有无把握守住阵地？"石牌守军将领铿锵回答："成功虽无把握，成仁确有决心。"

中国军队逐步诱敌抵石牌外围的主阵地。这一带崇山峻岭，沟壑纵横，日军炮兵一时无法进入，步兵仅有少数山炮配合作战。但日军采取陆空配合，每天有九架以上的飞机低飞作战，以轰炸代替炮击，不分白昼，飞沙走石，浓烟滚滚，多处山地变为焦土。

大仗进入决战，日军在其炮火及飞机掩护下，分成无数小股部队，向中国守军阵地展开猛烈攻击，以密集队形冲锋，作锥形深入。中国守军遵照指示，当敌机轰炸或炮击时，以山岩为天然掩蔽所伏地不动，甚至侧背发现敌情时，仍勿轻举妄动，待等日军爬至有效射程内，才将迫击炮、机关枪、步枪、手榴弹一齐使用，布成猛烈的火网，有效歼灭逼到跟前的敌人。

日军第三师团从长阳高家堰进入宜昌县境，向石牌南面的山坡林地发起攻击，这一仗从早晨打到晚上，杀得天昏地暗。第二天黎明，日军又向山地的三面进行夹攻，仍被中国军队击退。日军对我南林坡正面阵地屡攻不下，遂于上午九时出动飞机五架，同时搬来直射钢炮数门，对我七连阵地进行狂轰滥炸。南林坡上的树木被烧光，山包被炸平，排长阵亡，迫击炮炮手全部牺牲，重机枪排死亡惨重，技术兵幸存无几。第三天，日军一部在飞机支援下，继续向我七连阵地攻击。南林坡掩体和工事破坏殆尽，七连与后方失去联系，但该连余部仍在连长率领下顽强坚持战斗。在石牌保卫战的日日夜夜，七连自始至终坚守阵地四天四夜，没有后退一步！

同一时间，日军第三十九师团主力经余家坝进至曹家畈。遂分兵两路向牛场坡、朱家坪我十一师阵地大举进犯。牛场坡群岭逶迤、树木参天，是朱家坪的屏障。朱家坪峡谷深邃、层峰叠峦。第十一师官兵凭此有利地形沉着应战。日军一路由彭家坡迂回牛场坡，另一路从响铃口、柏木枰向牛场坡正面攻击。我军与数倍于我之敌在牛场坡激战竟日。

日军第三师团另一部越过宜昌桃子垭，向桥边南的天台观一线中国十八军暂编第三十四师阵地进犯。当敌进至点心河时，即遭到中国军队阻击，伤亡三百多人。日军无奈遂转攻王家坝，又遭迎击，无法进展。这时，日军第三师团一部前来驰援，卡断了天台观守军对外的联系。守卫天台观的一个排临危不惧，死守阵地。日军屡攻不下，调来飞机助战。一排战士聚集在冬荆树下坚持战斗。飞机竟把冬荆树炸成了秃桩，山头土被炸翻了几层。勇士们最后视死如归，与敌肉搏，全部壮烈牺牲。

日军花巨大代价攻下天台观后，骑兵队突入窄溪口，又遭到我龙家冲阵地守军迫击炮的攻击，敌骑兵落荒后撤。不久，日军步兵在飞机掩护下强行通过窄溪，向八斗方中国军队阵地突进。两军在八斗方这弹丸之地反复冲杀，日月为此失色。敌我双方的伤亡都达几千人。敌军向前每推进一寸土地，必须付出巨大血肉代价，阵地前沿尸体呈金字塔形。

在四方湾附近，日军曾一度释放催泪性毒气弹，借以争夺高地，我方将士中毒气者甚众，其状惨烈。日军先头部队曾一度攻进距三斗坪仅有六十里的伏牛山地，我守军将国旗从最高的山峰上冉冉升起，分散在石牌要塞外围山岳上的中国军队，遥望飘扬在高山顶上的国旗，发誓与要塞共存亡。打仗要打硬的，一定要让日军领教中国兵的作战精神！

以死相拼，保卫三峡。

连续多日，峡谷上空的血色至晚未褪。

残阳如血，无言地映照着漫山遍野横陈叠加的尸体。一具具失去知觉的人体体温尚存，怒睁的眼睛继续放射着最后的呼喊，只有四肢已是软软的，再也无力举起刀枪，再也无法奋身跃起。山里的鸟兽不敢回窝，一只母山麂带着几只小麂子在树林里瑟瑟发抖，一群黑尾鹰在半空中盘旋，冲天而起的血腥味让它们发出阵阵哀鸣。

石牌岭下的山村，有上百户人家祖祖辈辈居住于此，战争爆发之后，中国军队挨家动员他们撤离，往西撤到秭归、兴山，甚至神农架的深山里去。但这些人家都拒绝了。他们之前看到守在石牌岭炮台的军人吃着发霉的军粮，啃着咸菜，住在岩洞里，你们拿命来卫国，我们为什么要走呢？

这是我们的家。

战斗打响之后，他们自发来送粮、送弹药，抬送伤员。覃义蛟和夏元子、祥安跟他们一起，随着医院的救护队一连多日在各处战场上奔忙。

他们爬上战斗过的山坡，寻找活着的伤员。他们手脚并用，在横七竖八的死人堆里急切地摸扒，呼叫，呛鼻的血腥气弥漫在山野之间，祥安年轻，扒着扒着，忍不住捂着胸口就哇哇地吐开了。

他翻肠倒肚地一边吐，一边号哭："都死了，都死了！"

覃义蛟看了他一眼，顾不得他的哭叫，双手只管扒拉尸体。连续半个多月在战场上的救护，他让自己的心一天天变得坚硬。眼前一个士兵的肚子被刺刀戳穿，肠子流出了一大摊，弯弯曲曲地顺着青石岩淌到了坡底下。覃义蛟梭到岩下，从岩缝中一段一段搂拾起肠子，一嘟噜抱在怀里，再爬到那死去的士兵跟前，将肠子塞回到他肚子里，好歹拉拢肚皮，但一转身又炸开了。他找到一棵芭蕉树，扯下几片大叶子，盖在了士兵的肚子上，又将他瞪着的双眼抹了一把。

"兄弟，安歇吧。"

他想替这山上死去的将士一个个整理好衣冠，把缺胳膊少腿的找拢来，然后把身体好歹凑到一起。但死人实在是太多了，有的能分辨出是国军还是日军，有的敌我几个紧紧抱在一起，根本揪扯不开。看过去就像汉口、宜昌大码头上的货包，层层叠叠的看不到边，他就是生出三头六臂，一时也搬运不过来。

"三哥，三哥！"夏元子突然在那边岩坎下大叫起来，"你快来看啊，这里有个军官还在出气。"

"来了，我来了。"覃义蛟急忙跑过去，只见一堵陡峭的岩坎下，一个浑身是血的国军军官歪倒在一丛刺巴笼里，双眼紧闭，一动也不动。覃义蛟趴下身子，在他胸前听了听，果然还有微弱的心跳，便朝不远处也在找伤员的野战医院护士大叫："快来人啊，这里有一个活的！"

这人命大，背后和胸前各中了一刀，后背只穿透了肋骨，胸前揣着一个小铁盒，被刺刀戳出了一个深坑，却万幸没有戳进胸口。看样子是铁盒救了他的命，还有，像是在岩上被刺倒之后，便滚下了岩坎，要不然刺他的日本鬼子一定还会在他身上跟着补刀。

　　在死亡的山野里，能救到一个活人，让人无比振奋。覃义蛟几个把这人抬上战地医院的担架，接着又再去找活着的伤员。就在他转身的当儿，却听到担架旁正在给那人处理伤口的护士说："这铁盒里装着信呢，你看，这封信上写的名字，好像是覃——玉蛟。"

　　"覃玉蛟？会不会是那个第六医院的覃玉蛟？"另外一个问道。

　　"姓覃的不多，我看说不定是……"

　　覃义蛟听得浑身一颤，他冲过去拽住那铁盒的护士的手，"玉蛟？快些告诉我，覃玉蛟她在哪儿？"

第十四章　崆岭遇险

1

一寸山河一寸血，两军相逢，勇者胜。

经过浴血奋战，胜利的天平开始向着中国军队倾斜。数次激战之后，五月三十日起，日军正面攻势顿挫，而中方侧翼野战军亦于此时展开反攻，围歼日军于资邱、渔洋关、长阳、聂家河之线。日军见正面硬攻不下，迂回又被阻遏，而侧翼的围歼逐渐严重，不得不遗下许多"无言凯旋"的官兵，开始仓皇败退。

中国空军及盟国空军，在激战中屡次出动，猛炸日军的运输线，使日军的后勤受损。日军败退渡江时，中国空军又予以了猛烈的打击。五月三十一日起，日军在宜昌土门垭机场上已无飞机应战，制空权逐渐减弱。石牌久攻不下，日军全线已呈动摇之势，当天，侵华日军第十一军军长横山勇下令日军撤退。

战场上的枪炮声突然沉寂下来，进犯石牌之敌纷纷回撤，在长江南岸抢渡准备撤回宜昌城，中国军队展开全线大反攻。鉴于以往经验，中国军队即使追击，也是瞻前顾后动作迟缓，因此日军这次撤退仍像过去一样疏忽警戒，不承想此次中国军队官兵心中憋足了气，接到追击命令，迅即以雷霆万钧之势，向各个方向追击溃逃之敌。一时间，日军兵败如山倒，分别向宜昌、宜都、枝江、公安方面狼狈逃窜，伤亡惨重。

保卫石牌要塞的战斗，前后长达半月。尽管日军用了全副力量屡次攻击，但结果还是再而衰，三而竭，败退而归。

在石牌岭的山地上，将士们抱头呼喊着，欢跳着，呼喊死去的战友，欢跳击退了日军，保住了石牌。夏元子和祥安也抱着覃义蛟又哭又喊："三哥，仗打赢了！我们总算活下来了。"

覃义蛟放下担架，悲喜交集地长出了一口气，他来不及擦去身上的血污，便要从已经打听到的方向，去找幺妹覃玉蛟。

正在牵牛岭山沟的树林里照护伤员的覃玉蛟，做梦也没想到她的三哥会突然出现。"天啦！"身穿白大褂的覃玉蛟一声惊呼，一时完全愣住了。

眼前这个浑身血污、脚蹬一双烂草鞋的人，朝她一步步走来，他脸上被血和泥水糊得看不清了眉眼，张大嘴露出白晃晃的牙，叫着："幺妹，幺妹子！总算把你找到了！"

是三哥的声音，没错，是三哥的笑容和双手，覃玉蛟失声大叫："三哥，你是三哥？"她跑上前抓住义蛟的手，接着又抱住他的双肩，摇晃着，"三哥，你怎么会在这里？这里刚打过大仗，你看你看，到处都是伤员，日本鬼子刚刚撤走，山上的尸体都还没埋完，打了好大的仗，每天都是轰轰的枪炮声，三哥三哥，你是怎么到这里来的？"

玉蛟语无伦次地说着问着，却等不及三哥的回答。

"幺妹子，你让我坐下来，给我一碗水要得不？"

"要得要得，哎呀我都忘了让你坐，来来，坐这里，这边有个树蔸子，快坐起。我去给你舀一瓢水来。"覃玉蛟欢喜地蹦跳着，用几片桐树叶撮成一个三角斗，在树林旁边的一眼泉那里舀来半斗水，她小心地双手捧着，一路又忍不住笑得咧开了嘴，对正在各自忙碌的医生护士，还有躺在草床上的伤员说："我三哥来了，我三哥找我来了。"

这是野战第六医院驻扎的牵牛岭山沟里，宜昌还未沦陷之前，覃玉蛟就从女子中学退了学，报名参加了红十字会，来到这家由陆军十八师管辖的野战医院。她原本是想到石牌岭驻军那里报名参军的，但炮台不收女兵，她想找周捷，却几次都扑了空。牵牛岭山大林密，医院设在山嘴下的沟豁里，日军的飞机看不见也无法轰炸，沟里有水有果木，是一个养伤的好地方。玉蛟在女中学过的一些医护常识，全在这里派上了用场。

听三哥说完找她的经历，又听三哥说前日在打扫战场时救了一个军人，而这人胸前有个小铁盒，盒里装着写给她的信，不用猜她就知道写信的人正是她日思夜想的周捷，不禁又惊又喜又惧，好一阵悲泣。"他是哪里受了伤？醒过来了吗？跟你说话了吗？他晓得你是我的三哥吗？"她连连发问。

在义蛟眼里，从小任性胆大的幺妹，从没有这么着急过，担心过，他摇头说："周营长他一直昏迷，哪里说得话？我们把他抬到了七医院，医生当时就把他送进了抢救室，后来听说他身上被刺了十几刀，成了血窟窿，不过好在他命大，都没伤到要害。"

义蛟说那个装信的小铁盒替周捷挡了致命的一刀，让他从刀尖上逃得一命，覃玉蛟泪光闪闪地抓住三哥的手，"那个铁盒在哪儿？

他写给我的信呢？"义蛟说他只看了一眼信皮，那信被护士放进了小铁盒，又放回在周捷的身边，谁也不敢动。

玉蛟的黑眼珠泪花闪闪，她一甩短发，跳上树林旁一块凸起的青石，踮起脚朝高耸的凤凰岭那边张望，"我要去看他，三哥，我要去看他。"

这天晚上，覃玉蛟给六医院的护士长请了假，让三哥带她去七医院探望周捷，说好一半天就回。兄妹俩当晚摸黑穿过密林小路，爬上牵牛岭又绕过山包，蹚过两条溪沟水，大半夜过去，黎明时分终于走到了七医院所在的养老坪。

清晨的薄雾里，看到不远处树林间冒出的茅草屋顶，上面插着一面白底红十字旗，覃玉蛟搀着三哥的手汗涔涔的，她喃喃地说："三哥，他应该醒过来了吧？"

义蛟心里拿不准，但说："嗯。我猜想差不多该醒了。"

玉蛟放开手，往前走了几步，就小跑起来。黎明时的战地医院还在一片静谧之中，几间茅舍前走动着持枪的流动哨兵，见身穿白大褂的覃玉蛟一溜小跑过来，前后警戒的战士紧张地拉开枪栓，问道："什么情况？"

覃玉蛟急急慌慌地说："我是六医院的，我来看一个伤员。"茅舍里闻声走出一个年长的大夫和一个护士，问玉蛟要找谁。

"周捷，他叫周捷。"玉蛟说。

覃义蛟从后面跟上来说："就是那天我们救下山来的一个军官，身边有个小铁盒的。"

这里的大夫护士都认得覃义蛟，听他说前来的女子是他妹妹，也就是铁盒里的一封信皮上写的覃玉蛟，一个小护士不觉遗憾地说：

"你来晚了。周营长啊，昨天晚上已经送走了。"

2

覃玉蛟失声痛哭。

小护士惊讶地看着她，说："他没死，是送到重庆去了。"

原来，前几天经过抢救，总算替周捷止住了血，但他浑身伤势严重，人一直处于昏迷，这山沟里缺少药品，如果再维持下去，稍有感染将性命难保。石牌战况及伤亡情况经江防司令部上报，医院接到上司命令，要想尽一切办法抢救伤员。昨晚从江防司令部调来两艘小火轮，连夜将周捷和一批伤势严重的伤员送往重庆。

余下的伤员也将分期分批转移到湖北省临时政府所在地的恩施城里去，那里有从武汉迁去的省医院和有名的大夫，还有战时储备的医药。

覃玉蛟这才破涕为笑。但她本以为马上就会见到周捷，却落了空，她一时傻呆呆地站着，义蛟心疼地说："幺妹，你想哭就哭。"

玉蛟抹去脸上的泪水，"三哥，我是在高兴呢。你不晓得，仗一开打我就在替他担心，每次看到救下来的伤员，我就一个个看有没有他。我是又想看到他，又怕看到他。怕看到他，是怕他受了重伤，没看到他，就害怕他是不是死在战场上了。现在他没死，又被送到重庆去治疗，就一定能活下来，三哥，你说是不是？"

覃义蛟说："是，他一定能活下来。"

一场血战过来，看到这满山横七竖八的身体，几天前，甚至几个小时前，他们都还是鲜活的生命，现在全都一动不动，将所有的仇恨和绝望都凝固了脸上，再也不能跟这山上的草木一样，对着阳光呼吸，对着长江摇摆，终将被大地掩埋，化作土，化作灰。

覃义蛟从来没有这么强烈地感觉，活着真是最大的幸运，就是老天爷给的最大的恩赐。

"回家吧，幺妹！我总算找到你了，我给大哥说过，要把你带回巴东去。"覃义蛟说，"我们的白木船就在石牌岭下的湾子里藏着，夏元子和祥安都在那边等着我们，今天我们就走。"

玉蛟心里有话，却说："好，我跟三哥走。"

兄妹俩从养老坪回到牵牛岭的树林里，发现这里又来了不少新人，院长说昨天医院又增加了一批志愿者，有担架队的，也有当护士的。要尽快打扫完战场，抓紧转移到秭归、五峰、恩施那边去。

夏元子和祥安在那里候着覃义蛟，见他带回玉蛟来，高兴不过，又说："看到那个姓孙的女娃子也来了。"

玉蛟听在耳里，不觉惊讶地说："孙晓雯？"

果然是她，玉蛟多日未见的女同学孙晓雯。两人在野战医院的树林里相逢，孙晓雯还是老样子，穿一身白衫蓝裙，一副女学生打扮，猛然见了玉蛟和三哥覃义蛟，她兴奋地跳起来，抱着玉蛟拍肩打背，"原来你也在这儿啊？我还以为见不到你了呢！"

孙晓雯是在女中被炸之后，跟随学校老师和一些同学逃到秭归茅坪这边来的，本来是要想办法坐船去巴东，然后再去省府恩施，但石牌岭大战打起来，江面上一只行船都没有，她和老师同学也都就地加入了志愿者。听了表哥周捷的受伤前后，孙晓雯又是惊来又是后怕，"我一到这边就打听他，幸亏他只是受了伤。"

孙晓雯又忍不住说:"天啦,覃玉蛟!我表哥他从来没为一个女孩子动过情,生死关头他只给父母和你写了信,可见你在他心里有多重要。"

覃玉蛟听她这一说,又禁不住泪光闪闪,"晓雯,我要到重庆去照护他。"她目光坚定地说:"三哥,你听我说,我要去重庆找他,找到他照护他。"

看幺妹的神情,覃义蛟晓得她心里早就有了打算,他只能点头。

"玉蛟,你到底是个三峡的女子,讲义气。表哥要是见了你,说不定伤就会好一半。"孙晓雯又迫不及待地说,"玉蛟,是坐三哥的船吗?那我也要跟你们一起走,我要从巴东到恩施去。"

他们在牵牛岭医院里又忙活了几天,孙晓雯如愿以偿地跟玉蛟一起,上了三哥覃义蛟的白木船。藏在石牌岭下河湾里的白木船扯起缆绳的那一刻,江上的波涛轻推着船儿,一下下,像是在跟熟悉的桡夫子说话,覃义蛟心里敞亮开来。

他覃家兄妹也算是参加了石牌岭大战,为保三峡拼了命。老爹覃九河得知,一定会多喝一碗酒。老爹从不轻易夸人,但高兴的时候会叫多倒一碗酒,笑眼看人,那就是他老人家在夸奖了。

在这半个月的担架队吃了苦,算得是好几次死里逃生,捡回来一条命。当兵的没有亏待他们,临走时给了他们每人两块银圆,又给了覃义蛟一打牛肉罐头、两包奶粉和半箱清酒,是从日本军队那里缴获来的,更重要的是还给他们写了一张"抗日有功"的证明,盖了江防司令部的大红印。

义蛟把着白木船上的艄把,开心地想到很快就要见到凤娘,他要把前后经过一五一十说给她听。凤娘会心疼地把他的头抱在怀里,不住地亲。每次他在江上闯过风浪，回到家里之后，凤娘就会那样紧搂着他，让他的头贴着她丰满的胸脯，温温的，又软又结实，亲他抚摸他。

想到这里，他咂咂嘴笑了。

孙晓雯和玉蛟紧挨着坐在船头，一边说话，一边不时朝掌舵的覃义蛟那边打量，眼神里不加掩饰地含着欣赏。她嘴巴一努，胳臂碰了碰玉蛟，"你看三哥，他笑了。"

玉蛟抬头，果然见掌舵的三哥眼睛朝着江上，独自抿嘴笑着，也不知想到了什么。再转脸看孙晓雯，一直目不转睛地盯着三哥，便不由推了她一把。自上船以来，她就发现孙晓雯格外兴奋，说别的事心不在焉，但只要说到三哥，孙晓雯就兴趣盎然，一副打破砂锅问到底的架势，"三哥他读过几年书？一直都在巴东吗？除了把船，还干过什么别的？"

玉蛟先是告诉她，她有三个哥哥，大哥威严，二哥有学问，三哥从小当然也读过书。"我爹他虽然开船社，但最敬重的是读书人，把先生请到家里，教我们从小念书。三哥聪明，但读书不专心，先生拿起板子教训，他就从窗户里跳出去，下江玩水去了。回来爹要打他，我爹脾气躁，我妈求情都不管用，每次都让我去拉住爹的手，叫他别打三哥。我爹疼我，说好嘛，幺妹说不打就不打。"

孙晓雯羡慕地说："玉蛟，我要是你就好了，有爹疼你，还有三个哥哥。"

玉蛟白了她一眼，"别说酸话好不好？你一个厅长独生女儿，千金小姐一个，要什么有什么，不比我们峡谷里的船家好上千百倍？"

孙晓雯矜持地笑了笑，笑里有些得意，也有些不以为然。玉蛟搂住她的肩膀问："那位每周三次跑到女中来给你送花的王家大少爷，后来怎么样了？你相中他了吗？"

"覃玉蛟，你明知故问。"孙晓雯从义蛟身上收回目光，将两条腿伸到船舷外，一前一后地晃荡着，"那种夸夸其谈的大少爷，就会花他爹的钱，我要相中他，不早就跟他好了吗？"

玉蛟说："那还有洪家少爷呢？有一次他还开车堵在校门口，非要等你出来见你，门卫赶都赶不走。"孙晓雯说："呸！那个抽鸦片的大烟鬼，我才不见他呢。哎覃玉蛟，我和你分别才几个月，逃命都来不及，哪有心思想什么王少爷洪少爷的，你少跟我说这些，再说我就不跟你好了。"

"好，我不说了，你可别生气，谁叫你长这么好看呢！"

孙晓雯被玉蛟的话逗笑了，说："你不说说你自己，你和我表哥一见钟情，那才是难得的战地爱情呀。"她晃荡着伸到船舷外的两条腿，哼起电影《马路天使》里的曲儿："天涯呀海角觅呀觅知音，小妹妹唱歌郎奏琴，郎呀咱们俩是一条心，爱呀爱呀郎呀咱们俩是一条心……"

"幺妹！孙小姐！"船艄把舵的覃义蛟突然朝她们叫道。

"哎！"孙晓雯立刻清脆地答应，又忙问，"三哥，你叫我？"

覃义蛟却说："幺妹，你要告诉孙小姐，那样坐起要不得，西陵峡口上来，水更急了，快些把腿收回来。"

孙晓雯听话地说："好嘛，三哥。"玉蛟也忙说："好好，我们只顾说话了。"

眨眼间，白木船随江水的摇晃加剧了几分，覃义蛟扳着舵，叫道："幺妹，你和孙小姐两个进到舱里去，稳当些。"玉蛟答应着。孙晓雯一揪身从船头站起来，踮起脚朝覃义蛟说："三哥，你不要叫我孙小姐，你叫我晓雯。"

不想话未说完，一排大浪打来，船身猛地一晃，孙晓雯身子也跟着一歪，险些歪到船下去。玉蛟吓得从旁边一把紧紧抱住她，覃义蛟在船艄大喝一声："快进舱去！"

玉蛟把孙晓雯拽进船舱，一时有些惊魂未定，孙晓雯倒像是若无其事，站在舱门口还是朝掌舵的覃义蛟那边张望。玉蛟捡开舱里杉木条凳上的一堆汗臭衣衫，拍打着叫晓雯坐下，然后说："小姐，你不觉得你有些不对劲吗？"

"我哪里不对劲了？"孙晓雯低头打量自个，身上白衣短裙、黑漆皮鞋，都好好的，头发刚才被风吹得有些乱，她抬手摸了摸，马上就顺滑了。但覃玉蛟还是叫她孙小姐，拿眼瞪她，孙晓雯莫名其妙地问："我怎么了？就是不该把腿伸到船外边去吗？"

玉蛟没好气地说："孙小姐，你一直'三哥'长'三哥'短的，眼睛都快长在我三哥身上了。"

孙晓雯恍然大悟似的，睁大眼睛眨巴了几下，撇了撇嘴说："嘿，难道三哥他不能看吗？他又没有光身子，大白天的站在船上，看看又怎么了？"她仰起头说："我就是喜欢看三哥一副好身手，三哥配着这江水，两边的高山，简直就是一幅画……"

"孙晓雯，你还在'三哥''三哥'，你懂点儿分寸好不好？"覃玉蛟急了，口不择言地说。

孙晓雯不高兴地说："你倒说说，我怎么就不懂分寸了？"

"晓雯你要晓得，我三哥他可是有妇之夫，我的凤娘嫂嫂才貌双全，千里挑一，巴东城里找不出第二个，三峡也找不出第二个，我三哥和凤娘还有一双儿女，你……"

"覃玉蛟！你给我闭嘴！"

孙晓雯先是怔了片刻，继而柳眉倒竖，她一甩短短的黑发，就像发怒的狮鬃似的四散开来，她怒气冲冲地说："你能叫'三哥'，为什么我就不能叫？你跟我表哥好，那不是我介绍你们认识的吗？我有没有叫你懂点儿分寸？我就是想坐三哥的船看看三峡风景，夸了他两句，你觉得我占了便宜是不是？好，我给你船钱，你想要多少？"

孙晓雯一番狂风骤雨，怴得覃玉蛟张口结舌。特别是说到她的表哥周捷，更让玉蛟无法回击，只说："孙晓雯，你别扯远了，谁要你的船钱？"

"哼！我孙晓雯也是千里挑一，不不，万里挑一，想追我的少爷公子多啦，可以沿着江边从宜昌二码头排到桃花岭，不信你们再去看看？"孙晓雯越说越生气，声音也越来越大，夏元子从舱外探进头来，问道："二位姑娘，你们在吵么事？"

覃玉蛟笑笑说："我们没吵，在算数学题呢，是一千乘一万大，还是一万乘一千大？"

夏元子想了想咕哝道："那不都一样的吗？"

他走进舱来，俯身揭开两块舱板，从下边舱里掏出一袋炒熟的苞谷花，倒出小半袋在白汗帕上，往条凳上一放，"船过了西陵峡口，就要上崆岭滩了，三哥叫你们莫要乱动，饿了就垫补点儿这个。"

孙晓雯一旁耷拉着脸，也不理睬。等夏元子走出舱外，玉蛟凑到她跟前说："好了，你也晓得我这个人，直杠杠脾气，眼里藏不了假，心里藏不住话。你孙晓雯是千里挑一，万里挑一，女子学堂出了名的校花，谁人不知啊？"

"哼！"

"你校花就想，不跟她这山野女子一般见识。对吧？"

"哼，你倒说得轻巧。那我问你，我到底做错什么啦？"孙晓雯两手抱着胸前，一副得理不饶人的样子，"三哥又不是你一个人叫的，夏元子他们还不是都叫三哥，怎么我就不能叫？我就不能喜欢？"

覃玉蛟收了脸上的笑意，"我三哥一个村野船夫，赤脚两片的，能让你孙晓雯这么在意，我应该高兴才是。"她神色肃然地说："只是，我有了嫂嫂，嫂嫂她遭过几次难，她还救过我大哥，为三哥生下一双儿女，她是个好女人，我不能不把她放在心上。"

3

天黑了，一江大水与两岸的山峰像是连在了一起，只有目光锐利的水手才能分辨出江上闪烁的灯火是航标灯，而不是岸上人家偶尔闪现的灯烛。西陵峡口北岸有一小镇，叫"庙河"，那里铺展开一条连成线的灯火，诱惑着江上的船儿。

原本想将白木船歇在庙河镇的江边，但踌躇片刻，覃义蛟决定还是要继续赶夜船。白天的三峡上空仍然不时有日军飞机出现，它们飞得低低的，专门搜寻江面上的船舶，然后扔下炸弹。曾经遇到的轰炸，被炸成碎片的木船和四麻子，那满江血红的火光都时常就在眼前，他担心再次遇到，不得不冒险摸黑行船。

天黑之前，孙晓雯不听玉蛟的劝阻走出了舱门，她执意要坐在船头看风景。暮色中，起初尚能看到两岸峰峦层叠，南岸的山石煞是有趣，有的像马，有的像豹，而北岸那几座平列的山脊，从江边一直伸向半空，就像几条腾空而起的游龙。

随着夜色渐浓，山峰渐渐隐去，江岸的奇石怪岩也都变得模糊，只听夏元子他们的划桨声，伴随着江水沉闷的流淌，经久不息地响着，覃义蛟双腿像钉子一样扎在船艄，双手一高一低把着舵，峡谷的暗影将他的身形衬托成了一座雕像。

孙晓雯仍在赌气，玉蛟几次劝叫她回舱，覃义蛟在船艄也连叫了几遍孙小姐，要她坐回舱里去，孙晓雯都不怎么搭理，头也不回地坐在船头，就像没听见似的。划桨的夏元子放下桨片，从船舷那边走过来说："孙小姐，我们三哥叫你呢。"

孙晓雯这才回头看了看，故意大声说："你们三哥，又不是我的三哥，凭啥要吩咐我？我坐在这里又碍不着你们掌舵划桨，到了下船的时候，我给船钱就是。"

覃义蛟听来不禁心下奇怪，又觉好笑。

有钱人家的小姐脾气果真难以捉摸，她和幺妹不是一直好端端的吗？怎么一下就变了脸？要说他并不想让这女子上船，就是担心一个陌生的大小姐，坐在这带有风险的船上，让人心里多少有些不安。她不是一个什么厅长的女儿吗？等一等坐小火轮岂不更好？虽然江上的铁壳子船少，寻常人上不了船，但凭孙小姐的家世，肯定会有办法，那要比坐这白木船安全舒服多了。他背地里让玉蛟劝她去坐轮船，但孙小姐却执拗得很，非要跟玉蛟一起上这白木船。

不过，船上有了幺妹和这女子的说笑，哪怕是叽叽喳喳的拌嘴，划船的夏元子和祥安倒是比平日的劲头大多了，也不喊歇气，一白天就把船划到了崆岭滩。

崆岭滩就在三峡的庙河段。

走船的人一到此处，都要紧捏一把汗。在两岸悬崖壁立之间的大江湍流，到这里被逼到狭窄的河道中，陡然变得迅疾，于是上行的舟船步步都如登天。老辈人说"务空其岭，然后得过"，所以也称"空岭"，指的是船舶要过这滩，务必将船上的东西全都搬到岸上，清空船舱，才能上得滩去。等船过滩之后，再请背夫或让船工把东西搬回到船上。义蛟这次的白木船除了一点儿破旧行李，再无载运的货物，船身轻巧，夏元子和祥安背着纤绳从船上跳到滩头，游到岸边，将这船儿逆水拉动起来。

"青滩、泄滩不是滩，崆岭才是鬼门关"。

青滩泄滩其实也被叫作鬼门关，只是到崆岭倒觉得此处更是"鬼门关"，水深流急，礁石密布，行船人称那些礁石为"二十四珠"。"大珠"石梁长约半里，像一只猛虎雄踞江心，江流不得不分为南北两漕，南漕乱石嵯峨，水流紊乱；北漕弯曲狭窄，礁石交错，恶浪滔天。"大珠"以下又有"头珠""二珠""三珠"，呈"品"字形排列，扼守在南北两漕之水流出口处，且隐而不露。航运段多有记载，船至崆岭，"必从大石左旋，捩舵右转，毫厘失顾，舟縻石上"。枯水季节，崆岭滩"大珠"尾部的岩石上，可见三个大字："对我来"。

这字有人说是川江上的船老板死里逃生刻下的，有人说是一位商人拿钱请石匠刻的。商人的父亲从前也时常坐船到川上做生意，但后来不幸在此撞礁遇难，商人痛心疾首，寻访有经验的老船工，为提醒后人而刻下这三字。

船到崆岭滩"大珠"前，只有"对我来"才是求生之道。

义蛟深知，凡行船至此，应将船头笔直对准"大珠"尾部那块耸立的怪石，然后借助泡漩回流之推力，方能避开暗礁，冲上险滩。但那些从国外买来的铁壳子轮船都不晓得三峡险滩的奥秘，自从一八九八年江上出现轮船以来，已经接二连三地，有叫作"福来""福远""福川""福平""瑞生"的轮船在这里触礁沉没。老爹覃九河曾说，早年的一个寒冬时节，峡江水枯，德国的"瑞生"号轮船经三峡入川，来到这崆岭滩前，面对险礁恶浪，船长惊慌失措不敢前进，只得改用一名中国引水①来掌舵。这位谙熟川江航道的引水，将轮船按常规朝着"对我来"迎面而去，船长却以为他故意使坏，连声责骂，引水极力分辩，但船长反而越加恼怒，气急败坏之下，将那名中国引水一把推入江中，然后亲自操舵调转航向，想避开怪石。岂知那股强劲的横流将"瑞生"推着冲向"三珠"，在船长水手绝望的呼叫声中，随着轰隆一声巨响，"瑞生号"被撞得粉碎，德国船长和水手们无一幸免。

　　覃义蛟早已多次驾船经过此滩，此刻胸有成竹，仗着一双鹰眼两只铁臂，敢在黑夜闯过这崆岭滩。此时，义蛟把拉纤的夏元子、祥安叫上船来拿起撑篙，他赤脚扣住船板，赤膊搂着舵把，任江上的大浪劈头打来，身子纹丝不动，把稳舵借着回旋的江流之力，将船头直朝"对我来"而去。

　　"啊——！"

　　不料站在船头的孙晓雯惊恐地大叫起来。

---

①　引水：领航也称作"引水"或"引航"，是由熟悉港内航道、江河航道并具驾驶经验的专业人员，引领（或驾驶）船舶进出港口，或在江、河、内海一定区域航行，其目的在于保证船舶的安全航行。

眼看白木船就要撞上险恶的礁石，她一边惊叫，一边跌跌撞撞地扑向船舱。可那船头并未撞向礁石，却是神奇地擦石而过，紧紧贴近又互不相扰，两者之间仿佛早就有过约定，只是在此交错。一时间，眼看白木船就要逾过三珠，没想到受到惊吓的孙晓雯在船上站立不稳，朝外歪倒下去，竟扑通一声掉进了江里。

把舵的覃义蛟看得分明，脑壳里嗡的一下，大叫："元子快来！"夏元子奔过来，覃义蛟朝他怀里推过手上的舵把，没来得及说话，就纵身往江里跳去。

夏元子慌得喊道："三哥！三哥！"

覃玉蛟闻声从船舱里扑出来，夏元子喊道："孙小姐掉到江里去了，三哥他跳下去了……"

天都不晓得，这黑沉沉的江上，哪里见得人的踪影？只听恶浪扑打，江风劲吹，玉蛟肝胆俱裂，也只想扑进江里，祥安拉住她，一起朝江上哭喊："三哥！晓雯——！"

第十五章　第五十一次

1

阳光从峡谷顶上铺散的万道金光，总会将三峡向阳的草木都照亮，似乎每一片树叶都能看清茎脉，欢悦地朝着阳光伸展。这天的太阳格外明亮，曾家码头旁的那棵黄葛树虽然枝叶浓密，也都从叶缝里透出一缕缕金线似的光。小凤带着弟弟江娃最先发现这好玩的金线，就像有人牵起了一根根跳绳，引来街上一群娃娃的欢跳。

> 你跳一，我跳一，跳个老鼠背大米。
>
> 你跳二，我跳二，跳个青蛙过河去。
>
> 你跳三，我跳三，跳个黄牛耕大田。
>
> 你跳四，我跳四，跳个小马跑得急。
>
> 你跳五，我跳五，正月十五打腰鼓。

正跳着，凤娘远远地叫着："小凤，江娃，你们快过来！"

凤娘的声音急得像着了火，她一阵风似的从街上飘过来了。凤娘已经有三天三夜没有入眠，她的双眼深深地凹陷下去，黑眼珠就像深潭里的水，见不到底，身子单薄得就像覃义蛟每到春天给小凤姐弟做的风筝，走路不用脚，就那样飘动着，到了跟前。

小凤看凤娘满面焦惶，懂事地说："姆妈，我们没有下河玩沙子，今天太阳好，我和弟弟在这里跳金线呢。"

凤娘伸开双臂将他们揽在怀里，忧心忡忡地说："听姆妈的话，赶紧跟我走。"

她对那些在黄葛树下玩耍的娃娃们叫道："你们也快走，快些找你们的爹妈去！"

娃娃们玩得正开心，只是抬眼看了看她，照样跳着，"你跳一，我跳一，跳个老鼠背大米……"

凤娘焦急地喊道："娃们，你们快些走哇！"

小凤问："姆妈，为什么要他们都走？"

凤娘抬头看去，峡谷上空的蓝天，碧蓝得像是用江水洗过一般，看不到一朵云彩，常年飘浮在峡谷顶上的云雾在这个早晨却散得干净，平日那些灰色、白色的云朵就像皂角泡子一样被冲掉了，都冲到天的尽头，看不见的地方去了。勤快的女人都晓得，这应是洗晒床单、衣衫的好日子，一早起来，城里的一些女人就背着背篓去到了江边。这时候，她们已将洗好的花床单，长长短短的大小衣衫摊在了朱砂红的礁石上，就像把天上的云朵摘到了这里，散落着，任由人们的亲近。

绣儿这时从豆腐店里走出来，背着一个大背篓，也要往江边去洗衣裳。豆腐店门前正排着长队，岳老板站在柜台里卖豆腐香干，一块块白嫩的豆腐，他用竹刀划出来，排队的人挨个走到跟前，用竹篮或是大碗接了，满意地走开。

凤娘拉着小凤和江娃奔过去，叫了一声："绣儿，你们快走！"绣儿隔着人没听清，却朝她招呼："凤娘，你来得正好，今天店里的豆腐是新黄豆打的，你拿几坨回去尝尝。"

凤娘神色紧张地拽着两个娃娃，就像有人要来抢娃娃似的，她恳求地叫道："绣儿，绣儿！你莫要下河去。"

绣儿奇怪，阳光照到了小街上，脚下的青石板亮光光的，街面上的铺子都敞开了大门，恨不得把店里的东西都摆到街沿上来见见太阳，街对面的窗户撑出几根竹竿，把铺盖被窝都抖晒在了竹竿上。绣儿说："这么好的天气，我也去洗几件衣裳。我爹的袍子穿了一个冬天，我拿到河里去洗了，就着晒一晒。"

凤娘疾步走到跟前，极为担忧地拦住了她："绣儿，你莫要下河。"

绣儿越发奇怪了，"凤娘你怎么了？"她背着背篓，伸不直腰，要使劲抬手才摸到凤娘的额头，她想看看凤娘是不是在发烧，烧晕了头。但手碰上去她吓了一跳，凤娘的额头冰凉的。她这才发现，凤娘她面无血色，嘴上起了一圈燎浆大泡，眼睛里却像着了火，焦灼逼人。绣儿说："凤娘，你生病了？"

"我没有病。"凤娘忧伤地抬头看看天，又看看街上，透过黄葛树叶子洒下的金线一般的阳光，可凤娘却急得要哭了，"绣儿，今天不是好天气。"

绣儿被凤娘的神情镇住了。

"连续三天，都是大太阳，好怕人啊！"凤娘说，"三天都是大太阳，要出事了，绣儿。"凤娘说着脸色突变，她指着天上，"你听，绣儿你听……"

绣儿只看到峡谷上空晴空万里。但凤娘却大叫起来："快跑啊，大家快跑啊！"

没等绣儿再言语，远在天边，果然有嗡嗡声隐约传来。

街上的人们刚刚醒悟，嗡嗡的怪叫就在片刻之间从远处轰然而至。天啊！它们是从哪里飞来的？一大群凶恶的巨鸟，小城的人们已经不是头一次见到这些恶鸟，但这回多了很多，多得数不清，它们刹那间都聚集在了峡谷上方的天空，刚刚还灿烂无比的太阳立刻被遮蔽了，天地一片黯淡，没有了水洗的碧蓝，更没有了黄葛树下的金线。天黑了，小城也黑了，四面八方都黑了，乌鸦乱叫着，往屋顶上撞。

凤娘的裙衫扬了起来。她想用身子遮住她的娃娃，又想抱住树下的每一个娃娃，她极力大声喊着："快跑——快往石桥下跑！"

2

我在神女峰上与那群凶恶的巨鸟相遇，它们一次次掠过峡口，然后朝地面掷下巨蛋，翻滚升腾而起的毒雾，吞噬着三峡所有的生灵，奔跑或毫无防备的人和兽、鸟儿、树木花草都在烈焰中挣扎。

我能听见那些叫喊的声音，绝望而凄厉，那是死亡来临之际的垂死挣扎，含有无数的不甘和未解。我在烟雾中盘旋冲突，我只是一只古老而又年轻的凤鸟，我的翅膀被烈焰燎烤，我眼睁睁地看着这些可怜的生灵，却无力去解救他们。我的眼角在滴血，每一滴血落在滚烫的大地上，都会烙下一朵鸽子花。

询问过天地的三闾大夫屈原如果在世，一定会有一连串新的疑问，天地之间最大的幸运者是人，自然万物把最大的恩惠给了人，可人类却并没有珍惜，他们中间的一些人总在处心积虑地伤害自己的同类，把上天赐予的聪明才智用于杀戮，这是为何？

或许只有到了世界末日，人类才会明白，相互杀戮的最终结局就是全体灭亡，人类用各种愚蠢的办法争夺抢掠，在消灭同类的同时消灭自己。

我晓得，凤娘三天三夜未眠，这个聪慧的女子，敏感的女子，已经预感到阳光之下的绝好天气所隐藏的险恶，预感到那些巨鸟一定会趁着万里无云，俯瞰一览无余的峡谷，凶神恶煞地扑来。她提前告诉了夜里的打更人，让他传递给城里的所有人家，在太阳升起的时候，一定要躲到洞里去，躲进金子山的那些缝隙里，把身体藏起来，藏得深一些。可是没有人理会打更人的话，只记得打更人每晚敲响铜锣，"各家各户，小心火烛！"

却没有在意余下的话。

"各家各户，小心炸弹！"

打更人只会这么喊，他不知道该怎样表达凤娘的嘱托。

美丽的凤娘是这城里的好心人，又是一个奇怪的女子，她忧心如焚的样子让打更人不知所措。她说，飞机会来炸我们的，你一定要喊话给大家，要躲起来，一早就躲进山洞里去。打更人抬头看看清朗的夜空，不晓得凤娘的担忧从何而来，但还是听从她，在寂静的半夜敲响铜锣时，叫大家"小心炸弹"。

但第二天一早，太阳出来的时候，没有人想起昨夜打更人的提醒。

每逢峡谷升起太阳的日子，小城的人们都会多了快活，即使平时不怎么出门的大爹大妈也携着小儿走到了街上，满街都是花花绿绿的，那些从下江逃难来到小城的人也就着阳光做起了小生意，把身边携带的布料、糖果摆在了街面上，换得当地的一些苞谷、红苕洋芋，若能再换一些蒸熟的粑粑，那是更好。不管是荞麦还是高粱苞谷做的粑粑，只要拿起来就可以吃，都是拿钱都难买到的好东西。满街上的人都在太阳出来的时候收起了愁容，而凤娘却从太阳升起的那一刻疯了似的焦灼不安，她甚至都没来得及洗脸梳头，就披散着长发走到了街上。她逢人便以央求的口气说："你们没看见太阳出来了吗？快到洞里去吧。"

小城的人都以为我的凤娘发了癔症，大家看她是一个来路不明、有些奇异的女子，好端端时是一位妙手回春的医者，迷蒙的时候就像是在梦游。人们猜测，这些日子，她的丈夫覃义蛟走船在外，有人传说已是生死不明，她一定是思念过度又犯了病。人们在替她叹息，唉。凤娘她在街上焦急地走着，一遍遍重复她的话，让人们躲进洞去，可大家都以怜悯的目光回报她。

只有我晓得。

我飞翔在小城的上空，凤娘的焦急就是我的焦急，我追随着她急匆匆的步伐，我想帮她呐喊，声音再大些，让全城的老老小小都能听得见。只有我晓得，凤娘她是清醒的，她比这小城里的任何人都清醒，我祈盼，此时人们能听她的话。

可是来不及了。

那些巨鸟开始吐出一个个骇人的巨蛋。

我想阻止那些从我身边掠过的巨鸟，它们的翅膀几乎要绞断我的脖子，我凌空而起，我想请神女唤来巫山的风云，大风起兮，乌云来兮，或许可以挡住这些巨鸟的肆虐。可是这人世间的事情，天地不能干预，这是来自宇宙洪荒初始就有的一种规则，神女也无法改变。神女站立的山崖，可以看得很远，她眼中的悲悯让江水呜咽。

随着那些巨蛋的落下，小城顷刻间变成一片火海。

方才还是花团锦簇的街铺，一眨眼成了炼狱，一幢幢吊脚木楼就像纸片一般倒下，成为燃烧的干柴。一个个男人女人在烈火中扭跳叫喊，更多的人根本没来得及呻吟，就已经被埋在了火海里。那棵蓬勃的黄葛树也着了火，它抖动着，拒绝这突如其来的灼伤，树下的凤娘呢？凤娘在哪里？

我透过冲天而起的烟云，黑的紫的焰尘，污染了我的羽毛，我从东向西俯看金子山腰的县城，在一堆堆废墟旁，在那些侥幸站立的人群中寻找。终于在一座石桥旁边，欣喜若狂地看到了凤娘的身影，她带着一群娃娃，气喘吁吁地奔跑着，沿街不断倒塌的房屋追着她们的脚后跟，她回头叫着："绣儿，绣儿！"

叫绣儿的女子没能跟她跑过来。绣儿的爹刚才还在卖豆腐，店前排队买豆腐的人有说有笑，排了半里地，但一瞬间全都炸飞了，那些人的血肉飞到瓦砾上、扯断的电话线上、碾碎的白豆腐上，到处都是。我能看清却无法分辨。我只能在火焰的爆裂声中啼鸣，凤娘她却没有哭叫，她把娃娃们按在石桥下趴着，叫他们不要动，然后她在烈焰中奔跑，她此时就是我，她变成了一只鸟，她要飞奔着去救人。

豆腐店被炸塌了，绣儿妈被炸死了，绣儿爹岳老板大半个身子被压在了倒塌的房梁下。绣儿扯住她爹的手，拼命地往外拉，可半点也拉不动。她爹嘴里冒着血泡，已经是半死之人。绣儿只有哭喊：
"爹呀爹呀，你快出来呀！"岳老板听得见她的呼喊，却不能动弹，
只能用那只唯一能动的手在绣儿手心里抓挠，抓着抓着就抓不动了。
绣儿惊骇地一个劲叫喊："爹呀，你莫死，你莫死啊！"

凤娘飞奔过去了，她一个柔弱的女子，冲过烟尘，哪来的力气，
竟然双手掀起了烧得半焦的房梁，正在燃烧的火苗嗞嗞地吞吃着她
的手，撕烂她的皮，她拧着眉毛，瞪着凤眼，使出洪荒之力，举起
了那根被压倒的大梁，让绣儿把她爹扯了出来。

我无法阻挡那些恶鸟，它们像是要把这座小城炸成灰烬，巨蛋
又一次成堆地扔下去了。黑压压地，一个接一个，毫不留情地落在
了这片小城的街道、学校、医院、民房上。江岸码头连同趸船倾斜
地倒向江里，江滩上的棚子、小摊在剧烈的爆炸声中崩散开来，可
怜的洗衣的妇人们，东倒西歪地死在了她们晾晒的衣物旁。一个男
人从炸毁的书店里爬出来，他不顾一切地从石头木料堆里扒出纸笔，
而后举起一张墨汁未干的纸，向天呼喊纸上写着的数字："51"！

"天杀的强盗，炸了巴东五十一次！"

天地孕育的鸟儿只在天空中飞翔，在树林间栖息歌唱，这些由
人造出的巨鸟却专门投下杀人放火的巨蛋，我祈告天上的雷神，劈
了它们，劈了这些杀人的巨鸟。

我抖动金色的羽毛，再一次感到沉重呆滞，我是天地孕育的凤
鸟儿，我愿意陪同神女站立在这峡谷之巅，守望大江从雪山走来，
又向东海而去。可我又是一只与凤娘心神相连的鸟儿，我就是凤娘，
我原本就是人，人原来也是鸟。凤娘，为了那些粉身碎骨的生灵，
你奔走呼号，你的魂灵超越飞升，在彻夜难眠之中，我飞起又落下，

在这被炸毁的小城上空日夜悲鸣。

3

凤娘的手被烧伤了，她扯下裙子的一角，让绣儿给她绑起来。绣儿红肿着双眼，不住地流泪，"凤娘，要不是你，我爹也就和我妈一样没命了。"

凤娘和绣儿把岳老板抬到石桥下，桥下是一条干沟，逢到三峡大雨时，山上才会有洪水流到沟里，然后再流进长江。凤娘钻进石桥旁边的一个山洞里，拿出一个大背篓，里面装着一袋子苞谷粑，凤娘让小凤分给弟弟和娃娃们吃。先前在黄葛树下跟小凤和江娃一起玩的七八个娃娃，都被凤娘带到了这里，他们的爹妈还不知死活。

凤娘又从背篓里拿出两个木盒，一个装着药膏，一个装着药丸。她给岳老板烧伤的身子抹上了药膏，又让绣儿给他喂了两颗药丸，岳老板身上的疼痛就松活了好些。

凤娘的背篓就像一个百宝箱，绣儿见她不时掏出所需的东西，便问凤娘何时预备的，难道早早就藏在了这洞里？凤娘说是的。自从小城上空来过轰炸的飞机之后，公公覃九河不止一次提醒她，要有藏身之处，并派信陵船社的伙计帮她在凤祥药房的楼下挖出了一个防空洞。凤娘在那个洞里储备了吃食、松木，甚至被窝行李。她每晚睡不着觉的时候，就会寻思如何才能带着娃娃躲过突然的劫难，又想到如果街面上的木楼倒塌，楼下的洞口就会被堵死，到时候想出也出不来。于是她便沿街寻找，看中了下街这座干沟上的石桥。

每逢雨季，金子山上就会有一道道山溪水顺势而下，冲往县城的街道，古来便有了人工挖出的引水沟，也便有了跨沟而建的一座座石桥、木桥。这座离凤娘家不远的石桥为单孔青石桥，建得已有上百年历史，由一条条丈余宽，三尺厚的青石垒砌而成，十分坚固，任凭炸弹枪弹也只能削去些石屑。凤娘陆续往这桥洞旁的石洞里放置了一些药物，前日见天光灿烂，便又添了被褥、稻草、桐油，还有好些吃食，这时救了人的命。

一轮轮轰炸总算过去，那些该死的飞机飞走了，县城里的街道房屋被炸得七零八落，到处有人哭爹叫娘。凤娘安顿好岳老板和娃娃们，便要绣儿看着他们，她要去给人送药。绣儿说："你的手都烧烂了，哪里还动弹的？"凤娘说："我抹了药，不要紧的。"

凤娘背着药盒子，一路给碰到的伤者上药，很快就被人围住了。凤祥药房的两个伙计满头灰土地找到她，见凤娘正在给人上药，伙计就抹开了眼泪，说我们的药房也挨了炸弹，木楼都垮塌了，幸亏底楼没塌。他们从下面的防空洞爬出后门，到了江滩，才找到了这里。凤娘说："人活着就好。走，我们回去看看。"

从江滩过去，药房的后门尚完好，凤娘推门就要进去，伙计说："莫进去了，里边怕是还在掉石头。"凤娘说："躲着点儿，我要把洞里的药材拿出来，原先放在洞口的那几袋金银花、马桑根尤其要紧。"伙计几个见凤娘往里头去了，也只好跟着。

好在有后门透进去的亮光，看得见底楼的情形，一股浓烈的药味合着瓦砾、破木头的土腥味，上面的楼板塌下来，横七竖八支棱着，一碰就掉下一块。凤娘钻进去，从早先挖的洞里扯出几麻袋药材，跟伙计一起拖出了后门，说："你们仔细些，看底楼还有没有药，

276

都拿出来，先在这里堆起。我去到街上看看就来。"

凤娘在县公署破碎的石阶下碰到了县长于良仲，于县长带着一帮人正在炸烂的木楼旁扒着救人，见了凤娘就问："凤老板，有没有药？"

于良仲正急得嗓子冒烟。江防军在金子山、纱帽山等八处高地陆续安置的十六门高射炮，前几次日机来轰炸，高射炮还没来得及对准，扔下炸弹的敌机就飞走了。县里的士绅百姓都责怪不已。高射炮本不该县长管，但县长也是联防委员会的成员，于良仲接受教训，专门从恩施请来有经验的军官在高射炮营作了训练，这次日机一冒头，高射炮就对准飞机把炮弹射出去了。但不幸的是，十发炮弹有三发都是哑炮，弄不清是炮弹受潮还是别的原因，反正一炮也未打中。

于良仲心里恼火，又急又气地从县公署的巷子跑下街，只见到处都是废墟，小街被炸得稀烂，便忙着召集人沿街先救人。救起的伤者多半都是烧伤，还有一些中了弹片，血糊淋刺的，正在发愁无药可施时，忽然见凤娘背着药盒过来，于良仲觉得简直是来了一尊活菩萨。

但凤娘随身带的那盒药已用得精光。于良仲看了空药盒，无奈地说："满街都是伤者，医院也被炸了，这到哪儿再去找药？"凤娘却像是有备而来，出人意料地说："县长你叫人找两口锅来，再找几块石头垒个灶把锅架起。"于良仲问："是要熬粥吗？"凤娘说："一口锅熬粥，一口锅熬药。"

那些天，秋风亭上支起了两口大锅，凤娘叫伙计把自家药房的几口袋药材背到这里，按她的配方熬制起来。配方有好几种，一种是冬青叶，需要熬煮过滤，冷却后湿敷在烧伤的创面上；一种是马桑根或紫草根，也用文火熬制；还有一种是早已晒干研成粉末的大麻子、黄柏、栀子，用桐油调和在一起，即刻抹在烧伤的皮肤上。凤娘说了这些方子，于良仲如获至宝地一一记在本子上，发动县公署的人员到金子山、云沱、纱帽山上去采草药，然后大抱小捆地弄到秋风亭，煮的煮，煎的煎，再发放给小城里的百姓。

这天，比利时神父德尔沃把长袍的前襟挽到腰带上，从马鹿口的教堂匆匆赶到秋风亭，他从杜先生那里听说凤娘熬制了一些草药，给轰炸中受伤的人抹了很见效，马上想亲自来看看。马鹿口教堂已成了临时医院，神父收留了一些无家可归的受伤市民，教堂的每一个角落都挤满了床铺和担架。尽管粮食也不够吃，但目前最大的难处是没有药品。他对凤娘的草药半信半疑，但希望真的能找到管用的药。

这天在秋风亭见到正在熬煮药草的凤娘，德尔沃神父吃了一惊，"你是那个凤娘？"

神父对凤娘其实并不陌生，那年杜先生半夜里请他出手相救，让这个垂死的女人得以活命之后，神父有几次又见到她，却是容貌姣好、淡雅明媚的女子，坐在凤祥药房里宛如一束栀子花，让年长的德尔沃神父也不由暗暗欣赏。但眼下这个女人穿着一件破旗袍，长发蓬乱，面色焦黄，嘴角生泡，跟大街上那些流浪的难民一样，神父差点没认出来。

凤娘对神父很恭敬，知道了他的来意，便毫不犹豫地说："神父，您把熬好的药膏先拿一些去吧。"

她身旁的伙计守着一堆土陶药罐，罐里的药膏都是他们这些天没日没夜地熬制出来的。德尔沃神父用手指蘸了一点，抹在自己的手臂上，一股清凉渐渐沁入皮肤，甚至沿着手臂上行，沁入太阳穴两边的神经。德尔沃有些难以置信地看着手上的膏药，又看看大锅旁堆放的歪七竖八的草根、树叶，说："这是它们？"

一旁的杜先生和县长于良仲都说："是的，神父，凤娘就是用它们熬制出来的膏药。"

神父这时再看凤娘，惊讶地发现这女子的脸上自带有一样神情，从骨子里透出来，就如这三峡的山水，于静默中含有无限的坚韧。他转脸对杜先生说："This woman is amazing."

"I think so too. Priest." 杜先生说。

第十六章　秋风亭

1

于良仲刚才听见了神父和杜先生的对话，神父说："这个女子很神奇。"杜先生说："神父，我也这么认为。"

他看凤娘眉毛挑了挑，心里疑惑，难道她也听懂了？

凤娘正往熬煮的大锅里放洗净的药材，刚煮好一锅，这又叫伙计烧大火，再小火熬着。杜先生说："凤娘，你的两个娃娃还在石桥下，我把他们带到教堂里去吧，那里安全些。"

大轰炸后，杜先生带着火娃子从东瀼口划着小船赶到县城，帮教堂收纳伤员，还把绣儿爹岳老板也从石桥下接进了教堂，毕竟在桥下的干沟里，一床薄被挡不住露天的风寒。岳老板是个好人，市面上的东西都涨了价，唯独岳老板的豆腐豆干不加钱，杜先生得在他危难时多伸一把手。

凤娘说："杜先生，教堂里已经太多人，娃娃们不能再去添麻烦。我这边会把娃娃们安置好的。"

德尔沃神父知道杜先生也懂些医道，这时听了他的话，脸上露出笑容，捧起药罐看了又看，说："这是宝贝。"然后又指着亭子木凳上摆放的那排药罐，问凤娘："真的能给我？"

凤娘说："您拿一些去吧。"

神父高兴地一把展开身上的长袍"达拉里斯"，他的袍子叫作"修生黑袍"，白色的罗马领，神父平时穿得一丝不苟，这会儿也顾不得仪表，弯腰将袍子下摆翻了过来，想将那些药罐多兜些在怀里。凤娘取下挂在亭子旁香樟树上的一个竹背篓，往里头垫了些树叶子，替他将一个个药罐放了进去，说："神父，请用背篓吧，背起才好走路。"

县长于良仲说："神父，谢谢你对老百姓的救助，你先回去吧，我让人给你把这些药送到教堂去。"瘦高个儿的德尔沃却摆手，"不，我自己就可以，街上还有很多受伤的人需要你们。"

杜先生说："我来背。火娃子你留在这里，帮凤娘他们熬药，等教堂里没有了，你再送些来。"

于良仲说这样也好。凤娘又找来一个竹筐，杜先生和德尔沃各自背了些药罐，就要回马鹿口。于良仲说："神父，杜先生，你们也注意安全。"

德尔沃说："日本军队要是敢炸教堂，我就到红十字国际委员会去抗议。"

于良仲在秋风亭刚把德尔沃神父送走，魏警长提着一根警棍气咻咻地从亭子旁的石梯巷子爬了上来，见到于良仲就叫："于县长！你在这里呀，我找你好半天了。"

为了加强抗战，第六战区各县成立了警察大队，警察比往日增多了几倍，魏警长成了警察大队长，比往年更加威风。他向于良仲报告，说刚刚从巴东与巫山交界的牛口那边查到一伙偷运粮食猪肉出境的商贩，统统抓起来了。但县里的监狱围墙被日本飞机炸垮，原先关的犯人都在坝子里一排排坐着，眼下新抓的犯人不晓得往哪里关，怎么办？

于良仲听得嘴里咝咝吸气，魏警长见状凑上来问："县长你哪门的？"

于良仲捂住腮帮子，没好气地说："牙疼。"

因为战时粮食紧缺，湖北省政府和第六战区去年发过号令，禁止用粮食酿酒、熬糖，除了政府和军队需要调配，禁止粮食猪肉以任何方式出境，违者将从严处置。魏警长对于查处这类事很上心，抓来了一批又一批犯人，把监狱塞得满满的。于良仲说："你只晓得抓人，目前县里最关键的问题是救济难民，犯人往哪里关，你自己想办法。"

魏警长斜眼看了看于良仲，不怀好意地说："县长，这可是你说的？"

于良仲越发来气，大声说："我说的，又怎么啦？"

秋风亭那边的监狱确实被炸垮了，围墙也没了，那些犯了事的青壮汉子一个个坐在场坝里打瞌睡。过路的人都看得见。

凤娘听见于县长和魏警长的话，这时便上前说道："于县长，我看倒不如让那些大难不死的人去到街上帮忙搭棚子，眼下好多人家的房子都被炸了，晚上连个睡处都没得，涵洞、石桥下挤得到处是，正差人手清屋基搭棚子呢。"

魏警长生气地说："你是说那些犯人吗？"

凤娘说："我不晓得他们是不是犯人，我只晓得眼下最要紧的是救命！"

于良仲点头称是，说这倒是个好主意。叫魏警长赶紧召集警察把监狱里的犯人都带到街上去，连同那些新抓来的，除了给难民搭棚子，还有趸船码头、车站、医院、学校，都需要人手去修建。

魏警长狠狠地瞪了凤娘一眼，他来找于良仲，本心是想让县长给拨点钱，这下不但没钱，还要带着警察去干活，一肚子不情愿，板着脸说："哎县长，新抓来的审都没审，哪门敢放到街上去？再说修码头搭棚子这些又不是警察大队管的事，到时候该管的不管，不该管的又管了，上峰要是怪罪下来，我怕是不好交代。"

于良仲早就看出来，这魏警长一直把他当个书生，说话行事都没把他放在眼里，这时便毫不客气地说："你老魏弄清白了没有？什么叫该管的不管，不该管的管了，警察大队本来就是保护一方百姓平安的，现如今巴东的百姓遭了难，难道你们一个个袖手旁观？"

凤娘在秋风亭旁的大锅前叫："火娃子，快把桶提过来。"伙计们将煮好的一大锅药汤倒进两只桶里，凤娘叫火娃子挑到街上，让过往的百姓每人喝上半碗，说是为了防止瘟疫。

这两天虽然阴天，但县城街上的废墟里、小溪旁、树林中死去的人和动物尸体开始腐烂，臭味一阵阵弥漫，已经有人上吐下泻，炸伤烧伤的人都还没完全得到救治，又有了新的疫情，一切迫在眉睫。

于良仲晓得其中厉害，朝魏警长吼道："你听见了吗？还站在这里做么事？赶紧带人清废渣、搭棚子去。"

魏警长只好勉强点头，"要得嘛。"

他慢吞吞地往石梯巷子走去，又转身眼神诡异地朝凤娘看了看，想对于良仲说什么，欲言又止。

2

　　那会儿，炸弹扑通扑通地也落在了江对岸的官渡口镇上，随着巨大的爆炸声，烟火四起。镇上的人家都在奔跑逃命，唯有覃九河搬一把竹躺椅坐在了自家吊脚楼前的青石坝中间，他拔①起一袋旱烟，朝天说道："今天我就坐在这里，看你狗日的敢不敢把我炸死！"

　　杨氏从堂屋里奔出来，带着哭腔去拉他，"老把子②，你这是何苦啊？"杨氏想把他拉到吊脚楼后边的山洞里去，何曾拉得动？大媳妇碧蓉带着一屋大小已躲进洞里，大儿佑蛟与船社的伙计们都在龙船河湾子里，杨氏身单力薄的，只有急得跳脚。

　　覃九河狠命拔了一口烟，推开杨氏的手说："你莫拉我！要不你也找把椅子坐到我跟前来，好歹我俩是个伴。"

　　杨氏平时怕他，这时不要命地朝他凶起来："我才不跟你坐在一起挨炮弹，你这个砍脑壳，老不死的！我还有儿女要照看，我还要看到覃家的后人长成人！"覃九河听得哈哈大笑，"骂得好！你是我覃老汉的好女人！"

　　就在这时，一颗炮弹"轰隆"落在吊脚楼外的河坎上，一群鸟呼啦啦地乱叫着飞起来，也辨不出方向，有的撞在了墙上，有的扎进了青石坝子前头的大水缸里，扑腾几下就不动了。杨氏惊慌地看着贴有红膏药的日本飞机从头顶上飞过，那翅膀就像是要铲掉吊脚

---

① 拔：鄂西方言，这里是用力抽的意思。
② 老把子：三峡一带对老人的称谓，带有亲近的意味。

楼的屋顶，她禁不住浑身打战，死命抱住覃九河的肩膀，大哭着想把他拉扯起来。覃九河却是身子稳坐着一动不动，他把抽完的烟袋别在腰带上，抓住女人的手说："你莫号，你快些躲到后边洞里去，你给我好生些，活到起。"他咬牙切齿地说："老子今天就坐在这里，狗日的要是敢炸死我，你就叫后人们给我记住这笔血账！"

覃九河一把将杨氏推开。

不时在近旁落下的炸弹已让杨氏吓得半死，她缩起肩膀抱着两个趷膝，坐在了吊脚楼的门槛上，恨不得变成个小蚂蚁钻到地缝里去。但她不能走开，不能让她的男人孤零零地守在阎王爷跟前，她拉不走他，晓得他是一个碰到生死绝不软骨头的人，她一辈子信的就是他，只能陪着他。

覃九河在炮弹横飞的爆炸声中，稳坐在青石坝上，冷眼对着天空。也不知过了多久，直到那些嗡嗡叫的怪物飞得都不见了，守在他身后的杨氏跑过来，说："飞走了，都飞走了。"

杨氏把防空洞里的碧蓉和孙子，还有甘妈她们都叫了出来，大儿子覃佑蛟和管家顾择也慌不择路地赶回到屋场，听说覃九河居然一直端坐在青石坝子的中间，都吓得连声埋怨。覃九河却若无其事地叫杨氏和甘妈去把腊肉炖起，多炖几块，把船社的伙计们都叫过来吃。甘妈说："屋头的腊肉剩得不多了，最多只炖得出来一吊锅。"覃九河说："那就全部都炖了它，老子们今天没死，还不好生庆贺一下？"

吩咐完，就带覃佑蛟、顾择几个到前后屋场上查看，顾择他们刚从镇上过来，说那边幸好只有两三家的铺子被炸了。但覃家的吊脚楼顶被扫去一只角，山后的竹林里炸出一个大坑，倒是凤娘栽种的花草园子奇妙的毫发无损，那片独活开着黄花，有风时不动，无风时却兀自摇摆。覃九河叫了声："好！"

屋前的那棵香樟树也被炸倒了。

那棵香樟树在覃家大门前的河坎上不知已经度过了多少时光，覃九河儿时就听祖上说，这树至少已活了三百年，主干褐色的树皮裂出一道道深长的褶纹，树枝上却是青枝绿叶，每到春末便开出满树黄、绿的小花，散发出的清香会熏染到吊脚楼内外，一直飘散到河滩边上，从那里过河来往的人，还未上岸就会闻到香樟的味道。即使不开花的季节，这树也是香的，方圆数百米没有蚊虫蛇蝎。天热时，覃九河便让甘妈烧一大锅凉茶，抬到香樟树下，让过路人避暑解渴。

这时，见炸弹落在树冠上，硬是把这棵老树劈成了两半，被撕开的残缺树干白生生的，像是人折断的骨头倒在路旁，覃九河低头摸着，老泪纵横地说："这棵树是代我死的呀。"

他朝天连骂几声："狗日的，把我的香樟树都炸翻了？好嘛，要我砍，我舍不得，这下正好给我做一副枋子①。我就差一副枋子。"

覃九河叫顾择找人把香樟树收拾起来，先抬到吊脚楼的青石坝子上放着，他要找木匠给自己打一具棺材。

香樟树被炸倒了，但老根还在，顾择打算叫伙计们刨出来，免得在河坎上挡路，夜里看不见，会绊出一个大跟头。覃九河提着烟袋绕着树根苑苑看了一阵，说："莫砍，说不定会还发芽，你没听说老树发新枝？这些树的命比人要硬得多。"

---

① 枋子：指棺材。

顾择说："那是，后山上的好几棵柏树，都有千把年了，不晓得过了几个朝代，见过多少官。"

覃九河说："要不还是说那些树比人厉害啊。你看我们这里古来就叫作'官渡口'，又有哪个记得那些官，他们早就化作泥巴了。倒是这些树一代一代活到了如今。"

"你跟我把香樟树的根蔸蔸好生招呼起，几天不下雨就跟我浇点水。"覃九河说。

3

看船社的伙计们都还活着，覃九河敞开肚皮跟伙计们一起吃完甘妈煮的腊肉，还喝了一盅子酒，便立马叫大儿佑蛟找船过江去。

他坐在坝子里看得清醒，官渡口这边虽然也挨了炸，但炸弹大都投到江那边去了，县城里不晓得被炸成了什么样子，老三义蛟屋里，还有杂货铺曾子唯他们，也不晓得哪门样，要赶紧过去看看。

覃佑蛟听得此话，面有难色地说："爹，我看您家去不得，城里的码头都炸烂了，小火轮都靠不拢岸。"

覃九河说："哪个说要开小火轮？划个麻阳子就行了。"

佑蛟却还是说："城里不太平，爹你莫要去。"覃九河火气上来，"老大，我就看不得你婆婆妈妈，遇事都要想半天。炮弹在我脑壳上飞，老子就连眼皮子都不眨，还怕他城里不太平？"他说走就要走，佑蛟追上去，无奈地说："爹，我晓得您家是个硬气人，但这城里真是去不得，只怕有人等起的。"

覃九河这才听出他话里有话，再看他脸上急得鼻子眼睛挤成一坨，便站住了脚，问："哎，你有什么事瞒着我？"

佑蛟支吾着，他不想给爹再添烦恼。前些时他带着船队从西陵峡口返回，老三硬是去了宜昌那边，听说很快石牌岭就打起了大仗，也不知老三他们是死是活，更不知幺妹有无下落。覃佑蛟看得出爹妈嘴上不说，心里却是从早到晚揪扯着，背人的时候长声短声地叹气，老爹手里的旱烟没停过，抽得一个劲地咳，咳得弓腰驼背的，他也跟着难受。

覃九河见他神色迟疑，半天不说话，骂道："覃佑蛟，你是想急死老子呀？是不是老三他们……"

覃佑蛟连忙摇脑壳，覃九河说："那是什么事？你倒是快些说呀。"

顾择瘸着腿走到跟前，说："少板主，你就告诉九公吧，迟早他是要晓得的。"

原来，就在轰炸前一天，覃佑蛟的岳父宋老板从秭归那边派人紧急带信来，说巴东县警察大队派人到他们店里盘问，抓走了好几个人，罪名是从巴东偷运粮食猪肉、糖果苞谷酒过境，卖给了在秭归做生意的下江人。据报信的人说，巴东警察大队的人凶得很，在秭归那边抓了人不说，还放风要把后面的根子挖出来，肉是从哪来的？酒是哪里酿的，糖是哪家熬的？

覃九河心中大惊，他意识到，暗藏多时的危机就像峡谷里的蟒蛇，杀气腾腾又不露声色地潜行而来，说不定猛然就会扑上身，死死缠住人的脖子。他在这川江上行走了几十年，遇到的风险不计其数，过去他从未畏惧过，但随着年岁渐老，儿孙环绕，他发现自己担心的事情越来越多了。而恰在这乱世之中，他越想保住家人和船社的平安，反而越是危机重重。

宋老板跟覃家是姻亲，两家常年走动，前不久宋老板过寿，覃九河想到宋家平日没少给覃家帮忙，让佑蛟带着妻子儿女前去祝寿，把家里熏好的腊肉背去了几大背篓，足足有二百斤。难道宋老板没有留着自家吃，转手卖给了生意人？若是那样，可真叫糊涂！

作为巴东商会副会长的覃九河自然晓得这几年颁布的法令，第六战区每次发布新的法令，县长于良仲都会召集商会的会长们宣讲，这两年大家亲眼所见，种鸦片、卖鸦片的，私自熬糖酿酒的，偷运粮食、猪肉过境的，严重者不时被枪毙在江滩上，或抓进监狱。就连电报局的尤局长前些时也因为吸食鸦片并暗中倒卖文物被下令拘捕，这家伙不知从哪里得到消息，在抓捕他的头天晚上潜逃，不知去向。县里下了通缉令，也正在追捕。

覃佑蛟担心地说："秭归那边既然抓了人，没准这边也会找上门来，到官渡口来还好说，有我们船社的伙计们在，他们轻易动不了手，但要是进城去，就只怕是凶多吉少。"

没有被敌机炸死，却因违反政府法令落下私贩违禁物资的罪名坐进大牢，岂不活得冤枉？

覃九河暗自一身冷汗，但嘴上仍说："我们和宋老板只是亲戚人情往来，又没有倒买倒卖，怕他什么？我就进城去，看他警察大队来抓我？"

佑蛟着急地说："爹，您家也是一把年纪的人了，真要去坐班房，哪受得了那个罪？事情是我和碧蓉娘家引起的，要是让您家遇到什么事，我们心里一辈子也过不去。"

顾择也说:"九哥,您是船社帮主,大小事都会找到您家头上,您就听一句劝,这些时您和佑蛟都不要进城去,让我先过去看看,等事情过了再说。"

覃九河看顾择瘸腿拐得厉害,晓得他这些时劳累,腿上的疼痛又加剧了,又看大儿佑蛟搐着膀子,满脸胡子巴碴的,刚过四十的人已是老气横秋。这几年老二和老三都在外奔波,信陵船社和覃家一大家子人多半由老大佑蛟撑着,个中滋味只有他这个当爹的晓得。想到此,覃九河不忍心再让他们作难,便只有收回脚来,"唉,听你们的吧。"

覃佑蛟和顾择松了口气。

只听覃九河朝天叹道:"真个是明枪易躲,暗箭难防啊!我倒要看看,是哪些人非要跟我覃家过不去?"

第十七章　不期而遇

1

崆岭滩下的江水漩涡里，一条龙似的涡流吞吸着所有敢触碰它的物件，人在这时候也就只是个物件，跟那些大鱼小鱼、打烂的船板一样，被吸到龙涡里再也别想完整地出来。龙涡水像一个巨大的绞轮似的，将所有吸入的物件疯狂地绞动着，从水上挤压到江底，又从江底抛举起来，再一次地绞转。

孙晓雯从掉入江水的那一刻，大脑就进入了一片空白，恐惧像烟雾一样化去，她感觉自己身轻如燕，在云层里翱翔，又像是化作了一条鱼，不用费劲就追波逐浪。但很快她就感到胸口憋闷得要撕裂开来，她张大嘴，想要呼吸，龙涡水顿时毫不留情地钻进嘴里，她想紧紧闭住双唇，但凶猛的江水径直涌进喉咙，呛得她手脚乱扑，死亡的恐惧这时才极其强烈地袭来。

她只有拼命地挣扎，绝望地挣扎，想要撕破水的罗网，但根本无济于事。

就在她的意识即将完全模糊的那一刻，她的一只脚后跟被什么东西一把攥住了，铁钳一般倒拎着她，她头朝下地被扯出了漩涡。

等孙晓雯醒来，已是第二天的清晨，她躺在庙湾乡的警察所里，睁开眼睛，第一眼就看到了覃义蛟那张英俊的脸。她立刻想起昨晚差点丧命的经历，不觉恸哭起来："三哥，是你救了我？"

庙湾是在长江边上的小乡镇，医院离得十里远，覃义蛟半夜从江里救起孙晓雯，来不及多想，小跑着一口气把她背进了离江边不远的警察所。所里只有一个老警察和一个小警察，听说这女子是他从崆岭滩下的龙涡水里救起的，都惊讶万分。在庙湾这个地方，一年四季都会见到遭难的船只、溺水的亡者，也偶尔会有被救起的人，但被吸入那股叫龙涡的漩涡水的，没听说哪个能救得起来。

老警察一问覃义蛟的来历，得知他是上河帮覃九河的三儿子，这才相信，"难怪！原来是覃帮主的后人，覃家几代人都是水上蛟龙，才会有这般好身手。不过即使再好的水性，也架不住崆岭滩的龙涡水，你这是拿命在赌。这姑娘是你何人，你舍命去救她？"

老警察说得是，覃义蛟哪里不晓得龙涡水的厉害，只是见到孙晓雯掉下河的那一瞬间，他根本来不及思量，就毫不犹豫地跳进了江里。人家上了你的船，就是你要管的人，在这川江上正经行船的船老大，肯定都要守这个规矩。更何况，孙晓雯是么妹要好的同学，岂能见死不救？

但这些都是事后想起的，当时他其实什么也没想。

凭着从小就在川江风浪里钻行，义蛟他已经把三峡所有的险滩急流都摸透了，熟悉得就像他手上的掌纹一样，每一条水流的急缓，每一块礁石的大小凹凸，都在他的记忆里。但这龙涡水他却还是第一次闯进去，侥幸一把抓住了孙晓雯，若不是艺高胆大，又借着水势抱住一块水底礁石，才挣脱了龙涡的吸力，他差点也没能出来。

礁石的边缘像锋利的刀刃，把覃义蛟的肩膀、大腿剐出一道道深槽，老警察这里平日备着个救急的药箱，给义蛟清洗了创口，又上了些药，要给他包扎起来。

覃义蛟说："不用包，走船的人破皮伤骨，扯常的事。"

他坐在当门的矮板凳上，就着门外的亮光，搂起裤角伸长腿查看了自己的伤口，让老警察抓一把盐来。

老警察问他要做么事，义蛟说您家舍给我就是。他抬起汗毛森森的一只腿杆，从老警察递过的盐罐里抓起一小把，二话不说就在自己脚板上揉搓，搓着搓着就滴下血来。老警察吓得一跳，说："脚板上有伤，你还往上搓盐？疼不死你呀？"

义蛟的眉头拧成几道杠，手上糊满了血和盐，他咬牙又在大腿、肩膀的伤口上狠搓了几把。夜里背着孙晓雯从江滩石丛中踩过，伸手不见五指，只有估摸着朝岸上的方向而行，赤脚两片的，那些刀刃一样的石尖，再怎么闪躲也躲不过，凭他再是皮糙肉厚，也不晓得划出了多少道口子，两只脚板钻心的疼。不来点儿盐，莫非还等它烂吗？覃义蛟搓完伤口，疼得腿肚子直哆嗦，眉心冒冷汗，脚板心像有万根针在密密地往里扎，他抖动着腿，龇牙咧嘴地笑着说："您家这里要是有酒的话，这时候让我喝一盅，身上就不疼了。"

老警察叹道："咳，这几年禁止酿酒熬糖，好久都没闻到酒味了，哪来的酒？"他看义蛟这一番下死手地往伤口上抹盐，说："覃老三，我看你也是条硬汉子，跟你爹覃九公一样。川江上都晓得你爹是条好汉，你俩爷子长得好像，都是宽额头高鼻梁，脾气也像。"

覃义蛟笑了，"我赶我爹还差十万八千里呢。"又说："老警长，酒没的喝，饭总归要吃吧，我肚子饿得巴起了。"

老警察叫小警察把灶火烧起来，说："我哪是么子老警长哦？县里只有一个警长，那些家伙的威风我们也学不来。你看我们警察所这副样子，就晓得哈数①了，穷斯滥矣。"

庙湾警察所设在一家财主的吊脚楼里，财主一家早些年搬到了宜昌，吊脚楼空了些年，后来以抗战之名征用，县里让警察所住了进来。一层堂屋里挂了孙大总统的画像，案子上摆放了一些不知何年何月的黄皮卷宗，一碰就灰尘扬起，两支秃头毛笔，一根蘸水笔插在干了的墨水瓶里，最能显出公家味道的是案桌中间有一部黑色摇把子电话机。其他的铺排跟农户人家一样，睡觉的厢房留有房主的雕花架子床，灶屋有做饭的大锅大灶，盖着茅草屋顶的偏房里还养了一头猪和几只鸡。一老一小两个警察平时也没穿警服，县里的警察大队几年只发下来一套，遇到场面上有要紧事才穿一穿。这时小警察披一件对襟褂子在灶前烧火，熬了一锅苞谷面加野菜糊糊，咕嘟煮了片刻，覃义蛟再等不得，抄起灶上的土瓷大碗，不客气地盛了两碗，一碗自己捧着喝起来，一碗让小警察给躺在厢房的孙晓雯送过去。

孙晓雯已恢复了一些气力，躺着正想坐起来，见小警察捧来一碗黑不溜秋的苞谷糊糊，稀汤汤的掺着一些碎菜末，像是半生不熟，不由别转头去，说："这都是些么东西呀？"

小警察鼓起眼睛说："小姐，如今能吃到这个就算最巴适的了。"他和老警察三年多没领到饷银，吃喝靠老警察仗着跟当地人多年的交情，东家凑西家送，此外小警察也只能算半个警察，平日有一多半时间在坡上种苞谷红苕、洋芋，这才从土里刨出些吃食，勉强填

---

① 哈数：名堂、情况、底细的意思。

饱两个人的肚子。

小警察回到堂屋里说:"那个小姐她不肯吃,嫌弃得很。"

覃义蛟把那碗苞谷糊糊从他手里接过来,走进厢房,放到孙晓雯床前的桌子上,马着脸说:"早晓得你不想活命,我就不该拿命去救你。"

义蛟往跟前一站,孙晓雯就觉得有一股阳气逼了过来,她看他进屋时腿一瘸一拐,又看他赤着的膀子上、胸面前抹得黄一道黑一道的,便在床头朝他倾过身子,关心地问:"你身上这么多伤?都是为救我弄的吗?"

义蛟无语。孙晓雯叫了声:"三哥!"眼里就噙满了泪水。

自从醒来之后,孙晓雯一直躺在床上后怕,当时不该不听覃义蛟和玉蛟的招呼,非要赌气坐在船头,实在是小看了三峡的险恶,若不是三哥冒死相救,她就是有十条命也葬身江底了。

但又转念暗想,因这一场遇险,才能与这壮硕阳刚的男子单独相处,还如此亲近,即使听他训斥,心里也有一种奇怪的兴奋。这到底算是她人生的劫难呢,还是难得的机缘?她一时还未想明白。不管怎样,她红着眼圈说:"三哥,我孙晓雯现在的这条命是你给的,以后你说什么我听什么。"

"我没什么说的,你还是先吃饭吧。"覃义蛟说。

孙晓雯一把端起那碗苞谷糊糊,大口大口吃起来,吞咽得急,差点一下噎住,她伸长脖子,又止不住咳嗽。覃义蛟见状,只好上前扶住她,朝她背上拍打了几下。孙晓雯扭过身子,放下碗抓住义蛟的一只手,热切地说:"三哥你放心,我一定会报答你。"

覃义蛟像被火烫了一样,嗖地抽回手来,"哪个要你报答?你赶紧吃你的。"不等孙晓雯再开口，他几步就退出了厢房。

这天在庙湾警察所里，那部黑色的摇把子电话机一直在忙，老警察呼噜呼噜摇个不停，先是摇到县电信局，要那边再接到恩施，又要恩施的接线员，找省民政厅的孙厅长。接线员问有什么事，一个乡警察所为什么要找孙厅长。

老警察扯起喉咙喊："孙厅长的姑娘在我们这里——"

不是他要故意大声喊，用摇把子电话都是这么喊话的，不然两边都听不清。孙晓雯那会儿吃过苞谷糊糊已下了床，用山泉水洗了把脸，就让老警察给省民政厅打个电话。老警察和小警察先是被洗过脸的孙小姐惊住了，这小姐就跟画上的人儿一样，那般明丽高贵，简直都不敢拿正眼看她。再听她说明缘故，更是大吃一惊，说搞了半天，孙小姐的爹是省府的大官啊。

老警察连忙抓起摇把子电话就摇，从上午喊到下午，终于一站接一站地，把电话摇到了省民政厅。

孙厅长据说到湘西龙山赈灾去了，民政厅又一路把电话摇过去，到晚间才找到了孙厅长接电话，孙晓雯在电话里一听到她爹的声音，就想呜呜地哭出来，却咬紧牙忍了回去，她说："爹爹，我掉到江里了，是覃义蛟救了我。"

孙厅长在电话线那边连问："覃义蛟？谁是覃义蛟？"

2

覃义蛟没在摇把子电话跟前，他到江边上找船去了。

他心里惦记的是白木船，不知船上的玉蛟和夏元子、祥安他们是否平安，要是没出事的话，白木船是往上水去了，还是停靠在庙湾？

沿着峥岭滩岸边的礁石丛，覃义蛟上下寻了好几里地，也没有看到期盼中的白木船，便猜想夏元子他们是把船往上水划走了。但在江边没站多久，覃义蛟就碰到了从上水放排下来的木筏子，他打了一声哦嗬，问有没有碰到上河帮的白木船。

放排人站在江水中的木排上，喊话说好像是看见了，但从船边上过得急，没有搭上话。

覃义蛟刚放下心来，却听放排人又喊道："你是覃三哥吧？下来好久啦？晓不晓得巴东县城遭了大轰炸，全城都炸得稀巴烂啰！"

一听此话，就像峡谷顶上打了个炸雷，覃义蛟顿觉五内俱焚。

天都不晓得，凤娘和娃娃，老爹他们会怎么样了？他站在江滩上，一时恨不得立刻插翅飞回巴东去，他撒腿就往峥岭滩的绞滩站那边跑，想在那里能等到上滩的船。

但他到了绞滩站，在滩口站了大半天，腿杆都站直了，也没搭到上水船。天色变得漆黑，小警察打起火把在找他，先在庙湾镇上找了一圈，又沿江喊过来，忽然见覃义蛟站在乌漆麻黑的江边上，一动不动像只青鸟，便扯起嗓子大叫："哎呀覃三哥，你站在这里干啥子？孙小姐都急疯了，怕你出了事。"

覃义蛟闷闷地说："我没出事，我家里出了事。"

小警察一听是巴东城被炸，覃家一屋大小不知死活，也跟着着急，覃义蛟望着江水说："我就在这里等船。孙小姐就拜托你们两位了，劳烦你想法子把她送到她想去的地方。"

小警察赶紧说:"刚才孙小姐跟她爹通了电话,说明天会有民生公司的上水轮船打庙湾过,覃三哥你岂不是正好也坐他们的铁壳子船?"

"真的?"

覃义蛟一听,有些意外,不觉惊喜交加。当下便跟小警察回到了警察所。孙晓雯正等得心焦,见他终于回来了,亢奋地拉住他,说明天就有船来,她和三哥一起坐船走,她爹爹说了,一定要好好答谢救命恩人。

义蛟也不愿多话,爬到板楼上的稻谷草里窝了一夜,早起天不亮,就催着孙晓雯到江边去等船。

翘首以盼到了中午,果然一艘铁壳子轮船从下游远远而来,这铁壳子客船两侧漆着船名"民望",上滩时加大了马力,"突突"的声响震得峡谷山间的猴子窜出林子,冒出头来打探几眼,又嗖地闪到了树后。船顶的烟囱冒出一股浓浓的黑烟,老远就飘来呛鼻的味道,随着船靠近,煤炭机油味也越加浓烈。

快到庙湾滩口时,"民望"拉响了汽笛,老警察他们划着备好的小弯豆角船,把孙晓雯和覃义蛟送到了轮船旁。

临别之际,义蛟朝弯豆角上说:"大恩不言谢,等我日后再到庙湾来报答两位。"穿得跟峡江老农一般的老警察说:"覃九公的后人,那是我们该照应的。孙小姐,倒是在你爹面前替我们多说几句好话,要当官的给我们巴东多拨些款子,至少把我们的饷银发了。"

孙晓雯先前被救上岸时,全身的衣服都成了"刷刷"没法再穿,这时身上裹了小警察的一件对襟褂子,袖子破出几个豁口,腰身也过于肥大,她卷起半截袖子,在腰间系了根草绳,看上去倒还是别有风情，她脸上桃红花色，笑意盈盈地说："我记下了，一定给我爹爹说。"

"民望"船在滩口停顿下来，船上放下舷梯，一个领口打着蝴蝶结的管事站在舷梯口，将覃义蛟和孙晓雯迎上了甲板。管事客气地说："请这边来。"

覃义蛟的白木船多次在江上与民生公司的"民用""民望""永丰"这些客船相遇，但他上得船来，还是头一次。管事前面走着，将他们二人引进了船舱，舱里已载满了客，连甲板上也挤挤插插坐满了人，楼梯口下的统舱里冒出一股闷臭味儿，躺着坐着的也全都是人。管事领着他们从人堆里穿过，顺着走廊上了二层，人便少了些，靠近船尾的过道中段，横着一排矮木栏，上面挂了一块黄底白字的木牌："非船员不得入内"。管事伸手把木栏小门打开，请义蛟和孙晓雯过去，然后轻轻推开走廊尽头的大门，说："请进吧，总经理在里面等候二位。"

"总经理？"覃义蛟吃惊地问。

管事低声说："是的，我们民生公司的陆总经理。"

覃义蛟更是吃惊，难道是鼎鼎大名的陆祚孚？川江上下如雷贯耳的船王？这些时从汉口到宜昌，从宜昌经三峡到重庆的物资抢运，据说就是他亲自指挥的。覃义蛟的白木船队在宜昌码头上货的时候，时常听说担任国民政府交通部常务次长、民生公司的陆总经理来到码头查看，可惜无缘得见。没想到在这"民望"号上，陆总竟会接见他们，这无疑是看在孙晓雯父亲的面子上，但也令人十分意外。

"哎，你发什么呆？"孙晓雯在门前碰了碰覃义蛟的胳膊，"快进去呀。"

覃义蛟这才回过神来。那扇乳黄色的舱门敞开着，他一步跨了进去，只觉眼前豁然开朗。舱尾的这间房可以毫无遮挡地看到大江，前行的轮船搅动起翻滚的江涛似乎就在玻璃窗外，时刻追随着，朝着他们扑卷而来。玻璃窗下，摆放着一圈色泽深黄的中式藤椅，藤几上有一小筐红橘，两杯清茶，一个身穿派尼司西装，头戴巴拿马草帽的男人正在低头看一张报纸，听得门口有人进来，即抬头说道："哦，请进。"

3

衣衫褴褛的覃义蛟和孙晓雯站在门口，跟眼前的摆设和人家的穿戴相比，显得实在不堪，连一直裹着对襟褂子笑嘻嘻的孙晓雯也面色尴尬起来。覃义蛟有些忐忑地上前说道："您好！陆总经理！"

派头十足的男人站起身来哈哈一笑，摸了一把唇上的八字胡，说："我不是陆总，我是他的秘书。陆总在里边屋里接电话。"

这时从套间门里走出一个五十上下的男人，中等偏瘦的个子，身穿一套浅灰色土麻布裤褂，平头瘦腮，看上去还没有旁边的管事神气，更不如这位穿派尼司西装的男子讲究，但一双目光扫过来，却是炯炯发亮。他和蔼地开口说道："你就是晓雯？"

孙晓雯意会过来，忙叫了一声："您是陆叔叔？我爹爹说您的船会来接我们，没想到您也在船上？太好了。"

"我也正好要到重庆去。"陆祚孚指了指窗下的藤椅说，"快请坐，随便坐。"

"谢谢陆总经理。"覃义蛟和孙晓雯不约而同地说。

"你们叫我'陆先生'好了，我年轻时就是一个教书先生，那时候跟你们现在年纪差不多。"陆祚孚兴致颇高地叫一旁穿西装的那位，"王幺师你也坐下，跟两位年轻人一起聊聊。"

待他们坐下，陆祚孚叫管事新沏了茶，端到他们跟前的茶几上，便朝覃义蛟问道："你是救晓雯的覃少主？"覃义蛟站起躬身行礼，然后说道："不敢称少主，回陆先生，我叫覃义蛟。"

陆祚孚含笑打量着他，说："坐下吧。你是覃九公家的老几？"

"陆先生您认得我爹？"义蛟有些惊喜。

"哦，但凡在川江上走船的人，哪会不认得覃九公？宁舍三座庙，不舍覃九公，江湖上的人都爱这么说。我听说九公一个儿子当了兵，一个儿子守船社，还有一个老三在帮政府抢运物资，那个老三就是你吧？"

没想到这陆总对覃家这般看重，覃义蛟连忙点头，"陆先生，我就是覃家老三，前些时，我们的船队一直在按您家的指挥，从汉口到宜昌，又从宜昌到重庆，来回走了好多趟。"

陆祚孚关切地问义蛟的船队遇到几次轰炸，有多少伤亡，现在情况如何。覃义蛟见他平易近人，又对自家知根知底，心中的忐忑无形中化为乌有，便把遇到的灾祸一五一十道来。陆祚孚认真地听着，叹息道："这次大抢运，三峡两岸的百姓作出了巨大牺牲。我们民生公司也有十六艘船被炸沉炸毁，六十九艘船被炸伤，有几百名员工牺牲伤残，他们有好多都是峡江人。"

王幺师在一旁插话："陆先生，我们损失的船只不止这些，还有征用阻塞水道的五只，军公运输受损五只，被日寇劫持了五只，这还不含趸船和驳船。"他盘算着，说："初算起来，民生公司损失的轮船吨位达两万多。陆总，您的一点老底都快赔上了。"

陆祚孚说："赔光了都值得。晓雯，覃义蛟，我要说给你们这些青年听，我们这次大抢运一共向四川转移了一百五十万人，一百万吨货物，其中抢运入川的学校就有复旦大学、中央大学、金陵大学、武汉大学、山东大学、航空机械学校、中央陆军学校、国立戏剧学校等上百所。"他扳着指头数过来，"还抢运军工厂、飞机厂、无线电厂、钢铁厂、纺织厂、被服厂几百家。"

"这些工厂现在已经逐步在重庆恢复生产。"

覃义蛟暗暗吃惊，看来面前的陆先生无时不在为抢运盘算，一个个数字脱口而出。

陆祚孚神情振奋地说："石牌岭大战应该就有后方军工业的功劳。这次抢运出的兵工厂和民营企业的机器设备，每月仅手榴弹就可以造三十万枚，迫击炮弹七万枚，飞机炸弹六千枚，十字镐二十多万把。我们抢运到前线，大大增强了中国军队的战斗力，阻挡了日军的西进。"

孙晓雯跟着不时发出惊叹，抢着说："覃三哥他也参加了石牌岭大战呢。"

"哦？"陆祚孚打量着覃义蛟。

义蛟忙说："哪里是参战？我们只是参加了担架队，帮着抬伤员。"

"那也了不起。"王幺师拿出刚才看的报纸，说，"你看人家《新华日报》上怎么评论石牌大战的。"孙晓雯一跃从他手中拿过报纸，"我看看。"

她看着看着读了出来：

"石牌要塞还是屹立着"——这几个字在鄂西会战时，正像闪电似的传遍了世界，所有爱自由的人们的心，都为中国英勇将士能坚拒敌人于陪都大门之前面赞誉交加。后方的同胞也为这件事而兴奋着，有些人曾以石牌来比拟苏联的斯大林格勒。当记者抵达石牌前线，到处采集作战史迹之后，深感使石牌要塞屹然不动的主要因素，既不是深沟高垒，又不是最新武器，乃是我江防部队英勇作战的战斗精神！也只有这一点，差堪比拟斯大林格勒的英勇守军！一九四三年七月九日《新华日报》评。

孙晓雯由衷说道："三哥，你和陆叔叔都是英雄啊！"

覃义蛟一时沉浸在陆祚孚说到的抢运，还有孙晓雯刚刚读过的报纸中，他没想到他参与的抢运会这么重要，也没想到石牌岭的那场大战会引得世界关注。从前他只是一个按照老爹的吩咐，在川江上跑船的梢夫子，一心恋着妻子儿女的峡江男人，但此刻，他发现白木船所承载的已不仅仅是养家糊口的货物了，他划动的每一桨都似乎跟二哥说的不当亡国奴，县长于良仲说的保卫三峡、保卫长江有着关联。

他心里涌起一种自豪感。这时，他才觉得，坐在陆祚孚面前有了一种底气。

王幺师："你们听说过没有，收音机里转播英国新闻评论，说中国长江大抢运堪比英国的敦刻尔克大撤退，一九四〇年五月，英国海军调动所有的水上运输工具，用十天的时间将被围困在比利时敦刻尔克的三十余万盟军，从德国空军的狂轰滥炸中抢运回了英国，被称为著名的敦刻尔克大撤退。他们依靠的是一个国家的力量，汉口、宜昌的大抢运和大撤退则完全依靠的是您陆总民生公司和川江上的船工，我看这两次撤退都会载入中外战争史。"

陆祚孚说："载不载入战争史我倒不在意，我在意的是抗战胜利，和平早日到来，百姓安居乐业。"

义蛟从他们言谈中得知了不少全国抗战的战况，还听出这位王幺师并非一般的秘书，他已跟随陆先生多年，相濡以沫，还是陆先生与外国商人打交道的翻译。

只见王幺师故意笑着说："我现在抽一口烟，陆先生不会在意吧？"陆祚孚皱起眉毛做出无可奈何的样子。王幺师扬了扬手中的烟斗，对覃义蛟他们说："陆先生这个人不抽烟不喝酒，跟他在一起，我都快成修道士了。"

王幺师点燃烟斗，说："陆先生您晓得不？刚才这两位年轻人进来，错把我当成了您。"

"这也不是第一次了，你这套西装穿得派头确实比我像老板，但派头是派头，哪有我的土麻布好。"陆祚孚整整衣领，惬意地说，"我就喜欢我们合川织的这种土布，从小就穿它，巴适得很。"

窗外的江面上波涛翻滚，一层层黄白夹杂的浪花像煮沸的水，不停息地翻腾着，覃义蛟发现，相比白木船，这铁壳子的"民望号"速度快多了，两岸的山峰不停地往后退去，像一卷长长的拉不断的画片。陆祚孚看他眼睛朝着江水，也站起身走到窗前，感慨道："长江处处都是美景，但唯有三峡的美是天下独有的，高山大川，怎么看也看不够哇。南北朝的郦道元所作《水经注》中写道:自三峡七百里中,两岸连山,略无阙处。重岩叠嶂,隐天蔽日,自非亭午夜分,不见曦月。"

郦道元的这篇古文,覃义蛟小时就曾听杜先生教过,他也背得,没想到船王陆先生竟能一口气一字不差地背诵出来。他看这陆先生的做派不像个船王,倒像二哥那样的读书人。也难怪,听说陆先生年轻时还办过报纸,有文气,爱这三峡,爱到了骨子里。

"故渔者歌曰:巴东三峡巫峡长,猿鸣三声泪沾裳。"陆先生悲怆说道,"我大好河山,却被日军逼到了家门前,不得不决一死战啊。"

第十八章　山鬼

1

轮船前行，右前方出现一片黄色的悬崖，岩壁上一个个黑点，随着船走近，隐约看到是一些个小黑洞。孙晓雯好奇地问："那就是悬棺吗？"王幺师说："嗯。我曾经想爬到那山上去看一看，那些悬棺到底是怎么弄上去的。"

孙晓雯盯着岩壁数来数去，没有数清有多少个。

覃义蛟在这江上只顾划船，听老爹说，上几辈有人爬上去看过，以为悬棺里藏得有宝贝。孙晓雯问找到宝贝了吗，覃义蛟老老实实地说："不晓得。"

陆祚孚也久久地看着玻璃窗外的大江，突然朝义蛟说："回去跟你爹覃九公说，你到我身边来做事，要得不？"

覃义蛟十分意外。

管事进来，说该用晚餐了。覃义蛟连忙告退，但陆先生却说："正是为你们二位年轻人准备的呢。"

王幺师说："陆先生平时饭菜很简单，只有青菜豆腐加合川的辣豆豉，今天破例让厨师炒了一个鱼香肉丝，烧了一条刚从江里打上来的长江鲫鱼，外加酸辣泡菜，青菜汤。"席间，陆先生盯着覃义蛟骨骼粗大的一双手，像抓钩一样拿着筷子捧着碗，狼吞虎咽不止，不觉笑了。

覃义蛟不好意思地放慢了嘴里的咀嚼，陆祚孚却说："只管使劲吃，能吃的人才有力气。我爷爷雇工出身，他老人家饭量大得很，敞开肚子一顿能吃一甑子①，巴掌大的腊肉片要吃一大海碗。"覃义蛟说："您家今天桌上没得腊肉，要不然我也能吃一海碗。"陆祚孚笑道："桌上没得船上有，王幺师，你叫厨子明天给覃老三煮点儿腊肉，让他好生吃几顿。还有，从宜昌抢运出来好些肉罐头，你们要不要也尝一尝？反正我是不喜欢吃那些家伙。"

覃义蛟说："我和我爹也不爱吃。"

陆祚孚说："我们的口味看来差不多。"他扒了半碗米饭几口青菜，就放下了筷子，说："覃九公的儿子差不了，老三你晓得不，你家老二是我，还有一位老朋友一起介绍到刘湘那里当副官的。"他目光殷切地看着义蛟，"你爹要是答应让你来，今后我可以送你到英国去学习两年，回来给我们民生公司开大轮船。将来民生公司要把那些外国船都收购下来，让长江的江面上就只有我们中国船。"

"陆叔叔您可真有气魄。"孙晓雯高兴地拍手，"三哥，你还不赶快答应？"

"陆先生，您家的话当真？"覃义蛟问。

陆祚孚正色道："现在是什么时候，这种事开得玩笑？"

覃义蛟其实早已动心。他从小在木船上摸爬，当那些速度越来

----

① 甑子：木头做的蒸具，形似水桶，大小不一。

越快的铁壳子船打他们的船边经过时，白木船总会被卷起的波浪打得东摇西晃，他和船上的桡夫子都会朝着铁壳子船日撅一句，心里却有说不出的羡慕。而今赫赫有名的陆船王亲口让他到民生公司的大船上来做事，他受宠若惊，一时不敢相信。但看陆先生的样子不像是说笑，便犹豫着说："陆先生瞧得起我，我先要多谢陆先生。只是信陵船社现在也差人手，这两年船毁了不少，人也去了不少，我要回去跟我爹商量，听听他老人家的。"

陆祚孚点头，"嗯，你爹是有见识的人，听他的没错。不过你替我给他带句话，长江后浪推前浪，一代要比一代强才是。"

孙晓雯笑着说："陆叔叔，您的眼力真好，三哥他就是一个当大船长的料。他之前本来是要到宜昌接着念书的，但他就喜欢在长江上驾船，十几岁就当了舵手。"

"晓雯你对覃家的事还晓得不少。"陆祚孚也笑着说。

"那当然。"孙晓雯得意地说，"陆叔叔您没看到三哥他在船上把舵的样子，就像米开朗琪罗的雕像大卫。"她捏起拳头鼓着劲，"全身肌肉硬得像石头，线条好有力……"

"孙小姐，你在说什么呢？"覃义蛟面红耳赤，不知所措地差点把碗碰到地上。孙晓雯嫣然一笑，"陆叔叔你看，三哥他还不好意思，他这人就这样。"

覃义蛟心里十分恼火，孙晓雯当着陆祚孚的面，偏要跟他做出十分亲热的样子，这让他尴尬地坐立不安。陆祚孚看在眼里，说："时间不早了，你们这些天也够累的，王幺师你把管事叫来，替他们安排一下。"然后散了晚餐。

管事把孙晓雯安排在了头等舱，王幺师给她一套换洗的裙子，说是早先从上海买了要送给女儿的，见孙晓雯一身破衣烂衫，便大方地送给了她。管事这边又把覃义蛟安排到船上水手的房间，义蛟得令似的飞快逃离了孙晓雯。

二副三副，还有几个水手都住一间大舱里，船舱虽小，但还收拾得干净，覃义蛟见舱里一时没人，便找了角落一个没搁东西的床上躺了一会儿。他心里暗自欣慰的是，先前在崆岭滩等船时打听到了家里的消息，有一艘跟上河帮相熟的盐船，从奉节下来到秭归去，说近日在巴东城里见到过凤娘，说她看病熬药，救了不少人呢。义蛟一听喜出望外，就像老天爷突然开了个笑脸，心中沉甸甸的阴霾不觉散开来，这回又意外见到陆先生，更是格外长了精神。

身子一触到床垫，乏力的劲儿就上来了，不觉沉沉睡去，睡梦中像是见到了凤娘，并且是在他和凤娘的花架子床上，他一把就抱住了朝思暮想的女人，"哎呀，快把我想死了。"凤娘也不吱声，任由他的揉捏，他雄风抖擞，这个柔软而又绵实的女人，真是一片好耕耘的土地，让他又像划着白木船在大江里破浪前行一样，一次次把桨划到水的深处，使出全身的气力，一下，又一下。女人呻吟着，含糊地说着什么，他听不清。他只问凤娘，你是不是我的女人？

凤娘呢喃着："是，我是你的女人！"这一句他听清了，他好爽啊，他最后的冲刺，是在江水起潮的那一瞬间，他的船砰地向"朝我来"而去，哇！所有的江水都朝他涌来了，礁石却闪开了。好女人，你抱着我，我抱着你，你在喊："朝我来！"好嘛，我朝你来了，朝你来了！我的女人，我们一起冲向齐天的大浪。那一刻，头晕目眩，闪着金花，我们随着大浪升到天上了吗？

2

孙晓雯在船上洗过澡，换上了那套白底碎花的长裙，从客舱里走了出来。王幺师的女儿或许比她瘦小，这裙子穿在她身上有些紧，将她高耸的胸脯勒得像两座山峰，腰肢也显得格外细巧。江风吹拂着她洗过的长发，她明眸皓齿，靠着船舷飘飘欲仙的模样，引得旁边经过的人都目不转睛地盯着她。

她顺着船栏慢悠悠地走着，那些挤靠在甲板上的旅客都连忙下意识紧贴在舱壁上，纷纷给她让道，生怕弄脏了这位美丽小姐的衣裙。人靠衣裳马靠鞍，孙晓雯片刻间变成了一只令人惊艳的白天鹅，覃义蛟伸着懒腰从水手舱里钻出来，一眼看见她，也不觉吃了一惊。

他刚睡了一个好觉，想在外面吹吹风，一见孙晓雯他立刻就想躲开，但还没来得及缩回身子，孙晓雯已经眼睛发亮地跑了过来。她一把抓住他，忘情地笑着，像个三岁的娃娃一样拉着他的手蹦跳。

"三哥，你的运气来了。"

这个活蹦乱跳的女子哪怕刚遭遇一场溺水之灾，也是恢复得奇快，已经半点也看不出刚跟死亡打过交道。她的手好烫热，让覃义蛟浑身像过了电一样发麻，他打了个尿噤，绷着脸想甩开她的手。但孙晓雯拉住不放，她的手很有劲，想甩也甩不脱。

一种奇异的快感顺着那手往全身滑去，覃义蛟又惶恐又羞愧。

他本是血气方刚，多日未行男女之事，身子里就像憋藏着一盆岩浆，稍一触碰就像会引起火山爆发。刚才在无人的水手舱里，他在梦里与凤娘行了房，醒来时浑身轻松了好些，但那毕竟是在梦中，仍然有好些怅然。那盆就要冒火的岩浆仍在身体里运行着，在他每一根暴起的青筋里，甚至每一口唾液里，他吞咽一口水，体内就会响起一阵叫唤，他晓得那是一种饥渴，一种危险的饥渴。

这个让人恼火的女学生，就像是专门来点火的，她热热的手，分明就是一把火，她用她不时眨巴的眼睛，用她放肆的笑声，不时擦出一些火星，就想把火点燃。

但他绝对不想让这把火引发火山的迸发。他要把所有的热雨浇给凤娘，那才是他唯一的女人。

覃义蛟像扒掉身上的一层泥似的，用力扒掉了孙晓雯拉着他的手，然后无言地看着她，只见她嘴唇不停地张合，却没听进她在说些什么。孙晓雯觉察到了，用胳臂碰了碰他，"你这个人，我在跟你说话呢。我说你的运气来了，陆叔叔他看上了你。"

覃义蛟转身就要离去，孙晓雯却又一把拉住了他，"哎，你又不用掌舵，不用划船，你跑哪里去呀？"

"你快放手。"覃义蛟压低喉咙说，"别人都在朝这边看。"

孙晓雯说："看就看，又不会看掉一层皮。你是哥我是妹，拉拉手怕么事？"

覃义蛟黑着脸说："你还是读过书的女学生，男女有别你不懂？你再不放手我就……"他扬起巴掌，孙晓雯立刻把头凑到他怀里，"你就哪样？要打我吗？"

覃义蛟只有往后闪退，孙晓雯抢白道："三哥你不也是读过书的人吗？新文化运动就是要反封建，争取女性解放！我要做新女性，要自由平等！"

她声音响亮，吸引得船上的一些好事男女像看街头剧一样围了上来，指点着说："哪里来的女学生？给我们唱一出！"

有人在后面听得"唱一出"，以为真有人在演戏，便也挤上前来，甲板下的统舱里一些人听见上面热闹，也想爬上来看，窄窄的过道一时间水泄不通。船已行到了瞿塘峡之间，这里浪高水急，正在江水间吃力地向上游拱动的船身不时摇晃着，覃义蛟见势不对，急得高声喊道："快些散开，不要都往这边来，招呼船歪了！"

"啊，船歪了？"人群中不知是哪个跟着就喊。

"船要歪到江里去了！"受到惊吓的人们慌乱起来，一个个惊恐地挤着推着。这年月，不时就有意外的灾祸降临，人们时刻都像惊弓之鸟，只想到要逃命，不顾一切地挤，也不知道为什么要挤，反正就是个挤。

覃义蛟奋力从拥挤的人堆里，挤到过道拴缆绳的铁墩子上站了起来，他振臂高呼："不要慌，各位不要挤，一个一个往后退，退到各人舱里去！"他这一喊，拼命乱挤的人们才消停下来，找空子往后退去，过了好一阵，人群终于渐渐散开了。

孙晓雯离船舷最近，但她却并不慌张，只要有三哥在跟前，她就觉得用不着害怕。但等人们散去之后，她却发现覃义蛟也随着消散的人群不见了，她在船上绕着船身找了两圈，又上下两层也找遍了，都没见到他的人影，不禁好生奇怪，难道三哥又去见陆先生啦？

3

孙晓雯没想到，在人们疏散之时，覃义蛟跳下铁墩子，从铁梯迅速下到底层，钻进了锅炉房。

那里堆着黑乎乎的煤炭，一个火工正在不停地往锅炉里加煤，身上脸上都是乌黑的，看不清眉眼，覃义蛟进去就抄起一把铁锹，弯腰帮火工加起了煤块。孙晓雯打门口过，也没认出他来。

"民望"轮时速顺水十四公里，逆水十公里，到巴东得好几天，覃义蛟获得陆先生的允许，跟"民望"轮上的大副、二副、船长讨教了很多，在机房、锅炉房、驾驶舱里一待就是半天，把其中的门道摸了个遍。这趟船坐得值，冲这一点，他对孙晓雯又存有一份感激，如果不是她爹的面子，他即使上得这条船，也不见得会认识陆先生，更莫指望在船上学到手艺。他心想，自己救了她，这下反正算扯平了，各不相欠。

但在这船上，覃义蛟没想到还有一件更重要的事等着他。

昨天夜里，船停泊在峡口江边，船上的人大多睡去，陆先生让管事把覃义蛟叫到了二层后舱，说要跟他摆龙门阵。等覃义蛟进门之后发现，舱里只有陆先生一人，灯光幽暗，陆先生脸上也显得分外严肃，说："年轻人，我要跟你说的事，关系重大。你们船队一直在帮忙撤运军用物资，那些物资都非常重要，但是目前有一批更珍贵的古物还在危险地带，那是一批稀世国宝，千万不能落到日本人手里。"

"国宝？"

陆先生说："是的。几年前，从北平故宫博物院分几批南迁了近两万箱古物，有古籍档案、陶瓷、青铜器、书画、玉石器、漆木器、文玩珠宝等几十万件，一九三六年迁至南京，存放了几年之后，不得不又分几路向西南转移。其中一批西迁到武汉。在武汉告急前，又想迁到重庆，但天上有日军飞机轰炸，地上有日军堵截，还有一些不明势力得知这批国宝的转移，也想拦路打劫。护宝人一路小心，好在大部分终于迁到了重庆乐山。"

现在要说的是，还有从中州河南转移到武汉，继而又到宜昌的六十六箱古物，因这几年运力实在有限，一直秘密存放在宜昌石牌岭守军的一个地下仓库里。前些日子的石牌岭大战震惊中外，国宝隐藏的消息也被人透露，市面上已经有人在暗中打听，如果再继续存放，随时都会有被日军抢夺或者歹徒盗取的危险。

义蛟听得心跳加快，他明白，陆先生不会无缘无故给他说这些。果然，陆祚孚说到此处，眼睛直勾勾地看着他，说："义蛟，你老爹覃九公是条好汉，他称得上是川江王，他年轻时在我买的第一条船上当过引水。"

覃义蛟用力点头，"我爹给我们讲起过。"

"你是覃九公的儿子，我相信你也是条好汉，愿不愿意帮我做一件事？"

"陆先生您吩咐。"

陆先生神情肃穆地说："我要请你在合适的时候把我刚才说的那批古物运过三峡，运到重庆，藏到一个安全隐秘的地方去。事成之后，我给你三百块大洋。这也是我目前能拿出来的一点活钱了。"

"陆先生，先不要说钱的事，您家信得过我，我覃义蛟就是上刀山下火海，也义不容辞。"覃义蛟庄重地说。

陆祚孚喜道："果然我没看错人。这些天我一直在为此事犯愁，如果用我的船来运，一进西陵峡口就会被人盯上，恐怕是凶多吉少，只有请在川江上跑生意的船帮妥当，想来想去唯有你们覃家人最为可靠。"

赫赫有名的陆老板对自己如此信赖，覃义蛟心中感动，又有些惶惑，他心里没有底，陆先生说的事千斤重，这批国宝那么珍贵，要是万一中间出了差错怎么办？覃义蛟说出自己的担心。陆先生沉吟道："人算不如天算，如果万一出了事，没人会怪罪你。"

覃义蛟答应了陆先生，但他要先回巴东把家里安顿好了再去宜昌。陆先生说："好，我让王幺师把重庆的电话留给你，你有什么事随时跟他联系。"陆先生又嘱咐，这件事要秘密进行，绝不能让外人知道，以防不测。暂定计划为"山鬼"，以后联系说到此事就用此名。

王幺师出来又跟他细细叮嘱了一番。

三天之后，"民望"轮行驶到接近巴东县城的牛口。覃义蛟找到管事，说自己要在巴东下船。但管事为难地说，巴东的码头已被炸毁，轮船没法停靠。覃义蛟说："我自有办法。"

孙晓雯从管事那里得知覃义蛟要下船，便找到他住的水手舱来，嘴里一个劲叫三哥、三哥，覃义蛟被她叫得浑身冒汗，说："孙小姐，你莫叫了好不好？"

孙晓雯哭丧着脸说："三哥你这两天躲到哪儿去了？害得我到处找你也找不着。"覃义蛟只好交代说："孙小姐，巴东快到了，我要下船回家了。孙小姐你好生照顾自己，有陆先生他们在船上，你跟他们到了重庆，他们自然会想法子把你送到恩施去的。"

孙晓雯眨巴着一双眼睛，像飞蛾扑火一样扑扇着翅膀，她拦在舱门口，恳求道："三哥你不要走，要走我也跟你一起走。"

覃义蛟急了，"孙小姐你这是做么事？快让开。"

孙晓雯伸开双臂把住门，就是不让他过，嘴里一连串说道："三哥，你不是已经得知家人平安的消息了吗？人家民生公司看上了你，你跟着陆先生一起到重庆去多好啊！再说巴东码头都炸坏了，轮船都靠不了岸，等过些时修好了你再回来岂不更好吗？"

"孙小姐，你这个人真是校场坝的土地老，管得宽。"覃义蛟气恼地说，"我的事我自己做主，用得着你来替我操心吗？"他说着把孙晓雯往旁边一拉，闪身而去。孙晓雯只觉得那胳臂铁棍一样撞过来，哪里再挡得住，气得在他身后直跺脚。

"民望"轮过了牛口的黄岩，远远就看见了金子山腰间的扁担街，随着轮船航行，那一片极为熟悉的山城也越来越清晰，可映入眼帘的却不是往日一排排临近江边的吊脚楼，而是一堆堆土黄、灰黑的废墟。码头已被炸垮，轮船无法停靠，在江中拉响汽笛，继续前行。覃义蛟站在驾驶舱门口，跟开船的大副打了声招呼："难为你把船开得离岸边上再近一点。"

大副扳着舵，看看他说："你莫非想游过去？巫峡水急得很啰。"

覃义蛟也不多话，他几步跳到一层的船舷旁，脱了身上的小褂和脚上的麻鞋，卷巴卷巴往腰间一塞，便纵身跃过船舷，"嗖"地扑向了江水。甲板上顿时响起一片惊呼："啊！有人跳水了！"

可还没等人们的惊叫声落地，却见跳入水中的那人已从江面冒出头来，蛟龙似的劈波斩浪。江水像是在配合他的游戏，在这条蛟龙出没的左右卷起白色的浪花，就像一朵朵盛开的白莲。

船上的人叫起好来，"这是哪个狠角色，把巫峡口的水都整服了！"

陆先生、王幺师和孙晓雯站在二层甲板上，也紧盯着江面。覃义蛟跳下船的那一刻，孙晓雯张开嘴就想尖声叫喊，却并没有喊出声，她捂着胸口，呆呆地看着那个在波涛中起伏，朝岸边游去头也不回的身影，心里像被挖出了一个空洞。

一时间，她突然觉得自己好像已经活过了一百年。

第十九章　险象环生

1

秋季的长江水已有凉意，夹带着一些极细的沙粒，摩擦着肌肤，跳进江水中的覃义蛟如鱼得水，他就喜欢这种粗糙的爽利，浑厚的大江水让他筋骨发力，一口气唰唰游到了江边。他攀上暗红的礁石，从腰间拔下麻鞋，拧干水蹬在脚上，快步走过沙滩，三步并作两步地上了曾家码头的石磴子。

街上的房屋店铺已是东倒西歪，面目全非，信陵杂货铺前也是一片碎瓦和破铜烂铁，整个木楼架子都已被炸得歪倒在了靠江的岩坡上。隔壁豆腐店的惨状跟这边一样，再往前到了凤祥药房跟前，当街的木楼被炸塌了半边，满地都是破碎的药罐、药末。覃义蛟捡起半块药罐瓷片，上边还粘着一片纸，写着"当归"。一看就是凤娘的笔迹，凤娘每每在灯下拿起毛笔写这些药名，神态总是端庄得很，用心得很，可现在都炸碎了。

他只想将这些破罐子、药末都捡起来，可哪里捡得过来！他扒拉着，发现乱瓦片下压着的一把木头小篦子，连忙捡起来，抹净上面的尘土揣进怀里。平日里，凤娘梳头就是一幅好看的画，她先是

318

将长长的黑发用大木梳子梳顺了，再用小木梳子梳一遍，最后还要用这把梳齿更细密的小篦子梳，经过这样几遍梳理之后，凤娘的长发摸着就像缎子一般光滑柔顺。

覃义蛟彷徨四顾，街上没见到几个熟人，表哥曾子唯一家也不知去向，豆腐店、巫峡酒家，还有书店、房子都被炸了，人也见不到了，他不敢想，是都负伤了吗？还是……

有人说凤娘在金子山半腰的秋风亭，他心急火燎地从天梯巷爬了上去，那里倒是人来人往，亭子旁边架着的几口大锅热气腾腾，有人在烧火，有人拿木勺搅着锅里的药，四周飘荡着浓浓的药汤味。覃义蛟奔过去就朝人群中叫："凤娘！凤娘！"

熬药的却是火娃子，看见他忙停下木勺招呼："少帮主，你回来了！"凤祥药房的几个伙计听见喊话，也都惊喜地走过来叫道："少帮主，你总算回来了。"

大家围着覃义蛟左右端详，都一副劫后余生的样子。覃义蛟看他们几个好像都瘦了一圈，手上、衣服上黑一块酱一块的，全是沾上的药汁，便问："你们都在这里熬药？凤娘呢？小凤和江娃子呢？"

几个人一时都不言声。

覃义蛟见他们神色不对，便急了，"我在问你们话呢，凤娘呢？不是说她一直在这里熬药的吗？"火娃子说："少帮主，你莫得急，听我慢慢跟你说。"

覃义蛟脑壳里嗡嗡直响，"慢什么慢，你快些说。"火娃子使劲把他往亭子旁边的山石后边拉，覃义蛟心中不解，凤娘她不是在这里做善事吗？有什么话要避人的呢？火娃子凑到他耳边说："前天夜里，凤娘跟两个娃娃一起不见了。"

"不见了？"覃义蛟大惊。

火娃子说："我当时和伙计们都在熬药，没计觉得，后来才有人跟我说，凤娘跟两个娃娃半夜不见了。第二天于县长也来问，还让人到街上去找了几趟，但是凤祥药房和信陵杂货铺都被炸了，根本住不成人。凤娘当初只在里头刨出几件衣服，她和娃娃，还有绣儿姐他们先是在石桥下搭的铺，后来就在这边亭子里。"

亭子里边支起的床铺，不过是地上垫了几块破门板，上边铺了些干枯的稻草，覃义蛟伤心伤意地走过去，抓起一把压得扁扁的稻草，像是要从里边挤出凤娘的气息。凤娘不在秋风亭，也没去到街上搭棚子，没再到石桥下的洞子里，那她和娃娃们能去哪儿？"她不可能走得无影无踪的，凤娘她这些天没给你们说些什么吗？"

火娃子想了想，"凤娘她念叨过，说等这里药熬得差不多了，她要带娃娃到乡下去住，让我把这边的大锅和汤药看好，有人要用药的，莫要舍不得。"

覃义蛟说："她是回官渡口去了吧？"但火娃子却说："凤娘说她要去巫山那边，或是进神农架。"

"鬼扯！她哪门会去那些地方？一个人都不认得。"覃义蛟不信。他的女人凤娘，给他生了两个娃娃，常常在他怀里说，这个世界上，只有义蛟的家才是她的家，城里的房子被炸了，她除了回官渡口去找公婆，还能到哪里去？

火娃子觉得对不起少帮主，他只晓得拿勺子在大锅里搅药，搅得膀子都抬不起来了，没把凤娘和娃娃们照看到。覃义蛟看他焦眉愁眼的，宽慰他也宽慰自己："我这就回官渡口去，说不定凤娘就在江边上洗衣裳呢。"

火娃子寻思不像，说："少帮主，你要不再去问一下杜校长，看他晓不晓得。"覃义蛟一想也是，当下便撒开腿赶往十多里外的马鹿口教堂。

老远地，只见教堂原来的青石墙成了黑色，跟城里一些楼房一样，为了躲避轰炸，外墙全刷上了黑漆。教堂里外都是人，有的包扎着头，有的瘸着腿架着拐杖。他在人堆里东张西望，好不容易才找到杜先生。

杜先生手里捧着一碗茶色药汤，正弓着腰喂给一个被弹片伤了眼睛的老婆婆，覃义蛟也顾不得寒暄，张口就问："杜先生，您家见到凤娘了吗？"

"义蛟你回来了？"杜先生脸色沉郁地说，"你等一下，我给这个婆婆的眼睛再上点药。"覃义蛟见他解开那婆婆脸上的绷带，一双眼睛却是成了两个黑洞，眼角也烂得红不拉唧的，心头不由一噤。杜先生用一小坨棉花蘸了些黄褐色膏药，轻轻抹在老婆婆的眼睛周围，问："婆婆，疼得松活些了吗？"婆婆哼哼着，"松活些了。抹了药就清凉些。"

杜先生掂着手里的药碗说："义蛟，这药就是凤娘调制的。我们现在用的药都是她这些天熬出来的。"义蛟心里着急，"凤娘和娃娃都不见了，她人去哪儿了？"

杜先生也不言语，给老婆婆上完药，安顿好后才带义蛟走到教堂侧边的楼上。穿过昏暗的走廊，进一间小房，里面堆放着一架破旧的管风琴和一些书报，杜先生说："义蛟你听我说。"

见火娃子和杜先生都要避开人说话，覃义蛟心中料定不妙，但却没想到是官渡口那边出了大事，前些天突然去了一帮警察，还有一个连的兵，查抄了大哥覃佑蛟在镇上的粮食作坊，把他押进了祭祀坪监狱。覃九公担心凤娘受连累，当晚派人进城来，暗中接走了凤娘和两个娃娃。

"他们为么事抓大哥？他犯了什么法？"覃义蛟怒火冲天地嚷道，"我找他们去！"

杜先生一把想拉住他，但覃义蛟这时就像一条在激流中冲向滩口的船，哪里拉得回来！眼看他冲下楼梯，到了门口，杜先生只有嘶声喊道："覃义蛟，你想让你老爹也跟到送命吗？"

覃义蛟就像被一棒槌打到了头上，猛地站住，身子往前一倾，差点没站稳。杜先生快步追到他跟前，拉住他说："义蛟，这时候千万不能意气用事。眼目下是在打仗时期，战区法令如山，杀个人跟踩死一只蚂蚁一样，你不要拿起鸡蛋碰石头。"他想了想，又只好说："街上已有传闻，说过些天河坝里又要枪毙人。佑蛟已经进去了，你要把你老爹好生招呼起才是。"

覃义蛟听得又是惊骇又是激愤，"大哥他到底犯了什么法？难道连个问的地方都没有吗？"

杜先生说："八成有人给魏警长他们告了密，说你大哥煮酒熬糖，朝巴东境外贩卖猪肉粮食，犯了战区的禁令。魏警长借此大做文章，请去了江防部队一个连，船社的伙计差点和他们打起来，是你老爹稳住阵脚，才没动枪火，不然船社不晓得要死多少人。"

杜先生一番苦心劝告，覃义蛟只得暂且按住怒火，先回官渡口去见老爹。

2

跨进大门槛，就见青石坝上有两个匠人在那里削削砍砍，又刨又锯，正将一根水桶粗的香樟树料改成厚木板。老爹覃九河铁青着脸，端着铜烟袋站在旁边看匠人做活路，也不知已过了多久，烟袋锅里的烟丝燃成了一截灰，覃义蛟朝他一声喊："爹！"

覃九河全身一颤，拇指长的烟灰也随之散落在地。

他抬眼朝大门这边看来。覃义蛟顿时发现爹老了，爹的脸颊瘦得像没了肉，松垮垮的皮贴在了颧骨上，眼泡又黑又大，头上包的那盘青布帕子像一个磨盘，把爹的腰都压弯了。站在门口的覃义蛟眼泪哗地流了下来，他扑上前去，一下子跪倒在覃九河的膝前。

"爹呀——！爹呀！"

覃九河嘴唇哆嗦着，一只手摩挲着义蛟粗硬的头发，干咳了两声，竭力硬气地说："老三啦，我还没死呢。你一回来就给我号丧。"却有两滴浊泪从老眼中滚落，滴到三儿的头上。

"你快些给我站起来！"他说。

义蛟妈杨氏和嫂子碧蓉几个也闻风从屋里扑了出来，一个个抱住覃义蛟，喊儿的喊儿，叫兄弟的叫兄弟，哭成了一片。覃九河扬起烟袋锅，在义蛟肩膀上使劲敲了几下，吼道："都给我站稳啦！覃家的人只有站到死的，没有跪倒哭死的！"

覃九公的烟袋锅是黄铜打制的，足有斤把重，就像锤子敲得义蛟的肩膀骨要炸裂开一般，他忽地站了起来，他被爹的烟袋砸醒了，

"爹，要死卵朝天，不死好过年，我覃义蛟死过好几回了，活要活出个样子。"

"这还差不多，是我覃九河的后人。"覃九公使劲把腰杆挺直，烟袋锅点着面前的家人们，"都跟我听起，天塌下来也要顶起，只要长江水不断，照样划我们的船。"

义蛟随老爹进了堂屋，覃九河这才叹息道："老三你回来得正好，你大哥他被县里的警察逮起走了。我晓得，那姓魏的警长收了下河帮的钱，要把我们覃家往死里整，这次他带了一队警察，还把牛团总的兵也弄来了，好家伙，只差请八国联军。上百人把我们屋头围得铁桶一般，你大哥要和他们决一死战，龙船河的神兵也要赶过来出手帮忙，是我出面说话，不许他们驾势。"

"就这么让姓魏的把大哥抓走了？"

覃九河朝天叹道："是祸躲不脱，我和你大哥总要有一人出来顶起，要不然他们明枪实弹，只要我们这边一动家伙，他们就会找借口开枪，把我们这一屋老小害了不说，船社的兄弟们也都逃不脱，他们都是有家有口的，我覃九河岂能让他们跟到白白送死？"

"您家说得是。"覃义蛟明白老爹说得有道理。

"下河帮最想害死的是我，但是你大哥抢在我前头出了这个大门，他把罪认了，说酒是他煮的，糖是他熬的，粮食猪肉也是他卖出去的，要抓，就抓他一个，没别人的事。"覃九河老泪纵横，清鼻涕掉到了衣襟上，那样子是从来没有的苍老无力。

义蛟心里十分酸痛。大哥的作坊多年煮酒熬糖，但战区禁令传下来之后，作坊也就偃旗息鼓，只是将从前存留的一些糖酒，拿在信陵杂货铺和官渡口这边街上卖着，本是民间平常事，怎么就成了杀头之罪？这世道，还让人活吗？

"国难当头，也防不住小人当道啊。有人想整垮我们上河帮，趁乱吞掉信陵船社，没那么容易。只是你大哥遭了罪，我已经叫你表哥到恩施找人去了，就看当年的老友能不能帮忙说句话。"

覃义蛟想到杜先生说的街上的传言，过些天河坝里又要枪毙人，老爹托的人能不能赶在这之前救出大哥？要是万一赶不上，岂不糟糕？义蛟看着老爹下垂发黑的眼泡，不敢把这话说出来，心里一阵阵发紧。

"我自然由不得他们，老三，你回来把家看起，明天我就去于县长那里，找姓魏的，把你大哥换回来，我已经老了，该活的滋味都尝够了，不怕见阎王爷！"覃九河说，"日本飞机把老子的香樟树炸断了，正好给老子备一副枋子。老三你看，香樟树的料安逸得很。"

青石场坝上，两个匠人正低头把几块一丈多长半尺厚的香樟木板按榫卯严丝合缝地拼到一起，那正是三峡一带最"杭式"①的棺木样子。覃义蛟朝那里看了看，说："爹，您家就在屋头坐起，哪里都不要去，我到恩施去找二哥，二哥一定会想出解救的法子。"

二哥在义蛟心里是有本事的人，但覃九河却说不能去，不能把老二老三你们都扯进来，要给覃家多留几条根。这里头名堂多，姓魏的心狠手毒，背后还有人。前几年他们差点把凤娘害死，这次一出事，覃九公就让顾择找人把凤娘三母子连夜送到万户沱去了。

老爹考虑得周全，但大哥命在旦夕，不能让老爹冒着风险进城，也不能全家人在巴东坐以待毙，这时候只有去恩施找二哥想办法，

---

① 杭式：讲究的意思。

或许才有活路。覃义蛟说走就要走。

覃九河喝道："叫你莫去就莫去，我跟你说了，已经在找人想办法，你就莫要添乱。"

"爹，这回不能听您家的，要听我的。"他用这种不容置疑的口气跟爹说话，还是头一次，话一出口，他自己和老爹都有些吃惊。杨氏这时走进堂屋，眼泪巴嚓地说："老把子，你们俩爷子说到哪时候去？三儿你进屋来连水都没喝一口。"她在门外已听得义蛟要去恩施找二哥救老大，心里倒也巴不得，但说："你就是去赶仗^①，也要先吃口饱饭啦。"

杨氏看义蛟身上只穿了一件短小褂子，半截兜裆裤，眼睛充血，嘴唇爆皮，赤脚两片的，做母亲的眼泪就止不住地流，从怀里扯出手绢不停地擦，"我的三儿呀，你搞成这个样子了？你看你的脚，都烂完了。"叫媳妇碧蓉赶紧拿药膏来，将义蛟扯到板凳上坐起，然后手指蘸了药膏就往他脚上抹，"天老爷呀，一双脚烂成这个样子，三儿你哪里还走得路？"

覃义蛟的脚板心被尖利的礁石扎出了蜂窝眼，他那天用盐抹了一遍，总算没有溃烂，但这两天由江水里泡过来，又在城里的废墟上走来走去，伤口便有了脓肿，烂出一丝丝脓水，先前倒没觉得，却不想一坐到妈的身边，竟有了钻心的疼，忍不住歪扭着身子，哎哟哎哟地叫。

杨氏便哄着："三儿，一会儿就好，一会儿就好。"

正抹着药，夏元子、祥安几个从门外一路叫着三哥走进来，覃

---

① 赶仗：指围猎，也指跟多人一起处理某急事。

义蛟一看是他们，脚也不疼了，"呼"的一下站起来，抱住他二人就说："你们哪时候回来的？"

夏元子和祥安说，那天在崆岭滩看三哥跳下船去救孙小姐，他们和玉蛟在滩口上下找了好几天，以为没了指望，只好把白木船划回了官渡口，也不敢跟覃九公他们说实话，只说三哥还在跑船。

杨氏擦着眼泪说："三儿啊，你不晓得当娘的这些时心里好惨啊，我的三儿不晓得哪天才回得来，玉蛟刚回来又搭船去了重庆。大儿又被抓起走了……"一旁的嫂子碧蓉又抽抽搭搭的，覃九河朝杨氏点着烟袋脑壳："你少说几句要不要得？我说老三淹不死，你还不信。"

杨氏说："那大儿呢？大儿的灾祸谁料得到哇？这年月，覃家造的什么孽哟？"

3

于良仲又一次跑上秋风亭，那里已经烟消火熄，熬药和熬粥的两口大锅也不知已被什么人搬走，只剩两堆柴头燃尽的火灰，一阵风吹来，火灰扬起老高，扑得于良仲满脸都是。可就在前两天，这里人声喧闹，那个身形单薄的女子穿行其间，她就像一个神女，把灵药一一送到人手里。

每次见到凤娘，于良仲都会有一种奇异的感觉，这女子实在不寻常，哪怕是死亡当头，小城炸得稀烂，但只要有这女子出现，周围一切就都似乎安宁了。或许这只是他的一厢情愿，但在这千疮百孔的光景里，他这个焦头烂额的县长是多么希望真有一位带来安宁的神女啊。

从金子山往西遥看去，几十里外的巫山之巅，那位站在险峻顶峰之上的女子，她一动不动，但满眼都是人间事，在她站立的亿万年间，不知见过多少沧海桑田，眼下的这一切或许在她来说，也只是过眼烟云，可人间到底有多少难言的痛楚，神女，你知否？

"县长，县长！"秘书小沈跟不上他的步子，这时才从梯子巷爬上秋风亭，"你走得好快，我撵都撵不上。"

于良仲站在亭子里，这里已是县城的最高处，登高可望远，在山峦之间缠绕的长江就像一根飘带，静静地消失在崇山峻岭背后。小沈看四周冷清清的，问："县长，你还来这里找么事？"

"你说，那个凤娘会去哪里了？"于良仲看着远方说。

小沈在他身后摇头，"县长你不晓得，我也不晓得呢。"他想了想又说："但有两件事，我看好像跟凤娘不见了有关。"

"哦？哪两件事？"

"一是魏警长抓了覃家的老大覃佑蛟，二是官渡口有人到秋风亭来过。"小沈说。

于良仲说："嗯，小沈你这两年有长进啊，会看事了。"小沈说："跟到于县长，看也看会了。"于良仲苦笑道："唉，这县里像你这样能指挥得动的，也没几个了，你看我名义上是个县长，权力还不如一个警长。"

这些时，于县长跟魏警长明里暗里交锋多次，但都是无功而返。他前些天事后才得知，魏警长兴师动众地从官渡口抓来了覃佑蛟，他当时大为震怒，立刻摁住电话机子一阵摇，叫魏警长到县府来说明情况。但魏警长却说江防司令部有紧急任务，没得空。等到第二天，还是叫不来，于县长只好亲自前往。警察局的板楼在祭祀坪下的街面上，楼外边也刷了黑漆，这次轰炸侥幸没被炸到，魏警长十分得意，说这全是他的功劳。于县长走进板楼时，一帮警察正在啃鸡腿，桌子上地上到处都是鸡骨头渣渣，于良仲见状气不打一处来，说城里的灾民连稀饭都没得喝，你们倒在这里吃香喝辣的。几个警察见县长来得突然，又劈头一顿训，一时不敢回话，却没想魏警长这时从楼梯走了下来，当着警察们的面就说开了："哎于县长，我这帮兄弟一连好多天又是江防，又是救灾，还要去抓犯人，只差把命都送了，半个月都没吃过一顿饱饭，是我掏腰包从巫峡酒家买了两只卤鸡，让兄弟们打个牙祭，这犯了你县长哪一条？"

于良仲见他衣领歪斜，嘴里冒着酒气，便冷笑道："全城的百姓都不是瞎子，你不是说在江防、救灾吗？那江滩炸烂的码头上，街上炸烂的商铺跟前，怎么都从来见不到你们一个人？"

魏警长傲慢地说："于县长，我们忙的事情，有些能告诉你，有些还不能告诉你，这不是我说的，要问你问警察厅去。"

于良仲说："你不要拿警察厅来吓唬人，在县里你就得归县府管，我问你，那覃家父子都是抗战有功之人，你为什么跟我连招呼都不打一个，就到官渡口去抓人？"

岂料魏警长早有准备，"于县长你今天来问罪，那我就当着兄弟们的面把话说明白，战区法令摆在那里，犯了法就得抓起来，不管他有功无功。还有，警察大队是受你县府管，但也受江防司令部和第六战区警察厅管，你于县长说得不对的，莫怪我不听招呼。"他大拇指朝下，做了一个轻蔑的手势，板楼里的警察勾着腰咕咕地笑起来。

"你……"于良仲气得一时说不出话来，往日虽不愿接受指挥，但也不敢当面违拗的魏警长居然振振有词，当众羞辱他，简直岂有此理。跟在身边的秘书小沈看不下去，站出来说："魏警长，你怎么说话呢？于县长可是一县之长。"

魏警长却根本不把他放在眼里，反倒说："沈秘书，这里是警务之地，没你说话的份儿。战区有令，谁敢搞破坏，格杀勿论。"

魏警长的格外嚣张，让于良仲震惊不已。若不是背后有了靠山，谅他魏警长有十个胆也不敢造次，于良仲压住心里的愤怒，指着魏警长说："你给我记着，我会到江防司令部去控告你的。"

"你去呀，我们等着。"在魏警长和警察们的窃笑声中，于良仲带着小沈转身走出了警察局的板楼，面带稚气的小沈说："县长，我们就这么走了？"

于良仲头也不回地说："我们到恩施去。"

街面上的石板路正在大修，一些民夫黑汗长流地从江边背来一块块青石板，往地上铺着。被炸倒的大同浴池又开业了，门前放了两串鞭，好些流落到此的外乡人在门口张望，问洗一个澡要多少钱。隔壁的峡江旅社也修补了门面，还在外墙刷上了黑漆，人没走到跟前，就闻到了一股生漆味儿。旅社前台的伙计正招呼着客人，于良仲和小沈走了进去。

"买两张明天到恩施的车票。"于良仲说。

巴东交通从前大都靠水运，陆地上则靠人力背脚，几年前修通了到恩施、秭归、黔江几地的公路，才有了货运和客运。没有固定的客运站，来回的客车就停在县城最西边的头道桥，那里有一块稍宽些的平地。车票由峡江旅社代卖，要提前几天预订。

但到恩施的客运时断时续，为了防止日军西进，巴东到恩施的公路几度被第六战区司令部下令挖断，前几个月为了石牌岭大战，一次挖断了五十四处，停运的客车这些天才刚刚恢复。

站在旅社柜台里的伙计认出是于县长，哈下腰说："县长，前两天刚得到信，说可以通客车，我这里告示都还没粘稳，车票就被抢光了。"

于良仲问："哦？后天也没有了？"

伙计说："隔天才有一班。要大后天才有，票也卖完了，县长。"

于良仲心里着急，他要到恩施去找省府的上司。县府常用的那辆吉普坏了多时找不到配件，一时开不了。他问明班车是清早六点钟开，便拿定主意，和小沈回县府备了一些材料，当晚就趴在办公桌上打了个盹，天不亮和小沈赶到了头道桥。

天还黑乎乎的，已有几十个乘客拖儿带崽地候在客车跟前。等了快一个时辰，开班车的司机才打个手电筒，一晃一晃地从街上走过来。车门一开，人就轰地往上挤，司机的徒弟把着车门喊："把票拿出来，把票拿出来。"等到有票的乘客都上了车，车下还站着一群人，都问能不能再挤一个。

司机坐在驾驶座上，把脑壳伸出来骂："没票的站远点儿，老子车子开起来嗒，莫怪把你们一个个都碾成粑粑。"

就在车门要关上的最后一刻，于良仲一个箭步跳上了车，随即又把小沈也拉了上去。把门的徒弟惊诧地质问："你们要搞么事？"

于良仲说："我是巴东县长，要到省府去办紧急公务，你们行个方便。"徒弟急得喊司机："师傅，您家听到没得？他说他是县长，要坐车。"

战时的客车都由省府交通厅直管，司机脾气都大得很，硬邦邦地甩过一句话："管他县长不县长，坐车凭票，有票就坐，没票天王老子也不得行。"于良仲从车门口挤到驾驶台跟前，不温不火地小声说："师傅你莫说狠话，交通厅的王处长跟我是同学，你的车牌号我记得，到了恩施我跟他说，多给你们发点猪油。"

司机这才不作声了。

车厢里坐满了人，包裹箱子塞得到处都是，小沈在驾驶台旁边勉强挪开几包行李，于良仲与他将就着席地而坐。

第二十章　清江争斗

1

从巴东开往恩施的客车在路上走走停停。

刚刚修复的公路坑坑洼洼，好多地方还没整平，司机扭着方向盘，一路上骂骂咧咧。抗战以来缺少汽油，客运统统改为木炭车，走一段就得加炭加水，上陡坡时，车上的乘客都得下车，有时还免不了要在车屁股后边帮忙推一把。

二百多公里足足走了三天，那晚夜色朦胧中，客车终于开进了恩施城。于良仲他们下了车，想到省府此刻办公的也都歇了班，就先去找落脚的旅社，不料沿街问去，一家家旅社客栈门前居然都挂着"客满"的牌子。

恩施城坐落在秀丽的清江河畔，被远近错落的山峰拱围着，发源于利川的清江是一条碧水长流的河，像一条绿色的绸带穿城而过。这河水清澈见底，时浅时深，深处似碧绿的深潭，浅处可数河底的五彩石子，以它的俏丽装点了恩施城。

清朝之前这城叫作"施南府"，建有古城墙，东西南北均建有城门，恩施为鄂西重镇。但地处偏远，交通闭塞，往日除了通往川渝荆楚的商贾交易往来，外地人驻留此地的不多。但在抗战全面爆发之后的一九三八年，湖北省政府迁移至恩施，一大批机关、学校、军队随之而来，恩施城陡然增加了几十万人，一时变得格外繁闹。城门之中的民居多被征用，还远远不够，又延至城门之外的舞阳坝、土桥坝、五峰山、南门外等地的私宅或农家。

于良仲和小沈二人走到城内的北门河坝边上，这里有一家川汉客栈，于良仲头几次来恩施住过，但没想到此时也挂了"客满"，只得悻悻然走出。街头这时凑上来一个脸上涂满脂粉的妇人，媚笑道："小哥哥是要找歇处吗？我领你们去，可以先泡澡，再舒舒服服睡一觉。小哥哥要是舍得花钱，姐姐可以一直陪着，包你们满意。"

于良仲懒得搭理，只叫小沈快些走。

小沈回头又看了一眼，"只怕有五十岁了，还在做皮肉生意？"于良仲说："怕是还有比她老的吧？这地方啊，你见多不怪。"

顺着街道走去，虽是夜晚，两边的门户亮着灯，不远处听得锣鼓响，却是小十街旁的剧院里头正在唱京戏，门前竖着"玉堂春"的招贴，上面有艺人的粉妆头像，写着艺名"满庭芳"。剧院的大门敞开着，故而传来剧场里的锣鼓点子，伴着咿呀的唱腔飘在了街上。于良仲一时黯然，想到巴东城里连续好多天夜里都是黑灯瞎火，那些被炸烂房子而流离失所的灾民，至今都还睡在石桥下、山洞里，连口热饭都没得吃，这里倒是歌舞升平。

正走着，突然一个人从他身边飞快地跑过，紧接着追上三五个青衣人，还没容他看得分明，只听叭叭几声枪响，刚才跑在前头的那人已倒在街头。一些行人像惊鸟一般散开去，刚才还一路亮着灯火的店铺都啪啪地关着门窗。于良仲走上前去，想看个究竟，两个黑衣人端着驳壳枪拦住了他。

"干什么的？把证件拿出来。"

于良仲看那两人青衣呢帽，黑洞洞的枪口直对着他，心里不禁生出一股怒气，"我是巴东县长，来省府办公务。"

那两个黑衣人怀疑地看着他，"县长？"

于良仲和小沈一连三天裹在木炭客车上，身上沾满了泥巴炭灰，活脱脱就是外地来的难民，那俩人根本不信他的话，用枪比画着，要把他们带走。于良仲急了，从身边的公文皮包里掏出第六战区签署的证件，上面有他的照片，黑衣人在路灯下仔细对照了一阵，这才半信半疑。于良仲想问他们是哪一部分的，黑衣人不耐烦地说："别看你是县长，不该你管的事少打听。"

另一黑衣人说："要不带回去再问问？"

小沈连忙拉于良仲的袖子，"县长，我们公务在身，还是赶紧走吧。"

趁那两个黑衣人还在嘀咕，于良仲和小沈快步离开了十字街，转身走进一条幽深的巷子，疾走了一段见背后无人跟来，小沈才心有余悸地说："吓死我了，县长，你说这帮人是干啥的？打死的是什么人？"

于良仲听他们的口音都不是恩施当地的，看那打扮和拿的新式手枪，料想八成属于战区成立不久的警备司令部，也有可能是军统方面的。恩施城里的省府官员多如牛毛，还有各路驻军，七帮八派的，这些人从来都不把辖区内的县长放在眼里。于良仲叹道："清江河看来也成了一缸浑水，再问只怕是要掉脑壳。赶紧走吧，找地方落脚去。"

他二人趁黑爬上城区东郊的五峰山，山后有一所几年前从汉口搬来的湖北省农业专科学校，于良仲有一位大学的邵同学在那里当老师，这几年也都是有联系的，当晚便找了去，邵同学把自己的床铺让给他们歇了。于良仲和小沈在邵同学窄条条的小床上挤了下来，身子几天都没躺平过，这一躺下倒觉得从来没有过的舒坦，小沈临睡前含糊地说："县长，你的脚好臭。"

于良仲蹬了他一脚，"你小沈还当是在汉口你家花园里？嫌臭就莫睡，坐到教室板凳上去。"话还没说完，却听小沈响起了呼噜。

2

第二天一早，于良仲带着小沈从五峰山走到了土桥坝。省政府的机关大都在土桥坝这边办公，赖家祠堂便是省政府办公厅，大门前搭了个席棚，两个卫兵在棚子前边站岗，另有警察和便衣在门前走动。于良仲通报了姓名，说要见办公厅郭秘书长。警察见是巴东来的县长，说话口气还蛮大，也不敢耽误，就进去报告了。

恰好那天郭秘书长在祠堂里办公，当即就召见了他。赖家祠堂共有两进，前一进用木板依着柱头隔成小间，省府的各个处室各占一间，后一进则安置了省府主席们的办公室，郭秘书长在前后进之间的天井旁临时搭建的木板房里，方便上传下达。于良仲与郭秘书长有过多次交往，晓得他是一个滑头的官。汉口没有沦陷前，郭秘书长从汉口到恩施来视察，坐船先到了巴东，于良仲好生接待，安排巫峡酒家最好的厨子专做了一顿长江鱼宴，吃得郭秘书长眉开眼笑，一再拍着于良仲的肩，说今后有事只管来找他。但后来再见到郭秘书长，发现他并没有承诺的那样热情。

这时于良仲一身炭灰地走进板房，梳着大背头的郭秘书长正伏案看着文件，抬头一看，立刻吃惊道："是于县长吗？"

他看于良仲，从前那个走出大学校门不久，刚当县长时意气风发的年轻人而今一脸苦笑，眼神里闪过一丝不以为然。他一边叫秘书沏茶，一边说："于县长，你来得正好，我刚从陈长官那里回来，陈长官问到巴东巫峡的防备，还有轰炸之后灾民的情况，我正准备叫秘书给巴东县打电话询问，没想到你倒来了。"

于良仲听他这一说，便从公文包里拿出来一摞纸，上面也沾了不少炭灰，他抖搂了几下，说："秘书长，您要问的情况都在这里。"

郭秘书长翻弄着他递过的材料，"嗯，准备得很详细，有这个就可以向陈长官汇报了。"于良仲说："秘书长，我还要向您汇报几件事。"

"哦。"郭秘书长往椅子上一靠，说，"你来一趟不容易，有什么事尽管说。"

于良仲问道："秘书长，县警察局究竟还归不归政府管？"

"当然归政府管。"郭秘书长说，"怎么了，有什么问题吗？"

于良仲说："可我们巴东县警察局很多行动都没跟县府报告，甚至连招呼都没打一个，他们四处查禁罚款罚粮，已经惹怒民怨。前不久，他们擅自请了江防部队，抓走了官渡口当地一个叫覃佑蛟的船主，把他家的粮食猪油全都抄走，带回了警察局。这覃佑蛟的父亲覃九河开有一家信陵船社，抗战以来配合政府动用了船队的几十艘船，连船带人为政府抢运物资，有一多半船被炸沉炸烂，还有人员伤亡。被抓走的覃佑蛟是覃九河的长子，他名下的田土上交军粮、军饷、木料不是小数，您看。"

于良仲从公文包里拿出另一张纸，上前指点给郭秘书长看，"随意捕抓这样的抗战有功之臣，我这个当县长的不能坐视不管。要请省政府做主，敦促警方赶紧放人。"

于良仲一番激烈的说辞，满心以为和颜悦色的郭秘书长会立马撑腰，却没想到他听完之后，却按了按桌子上的文件，好一阵才说："于县长啊，你说的事情很棘手啊，这个巴东覃家的老大覃佑蛟是有一些抗战的功劳，但早有人向省府举报，他们覃家私藏粮食，酿酒熬糖，还贩卖到别的县，这是严重违法呀。"

"郭秘书长，你听我说。"于良仲一听口气不对，急忙想再分辩。郭秘书长却不由他开口，从办公桌上翻出一张通告，"你看看这个。"

那是民国三十年五月国民政府颁发制定的《非常时期粮食管理治罪条例》，条例规定：

> 民食库存超过一个月以上，公私机关、团队库存超过两个月之需要量，收其超过部分。违者，视其数量，处以拘役、罚款，或判处有期徒刑或死刑。

还规定：

> 民间存粮，不论自收，购储，除留足全家食至次年十月一日的主杂粮（人均六百斤）和缴纳田赋征实积谷种子以外，所余粮食由县、乡、保、甲长层级负责，确查

造册，加具切结，由县政府定价收购，全省对城镇实行限价。

于良仲看着那些熟知的条例，一颗心直往下沉。这几年战区的法令接二连三，执行起来并不力，想整治某人某事时可以找到对应的条款，而不想整治的，就是摆在面前也是睁只眼闭只眼。郭秘书长有意强调这些条例，看来是对覃佑蛟被抓一事早就心中有数。

"小于啊，你身为县长，不会不了解这些条例，像覃佑蛟这样私藏粮食达千斤以上的，已经是犯罪，不仅放不了人，还会视其数量判刑，甚至枪毙。"郭秘书长手指敲打着桌上的文件，一字一顿地说，"覃家船社的老帮主覃九河同样有罪在身，近日还托人到省府来说情，若不是念在他抗战有功，连他和说情的人一并都要缉拿归案。"

于良仲心里沉甸甸的，他没料到省府办公厅的官员早已对此事关注，并有了结论。他说："我倒想问问，是什么人向省府举报的？他都有些什么证据？"

"于县长，你不觉得你这个问题太幼稚了吗？这是你该问的吗？"郭秘书长带着嘲弄的神情看着于良仲，说，"我得提醒你，作为县长，你这样出面来替一个破坏条例的商人说话实为不妥。当然，我晓得你在当地跟他们经常打交道，人处久了都是有感情的，但非常时期只能严格执法，尤其像覃家在当地有一些声望，对覃佑蛟的处理更能警示他人。"

于良仲不再言语，他默默地盯着郭秘书长，眼神里有疑问，也有失落后的淡定。屋子里气氛变得尴尬，小秘书过来给茶杯续水，面前的茶具突然让于良仲心中一动。

他拿起茶罐端详，土陶烧制的圆罐，里面装着草纸包的茶叶，再看罐的底部，竟然有一个丹砂色"裕庆号"印章，心里不由明白了几分，便抬头说道："郭秘书长，这茶叶是玉露吧，恩施的名茶。"

郭秘书长见于良仲转开了话题，脸上也松弛下来，"咳，这恩施穷山恶水的也没什么好东西，就这玉露茶还算是一宗，入口就是满嘴清香，提神。"

"裕庆号给您送了不少吧？"于良仲朝这板屋里四下打量着，"还有什么好酒好烟都拿出来，也让我们下面来的尝一尝。"

郭秘书长一怔，"于县长，你胡说些什么？"

于良仲站起身，使劲拍打屁股、裤腿上干巴了的炭灰和泥巴点子，碎泥屑随之掉了一地，郭秘书长拿眼瞪着他，于良仲拿起陶茶罐在手上转动着，"我刚才那个幼稚的问题，想知道是哪些人向省府举报巴东覃家，现在我来幼稚地猜猜答案，这人就是从巴东来恩施城开了裕庆号的赖老板，对吧？"

郭秘书长脸色难看地说："什么人举报，难道还要向你报告不成？你一个巴东县长，尽好你的本分才是，管多了小心越位掉到坑里去。"

"我晓得了，谢谢秘书长的指教。"于良仲朝他弯了弯腰，"不过，我来一趟省府不容易，我要见袁主席！"

郭秘书长的脸色更难看了，"袁主席是你想见就见的？有事只能先到我这里。"

于良仲却口气坚定地说："那好吧，秘书长不肯通报，我自己去找他。"

在他跨出门的那一刻，只听郭秘书长在他背后哂笑道："袁主席已经辞职了！他现在宣恩县找了个地方种菜，你要不要去那里看他？"

3

年轻气盛的于良仲从赖家祠堂走出来，蹲在席棚跟前的秘书小沈连忙迎了上去，他见于县长气冲冲的样子，便料到事情不妙。于良仲夹着公文包，大步流星地往前走，小沈一路小跑跟着，也不晓得县长要往何处去。

在巴东动身之前，于良仲就想到恩施一定要去拜见省政府代理主席袁之善的。那年他从北平燕京大学毕业之后，报考了湖北省政府的"训政人员训练班"，经过严格考试被录取为学员。经过三个月的学习训练，最后又经过考试，各科成绩均为优秀，当时主管训练班的省民政厅长袁之善对他十分赏识，两次将他叫到办公室单独谈话，于良仲终生难忘。训练班绝大多数学员被分配到县以下的区，担任区长副区长，于良仲则被省政府留任，在文书科工作了近两年，后来又经袁之善举荐到巴东任县长。

袁之善属湖北籍国民党头面人物，早年曾在黄埔军校担任训练部长，为北伐名将，素以清廉闻名。同是政界元老的史应、章南先等提出"鄂人治鄂"的口号，邀袁之善到湖北省政府任职。袁之善对"鄂人治鄂"的口号表示欣赏，幻想能在沧海横流中守住一块净土，作为"三民主义的实验基地"，因此他应邀到湖北省政府任民政厅长，史应和章南先则分别任建设厅长和财政厅长。袁之善等满怀信心地要实行"新政"，建立所谓"廉能政府"，率先在湖北完成"训政"，来实现"宪政"之先声。但随后他提出的逐步推行地方自治，实行"二五减租"的方案等，都遭到层层阻力无法实施。袁之善更对当局草菅人命、滥施杀戮不满，一度去庐山太乙村隐居，自号"太乙邠丁"，自己砍柴挑水，自食其力，劳动之外便是读书，不过问时事政治。抗战爆发之后，袁之善受邀前往南京，抱着"赴国难，求死所"的决心，要求上前线，但未获准，再次由国民政府行政院发布为湖北省民政厅长，一九三九年五月，袁之善在恩施被国民政府委为湖北省代主席。

袁主席对于良仲有知遇之恩，但于良仲平素不敢多打扰，即使好几次来到省府开会，他也只是远远看着袁主席坐在台上，行注目礼。袁主席平时不苟言笑，但在大会上讲话晓之以理，动之以情，于良仲他们都很爱听，尤其听到要建立"廉能政府"，动员民众抗战到底，深受感染。但袁主席为何要辞去省主席一职去种菜？

于良仲满心不解和沮丧。

本想解救身陷囹圄的覃佑蛟，却没想到早有人先行一步，布下了重重危机，眼前只有去找覃佑蛟的兄弟覃远蛟，远蛟身为第六战区军事委员会政治部的参谋，常年工作在长官们的身边，或许能有些办法。

白天的恩施城又是一番景象，街上人来人往，形色不一，穿旗袍高跟鞋的女郎一看就是从南京、上海、汉口下江来的，她们在这山城里照样涂脂抹粉，吴侬软语，鞋跟敲打着繁华的十字街的石板，叮嗒叮嗒。从她们身边经过的背脚挑伕，打杵子也敲得石板砰砰响，像是配合着女郎们。只是妖艳的女郎见了这些背脚的，就用手绢捂着鼻子，扭着腰肢想躲远些，无奈街道狭窄，动不动就被碰撞到了，小街上不时会响起女人们大惊小怪的叫声。

十字街头一角，省城来的学生在演街头剧，有人拉起了一条白纸横幅，泼墨写着："反饥饿，反贪污！"看客们围成一圈，伸着脖子，袖着两手，一些拖鼻涕的娃娃直往人堆里钻，钻进去便坐在地上，呆呆地看着。

再往前走了几步，只见街边一家茶庄门庭热闹，衣着光鲜、戴瓜皮帽、呢帽的茶客不断进出，门楣上方的牌匾刻着三个隶书大字"裕庆号"，煞是俊雅遒劲。紧挨着隔壁又有一家当铺，招牌上写着"余庆堂"，进出的人神色不一，夹着些东西进门，空着两手出来。也是凑巧，于良仲快走到跟前，却见那茶庄门口，巴东下河帮的老板赖成绪，又叫赖大爹的那人正在躬身送客。

4

只见赖成绪满脸堆笑地亲手将两包茶叶和点心递到一个军官手上，客气地说："副官慢走，劳烦您家在长官面前美言，待长官得空时，容赖某登门拜访。"

于良仲看得分明，等赖成绪进了茶庄，他也随后带着小沈抬脚进了茶庄大门。当门的大厅摆了好些茶桌，三三两两的茶客正在喝茶嗑瓜子、聊天，胳臂上搭着白帕子的伙计见有人进来，高声招呼："来客倒茶！"

里边便又有伙计迎了过来，却有那面熟的，认得是于良仲，神色惊异地往后退了几步，疾步到柜台前，朝里边的一个男子小声说："二掌柜，那边来的好像是巴东的于县长。"

二掌柜的正在低头算账，一听这话抬眼朝门前一看，立刻丢下算盘出了柜台，却不是过来迎客，而是朝大厅后边走去。这茶庄里外好几层，坐在大厅的是一些平常散客，请到里面雅间里坐着的想必才是花得起钱的金主。

于良仲挑了一张空桌，叫小沈一块儿坐下，大声吆喝伙计泡两杯去火的梨儿茶。三峡小城多有挤在街角的"茶市"，搭一个棚架、支一副炉灶，座椅摆成"一"字或围成一个圈儿就招揽茶客。这"裕庆号"却是多了好些讲究，叫茶之后，即刻有系着围裙的伙计摆上茶碗，附带两小碟瓜子，分炒的和卤的。另有一伙计手提一把长嘴铜茶壶徐徐走来，一抬臂，一转身，海底捞月似的将一股滚烫的茶水，分毫不差地注入桌上的茶碗。

喝过半碗茶，却见赖成绪身着古香缎长袍，外加暗黑马褂，挺胸亮肚地从里间走了出来，身后跟随二掌柜和两个伙计，他径直朝于良仲的桌前走来，老远笑道："这不是于大县长吗？你们怎么做事，也不把县长请到雅间去？"

于良仲坐着未动，端起茶杯喝了两口，说："这不是下河帮的赖老板吗？什么时候又跑到恩施城里发财来了？"

赖成绪不慌不忙地说："于县长真是贵人多忘事，小民给你禀报过，要到恩施来参加抗战，这茶庄开得有些日子了。只是日本人隔三岔五地扔炸弹，也没敢请于县长到恩施来喝茶。"他说着，掉头对身后几人说："看县长这一身泥巴长流的，多有辛苦，你们怎么就沏这粗叶子茶？也不请到里边去，这要是让恩施省府的长官们看到了，还说我们巴东人不懂礼性。"

身后的二掌柜和伙计都哈腰点头，却也没人动手给于良仲再沏新茶。

眼前的赖大爹高抬着下巴颏，趾高气扬的样子跟在巴东时大有不同，像变了一个人。从前他三天两头到巴东县府来拜见于良仲，每次都说要禀报商会抗战的事由，却说不了几句正经，便会谈古论今，像是有满腹经纶。又似乎与于良仲曾就读的燕京大学相熟，好些个名教授他也都认得，并能说出他们各自的家世，旁人听到，他似乎就是于良仲曾经的同窗学长。于良仲听他说得亲密，也都习惯了，自然将他当作商会可信任的人。而今却见他摇身一变，俨然已是省城的富商，口气里尽是某大员某长官，就像与那些人早已是多年的拜把子兄弟，一副藏不住的志得意满，对于良仲说话全然没了从前的恭敬。

原来这人的面孔就跟川剧的变脸一样，可以千变万化。

于良仲冷眼看他不时跟进到茶庄来的体面打扮的人亲热寒暄，便说："赖老板，看来你这茶庄谈笑皆鸿儒，往来无白丁，你又攀上高枝了。"

"见笑。"赖成绪悠闲地站在茶桌前，手上玩着一把折扇，一会儿打开一会儿合拢，并不在意于良仲话里的讥讽，说，"于县长到恩施来有何公干？有什么需要赖某出力的，尽管吩咐。"

伙计拎着一把大茶壶过来续水，于良仲将茶杯一手按住，"够了。算茶钱。"

赖成绪用扇柄一敲桌沿说："二掌柜，于县长的这两杯茶钱就免了，我们裕庆号虽然没有发什么财，但请县长喝两杯茶还是请得起的。"

于良仲到底年轻，这时终于按捺不住，冷然说道："赖老板，我不是来喝茶的，有句话我要当面告诉你。"

"哦，什么话？"

于良仲说："你要发国难财，只要不违法，也就算你的本事，但你要是太过算计，不仅吞吃他人的财产，还要伤及他人的性命，我于良仲只要在巴东一天，就绝不容许！"

赖成绪吃惊不已，他把扇子啪地收起，恼道："于同学，我看你是当了两天县太爷，不知天高地厚了，你晓得这是什么地方吗？敢在这里信口开河？这是省城，不是你巴东县，这街上随便过来一个人，官都比你大，撤你的职办你的案，一句话的事。"

于良仲抬手就往桌上一拍，面前的茶杯随着蹦起，茶水滴滴答答地顺着桌沿淌下来，他指着赖老板的鼻子斥道："你赖成绪什么东西，撤我的职？"

二掌柜见势不好，忙打圆场，"哎于县长，我们赖老板也是一番好意，您家在恩施城人生地不熟的，怕你遇到麻烦给你提个醒……"

秘书小沈推开他，"滚一边去。"他拉拉于良仲的衣袖，说："县长，省府不是约了您见面吗？时间不早，我们该走了。"于良仲与赖成绪怒目相对，大厅里的茶客见怪不怪地指点着，从后边走出几个横着眉毛的壮汉，气势汹汹地朝于良仲撸着袖子。赖成绪一转脸摆摆手，突然笑了笑，说："怪我今天起来早啦，这会儿脑壳还是晕的，是我说话欠考虑，于县长你莫见怪。"

二掌柜的也跟着说："就是就是，于县长您坐下来，我再给你沏壶玉露茶。"

小沈不由分说地使劲把于良仲朝门外拉，于良仲从制服兜里掏出两张纸币丢在了桌上，俩人昂首而去。

街上不知什么时候已在下雨，一阵紧似一阵。恩施山城多雨，秋季的雨时来时停，一连会有好些天，出门人这个季节都会随身带着雨具，叫作"晴带雨伞，饱带饥粮"。讲究的撑一把油纸伞，最常用的是竹编斗笠，乡下人进城来卖菜，挑担背篓的则会披一领蓑衣。于良仲和小沈没有伞，也没有斗笠蓑衣，刚一跨出店门，雨水就朝头顶浇了下来。

背后传来二掌柜几人的窃笑声，于良仲打湿的后背像是被密密的小针刺扎着，他能感觉出，是来自那些幸灾乐祸的目光。

第二十一章　鼓楼街

1

第六战区司令部原先设在恩施城东郊的龙洞河艾家祠堂，后来迁至老城鼓楼街原施南府署的院子里，所属的部门分驻各地，覃远蛟所在的政治部在南正街，与司令部相去只隔一条街。

于良仲带着小沈在雨中来到南正街，一打听，政治部的参谋们正在司令部参加会议，外人不得入内。于良仲转而去见了几位在省府厅局任职的老同学，天之将晚时，估计司令部的会议快要结束，便又去到鼓楼街，找了一家小茶馆坐着，可见到对面司令部的院子大门。

司令部正在召开一个紧急会议。

这一天，鼓楼街的战区会议室里，参加会议的人员十分重要，他们是分别来自不同驻地的各集团军司令。会议开始之前，参谋覃远蛟站在会议室门前，接应着走进会场的将军们，他脸上带着职业性的微笑，彬彬有礼。

第六战区的建立是在抗战最为关键的时期，后人将以史料的方式记录下有关的布局，而在当时，这些都属于高级别机密。

宜昌扼川江门户，是通往陪都重庆和西南大后方的咽喉要地。一九四〇年六月，日军占据宜昌，宜昌的失陷，对抗战之我方造成了严重威胁。从当时的情况看，李宗仁的第五战区处于鄂西北，薛岳的第九战区又远在长沙，皆无力顾及宜昌方面的战事。鉴此，国民党统帅部认为：确有在介于第五、第九战区之间另划一个战区之必要；又虑及洞庭湖西北滨州地区及湘西、鄂西山区诸处地形险要，利于固守，既可拱卫陪都重庆，又可伺机反攻，于是决定将设在湘西的第六战区改组，重新调整兵力，划分作战区域。是年十月，蒋介石令陈诚辞去军政部长和三青团中央书记长职务，担任第六战区司令长官。

战区辖区改组后的第六战区，辖区总计八十一县。其中湖北省境内有二十五个县，即沔阳、潜江、监利、石首、公安、松滋、枝江、江陵、荆门、远安、宜都、当阳、宜昌、兴山、秭归、长阳、五峰、鹤峰、宣恩、来凤、咸丰、利川、建始、恩施、巴东；湖南省的二十七个县，即永顺、龙山、大庸、保靖、桑植、古丈、沅陵、溆浦、辰溪、凤凰、乾城、永绥、泸溪、麻阳、会同、芷江、晃县、黔阳、常德、澧县、桃源、石门、华容、南县、慈利、安乡、监澧；贵州省的二十一个县，即沿河、印江、思南、松桃、石阡、铜仁、江口、玉屏、岑巩、青溪、镇远、天柱、三穗、锦屏、剑河、省溪、后坪、正安、务川、德江、凤岗；四川省第八区的酉阳、彭水、黔江、秀山、石柱、酆都、南川、涪陵。长官部驻节地，第六战区长官部认为：日军攻占重庆入川，在长江以北使用大兵团作战的可能性不大；而处于长江以南，湘鄂两省衔接地之恩施，地形多丘陵、山岳，且扼据要道——四川的重庆、彭水、黔江有公路可通湖南辰溪、沅陵、常德；由黔江可达湖北的咸丰、宣恩、建始、巴东；由宜昌经野三关至建始、恩施有一条人行大道，此道往西可至重庆。为控制要道，决定将战区司令长官部设在恩施。

兵力部署第六战区总辖四个集团军，一个长江上游江防司令部，一个直属部队，计有十四个军，三十六个师，三十万兵力。第十集团军：辖六十军、七十九军、八十七军，总司令王敬久中将，总司令部驻慈利县以北溪口。第二十六集团军：辖七十五军、七十一军、三十二军、九十四军，总司令周岩中将，总司令部驻兴山以东的雾渡河。第二十九集团军：辖四十四军、六十七军、七十三军，总司令王瓒绪，总司令部驻临澧附近。第三十三集团军：辖五十九军、七十六军，总司令冯治安中将，总司令部驻远安以北的洋坪。长江上游江防军：辖十八军、八十六军、第八军、三十军、二十六军、海军第二舰队，总司令由战区副司令长官吴奇伟兼任，总司令部驻宜昌三斗坪。战区直属部队：八十七军、七十四军、第二军。

第六战区部队担任正面战场防御作战任务，防御地域右起与第九战区交界的华容县，沿湖北宜都、南津关、宜城至南漳一线与第五战区衔接，抗击入侵华中地区之日军向西南地区的进攻，保卫重庆的安全。

司令部的参谋覃远蛟按照陈诚长官的吩咐，已将大幅作战地图挂在了墙上，个子不高的陈诚伸长手臂，用小竹棍指着地图，详细分析了前段的战况，又向各集团军司令下达第六战区部队近期的作战任务。

"各位请看，第六战区部队担任正面战场防御作战任务，保卫重庆的安全。战区各部队以长江三峡为防御重点，向长江南北两翼展开，其具体布防如下：长江上游江防军担任巴东至宜昌长江两岸的守备任务，二十六军为江右守备队，九十四军为江左守备队，第八军控制江南岸之长阳；二十九集团军防守湘西津市、澧县及华容；第十集团军防守石首、公安、松滋、宜都之线；第二十六集团军担任宜昌以北分乡场至远安以南的阵地防守；第三十三集团军担任观音寺、仙居阵地之线的防守；驻五峰、来凤、恩施、建始、巴东等地的四个军八个师为预备队，随时遂行支援任务。吴司令，你们的防御至关重要啊！"

长江上游江防军总司令吴奇伟立刻应道："请陈长官放心，江防军为保卫长江，保卫重庆，赴汤蹈火在所不辞。"

前段时期的战况再次作了通报：

第六战区将士抗击之敌为侵华日军第十一军（司令官高术仁中将）和第十三军（司令官横山勇中将）所辖之第三师团、第六师团、第十三师团、第三十四师团、第十八师团、第十八混成旅团及所属之航空兵、舰艇部队和海军陆战队一个联队，共十万余人。

战区部队于一九四一年九月二十九日至十月十二日发
起宜昌会战，重创驻宜日军；于一九四三年五月五日至六
月十七日发起鄂西会战，毙伤日军万余人。

说到鄂西会战的石牌岭大战，陈诚脸上露出笑容，来自重庆的
嘉奖已是众人皆知。但他很快迅速地收起笑容，脸色严峻地指向地
图上的湖南常德，"各位，据有关情报，日军制订了第五号作战计划，
近期正在向我常德、津市一带集结，他们在宜昌、鄂西没有占到便
宜，目前企图从常德绕道湘西，进而杀向重庆。"

"今天我们就是来讨论这次军事行动，第六战区部队一定要让日
军西进和南下的计划成为泡影。"他接着说到事先拟好的防御计划。
然后让参谋长给司令们详细讲解。

在座的将军们明白，不久之后又将会有一场硬仗，纷纷站起来慷
慨陈词："全体将士死守阵地，绝不后退半步，日军休想通过常德。"

陈诚说："好！有各位的勇气，辞修我也更有胜利的信心。国民
政府军事委员会对第六战区的官兵寄予厚望，昨天专门来电慰问各
位，并问候各位的家属子女。"

那天的会一直开到天黑，雨也停了，参会将军们乘坐的车在山
城的夜色中驶出鼓楼街口，前往下榻的民享社东门招待所。

东门招待所原是清代咸丰年间新疆巡抚饶应祺的故居，饶巡抚
是施南府城关人，故居最早建的是木瓦结构庭院式，其子饶凤璜留
学日本归国后，将临巷一侧改造成具有西式风格的两层楼房，省政
府迁至恩施后将其征用，作为不对外的招待所，来往的政界、军队
的上层人士均下榻此地。

战区司令部总务处在鼓楼街的餐馆订了两桌菜，送到了民享社东门招待所。好几位集团军的司令都是南方人，故特地找了来自下江的馆子，做了拿手的淮扬菜，红烧狮子头、水煮干丝、清蒸鱼。这几年恩施城里新开了不少餐馆、旅社、澡堂，五花八门的菜系都能在城里找到。

战区司令长官陈诚这天没有参加晚宴，他一般极少出席这种公务宴会，这与他一贯倡导的廉洁节俭有关，也与他的饮食习惯有关，他最喜欢的还是夫人在家教厨子做的几样小菜。战区副司令长官、长江上游江防军总司令吴奇伟受他的委托招待各位，上校参谋覃远蛟也随几位参谋长陪同前往。

2

夜色中，坐在小茶馆的于良仲和小沈见对面司令部门前的人多了起来，知道会议已散，但看一辆辆小汽车从院子里鱼贯而出，却不便上前，只能眼看着车去院空，也没见覃远蛟出来。小沈欲言又止地说："县长，你不饿吗？"

于良仲这才想起一整天除了在裕庆号喝了一碗茶，都没吃过东西，便说："走，小十街那边有一家粑粑店，我们去买几个垫补垫补。"顺着鼓楼街下行，雨已经停了，街面上湿漉漉的，他俩先前打湿的衣服半干不干地贴在身上，皱巴巴的像捆了几道绳索，脚上的布鞋也仍是湿的，小沈索性踢着街面上的水洼，神情没落地说："于县长，我心里憋了一句话，不知该不该说？"

于良仲问："什么话？想说就说。"

小沈说："小时候，我爹让我好好读书，说的是将来当官享福，坐屁股冒烟的车，吃细米白面，可我如今看了您这个当县长的，这官还不如不当呢。"

于良仲没想到小沈突发此言，转过头来看看他，不禁发笑，"你这家伙，像个新青年说的话吗？当官可不是为了享福，天下为公，为民众效劳，为民造福，才是为官之道。"小沈嘀咕着："可我看那些当官的，不像您这样。"

大街上人来人往，于良仲小声说："要是你觉得跟着我受了苦，现在就给你自由。你看，大路朝天，一人半边，你想往哪儿走？"

小沈看于良仲的脸色，知道他是在与自己逗笑，便也做出无奈的表情，"我还能往哪儿走？死心塌地跟着县长您呗。"他眼睛一亮，指着街边说："哎，粑粑店是这家吧？"

十字街右侧一家小店前，一些人排着队，热气腾腾的米香味儿飘荡在夜色中，当门的柜台上垒着几屉蒸笼，旁边一沓暗绿的荷叶，一个老婆婆系着白围裙，嘴上问要几个，手上将荷叶卷成三角，再从蒸笼里拣出一个个雪白的米粑，递给排队在前的人。两分钱一个，于良仲掏出两角钱，叫婆婆拣了十个粑粑。他接过来，跟小沈闪到街边狼吞虎咽，恨不得一口一个。

"好吃，好吃。"小沈连连说，突然，他停止咀嚼，说，"县长你看。"

于良仲顺着他的目光看去，大十街上走过一个戴黑色呢帽的男人，右腿微瘸，但步子迈得很快，那不是被通缉的电报局长尤占塥吗？于良仲想看仔细，但人行道上的木头电线杆挡住了视线，他立刻疾步跟了上去。

那人头也不回地进了十字街旁边的一条小巷，沿着巷子走了没多远，转身进了一幢灰色的小楼。于良仲跟在他身后，心里一惊，之前来恩施开会时，他听说过，眼前的这幢楼叫作"三义宫"，却是军统恩施站的办公地，姓尤的是被警方通缉之人，怎么敢走进军统站？莫不是认错了人？

小沈却在他身边小声说："就是他，尤占圩，他走路的架势，一颠一颠的，不会错。"

于良仲说："嗯，我们在这里候候。"

小巷子里隔老远才有一盏路灯，影影绰绰的，虽然离得不远就是热闹的十字街，但这边却很少有人行走，或许正是一些特务机关设在巷子里的缘故。于良仲和小沈闪到一幢楼房转角的暗处，紧盯着军统站那幢灰色的小楼，却好一阵也没见有人进出。

又等了片刻，于良仲看巷子口有人走来，忙碰了碰小沈，此处非久留之地，两人闪到亮处，大步向十字街走去。

3

这天半夜时分，覃远蛟回到清江河畔橘园里，刚走到他居住的农户家门前，黑黝黝的橘树林里两块石头突然立了起来，覃远蛟闪避在屋檐下的柴火堆后，从腰间拔出了手枪。黑暗中那石头开言道："别开枪，我是于良仲。"

覃远蛟听出口音，不由惊道："于县长！"

于良仲和小沈两人从橘林暗处走出来，于良仲说："我们在这儿等你半夜了。"

远蛟说："啊？为什么不进屋去？"

于良仲指着土屋的大门说："人家不让我们进。"

远蛟上前对着木门轻轻敲了两下，大门跟着就打开了，一个壮实的女子站在门前说："你回来了？"远蛟朝她说："来客人了。"又转身对于良仲说："这是我内人秋芳。"

于良仲好不惊讶，"覃参谋，你什么时候办的喜事？怎么没有听说过？"他借着那女子端着的煤油灯光，看她浓眉大眼，嘴唇厚实，模样倒还端正，之前他们也来敲过门，但女子不由分说，只说家里男人不在，就把他们拒之门外了，他们甚至连她的眉眼都未能看清。

覃远蛟叫秋芳去烧些热茶，边说："咳，兵荒马乱的，还办什么喜事呀。这也是过去的几位同事撮合。"他说着，朝于良仲挤了挤眼睛，似乎话里有话。于良仲也就不便再问。

打量这三开间的土瓦房，中间是堂屋，两边的侧屋像是卧房和鄂西人常用的火塘。覃远蛟把于良仲他们让到火塘边坐下，问是怎么找到这儿的。他这个住处除了司令部的人，旁人都不晓得。于良仲便说起为了救覃佑蛟，从巴东搭车过来的经历，今天在战区司令部大院对门等候了几个时辰，也没等到覃远蛟，最后却意外碰到了两个人。

覃远蛟和端茶的秋芳互看了一眼，然后问："碰到哪个？"

于良仲说："今天一天可真是怪事不少，我们先是在大十街撞见了尤占埧，就是那个被通缉的电报局长，后来发现他进了军统站，正在奇怪，没想到后来在十字街又碰到了你们家老三覃义蛟。"

覃远蛟正在拨弄火塘里的柴头，丢下火钳说："看来老三他没听我的话，没有回巴东。"

"义蛟来找过你了？"于良仲问。

覃远蛟点头。前天老三到司令部找过他，又到这里来过，但大哥的事，远蛟却不便多说，只让他先回巴东。老三一气之下不辞而别。他暗暗担心，依老三的性格，别在恩施干出什么傻事来。

于良仲说："他会不会也在恩施发现了尤占塂？"

覃远蛟说："我前不久得知，姓尤的现在已是军统站的人。"

秘书小沈愤愤不平地说："这都是怎么回事？尤占塂不是明明有案在身，被警局通缉的吗？"

"这种事多得很，你们要在省府也就见怪不怪了。"覃远蛟问，"你们今天见到我家老三，他说什么了吗？"

于良仲说："义蛟他说要去找曾子唯，还告诉了你这儿的地址，看样子他还是希望二哥你替大哥想想办法，我和小沈来，也是为的这个。"

覃远蛟与秋芳又互看了一眼。远蛟说："你们吃过饭了吗？秋芳，给他们拿几个苞谷粑凑合一下。"

于良仲说："不用了，我们夜里在大十街吃了米粑，这会儿还香着呢。就是嘴巴干了，再给我来一碗茶。"秋芳也不言声，提过一把大茶壶放到跟前，又默默地端过一个大木盆，倒了半盆热水，递过一根白帕子。远蛟说："于县长，你洗把脸。"

于良仲也不客气，和小沈就着热水洗了脸。远蛟说："于县长，我们来往也不是一次两次了，我看你总是风风火火的，如今能主持正义，为我大哥的事到恩施来四处奔走，真是难得。抗战艰难时期，巴东有你这样一位县长，也真是黎民百姓于不幸之中的万幸啊。"

于良仲说："咳，这是覃参谋您的夸奖，实不敢当。今天还有人说我幼稚，我发现我的确对官场还没有掌握。但如果有一天我真的都掌握了，也该找个地方种菜去了。"他说着自己笑起来。

"袁主席种菜的事，你也知道了？"覃远蛟说，"是啊，官场险恶，这也是为什么老三找到我，我不敢轻易应承的原因。"

于良仲点头，"我能理解。"

"可是回来之后，你嫂子秋芳骂了我，说我不该只顾军务不顾亲情。"覃远蛟指着卧房那边低声说，"莫看你嫂子话不多，但她是个实在人。"于良仲看那边卧房里灯光模模糊糊的，那女子像是靠在床上缝补衣裳，便也小声问："嫂子她是做什么的？"

覃远蛟欲言又止似的，"咳，她就是一个乡下女子，娘家那边有些土地，在城里也有些买卖，这房子就是她娘家租下的。"

"难怪，眼下恩施城是寸土寸金，省里来的机关学校为了争抢房屋都打破头了，省政府办公厅都只是在一个祠堂里，我说你一个人怎么能住这么宽的房子，原来你有老丈人做靠山呀。"于良仲说，心里却想，看这覃远蛟长相俊朗，又有才华，却娶了这么一个模样笨拙的乡下女人做老婆，不由暗暗为他叫屈。

覃远蛟这时说道："于县长，实不相瞒，你嫂子骂了我之后，我已将我大哥的事禀告了江防吴总司令，他已着人过问。"于良仲一听如释重负，"真的？那太好了，我就知道只要覃参谋你找人说话，这事肯定就会有转机。"

覃远蛟却眼神幽幽地说："还不一定。到目前为止，吴司令只是答应过问，并没有说肯定放人。"

就在今晚东门招待所的宴席上，覃远蛟发现吴司令对他的态度有些微妙，谈笑风生之间，吴司令对覃远蛟挑起的话题不加理会，就连覃远蛟给他敬酒，他也只是敷衍地举了举杯，却不拿正眼相对。这与之前的态度大相径庭，甚至就跟刚刚从司令部出来同车一道前往时也大不一样，真是说翻脸就翻脸，可那到底是为什么呢？覃远蛟猜测，这一定是来到东门招待所之后，哪怕时间短暂，也有人找机会在吴司令面前捣了鬼。

于良仲见覃远蛟神情忧虑，不由激愤地说："这件事在巴东影响太大了，商会、船行的老板每天都在打听，还有那些船工、佃工也都在问，如果把覃少帮主冤枉了，今后在县里发动大家支援抗战的话就没法再提，哪个还敢相信政府啊？"

秋芳从卧房那边走了过来，瞪着眼说："远蛟，夜已深了，让客人们休息吧。"

于良仲看看他二人的脸色，说："我们走吧，不在这里给你们添麻烦了。"覃远蛟说："半夜三更的，你们到哪去？火塘后边这间小屋就有一张床，于县长你们可将就歇一夜。"小沈在一旁推了推于良仲，"县长，你就听覃参谋的，再过一阵天就快亮了。"正说着，不远处响起了鸡叫。于良仲说："鸡都叫了，我看瞌睡也不用睡了。小沈你去歇着吧，我跟覃参谋再说说话。"

秋芳看了看他们，不再言语，却端着煤油灯将小沈让到火塘后边的屋子里，然后默默地走开了。于良仲看她走进那边的卧房，便把火塘门掩了，回过身小声对覃远蛟说："你看，我还差点忘了一件事。"他从身边的公文包里摸出一个纸包，递给覃远蛟。

"这是？"远蛟打开来，却是一双碎头布拼成的鞋垫，用麻线密密地扎成，边线滚过好几道，摸着又周正又结实。

"这是岳家绣儿听说我要来恩施，要我带给你的。"于良仲说，"岳家豆腐店也被炸了，绣儿她妈被炸死了，岳老板炸成了聋子，全靠凤娘的药汤捡回一条命。这些天，绣儿除了照顾她爹，又从炸烂的屋场里扒出一些破布，帮人做鞋扎鞋垫，好歹还能卖出几个钱。你看，我脚上穿的也是她做的鞋。"

覃远蛟神色黯然地说："绣儿家的事，我听老三说了。"他起身到卧房那边，过来将几块银圆递给于良仲，"你帮我把这点钱带给绣儿。哦，不用说是我给的。"

于良仲看看卧房那边，压低声音说："覃参谋，你怎么这么快就成了家？原先不是说要娶绣儿的吗？"

覃远蛟满脸无奈，"我刚才不是说了吗？眼下恩施城人满为患，别看我们身在司令部，可住的都是民房，几十个人挤在一起，上个茅坑都要抢，比那几年在川军过的日子还要差。有本事的都各找门路在外边谋了房子单住，几个同事跟我一撺掇，所以……"

昏暗的煤油灯下，于良仲半信半疑地看着覃远蛟那张帅气的脸，摇了摇头。"再说，那天跟绣儿一起也是为了救她，并没有真的跟她订婚。"覃远蛟说，他突然转过话题，"哎于县长，我倒要问你，你有没有家眷？"

于良仲叹了口气，"我在安徽老家早就成亲了，在我大学毕业的那一年，父母之命不能违，就答应了家里订下的一门婚事。"他拨了拨火塘里快熄掉的柴头，"这一打仗，家也难回，都不晓得家里的老人，还有她都怎么样了？"

覃远蛟无言地拍了拍他的肩，两人相视苦笑。

第二十二章　橘园解困

1

大雨说来就来，老三覃义蛟那天刚从清江河畔的林子里钻出来，就又碰上了一阵倾盆大雨，街边的杂货铺有卖斗笠的，站在柜台里朝外招呼："这边有斗笠卖啊！五角钱一顶，戴上不遭雨淋！"覃义蛟看也不朝铺子里边看，吆喝的人叫他："哎，那个哥子，买个斗笠壳哟！"

覃义蛟快步走开了。他光头敞怀，任大雨浇在身上，浇得痛快，浇得他心头火苗稍稍平静了些。前两天他连夜奔走，从巴东拣小路经龙坪、绿葱坡、白杨坪、龙凤坝走到了恩施城，心急火燎地找到战区司令部，想见二哥覃远蛟。司令部的警卫根本不让进，他守候了半天，看出一些门道，见一个老爹推着板车进去送菜，满车的包心白菜、胡萝卜，压得轮子都瘪了。义蛟赶上去帮老爹推了一把，老爹有些惊异，义蛟悄悄附耳给老爹说，他要进去找个人，并塞给老爹两张纸币，这才混进了司令部的厨房。他就着蹲在那里帮忙择菜，洗菜，厨房里的师傅都当他是新来的小工，也没多问。

一直等到中午司令部食堂开饭，一个个军人走进餐厅就餐，覃义蛟从厨房的窗口里东瞄西瞄，终于发现了身着军装的二哥覃远蛟。他端着一大盆菜汤走过去，正朝嘴里扒饭的覃远蛟一下子怔住了。二哥用眼神示意他出得门去，在一个背人的墙根下，问他怎么到这里来了，覃义蛟只说了两句，二哥就说这里不是说话的地方，小声给他说了清江橘园里头，左拐第三幢瓦房，叫他晚上去。覃义蛟按这个地址当晚找了去，但万万没想到，二哥竟然已经背着家里人娶了亲，更没想到给二哥说了大哥的事之后，二哥竟好半天一言不发，像是为难至极。后来还是那个叫作秋芳的女人开口，说兄弟伙的，能帮忙的一定要帮忙。二哥却仍然不露声色，覃义蛟当时就气得指着二哥的鼻子开骂："你还是我们覃家的人吗？大哥的性命都快保不住了，你连个屁都不放一个？"

覃远蛟任由他责备，"老三，以后总有一天你会明白的。"

"我明白管什么用？"覃义蛟气愤地说，"大哥危在旦夕，你要不找人，我自己找人去。"他夺门而去，二哥跟在他身后追着叫他回来。覃义蛟头也不回，这个时候还啰唆什么？二哥他变了，在这个乱世里变得六亲不认，为了升官发财，过安稳日子，连兄弟的事也不管了，绣儿也不要了，他覃义蛟绝不做二哥这样的人。

瓢泼大雨又一次降临，山城被笼罩在一片雨雾中，人们都纷纷躲雨，街上少了行人。覃义蛟赤脚走在青石板的街道上，他要去找表哥曾子唯，爹曾说让表哥找人，也不知找得怎么样。一路从大十街往南，上坡过了魁星楼，逢到旅店就进去问，有没有巴东来住店的。快到南门城门洞的街上时，突然听到一个女人在叫："三哥！三哥！"

他侧头一看，只见不断洒落的大雨中，街边连排的木板楼上有一扇窗门敞开着，一个穿着橙色褂子的女人正从窗里探出身子向他招手。

"金桂？"他脱口叫道，他怀疑自己的眼睛，可再定睛一看，那不就是多日未见的金桂吗？

金桂怎么会在这里呢？还没容得他细想，那边楼前的大门就打开了，金桂走出门来，站在街沿上，隔着大雨使劲地向他招手，覃义蛟略加迟疑，也就大步走了过去。走近些，他见那金桂比从前瘦了许多，脸上也没再涂粉描眉，那身橙色的衣服像还是从前穿过的，见了他，金桂脸上的笑从眉眼间绽开来，一看就没有掺假，"快进来呀，这么大的雨，三哥你身上都淋湿完了。"

覃义蛟仍站在街沿上，透过大门朝暗黑的屋子里打量，"金桂你住在这里？"金桂扯住他的袖子就往屋里拉，"你先进来，我再给你说。"

覃义蛟身不由己地被她拽进门去。当门的堂屋摆着方桌和两把太师椅，后边是一个小天井，雨水哗哗地冲打着石缝里的青苔，侧面一个楼梯，二楼栏杆上晾着几件衣裤。金桂噔噔跑上楼，拿来一套青布衣衫，说："三哥，你快把湿衣服换了。"

覃义蛟站在堂屋当中，连连摆手，"不，我不用换。"

金桂看他一脸决然的表情，嗔道："三哥，你是嫌弃这衣服是我那混账男人穿过的吗？这是新的，他没穿过，一次都没上过他的身。"她说着把衣服塞到覃义蛟手上，义蛟像被火烫了一样推了回去，"我说了不要，不要。"

金桂捧着衣服站在他面前，脸上先前的笑意淡了下去，眼睛里渐渐堆起一层层幽怨，片刻间化作一汪泪水，就像天井里的雨一样，哗哗地淌了下来，“我晓得三哥你和凤娘都恨我，当初凤娘治了我的病，尤占埙反倒害得凤娘遭了大罪，他这个人不是个东西。可嫁鸡随鸡，嫁狗随狗，本来他买卖鸦片要被抓进大牢，也不晓得投靠了什么人，带着我跑到了恩施，我也无路可走，只有跟着他。”

从前在官渡口，年少时的金桂时常随父母到覃家吊脚楼来做客，那时她脸盘子圆嘟嘟的，穿一件花旗袍，跟覃家的幺妹玉蛟说说笑笑，俨然就是吊脚楼里好看的花树。覃义蛟脑子里浮现起那些往事，目光变得柔和起来，他朝楼上看了看，警惕地问：“姓尤的呢？他不是被通缉的吗？跑到恩施就不怕被警察局抓起来？”

金桂见了他，就像见到久别的亲人，竹筒里倒豆子，噼里啪啦地把尤占埙被通缉前，有人给他报了信，他逼着她连夜逃到茶店子，骑了两匹骡子到恩施前后的经过说了一通。“我倒是巴不得他被抓起来，我就想法子回官渡口妈屋里去。”金桂说，“哪晓得这个家伙好像又成了官府里的人，在我面前踿[1]，说有大官器重他，他身上别着枪，耀武扬威的，说要是我敢偷跑，他就到巴东官渡口去毙了我全家。我在恩施城人生地不熟的，身上也没钱，能往哪儿跑哇？”

秋来的天气，一场大雨下来，这屋子里凉飕飕的，覃义蛟却被金桂一番话说得浑身火直冒，他巴望那姓尤的此刻能回家，好让他逮住痛揍一顿。金桂却说尤占埙常常是半夜三更才回来，有时候一连几天也见不到人影，她独自守在这屋里，只有每天站在楼上的窗前看街上的热闹。她也不晓得男人每天究竟在做什么，只要开口问一句，就会挨他的巴掌拳头。

① 踿：鄂西方言，炫耀的意思。

金桂说着，忍不住又哭了起来，覃义蛟看着她抽动的肩膀，一耸一耸的，扯得他心里也好疼。"莫哭了。"他只有这么劝她，想拍拍她的肩，手伸出去又缩了回来。

"三哥，只怪我命苦，当年我爹看你们覃家不娶我，一气之下就把我嫁给了尤占塽，以为是攀了高枝，哪晓得他吃喝嫖赌一肚子坏水……"金桂边哭边诉说，"三哥，我做梦都还在我们小时候，跟你在一起爬山下河，没想到老天爷让我今天从窗户里看到你，这是我吃斋念佛念来的。三哥，我要你带我走，我要回官渡口去。"

覃义蛟无法应承金桂的话，他没法对她说明，一堆要紧的事在等着他，他得赶紧去找人救大哥，他还要赶回巴东去看凤娘和一双儿女，而且还有陆先生的托付，每一件都事关重大，迫在眉睫。可在这个关键时刻碰到金桂，从小就相识的女子，在这陌生的街上孤零零的，还少不了挨打受骂，好可怜，他该怎么帮她？

他想了想说："金桂，你莫哭了，你要是相信我，等我办完事情之后，我一定到恩施来接你，带着你的兄弟他们一起来，看那姓尤的本事有多大。"

"真的吗？三哥，你的话当真？"金桂眼泪汪汪地看着他，"三哥你要办什么事？我能帮你的忙吗？"

覃义蛟说："我的事你帮不上忙，等我办完了我会和你的兄弟一起来接你的。你晓得，我这个人不会哄人。"天井里的雨丝带着凉意飘散着，覃义蛟打了个喷嚏，金桂忙说："看我光顾了说话，这半天连茶也没给你倒一杯。三哥，你还是把这套干衣服换了吧，出门在外，切莫着了风寒。"在金桂一再劝说下，覃义蛟不得不接过她手中的衣服，金桂知趣地闪到天井后边的厨房里烧茶，义蛟在大门后边换下了粘在身上湿透了的衣裤，全身顿时干爽多了。

金桂提着茶壶，捏着两个茶杯从后边走进堂屋，将大门半掩了，她见覃义蛟换上了干衣，不禁绽开了笑靥，将一杯热茶递到义蛟手上，说："三哥，你穿什么都好看。"

覃义蛟却是很不自在，他着急要走，没顾得喝金桂的茶，只说："金桂，我还有急事，等过两天我来把衣服还给你。"金桂上前来拉住他的衣襟，屋子里暗暗的，可金桂的眼睛一闪一闪的，她说不想让三哥走，这屋里好冷清，她害怕得连觉都睡不着，整夜整夜的，三哥多陪陪她。说着就把扯住衣襟的手伸到了他肩膀上，双手搂住了他的脖子。覃义蛟太阳穴一紧，这女子，刚才哭的样子让他可怜，但眼前这副妖媚的样子却让他讨厌，这是想做什么？他稍一使劲，扒开金桂的两只手，又往后一推，金桂差点坐在了地上。

她还想留他，又不敢再拉扯，只一个劲儿说："三哥你一定要来呀。"覃义蛟早已大步跨出门，金桂喊他戴一个斗笠，义蛟也没再回话，只管疾步走去。

雨快停了。

2

覃义蛟在恩施城里找了三遍，从六角亭、南门外找到大十街、东门河坝，又从舞阳坝找到土桥坝，也没找到表哥曾子唯。老爹覃九河只说，他让曾子唯进到恩施找人说情，说他会住在川汉客栈，但覃义蛟到客栈找账房问了几次，账房都说没见过这个人。

他身上带的几个袁大头用得只剩几个零角子，看着满街上在雨中打着洋伞、油纸伞来来往往的人，他觉得自己就像一条从江里被抛到了岸上的鱼，干望着这世界，而无能为力。更要命的是，他发现街上不时有军队的人在拉伕，那些兵们斜挎着枪，眼睛瞄着从街上走过的男子，有单人独行，或是衣衫破烂的，他们就会上前盘问，问不过三句拉了就走。他开始看不明白，后来悄悄问一旁看热闹的老年人，才晓得是在拉伕，拉了去修机场，修公路，挑军火，总之都是政府说要抗战的事，哪个都不敢违抗。当街有个被拉的瘦弱的儿娃子想挣脱兵们的手，一个大兵照他脸上就是几枪托，打得儿娃子满脸都是血，一口吐出两颗门牙。

覃义蛟想起之前在宜昌城里被拉走的向幺爸，至今下落不明，他远远地躲开那些兵们，闪到背街的小巷子里。他犹豫着，想再去找二哥，那天从二哥那里负气离开，其实后来很快就后悔，他应该好好跟二哥商量，二哥明明还有话说，他却没听。从小就认为二哥是最有本事的人，当时以为只要二哥一出马，大哥就会得救，但那天二哥神色迟疑，让他又失望又生气，话没说几句他就走了。现在再回去找二哥，该怎么说？想想，还是先把表哥曾子唯找到才是。

他摸了摸随身带的白布包袱，几块荞子粑粑，一双麻草鞋和一套湿衣裳，再没有值钱的东西。全身上下，现如今只有戴在手腕上的这块欧米茄，说不定还能当几个钱。这块表是孙晓雯在船上硬塞给他的，说三哥常年在江上行船，这款瑞士最新推出的潜水表用得着。覃义蛟哪肯收，孙晓雯暗中将表放在一个扎紧的小牛皮袋里，塞进了义蛟的衣服荷包，覃义蛟跳下水之前才发现，从那以后就带在了身边。

他径直朝大十街那家当铺走去。先前打那里走过时，曾看到有不少人在当铺门前进出，当门挂着一块"余庆堂"的大匾，旁边又竖着一块蓝匾，上书"典当"二字，当时还好奇，当铺的名号跟旁边茶庄"裕庆号"像同一个妈生的。令义蛟根本没想到的是，他走进余庆堂，抬头想向高出一头的柜窗里询问这块表的当价时，却见坐在柜里的正是表哥曾子唯。

俩人四目相对，都大吃一惊。

曾子唯仍是一身长袍，只是头上的缎子瓜皮帽比之前显得阔气了许多，他之前的帽子多半是呢布做的，在杂货店里成天忙活，帽子上常是沾着灰土，这时头顶闪着光泽，变了模样。

"义蛟？你怎么也到恩施来了？"曾子唯朝左右看了看，有些紧张地探头低声问。覃义蛟站直身子，瞪眼反问道："我还要问你呢？你哪门到这家当铺里做了掌柜？"

曾子唯皱着苦瓜脸，越发放低声音说："这里不是说话的地方，老三你到小十街的酒馆里等我，我过一会儿就来找你。"

义蛟听曾子唯说话吞吐，又见那当铺里伙计个个彪悍，门前站了两个，店堂里还有两个在走动，眼睛不停地睃巡，便将本已取下的手表重新戴好，然后点头走开。一个伙计在门口拦住他，朝他腕上的手表扫了一眼，"客官，哪门不当了？"

覃义蛟昂头不语。

伙计不怀好意地问："是嫌余庆堂店太小？"覃义蛟说："是我的东西太小，我回去换一个大的再来。"伙计看那义蛟穿一身挺括的士林布裤褂，胸前肌肉鼓胀，晓得是练过功夫的，又看他眼里含着一股杀气，便侧过身子让道："好汉请。下回想好了再来。"

覃义蛟说："想来自然会来。"

他走出当铺，找到小十街那家不显眼的小酒馆，让酒保来二两酒。这家酒馆里放置了一个黑陶大酒缸，缸沿上挂了一圈竹舀子，大小不等，舀出酒来便会是一两、二两或半斤、一斤的，但酒保却道："现在不卖酒，只卖饭。"覃义蛟走过去一看，大缸里果然空荡荡的，缸底都是干的。酒保说，战区有令不能酿酒熬糖，已经多时没酒可卖了，店里只有苞谷饭就腌菜，两角钱一碗。义蛟一听还算便宜，从身上搜出剩的那点钱，要来一碗苞谷饭三两口就吞下了肚，想想不够，又要了一碗，三两口又扒完了，干脆要酒保再来三碗。那酒保就笑了，只听说武松在景阳冈饮酒一碗接一碗地要，没见过吃苞谷饭也是一碗接一碗的。

义蛟将土碗举起来，说你这个碗还没我的拳头大，就是再来三碗也填不饱我的肚子，倒是喝摔碗酒合适。说着就将小土碗"啪"地摔在了地上，碗碴子碎了一地，差一点溅到酒保腿上。酒保吓得往后一跳，说："兄弟你莫见气，我给你换个大碗，也免得一碗一碗地添。"

吃下一摞碗的苞谷饭，覃义蛟打了个饱嗝，跟酒保要来一大碗老梨儿茶，热滚滚地正喝着，表哥曾子唯掀开了酒馆的帘子。义蛟也不动弹，等曾子唯坐到跟前，打量着说："哎，你又换了顶帽子？"

曾子唯这时跟在当铺里不同，戴了一项旧呢帽，像是从前在巴东戴过的，看着眼熟。曾子唯从头上取下帽子放到桌子跟前，苦笑道："老三你眼力好！"他看覃义蛟不理不睬的，又说："老三，我晓得你今天在余庆堂见了我，心里起了疙瘩。你是我亲兄弟，哥哥今天实话跟你说，这家当铺和隔壁的裕庆号茶庄，都是赖大爹开的……"

覃义蛟好不吃惊，恨道："那你，如今是在帮姓赖的当账房先生啰？"

"老三你先莫使气，事情是这样的，你听哥我给你说。"曾子唯把凳子往他跟前拉了拉，说出一番话来。

他说赖成绪这个人，虽然从前一直跟我们信陵船社对起干，但现在是全民抗战，他舍了巴东的生意，特为到恩施省城来开了两家铺子，也是为了支援抗战。进出他茶庄里的人都是省府的一些要员，对赖老板很是看重。那当铺也是为了帮政府救济难民开的，来典当东西的从前都是有钱人，但到了鄂西山沟里，随身带的珠宝玉器吃不得也喝不得，赖老板他开这个当铺，就是为这些逃难的人救急，让他们换些吃喝，也算是行善……

覃义蛟听得气恼，一巴掌拍在桌上打断了他的话："曾子唯你真会替姓赖的说话呀！我看他倒是有一副好眼力，看中了你。你把从前跟我爹跑江湖做生意的话术都用上了。不过你说了半天还没说到正题，姓赖的给了你多大的好处，让你卖身投靠？我爹相信你，让你到恩施来办事救我大哥的命，你到底办得如何？"

他声色俱厉，小酒馆里正在吃饭的几个乡下人见势不妙，纷纷起身溜出门去。

曾子唯苦着脸一个劲儿摆手，"老三，你莫性急，听我一件件给你说。舅舅叫我办的事，我一到恩施就按他的吩咐去找人，但没得一个人理会，舅舅让我找那省府袁主席，他都到宣恩种菜去了，哪还管这些事？我把头都磕破了，搞得身无分文，走投无路啊，这个时候恰巧碰到赖老板，看在巴东老乡的分上他才给了我这份差事。

老三你也是有儿有女的人，你想下子，我和你嫂子、侄儿男女也要活命啊……"

义蛟从他的话里听出，原来曾子唯早已将他的妻儿搬到了恩施，并在那之前已购置了一套房产，难怪巴东被轰炸之后，没有听说他家里遭殃。他拿过曾子唯放在桌上的呢帽，捏成一团，"哪有那么碰巧，你和姓赖的早就有了勾连吧？遭孽我的老爹还一门心思相信你，把我大哥的命托付给了你，你倒是戴着瓜皮帽坐在当铺里替姓赖的数钱……"

"三弟，话不能那么说，你不晓得我为了救大哥到处求爹爹拜奶奶呀，可他犯的是战区的法令，我哪有办法……？"

覃义蛟一听大怒，"放你的臭狗屁！大哥他犯了哪条法？"

他抄起桌上那摞子土碗，朝曾子唯脚跟前摔去，接连不断的"啪啪"声像在放鞭。曾子唯缩着身子，挡着脸直往后退，酒保在一旁叫苦，却也不敢上前阻拦。

正在不可开交时，一群人突然拥了进来，打头的叫道："摁住他！别让他跑了！"

还没容店里人明白，三四个短衫男人就像饿狼一样扑倒了覃义蛟，呼哧着将一盘粗麻绳拧住了他的手臂，反转到背后捆绑起来。

3

五峰山下的橘园是城里人常去游览的地方，恩施城没有像样的公园，唯有这一处既有枝叶绿油油的大片橘林，空气里透着橘树的清香，又靠近清江河畔，有渡船从橘园坎下摆渡到对岸的老城东门，一年四季清波荡漾。顺着橘园旁的山路，爬上山顶的连珠塔，可将清江两岸的恩施老城尽收眼底。覃远蛟和秋芳住的土墙瓦房就在橘园小道旁，平常不时有人走过，但这些天，似乎人格外多了些。

秋芳从城里捡回的那条瞎了一只眼的小白狗，蹲在土屋山墙旁边不时"汪、汪"直叫，大门虚掩着，秋芳从土屋的木窗里侧着身子朝外看，小路上并没有人走过。

"有些不对劲。"秋芳对刚回到屋里的覃远蛟说，"小覃你回来的路上，后边有人跟踪。"

远蛟走到她身边，也从窗户旁朝外看了看，橘园小路上走过几个年轻人，他们说着话，看打扮像是这附近农专的学生。他指了指他们的背影，说："学生娃。"

秋芳说："不是他们。"她的目光投向橘林深处，那里树影晃动，"林子里有人。"她转过脸，神色严肃地说："小覃，这些天你往家里领了好几拨人，已经引起了敌人的注意。"

覃远蛟摸了摸腰上的手枪，"对不起，没想到巴东老家出了事，他们会找到这里来。"

秋芳说："我不是在责怪你。"

覃远蛟看了看她，秋芳刚给小白狗拌了狗食，手里拿着一把破木勺，上面还残留着一些煮熟的洋芋渣，粗笨的腰身裹着一件颜色已经发灰的紫衣，浓黑的眉毛压着双眼，也压没了女人的温柔。他不想再说话，走进火塘后边的隔间，倒在里面的小床上，想闭眼休息一会儿。住进橘园这幢土房已有半年，这些天他感觉自己随时都好像是在火炉上被熏烤一样，喘不过气来。这个陌生的女人成了他的妻子，他跟她表面上同在一个屋檐下，同吃一锅饭，同睡一张床，但实际上他每晚都独自睡在这间小床上，他跟她只是做样子的夫妻。

鄂西地下党在一年多前遭受了重大破坏，因为叛徒的出卖，中共鄂西特委书记何功伟和妇女部长刘慧馨先后被捕，在关押几个月之后，被当局秘密杀害。上级党组织经过筹划，在这个春天重组了鄂西特委，起用了长期在军队的地下党员覃远蛟，由他和秋芳建立了鄂西特委交通站，负责重大的人员和信息传递。秋芳的真实来历属于秘密，远蛟知道的她就是一个乡下土财主的女儿，因为战争耽误了婚姻，迟迟未嫁，她比远蛟大三岁，当着外人的面，她寡言少语，两人私下一起时，她叫他小覃。

秋芳跟他说话时带着不容置疑的语气，覃远蛟猜测这个女人当过什么头领，指挥过人，既然上级让她来负责这个重要的交通站，一定有必然的理由。但秋芳长相蛮实，还有一口破损的黄牙，每当跟他对面说话露出牙齿时，覃远蛟就有些按捺不住内心的厌恶，只想躲开去。从她的黄牙和说话的口音，他猜她的老家是在恩施东边偏远的石灰窑一带，那边的人牙齿都是这样黄而残缺不全，据说是当地水质中氟含量高引起的。上级组织交代任务时，只说秋芳入党早，这个交通站归她负责，覃远蛟工作在战区上层，秋芳同时还要承担保护他的任务。远蛟却没有指望这个黄牙齿的女人保护，心想只要她不拖累他，就谢天谢地了。

可近些天一些事情的连续发生，让远蛟对秋芳有了新的认识。老三义蛟那天找到家里来，覃远蛟碍于自己复杂的身份，对于出面解救大哥，一时感到非常为难。可老三走后，秋芳一句话提醒了他，她说："小覃，你如果不出面救你的大哥，别人会怎么看？"

初听是一句平常话，细想却有深意。是啊，官场上军队里，能捞的都在拼命捞，他覃远蛟一个上校参谋如果一副不食人间烟火样，岂不反倒让人奇怪？覃远蛟于是很快找到了江防军吴司令，一开始很顺利，当远蛟把大哥受屈被抓一事说明之后，吴司令说小事一桩，打个电话就行，他不由暗中庆幸。却没想到吴司令后来莫名其妙变脸，推三阻四再不回应。巴东于县长出于公心，四处奔走也是毫无结果，大哥的性命充满凶险。老三义蛟从橘园走后，并没有回巴东，这也让他很是担心，老三人地生疏，又性格刚烈，在这个处处暗流的恩施城里，只怕一不小心就会跌到陷阱里。覃远蛟前两天一直忧心忡忡，但这天事情又有了些转机。

"小覃！"秋芳这时站在火塘隔间的门口，叫着他说，"有些事你没跟我说清楚。"

覃远蛟从床上一揪身坐起，"你指哪些事？"

"你家里。"秋芳说。

覃远蛟不喜欢她这种说话的方式，便说："秋芳同志，我和你在这里是负责交通站的任务，我家里的事也要向你报告吗？"秋芳毫不含糊地说："是的。"

覃远蛟从隔间里走出，与秋芳擦身而过，他有意缩了缩胳臂，不想碰到这个女人身上。秋芳却紧随在他身后，"小覃，我先告诉你两个情况。"

"什么情况？"

"第一，江防吴司令改口，是因为收受了余庆堂赖老板的一批珠宝。第二，你的三弟覃义蛟误闯余庆堂，撞见了曾子唯，他们在小酒馆碰面，覃义蛟已被军统站的人抓走。"

覃远蛟震惊不已，"你是怎么晓得的？"

"你不用问。"秋芳浓眉下的双眼十分冷静，"把你知道的说说吧。"

覃远蛟有些不情愿地说："好吧。"

他其实早已发现赖成绪开的两家商铺跟政界、军界的人有密切来往，并且跟军统站的特务也多有勾结，被通缉的尤占垅就是经赖成绪推荐进了军统站。尤占垅曾当过电报局长，懂得无线电技术，对破译电报密码有一套，而且尤占垅对恩施境内的城乡都颇为熟悉，军统站的人多来自外地，有当地人做向导，这正是军统急需的，尤占垅在军统站很快成为行动二科的科长。赖成绪在巴东就经常使唤尤占垅，现在在恩施更是把他当做了得力干将，利用他收拾各方的对手。覃远蛟对他们的勾当早有掌握，就在秋芳提醒之后，前日借故去到第六战区军法执行总监部，见了一位与他相熟的官员，这位官员素与军统恩施站长不和。建制属于中央军委战地党政委员会的第六战区军法执行总监部，内设第六战区党政工作总队，是与军统相配合的武装组织，它的主要活动正是破坏中共地下党组织及搜捕地下党员和进步人士。

覃远蛟以私交甚密的角度，透露给这位担任总队长的官员，军统恩施站背着总队秘密抓捕了一些到余庆堂典当的商人和普通百姓，称这些被抓的人是地下党，缴获私藏了他们典当的金银珠宝，同时还以假乱真，向重庆邀功。这位官员听后十分气恼，军统站这么做，不仅捞了大钱，还要断送他的官运，这让人无法忍受，他要向陈长官报告。

涉足战区政务的人都知道，恩施城里遍布特务，且路数不一，有军统、中统，有党部、军队，还有美军、日军、南京汪伪军的间谍，甚至还有黑帮，他们之间目的不一，时有交错，相互对垒，假公济私，各打各的算盘，任何人都难完全摸清其中的门道。即使国民党内部的特务机构，陈诚长官也难以控制，有的在他的管辖范围内，有的直接跟重庆对接。这位官员听覃远蛟所说的正是实情，前方日本鬼子不断进攻，后方一帮衣冠禽兽却趁乱捞好处，压榨老百姓，挑起事端，以便浑水摸鱼。为了自身前途的考虑，这位官员开始布置对军统恩施站的调查。

覃远蛟接着下一步行动。

江防军的一些人收受余庆堂的珠宝，在覃远蛟掌握的情报里已不是第一次。覃远蛟就在今天上午，直接闯进了吴司令的办公室，说出了那些人收受珠宝的名称、数量、交付的时间地点。吴司令深知个中利害，常德大战在即，如果此事被陈长官知道，说不定会引来杀头之祸。覃远蛟趁势拿出一封有数百人按了手印的联名信，上有密密麻麻的签名，要求尽早释放巴东信陵船社的覃佑蛟。

吴司令不快地看着那封信，说："覃参谋，你要把事情闹大了，对你我都不好。"覃远蛟说："吴司令您又误会了，这信是巴东县长准备呈交给省政府的，恰恰是我怕把事情闹大，对江防军和吴司令不利，半道上给他拦了下来。"

覃远蛟又说："吴司令，人非草木，孰能无情，我覃远蛟虽然身为党国军人，但若将无辜受到冤屈的大哥生死置之度外，又何以面对节衣缩食、流血流汗参与抗战的家乡父老？百姓们又怎么相信国军和政府？所以请司令向巴东江防团下令，让警察局即刻放人！"

吴司令默默地拿起了电话，说："给我接巴东江防团。"覃远蛟站在那里，听他打完了电话，默默地向他行了个军礼，然后转身离去。

秋芳听他说到这里，两道浓眉扬了起来，"小覃，你这一仗打得没毛病。"

覃远蛟看她脸上兴奋的样子，发现这女人笑起来的模样也还看得过去，而且她胸有成竹，很多事情像是都在她的掌握之中。可远蛟还高兴不起来，老三义蛟不知被关押在何处，还有，从战区司令部秘密通道得到的一份情报，关于日军作战的零五号计划，要尽快安全送到重庆红岩村。

秋芳说："小覃，你这些日子太累了，我给你烧锅热水，你烫烫脚，好好睡一觉。"他们这对假夫妻，往日关上门都是各顾各的，少有体贴。这时，远蛟两只脚泡在秋芳端来的木盆热水里，感到一种好久没有过的舒坦，这好像还是在官渡口的吊脚楼里留下的滋味。儿时每到晚上，母亲和甘妈给他们兄弟几个端来脚盆，催着他们洗脚，兄弟三个六只脚就在那个大木盆里碰来撞去打水仗，溅得半截裤子都湿了，满地都是水，招来母亲一顿责骂，兄弟们也不怕，反而打得更来劲。

远蛟一边泡脚，一边回味。秋芳在那边屋里摸索了一阵，从土墙的夹层里拿出一个纸卷，走来递到他手上，"这个，你用得着。"

4

秋芳给覃远蛟的纸卷，打开来是一张黄表纸，歪歪扭扭的字迹，仔细看，却是一长串名单，后边是一些奇怪的记号，像小娃儿涂的画，元宝、铜钱、鱼、木头、月亮等。覃远蛟看不明白，问秋芳："这是你画的？"

秋芳脸上现出一丝腼腆，"画得不好，只是为了记事。"

原来这是秋芳记录下来的省府官员们贪腐的名单，每个记号都记载着一笔钱或物的来龙去脉，只有她才看得懂。覃远蛟立刻拿出他公文包里的纸和派克钢笔，说："来来来，你给我一个个讲，我把它写下来。"

这份誊写好的清单不久以后出现在了民政厅长史应的案头，史应拄着拐杖直接来到第六战区长官陈诚的办公室，他一言不发地把那张清单拍在了桌上。陈诚看他怒气冲冲，问："史老，这是什么？"

史应将拐杖在地上顿得砰砰直响，"你看看不就晓得了？"史应的拐杖很有名气，抗战前曾在南京与财阀孔祥熙有过一次交锋，差点将拐杖打在孔祥熙头上，事后人们都晓得史应的拐杖厉害。陈诚赔笑道："好，我看。"岂料这一看，他脸都青了。

这份清单列举了一系列事实：

陈诚担任第六战区的司令长官之后，下令拆除了恩施北门附近几百家店铺民房，修建的机场至今还未完工，从各县乡下抓来的劳工如关进集中营一样，终年进行强制性的劳动。在恩施连木匠、瓦工也难以自由谋生。

陈诚命建清江大桥，委派亲信担任桥工工程指挥官。经过将近一年的时间，花了二十多万个工日，伐用上千棵深山老林中的栋梁之材，才建成这座公路桥，军民折腰伤腿以至死亡者甚多。桥工完成后，其亲信受到省府嘉奖，暗中收受了贵重的楠木沙发和写字台，可谓名利双收。清江桥全长不过一百二十公尺，宽九公尺，陈诚却自吹"新湖北最大的建设"。清江大桥因接近机场，桥工经费后由航空委员会负担。所谓"新湖北建设"得到的也是名利双收。

推行所谓"平价供应"以遏制通货膨胀，以湖北省银行为垄断机构，设立供应处，搜刮农副产品如粮食、棉花、食油、木油（制肥皂、蜡烛用）、木材以及大量布匹和日用百货。设供销部、公共食堂（"民享社"）、招待所、建筑公司、运输公司以及纺纱、织布、麻织、皂烛、陶瓷等小型轻工业，控制了湖北在抗日战争时期脆弱的经济命脉，包括生产资料和劳动力。勒令各地农副产品按低价卖给供应处，农民将他们自己生产的食油，翻山越岭送到湖北省银行的仓库，由军队看守，而不给远道送油的农民付款，常有人忍饥挨饿死于途中。

少数官僚、地主、军阀掌握的物资，不仅可以予取予求，挥霍无度，还借此投机倒把。某亲信就曾向供应处长平价购进细布，然后高价出售。设立的湖北食盐公司，垄断食盐买卖，该公司直属湖北财政厅，以裕庆号和余庆堂的老板亲戚为经理，实行食盐专卖，却非"平价"，而是高价，借此大肆搜刮民财，盐价上涨，实质上是变相的人头税。

自省府实行征购、征实以后，省、县设立"田赋管理处"，不受县长控制，各县别开路径，组织所谓"供销合作社"，以县联社名义，垄断市场进行搜刮。

第六战区所设庞大的军粮机构，专在湖南滨湖地区采购军粮，复设川粮接运处于重庆，左右逢源，大批军粮被军政官僚盗卖，而国军士兵却食不果腹，有的甚至犹如饿殍。老百姓常以高价购买某些不法商人盗卖出来的军米，则又斤两不足，掺沙杂土，难以入口。

无官不商，成了六战区的普遍风气。军、师所属的输送和担架部队都在贩运食盐、纸烟、纸张及日用百货，牟利均归主官中饱。政治部主任看到他们大发横财，也很眼红，就别开生面利用京剧团、话剧队、军乐队在宜昌之茅坪，自建剧场，对外营业，并向各方摊派戏票，收入不菲。

"禁赌"实行的是不同标准，警备队沿街抓赌，雷厉风行。但对一些头面人物却是"逢场作戏"曲意保护。如国民党军风纪巡察团的大员王某某，麻将瘾大，常在中央银行聚赌，每战必胜，其秘诀是"输了奉陪，赢了就走"。此人还给陈长官作诗颂扬。陈长官难脱排除异己、打击真才实干之嫌……

"史老，这是谁给你提供的材料？"陈诚看后怒不可遏，脸色铁青地问，"你想干什么？"

"我倒要问你，这些是不是都是真的？"史应颤抖着手，指着墙上孙文的挂像，"孙总统建立的党国就要毁在这帮人手里了，我要干什么？"他不住地使劲顿着拐杖，"我要把它交给委员长，让他看看第六战区，他的坚固防线究竟是个什么样！"

陈诚一听，语气马上软了下来，"史老，我晓得您的一片苦心，这份材料上说的有些情况确实值得检讨，但您也晓得我一直力推新湖北建设，和您提倡的廉洁政府是同一个目标，但积重难返，并非一日之功。目前常德会战在即，我们要以抗战大局为重，千万不要在此时横生枝节啊。"

"哼，你既然说到抗战大局，你为何要屠杀那些爱国志士？中共的何功伟、刘慧馨他们都是难得的人才，依照他们的家庭、学识才干，他们即使不高官厚禄，也完全可以活得太平无忧，但他们舍弃荣华富贵，一心救国，何罪之有？国共两党不是一直在说要团结抗日吗？为何就容不得他们？你们那些特务抓了他们，我几次来找你苦劝，希望你能放人，可你当着我的面满口答应，说好好好，背地里却举起了屠刀。可怜那刘慧馨怀里还抱着刚满周岁的孩子，就被你们押上了刑场……"史应说得老泪横流，"你说你们还有一点人性吗？"

陈诚一脸戚容，他任由史应数落了好一阵，这才说："史老，我何尝不知道何功伟他们是人才，可党国利益在前，他一直执迷不悟，要与当局对抗，我还着人将他的老父亲从武汉保护到恩施，专门来劝说他投诚，只希望他写一个自白书，就给他自由。可他和刘慧馨半点都不肯让步，还说，就是刀架在脖子上也不会低头。到最后我也没有办法。而且，枪毙他们的命令并不是我下的。"

"那是哪个？"史应问。

陈诚沉吟道："……我只能告诉你，来自最高上峰。"

史应怔怔地看着他，身子颓然倒在了木椅上，一双老眼里夹杂着疑惑与失望，"……看来，我也得效仿之善兄，离开这是非之地，找个清静山沟种菜去。"

陈诚说："史老，我们都是一心效忠党国的人，我请求你不要将这份材料上的事情告知媒体，让一些别有用心的人钻空子。"他掂量着又说："还有，你能否将材料的来源告诉我？"

"哼，我要不是为了党国，也犯不着跟你在这儿废话。"史应拄着拐杖站起身来，"怎么，你还想打听什么人弄的材料，好加害于他们？我告诉你，这张纸上写的事情，恩施的老百姓都晓得，只是你们掩耳盗铃，欲盖弥彰罢了。"

他往门前走了几步，又回过头来，"我提醒你，不要动用特务去找材料的来源，如果被我晓得了，那我就索性让《大公报》全都给你登出来，你信不信？"

"哎，史老，你消消气。"陈诚挽留道，"你坐下，我还要再向你请教请教。"

第二十三章　三义宫

1

在大十街的小酒馆里，老三覃义蛟被一伙人劈头盖脸摁倒在地，蒙上了一个头套，他在黑乎乎的推搡之中，被塞进了一辆车，行驶了十多分钟后，又被人拉下车，转弯抹角地下了台阶，只觉凉森森的，然后被扯下了头套。

他睁眼一看，却像是在一个地牢里，岩石壁上渗着水，木桩上挂着绳索、皮鞭，地上也湿漉漉的，泥水合着一摊摊暗红的血迹。给他扯下头套的男人二话不说，取下皮鞭，照着覃义蛟就是一顿猛抽。

接着他又被吊在了木杠上，片刻之间便从头到脚被抽得血肉模糊，一股股甜丝丝的血流进了嘴里，他拼尽气力向前啐了一口，骂道："王八蛋！你们到底是人还是鬼？凭什么把老子抓起来？"

"你他妈还嘴硬！"那人手下得更狠，一鞭揭去一层皮，溅起一片血，"凭你盗取财物，暗中通匪……"

昏暗中，覃义蛟听那声音耳熟，再咬牙定睛看去，挥鞭的家伙竟是那金桂的男人，巴东城里失踪多日的尤占埧，不由破口大骂：

"姓尤的，你才是强盗土匪！老子饶不了你！"

尤占埙抽了一阵皮鞭，累得气喘吁吁，可眼见覃义蛟鲜血淋漓，却仍难解心头之恨。就在前日他回到鼓楼街的家中，发现有来人的痕迹，桌上多了一个茶碗，金桂的神色也与往日不同，便朝着女人一顿拳打脚踢，逼她说来了什么人，做了什么事。之前在巴东，他畏惧金桂娘家势力，不敢轻易对她动手，但自从到了恩施，便成了他的天下，稍有不顺心，他便拿这女人出气。如今家里明显来过人，一问金桂又神色慌张，便惹得他拿出手枪顶在金桂脑门上，说要是有半句谎话，马上送她"回老家"。金桂被逼得跪在地上，不敢瞒他，只好哭啼着说覃义蛟那天从街上过，她恰好从窗户里看见，因是多日不见的老乡，便把他叫到屋里躲了一阵雨。

尤占埙顿时七窍冒火，说你就是一个潘金莲，从窗子里看到西门庆，说不定就想拿砒霜来毒死我，是不是？他想起在巴东老巷子里他半夜遭遇的袭击，让他成了一条瘸腿，不由更是来气。他一直怀疑那天晚上是覃家人所为，而最怀疑的便是覃家老三覃义蛟，老婆金桂差点跟覃老三定亲，后来的言谈也总在有意无意间念念不忘，现在居然敢到他家里来相会，这让他妒火中烧，气得要发疯。他揪住金桂的头发，说我挖了你的双眼，看你还朝不朝街上看？说着真要拿刀剜金桂的眼珠子。

金桂吓得大声惨叫，说你饶了我吧，我要瞎了眼睛，哪个帮你洗衣做饭？尤占埙用手帕子堵了她的嘴，狠毒地说："留你的眼睛留不了你的腿，你这个婆娘站不起来就少些事！再说了，他覃老三打断我一条腿，你先替他赔我。"说着就不顾一切地举刀砍断了金桂的一条腿。

尤占塬逼金桂说出覃义蛟的去向，金桂说不晓得。但尤占塬对这恩施城里大街小巷的商铺民宅、常住人口都早已摸得八九不离十，他知道曾子唯已在赖老板手下做事，估计覃义蛟会去找他，便去余庆堂威胁曾子唯，说覃义蛟有"通匪"之嫌，要是出现必须向他报告，否则就以"通匪"论处。

这天，尤占塬果然接到曾子唯的电话，并在小酒馆逮住了覃义蛟，他恨不得当街就一枪毙了他，省事。可他晓得覃义蛟还有个二哥在战区司令部，要是不弄个"通匪"的罪名，将来交不了账，就想把覃义蛟拉到军统站的审讯室里，屈打成招，再找个机会解决性命。

尤占塬前后都算计好，便到站长那里去邀功。

前一任军统站长调回了重庆，新来这位姓葛，随国民政府从南京去到重庆，又刚从重庆派到恩施，是见过世面的人。葛站长来恩施不久，每天都稳坐在办公室，门窗关得严严的，灰色的落地窗帘从来没有打开过。所有的下属要见他，必须先给秘书科报告，秘书科再报告给站长，葛站长同意才能见。尤占塬得到秘书科的通知，一瘸一拐地走进站长幽暗的办公室，说话的声音也不由放小了，站长坐在酱色的办公桌后边，对面有一把椅子，站长也没让他坐，尤占塬只好站在那里报告。他说近日行动二科的兄弟们功劳不小，抓了一批农专的学生、抗日剧社潜伏的地下党，还有"通匪"的情报员。

葛站长没有他期待的那样兴奋，尤占塬讲得嘴唇发干，葛站长似听非听，手指玩弄着一根铅笔，又不时在纸上涂抹，忽然打断他的话："你打算报告，抓了几个共产党？"尤占塬愣了一下，说："站长，不是……"

"不是什么？"葛站长漫不经心地问。

尤占塬是前任站长提拔的人，他在赖老板的背后助力下，挤走了原来的行动科长，但新来的这位葛站长刚一上任，就听到了一些关于尤占塬的非议，也看出他表面风火，其实大多数时候胡作非为，便待他不冷不热。尤占塬很想跟新站长套上近乎，有点事就咋咋呼呼地要给站长报告，但葛站长好像每次都没注意听，让他感觉好无趣。

"不是，站长，我抓的都是真的。"尤占塬说。

葛站长说："老尤，你最近抓的人不少，几个禁闭室都容不下了。敌机又不时轰炸，特务团那边看守的政治犯也要交给军统处理，城里再也难找地方关人。你把抓来的人都先弄去修机场吧，严加看管。机场工地上正缺劳力。"

尤占塬暗暗叫苦，"站长，不会让我们也去看管吧？"

葛站长说："怎么？你不想去？那你要不要去常德参战？"

尤占塬忙说："站长您莫误会，我只是问一问，您说去机场就去机场。"他说着，从怀里掏出一块表，瘸着腿走到葛站长的桌前，说："您看，这是刚从一个通匪的情报员那里缴获的，瑞士表。"

"哦？"葛站长恰巧是个学过机械的，他感兴趣地拿起表仔细看了看，"这是瑞士刚出不久的欧米茄新款潜水表，Marine 海洋腕表，可拆除式双层表壳是这款表的标志性设计。"

尤占塬喜不自禁，"站长您可真是有学问，一眼就看出来了，我这还是问了人才晓得的。"葛站长看了他一眼，说："干我们这一行，这算得了什么？"

尤占塬从站长办公室出来，心里暗自得意，不管怎样，葛站长这回给了他一点好脸色，那块表可以说是上交，也可说是送给了站长。在走廊上正走着，楼梯口那边过来一个面生的女子，一双俏眼，细腰长腿，尤占塸直勾勾地盯着，女子迎面走来，横眉扫了他一眼，甩头擦肩而过。

军统站从来没见过这么个漂亮女子，尤占塸下楼给三义宫的门房塞了根哈德门烟，顺便一打听，门房说那女子叫孙晓雯，是刚进战区干训班的学员，上司让她到军统站来实习的。尤占塸嘀咕："刚进干训班就实习？"门房努着嘴说："这你还不懂？早实习早提拔呀，那女子是有背景的。"

尤占塸心里骂，老子提起脑壳卖命，连个好脸色都得不到，这漂亮的女娃子，还没来就打算提拔，世道真他妈不公平。

2

孙晓雯站在葛站长面前，她穿了一套干训班发的黄色军服，腰间扎着皮带，鹅蛋脸上透着粉红，虽然这屋里拉着窗帘暗暗的，却因这女子的靓丽而有了一道光晕。

葛站长神情专注地看着她，说："小孙啊，你在干训班时间不长吧？这次将你选拔出来，是对你的信任。"

孙晓雯双脚一碰，"谢谢站长栽培。"

葛站长却说："如果你将来有一天后悔选择了这套军服，现在离开还来得及。我会让你重新走进大学校园，去过另一种生活。"

孙晓雯整了整军服，有些不满地说："站长，您这是瞧不起我吗？为了抗战，我早就下定决心承担最危险的工作，上战场进敌营，我绝不会后悔。"

"嗯，国家需要你这样的热血青年啊！"葛站长赞赏道，"不过，你刚刚进入干训班，战争和斗争的残酷性你还不了解，小孙你需要做好充分的心理准备。这样吧，干训班的学习你继续参加，但目前需要你进入农专，开始执行任务。"

孙晓雯立刻站直了身子，"是，站长。"

葛站长看了看门口，走过去把门关严，回过身说："常德大战已经开始，日本派遣特务到恩施企图获取我方作战计划，还企图对机场进行破坏。据有关情报，日本派遣的特务有可能是混入学校的老师，甚至学生，我们必须尽快想办法抓获。"

孙晓雯一听，既紧张又有些兴奋，"站长，让我做什么？"

葛站长说："你目前的身份也是农专新入校的学生，注意观察可疑人员，有情报随时报告，我会派专人与你联系。记住，这次行动属于最高机密，你的任务只允许单线联系，不要告诉其他任何人。"

孙晓雯越发紧张地点头，"明白。"

葛站长看了看手腕上的表，说："就这样吧，我还要赶到机场去。你可以先回干训班，会有人去和你联系的。"

孙晓雯就在立正的当儿，看到了葛站长腕子上的手表，她心中一动，脱口问道："站长，您戴的表？"

葛站长不明白，"嗯？"

孙晓雯盯着他的手腕说："那是一块瑞士的欧米茄新款潜水表吧？您买的？"

葛站长捋了捋袖子，说："小孙你也喜欢表？"

孙晓雯说："这款表，我也有过一块。"

葛站长未接她的话，只"哦"了一声。在久经宦海和暗幕的葛站长眼里，孙晓雯就像是一只刚从树林里蹦跶出来的小鹿，浑身散发着一股新鲜劲儿，她好奇的眼神，免不了咄咄逼人的语气，不言而喻地流露出大小姐的身份。可在军统站，葛站长看惯了唯唯诺诺的下属，少见像孙晓雯这种女性，就像蘸在三文鱼上的芥末，多了会辣，有一点还蛮有味道的。

孙晓雯苗条的身影刚走出办公室，却又噔噔地走了回来，她直冲冲地说："站长，把您的手表借给我用一用，好吗？"

葛站长愕然，"什么？"

孙晓雯嫣然一笑，说："没什么，我就是觉得您那块表不错。站长您不是给我派了任务吗？我得掌握时间，我一个穷学生，您不给我配置一些必要的工具吗？"

"穷学生？小孙你在家里也这样跟父母说笑吗？我可是看过你的档案的。"葛站长一脸严肃，"我记得你刚才说，你也有一块这种表？"

"是呀，是我爸爸去年从上海带给我的生日礼物。可被我弄丢了，所以特别怀念，特别想再戴一戴。站长，您不会舍不得吧？"孙晓雯双手背在身后，扭着腰肢说，"我只借一周，不，三天。"

葛站长哭笑不得，这孙厅长的宝贝女儿，把军统站当作幼稚园了？他很想说，你回去跟你爸妈要去。但话到嘴边却变成："好吧。借给你。"

孙晓雯如获至宝地接过葛站长从手腕捋下的瑞士表，连说了几声谢谢，就一溜烟跑了。

她一口气跑到三义宫后院的小花园里，靠在一棵枝叶浓密的桂花树下，拿起那块表仔细看了又看，摸了又摸。现在她可以确信，这正是她塞给三哥覃义蛟的那块表。当初父亲送给她，她很是喜欢，找人在表壳背后刻下了一个极小的"s"，用放大镜才能看得清，但手摸上去会感觉出细微的纹路。这除了她和手表店的刻字人，没有第三个人知道。

可这块表怎么会到了葛站长手里呢？

覃家三哥不是回巴东了吗？难道他家境窘迫，卖了这块表？或者他来到恩施，遭人抢劫？总之都是不好的兆头，孙晓雯不免起了忧心。

就在孙晓雯从三义宫大门里走出的时候，一辆卡车押走了关在地牢里的一批犯人，汽车从孙晓雯身旁驶过，她抬头看了看破烂的车篷。她不晓得，她担心的三哥覃义蛟也正在车厢里边。

3

恩施机场就在老城北门外不远，清江河畔，早先是一块操练比武的大坝子，一九三三年开始扩建为机场。当时动用劳力三千，靠人力开挖，一年多才初步成形，跑道长五百五十米，抗战开始之后的一九三八年正式启用。湖北省政府迁至恩施之后，每天起降的飞机越来越多，老机场只能飞单引擎飞机，扩建机场刻不容缓，一九四一年从恩施八个县征用民工十万余人，一年多的时间扩建机场跑道达一千四百五十余米。

扩建后的恩施机场驻有国军空军和赫赫有名的飞虎队，多次从此处起飞，迎击日军战机。重庆方向的飞机也会经常到恩施机场加油，机场每天起降飞机达到一百多架次。为战争需要，机场又一再扩建，仍然不断征用各地的民工。

覃义蛟在机场临时搭建的茅草工棚里意外见到了向幺爸。

那天他和同一辆卡车上拉来的人被拉到机场工地上，先押送到一个木栅栏圈起的棚区里，这边比周围其他棚子明显多了一些看守的士兵。还没容得喘气，他们就被赶到清江河畔搬石头，砌河坎，直到天黑尽了才回到工棚。每人领一个土钵子，排队到工棚外面的一个大灶前领吃的。覃义蛟排到跟前，一个胡子巴碴的老头用一把铁勺子从大锅里舀起半勺苞谷饭扣在他碗里，饿得饥肠辘辘的覃义蛟迫不及待吃了一口，然后骂道："妈的，尽是沙子。"

那老头手上的铁勺子掉在了锅里，张口叫道："三帮主！义蛟！"

覃义蛟定睛一看，竟然是在宜昌没了踪影的向幺爸，满脸乱糟糟的白胡楂子，一只手拿起铁勺，另一只袖管却空荡荡的掖在腰间。覃义蛟又喜又惊，"向幺爸！搞了半天你在这里，你的手？"

当晚，覃义蛟跟向幺爸挤在工棚的地铺上，身下铺的是稻草，不一会儿就感觉全身奇痒，一个个小跳蚤咬得他毛焦火辣。向幺爸说，这跳蚤认生，爱喝新鲜血，像他们在这里睡久了的，都已经搞熟了，不痒。

向幺爸在宜昌街头被抓了伕，挑着一百多斤的军用品走到恩施，以为到了地方就会放了他们，殊不知放下担子又把他们押到这里来修机场。向幺爸的一只膀子在搬石头时被砸伤，也没得药，烂掉了半截，也没放他走，只是没再干重活，让他在大灶上弄饭。一问覃义蛟是被人抓进来的，向幺爸吃惊地说，犯了事的人才押到这个工棚里，搞的是最累的活路，吃的是掺沙子的苞谷饭、红苕洋芋，每天都有累死病死的。

覃义蛟在身上四处寻捏了好一阵，总算逮住一个正在他肚子上吃喝的跳蚤，黑黑的像一粒小芝麻，他两个手指把它捻碎，小声对向幺爸说："我不信老天爷会让我死在这里。"

他观察了好几天，发现机场三面都有士兵持枪看守，一面却是清江河。河边芦苇丛生，站在机场的石坎上，只能看见成片的芦苇野草，听见水流滚滚的涛声，却看不见河面，这让他心中一喜。夜里与向幺爸商量好了，他俩找准一个雨天，雾气蒙蒙地罩住了天地，恩施一带常是多云多雾的天气，雾气大的时候，几丈外就看不清人。那天下午擦黑收了工，吃完大锅里的沙子苞谷饭，覃义蛟在工棚里对向幺爸使个眼色，"老向，屙屎去。"

向幺爸说："我也肚子疼，我也去。"

工棚里的人都累得趴在了地铺上，没人搭理他们。覃义蛟和向幺爸趁着大雾，从持枪士兵的眼皮下，钻进了河边的芦苇丛。他们朝河水那边扒开一层层刀剑一般的芦苇，脚下的湿泥越来越沉，每走一步都费劲。向幺爸随后走得气喘吁吁的，无可奈何地说："义蛟，我要走不动了。"

覃义蛟喝道："你想死啊？走不动也要走！回官渡口，你媳妇在等你呢！"他在前面用力扒着芦苇，扒呀扒，猛然一下子见到了河水的光亮，心里也跟着猛然敞亮了，到河边了！一河水就在眼前，平展展的，闪着一道道波光，一丛丛荆棘、马鞭草、酸刺拉扯着他赤裸的双腿，他感觉不出疼，拔起腿向河水连奔带扒。大雾中的河坎上突然响起了叫喊声："有人跑了！有人跑了——！"

"快回来，要开枪啦！"

隐约就听见枪栓的拉响声，覃义蛟回身拽住向幺爸那只独臂，拖着他跌跌撞撞地踩过河边的鹅卵石，一起扑向了波涛滚滚的河水里。岸上响起了枪声，"噼啪，噼啪"的，覃义蛟想，是给老子放鞭炮呢！白茫茫的大雾遮住了河面，就像一床软绵绵的大被盖，扑进河水里的覃义蛟浑身舒展开来，他在水的包裹之中伸开四肢，顺着河水的流动起伏而下，自由自在的，他甚至想到了凤娘柔软而又丰满的身子，这就像在他女人的怀抱里，亲也亲不够啊。

这清江河不同于长江的大浪，却是湍急的细密的波涛，水质也不同于长江的浑厚，却是清冽的尖利的，秋季雨中的河水有了些许刺凉，但对覃义蛟来说，只是更多了一种爽快，若不是防着岸上射来的子弹，他恨不得在河里大声叫起哦嗬。他转头看了看跟在身后不远的向幺爸，那白胡子在水里一起一伏，就跳着脚踩水笑道："你这个老家伙，一到水里就活了？"

向幺爸也笑道："川江上跑船的人，这点水就是个洗脚水。"

俩人成了白雾中的两个黑点，从机场旁边的河水里游过清江木桥，顺江而下在老城的东门河坝爬上岸来。天已黑尽，河上的渡船这时刚收了桨，划船的老头见他们从河里冒出来，吓得一叫："是人还是鬼？"

覃义蛟和向幺爸湿淋淋地坐在河滩上歇气，义蛟说："是鬼，把你的渡船钱借我们两角，我就不减你的阳寿。"

第二十四章　东门摆渡

1

橘园的灯光隐没在林间，覃义蛟和向幺爸藏在橘林里已近半夜。他们从东门河坝上岸，找摆渡的老头讨了钱，就近到十字街的粑粑店填饱了肚子，全城只有这家粑粑店彻夜不关门，然后又游到清江对岸进到这橘林里。

向幺爸一只膀子抱在胸前，牙齿咯咯地打战，"义蛟，你不是说我们回巴东去吗？哪门又跑到这里来？半夜三更的，一身湿衣裳，好冷哦。"覃义蛟说："你莫得急，我还要办两件事，办完我们就回巴东。"他猴子似的爬到一棵粗壮的橘树上，压低嗓门说："你把树抱起，冷得松活些。"

向幺爸的独臂没法往树上爬，只有蜷在树底下，又问："这是哪里嘛？你要做么子事？"

"莫作声。"覃义蛟在树上盯着橘园深处的土屋，等到那一点灯光闪了闪，悄然熄灭了。他收起双脚"啪"地跳下树，拍了一下向幺爸的肩膀，"你就在这儿等起，要是有人来，你就学一声猫儿叫。"向幺爸紧张地问："你要去哪儿？"义蛟指了指黑夜中模糊的土屋，便从林子里蹿了过去。

还未曾摸到土屋跟前，不料门前就响起一阵"汪、汪"狗叫，他绕过山墙到屋后，房屋檐沟下有个后门，他趴在木板门上想听屋里有没有动静，里面悄然无声，腰上却突然被一个硬硬的东西顶住了。

覃义蛟吃惊不小，这人过来竟毫无声响，但他并不慌张，他感觉那东西不像是枪口，只是一根木棒，便猛地回身一把抓住，想反手夺将过来。可握棒人身个不高，却站着一动不动，任凭他拉扯了几下，反倒往回一抽，覃义蛟身不由己地跟着棒子往前一扑，擦到了握棒人的胸前。那人往旁边一闪，举棒就要朝他打来，覃义蛟在檐沟下跳开几步，叫道："自家人！"

那人垂下棒子，压低声音问："你是哪个？"

刚才那一扑，义蛟触到那人鼓鼓的胸脯，一开口，果真是个女人，暗自惊诧又有几分侥幸，这八成就是屋里的女主人，二哥娶的嫂子，没想到她还会武功？

"我是覃义蛟，来找二哥的。"

那人就着夜色，凑近来对着覃义蛟的脸看了看，"真是老三？"

那人果然是秋芳，当下忙把覃义蛟和躲在橘林里的向幺爸请进屋里，点了灯盏，见他二人衣衫破烂，义蛟身上更是伤痕累累，便急忙问出究竟，找出两身干衣让他们换了，又让义蛟上了些药。覃义蛟进门就找二哥，却听秋芳说，二哥远蛟前两天被派往了常德，那里与日军正在激战，还不知何时才能回来。又说义蛟的大哥已被释放，前日从巴东警察局的看守所出来，已回官渡口去了。

恰似洞中才一日，世上已千年，没想到短短几日有了这些变故，义蛟听来不由一阵狂喜，猜想一定是二哥他救的大哥，再问秋芳，秋芳走去关严大门，却说："我不晓得。"

义蛟想起上次对二哥的埋怨发火，此刻感觉显然是错怪了二哥，二哥身有官职，一定有他的难处，为什么自己当时就没替他着想？再看这嫂子秋芳，虽然人长相蛮实，但心地善良，机灵得很，而且还会武功，二哥有这么一个女人陪伴，岂不让人放心？

秋芳倒问义蛟，为何躲在林子里半夜，不敲门进屋来？向幺爸在一旁听了许久，这时才明白大概，便道："是嘛，搞了半天是二帮主的家，你为么事不早些喊门？"

义蛟语出惊人："真人面前不说假话，我本来是想到这屋里摸个家伙，去找那尤占塆狗日的算总账，我晓得二哥不会让我去，就只有等你们睡了进屋偷。"义蛟上次来见二哥腰里别着一把手枪，心想他半夜总会取到枕头边上，就看能不能偷出去，用个一天两天，要是不赶巧，在灶屋里找把刀也好。

"兄弟，你千万不要莽撞行事。"秋芳皱起一对黑漆漆的眉毛，"你二哥一直在担心你，临走前还嘱咐我，让我在恩施城里找找你，要想法子让你安全回巴东。你们这回总算是死里逃生，莫再到处乱跑，就在橘园里养息几天，我替你们买巴东的班车票。"

这嫂子一番话说得暖心，覃义蛟只有点头。

秋芳安顿他们在火塘屋里睡下，临了问："你们刚才在橘园里，有没有碰到人？"

覃义蛟和向幺爸想了想，说黑黢麻孔的，只看到一些树影子，不过你这一说，倒像是有人影子晃动，莫非有强盗？秋芳说："哦，我晓得了。你们吹灯睡吧。"

义蛟他们在橘园里将息了两日。秋芳白天提着个菜篮子出门，到晚间才回来，也不知在外面做些什么。那晚一进门，就从菜篮子里拿出一些吃食，有南门上的芝麻烧饼，带肉馅的油香，还有难得一见的卤牛肉。覃义蛟也不客气，叫向幺爸趁热吃。他眼睛尖，看秋芳拿起竹篮子垫底的一个烧饼，却没吃到嘴里，转身进了卧房，好一阵才出来，手里还是拿着那烧饼，只是撕成了两半，又放回到竹篮里。

　　秋芳煮了一锅黄豆合渣，给他俩一人盛了一碗，看他们吃得香甜，脸上便有了笑意，说："兄弟，我本想给你们买客车票，但打听了两天，都说客车又停运了，现在往巴东去的只有货车。我今天托人找了一辆运盐的货车，已跟开车的师傅说好，你们后天一早就可以在清江桥搭车走了。"

　　义蛟爽快地说："要得。多谢嫂子！"

　　秋芳听他叫了声"嫂子"，一双浓眉下的眼睛闪了闪，说："一家人还讲么事客气？我白天有事，也没照顾好你们。不过你们不宜在此久留，还是早些回巴东好。"

　　覃义蛟从篮子里拿起那两半烧饼，说："嫂子，你为么事一口都没吃？都省给我们？"秋芳说："哪里的话？我在外边已经吃过了。"

　　义蛟也不再劝。他看出这嫂子身上藏有秘密，刚才那烧饼里边定是夹了什么东西，她拿到屋里去撕开取了出来。还有，她十分警觉，橘园里有一点风吹草动都逃不过她的耳朵，她不时侧身站在门边或窗前，观察外面的动静。这嫂子究竟是干什么的？她的秘密二哥晓不晓得？如果晓得，那二哥又是干什么的？覃义蛟心里生出好些疑问。

2

这天睡过半夜，天快亮时，趁着向幺爸如雷的鼾声，覃义蛟悄悄摸下了床，又摸到后门，将那扇木门用肩膀顶着，两手端起卸了下来，毫无声响地溜出门去，又把门扇原样顶上，他拿出在白木船上行走的轻功，飞快地朝老城而去。

黎明前的恩施城显得十分安静，街道两边的店铺有的已经点亮灯火，早起的小吃店正在通炉子蒸粑粑，煤炭烟合着粑粑的香甜味儿一股股流动在小街上。一个老汉咯吱咯吱地推着收粪水的板车走过，车上放着一个黑不溜秋的木缸，两边的门户时而有人提着马桶出来，车便停住了。提马桶的拎起来，倒进车上的木缸里，老汉又把车往前推去。覃义蛟戴着一顶破斗笠，跟在粪车后边，走到了十字街的余庆堂前。他守在旁边一条小巷子里，没过一会儿，店堂的门就打开了，表哥曾子唯在清晨的薄雾中撩着长衫的下摆，快步向余庆堂走来。覃义蛟用斗笠遮住脸迎上去，然后转到他身后，用一根短棍顶住了曾子唯的腰。

那短棍是他受了秋芳的启发准备的，没有防备的曾子唯显然以为是一把枪，就在他失声要叫的一刹那，义蛟闷声说："叫就要你的命！"曾子唯僵着身子不敢再动，义蛟顶着他的腰，将他一直顶到旁边的空巷子里，贴着石墙，覃义蛟攥住他的脖子问："是你把我卖给姓尤的吧？"

曾子唯说不出话，只拼命地摇头。

义蛟狠声说:"我爹待你不薄,你背叛了我爹,又来卖我?"曾子唯眼珠子发直,从喉咙里挤出几个字:"不⋯⋯不是⋯⋯"

　　巷子那边门咯吱一响,有人从屋内走出来。覃义蛟松了手,一把拉过曾子唯,俩人并肩往街上走去,义蛟边走边说:"你给姓尤的打电话,就说我藏在东门河坝的渡口那边,叫你中午去给我送钱。"

　　曾子唯身上像在打摆子,颤颤地说:"老三,真不是我有心害你,尤占塥一直盯着我,他手下眼线多,你那天前脚到余庆堂,他后脚就晓得了,带起人就跟到了酒馆。"

　　他说着惊慌地朝身后看,天已大亮,街上的行人三三两两的,倒不像有人盯着他们。

　　覃义蛟扭过他的肩,"你莫到处看。"

　　"你照我说的办就是!你晓得我这个人不怕死,是在长江里死过好几回的人,中午你要不来,明天我就拿着这个去找你。"他用袖筒里的短棍戳了戳曾子唯的腰,曾子唯像鸡儿啄米,一戳一点头。

　　当天中午,东门河坝的清江水面上,渡船如往日一样来回,殊不知划船的却是覃义蛟,他斗笠遮头,裤脚高挽,轻点竹篙,把个船儿拨弄得如风中飞燕。那划船的老头却在岸边的柳树下睡瞌睡。

　　先一阵子,覃义蛟在岸边等那老头将船划过来,便上前递给他两块"袁大脑壳",说:"还记不记得?这是前晚找你借的。"老头那晚并没看清覃义蛟和向幺爸的模样,这时见伸出来明晃晃的两块银圆,不禁喜出望外,借出去两角,根本没打算有人还,这长相周正的哥子倒还回来两块,真是仁义的人啊。覃义蛟看了看天色,说:"老人家,红火太阳的,看你划得黑汗长流,我来帮你划几盘。"

　　老头连忙摆手,"那搞不得,搞不得。清江河不大,水可是凶得很，莫看东门河坝这里水浅，下了滩就是漩涡，你莫把这一船的命玩脱啦！"

义蛟也不与他争辩，上得船来抄起竹篙只一点，老头就惊讶地看出了他的身手，但见他两足站定，轻舒猿臂，看准河边的沙礁，一篙就让船儿如脱箭一般，离岸数丈之远，站在船上的人却是并无半点晃荡。老头惊道："哈！你是哪来的桡夫子？"覃义蛟轻描淡写地说："川江上的。"老头服了气，便将船交给他，自去树下歇凉，得一自在。

在川江上经过了惊涛骇浪的覃义蛟，在这一湾碧水的清江河上划船，倒也不敢大意，小木船上站满了过渡的人，都拿眼睛盯着这个从未见过的艄公。半个时辰一个来回，覃义蛟划了一船又一船，眼看太阳已在偏西，这时河岸上走来了一个人。

这人正是他久候多时的尤占埧。

只见那家伙提着枪跛着腿，沿着高低不平的河滩走了几步，便站下朝河滩四周打量。再看来人还并不止他一个，他身后不远处，还有两三个身穿青衣的男人，双手揣在腰间的荷包里，随着尤占埧的动作或走或停。

覃义蛟不慌不忙，正了正头上的斗笠，把船划向岸边，用竹篙顶住礁石，让满船的渡江人依次下了船。船儿空了，候在岸边的一些人便要上船来，义蛟将竹篙横在船头，"等下一拨嘛。"他说得大声，正在岸上张望的尤占埧一下发现了他，大喊一声："覃老三！"

他身后的几个便衣随着这一声叫喊，跟着他就朝渡船扑来，河滩上候船的人吓得吱哇乱叫。覃义蛟却嘻嘻一笑，将竹篙朝江滩的石头上一点，船儿便飞快地离了岸，眨眼便到了江心。他把船儿点得滴溜溜直转，就像是在跳舞，尤占塓蹦起来朝江心骂道："龟儿子的，还敢在这里要泡？"

他连扑带跑地颠到江边，举枪就要射击，跟在他身后的那几个青衣人也跟着跑过来举起了枪。义蛟把竹篙打在江面上，一阵阵水花四溅，就像是龙飞凤舞，岸上的人都看得呆了。还没等尤占塓瞄准，那船儿闪电一般顺着急流而下，冲进了滩下的漩涡，风车似的打着转。尤占塓和随从举枪就打，一时间子弹嗖嗖，江面上、船板上噗噗连响，树下瞌睡的老头被惊醒，不由大叫："我的船，我的船啊！"

弹雨过后，那站立在船头的覃义蛟不见了。尤占塓提着枪顺着河岸瘸拐到滩下，只见那一团如开锅水的白浪之间，无人掌舵的船儿丢了魂似的乱转，漩涡之下的河水泻成一股股激流，一片冒出的血迹瞬间被冲散，但已不见人影。

"打死那龟儿子了！"尤占塓得意地说。这个覃老三就是个祸害，把他弄进军统的地牢，又弄到机场的工棚里，原以为会把他整死，没想到他拣空子跑了。这下好，从清江河可以一直冲到宜都，冲到长江里，你不是在川江上跑船吗？这是要回老家啊！尤占塓望着远去的河水，今天要喝一壶好酒，回去再给金桂学说一番，你的老相好回老家了！哈哈，这女人哭的样子比笑要好看，过瘾。

正在得意时，脚下的河滩突然一阵晃动，连接着河水的草丛膨胀起来，尤占塓的双脚就被什么猛地箍住了，箍得他身子往后倒下，还没来得及叫喊，就被拖入了水中。河水顿时呛进了他的嘴和鼻子，他拼命地伸出手抓捞，连抓直抓都是空落落的，继而抓到了水，挡也挡不住的水。他踢蹬着脚，想冒出水面，但脚踝那里像是被铁箍

401

锁住，挣脱不了。他想出气，水大股地进了喉咙，一时间已经顾不上拒绝，只有敞开往下吞，没完没了地吞。尤占埫神志昏迷地后悔，没在三义宫拿把刀子把覃老三一刀戳死！

3

秋芳那晚提着篮子刚跨进门，就见向幺爸正在土屋里急得团团转，见了她就说："二嫂子，义蛟到现在都没回来，会不会是出了什么事？"

一大早起来，他们就发现覃义蛟已不在屋里，秋芳问向幺爸，临睡前义蛟说过什么，向幺爸说昨天夜里他只说恩施城里的烧饼香，炕得两面黄，焦脆得很，他天明以后要去买几个，说得他二人都直吞口水。

"就说了这个？"

向幺爸又想起，前两天到橘园里来时，向幺爸说想赶紧回巴东，义蛟说还有两件事要办了才能回。

秋芳问："两件什么事？"

向幺爸说不晓得，但他猜想跟祸害他们的人有关。

秋芳提起一个空篮子就要出门。向幺爸见她是要去找义蛟，便也要跟着一起去。秋芳说他去不得，他们是从机场跑出来的，莫撞在了枪口上，这两天恩施城里到处都是军警。向幺爸急得脸皱成了苦瓜，"天都黑了，没得哪个认得出我这个老瓜皮。"

秋芳想想，让他背个背篓，装作是捡荒货的。

这些时地下党的交通站活动非常小心，她与上下线的接头，都是在十几里外的土桥坝、龙洞，那边分布了好几所武汉来的学校，她提着竹篮挖一些蒿枝、地米菜，摘一些桑泡野果，拿到学校门口去卖，在那里接送情报。龙洞一带除了学校，还有战区一批高级长官的住宅，她发现那里最近正在翻修一幢别墅，有很多军警在周边巡查，看来是有大人物要来恩施。这时候覃老三贸然寻仇，等于就是寻死。

覃远蛟已去了常德，秋芳这时不得不亲自出外寻找。

天已擦黑，秋芳和向幺爸一前一后从橘园小路走到清江河边，想赶渡船过河进到老城，但河上却没有看到船，只有一些抱着膀子的闲人围着摆渡的老汉在河滩上说话。

往日渡船到此时还不会停摆，秋芳上前打听，一男子说哪还有船，你没看到，船都漂到河下去了，刚刚这里还打死了人。秋芳一惊，问打死的是什么人。摆渡老汉看得最分明，说是一个会划船的哥子，人长得亮堂，也不晓得是得罪了哪个，一帮人拿起枪朝河里扫了好大一阵，河面上漂起血，再没看到人起来，船也漂起走了。

向幺爸听到这里，扯下头上的白帕子，朝一河水带着哭腔喊起来："搞拐嗒嘛！叫你回你不回，这下叫我回去哪门交代哟？"

河滩上又有人说，死的好像还不止一个，一帮警察刚走，电筒火把的沿河找了好半天，人没找到就要抓人，差点把摆渡的老汉也带走了，是众人说每天都要过河的，带走了我们都到省府大门口去请愿，这才放了老汉。

向幺爸的哭喊这时戛然而止，突然拉住秋芳说："二嫂子快些走。"

秋芳以为他怕了。向幺爸却问她，清江河从这里往下有几个滩，秋芳说："往下是红沙湾、烂泥滩……"

她猛地会意过来，却都不再言语，俩人不约而同迈开腿，立马沿着河岸往清江下游寻去。

钻过芦苇野草，夜色中河滩白茫茫一片，鹅卵石一踩一滑溜，不知走了有多远，走到夜深，只见清江河水在前方拐了一个大弯，一堵光溜溜的悬崖挡在了前面。秋芳站住了脚，向幺爸急吼吼地说："再往前找，再往前找。"

秋芳说："前头就是板壁岩，猴子才爬得过去。人即使冲到这里，也爬不上河坎。"

向幺爸听得伤心，朝河水里喊叫："义蛟哇，你一身好水性，哪门会在清江河里失格①嘛？"秋芳说："你先莫喊了，等天亮之后，我再叫几个兄弟到板壁岩那边的河湾找找。"

话虽这么说，但俩人心里这下都明白，覃义蛟已是凶多吉少。

俩人沿河边的小路回到橘园，已快天亮，发现路口多了盘查的巡警，秋芳拉着向幺爸躲进荒草中的岩壳，然后在树林子里捡了两捆干柴，用藤条捆了，扛在肩上好歹过了盘查的路口。回到土屋，都已是精疲力尽，秋芳放下柴捆，又烧火煮了几个苞谷坨，用粽叶包了，便送向幺爸到清江桥头去搭车。

向幺爸看这秋芳行事谨慎有方，后悔没早听她的话，把覃义蛟看住，不让他出门，这下他一人回到巴东，如何向老帮主覃九河交代？便想留在恩施再沿河去找义蛟，秋芳却不允，说恩施不是你久

---

① 失格：鄂西方言，倒霉、糟糕、坏了事。

留之地，再要是遇到盘查就麻烦了。

　　清江桥头停了好几辆正待启动的道奇车，车厢里码着一层层麻袋装的盐包。秋芳领着向幺爸径直上前走到一辆车头旁，跟驾驶室里的司机低语了几句，坐在副驾驶的烧炭的助手跳下车，叫向幺爸爬到车厢上去。向幺爸没坐过汽车，一只独臂抓住车厢板半天爬不上去，秋芳在下面揪住他的两条腿，一把将他顶到了车上。

　　货车轰轰地开动了，向幺爸抱着几个苞谷坨坐在盐包上，看着一点点远去的清江桥、北门机场路，失魂落魄。

第二十五章　迷路得灯

1

在巴东城西去十多里的万户沱，凤娘带着两个娃娃已经住了好些天。覃家的管家顾择那天着人将他们母子连夜送到这户人家，凤娘当时没有多想，只担心在秋风亭熬的那几大锅药汤。

她对顾择说，走时还没对火娃子他们叮嘱，药汤不要熬过了头，要不会失了药性。还有，熬好之后要及早分发给伤者和病患，莫等时间长了，尚未入秋之时的天气多变，阴云夹着梅雨，煮好的吃食几天之后就会长霉，药汤也是如此。

顾择看凤娘衣着破烂，却是一脸天真，心中暗暗叹息，那一番轰炸之下城里人一个个命都差点没了，哪个不是愁眉苦脸，悲天抢地的，这女子却坦然相对，无所畏惧的样子，穿梭似的在巴东城里熬药送汤，救治伤者，莫不是神女下凡？

但他不敢将覃家遭难的事情告诉凤娘，老大覃佑蛟被抓进牢，警察局的魏警长仍未善罢甘休，还可能找覃九公和凤娘的麻烦，顾择只说："凤祥药房炸了，老帮主怕你一个妇道人家，又带着娃娃没得安身之处，特为叫我把你们母子送到万户沱来，暂且住些时。这户人家是我们信陵船社的老船工，我会着人再送些粮食油盐来，你们只管放心住着。"

又再三叮嘱她："千万不要四处走动，一则防日本飞机的轰炸，二则防坏人的算计。回去必须等到我来接，我没来时，凤娘你不要带着娃娃走远路。"

凤娘听话地眨着眼睛，说："好。"

这户人家却是在江上摆渡的老疤家，天气好时，老疤有时就不回来，睡在船上，他女人在家里种地养猪带娃儿，见凤娘来，这家人倒是欢喜，女人从鸡窝里找出鸡蛋来，就要炒了给凤娘他们吃。

日子一天天过去，却未见管家顾择来接他们。凤娘每日都要到门前守望几回，看大江迂回的巫峡，与环绕于山脚下的大江悄然对话。又看那条来时的羊肠小路，心中不时恍惚，觉得从前似乎来过此地，是前世还是今生，却都不记得了。

万户沱已靠近巫峡口，长江至此转过一个大弯，从这高处看去，那大江的汹涌澎湃化作了宁静坦然，像一条无声的绸带依偎着峡谷。凤娘想，那山不就是这河劈出来的吗？从高原走来的小溪变为大河，仿佛是纤纤丝线变作了齐天轩辕剑，为天地精气所铸，剑身一面是日月星辰，一面是山川草木。剑柄一面是农耕畜养之术，一面是四海一统之策。内蕴无穷之力，为神剑利剑。

然而，劈山开河是在一瞬间，还是劈了千万年？总归是将这不屈的高山劈开了，劈成了奇崛无比的山川。

这江河水呵，你并非剑，你的力量是一滴一滴汇成的，是一股一股汇成的，是逶迤磅礴、吞云吐雾而来的，你摧枯拉朽，又养育万物。好让人害怕，又好让人亲昵啊。看此刻，你把劈山造河的气势全都化作了温顺恬然的模样，我从这山上看你，我伸出手来，你能感觉到我对你的抚摸吗？

凤娘站在高山之上，觉得自己似乎长上了翅膀，就要飞翔起来。她恍惚之间看到了我，我是凤鸟，我与她心神相通，我飞翔在巫峡的山巅，看万里江河。

我晓得她的思念，两个娃娃倒还快活，跟着这农户一家白日在田里掰苞谷，捉蚂蚱，夜里倒床就睡。但凤娘心中却多有不安，男人义蛟一去几个月未见回还，人在何方，有无凶险？

凤娘朝向来时的那条小路，望着望着，就似乎见到男人罩义蛟青布短衫，扫风的裤脚甩动着走来，巫峡口的太阳即将落山，一轮晚霞包裹的夕阳将男人的身子衬得跟高山连在一起，她迎上去，却是晚了。眨眼的一两步，夕阳就从峡谷顶上掉了下去，天地间顿时一片暗淡，男人的影子也随之不见了。

我晓得，义蛟的确遇到了凶险。

凤娘的心里坠上了一块大石头。她寝食不安，一个出太阳的日子，她给老疤女人说，她要去江边上挖些药，然后进城去看看。凤祥药房被夷为平地，那是她和义蛟几年的心血，怎么能就此罢了？她想早些回到县城，从废墟里扒出些能用的木料、药材，想法子把药房再建起来。

老疤女人说："顾管家交代过，凤娘你哪里都不要去，城里乱得很，招呼出事。"

在万户沱养过这些时，凤娘身上添了些力气，她说："不会有事的，巴东城里的人都认得我，都喝过我的药，有事他们也会帮我。我去去就回来。"

她请老疤女人帮她照看两个娃娃，借她一个花背篓，一把小锄头，便朝城里的方向，沿江边的小路走去。

2

秋天的满山坡上，枫叶红了，树下那些安静生长着的草丛中藏着各种药材，都是凤娘心仪的宝贝，她看着心里就有了欢喜。这时，她想找到药草头顶一颗珠，但在溪沟的石缝里，却意外看到了一丛碧绿的荷叶铁线草。这草短而直立的根，一片片椭圆的叶儿光滑且有着花纹，指尖触摸到叶儿尖端棕色的柔和锯齿，边缘就像荷叶一样反卷着。凤娘对叶儿说："你真好看。"

她晓得这草的娇贵，也晓得它的聪明，生长的地方既要潮湿但又不阴冷，因此不在高山多在低谷，这样可免受阳光的暴晒。凤娘的枕边书有《本草纲目》，她可以倒背如流，荷叶铁线草能消热解毒，利尿通淋，护肝去痛，这草本不多见，凤娘却在这溪沟边发现了好些，沿着一道道青石的夹缝，油嫩地撑长着。

她欢喜得很，将长裙摆掖在腰带里，俯下身去挖了一根又一根，却没觉得天色渐渐暗了。等她将药草装满背篓，夜色已将溪沟边的小路隐没在野草和岩石之间，凤娘站在草丛中，既看不清往城里的路，也找不到来时的路。

这晚没有月色，四周漆黑一团，除了大江的涛声，看不见一点光亮。凤娘想走到江边，但却被一面陡崖拦住了去路，身边的草丛中突然一阵窸窸窣窣的响动，凤娘即刻感到脚背上一阵冰凉的蠕动，她惊跳起来，蛇？

那蛇细长，因她这一跳而立刻窜起，改变方向，转而像条鞭子似的朝她胸前抽来，凤娘扭脸向一旁闪躲，挥动小锄打那滑溜溜的蛇身，蛇疯狂地扭动着并不退让。眼看就要扑到她脸上，却在临近的那一刻，像是闻到了凤娘身上药草的气味，突然缩了下去，然后嗖嗖地梭进了野草深处。

凤娘好一阵惊魂才定，她在黑暗中使劲睁大眼睛，只能看见比夜色更黑的山林，从近到远，一层比一层更加浓黑，她抬脚走了几步，却踢到了野草中的石头，她被绊倒在山崖上。

她叫唤她的亲人："义蛟！义蛟！"

就在这时，前面的山坳里，朝向大江弯曲的拐角，出现了一点红光。

一闪一闪地，朝她这边移动而来，远看是红光，随着一点点靠近，渐渐发白且更加明亮了。凤娘目不转睛地盯着，那光亮到了跟前，却是一个白胡子老人手提着一盏篾织红灯笼，里糊细绵纸，外糊红纸，灯笼里点着一根蜡烛，烛光照处，老人长长的寿眉下目光慈祥，对着凤娘说："你是要回家吗？"

一阵山风吹来，老人的白胡须飘动着，灯笼里的烛光也随之跳跃，像在朝凤娘点头。凤娘说："老爹爹，我找不到路了。"

老人把手中的灯笼递给她，朝大江上游指了指，"那边就是路。"凤娘把灯笼接到手里，刚往上一抬，立刻就照见了乱石和野草间的一条小路，那原本近在咫尺，就在脚下，刚才她却仿佛被困在了一个刺巴笼里。那灯笼照亮的光晕下，暗黑的野草似乎在朝两边倒去，一条发白的小路平坦又安宁地出现在眼前。凤娘喜得差点叫起来，她顺着那小路疾走了几步，便又愧怍地侧过身子请老人前行，"您家走前头，我把您家先送回家。"

黑夜中却没听见回话，她高举起灯笼，刚刚站在面前的白胡子老人却已不见了。

凤娘大吃一惊，忙朝四下里叫："老爹爹！"也无人回应。她又奇怪又担心，老人家把亮火①给了她，莫不是看不清路，掉进天坑里？她提着灯笼在周围寻看，白天在这边挖药，并没有发现有天坑，老人家莫非是武林高手，眨眼间就能飞出丈外？

她在山崖间找了一阵，却是没有任何人影，若不是手上这盏灯笼，凤娘感觉就好像做了个梦。半夜里，她背着药草，走过坎坷不平的峡谷小路，回到了万户沱的老疤家。刚一推开门，小凤和江娃就从屋里扑了上来，脑壳在她怀里拱个不停。

"妈呀，妈呀，你哪门才回来？"

老疤女人陪着娃娃们在灯下，赶忙也迎上来，"哎呀，把人都急死了，这荒山野岭的，夜里有豺狗子出来吃人呢。"凤娘举起手上的灯笼，"有这个不怕。"

小凤好稀罕，"妈呀，这是从城里买来的吗？"

凤娘说："我还没进到城呢。我在山那边迷了路，忽然从山坳里走来一个白胡子老爷爷，他给了我这盏灯笼。大嫂，那边山上是不是住着一个白胡子老人？"

老疤女人不解地说："没有哇，那一路都是荒坡，哪里来的人家？"

凤娘心中也好生疑惑。

---

① 亮火：指灯笼、火把等用以照明的器具。

3

凤娘想把灯笼还给那位白胡子老爹，但她第二天再去那挖药的山沟里，却没有找到老人的足迹，四周也的确并无人家，难道是遇到了神仙？

这世上好些事情都说不清，弄明白的只是极少数，凤娘想，自己就连她自己是谁都没弄明白，又何尝弄得清别人呢？

天空又传来飞机的轰鸣，凤娘慌得忙跑回疤子家，叫："大嫂！快带娃娃躲到洞里去！小凤江娃快进洞去！"

老疤屋后头就有一个天然山洞，从后门一钻就进去了，飞机来了倒也不怕。凤娘站在洞口再朝天上看，却不是贴着膏药旗的日军轰炸机，而是好几架暗绿色的飞机，机头像张着血盆大口的鲨鱼头，从西向东飞去。

没过一会儿，半天云里，远远地轰隆轰隆电光闪烁，两队飞机展开了激烈空战，天边响起一声声炸雷，一架贴着膏药的飞机倾斜着在空中划出一条火线，倒栽葱掉入了江里，闪出巨大的火光，但片刻就悄无声息地被大江吞没了。与此同时，一架鲨鱼头也冒着黑烟扑向大地，快接近峡谷之巅时，一朵蘑菇从飞机一侧飘了出来，它徐徐飘动着，好像是朝万户沱这边而来。

凤娘紧盯着，突然像是回过神来，她冲到柴房里找到一把砍柴刀，朝洞里叫出老疤女人："快，救人去。"

看那朵蘑菇渐渐落在万户沱的悬崖坎上，凤娘和老疤女人提脚就往那边跑去，跑啊跑，靠近悬崖边没了路，但那朵蘑菇就在悬崖边的一棵乌桕树上，一个网状的降落伞包裹着一个穿深褐色皮夹克的飞行员，人事不省地挂在树枝上，摇摇欲坠。

凤娘用柴刀一路砍去挡在身前的荆棘、水柏枝，和老疤女人到了乌桕树下。这时万户沱的一些人家都跑来看稀奇，说还是外国人呢。凤娘请他们帮忙，找来一架竹梯，两个男人爬上去将那飞行员抱下树来。

肩上受伤的飞行员看样子才二十多岁，这时在草丛中睁开眼，惊异地打量着面前的人，费劲地开口说："I am a member of the American Flying Tigers."

凤娘听清了，"他说的是，我是美国飞虎队的。"

凤娘用英语说："We're here to save you. 我们是来救你的。"

飞行员眼里闪出希望的光，"Thank you，my name is Tom."

老疤女人和旁边的人都惊奇，原来凤娘还会说外国话，只听凤娘转过头来说："这个飞行员是美国飞虎队的，名叫汤姆，是帮我们抗战的，大家快一起来，先把他抬到屋里去。"

就着那架竹梯做了担架，几个男人将汤姆抬了起来，凤娘看那飞行员的夹克背后还贴了一块布，上面写着汉字："来华助战，洋人（美国），军民一体救护。航空委员会第 × 号。"

凤娘让大家把汤姆抬到了老疤家里，她先是替他察看了伤口，好在只是肩膀中了弹片，当即给他抹了膏药，下午便主张扎起一乘滑竿，众人一起将汤姆抬往马鹿口的教堂。

德尔沃神父见了，连忙腾出他的办公室，杜先生一直在教堂帮忙，这时见凤娘送这飞行员来，也忙赶了过来，帮着安置这个受伤的飞行员。

年轻的汤姆见了这一干人，知道自己已完全得到安全，状态立刻明显好起来，指着凤娘对神父说："这位美丽的女士救了我，还有这些中国人。"

神父说："汤姆你非常幸运，神在庇佑你，你遇到的是三峡神奇美丽的女神。"

将汤姆安置好后，杜先生把凤娘叫到一边，说前些日子覃义蛟来过教堂，匆匆忙忙地又回了官渡口，后来到恩施去了。

凤娘从杜先生的神色中看出还有话未说完，她惊疑不定地问："义蛟他为什么要到恩施去？"

杜先生不忍瞒她，便说覃家遇到了一些事，并说："凤娘你不必太担心，等义蛟从恩施回来，就知道事情怎么样了。"

凤娘默默地点头。

德尔沃神父听说凤娘在万户沱住着，便想请她到教堂来，这里的伤员还有很多，凤娘的医术和药都很管用，留在这里再好不过。凤娘说："神父，我也很想帮帮这些伤员，但我得把凤祥药房再建起来，炸烂的巴东城里，不能没有药房。"

飞行员汤姆眨着蓝眼睛，把身边带着的一张宣传画送给了凤娘，说："美丽的女神，请你收下这张画，我以后会来找你的。"

那张画显然是飞虎队的飞行员随时带在身边，遇到危险时请人救助的宣传画，上面画着一个飞行员侧身打量着一个朝他端着水盆的中国妇人和一个戴着斗笠的中国男人，旁边写着："美国人永不会忘记帮助他们的人。"这句话恰也是汤姆想说的。

凤娘接过这张画，笑了笑，转身递给了老疤女人，说："我们一起救了汤姆，你好生收着，等以后看看，是个念想。"

4

回到万户沱，过了两日，凤娘请老疤女人照看着小凤和江娃，她还是要进城去看她的药房。万户沱的人都羡慕老疤女人，说凤娘这个会帮人看病，还会说外国话的女人好稀罕，能住到老疤家里，是给他家添了福寿。

老疤回了一趟家，听说自家女人和凤娘一起救了美国飞行员，更是有些得意，私下里跟女人念叨，说覃九公晓得了，只怕会给他涨月饷，但覃家正遇到事，手头也都紧，怕是也难说。

凤娘那日进得城去，巴东城里还是乱糟糟的，好多熟悉的街坊邻居都不见了，下江来的难民仍在不断地涌进小城，又有一些从未见过的陌生人走在坑洼不平的石板街上。沿着狭窄的曾家码头，一些赤膊汉子正从江边将一块块青石板哼哧哼哧地抬上石阶，铺在炸烂的街面上。歪倒的信陵杂货铺的木楼架子，柱头和成块的木板已被人抽走，只剩下一些破败的烂木头，像是只差一阵大风就会彻底吹垮。大白天的，一只老鼠划拉着小腿，从人前跑过，钻进了瓦块石头堆里。一个披头散发、分不清男女的乞丐跟在老鼠后边，扒拉着瓦块，从地上捡起几粒黄豆，急不可待地塞进嘴里。

凤娘在街上找见了绣儿。

苗条的绣儿瘦得厉害，鹅蛋脸成了一个尖下巴，两只眼睛像半岩坡上的硝洞，黑黑的，见了凤娘就拉住双手不肯放，问她这些日子带着两个娃娃在万户沱怎么样，她听杜先生说了凤娘的去向，就想去找她，但她要照看爹，还得招呼两个弟弟，一时都没得空。

凤娘说了在万户沱的前后，把挖来的珍奇草药七叶一枝花、头顶一颗珠、荷叶铁线草，还有炼成的膏药从背篓里拿出来，给了绣儿，让她酌量给岳老板敷用，煎了喝。

绣儿摇着她的手说："凤娘，你快回城里来吧。你看我爹虽然残了身子，他说还是要把豆腐店再开起来，凤娘你也把药房再开起来吧。好多人见了我都问，凤娘去哪里了，他们要找你看病拿药。"

凤娘说："绣儿，我也正想着呢。"

凤娘和绣儿来到凤祥药房木楼的烂架子前，绣儿指着那堆废渣说："这里总有人来扒，原先还有些吃的用的埋在下头，你看那人又扒出几颗糖。"凤娘走过去，从废墟里抱起一块块大石头，码在一旁的街沿上，又从一堆碎石和木头下翻出了一包压扁的麻糖，闻闻还有香味，便伸手递给了那个乞丐。那人嘻嘻地笑了，说："凤娘，你是好人。"

绣儿说："你看，城里男女老少都认得你。"

凤娘只想多抱出几块大石头，不承想扒呀扒，扒出了一双青布鞋，拍去渣土，却是她给男人义蛟做的新鞋。凤娘摸着她亲手一针一线扎成的鞋底鞋帮，默默无语。绣儿说："上次三哥回来，也在这里扒了半天，他扒出你的一个小篦子，宝贝似的揣到了怀里。"凤娘听了不言声，将那双青布鞋也揣到了怀里。

绣儿帮她搬了一阵石头，看天色不早，便说："凤娘，莫扒了，到我家去喝碗豆花。"

绣儿家早些天请人将炸塌的店清理了，填平了地基，搭起个杉木棚子，一家人住着，又架起了锅灶想做豆干。但几十年的老卤汤锅已被炸成一堆废铁，只有另买了铁锅，先煮些豆浆、豆花，卖给过路的行人。棚子外边，一匹黑骡子正在拉磨，大难不死的岳老板架着拐棍，正用小勺往磨眼里喂着泡得涨鼓鼓的黄豆，骡子一边拉，石磨一边压出白白的豆浆。老远看见绣儿带着凤娘从街边走过来，岳老板嘴里念了声佛，丢下木勺迎上来说："凤娘，你回来了？"

凤娘连忙问他的伤情，岳老板的右耳朵聋了，只有一只耳朵听得见，说话总要侧过身子，用这只好耳朵听，"啊？我们都是死过一回的人了，说句真心话，要不是凤娘你熬的药，巴东城里的人还不晓得要死几多。"绣儿说："爹，凤娘又给你带了膏药，是她现从山里采来熬制的。"

岳老板说："啊，我这条老命也得亏了你。"

凤娘说："岳叔，我也学您家先搭个棚子，把药房开起来。"

岳老板连声说好。绣儿从锅里舀了碗热豆花，叫凤娘喝。凤娘舍不得喝，从背篓里拿出一个药葫芦，用清水涮洗了，把豆浆倒进葫芦，要带回万户沱给小凤和江娃儿。绣儿赶忙又给她盛来一碗，凤娘不肯接，她晓得现如今黄豆来得不易，岳家好不容易做点小生意，哪能敞着喝？

岳老板突然想起一事来，说："凤娘，前些天有两个奉节卖盐的，来找信陵杂货铺，说之前曾老板手上有好几笔生意没有结账，要找他来结账。"

绣儿背过身把那碗豆花也灌进了凤娘的葫芦里，过来说："我们就说铺子都炸垮了，哪来的账结？但来的那人说，曾老板在恩施做大生意挣大钱，这点小钱都不给，那他们就到官渡口找覃九公去。"岳老板说："那两个人好像昨日还在巴东城里晃，也不晓得走了没走？"

凤娘怔了一下，说："岳叔，您家要是再见到奉节来的生意客，就跟他们说，覃家绝不会欠账不还，过两天我就搬回城里来，叫他们来找我。"

岳老板看凤娘单薄的身子，穿一件乡下女人的大襟衣裳，苍白的脸色透着青黄，不由叹息道："唉！凤娘你哪来的钱？还是叫他们到官渡口找你公公去。覃九公不是一般人，他过的桥比你走的路多，吃过的盐比你吃的米多，他镇得住场子。"说罢又叹道："覃家的兄弟几个也不晓得如今在哪里？要是有他们守在跟前，这些事哪还要你们这些女人家出面？"

绣儿说："爹，您家少说两句。"

她拿眼看凤娘，凤娘却道："我公公的船社有大事要做，这些小事倒不必去烦扰他。"

正在这时，只听上街传来喊声："凤娘，凤娘！"管家顾择与多时未见的向幺爸急急地朝他们走来。离得老远顾择就说："凤娘，我们到万户沱去找你，没想到你进城来了。"

凤娘说："顾师傅对不起，我没等您来，就进城来了。"

顾择说："唉，如今进城倒也无妨了，你大哥佑蛟已经被放了出来，老帮主让我和老向来接你们母子回官渡口去。"凤娘欢欣地说："好哇！方才我和岳叔、绣儿还正说到公公呢。"

但看那向幺爸一直站在顾择身后，低着头埋着脸，也不吭声，凤娘便叫："向幺爸，你是何时回来的？听义蛟说你在宜昌被抓了伏，我们都一直在担心呢。"

向幺爸这才抬起头来，一张脸苦巴巴的，左边的衣袖却是瘪的，岳老板上前摸了摸，惨笑道："这下好，我们这几个都是缺膀子少腿的，哪个都莫要嫌弃。"却看向幺爸枯眉下的一双眼睛里淌出浑浊的泪水，便又哂笑道："老向，能把命保起就是大福之人了，你还流个什子骡子尿？"

"我还不如死在恩施呢！"没想到向幺爸突然双腿往地上一跪，哭叫道，"凤娘，我真该死！"

凤娘大惊，"向幺爸，你这是怎么啦？"

"我没把义蛟看护到，义蛟他，他掉进清江河里，不见了。"向幺爸哭着说。

凤娘脸色唰地发白，没有血色的嘴唇颤抖着，"不见了？义蛟他不见了？"

顾择跺着脚，"老向，叫你不说你偏要说。凤娘你先莫得急，九公已派人到恩施沿河找去了。"

"去找……？"凤娘失神地问。她环顾围在身边的人，像是在辨认着，她挣开绣儿和顾择的搀扶，往前走了几步，忽地往后栽倒下去。

第二十六章 二嫂相救

1

那块瑞士欧米茄新款潜水表在孙晓雯手上已经三天。从三义宫小楼的走廊上快步走过时，孙晓雯已经拿定主意，然后来到葛站长的办公室门前，用了点劲，敲了敲门。

因为站长布置的任务是单线联系，在站里，孙晓雯已经获得不用秘书科通报，便能直接找站长汇报的特权。

葛站长正在打电话，他示意孙晓雯在对面的椅子坐下，但孙晓雯双手背在身后，一直端正地站着。葛站长打完电话，看了看她说："怎么，小孙你要向我汇报吗？"

孙晓雯仍以立正的姿势说："报告葛站长，我已住进农专的宿舍，白天上课，晚上参加了两次剧社的排练，暂时还没有发现可疑人员。"葛站长说："哦，这么快就跟同学打成一片，参加排剧了？排的是什么剧呀？"

孙晓雯说："抗敌演剧六队与青年剧社合作排演的《心防》，演的是上海一群文化人如何在沦陷的孤岛上与敌寇汉奸相持的故事。"

葛站长听她这一说，便在桌上的一堆报纸里翻找。"这个戏我上

420

次看过，有人还在《武汉日报》上写过剧评，哎，找到了，就是这篇。"他摊开报纸，找出一段念着："剧本没有噱头，没有恋爱，装置既不华丽，又没有漂亮的服饰与化装，但仍然吸引来十分拥挤的恩施观众。小孙你看，这是一位叫易水的先生写的。"

孙晓雯站在那里，听他一行行念过来，说："没想到葛站长对戏剧这么感兴趣？"

葛站长指点着报纸说："你看这下面的评论更有意思，说这便是恩施剧坛已经走向现实主义演出的结果，它是已经摆脱了欧化的演出。"他笑了起来，"全国曾盛行一时的欧化演出，在第六战区的临时省府恩施剧坛改变了风气，真有趣。"

孙晓雯听他说得起劲，不高兴地说："站长，请您不要再谈戏剧好吗？"葛站长愣了一下，"怎么了？小孙你有情绪？"

"我没有情绪，我是有重要事情来向您报告的。"孙晓雯说。

"你说。"葛站长铺展着那张《武汉日报》，继续端详了片刻，然后抬头看着孙晓雯，"你说呀。"

孙晓雯亮出手腕上的表，"我想先请您告诉我，这块表您是从哪儿得到的？"

葛站长朝孙晓雯的手腕盯去，似乎一时还未明白过来，想了想才恍然大悟地说："小孙你是来给我还表的？今天是第三天吧？"却没料到孙晓雯说："不，我没打算给您，这块表本来就是我的。"

葛站长惊讶地看着她，停了片刻才说："小孙，我要提醒你，这是在军统站，不是在你家客厅里，你在跟本站长说话，不是在跟你的厅长爸爸。"

孙晓雯也不分辩，她取下腕上的手表，然后目光朝葛站长的桌上搜寻着，葛站长问："你在找什么？"孙晓雯指了指桌上的一柄放大镜，"可以让我用用吗？"葛站长不解地递给她，孙晓雯翻转手表，将放大镜对准表壳背后，"您看，这是什么？"

葛站长凑近放大镜一看，坚硬光滑的表壳上现出一个细小的"s"。

"s，孙……"他似有所悟，直起身来说道，"好吧，你还想告诉我什么？"孙晓雯按捺不住激动地说："我想知道这块表是怎么到了站长您手上的？我本来已经将它送给了一个人，这个人现在哪里？"

葛站长一脸严肃地审视着她，稍后泛起淡淡的微笑，"小孙啊，沉住气，遇事要沉住气，懂不懂？你看我刚才跟你说到戏剧，你就没有耐心听下去，你要明白这仅仅是我的爱好吗？这里面大有文章啊！抗敌演剧六队与青年剧社都是什么机构，都是些什么人，你知道吗？搬到恩施来的《武汉日报》的记者编辑又都是些什么人，你知道吗？"

站长的话，让孙晓雯好像是掉进了《西游记》里的盘丝洞，只觉身子被缠绕着，举目都是妖精。

"军统前后已经从这些剧社里抓获了好几批反政府的潜藏者，但他们有句话，叫作'野火烧不尽，春风吹又生'，只要剧社存在，这些野草就会再生。但你看那么多观众拥挤着来，这报纸上不就是这么写的吗？我们没办法封剧社，封报纸，只有一批批抓人。当然，不光是抓这些人，还要抓更反动更暴力的人，抓的人都没地方关了，没有粮食喂了，那么只有杀，杀了才干净，一了百了。"

葛站长像是在对孙晓雯说话，又像是在自言自语，他在桌前那一方空地上踱来踱去，念念有词长篇大论，孙晓雯从他的话里，到达另一个未曾进入过的世界，一个充满黑暗血腥恐怖的世界。这屋子里凉飕飕的，她却冒着冷汗，她攥着那块表恐惧地问："你们把他也抓起来了？"

葛站长不再走动，他眼神凌厉地说："我不知道你说的他是谁，但我可以告诉你这几天发生了几件事，好像与你说的人有关。抓他的人是行动二科的尤占坝，但尤占坝死了，在东门河坝抓人的时候掉进了清江河，这家伙贩过鸦片，盗卖过文物，死不足惜。而你要找的那个人，从机场工地逃走之后下落不明，依我的判断，尤占坝的死与他有关，他也很可能死在了清江河。"

"不可能。"孙晓雯红着眼圈叫起来，"他不会死，他不会死在清江河里。"

"小姐，不要激动。"葛站长两手往下按着，"冷静一点，我刚才已经说了，你要沉住气，遇事要冷静。看来把你过早地从训练班调出来，没让你受到应有的训练，是一个需要弥补的缺陷。"他以一个长者的口气训导着孙晓雯，心里却对那个让这位小姐动情的男人有了好奇。

就在孙晓雯来他办公室的前一刻，在恩施最繁华的十字街开了两家店的赖老板也亲自找上门来，一是为尤占坝不明不白地死于东门河坝，要请葛站长查个明白；二是询问尤占坝曾经抓获的一个人的下落，也要葛站长说个明白。现在看来，赖老板询问的人与孙晓雯送表的那个人是同一个人，名字叫作覃义蛟。

这个人本来无足轻重，但却惹出了一堆麻烦。

葛站长早已听说赖老板的后台不一般，他仗着在川江有船队，在恩施有商铺，又卖盐又卖粮，几乎控制了恩施半个市场，日进斗金不是一句空话，他出手大方，又有几分口才，结交了省府高层的许多官员，就连陈长官的副官都常是赖家的座上宾。赖老板走到哪里都威风十足，但葛站长不想买他的账，军统和省府各是一码，姓赖的无非是有几个臭钱，想借势压人，压别人他管不着，但要想压在他军统站长头上，那是白日做梦。葛站长的回话因此也就没好气，他说那两件事是否要查明白，与他赖老板无关，用不着他来操心。

赖老板生硬地说："葛站长你不查，我会找人查的。"

葛站长说："无所谓，你有钱，只管请人查好了。我这里忙得很，尤占垿虽然死了，但他从前贩过鸦片，是谁把他引荐到军统站的，也得查一查，要不然往上的报告不好写，戴老板怪罪下来，我是第一个要受处分的。"

赖老板这才带着人悻悻地走了。

没想到孙晓雯紧跟着也来找人，一番理论之后，这位民政厅长的女儿，最后把民生公司的董事长陆祚孚搬了出来，说陆先生对她要找的人寄予重托，有一批国宝级的古物要由他从宜昌运到重庆去。葛站长这时不得不信，因为他已得到有关情报，有一个关于文物运送的"山鬼计划"正要运行，而且已经暗中引起了多方关注，也就是说，想打这批文物主意的人正在蠢蠢欲动。当下葛站长叫行动二科把最近抓过的嫌犯名册找来，但令人吃惊的是，名册上并没有孙晓雯要找的覃义蛟。

看来这是尤占垿背着站里私自采取的行动，他和背后指使的人把军统站当作了他们的私家法器。料想类似的事还并非一两件，前任站长跟他们肯定是沆瀣一气，各有利益，所以一直默许，而那个指使他的赖成绪后来在恩施站稳了脚跟，并且攀上了更硬的后台，便没再把他这个新站长放在眼里，照样为所欲为。葛站长心中冷笑道，那家伙死无葬身之地，倒也不用我来收拾。

在孙晓雯的请求下，葛站长说："好吧，我给你开出一张特别通行证。限你一周时间，可以在第六战区范围内查找覃义蛟，如果可能，也可以协助他们的'山鬼计划'。不过，你的这次行动不属于军统站，遇到任何麻烦都只能靠你自己想办法解决。"

孙晓雯咬着嘴唇点点头，说："是，站长。"

2

一个幽暗的山洞里，洞壁上布满了燕子垒的泥窝，从洞顶垂吊下来的千年石笋，就像倒长的森林中的树，有的粗壮，有的纤细，从洞顶渗出的泉水沿着一条条石笋慢慢地流下来，滴答、滴答地落进洞里的深潭。覃义蛟就是被那"滴答"声催醒的。

他茫然而又警觉地睁大眼睛，打量四周，发现自己躺在这山洞半腰的一个石台上，鼻子里闻到的清香来自身下厚厚的柏树枝。他掀开身上盖着的一件黑布夹衣，想坐起来，手一撑立刻感到左肩的剧痛从肩胛窜到了腰间，一时间半个身子都又麻又胀。他恍惚回想起，他从那只小木船跳入清江河的一刹那，枪声像雨点似的追着他，幸亏他往水下潜得快，躲过了要命的子弹，但肩膀仍然挂了花。那狗日的找死，不肯放过他，只想要他的性命，一直站在河边寻着他放枪。那好嘛，他采了一根芦苇管含在嘴里出气，像一条鳄鱼趴在靠近岸边的河水里，等那狗日的蹲到跟前，一把就将他拽进了河里。

只记得一番激烈的搏斗之后，他摁住了那家伙的头，过了许久那家伙不再挣扎，他才松了手。河岸上响起一阵阵枪声，子弹打得水面噗噗直响，他钻到河底顺流而下，一时踩着滑溜的河沙，一时撞到坚硬的礁石，过了很久他才冒出水面。又顺水游去，那时天已黑尽，岸边的光亮变得稀少，他料想已离城很远，才突然觉得浑身没了气力。咬牙爬上了岸，冷风吹来，他踉跄走了几步，就人事不省地倒在了河滩上。

这会儿醒过来，他刚想翻动一下身子，就有一个人凑到了他跟前，亲切地说："你醒了？"

借着洞口微弱的光，他看俯下身子的这人包着头帕，像是一个男子，但那略带沙哑的口音不正是二嫂秋芳？他心里一阵惊喜。"二嫂！"他叫道。

"是你救了我？"他使出了好大劲，但声音听起来却小得像蚊子一样。

秋芳扶住他的肩，"老三，是我。你好好躺起莫动，我给你拿吃的来。"

秋芳早已在洞里烧了一堆火，架着干树棒棒煨了一吊锅鸡汤，这时用一把木瓢盛了端过来，用调羹一口一口喂到义蛟嘴里。肚子里进去热汤，义蛟像找回些气力，说话的声音也比刚才大了些。他心怀感激地问："二嫂，你是哪门找到我的？"

秋芳只说："我喊了七八个娘家亲戚，沿河找呗。"她将义蛟扶起半靠在洞壁上，解了他肩上的绷带，看了看说："还好，伤口没有化脓。"又拿出一小碗调好的药膏，给他抹上，然后又再包扎好。义蛟由她摆弄着，看二嫂身相粗蛮，手上却轻巧熟练，伤口处有了一股清凉，疼痛也轻了些，不禁叫了一声"二嫂"。

秋芳答应着，听他没有下文，便抬头看他，"嗯？"

"二嫂你到底是做什么的？"义蛟问。

秋芳说："我是你二嫂呀。"她答非所问，却说："老三你昏迷了两天两夜。幸亏你体子好，流了那么多血，还能挺过来。找到你的时候，就像死人一样。"

"二嫂，多谢你救了我的命。"覃义蛟说，"等以后一定要好好报答你。"

"你的命不是我一个人救的。"秋芳说。义蛟便问她娘家在哪里，救他的亲戚都有哪些人，秋芳却转开了话题，说找他的那天，有一个军统站的特务也在清江河里失踪了，警察和军统的便衣沿河上下在找。她问："老三，那天东门河坝到底出了什么事？"

覃义蛟摸着秋芳包扎好的肩膀，说："二嫂，你有些话不肯告诉我，但我相信你，我做的事都告诉你。"

他把除掉尤占坂的经过说了一通。秋芳说："我们猜想到了。"又道："老三，你惹出的这件事惊动了恩施好些人，看来你还得躲一些时。这洞里毕竟潮湿，今天夜里我叫两个亲戚来，找副担架把你抬到芭蕉乡那边去，找户人家好生养息。"

义蛟却说："二嫂，我不到别处去。"

秋芳有些惊讶，"为啥子？"

"我在这洞里养两天，就回巴东。"

秋芳说："老三你肩上伤得不轻，把伤养好了再说。"覃义蛟却说："二嫂，我还有一件要紧的事，再不能耽搁了。"

秋芳问是何事，覃义蛟把民生公司陆先生托付的事说了出来，秋芳重重地"哦"了一声。

"日本人现在占着宜昌，石牌岭离得宜昌太近，陆先生说那批箱子在那里非常危险。我这次本想回巴东看看凤娘和两个娃娃就走，但没想到大哥出了事，一着急就赶到恩施来了，又没想到遇到这些麻烦。"义蛟说，"二嫂，我当着陆先生拍了胸脯的，真的一刻也不能再耽搁了。"

"三弟，这事你做得正当。"秋芳赞赏道，"不过你现在要听我的。警察和军统沿河找了几天，说不定还会找到这一方来，为了安全起见，今晚我们就转到芭蕉乡去，你在那里养两天就走。"

也不晓得二嫂她去哪里找的人，洞口的微光消失之后，外面的天色变得黑乎乎一片，两个包头帕的汉子腰里别着砍刀，扛着几根树棒棒走进洞来，也不跟义蛟搭话，抽出砍刀埋头几下就将带着绿叶的树干树枝绑成了一副担架。秋芳要把覃义蛟扶到担架上，义蛟想自己起身走，秋芳不由分说地抱起他的腰，那两个汉子上来扶着他的头和脚，把他放倒在了担架上，抬起就上了肩。

漆黑的夜，从洞里走出没几步，上了一条山林间的小路，突然听见前面像有声响。跟在担架旁边的秋芳摆摆手，抬担架的汉子停住脚，却听人的脚步声迎面而来，密喇喇的，像是一群人。秋芳他们忙扶着担架，闪到了一个大岩包后面。

躲了好一阵，听那嚓嚓的脚步声远了，听不见了，秋芳让重新上路。抬前头的汉子说："怪得很。"后头的也说："这条路上白天都见不到人，黑更半夜哪来的？只怕是撞到鬼哟！"

秋芳轻声喝道："住嘴！脚跟紧些。"

3

覃义蛟在芭蕉乡一家吊脚楼里住了三天。秋芳将他送到这户人家之后就有事要离开，临走叮嘱他在此安心养伤，不得轻举妄动，等一周之后她会来看他，如果伤好得差不多，她会想法子送他回巴东。

吊脚楼里每天都有一些人进出，看样子都是种田人打扮，身上的衣衫打着补疤，头上包着帕子，但看他们的神色却又不像种田的，腰里胀鼓鼓的像是别着枪，总是关着小木房的门，在里头秘密地商量事。覃义蛟不想多打听，他心里的事已经够多的了。

第三天一早，他自己打开了肩上的绷带，喜悦地发现伤口已经开始结痂，被子弹穿过的肩胛骨也不再疼得厉害。这家堂屋里靠墙摆着一根打草鞋的板凳，还有一捆捶过的稻谷草，凳子头上钉着一个铁爪，扯着没打完的半截草鞋，覃义蛟看在眼里，便走去两腿跨坐在凳子上，抽出一束稻草试着打那半截草鞋。

抬过义蛟担架的两个汉子也住在这里，一个叫黄连，一个叫川芎，听来就不是他们的真名。黄连是个黄脸汉子，见义蛟在打草鞋，戏谑道："听说你不是船上的少帮主吗，还会我们这个？"

义蛟抬抬头，说："你会？你会你教我。"

黄连就坐到凳子上，打给他看。义蛟小时候就见过官渡口人家的屋檐下，好多人户都摆有这样一张草鞋凳，庄户人舍不得穿布鞋，一年四季都穿自家打的草鞋。这时见黄连两手左右交织着，一绞一穿，再一压，草鞋就一截截长出来了。义蛟学着他的打法，抽出一根根稻草，手上编串着，不觉两三个时辰竟打出一双，模样不好看，穿上还合脚，就又用稻谷草拧了一根板带扎在腰间，身上便挺起了劲儿。

他叫了一声黄连，"兄弟，多谢你们！明天一早我就告辞了。"

不料黄连竖起眉毛说："这不得行，我们队长说了，没有她的话，不能让你走。"

义蛟说："你们队长是哪个？我走关他什么事？"

黄连反问道："你不是叫她'二嫂'吗？"

义蛟不禁愕然。虽然早已看出二嫂不是一般的妇人，但猛一听说她是这帮拿枪弄棒的队长，还是吃惊不已。怪不得二嫂她说一不二。

"可她不是我的队长。"义蛟说，"我有急事要办，明天必须走。"黄连不敢答应，但见覃义蛟说话坚决，只好说："那我只有告兴① 队长啰。"

不管他告不告兴秋芳，覃义蛟这天凌晨走出了吊脚楼，依照白天打听过的小路，快步往恩施城里走去。鸡已叫过三遍，天还是黑的，山间带着清甜的空气让人为之一爽，他脚上穿着昨天新打的草鞋，刚走两步就感到未曾穿熟的草茬刺扎着脚板心，这使他越发加快了脚步。他心里盘算着，最好天大亮前能赶到恩施城，赶上开往巴东的客车。

起了露水的狗尾巴草，一路扫着他的双腿，不一会儿裤脚和草

---

① 告兴：鄂西方言，告诉，含有告状的意味。

鞋就都湿漉漉的了，眼前的山腰起了云雾，他在黎明前的大雾中爬上一个陡坡，模糊看去，坡下是一条波光闪动的河，河上有一座小桥，过了河就离得恩施城不远了吧？他想着，不管三七二十一，从坡上"腾腾"地飞跑而下，一口气跑到了小桥边。天色已经发白，他一抬头，却见那桥头站着一个人，像座石像一般，一动不动地对着他。

覃义蛟辨认出来，大惊道："二嫂！你怎么在这里？"

秋芳一手叉腰，一手扶着腰间的盒子枪，低声说："等你呀。"

二嫂秋芳料事如神，料到义蛟要从这里过河，早早来到桥上等他，她不是不让义蛟走，而是告诉他，通往城里的大道小路都有警察设的卡，他要再往前走，完全是飞蛾扑火。义蛟本来跑得全身发热，听这一说顿时像掉进了冰窟窿。

可他看了看石桥那头空荡荡的小路，便恨不得大步流星地从那里跨过去，他说："不行，我要走，我就不信他们能拦住我。"秋芳一扭身挡在他面前，义蛟想绕过她，秋芳一把拽住了他的胳臂，架势不大但内劲十足，他一时动弹不得，左肩的伤痛让他倒吸了一口气。

"对不起。"秋芳松开手说，"弄疼你了。可是老三，你不能再莽撞了！你已经几次都差点送了命，难道还不晓得小心吗？"

覃义蛟不吭气，他明白二嫂是在为他着想，可他在恩施实在耽搁得太久了，陆先生交代的事像一盆炭火烧在心里，再耽搁下去，那批箱子要是出了差错，他今后还有什么脸见人？

不料却听秋芳说："老三，我晓得你心里得急，你想没想过，旱路不走走水路？"

走水路？

一句话点醒了覃义蛟，眼前豁然开朗，他一个川江上行船的人，怎么没有想到可以走清江河，打恩施流经宣恩、建始、巴东、长阳，然后从宜都进入长江。只要进了长江，就等于是回到了他最熟悉的家，他不由心花怒放。

可是哪来的船？清江河上没有他的船，"二嫂，你有没得船？"

"我没得船。"秋芳说，但她黑得发亮的脸上现出笑意，伸手指向桥下，"老三你看。"

天已大亮了，石桥下的清江河边，两条汉子正在扎一个竹排，一看就是刚砍下的碗口粗的慈竹，青枝绿叶翠生生的，铺扎了两层，排上架起了牛头艄枋，排面宽大，像河里长出的一块厚实的青苗地。覃义蛟以刚才从山上飞奔下来的架势，张开双臂朝河边奔去。他只差大声喊出来："黄连、川芎，你们就是二嫂给我的良药！"

二嫂秋芳派这两条汉子跟他一起撑竹排，要把他从清江河送到长江去。

第二十七章 "神女号"

1

八百里清江是一条流向长江的河，它从鄂西高山发源，一路跌宕，造就了一路湍流奇秀，跟长江的雄阔相比，它又是另一番风韵，在川江行走多时的覃义蛟站在青竹排上，也不由感到了一阵阵新奇。

黄连、川芎两个原来都是撑排的高手，一到这河里即脱光了身子，被晒得油光发亮的赤身裸体，像抹了一层桐油，过水也沾不住。他们大脚板站在排上，就像两只铁抓钉，任那竹排追波逐浪，东扭西歪，他二人撑着竹篙只是腰杆屁股随之扭动，腿脚却是钉子一般稳扎着，覃义蛟看了也忍不住暗中叫好。

他到底也是水上功夫了得，过不多时，便很快就把住了这不同于白木船的竹排，只觉敞亮、轻快得很。但这清江河小看不得，由伏三跳而下至眠羊口，高山险崖，乱石堆叠，曲流奔湍，到得景阳，又见石崖深峭，潭水澄碧，岸际高地或为水田，或为旱地，村寨毗连陂陀相接。进得渔峡口，峡中群山嵯峨，崖壁陡峭，清流从狭窄的山崖间缓缓流过，照面岩、香炉石两岸奇观，又进巴山峡，两岸巉岩与峭壁对映，悬泉空峒相依偎。江水澄碧，历历如洗。

巴山峡曾为鄂西咽喉要津，兵家胜地，楚巴相争之时被称为"古捍关"，曾作为巴人的前方要塞，助巴人首领廪君"踞捍关而王巴"，又曾作为"楚肃王拒巴蜀"的一道关隘。再顺流而下到武落钟离山，这山上有赤黑二穴。传说是廪君的发祥地，又说夷水有一盐水神女，曾以"鱼盐所出，愿留共居"挽留西进途中的廪君，但廪君为了族人寻找昌济之地而拒绝，盐水神女与侍女化为飞蝶，想拦住廪君去路，被廪君的手下射杀。后人悲惜这位多情的神女，供她为德济娘娘，享人间烟火。

清江到此，"七难八鱼共九洲，七十二滩上资丘"，险滩连连，水涌浪急。整三天光景，覃义蛟和黄连站在排头，激流之下，分别挡住河道两边峭壁险礁，川芎则看准航流，压住艄枋，三人驾着竹排在清江的波峰之上如腾云驾雾。夜宿竹排，吃些干粮野果，喝些鱼汤，第三天过午穿过水布垭，跳过高坝洲，来到了宜都入江口。

覃义蛟兴奋地叫黄连、川芎二人："到了？"

看那清江之水碧绿清澈，长江大水则泥浊浑黄，清浑相汇泾渭分明，清江河水变得平坦温顺，逐渐将一河碧绿融入了大江。黄连、川芎那二人放排来过多遭，自然是看惯了，也不觉惊讶，只点脑壳说："到了。"

竹排倚靠在清江与长江汇合的"人"字形江口，覃义蛟站在竹排看大江上下，意会到对岸便是宜昌猇亭，他的白木船多次从此处划过，曾听说猇亭得名于西汉，虎啸为"猇"，十里一亭，故称"猇亭"，古为"楚之西塞"，三国时期的"猇亭之战"即在此处。可猇亭眼下已被日本军队占领。

覃义蛟想要把竹排划过大江，经猇亭去往石牌岭，至于一路会遇到什么凶险，他也难以揣测。于是便叫黄连、川芎："二位兄弟，多谢你们把我送到这里，我看我们就在此别过，这竹排你们反正也划不回去，就留给我了。"

但黄连、川芎他二人一听他要独自前行的打算，不禁连连摇头，说："三帮主，不怕你本事大，你一个人招呼这竹排怕还是有点狠啰。我们队长说了，要把你的事情办完，我两个再回去。"

覃义蛟心下感动，三人即刻商量行程。此处不能久留，要去往上游的石牌岭，必得要从日本人的眼皮下过，身后的宜都陆城河也已被日本人占领，再停留片刻，只怕很快就会引起岸上驻军的注意，得赶紧顺江而下，先找一处偏僻的芦苇滩藏身再做打算。

正在此时，大江上游一艘小火轮直朝他们的竹排驶来，他们都暗叫不好！

这日本人来得也真快！

这时想将竹排划走已无济于事，只有眼睁睁看着小火轮越来越近，覃义蛟便对他二人说："莫慌，我们只说是江上打鱼的。"

再近了些，却忽然看到小火轮上挂着一面深蓝加红白的米字旗，义蛟认得那是英国旗，在疾驶中随风翻卷，环绕船身的两条线，一黄一白，十分眼熟，再近些，那黑色的锈迹斑驳的铁皮屋顶和矗立的烟囱，顶部缺了一只角的天篷，船身三个白色油漆大字："神女号"。

覃义蛟不禁在竹排上跳了起来，"黄连、川芎，救星来了！"

竹排经他这一跳，半截沉到江水里，半截翘到了天上，差点把黄连和川芎甩到江里，他俩吓得忙叫："跳不得！跳不得！"

"神女号"小火轮"突突突"地来到了竹排前，覃义蛟一眼看到站在船上的向幺爸，伸着一只独臂在拼命朝他挥舞，"义蛟，你没死啊？"

覃义蛟骂了一句："你这个老家伙都没死，我干吗要死？"他像一只壁虎从竹排爬上了靠近的小火轮，向幺爸拎起那只空衣袖擦去眼角的泪，指着二层的驾驶舱说："你快上去看看船老大。"

小火轮正是老爹覃九河变卖家产，从一家英国轮船公司那里购得的那艘二手船，这艘曾经在吴淞口一带拉煤运货的钢质蒸汽机动船，总长二十多米，老爹雇请了船上原先的外国水手、轮机长、大副和司炉，也不晓得如今船上还有哪些人。向幺爸叫他去看船老大，覃义蛟也顾不得自己赤身裸体光精吊胯的，猴子爬树似的敏捷地两步就顺着铁梯上了驾驶舱。

一个黄头发的男人背对着他，两手掌着朱红色的方向舵，这舵手身旁，却有一位清瘦老者坐在竹椅上，两眼放着精光地对着舱门，见他闯进来，目光唰地落在他裆里的物件上，笑道："到底是我的儿，家伙不小。"

2

覃义蛟大叫一声："爹呀！"

老爹居然在小火轮上，这让覃义蛟惊喜万分，他扑在覃九河的膝前，贪婪地闻到老爹身上的旱烟味儿，就像回到了官渡口的家，多日疲于奔命的紧张都暂且消散了。覃九河老树皮似的手掌抚过义蛟还未痊愈的肩伤，摸着他光溜溜的背，遗憾地说："你龟儿本事大，带着伤还要了一回清江放排，我好多年前都想去试一盘，也没得工夫，没搞成。"

"爹，我没得您家本事大，我是两个兄弟相帮才撑出清江河的。"

"我晓得我幺儿还要去办大事，所以老子亲自来接你。"覃九河在竹椅上扭身叫那黄头发舵手："迈克，全速过江。"

迈克转动着方向舵，"OK！"

小火轮加大马力，朝大江对岸冲去。

义蛟抬头问道："爹呀，您家是神仙还是诸葛亮，哪门晓得我会在这里？"跟进驾驶舱的向幺爸说："咳，是二嫂秋芳前天从恩施托人带信到了官渡口，让我们想法子到陆城河来接应，老帮主一听欢喜着了，之前听说你沉到清江河里，那么多人朝河上开枪，也不晓你的死活……"

覃九河皱起眉头"呸"了一口，"少说些不吉利的话。"

向幺爸忙说："是是，老帮主一听信连忙把小火轮从奉节招回来，非要亲自带船来接。凤娘她们也都在屋里巴望着呢。"说着把手里的一个蓝花包袱递给义蛟，"这是凤娘叫带给你的。"打开来正好是一套竹布裤褂，一双青布鞋，一看都是凤娘的针线，光着身子的覃义蛟扯出那条扁裆裤就穿上了身，好安逸。

覃九河这时问道："老三，你二哥娶的这个秋芳，你在恩施见过她了？"

义蛟忙说："岂止见过，秋芳二嫂她不一般。我这条命就是她救的，清江放排也是她的主意，派了黄连、川芎两个兄弟专门送我。"

向幺爸说："黄连、川芎？怕不是真名吧？"义蛟避开掌舵的迈克，背着身子在覃九河耳边说："二嫂他们像是那个……"他无声地张合着嘴巴，覃九河意会道："哦，难怪啊。"

义蛟把黄连川芎也叫上了船，那竹排没了主人，在江水中放纵地东摇西摆，漂荡而下，不一刻便消失在了远方。覃九河叫老向把船上的夏元子、祥安、二莽子他们都叫到甲板上来，又叫："老三啊，你扶爹一把。"

覃九河说着，两手使劲撑着竹椅的扶手想站起来，但两条腿却跟面条一样软塌塌的，手上一用劲，差点将竹椅摁翻，义蛟一把将他拦腰抱住，大惊道："爹，您家的腿？"

覃九河倚在他身上，老眼凄炯如含冷焰，语气却是淡然："被鬼推了一爪。"向幺爸一旁愤愤地说："九公他是在码头上遭了暗算。"

覃九河之前每天都要在江边上转，看对岸的县城，也看一江大水，县城被炸之后，不时又有逃难的人从江上挤船而来，如蚂蚁乱爬，看得他也心乱如麻，便叫船社的伙计多煮些红苕洋芋，给江滩上那些年老体弱的充饥。平日他身后总有两个伙计跟着，不巧那天夜晚江上过来了一条船，刚靠拢岸，船上突然叫喊有人落水了！覃九河正在江边上转悠，听这一喊，忙叫身边的伙计帮忙下河救人，他独自站在江坎上，眼睛盯着水上的情形，没料到有人从背后偷袭，他被一掌推下了江坎。

那江坎高约十丈，坎下是坚硬的礁石，覃九河当即摔得晕死过去。下河救人的伙计上岸来没见覃九公，以为他回了吊脚楼，后来才发现人不见了，这下慌了神，船社的人打起火把在官渡口满镇上的沟沟坎坎找。覃九河好歹半夜里醒了过来，一直叫唤："我在这儿！"众人后来才发现他躺在江边的岩壳里。

义蛟听得惊骇不已，覃九河却慨然道："没得事，我福大命大，吃饭的家伙都还好，就是两条腿断了，少走些路就是。"

"爹呀，只怕是我连累了您家。"覃义蛟说。

老爹不会无缘无故地遭人暗算，义蛟联想起恩施的一些事情，说不定暗中就有关联，等他把陆先生交办的事做了，一定要查出下毒手的人。覃九河却道："先莫管那些，只说你眼目下要办的事。我看陆祚孚交办的这件事要紧得很，他是看得起我们覃家，老三你要对得住！"

"爹，我听您家的。"

覃九河叫义蛟把他抬到了甲板上，夏元子、祥安他们已眼巴巴地候着，黄连、川芎也坐在了甲板上，一看都是些身强力壮的水上汉子。夕阳西下，甲板被一天的太阳晒得滚烫，兄弟伙的心里也是滚烫的。老爹覃九河在竹椅上朝天一笑，"老三，好在覃家买了这条小火轮，请来了神女，船上的水手都给你配齐了，舵手迈克、轮机长戴维斯，水手有老向、夏元子他们，你爹我虽然两条腿断了，脑壳还用得着，我陪你把宝物取出来，陪你过三峡。"

老爹真是豪气不减当年。可是陆先生说过，早已经有人在暗中打探这宗古物，一路上不晓得会有多少风险，怎么能让老爹再跟着他冒险受累？覃义蛟说："爹呀，等船到了巴东，您家就和二嫂的两位兄弟下船回官渡口，剩下的水路交给我们几个。"

覃九河说："幺儿你莫看不起老子！"

义蛟却忽然看见上游的江面冒出一艘日本军舰，看样子直冲冲地朝着他们的"神女号"开来，便叫道："伙计们，这回是真的日本人的军舰过来了。"

3

江汉平原至宜昌的大片地方都已被日本军队占领，靠近西陵峡口一带的江面也在日军的控制中，只有打着英国、德国、美国等国家旗号的船舶在江上航行，一些民用木船大着胆子也跟随其后，拉货或者载人，运气好时会侥幸逃过日本军舰的阻拦，但常常会被拦截，连货带船被抢走，人被抓去修工事，甚至丢了性命。

覃义蛟心里已有防备，此时见到日本军舰他并不慌乱，先让甲板上的人各自归位，然后叫舵手迈克按既定航线，不减速照常前行。

日本军舰的舷侧现出"二见"两个大字，这正是常年活动在宜昌江面上的一艘日本炮舰，此刻正对着小火轮"神女号"快速驶来，"神女号"的舵手迈克按覃义蛟的吩咐，也不作退让，不一会儿，两船之间的距离越来越近。眼看就要相撞的最后一刻，"二见"军舰改变了航向，朝一边转过了舰首，但斜横在"神女号"一旁，拦住了去向。一个日本兵在舰上挥舞着信号旗，勒令小火轮停下。

紧接着，日军舰放下一只橡皮艇，一个日本少佐领着四个荷枪实弹的士兵和一个翻译将橡皮艇划到"神女号"旁，迅速地搭上舷梯爬了上来。他们先是不由分说地端着枪在船上搜查了一通，没有发现军火枪支，然后领头的少佐才问："谁是船长？"

坐在竹椅上的覃九河正要挺起身子，站在他身后的覃义蛟摁住爹的肩膀，大声说："我是船长。"

日本少佐气哼哼地说："是你指挥的吗？为什么要撞大日本帝国

的军舰？"

覃义蛟听了翻译，毫不含糊地说："没有哇，我们只不过是按长江上下水的航道照常航行，是太君你们的军舰走偏了航道，这幸亏是在白天，要是在夜晚，会惹出大祸的。"

翻译照覃义蛟的话叽里咕噜了一阵，那日本少佐听得脸皮紫涨，嘴里也一直在咕哝，猛地抽出腰间的佩刀，刀尖指向了覃义蛟。覃义蛟没有闪躲，却问翻译："他这是怎么啦？"

翻译说："太君的意思，是要把你和船上的人统统都抓起来！"

覃义蛟指了指"神女号"船头的英国米字旗，说："我们都是替英国洋行老板干活的，船上还有几位英国水手，你们要是想抓的话，最好跟英国领事馆说一声。"

翻译对少佐又咕噜了一阵，少佐转而一脸凶光地朝向竹椅上的覃九河。他们说话的当儿，覃九河像是一句也没听见，他窝在竹椅上一动也不动，眯缝着双眼像在打瞌睡。就见他身着香云纱长衫，胸前盘云团花，脖子上的云锦扣系得严整，青筋毕露的双手稳放在竹椅扶手上，就像把握着深厚的玄机。日本少佐的目光在他身上停留了好一阵，问道："他的，干什么的？"

覃义蛟扶着老爹的竹椅说："这位老先生是多年和英国洋行做贸易的老板，我们是随他到江陵那边收大米的，但那边的大米都已被皇军征用，一颗都没有收到，现在只有回宜昌这边拉别的货去。"

"他见了皇军，为什么睡觉？为什么不站起来？"日本少佐恶狠狠地问。

"你们有所不知，这位老人家不是在睡觉，他是在参禅。"覃义蛟回答道。他抬眼朝向大江之上，只见天际云蒸霞蔚，一轮橙红的太阳正在缓缓降落，降到那浩荡的江水之中，覃义蛟只觉心里宽阔得很，不在乎眼前这些恶狠狠的日本兵。他像是在说给自己听："我猜这一定是参禅的最好时候，老人家神游万里，有佛相助，我们可不敢轻易打扰，冒犯神灵。"

江水滔滔，伴着义蛟的语音，几个持枪的日本兵听了翻译过来的话，木然站立着，被这天水之间的一片肃穆所震慑。舵手迈克从驾驶舱门口探出身子，对日本少佐喊道："I think it's time for you to get off the ship. The sun has set in the river, we still have to go, I dare not sail the three Gorges at night."

"他在喊什么？"日本少佐问翻译。

翻译会日语，只稍懂几句英语，"好像说太阳掉到河里了？"

靠在竹椅上的老者覃九河这时突然开口说话："该是你们下船的时候了。太阳已经落到江里，我们还得赶路，我可不敢夜航三峡。"他一双老眼放着精光，嗓音跟抬起的手背一样也像带着沟壑，苍老硬实，他朝那日本少佐狡黠一笑，指着迈克，"这是他说的。"

迈克说："Yes."

日本少佐无语。

他默然地领着日本兵下了"神女号"，划着橡皮艇回到"二见"上去了。

"神女号"轰然启动，从日军舰旁边驶过，直朝上游而去。暮色一点点暗沉，覃义蛟叫司炉加煤，让迈克全速逆流而上。他要将老爹扶进舱去，覃九河却不肯，要坐在甲板上听风，看江涛。"这才是过瘾呢。"他说。

这一带江面仍有日本军舰出没，前行的每一步都不能不担心他们的再次出现，义蛟紧盯着江上，嘴里问道："爹呀，您家还能听懂英语？"覃九河说："这不稀奇，我跟迈克他们碰到日本人，有几套该说的话，都滚瓜烂熟的了。倒是老三你龟儿会说话，说老子在参禅。"

覃义蛟笑道："难得老爹夸我一次。"

夜幕遮蔽了大江两岸，"神女号"在沉沉的夜色中没有减速，好在覃义蛟对西陵峡口的水情了如指掌，他站在迈克身边，辨别着江上的航标灯，不时提醒迈克的舵向，以最快的速度驶过了日本军队占领的宜昌，来到了石牌岭下的野马溪畔。

第二十八章　白云寺

1

要找的石牌岭山间的一处隐秘干洞，已难以寻觅，那周围的小路已被截断，长得风快的野草掩埋了从前小路的踪迹，去到洞前几乎无路可走，得靠着山边的岩石攀爬而过。覃义蛟凭着王幺师在船上给他仔细描绘过的地形，带着人找到了那片山岭，但还没到跟前，就被持枪的士兵拦住了。

天才蒙蒙亮，覃义蛟打着一根棕树皮火把，辨认了士兵胸前的番号，确认他们是守卫石牌岭的国军，便说明来意，他们是奉国民政府交通部常务次长、民生公司总经理陆先生之命，前来运送古物的。士兵们叫来连长，盘问许久仍不肯相信，说这一带并无什么古物。覃义蛟这才说出"山鬼计划"，说为了保密，古物藏在附近一个干洞里，此事只有几个人知道。连长半信半疑，见天色亮起来，便带了士兵和他们一道前去寻找干洞，按照王幺师所说的方位找了半日，终于在一面绝壁下找到了一个洞穴。

但触目惊心的是，洞口已经坍塌，比人还高的缬草从石缝里钻出来长成了一片，围在岩下开出的花，有的已经枯萎，奋拉着揪扯不断，两只野兔一前一后连蹦带跳地从缬草丛中穿过，躲在洞前朝人窥视。覃义蛟用斧子砍断拦在洞口的一棵歪扭的马桑树，夏元子、黄连、川芎几个跟着他钻进洞里。尽管他们心中已有猜测，古物像是已不在这洞内，但仍然打着火把仔细搜寻了一番。

连长在洞口一枪击中了一只跑跳的野兔，枪声惊得洞内噗噗飞起一群黑蝙蝠，连长两手在头上扑打着，说："这就是你们的古物？"

覃义蛟不睬，他发现洞内虽然没有任何存放的物件，但地面上有明显拖拽出的辙印，还有人的脚印。顺着这些印迹出了洞口，扒开野草仍可分辨出被压碾踩踏过的痕迹，一道道往西而去。

于是便西行二三里，但见那山上石多凸凹，势更崎岖，风来松卷处竟现出一座红墙大庙，义蛟一行人还只到跟前，忽然有一阵呜呜的乐声传来。沿石梯盘桓而上，山门前一个身穿僧袍却又留着须发的男子坐在松树下，正两手捧着一个乌黑的埙在嘴边吹着，那埙声里有说不出的悲切。还未等覃义蛟开口，男子收了埙，一抖僧袍站起身来微微一躬，"总算把你们等来了。"

听去却像是河南口音，覃义蛟惊诧地问："你是何人？"

男子苦笑道："你们叫我陈趵吧，我是护宝人。"

这时从山门里走出一个小沙弥，言道："方丈等候已久，请施主殿前说话。"覃义蛟一行跟在陈趵身后跨进山门，连长和几个士兵却被小沙弥拦在了门外，"寺内乃佛门清净之地，持枪者不得进入。"

这庙为白云寺，大雄宝殿前钟鼓二楼相对，后有佛塔一尊，寺内翠竹青松，结彩飞云，自是这乱世中罕见的一方净土。那老方丈端坐于禅房蒲团，说道："你们今日来得好，了了，了了。"也不再多言，便叫小沙弥从他身旁的暗柜里拿出一把铜钥匙，去禅房后开了佛塔之门。佛塔内设一佛龛，供奉着观音菩萨佛像，小沙弥先是给菩萨磕了三个头，站起则将佛像轻轻推动，佛龛下现出一块四方木板，小沙弥掀起木板，地下竟是一个黑乎乎的通道。覃义蛟和夏元子、黄连、川芎随小沙弥和陈趵钻进地道，勾着腰在里面弯来拐去，走了好一阵，等到可以直起腰来时，眼前的情景把他们镇住了。

显然他们是从地道里走进了一处洞穴，在一座大厅似的空间里，洞穴中央摆放着一个个八角都钉了铁皮、贴着封条的木箱，这些箱子各长三尺，高宽各一尺五寸，独有一口铁皮箱相比其他箱子要大出两倍，它在那些发黄的木箱身后，像一个蜂巢中的蜂王。

"一共六十八箱。"陈趵说。

他抚摸着那些箱子，"走之前我们打包打了快半年，每件宝贝都至少包了三层，一层皮纸，一层棉花，一层稻草。装进木箱之前又先铺一厚层稻草，再铺一块厚棉垫，把包好的宝贝摆好一层，然后在包与包之间，以及四围，都用棉花塞紧，加上棉垫和稻草，最后才把箱子钉好加封。"陈趵指着木箱上的黑字说："我们给这些宝物分类，用的是天干之字编号，这写着'甲'字的箱里是瓷器，'乙'字是玉器，'丁'字是剔红器，'戊'字是景泰蓝，'己'字是象牙，'庚'字是铜器。还有文具、印章、如意、烟壶、成扇、朝珠、雕刻、漆器、玻璃器，以及多宝槅等。"

覃义蛟听他这么说着，只觉一股久远的气息在洞里凝固，沉甸甸的。却见陈趵满面忧戚之色，"记得从开封出发的那天是阴天，有一场雨积在云里，要下，但没有下下来。我们几个坐在车上，一整天都不想说话。"

"那几位呢？"覃义蛟问。

"没了，都没了。"陈昀凄凉一笑，"一个得了疟疾，一个掉到了江里，一个成了饿死鬼，只有我命大，仰仗白云寺的菩萨活到现在。"

原来，这批春秋时期的古物是在一九二三年，从河南新郑李家楼郑公大墓里发现开掘的，当时便轰动了全国，被送到了开封的河南古物保存所保管。卢沟桥事变爆发之后，华北各地相继沦陷，为了保住这批国宝，陈昀和他的同事护送一路南下，经过郑州到达武汉，安置在了法租界。原以为战争期间能在此安全保存，可不料没多久日寇相继进攻上海、南京，武汉也不时响起空袭警报，情势危急。河南古物保存所只好决定沿长江西迁至重庆，但恳请军管拿到批文后，却根本找不到轮船，最后只好想法上了木船。在三万难民、九万吨货物当中，他们护着这批古物在船上航行了几十个昼夜，时走时停，历经风险，更没料到在宜昌又遭遇日军轰炸，木船前舱被炸弹击中。幸好木箱还未受损，在船工和码头工人的帮助下，从破船上搬到了石牌岭的山洞里，并且挖断小路做了伪装。

不料消息还是走漏，有一帮匪徒几次蠢蠢欲动，预备前来打劫，幸亏白云寺的方丈得知此事出手相救，让寺里的和尚把宝物搬运到寺内，藏进了佛塔，这才得以安宁。

陈昀说："但此处离宜昌太近，存放在白云寺也只是权宜之计。前些日子，陆祚孚次长派人来告知，他近日会让信陵船社一个叫覃义蛟的少帮主把宝物运过三峡，运到重庆，我们已盼望多时。"

覃义蛟说："一言难尽，让你久等了。"他回身叫夏元子他们："兄弟们，刚才这位陈先生所说的你们都听清了？"

夏元子他们点头说："听清了。"

"国家受难，国宝也在受难，陆先生他看得起我们信陵船社，伙计们，我们一定要把这些箱子安全送到重庆。"覃义蛟说，"我看事不宜迟，陈先生，今天天一黑就把箱子抬到我们船上去。"

陈趵说："听你的。"

当晚，白云寺的和尚、守军的一队士兵，跟覃义蛟的水手们一起，将这六十八箱古物抬到了"神女号"上。那连长站在岸边，对覃义蛟说："哦，前几天有人从恩施发来电报，询问你的下落。我说没见过。"

"哪个发来电报？"

"是一位小姐，姓孙。"连长说。覃义蛟嘴里"咳"了一声，没再回话，却叫夏元子他们："准备开船！"

2

满载着六十八箱古物的"神女号"远远驶离了西陵峡口，朝着上游"突突突"地加速前行。覃义蛟敞着怀站在船头，一种扬眉吐气的快感在全身流动，逃离了日本军队的魔掌，行进在他极为熟稔的川江上，让人好不自在。

岸边凸起的岩石，从山顶淌入大江的小溪，三峡的每一道险滩、弯道他都认得，跟它们打过数不清的交道，在他心里，它们甚至比他自己手上的掌纹还要清晰。看那山崖上的一草一木，都像是在跟他点头致意。

向幺爸和夏元子、祥安几个更是喜形于色，义蛟发话，这趟货送到之后，让伙计们伸伸抖抖玩几天，愿意回老家看爹妈的给盘缠钱，愿意进城吃馆子的给酒钱，甚至要想到省府恩施城里去看人大戏①的，也给车费。英国水手迈克和戴维斯见他们高兴，也耸耸肩说："那我们呢？"

义蛟说："你们照样啊。"

迈克说："我们需要的是美酒和女人。"

"我覃家存的苞谷酒管你们喝个够，女人嘛，那只能看你们各人的本事。"义蛟说，"不过我要预先提个醒，三峡的姑娘不好惹，你们要是没有经人家许可，就巴上去动手动脚，招呼她们手上的弯弯镰刀哦，那刀儿可是快得很，一刀下去卵子都没得了。"

迈克和戴维斯似懂非懂，见向幺爸几个坏笑，也不由随着嬉笑。跑船的人在一起，没有不说些荤话的，船上的水手们一路说笑打趣，就连黄连、川芎也绷不住开起了玩笑。只有那位河南来的护宝人陈昀始终坐在舱里，守在那些箱子跟前，像老和尚入定似的一动不动。覃义蛟看出这人性格执拗，也不去理会，但见老爹覃九河靠在竹椅上，迎着江风眯缝着眼睛，也是好半天都没有吱声，便过去问："爹，您家是不是累了？外面风大，还是到舱里躺起好些。"

覃九河答非所问："过秭归了吧？"

陈昀坐在舱内，耳朵却灵敏得很，这时自言自语："秭归县名来源《水经注》'屈原有贤姊，闻原放逐，亦来归，因名曰姊归'，'秭'由'姊'演变而来。"

覃九河坐在舱外，听在耳里，赞道："到底是有学问的人，说得

---

① 人大戏：过去鄂西一带老百姓将刚出现的话剧称之为"人大戏"。

是。"眼见那船头迎着大江急流，速度渐渐缓了下来，很快就要进入庙河段的崆岭滩，覃九河在竹椅上坐直了身子，眼神犀利地看着前方，"老三，不可大意。"

覃义蛟说："您家放心，夏元子他们使劲加煤，把火烧旺，迈克，拉响汽笛！"

"神女号"汽笛长鸣，烟囱冒出了滚滚浓烟，在湍急的江水中像一头老牛使出全身气力顶着激流而上，但到了滩口却与激流相持着，难以上滩。此时按常规，需要将船上的货物全部卸掉，用人力背过滩，等空船上了滩后再将货物搬回船上。但陈昀一听立刻急眼，反驳道，"神女号"上的古物万万不能卸到岸上去，六十八箱一箱也不能动。

覃义蛟二话没说就点了头。

他让陈昀和掌舵的迈克、腿脚不便的老爹留在船上，他和船上其他的桡夫子统统跳到滩上拉起了纤绳。

这纤绳是覃家信陵船社独家制成的，将慈竹或斑竹的篾青在水里泡过煮过，然后才编成缆索，配上帆布肩带，打一个一拧便可脱落的活结，将纤绳与肩膀上的绳套连在一起。覃家的纤绳经久耐用，又不勒肩，一般小木船只用三股篾，拉这小火轮的纤绳则专门编了五股篾，竟有小碗粗细。拉纤时，若是热天干脆就光了身子，但这时已近冬月，覃义蛟和伙计们上身还穿着破棉袄，脱了棉裤，剩一条裤衩兜住裆，一声号子吼将起来：

"三尺白布，嗨哟！四两麻呀，嗬嗨！脚蹬石头，嗬嗨！往上爬哟，嗨着着！"

"脚蹬石头，嗨咗，手扒沙呀，嗨咗，闯过险滩，嗨咗，好回家呀，嗨咗！"

　　头纤要侧着身子看水路，吼号子，伙计们跟着喊"嗨咗"，这号子既是号令，也是拼尽全力之时的迸发。在纤夫们"嗨咗"声中，小火轮突突突地过了崆岭滩"鬼门关"，头珠、二珠、三珠一道道险滩。就在躬腰蹬腿的覃义蛟直起身子，擦去这冬月里的满头大汗时，却见岸边的绞滩站旁，一队持枪的士兵正虎视眈眈地候着他们，心中不由"咯噔"一下。

　　"停船检查！"

　　峡口处的绞滩站，设在大江的咽喉处，所有的船只都必须经过，也可谓一夫当关，万夫莫开，"神女号"刚爬过险滩，就被江防支队的士兵拦在了狭窄的峡口。覃义蛟发现，他们并非是例行检查，而像是早就守候于此，在专门等待"神女号"的到来。

　　士兵们持枪上了小火轮，二话不说就围住了那六十八口大木箱。后边又上来个肥胖的军官，真是冤家路窄，这人不是别人，却是与覃义蛟和二哥有过交锋的牛团总。

　　牛团总穿着长筒马靴上得船来，一手摁着腰间的二八盒子，一手提着根马鞭，眼神轻蔑地看了看半身湿漉漉的覃义蛟，"咔咔"地从他身边走过，径直走到船舱里的木箱子跟前，用马鞭敲了敲木箱的外壳，说："怪结实。"然后命令士兵们："叫他们把箱子都抬下去。"

　　陈趵脸色苍白地冲上来，"不许动箱子！"

　　牛团总喝道："你什么人，敢阻拦江防总队的搜查？"

　　陈趵反说："你什么人，敢动我们的箱子？"

　　一士兵说："好大胆！这是我们江防支队的牛司令。"

　　覃义蛟一听这牛团总原来又混到江防支队当了司令，像是把西陵峡、巫峡一带都当成了他的地盘，他想搞什么？难不成还想打这批古物的算盘？陈玓这时从贴身衣裳口袋里摸出一个牛皮小包，又从小包里拿出一张折叠的纸张，小心地打开来，"既然你是司令，那请你看看这公文。"

公文是由国民政府交通部签发的，上面明确写着"兹有开封文物管理所陈玓等人，运送古物六十八箱至重庆，沿途船舶车辆免费征用，不得阻挠。专此"，下面落有交通部的红色大印。

"那交通部管个鸟？我们江防只听陈长官、吴司令的。"牛团总拿过公文看了一眼，怒气冲冲地用马鞭敲打着木箱子，"你们给我听着，有人举报信陵船社伙同贼人盗运文物，我们江防支队是特为来搜查的，果然人赃俱在。来人呀，把船上的人统统给我绑起来，押到岸上去。"他说着将那张公文几把扯碎，朝船下的江水扔去，眨眼间，几个大浪就把纸屑卷得无影无踪。

陈玓扑向船舷，肝胆欲裂，"我要去国民政府告你们！"

牛团总上前踢了他一脚，"我就最看不得你们这些酸溜溜的文人，光吃干饭，也没个正经事。"他指着士兵们，"你们还傻站着做什？还不快动手？"

"你们谁敢动箱子！我跟你们拼了！"陈玓一头就要向牛团总撞去，覃义蛟从身后一把攥住了他。

牛团总大怒，"抗战时期，胆敢拒捕者，格杀勿论！"他举枪对准陈玓，食指扣住了扳机。

覃义蛟说："且慢！"

3

覃义蛟迎着牛团总的枪口，毫无惧色地说："我不管你是牛团总，还是牛司令，你竟然敢把国民政府交通部的公文都撕了，我也敢告你一个阴谋叛国，有投敌之嫌！"

牛团总暗暗有些吃惊，这覃家老三与上次见面时迥然不同，一个鲁莽船夫变得振振有词，居然还敢说他有投敌之嫌。他抖着腮帮一阵冷笑，"少跟我废话！先给我绑起来，押到支队去再来撬你的牙！"

突听"啪"的一声响。

他还未明白响从何来，手中的枪却掉落在了甲板上，继而感到右手剧疼，低头看去，手背出现一条沟，肉皮翻卷，先是泛白，眨眼鲜红，再一眨眼，浓血滴滴答答地淌下来。牛团总捂着手，惊慌失措地张望着，"谁？谁他妈干的？"

船上却无一人回应。散落在甲板上的那些士兵们都跟石雕泥塑一般，有的端着枪，有的手摸着木箱，但都保持着一个姿势，仿佛被人使了定身法，站着一动不动。再看他们身后，却各站着一个水手，用梭镖、大刀紧顶着他们的背。

二层驾驶舱门前，迈克端着一把独轮手枪，正对着他，见他的目光投来，嘴里吹了一句口哨。"对不起，你的手不是我的功劳。"迈克耸耸肩，"是这位老人家神奇的竹鞭。"他以带着崇拜的神情向一旁的覃九河微微颔首。

覃九河平静地蜷坐在竹椅上，两只枯藤似的手一把一把地收着一根长鞭，然后将那乌黑的慈竹鞭子盘拢成团。使鞭是他覃九河的独门绝技，从小便练起。早年他编织纤绳时挑了一段最好的竹料，在泉水里泡了三天，用锅煮了一天，又在桐油中浸泡了三天，七天下来，这慈竹鞭光滑柔软似绸缎，又坚韧锋利如钢铁，收拢来如一盘乌蛇，抖开来可到两丈开外，凭着覃九河少时便练就的手腕功夫，可以指哪儿打哪儿。多年前的一个清明时节，一群棒老二不知高低地闯进覃家祠堂，索要财物，覃九河本打算息事宁人，打发他们一些银圆和粮食，但棒老二等不及，还没等覃家的管家拿出银两，就将覃家祖宗的牌位砸了。覃九河一怒之下，抖开慈竹鞭，直取那砸牌位家伙的眼睛，也只是"啪"的一下，就生生钩出了一只眼珠子。吓得这群棒老二当时便屁滚尿流，此后再也不敢上门骚扰。

"覃九公？"牛团总没想到覃九河也出现在船上，更没想到这船上的水手在悄无声息之间就拿住了他的士兵。可恶的老家伙，他心中暗暗骂道。

"姓牛的！我信陵船社与你并无恩怨，你为何屡次三番跟我们过不去？"覃九河开言道，"你小看了我覃家，也小看了川江上的桡夫子，我今天本不想与你结仇，但你竟然撕了官府的公文，是你这个江防支队司令知法犯法，怨不得我覃九河出手教训！"

牛团总恼恨地说："覃九公，今天算我栽在你手上一回，山不转水转，迟早有一天我要讨回这笔账。"

"以后再说以后的事，我覃九河等着你。"覃九河像在跟他拉家常，"你让你的手下把枪都给我先放到甲板上，人下船去，等我们船开了，再把枪还给你。"

牛团总瞪着大眼珠子，"那不行。枪不能放。"

"你是要命还是要枪？"老三覃义蛟早就不耐烦了，"天时不早了，我们还得赶路，你再不把枪放下来，老子就把你掀到江里喂鱼去。"说着作势要来推他，牛团总人高马大，但是个虚胖子，哪怕已是秋来凉爽，这半天早就已经整出一身汗，加之手上淌着血，疼得他龇牙咧嘴，只好告饶："放，放！活先人！你们这些只晓得吃干饭的，把枪先放起！"

等兵们一一把枪放作一堆，然后鱼贯而下，覃义蛟和黄连几个把那些枪支用一根粗绳子紧紧绑成一扎，抬头问坐在竹椅上的覃九河："爹呀，这枪我们收起来？"

"搞不得。"覃九河摇脑壳，"如今我们占的都是理，要是劫了枪，戏就不好看了。你想为几支破枪砍脑壳吗？"

"跟您家活闲儿的。哪个要他的枪？我有桡竿您家有鞭，打得他狗日的团团转。"覃义蛟说着笑了。

迈克说："我这里有枪。"

覃义蛟叫黄连他们把枪捆得紧扎些，捆得像一个大粽子，然后用绳子吊下船，搁在江岸的礁石上拖拽着，一边说："迈克你是好样的，等以后抗战胜利了，我在三峡给你找个好婆娘，你就留在巴东，跟我们一起过日子，要不要得？"迈克说："当然，不过不要等到抗战结束，最好是现在，我现在就很想要女人。"他说："覃，我是认真的。"

"你这人说起风就是雨，哪有现成的？"覃义蛟说，"远水解不了近渴，你夜里先自己打个炮吧。"

覃九河喝道："少扯淡，开船啰！"

覃义蛟也跟着喊起来："开船啰！"

"神女号"再次拉响长笛，逆水而上。等船开动之后，那根拽着枪支的绳子渐渐绷直，覃义蛟这时一刀将绳子砍断，岸上的士兵们蜂子巢舞一般扑过去东拉西扯地解那个"粽子包"，覃义蛟看得哈哈大笑，"龟儿子，莫把腰杆扯断啰！"

脸色苍白的陈昀这时才缓过劲来，他走到覃九河跟前，深深鞠了一躬。覃九河说："哎哎，你这叫我领当不起。"陈昀说："老帮主，今天要不是您和义蛟，我陈昀可能就一命归西了。"

覃九河说："咳，受人之托，忠人之事，你是在为国家保护古物，我们这些粗人能够出点力，那是我们的荣耀。"

陈昀感激不尽。

船过牛口时，义蛟见老爹紧盯着岸上的茅屋，那有户人家门前有一棵银杏树，小坝子上一竹架，一个老妇人正在晾晒衣裳，覃九河看得目不转睛。义蛟凑过去说："船要不要停一下？"

覃九河却摇头。

川江上的桡夫子常年在江上走动，免不了找地方歇脚讨口茶喝，有时候也给住户人家一点银钱，就着煮块腊肉喝几碗烧酒。日子长了，就会跟岸上的女人眉来眼去，遇到顺眼的，家里或者又没有男人的，便干柴烈火烧在了一个灶里。覃九河年轻时候一条好汉，出了名的船把式，人长得招风，出手又慷慨，川江上下无人不知，沿江的小镇上都有想跟他相好的女人，"九哥""九哥"地叫着往他身上扑，是个男人都抵挡不住。覃九河没有到处留迹，唯有跟这牛口的妇人交了真心，俩人明里暗里相好了几十年。这事船社里的人都晓得，吊脚楼里的老妻杨氏也早就晓得，覃九河说明人不做暗事，他不想瞒着众人。但现在，只能远远地看一眼，也就够了。

"老了。走不动啦。"

船往前行，岸在往后退，覃九河远远地看着那茅屋和妇人，说："老三，你让迈克拉三声汽笛。"往年只要船打妇人的茅屋前过，覃九河就会扯起喉咙喊三声号子，妇人无论在做什么，都会立刻跑出来，到离大江最近的岸边频频招手，有时节还会往船上扔一个包袱过来，里边包着给九哥做的鞋袜，也有女人做的腌菜豆豉。"她是个苦命人，还只二十岁，男人就死了，她一个人带起儿子过，把儿子盘大成了家，她腰也累驼了，耳朵也聋得听不见了。"覃九河咧开嘴笑了笑，"不过我的喉咙也扯不起号子了。咳，日子不禁过，就像这江里的水，打面前一晃就过去了，再也回不来。"

正是初冬，长江已是枯水季节，进了巫峡虽然浪急，但走得也还顺畅。眼看前方就是东瀼口，已进入巴东地界，离家越来越近，覃义蛟心里也越来越思恋凤娘。老爹的一番絮叨，让义蛟从先前的快活中沉浸下来，爹是过来人，日子实在是太不禁过，但他和凤娘的日子还长，他疼不够的女人，这次把事办完，他想至少半年不再出门，要好好地守着凤娘和娃娃。

不想就在这时，两条小火轮自上游疾驶而来，快速分开左右夹击，将"神女号"包在了中间。

覃义蛟见来势不对，那两艘船蓝底白字，船侧有"河警"两个大字，两边都站着持枪的警察。迈克说："怎么回事？"

第二十九章　夔门中计

1

绣儿说："凤娘，你说这人活起还有什么意思？"

搭在豆腐店前的棚子外边，瘦瘦的黑骡子不紧不慢地拉着石磨，岳老板撑着腰从早到晚朝石磨眼里喂泡好的黄豆子，绣儿却没像往常一样前后忙碌，她头也未梳，黑发蓬乱，一脸憔悴地坐在矮椅上，打起精神说："凤娘，豆浆你自己舀吧，我身子乏得很。"

凤娘来给小凤和江娃买豆浆，岳老板的豆浆磨得细，娃娃喝了长力气。凤娘提着一个带盖的陶壶，朝壶里舀了两碗热豆浆，绣儿说："你再多舀些。"绣儿每次都这样说。凤娘也总说："够了，够了。"

她看着绣儿恹恹的样子，心里疼惜得很，拿起灶头的土碗，给绣儿舀了一碗端过来，"你自己倒是多喝点儿，你总不吃饭，都瘦成了什么样子。"

绣儿喝不下去。自从那天听向幺爸说覃家二哥远蛟在恩施娶了亲，她就再没笑过，也再没好好吃过一顿饭，她半夜里哭醒来，二哥你在哪里？怎么都不要绣儿了呢？她活起还有什么意思？她想到恩施去找二哥问话，但她走了，哪个来照看爹和豆腐店？而且凤娘

458

说，二哥他到常德打仗去了，生死都不明，自己上哪去找？

她羡慕地看凤娘系着一条碎花围裙，绾起的发髻上还斜插着一枝栀子花，那样子真好看，绣儿说："凤娘，我想学你，但学不来。"

这些日子，凤娘张罗起来，请火娃他们帮忙，清理了凤祥药房的废墟，也搭起了一个竹棚，支起药柜桌案，开始给人看病。只是一时还没有药，凤娘又带着火娃回了一趟官渡口，从她的花草园里挖来一些药材，背回了县城。她还请大哥覃佑蛟帮忙买了些木料，打算把木楼再好生建起来。

她脸上放光，脚下生风，义蛟还活着，而且老爹覃九河还亲自带着小火轮前往宜都去接应，一连串的好消息让之前晕死过去、陷入巨大悲伤的凤娘起死回生一般，从早忙到黑也不觉得累。

实际上，小城的街坊们也都纷纷忙起了各自的生计，曾家码头、陈家码头两边又开起了茶馆饭馆，几把凉躺椅、几张条桌，将就摆放在凹凸不平的烂石块地上，有的门上写个"饮茶请进""来客管饱"，有的不打招贴，也没有店名，就热热闹闹地开张了。管他来的是本地客还是外地客，小城的店主都是满脸堆笑，只要花上几角钱，就可安心坐下，一杯茶喝上大半天。外表不成样子的小饭馆炒的菜，倒是便宜好吃，油烟子香得满街都是。凤娘看着那边的馆子说："绣儿，我帮你炒个下饭菜来，酢辣椒炒油渣。"

绣儿摇头。

凤娘又说："你看你头发乱得没样子了，我帮你梳梳。"

她站到绣儿背后，解开绣儿梳在脑后那根大辫子，一头黑发散落开，好几天都没有梳过，头发丝都打了结。凤娘从怀里掏出一把木梳，爱洁净的凤娘身上总有一把小梳子，从绣儿的额前一下一下梳到脑后，手上用了点劲儿，就像在刮痧。绣儿的头皮很快起了一层红疹，但她不觉得疼。凤娘说："把火刮出来，莫瘀在心里。"

绣儿背靠着凤娘的身子，柔软巴适，绣儿闭上眼睛，就想让凤娘在头上一直刮，一直梳，她心里也有一团乱麻，也想找一把梳子梳。黑发梳得滑溜溜的了，绣儿脸色也现出些许红润，经凤娘一番梳弄，夜里难以入睡、白天昏沉沉的绣儿脑子里清爽了许多。凤娘说："绣儿，我问你一句话。"

绣儿说："凤娘你要问什么话？"

"问你要是真心喜欢一个人，会不会就是一心一意唯愿他好，唯愿他无病无灾地在这世上活着？"

绣儿说："凤娘，你是在说我吗？"

凤娘说："不，前些天听到你三哥在恩施不知去向，我只当天都塌下来了，我白天夜晚睡不着觉，后来我想来想去，突然就别的都不想了，就只是愿菩萨保佑，愿他还活着。哪怕他不再回到我身边，哪怕他跟别人走了，但只要他活着，我就安心了。"

绣儿思悟着，"其实我也是这么想的。凤娘，听说二哥他到常德打仗去了，那是一恶仗呢，我这时候还想这想那的，就只愿二哥平安才好。哪怕他不要我了，哪怕他不在我身边，只要他还活起的，我就给菩萨烧高香。"

"绣儿你说得是。"凤娘说，"你真心喜欢的那个人只要活着，就有盼头，你想哪天说不定他会再打你身边过，你能再看到他的脸，听到他的声音，该是几多好呵。"

绣儿端起灶头那碗豆浆，咕嘟几口喝了下去。凤娘说："你慢点喝，莫呛到了。"

凤娘看时光不早，提起陶壶要回药房那边去，木楼还没建起来，夜里她和两个娃娃就睡在棚子里，天气已经转凉了，官渡口那边送来两床棉被，她想给绣儿家拿一床过来。正走到曾家码头跟前，县长于良仲和一些人从码头的石阶爬上来，刚走到街面上，看见凤娘便问："凤娘，覃九公他们有消息吗？"

在这小街上，见到于县长倒也不稀奇，但这时只见他不像平日一身中山装，却穿着乡下人的粗布裤褂，脚上一双胶鞋，身后跟的一群人有戴眼镜的，有扛机器的，凤娘便问："于县长这是从哪里来？"

于良仲笑笑说："要修整码头了，这几位都是省里来的工程师，刚去陪他们勘测来。"又问："覃九公他们的神女号下去有好几天了，有消息来吗？"

凤娘摇头，却又信心满满地说："快了。"

于良仲看那凤娘长裙素衣，提着陶壶站在街前，这满街上的男子妇孺，独有这女子一股清气，天气热时见到她会觉得凉爽，眼下天气冷时又会有一种暖意，心中又不禁暗自赞许。便说："凤娘你的药房开起来，真是及时雨，我看你们药房前后的木料都备齐了，哪天动工造楼？"

凤娘喜滋滋地说："等义蛟回来就动工。他很快就和爹他们一起回来了。"

于良仲说："那好，动工那天我们也来道贺，放一挂鞭。"说着待转身要走，又想起，"凤娘，你那里若配得有跌打损伤的药，给这几位工程师几贴。"凤娘说："现成的没有，若急着用我下午就配制些。"于良仲说："好，我让小沈来拿。"

跟于县长一行人说完话，凤娘再朝药房走去，却突然见火娃从上街跑着过来，见了她就叫："凤娘，凤娘！"

凤娘见他脸色不对，"什么事着急忙慌的？"

火娃哭丧着脸说："搞拐哒！小凤不见了！"

2

火娃说他一直在棚子里碾药，小凤和弟弟江娃子就在他跟前玩，还帮他捡药材，把碾好的药装进坛子里。忽听街上有人喊："耍猴把戏的来了。"小凤和江娃子就跑出去看热闹，不料没过一刻却见江娃子独自哭兮兮地回来，说姐姐跟人走了，叫他自个回家。火娃连忙到耍猴的地方找，哪里得见？

凤娘一听又惊又急，当下便叫了豆腐店这边绣儿和几个街坊，分头往上街和下街找去。

凤娘带着江娃子又疾步来到耍猴把戏的黄葛树下，只见一圈人围着，一个脏兮兮的红屁股小猴正在翻筋斗，耍猴的老头儿竖起一根竹竿，小猴顺竿爬了上去，纵身跳到黄葛树权上，摇头晃脑地朝人群里打量。凤娘问那老头，有没有看见一个小姑娘被人拉走了？

老头手里敲着小锣，眼睛瞟了一下凤娘，"没看见，我只看猴不看人。"却又看了一眼凤娘，再拿眼瞟了瞟黄葛树旁的码头。凤娘见老头的眼神蹊跷，旁边围看的人有认得凤娘的，这时说好像是看见一个男的先前找着小凤说话，后来小凤就跟他走了。

凤娘问儿子，姐姐是不是下了码头的礓礤子？五岁的江娃子说是。凤娘便牵着儿子跟着那条路急急下到了江边。

正是中午时分，一些人在江边洗晒衣裳，从下江来的难民居多，趁着太阳好，还把衣箱摊开来也晒着，还有的赤脚踩在江边的浅水里擦身子。江滩上五花八门，凤娘一看更加着急，这么多的生面孔，天晓得都是些什么人，她寻着面善的就问，有没有看见一个扎独辫、插了一朵栀子花的小姑娘？

一个穿长衫、头上又捆了白帕子的男人远远地看着，等凤娘问了一圈，满脸失望之际，那男人走了过来，说："你不用找了，我晓得在哪里。"凤娘见这男人嘴唇乌黑，眼袋发青，像是在哪里见过，便问："你是？"

男人出乎意外地说："我是你哥。"

凤娘大吃一惊，她惊愕地说："您家认错人了？我没有哥。"

可男人肯定地说："我是你亲哥，凤娘，我晓得你现在叫凤娘，但你其实不是这个名字，你姓牟，叫牟栀子，就是你头上戴的栀子花这个栀子。"男人凑到凤娘跟前，指着她头上的花。

凤娘后退几步，"你不要过来。"

男人苦笑道："你莫怕我，我说了我是你亲哥，我排行老二，他们都叫我'牟二'。我们牟家在龙船河那边的牟家湾，大户人家，你十八岁那年在学校参加革命党，逃回家里来，被人抓走了，爹也没得法，爹要是不让人抓你，全家人都要被砍脑壳。我是你亲哥哥，我追上去想救你，但迟了一步，栀子，你被人砍到江里去了，我看到你漂走，想拉都够不着……"叫牟二的男人说着，嘴角抽搐不止，眼里淌下两行泪，"妹妹，家里人原先都以为你不在世上了……"

凤娘浑身颤抖不止，这突然冒出来的哥哥让她又惊又疑，她怎么会被人砍杀？她那些模糊不清的噩梦，难道是真的？

"我们的爹妈都不在了，妹妹，牟家遭了大难，你哥哥我现在孤身一人，所以我想找到你。"牟二歪着嘴说，"有人告诉我，说你还活着，我这次就是专门来认你的……"

凤娘疑惑地看着他，不相信他的话。过去那些年，也碰到过前来认亲的，说是她娘家的亲戚，但都被覃家人一一识破了，发现他们都是想来讹诈、骗钱的。这个世道，坏人、骗子到处都是，她拉紧儿子的手，"江娃子，我们走。"

江娃子却扬起小手，指着牟二说："姆妈，刚才看猴把戏的时候，就是他把姐姐拉走的。"凤娘一听，不由怒火中烧，扑上去就要揪住牟二的衣领，"你把我女儿拉到哪去了？快把她还给我！"

牟二闪躲着。"你莫得急。"他说，"我现在就带你去，栀子。"

"你不要叫我'栀子'，我叫凤娘。"凤娘像一只母狮吼叫着，"你赶紧把我女儿交出来。"

牟二说："好，凤娘就凤娘，你女儿是我亲外娚，难道我还会害她？我在这里等了你好半天，就是要带你去见他们。"牟二撩起长衫，从江滩的石头上跳过，"跟我来嘛，就在那边船上。"

凤娘不得不抱起儿子跟随在牟二身后。

走过江滩，上了临时搭靠的趸船，附近江面上停泊着两艘货轮、一艘军舰和一些木船，牟二带凤娘上了一艘不大的货轮。两个水手正靠在船舷旁，牟二上来朝他们招了招手，一个水手即解开了拴在铁墩上的缆绳，另一个则进了驾驶舱。凤娘见势有些不对，站住脚说："人呢？我女儿在哪儿？"

舱内这时忽然传来一声清脆的叫声："妈——！"

凤娘一听正是小凤，慌忙应着："哎！小凤，你在哪？你在哪？"
她抱着儿子急不可待地冲向货轮前边的船舱，刚到舱门前，就一眼
看到乖女儿小凤端坐在舱里，面前的小桌上放了一竹篓红橘子，小
凤正津津有味地吃着。

凤娘放下江娃，上前一把将女儿搂在怀里，连声问："小凤，你
没事吧？"

小凤仰着脸说："我没事。妈，小弟，快尝尝这橘子，好甜。"

凤娘说："小凤你把妈都吓死了，你怎么跟人到这儿来了？"小
凤指着牟二说："他说他是我家的舅老爷，让我跟他到船上来拿好吃
的，带给你和弟弟。"小凤又说："妈，我们家不是没有大米，也没有
肉了吗？"

凤娘将女儿搂在怀里，心酸不止。

她贴着小凤耳边说："凤啊，你胆子也太大了，他要是坏人，骗
你的怎么办？"小凤小声说："妈，我不怕，我有爹给我的弹弓，他
要是坏人，我就打瞎他的双眼。"她说着便从兜里掏出一根弹弓和石
子儿，还未等人看清，"啪"地射中了牟二手上拿的红橘，随着响声，
爆裂开的橘汁顿时溅得牟二满脸都是。

"哎哟！"牟二扔掉打烂的橘子，一抹脸，更是成了大花脸。

小凤咯咯大笑，弟弟江娃子也跟着笑得前仰后合。凤娘好生惊
异，刚七岁的女儿，不知何时竟然跟她爹学会了这一手，虽是小孩
子的把戏，但到了紧要关头，说不定也能防身救命。再看那小凤的
神态，小小年纪倒像是经历过大江风浪，不怯不惧的，心中又生出
好些欣慰，便拉起一双儿女的手，说："好了，我们该回家了。"

江娃子却叫道："妈，船在走。"

凤娘立刻觉出船在晃动，急忙看向舷窗外，这货轮已离开刚才停靠的趸船，江岸正在快速地往后移动，不禁大惊，"牟二，你快叫船停下，我们还没下船呢。"

牟二说："妹妹你莫得急，我们现在是往奉节去见谢先生。"

"到奉节去？谢先生？"凤娘莫名其妙。

牟二说："奉节的谢先生是你最亲的人，他找你找了好多年。"

凤娘看这个自称是哥哥的男人，乌青的嘴脸，闪烁不定的眼神，怒道："我看你就是个骗子！你快叫他们停船！"

牟二一脸无辜地说："姑奶奶，我真的不是在骗你，妹妹你的福分到了。"

3

凤娘虽然心里焦急，但两个娃娃却浑然不觉害怕，在船上看一江大水在船下翻腾，船头船尾一道道白浪起伏，时不时还有鱼儿从浪里跳跃而起，小凤和江娃不时兴奋地大叫。他们头一次坐上这货轮，不像过去坐过的木船，感觉十分新奇，从巴东到奉节的水路上一直都趴在船舷边，又说又笑。

半道上，牟二趁小凤和江娃子在舱外看风景，不管凤娘听与不听，道出了事情的原委。

他说："凤娘，你从前的名字叫牟栀子，我们家是大户人家，你从小爱读书，考上重庆一所医学专科学校，与家住奉节的谢先生是同学，你二人在学校相好，又一道参加学运，被当局追捕，情急之下你带他坐船回到巴东老家躲藏。但又被人举报，官府着令前来搜捕，牟老爷，也就是我们的爹是保长，逼不得已从祠堂里交了人。栀子你掩护谢先生逃走，谢先生逃脱以后，改名换姓在万县、恩施一带漂泊，摆摊看病，聊以为生，之后才回到奉节。他爹谢明轩在奉节是世代盐商，经营了多年的官盐，家有万贯家财，指望谢先生传宗接代，但谢先生多有不幸，后来患疾双目失明，也曾娶得一房妻子，但未能生下一儿半女。"

"谢先生一直在托人打听栀子你的死活，后来从一个游方端公那里得知，巴东城里有一个叫凤娘的与他所说的女子相似，经过几次暗中辨认，他们断定你就是栀子。"

牟二的话，凤娘听来就像是一个与己无关的传奇，像一出戏文，她看这牟二的嘴脸，怎么也不愿意相信这男人会是自己的亲哥哥，她脑子里经历着一阵阵狂风暴雨，猜想这人全是一派编排，为的只是骗取钱财。但又有些莫名的伤感，即便牟二是编说故事，那一对男女也真够悲情。

自己的过往早已成为一片空白，能够想得起来的最初记忆，就是躺在东瀼口杜师娘家的床上，睁开眼看见的那一张脸。那是她男人义蛟的脸，他明亮的双眼，急切地看着她，生死攸关，一边是死亡的悬崖深渊，一边是朝向江岸的坦途，是义蛟的一双手把她从悬崖边生生地拉了回来。他吐出的气息，有着新鲜的力量，是他的元气让她摆脱了死神。

她默默地想，义蛟，是你救了我，给了我一条命，你才是我的男人。她看着牟二，平静下来，"好吧，我就跟你去看个究竟，到底是怎么个来由。"

凤娘心中渐渐笃定，她走出舱门，守着两个娃娃，在船舷旁安然坐下。这一生迟早是要弄个明白，她究竟从哪里来，到哪里去。她想，既然现在牟二找上门来，那也是命中注定。

"姆妈，船要开到哪里去？"江娃问。

还未等她回答，小凤就抢着说："随便到哪里都行，爹说过，川江任我走。"

"你又不是爹。"

"可爹是我的爹，我就能走川江。"小凤得意地说。

江娃嚷起来："爹也是我的爹，那我也能走川江。"

"都莫争了，你们两个都能走川江，要得不？"凤娘抚摸着两个娃儿的头，心里的慈爱就像江水流淌开来。

牟二饶有兴致地说："舅舅我要带你们到奉节去，我没有你妈读的书多，但也晓得奉节古时候是鱼复国都城，春秋为庸国鱼邑，后来属巴国，战国属楚国。奉节又叫'白帝城'，是刘备托孤的地方。"

小凤说："就是《三国演义》里的刘备吗？姆妈给我读过。"

牟二说："小凤比舅舅厉害，我是从戏文里看到的。关羽大意失荆州，败走麦城，被东吴大将吕蒙所杀。刚当皇帝不久的刘备为了替关羽报仇，收复荆州，不听群臣苦谏，亲率大军攻打东吴。夷陵一战，被东吴大将陆逊火烧连营七百里，蜀军损兵折将，损失十分惨重。"

小凤听得专心，牟二便说得越加起劲："刘备在赵云等众将的拼死保护下，退守白帝城。此时，刘备身边只剩下百余人，不久得病，召丞相诸葛亮等人星夜来奉节永安宫，将国事、家事一并托付给了诸葛亮。"

货轮溯江而上，从巴东巫峡口进入长江横切巫山主脉而形成的峡谷，只见其间幽深曲折，两岸奇峰突兀，怪石嶙峋，峭壁屏列，绵延不断，船行其中，宛然进入一条迂回曲折的画廊，凤娘也不由自主被这两岸的奇景所吸引，心中的焦虑和担忧不觉都在这天工神造的景物之中一时远去。

"姆妈，你看那山顶上有个人。"江娃突然叫起来。

小凤踮起双脚看，"那不是人，我晓得那是爹说过的神女。"

小凤说得没错，货轮已到了巫峡神女峰下，凤娘她凝视着山巅之上那一尊耸立于云端的神女，只见那云雾飘浮，就像是要托起翩翩欲飞的女神。

凤娘有些恍惚了，眼前的情景似乎在她的梦中千百回出现，似真似幻，她多少次触摸到那山的肌体，那神女的裙裾，甚至能用手心接住从神女脸上淌下的雨滴，或是泪水，冰凉沁骨。

在凤娘看来，那神女也只是一个身材窈窕的女子，在这峡谷之巅的风霜雨雪中，她想她的傲然，想她独立于世的孤单，何其高贵，又何其悲凉。凤娘悲从中来，她想呼唤于她，她可曾听得见？转念又想，世间的凡俗，纷争和悲苦，在神女的眼中或许都只是过眼烟云，相比她所见到的亿万年沧海桑田，眼前的一切又算得了什么呢？

一只凤鸟从神女的肩头飞起，伸展开的翅膀仿佛遮住了半边峡谷，翅膀上掉落了一片羽毛，飘然而至，就在凤娘眼前的江面上漂浮着，像一只摇动的小舟。

那抑或是凤鸟传来神女的书信？

4

牟二给凤娘端来些橘子、核桃，还有一些干饼，两个娃娃都吃得有滋有味，凤娘却不知饥饿，一口也未吃。牟二发现，先在巴东江滩上见到凤娘时，她满脸焦灼，此刻倒变得一派泰然，目光澄澈，一双明目仿佛在江水里洗过一般。

牟二讨好地说："妹妹，你小时候就聪明过人，三岁开始读书识字，在牟家大堡是唯一考到重庆念书的女子，爹妈在你身上没少花钱，可惜你后来中了邪，在学校参加什么学运。唉，从前的事就不提了，好在你也算命大，竟然从大刀底下捡回一条命。往后就走好运吧，哥哥我还要仰仗你呢。"

凤娘默默地听着，不置可否。

牟二看得出来，凤娘对他的话没有全信，他赌咒发誓，但有些话他却没敢明说。牟家的确本是一方富豪，但这些年遭遇一连串变故，几番被川军、棒老二洗劫，家里值钱的东西被抢去大半，牟家老爷夫妇和大儿连受惊吓都先后病故。偏这牟二是个赌徒，几年间又将家里剩下的田地房屋输得一干二净，还搭上了自家的婆娘。眼看走投无路之际，只差出门乞讨，就在前些时，一个神秘的生意客找到他，告诉他有一桩好买卖。牟二说自己一分本钱都没有，买卖做不成，但那生意客说，你还不知你有个亲妹妹就在巴东县城里，你若把她请到奉节去认一个亲，那家老板就会给你一大笔钱，你还愁做不起买卖？

如此这般，牟二只觉喜从天降。他与妹妹栀子从小一起长大，妹妹爱读书，他爱赌钱，但俩人感情尚好，妹妹被捕那日，他一直持刀尾随于后，想伺机解救，但乡丁人多势众，他根本无从下手，直到江边，眼见妹妹被砍杀滚入江中，他以为必死无疑，倒也伤心了一段时间。没想到老天爷开眼，妹妹竟然还活在世上，并且那富家子依旧念着她，那生意客承诺，只要他将她护送到奉节，便可以得到一大笔钱，这实在是做梦也想不到的美事。

这得钱的缘由，牟二自然不能对凤娘说，他只能哄着她，让她开心，早些和谢先生见面就好。

船在巫山县城码头歇了一夜，这里离得战时的宜昌更远了，县城里虽多了些难民，但少了战争的恐惧，码头上便可见摊贩成列，扯长声调的吆喝声此起彼伏。小凤和江娃要吃叫卖的豌豆凉粉，牟二忙买下两碗，凤娘说："等我回巴东就给你还钱。"牟二说："你真是扯精作怪，我是他们的舅舅，莫非还买不得东西吃？"

二日继续前行，日央之时便远远看见了夔门，恰在那瞿塘峡口处，两岸断崖壁立，相距不足百尺，形如巨门，小凤和江娃当即便大叫道："好大一扇门啊！"

"门那边是不是有好多大米、鸡蛋？"江娃和小凤热烈地讨论开了。

凤娘似乎是第一次来到此处，但当她抬头见那岩壁上"夔门天下雄"赫然五个大字时，心头涌起一种久违的感觉，又有一种突然开阔的撞击，倒像是见过多次的。果然如古人形容"峰与天关接，舟从地窟行"，人与天地在此的相汇，用不着再论人的微小，因为人在这山川里，已经相融，无须分彼此。凤娘悟到，此情此景绝非陌

471

生，如果她的身子没有来过，魂魄也已多次来过了，她坚信不疑。

"我来过的。"她说。

牟二喜道："妹妹你想起来了？那你想起谢先生没有？他的名字叫卡臣，就在老城离永安宫不远的谢宅等着我们。"

凤娘想不起有个谢先生，但听到卡臣这个名字，心里却猛地一惊，也不由生出十二万分的好奇，甚至还有一丝忐忑。货轮停靠在奉节码头，牟二在前面带路，凤娘一手牵一个娃娃，一行人下了船往永安宫那边走去。小凤不要姆妈牵，蹦跳在前，天真地问牟二："这就是奉节吗？这就是刘备托孤的白帝城吗？"

牟二这时却顾不得跟她多说，只顾催着快走。

凤娘后边叫道："小凤，莫光顾了说话，走路看着脚下。"

小凤答应着。这时有两乘滑竿从码头一侧抬了过来，旁边走着两个敞胸露怀的大汉，到跟前招呼道："太太，坐滑竿嘛！带到娃娃走路不方便。"

"多谢，不用了。"凤娘历来行走惯了，上坡下坎从未坐过滑竿，她回着话，兀自向前走去。不料那两乘滑竿往她身边一停，一大汉上来就拉住她的胳臂，把她往滑竿里塞。

另一大汉将小凤和江娃子像拎小鸡一样也塞到了另一乘滑竿里。凤娘挣扎着喊道："你们要干什么？"还没等她喊出第二句，大汉将一团布风快地塞进她嘴里，又将她的胳臂腿迅速绑在了滑竿的扶手上。这一切都只在眨眼之间。

走在前头的牟二听得喊声，回头一看，顿时大惊失色，舞着双手就扑上来，喊叫道："你们好大胆！这是谢先生家里的人，你们竟敢光天化日之下绑架……"

他上前抓住一大汉的衣襟，还未等他撕扯，那人反手揪住他往石蹬下一推，"滚你的蛋去！"牟二干瘦的身子像折断的竹竿，连翻带滚地摔出几个跟头。码头上人来人往，却也似司空见惯，无一人过问。

第三十章　牛口遇险

1

眼看快到巴东巫峡口，"神女号"在江上被两艘河警船拦住了。

覃义蛟通过旗语得知，拦住他们的是省警察厅的巡查船，警察厅认为"神女号"上有劫匪，在崆岭滩抢夺了江防军的枪支，私自偷运古物，故而勒令"神女号"马上靠岸，所有船员不许携带任何物品立刻下船。

陈昀抓住覃义蛟的手说："他们和崆岭滩那些兵是一伙的，都是来打劫古物的，我们不能停船。"

义蛟对覃九公说："爹，陈昀说得对，姓牛的肯定给什么人发了电报，让他们派船拦截，如果我们听了他们的，这些古物就落在他们手上了。"

戴维斯过来紧张地说："可是如果不停船，他们会照我们开枪的。"

陈昀决然说道："要下船你们下，我绝对不离开这些箱子。"

河警船不断朝"神女号"逼近，船上的警察们全副武装，纷纷举枪对准"神女号"甲板上的人。覃九河盘坐在竹椅上，这时将两条腿放下来，伸腰说道："地上有山必有水，世上有人必有鬼。老三，你先给他们喊一下，这条船上没有劫匪，我们都是帮国家做事的桡夫子。"

覃义蛟站到舱外，一边让打旗语，自己也在一旁喊话，但那河警船上不容分说，旗手将两个小方旗气势汹汹地挥舞着回旗语：必须马上靠岸下船，否则将开枪击毙劫匪。

覃义蛟气得大骂："我日你妈！你们到底是警察还是汉奸？"

话未落音，一阵密集的枪声响起，子弹朝"神女号"飞来，覃义蛟赶紧一把将老爹坐的竹椅扑倒，拉着老爹躲到烟囱下边，又叫："迈克，你们快趴下！"

烟囱被子弹击中，浓烟从窟窿里挤出来，满船一时间乌烟弥漫，迈克掏枪想要还击，但被河警船射来的子弹压得根本直不起腰。覃九河在浓烟中剧烈地咳嗽，喘息着说："看来他们是要下死手哇！迈克，停在这里死路一条，你快开船！"

迈克起身想扳舵加速，但两条河警船左右拦截之势，像一把张开的老虎钳卡在航道上，再往前就会撞到虎口里。迈克只有将"神女号"往后退，河警船紧紧咬住不放，子弹直射"神女号"的驾驶舱，随着砰砰的枪响，碎玻璃划破了迈克的脸，他一下子血流满面。

覃义蛟一把推开迈克，双手握紧了舵把，口中骂道："王八蛋！不把子弹留起打日本鬼子，反倒来祸害我们，真该千刀万剐！"

眼看情形十分危急，忽然江水激荡，小火轮也随之摇晃，上游快速驶来一艘铁壳子船，将靠近河警船时，即鸣枪示警。待枪声平息下来，一番旗语之后，那两条河警船竟然不情不愿地驶离了原先占据的江面。

铁壳子船则靠近了"神女号"。覃义蛟一眼看到站在船头的两个人，竟是那县长于良仲和孙晓雯，胸中涌起一股热浪，明白是救星来了。

孙晓雯一头齐耳短发，身着竹布大襟紧身短袄，马蹄领，黑色长裙，看上去普通却又有一种与众不同，一脸严肃更是与往日的活泼大相径庭。她随于良仲在几个护卫的陪同下，从舷梯登上"神女号"，见到站在甲板上迎候的覃义蛟，眼神里滑过万水千山，但只说了句："三哥！找你多时了！"

一些时未见，县长于良仲脸上长出一圈胡楂，看上去比之前老成持重，但热情不减，上来就用力握住了覃义蛟的双手。义蛟真心感激道："于县长，幸亏你们来得及时，眼看我们就要遭那些龟儿子的枪子儿了。"

于良仲往孙晓雯指了指，说："义蛟，孙小姐这次是专程来的，她从恩施赶到宜都，又从宜都赶到野三关，再到巴东，一路辛苦就是为了帮你。孙小姐说了陆先生委托的山鬼计划，还给省府的主席打了报告，要不然这帮家伙哪能轻易放过？"他说着，一时欲言又止。

孙晓雯神色凝重地走进舱里，仔细看那摆起的一个个木箱，走到最后边那只铁箱前，看到贴着箱子站立的陈趵，问："这就是那些古物？"

陈趵警惕地看着眼前的陌生女子，一言不发。

覃义蛟跟着孙晓雯身后，说："是的。"孙晓雯却十分了然地回过身说："这批古物都是无价之宝，尤其是有一对莲花方壶，又称'莲鹤方壶'，更是绝世之宝。"

陈趵惊叫道："你住口，不要再说了。"

孙晓雯却白了他一眼，"你这个人太不晓事，覃义蛟他们拿着性命来运送这批古物，难道还不应该让他们知道究竟运的是何物吗？"

"三哥，我要告诉你，这批古物中最宝贵的就是这个铁箱子里的莲鹤方壶。"孙晓雯指着铁箱，说出一番令人惊异的话来，"我看过资料了，它是春秋时期的一件青铜酒器，高一百二十六点五厘米，重六十四点三千克，整体设计为圆角方形，器身两侧的双耳呈龙形，回首观望，形态夸张。在四周有几个翼龙从下往上攀爬，器身下边有两个怪兽用力拖着这个器物。器物的满身装饰着蟠螭纹，纹饰互相穿插叠加，生动形象。"

陈趵的眼里填满了惊惧，他紧紧地贴在铁箱上，双手伸开想护着它。孙晓雯却只管伸出手，绕过陈趵的头顶，抚摸着铁箱说："最精彩的在器物上部，器盖有双层的莲瓣，莲瓣中央有一只仙鹤亭亭玉立，引颈欲鸣，展翅欲飞。三哥，在你身边的这件文物体现了春秋时期精湛的铸造技术，高超的青铜器制造工艺，而且因其奇特的造型和复杂的装饰，可以称之为青铜时代的绝唱，东方最美的青铜器。"

覃义蛟听得目瞪口呆。

孙晓雯陶醉在自己的讲述里，"怎么样？三哥，我虽然没有亲眼见过它，但我已经熟悉它了，喜欢上它了。"

"你怎么知道这么多？"覃义蛟不禁问。在他心里，孙晓雯只是一个任性的女学生，但此次见到却像变了一个人。他不知道孙晓雯已经是在军统里做事，她方才所说都是从一份档案资料里读到的，凭着她的强记，几乎背得一字不差。

孙晓雯矜持地不予回答。

义蛟便问陈昀：“她说的是真的吗？”

“嗯，她说得没错。”陈昀更是惊异万分，他费劲地点头，“这本来是秘密，从出发之时起，我们对谁也没有说过。”他紧靠的这只铁箱里，正是春秋时期的那一对莲鹤方壶。迁移前夕，陈昀和他的同事为了包扎这两件稀世珍宝，费尽心思，莲瓣中央亭亭玉立的仙鹤，是这壶最为独特的造型，他们生怕有一点损伤，陈昀将自己母亲的一件丝绵袄拆了，用那些柔软的丝绵包裹了两只仙鹤，再包上厚厚的棉花，又用棉花填满了器盖上双层莲瓣的每一道缝隙。一路来，他能感觉到躺在箱子的莲鹤壶安然无恙，但跟他一起包扎过的同事都不在了，都在路途上死了，只有他陈昀还活着，他活着唯一的心思就是陪伴和保护它。

他嗫嚅着问孙晓雯：“你是怎么知道的？”

“哼，我知道的不止这些。这对‘并蒂莲花’的莲鹤方壶是于一九二三年八月二十五日，在河南新郑李家楼一处菜园内，伴随着春秋时期郑公大墓开掘，意外发现的。从它们出土之日起，就有无数人窥探。”孙晓雯转身对覃义蛟说，“为了这批古物，已经有好几拨人送了命，眼下还有好些人在打主意。”

覃义蛟心里一沉，却昂头一笑，“川江上有句话，险山不绝行路客，恶水难挡渡河人。我们从日本军舰的眼皮下一路行到巫峡口了，还怕有哪些妖魔鬼怪？”

孙晓雯说：“三哥，你莫小看了。”

葛站长虽说不让孙晓雯以军统名义参与“山鬼计划”，但又有意给她透露，多方势力正企图夺取这批珍贵古物，江防军一个副司令想据为己有，派牛团总在崆岭滩拦截不成，又电告魏警长，动用了"巴归兴"警察支队的警力，试图截获"神女号"。孙晓雯通过父亲孙厅长找到省府元老史应，给陈长官施压，若是让国家古物落到个人手中，将上告委员长。陈长官迫于史应的权威，不得不签署了一纸公文，要求沿途军队、警察和政府全力保护古物运送到重庆，不得有误，违者以战时条例犯罪严惩。

孙晓雯拿着公文赶到巴东，请县长于良仲想法弄到一条铁壳子船，顺江而下迎候"神女号"，不料就在这牛口碰上了警察的枪战。关键时刻，于良仲以县长身份说明来意，孙晓雯拿出陈长官签署的公文，那两只河警船才不得不掉头而去。

覃义蛟听于县长说了经过，又是感激又觉幸运，他恳切地说："孙小姐，你和于县长是我们覃家和信陵船社的恩人，我们会一直记得你们。玉蛟她去了重庆，我日后也会告诉她。"

孙晓雯却矜持地说："不用客气，三哥，你曾经救我一命，我也当还你一报。"

覃义蛟听她话里透着一种生分，跟之前在他面前撒娇发嗲判若两人，不觉有些莫名的尴尬。

于良仲说："义蛟你们是在为国家做事，若说感谢，应当感谢你们信陵船社这几年出的力。听说覃九公也在船上，让他老人家受了惊吓！"

覃义蛟说："我爹他经的事比我们多，一路幸亏有他掌舵，等一下我就请他老人家下船回官渡口去，让凤娘给他拿脉，好生吃药养伤。"

提起凤娘，于良仲和孙晓雯一时都沉默了。

2

覃义蛟并未觉得于良仲和孙晓雯有什么异常，他将他们留在"神女号"上，然后吩咐迈克开船，到前方巴东港靠岸。

"神女号"在湍急的江流中平安驶过东瀼口，拐过黄岩下一道大弯，眼见巴东城和官渡口遥遥在望。孙晓雯在驾驶舱门口叫覃义蛟："三哥，我还有几句话要对你说。"

覃义蛟愣了片刻，他猜想孙晓雯又会跟从前一样黏黏糊糊，但他不能由着她，他打算像个亲哥哥一样，劝她断了一些不着边际的念头，多为她自己的今后着想，早些找个夫婿。

浑黄的江水拍打着小火轮，船身在峡谷间摇晃着，孙晓雯倚靠着船舷，峡谷的峭壁尖顶洒下的一缕阳光正射在她的脸上，她抬手护着眼，也遮住了脸上的表情，说："三哥，这可能是我最后一次见你了。"

覃义蛟听来十分意外，"孙小姐，你什么意思？"他脸上的担忧让孙晓雯笑了起来，"嘿嘿，三哥你想到哪里去了？我只是说我们之间，以后可能不会再有什么交集了。"

覃义蛟脸上火辣辣的。

孙晓雯靠着船舷，看那不断变化的江岸，一会儿指着在峡谷悬崖树林之间蹦跳的猴子说："我真羡慕它们，多自在啊。坐在最高山崖上的那个是猴王和它的妻子吧，正在享受猴儿们摘来的瓜果。唉，可惜我做不了猴王，我这个人呀，从小受到父母的宠爱，一直都很任性，直到最近我才明白，世界的大门并不是处处都为我所开的。"

她又歪过头，很自信地说："我还终于明白了，三哥，你我不是一路人，我之前的想法和做法都太幼稚，让三哥你见笑了！"

孙晓雯的话，让覃义蛟隐约有些心痛。他不得不承认，自己其实是在意这个女子的，在意她对他的情意的，虽然他一直在抗拒，从未应允，但连他自己都未曾察觉，心里已经悄悄给她留了一个位置。只在此时，这女子要撤出阵地，他才感到那块位置突然空荡荡的了，空得让他一时间手足无措。他喉咙发干地说："没有，没有见笑。"

一阵江风吹过，孙晓雯抬起左手撩开额前被风吹乱的刘海，覃义蛟一眼看见她手腕上的表，顿觉十分眼熟，再看岂不正是之前她非要塞给他的那块瑞士欧米茄潜水表？在恩施他被尤占塤那家伙逮到地牢里时，身上所有的东西都被搜走，包括这块表，但孙晓雯又是怎么找回的呢？

他有心要问，但转念又想，表是人家的，她既然当面对他不再提起此事，自己再问就显得多余，甚至有些涎皮垮脸①的了。他意识到，从上次见面到现在，中间的日子，他们都各自经历了很多事情，眼前这女子就像是被人施了巫术，变成了另外一副生面孔，似曾相识又分外陌生，他们之间仿佛已经隔着一条大江。

孙晓雯也像是无心再恋旧，却整整衣领，直视着覃义蛟说："三哥，还有两件很糟糕的事，我不想瞒着你。"

"你说。"覃义蛟想，还有什么更糟糕的事呢？

---

① 涎皮垮脸：鄂西方言，指厚脸皮，没羞没臊的。

"你的那位二嫂其实并不是你二哥的妻子。"孙晓雯的话让覃义蛟猛然一惊。

"她是一个老牌的地下共党，还担任了鄂西游击支队的队长，她和你二哥只是假扮夫妻。军统早就对他们有所怀疑，最近逮住了他们的一个联系人，那人供出了他们内部的秘密。现在恩施的警察正在到处追捕他们。"孙晓雯说话的声音很小，但却透着寒意，在江风阵阵的船舷旁，带来刺人的凛冽，"你二哥参加常德会战属实，但他在会战结束之后暗中去了西北，带去了国军大量情报，也在被我方下令搜捕之列。"

"我方？你是警察还是特务？"覃义蛟对二嫂秋芳的身份早有预感，但听来依然十分震惊，又听秋芳和二哥都受到追捕，说明未被抓进牢笼，心中又是庆幸又是担忧。

孙晓雯不回答他的问话，反道："三哥你不用问了。我劝你多加小心，要想避开通匪的嫌疑，就只能做到有情况就立马向警察报告。我现在就想问你，他们最近跟你和覃家有过联系吗？"

"没有。你这是在威胁我吗？"义蛟生气地辩解道，"你们肯定是弄错了，我二嫂她就是一个本分的妇人，大字都不识几个，怎么会是地下党？我二哥他一心一意打日本鬼子，为什么倒来追捕他？"

孙晓雯冷笑道："你不用替他们洗白，是与不是，都不是你说了算。如果有一天你能活着见到他们，就亲口问他们好了。"在急流的冲击下，"神女号"剧烈地晃动着，孙晓雯那张年轻好看的脸随着船的晃动，一会儿是满脸阳光，一会儿是罩满峡谷的阴影，覃义蛟不敢相信，如此冷酷的话是从她的嘴里说出来的。

3

呜——!

"神女号"驶过黄岩，就要在巴东临时搭建的趸船码头上靠岸了。覃义蛟不再理会孙晓雯，他跳到底舱，火速将黄连、川芎两个叫到一边，耳语了一阵，让他俩准备把覃九公抬下船。

等小火轮在码头上靠稳，黄连、川芎二人捆好头上的白帕子，遮住了眉毛，将覃九河端坐的竹椅抬了起来。覃义蛟巴着①竹椅扶手说："爹，您老人家先回官渡口，等我办完事就回来。"

覃九公坐在竹椅上，手握那团乌梢蛇似的竹鞭，说："是祸躲不脱，躲脱不是祸，人算不如天算。老三，你只管往前走就是。"

老爹的话像是在说远处，又像在说跟前。覃义蛟说："我记下了，爹您家安心回去养伤，给凤娘说，我最多十天半月就回来，陪屋里人过元旦。"

覃九公声色不动，就连于良仲、孙晓雯站在小火轮的船舷旁，他坐在竹椅上打他们身边经过，也像未看见一样，目不斜视。黄连、川芎二人抬着他稳稳地走过江滩，孙晓雯和于良仲跟到趸船上，也一直盯着他们，眼见那一行人上了往官渡口去的渡船。

趸船上飘来一股呛鼻的柴油味，孙晓雯吸了吸气，用手帕捂着鼻子说："抬竹椅的那两个人，好像从前没在三哥的船上见过。"

---

① 巴着：贴着。

于良仲看了她一眼，"信陵船社有上百号人，孙小姐你见到过的有几个？这'神女号'上的英国人你以前不是也没见过？"

孙晓雯说："于县长对信陵船社了解得还蛮多呢。"

于良仲说："孙小姐有所不知，抗战时期成立的巴东县运输公司，信陵船社是主力，我连这些都不了解，还当什么县长？"

"倒也是。怨不得我爸他们老夸，说陈长官选拔的你们这批年轻才俊勤勉有为，是国之栋梁。"孙晓雯说罢，很礼貌地向覃义蛟告辞，"我也要下船了！有了省府的公文，谅前方没人再敢阻拦，祝你们一路顺风！"

覃义蛟说："孙小姐你刚才说有两件糟糕的事，只说了一件，还有一件呢？"

孙晓雯扶住舷梯，说："还是让于县长告诉你吧，他要陪你去奉节。"覃义蛟说："孙小姐，我不喜欢拐弯抹角，请你直说吧。"孙晓雯略带嘲讽地看着他，"我没有拐弯抹角，只是不想看到你伤心而已。好吧，我告诉你，你家的凤娘和娃娃前两天被人绑架了！"

"你说什么？"覃义蛟如遭雷击，"孙小姐，你莫说黑话！"

"我没有骗你。你可以问于县长。"孙晓雯说。

覃义蛟转头看于良仲一脸沉重，心里顿时成了一团乱麻。于良仲说："义蛟，前几天有一个叫牟二的人自称是凤娘的哥哥，把凤娘和两个娃娃带到奉节去见一个人，但到那边刚下船，他们就被人绑走了。"

"牟二？到奉节见什么人？"覃义蛟疑惑地问。

"我已派人到奉节那边调查，找到了牟二，他说是要带凤娘见从前的……"于良仲犹豫着，不知该怎么说好。

覃义蛟似乎明白了，他抱住头蹲了下来，脑子里乱糟糟的。孙晓雯居高临下地看着他，第一次感觉这个川江上剽悍的男人也有软弱的一面，他埋在乱蓬蓬头发里的双手，粗糙得像树皮的手背和沾满黑泥的指甲，被纤绳勒破的薄棉袄，肩头露出一坨坨污黑的棉花，看去比那些拎着皮箱逃难的下江人还要潦倒。在这个浓烟滚滚的小火轮上，人的脸上、鼻孔里都是黑乎乎的，全然没有了那艘摇桨划橹的白木船上的诗情画意，孙晓雯对眼前的一切三分怜惜，七分漠然，奇怪自己为什么曾经会有那样忘我的痴迷。

她头也不回地下了船。

她看了看手腕上的瑞士欧米茄，时间正好上午十点，在巴东县城的头道桥那边，约好十点半有一辆美式吉普等她。她得立即赶回恩施，葛站长交给她进入农专的任务正在关键时刻，线索已经到手，她有可能在这次行动中立一大功。葛站长说，凭着她的天赋能力，还有良好的家族背景，她前程似锦，很快就会有晋升的可能，迟早会接替他这个站长，成为少有的巾帼人才。

她信心满满，跃跃欲试。

第三十一章　白鹤梁

1

果真是老爹所说，是祸躲不脱吗？覃义蛟的心都要炸裂了。

"义蛟！义蛟！"在于良仲的呼唤中，覃义蛟抬起头来，他的脸令人惊骇地就在这一刻打上了霜，灰白灰白的，眼珠子也蒙上了一层薄雾，他索性伸长双腿在甲板上坐下，一言不发。

于良仲抱住他的肩，曾经送白木船去宜昌运送军械时，他也这样抱过覃义蛟的肩，那时义蛟双肩的肌肉厚实硬棒，就像石头一样，现在却明显瘦了，他的肩胛成了深窝，被吸走了精髓的干窝。于良仲惭愧又心酸地想，这些巴东的桡夫子，覃义蛟和他的船工，就是川江上最能吃苦耐劳的人。

自从抗战以来，他们在这大江的风浪里，头上顶着日军的炸弹，脚下踩着峡谷的悬崖，一趟一趟出生入死，用最原始的运输将那些军用物资、枪支弹药、工业机械、粮食医药从最危险的地方运过三峡，转移到安全的重庆和大西南。

他们没有得到一文钱，一颗粮，反倒时不时因政府的号令将自家的房屋木板拆下来，把自家缸里的那点苞谷、黄豆舀出来交公。

于良仲去到过好些峡江人家，看他们锅里都是野菜糊糊，娃娃们饿得要啃桌子。

老百姓好苦啊！

他一个书生出身的县长受多方钳制，常感无能为力，帮不了他们太多，但总不能眼睁睁地看着他们受欺负，看着他们莫名其妙地遭遇噩运。

"义蛟！你放心，我一定要把这件事调查到底，给你一个交代。"于良仲说，"义蛟，你和信陵船社替国家尽了力，这次运送古物更是大事，我会陪你一直到重庆。"

陈昀也不知什么时候来到了跟前，他默默地守候着覃义蛟，从怀里掏出那个埙来，"覃帮主，我为你吹一支曲子吧。"陈昀曾在水路上告诉过覃义蛟，他的家人和一些同事在日本军队占领华北期间都先后死了，他是一个无家可归的人，所以他已经没有了悲伤，只有在思念亲人的时候，他才会吹上一支曲子。

那是古曲《高山流水》，于良仲从前听人用古筝弹奏过，但这时在大江之上，这埙的吹奏又是另外一番感觉，它不像古筝那样清幽，却是醇厚、悠远的，如同这江水的浑厚，遥远悠长。人的生命又何尝不是如此，一代代的，生死轮回，逝者如斯，先人留在这世上的那些古曲、古物，就是他们留给后人的精魂。

覃义蛟在这埙声中慢慢直起腰来，他说："开船吧。"

"神女号"从巴东港起航，沉稳地溯江而上，经巫山十二峰，就在这船上，覃义蛟和于良仲、陈昀密商，在一个伸手不见五指的夜晚，他们把船开进了大宁河，在小三峡的一处水湾里悄然停泊了些时，他们与二嫂秋芳在那里秘密会合，三天之后到了奉节。

停泊在奉节码头的"神女号"需要补充煤炭，几个背伕用大背篓从江边的煤场上一趟趟背到船上，再下到底舱的锅炉房，至少得半天工夫，才能背完足够的煤炭。于良仲和覃义蛟趁这工夫，上岸来到奉节县警察局询问案件情况，前些天于良仲已派人到此沟通，警察局得知是巴东县长亲自来查，不敢怠慢，忙把调查的线索一一告知。

警察局已经找到多名当时在河滩和码头上的目击证人，据询问调查的情况分析，绑匪并不是奉节当地人，那两乘滑竿是城楼一家茶铺的，两个操外地口音的大汉掏了几块银币说借用一时。他们在江滩绑架了凤娘和两个娃娃，用滑竿抬到一处临时码头前，就乘船离开了奉节，往上游而去。滑竿扔在了码头上，从竹缝里找到了一把女人用的小梳子，覃义蛟一看就是凤娘的，他一把拿过来，久久地摩挲着。

"那个牟二呢？"他问。

警察局派人将于良仲和覃义蛟带到了城内一家小诊所。牟二当天被绑匪推下河坎，差点把腰杆摔断，他躺在这家小诊所里，浑身贴满了膏药，一见覃义蛟几人进来，脑壳就在枕头上连连撞着，"妹夫啊，是我把事情搞拐了。"

覃义蛟看他脸色灰暗，瘦得一把骨头，想发火都没处发，便没好气地问："你说你是凤娘的哥哥？"牟二立刻从床上坐起来，"那还有假？我们是一母所生，我们的爹是牟大老爷。妹夫，我牟家是后来中落了，从前可是大户人家。"覃义蛟说："你把我家凤娘弄到哪里去了？"

牟二唠叨："哪是我弄的？是那个谢先生托人找到我，死活要见凤娘，我看谢先生这人一片真心，就想帮他们见上一面，也就从此了结心愿，各人过各人的日子。哪晓得碰上打劫的，我想救凤娘和娃娃，差点把命都送了，你们看我这浑身上下……"

于良仲打断他的话："谢先生给了你多少钱？"

"哪有哇？"牟二瞪大双眼，扯歪了嘴说，"我这完全是看在亲人分上做的一件善事。……不过，谢先生说了，只要认了亲，他谢家的产业都是凤娘后人的。"他小声说："谢先生这人虽然眼睛看不到，心里明亮，做事豪爽，他帮我还了赌债，眼下的医药费也都是他出的。"

从小诊所里出来，外面凉飕飕的，正逢阴雨天，奉节城小街的青石板已有百余年，天气好时可照出人影，这时沾了雨水滑溜溜的。城头的角楼破旧不堪，城墙砖缝里冒出一片片苔藓，也不知已长了多少年，形形色色的人从城墙门洞里穿过，各自怀着不同的心思。从古到今，这条街上的人没有断过。三峡人都知道的故事，刘备和他的兄弟、儿子，还有杜甫、李白、苏轼、陆游、黄庭坚……朝辞白帝彩云间，千里江陵一日还。东边日出西边雨，道是无晴却有晴……打打杀杀，你死我活，恩怨情仇，悲欢离合，有的已经写进了书里，有的在人们口口相传之中。于良仲边走边想，一九四〇年代的故事，又有何人会写呢？

他站住脚，对身边的覃义蛟说："你不想去见见那位谢先生？"

覃义蛟沉默了片刻，摇摇头说："连凤娘都不记得的人，我又何必见他？"他眼神里带着苦涩，又闪动着希冀，"于县长，我有一种预感，凤娘她离我们不远，她和娃娃一定还活着。"

于良仲点头，"嗯！"

489

2

覃义蛟说："我们上船去吧，煤炭差不多背足了，可以开船了！早一天到重庆见到陆先生，我就可以早一天去找凤娘。"

于良仲说："义蛟，要不我们留在这里找凤娘，让陈趵带着船去重庆？"

覃义蛟说："不。这件事我肯定要做到底。"

一个卖报的少年从小街上跑过，"卖报卖报，《新华日报》，反法西斯国家签署宣言了！"

于良仲急忙买下一份报纸，站在那里迅速地看了标题，然后一边看一边兴奋地说："世界上的反法西斯国家最近签署了《联合国家宣言》，要加强团结合作，共同抵抗德意日法西斯，斯大林格勒战役已经取得了胜利。义蛟，现在国际形势有了变化，战争说不定很快就会胜利了。"

"战争要结束了？"覃义蛟迷惘地说，"那这批古物？"

"越是这时候越要保护好。"于良仲说，"你说得对，做事要做到底，我们上船去吧。"

陈趵又吹起了埙，他坐在船头，长鸣的汽笛像在应和着他的埙声，在雄险的夔门前回荡，呜呜咽咽，又经久不息。一群江鸥从高处飞来，盘旋在江面上，在"神女号"的周围时近时远，跟随着船的航行。

经夔门溯江而上，冬月的江水比平日浅了许多，只有在这个季节才冒出的礁石一丛丛峥嵘嶙峋,几天之后来到白鹤梁,正见到那分为三段的石梁上密密麻麻的千年石刻"中流砥柱"。又见白鹤梁的"石鱼水标",可通过鱼眼与枯水面之间的距离,来判断江水枯落。石上记载"水去鱼下数尺",那石鱼眼睛的高度,竟与这涪陵地区水位零点在同一水平线上。北宋《太平寰宇记》记载,开宝四年,黔南上言,大江水退,江心有石鱼见,百姓相传为丰稔之兆。而常年在川江来往的覃义蛟知道,长江枯水约十年为一个周期,石鱼作为最低水位标志,其完全出水的年份就是枯水周期的终端年,意味着来年将降雨充沛、农业丰收。

因此当地也有了"石鱼出水兆丰年"这一千古佳话。

眼看白鹤梁上的石鱼已经跃出水面,覃义蛟想,难道真如于良仲所看的《新华日报》,来年会是吉祥之年吗?

可凤娘呢?两个娃娃呢?他内心一阵阵焦愁莫名,但咬紧牙关不提此事。船上的向幺爸、夏元子、祥安他们也都不敢问他,只是使劲地往锅炉里加煤,烧得旺旺的,让"神女号"火力十足,快些开,快些去见陆先生,好交了差事。

那一天,随船飞行的江鸥突然一阵阵惊叫,它们像失事的飞机一样从空中倒栽下来,眼看就要触到甲板,才又勉强扑扇着翅膀挣扎着飞起,覃义蛟站在船上,看江鸥的一次次撞击,他隐隐感到将有大事发生。他朝天叫了一声:"该来的都来吧!"

大江上,"神女号"的前方出现了一条货轮,川江上少见的大型货轮,拖着蜈蚣身子一般的驳船,塞满了枯水季节的江面,货轮的暗红船体上却没有船号和标识,船身霸道地横过来,挡住了"神女号"的航道。货轮前舱的门敞开着,一个男人慢条斯理地走出舱门,站在船舷旁向"神女号"招手示意。

覃义蛟一眼就认出，那人正是被叫作赖大爹的赖成绪，他心中多日的预感应验了，骂道："我晓得就是这狗日的！"

掌舵的迈克奇怪地问："他是谁？为什么要拦住我们？"

"迈克，你只管掌好你的舵！"覃义蛟冲到船头，朝货轮上叫道，"赖成绪！你想干什么？"

两船相隔近在咫尺，几乎一步便可以跨过去。大冬天的，赖成绪仍穿着一件白竹布长衫，外披一件紫貂皮大氅，他一手扯着大氅的衣襟，一手朝覃义蛟点了点，贴着船舷说："覃老三，莫不识好歹，我把你的妻儿送来了，还不够意思吗？"

他身后的舱门大开，几个黑衣男子面无表情地将凤娘和小凤、江娃子从舱里推了出来。

"爹——"小凤和江娃子在货轮甲板上还未站稳，就看见了覃义蛟，立刻大叫起来。

覃义蛟扑到"神女号"的船边上，使劲答应着，见那凤娘就站在不远处，他的女人，披散着黑发，瘦弱的身子像风中的柳条，唯有那一双眼睛还是那样亮亮的，隔着船，都能感觉到她发出的光亮，她对着他微笑了，静静地微笑。她没有失声叫他，但他能听到她心里发出的声音，因为她在看到他的那一刻，目光就像火焰一样燃烧起来。她双手护着两个娃娃，身子朝他站立的"神女号"倾斜着，她在用眼睛和他说话。

"凤娘——"覃义蛟五内俱焚，他恨不得插上双翅飞过去，把凤娘他们搂在怀里，再也不要松手。

3

"覃老三！"赖成绪朝他叫道，"你过来，我们谈一笔生意。"

覃义蛟转身就要去解开挂在"神女号"一侧的小舢板，向幺爸冲上来拦住他，"义蛟，你不能去，姓赖的明明就是要害你。"夏元子和祥安也从底舱攀上来，说："要去我们跟你一起去。"

于良仲伸手拉住覃义蛟，"你们先莫动，听赖成绪说些什么。"他转而朝货轮上叫道："赖老板，光天化日之下，你竟敢在江上拦截船只，不怕有人问罪吗？"

赖成绪瞪大双眼，做出万分惊讶的样子，"啊！原来于县长也成了信陵船社的帮工，覃九公给了你多少俸银，有没有机会让我们兄弟也分一杯羹？"

于良仲愤恨地说："你不要血口喷人！"

覃义蛟实在忍不得，他不顾向幺爸他们的阻拦，解下小舢板就要过到货轮上去，夏元子他们也要跳上舢板，于良仲说："你们都别动，我跟义蛟一块儿过去。"

他二人划过舢板，爬上货轮，覃义蛟一跃而起，就要奔向凤娘，一群黑衣人围上来，齐齐拦住了他。覃义蛟指着赖成绪的鼻子就骂道："姓赖的，我早就料到你一直想吞并信陵船社，背后使阴招，你说，害我大哥坐牢，在恩施又抓我追杀我，在巴东收买牟二，绑架凤娘和娃娃，是不是都是你派人干的？"

货轮上的黑衣人早把凤娘和两个娃娃远远拉到了一边。

赖成绪耐心地听着，说："覃老三，我发现你这些时长了不少见识，但你说得不对，我现在并不想要你们的信陵船社，你们上河帮的船这几年都被炸得差不多了，剩下的几条白木船破破烂烂的，唯有这条小火轮还勉强。我在恩施的商号每天利润都够买一条船，哪有工夫去算计你们那几条破船？"

　　"那你赶快放了凤娘他们！"覃义蛟大声叫道，几个黑衣人上前拦住他，防他冲上前来，义蛟怒目相对，两下对峙着。

　　于良仲说："赖老板，你现在还是恩施商会的副会长，不要做这种下三烂的事，赶快放了凤娘和娃娃。"

　　赖成绪认真地说："于县长你真的误会了，你看凤娘他们在这里好得很，我把他们当贵客呢。我只是想跟覃老三做一笔生意，保证你们得大好处，也保证凤娘和娃娃今后荣华富贵。"

　　他一抖肩，紫貂大氅从肩上滑落，一个黑衣男子从他身后抢上前躬腰接起，然后退回原地。赖成绪亲热地叫了一声："老三，这笔生意你不用掏本钱，你什么都不需要做，只需把'神女号'上的那些箱子交给我。"

　　原来，赖成绪费尽心机，就是为了这批古物。

　　"义蛟！你什么都不要给他！"

　　被一群黑衣人拦在前舱门前的凤娘突然开口说话了，她的黑发随着江风飘起，依然玉润无瑕的脸就像江上的明月，穿破云雾光彩照人，她急切地说："我不晓得那箱子里是什么，但义蛟你既然连命都不顾去抢运的东西，肯定比命还要紧。你千万不要给他！"

　　覃义蛟隔着黑衣人看着他的凤娘，心如刀绞，这个美丽的女人，让他最初见面就心疼的女人，一直在跟他受苦，跟他担惊受怕，他却没能护住她。他拍打着船舷的铁栏杆，只想搋一把男人泪，但他硬着脖子，把眼泪吞了回去，只说："凤娘！我让你遭罪了！凤娘，我听你的话，绝不会给他。"

站在他身边的于良仲气愤地说："赖成绪你胆大包天，这批古物是国家的，省府有批文，沿途任何人不得拦截。"他从怀里掏出一张盖有大印的批文，迎风展开来。

赖成绪不屑地笑道："于县长，一物降一物，我这里还有江防军司令部的公文呢，你看。"

他一招手，旁边一提公文包的男子从包中取出一张也盖有大印的批文，也迎风展开来。于良仲和覃义蛟都不约而同地看见了那张纸上鲜红的大印，他俩惊异地交换着目光。

在途中他们曾一起推测过前方会遇到的危险，推测打古物主意的各路角色，也猜想到了一直觊觎信陵船社的赖成绪说不定也会暗中作祟，但却没想到他居然堂而皇之地拿到了重庆江防军司令部的公文，硬是把一件暗地里的勾当做成了冠冕堂皇的。

不能不令人震惊。

赖成绪称，他正是为了保护这批珍贵文物，才亲自到江上来接应的，他已经特意在重庆南岸总统府附近的奇峰幽谷之中购置了一处隐秘宅所，今后要派专人来放置和看守这些古物。

于良仲讥讽道："你刚才不是说要和覃义蛟做生意吗？你就老实说吧，打算得到这些古物之后卖到何处去？"

赖成绪言之凿凿地说："于县长你别说得那么难听，我拿我在商号挣的钱，给古物买一个平安，这有什么错？"

覃义蛟说："姓赖的，那些箱子你想都别想。你把凤娘和娃娃放了，我可以答应你，等我们到重庆之后，我把这条小火轮给你。"

"哪个要你的小火轮？我现在这条货轮难道不好吗？跟我这条货轮比，你这小火轮就是个孙子辈的！"赖成绪张狂地说，"看在我们两家交往多年的分上，我让你一步，那些木箱我就都不要了。"

于良仲正要说好，没承想那赖成绪又说："你们只要给我一个铁箱就可以了。"他强调说："那只铁箱。你们都晓得哈数。"

"这笔生意很简单，我们两条船都靠在白鹤梁上，搭个跳板，不劳你们几位动手，我让手下过去把那只铁箱子抬过来，这边就让凤娘和娃娃上你们的船，然后你走你的阳关道，我过我的独木桥，从此井水不犯河水。"

赖成绪一脸得意。

第三十二章　莲花开

1

这时候，那群跟随"神女号"多时的江鸥突然又飞过来了。

它们消失了许久，像是又受到了天空的召唤，灰白色的鸟儿，不止一群，许多群，似乎是鸟儿的大聚会，从四面八方飞到这涪陵的白鹤梁上。它们有的停歇在千年的石刻旁，用喙亲吻那些久远的字迹，头一点一点，看上去像是在叩首；有的则在起伏的江涛之上滑翔，蜻蜓点水似的双足掠过，又霍然而起；还有一群鸟儿不时飞过货轮的甲板，从人的头顶上擦过，啊啊地叫着，像是一种了无遮拦的笑声。

它们在笑什么呢？

谁能听懂鸟儿的话语？

我是一只窈窕的凤鸟，我金色的羽毛长而滑润，在赭红的云霞里翻卷如旗。我懂得江鸥的呐喊，那些鸟儿被古老的埙声所吸引，在这艘行进的铁船上嗅到了千百年前的气息，那是鸟儿的祖先曾经参与的岁月，有莲花和仙鹤作证。

莲花和仙鹤的灵性长留在"神女号"上，那由仙鹤相伴的莲花在幽秘地绽放，它让江上所有的鸟儿激扬。人创造的美和天地创造的美都是无与伦比的奇迹，都是善良的化身。相信我，与大江和三峡共存的凤鸟，我随江鸥和仙鹤共舞，我飞越和沉醉，这悲欢交集的日子。

在这白鹤梁上，也刻有千年的时光。

从过去到此刻。

我在云雾缭绕的神女峰上，伴着那位孤独站立的女子，悲悯地看向纷乱的人间，弥漫的战火，饥饿的人群，在浪尖上号叫的纤夫，都让这位悲天悯人的女子心痛。她让云雾聚集，让她的裙裾洒落大雨，灭了那些由恶人点燃的战火，她召唤阳光，让山坡长出五谷，想让饥饿的人群得以饱腹。然而，这一切并未能奏效。人间的纷乱几千年来从未停息。

鸟儿说，拯救人类最终只能靠人类自己。

我沉默的时间其实只有片刻，但世上瞬间已过多年。我看我美丽的凤娘，她跟三峡所有的女子一样，一天天地辛劳、忍辱负重，只不过她淡定从容，把灾难化为流水，而施人之惠，以德报怨。但上天没有给她特别的眷顾，她的脸上已有了风霜的痕迹，那眼角的一道道细纹就像三峡峻岭里的小溪，悄然流过。她看似从容，却又有忍不住的悲戚。这或许就是人生。

下雨了，冬月的雨很少，但这天却下起了雨，而且江上起了大雾。细密的雨珠打在江面上，也似大珠小珠落玉盘，白雾则像为这些雨珠的降落拉起了一层帷幕，起初是轻柔妙曼的，继而变得浓重，遮挡了白鹤梁，也遮挡了江上的船儿。若隐若现的白雾之中，我看见紧贴船舷站立的凤娘，那个生养了两个孩子的母亲，我的魂魄来自她，她现在就是我，就像一只张开翅膀的大鸟，紧搂着依偎在她身子两侧的一双儿女。随着大雾的升起，她的手开始颤抖，她的牙都要咬碎了，想控制住，但却抖得越加厉害。娃娃的肩膀感觉到了母亲的颤抖，她的女儿小凤仰头问："姆妈，你冷吗？"

凤娘深吸了一口气，低下头对儿女轻声说："不冷。我们一会儿就都不冷了。你们要跟紧我，记住跟紧了。"她的脸跟孩儿的脸紧贴着，她的气息香甜暖和，驱赶开寒冷和恐惧，她的低语像是点燃了雾中的一盏灯。

一双儿女听懂了母亲的话。他们都是聪明的娃娃，有着风的机敏，大江的灵动。

货轮上那个穿白衣的男人已经开始变得焦躁，在雾中的甲板上不停地踱步，朝着在头顶上抓挠的鸟儿们吼叫开来。这不像他平时故作斯文的样子。他平日喜欢读《三国》，青梅煮酒论英雄，他认为自己就是乱世中的英雄，举手投足之间就想做出一副英雄样，而且是懂得文韬武略的英雄。让他生气的是，跟他相比，无论谋略还是财富，凤娘的男人覃义蛟都应该是处于劣势，他在以往的较量中时常出其不意地占据上风，他想要得到的东西，在这个乱世之中只要不择手段，就一定能得到，这是他的生存法则。但这一次，他想尽了办法，覃义蛟和他的女人凤娘却没有就范。

传说中的"莲鹤方壶"就近在咫尺，赖成绪亢奋而又紧张不安。"我最后说一次，你们交出莲鹤方壶就皆大欢喜，如果执意不交，那我就带着凤娘他们下船走人，你们就等着江防司令部来人抓捕吧。"他说。

于良仲质问道："你要把凤娘带到何处去？"

赖成绪冷笑着说："凤娘身上有仙气，你们都晓得的，我为什么就不能沾一沾？"

"赖成绪，你太无耻了。"于良仲说。

赖成绪不理他，只盯着覃义蛟，"覃老三，你拳头握得再紧也没有用，你不把莲鹤方壶交给我，那就等我把凤娘的仙气沾够了，再把她交给她的谢先生，他会给我一大笔钱。再或者，这还有一个更好的去处。"

他从怀里掏出一张黄皮纸递过来，覃义蛟不接，于良仲拿过去一看，上面写着：

> 重庆的江北蛮营行情：女孩六岁至十一岁者，价银二两；十二岁至十六岁者，价银三两；十七岁至三十岁者，价银五两；三十以上至四十岁者，价银二两，四十岁以上老弱，及一二岁哺乳者，价银五钱。

"等到凤娘以后再卖到江北蛮营时，大概也只能值五钱了。"赖成绪得意扬扬地笑道。这个男人在这乱世中活得滋润，近几年养得油光水滑，他素来心怀仇恨时也表面笑容可掬，以为一切都总在他的掌控之中，此刻他也稳操胜券，"覃义蛟，你……"

但这次他的话没说完，突然猛地捂住了眼睛，平地蹦起三尺，"啊！有人开枪！"

就在这时，凤娘一手拉着她的一个娃娃腾跃而起，她的黑发披散开来，衣裙也飘扬起来，她化作一只飞翔的大鸟，两个娃娃就是她伸开的翅膀。

我自然也腾飞起来，从神女峰到白鹤梁，对我来说只需扇动两下翅膀，现在我来到他们飞腾的大江上空，透过一团团白雾，见到那凤娘母子就像训练有素的飞人，跨越船舷飞扑下去。那一江大水敞开胸怀接住了他们。

　　就在那同一瞬间，她的男人覃义蛟也扑向了大江，他本来就是川江的儿子，他像一条蛟龙驾驭着滔天大浪，如腾云驾雾一般，扑向了他的女人和孩儿，他们相互伸出手去，哦，他在大浪中将他们拢在了怀里，举了起来。

　　一时间，江水激起的浪花，就是那盛开的朵朵白莲花。那一刻，在江上成了永恒。

　　我在天空翱翔，云团和白雾，还有大江的浪花融为一体。我相信我看到了奇迹，就在白鹤梁的夹缝里，突然冒出了一个个小舢板，就像山林里雨水过后忽然长出的蘑菇。在白雾轻纱的包裹中，那一对传奇夫妻和儿女，在江上踏浪，大江对他们来说视若平地。那些小舢板迅疾地朝他们围拢，仿佛是去奔赴一场没有帷幕的戏剧。

2

　　极其意外的是，当江防司令部的士兵们来到"神女号"上要抢运古物时，才发现这艘船上除了煤炭和几袋苞谷洋芋，没有任何文物。士兵们恼怒之下，扣押了"神女号"，直到后来民生公司的总经理陆祚孚出面，费尽周折才放还。

　　古物的去向成了一个谜。

船上的水手和桡夫子也都在大雾之中不知去向，只有隐隐的埙声在江上萦绕。听那沉着幽远，了然于胸，江河水也平静下来，应和着只顾东流而去。

原来覃义蛟在老爹覃九河的密令下，和于良仲、陈趵商量，在经过巴东之后的途中改变了运送计划，黄连、川芎他们已提早赶到巫山迎候。当"神女号"开进巫山大宁河的小三峡之际，一帮能飞檐走壁，善爬峭岩的高手，将放置古物的箱子吊进了岩壁上的一个悬棺洞穴，那里面干燥通风，人难企及，是这批古物最为安全的藏身之处。

覃义蛟只看到黄连、川芎和一些山林奇人，分别时，问黄连："我二嫂她可还好？"黄连、川芎不语，只指那悬棺洞穴的山顶，覃义蛟抬眼望去，只见满山红叶处，竟有一女子身着红衣，扎着绑腿，握着腰间的手枪，站在悬崖上。义蛟这时突然明白过来，老爹嘱咐之语都是二嫂秋芳早已做好的安排。

"二嫂！"覃义蛟想要爬上山顶，去向她问个究竟，但红衣一闪，只有满山红叶摇动，秋芳已不见人影。黄连说："你莫找她了，队长叫我给你递句话，让你放心，这些古物藏进了悬棺，会由山鬼守护着。"

"山鬼计划"，原来秋芳也是这项计划的暗中指挥者。

那滚滚长江每时每刻都在演绎着奇妙的故事，每个人都是其中的角色，时而悲壮，时而荒诞。国宝安然无恙，有山鬼守护，与巫山同在。呵护它的人们都为之庆幸。

凤娘终于明白了自己的来历，但那已经不再重要。她恢复了一部分记忆，但仍有一些往事埋藏在脑海深处，她却不想再去打捞。

在义蛟的陪同下，他们一道去看望谢先生，也就是当年的卡臣。但谢先生已不在原来的宅院居住，他放下执念已出家为僧，将家产全部捐赠给了白帝城的庙宇，从此安心向佛，对来访者一概谢绝，他说："该放手时便放手。"

凤娘回头看着那座庙，恍然想起曾经在被人追杀的竹林里，卡臣最后放开了她的手，她站在那里，眼神幽远，像是看着那座庙，又像是穿越了庙宇，一条铺满青草的山路从往昔通往云梦大泽。她拉起了义蛟的手。

覃义蛟不想打断她的思绪，他经过了与死神相搏的大风大浪，现在有他的凤娘陪伴在身旁，所有的去处，都胜过人间天堂。一阵秋风吹过之后，朱漆庙门在他们身后徐徐关紧，凤娘和义蛟携手下了山，上了船。

曾子唯在恩施城余庆堂里见到赖老板，吓了一跳，只见赖成绪右眼包了白纱布，绷带从头上绕过来，像是一个伤兵，跟在他身后的一帮黑衣人见人就推，"让开让开。"曾子唯没敢上前搭话，悄悄问店里管事的，才晓得赖老板在涪陵白鹤梁遭了袭击，不知是谁用暗器射瞎了他的右眼，正要动身从重庆那边乘飞机到香港，再前往法国。

管事多年在这典当拍卖行，也听得一些消息，说赖老板本来之前说跟法国一家拍卖行说好，有一桩大买卖，要在出游法国之时，将一尊宝贵的古物卖给他们。但事与愿违，以为万无一失的计划并没能得手。参与这桩买卖的并非赖老板独自一人，据说还和江防军、战区军民合作站，以及好几个大员都有瓜葛，赖老板货比三家，看谁的本钱大，出价高，就跟谁走得近。但国宝未能得手，他仍然紧急去了法国，不过不是出游，而是去摘除已经溃烂的眼球，大夫说否则将伤及左眼。有人说赖老板的家眷早就已经迁到了香港，也不知他这一去何时才能回来。

因此赖老板一脸懊丧地走出余庆堂后，曾子唯和店员们都有些惶惶然，管事背着人在收拾自己的东西，趁机还卷走了好几件玉器，看来是不打算久留。曾子唯预感到余庆堂前景不妙，心神不宁地看着门楣上自己的楷书牌匾，不知还能挂多久。

巴东城里的信陵杂货铺和凤祥药房倒是没过多久就又都重新正式开张了。覃九河让绣儿在杂货铺掌了店，说你们岳家豆腐坊现在有你爹，还有你两个兄弟照着，我就拜托你帮覃家管一管杂货铺，隔壁邻舍的，你多走一步路就是。绣儿晓得这是覃九公的好意，把她绣儿当做了覃家的人，她是个会事的女子，心里满满的感动，却也不多说乖巧的话，只是一个劲儿点头，想好好做事，要把信陵杂货铺打理得清清爽爽。

凤祥药房新添了药柜药碾，一股奇香飘逸，门前贴有凤娘手书的对联："药圃无凡草，松窗有良方"。凤娘绾起发髻，将一柄小木梳斜插在黑发里，系一条麻布裙，站在药案旁，悉心理着药材。那药柜上另有一副联："当归何处寻良药，独活此间有秘方"。

两家店里走散的伙计也都回来了，开张的那天，各放了一挂长鞭，从店门前一直噼啪响到曾家码头，城里人恨不得都拥过来看，看热闹也看门道。峡江的人家手脚都勤快，这些时都在重整家业，日军飞机炸过的木楼又不分好孬，横竖都建了起来，免不了相互参照。但不管哪一家重新开张，小城的人都当成了过节，一个个上门来庆贺，劫后余生，彼此都比往日多了好些亲热。

3

那天半夜里，打更人的铜锣刚敲过三更，江上忽然响起了汽笛声，"呜——呜——"那悠长的声音就像久经风雨的召唤，在巫峡口上久久地回响。凤娘在长鸣的汽笛声中醒来，她侧耳听着，感到一种久违的敦厚与祥和，已经很久没有听到轮船的夜航鸣笛了。

她想叫义蛟也坐起听，但又舍不得叫醒他，义蛟苦了这几年，好难得睡一个整觉，但义蛟却自己醒了，川江上的桡夫子，天生就有一种江上的敏感。"哦，走船了！"他睡眼惺忪地说。

继而醒过来。凤娘和义蛟，夫妻俩不约而同地朝向晨曦乍现的窗外，难道有什么异常的事情发生了吗？

突然街上有了切切嘈嘈的喧闹，越来声音越大："胜利了！胜利了！"

凤娘和义蛟冲到了街上，看啊，这天的太阳竟然早早就出来了，从峡谷顶上照着金子山腰的小城，被炸断的黄葛树也沐浴在八月的阳光里，街上的人在阳光下极为兴奋地奔跑着，从上街跑到下街，从下街跑到上街，每个人都在欢呼："胜利了！抗战胜利了！"

这不是做梦，是真的，那些噩梦已经结束了，日本宣布投降，中国人民的抗战胜利了！三峡抗战胜利了！县长于良仲带着县公署的人敲锣打鼓地走上了街头，在大街上拉起了横幅，悬旗庆祝。不一会儿，巴东县城满大街都挂起了庆祝抗战胜利的横幅，上街下街都在放鞭炮，一片欢庆。

接下来的日子，从重庆下来的轮船渐渐增多，有一天，趸船上靠拢一艘小火轮，正是被江防军扣押之后放还的"神女号"，英国水手迈克和戴维斯已经回国，接替他们的是夏元子和祥安他们。覃义蛟之前已被陆先生请进民生公司，担任了"民康"轮船长，但他向陆先生请求，要再开"神女号"过一次三峡。得到陆先生的同意之后，他和夏元子他们驾着"神女号"从重庆回到了巴东。

这天，覃九河又在官渡口吊脚楼里喝罐罐茶，堂屋里放着已刷过三遍生漆的樟木枋子，他坐在竹椅上，闻到一股生漆味儿，说这漆味儿把好闻的樟木味儿都盖住了。他叫顾择找人把枋子移到后边屋里去，看来一时还用不着。杨氏说："你这叫无事找事。"

杨氏平素不跟他顶嘴，但看覃九河心情好时，也说他几句。覃九河果然心情好，又问："你们给凤娘的花草园浇了水没？这些时天天都是大太阳，莫把凤娘的花草晒蔫了。"

顾择在吊脚楼上看得远，这时忽然叫了一声："九公，我看河里来人啦！"

"是哪个来了？"

"好像是老三他们一家，还有，还有……"顾择慌得语无伦次，从楼上差点滚下来，"九公，快起来看，您的幺姑娘回来了。"

杨氏先叫起来："我的天哪！幺妹她回来啦？"

一家老小哄地拥出吊脚楼的大门，桂花树下的石凳子走来了义蛟一家四口，身后跟着的正是幺妹覃玉蛟，旁边还有一个身材清瘦的军人，玉蛟她穿一身紫布旗袍，短发齐耳，还没到跟前就叫起来："爹，妈！"

"我的儿啊！"杨氏扑上去，抱住玉蛟就哭。

覃九河的腿脚还不灵便，老大覃佑蛟一旁搀扶着，这时喝道："哪来这么多眼泪水？还没哭够吗？"杨氏和大媳妇碧蓉这才转悲为喜，赶忙拥着玉蛟几个进了吊脚楼。

坐定之后，玉蛟说："爹呀，这是你们的女婿周捷！"

周捷站起来，随着玉蛟叫爹妈，大哥大嫂，顾叔，甘妈，还有一个个伙计，覃家上下见这周捷相貌不凡，晓得他受过重伤，但气度仍是刚健，又懂礼性，听玉蛟说他二人已经成婚，都自是欢喜。周捷说受伤之后被送到重庆治疗，得亏玉蛟赶来照顾，几年来恢复得不错，现在被安排到军用被服厂任了分厂的副厂长，玉蛟在厂子弟学校当了老师。

这家被服厂战时在重庆做军服被褥，眼下抗战胜利，即将顺江迁往武汉，沿途会停靠码头，并招收一些工人。此次三哥从重庆接他们回巴东，正好看望家人，也顺便为厂里招工，等被服厂从重庆下来时，就一起去往武汉。

覃九河听周捷说话条理分明，晓得是读过书的，又打过仗的，便感慨道："好啊，抗战这些年，我覃家的后人都不差。"

小凤和江娃蹲在青石板上玩丢沙包，凤娘用碎布头缝成的沙包，里面装了沙子，可以丢来丢去地玩，看能不能砸中或躲开。江娃手里拿的沙包多，一个个往小凤砸来，小凤毫不躲闪，伸手就一把接住了。这时听得大人们说话，突然叫道："爷爷，我要我的弹弓。"

覃九河听得分明，立刻应道："小凤，我专门去楠木园寻一个好树杈，亲手再为你做一副。"

小凤之前那副弹弓也是爷爷覃九河做的，那天正是她朝赖成绪的眼睛射出了一弹，然后紧随着凤娘跳入了大江，就在跳的一刹那间，她的弹弓也落到了水中，她眼睁睁见弹弓调皮地在浪尖弹跳着，想伸手去抓，但她的手被姆妈紧紧攥着，就像长在了姆妈身上一样。她够不着，真可惜！

覃九河说："不要紧，我再给你做一副更好的。"

小凤说："爷爷那天在江上的小舢板上真威武。"

覃九河却摇头说："小凤看错了，我腿都站不起来，哪能再去划船？"小凤说话带着大人气："我看得一清二楚，爷爷倒没有划船，你坐在船上，像一尊菩萨。"

覃九河开怀大笑。他说："小凤，你过来。我问你现在识得多少字？"小凤说好多好多，覃九河就叫顾择："你把你记的那个小本交给小凤，叫她念念，你们都来听听。"

小凤识得那小本上的所有字，她念得一字不差：

抗战时期，日本空军于一九三九年七月三日至一九四四年二月十二日间，先后三十七天对巴东狂轰滥炸五十一次，出动飞机三百三十二架（次），投弹近千枚，炸死我军民四百六十八人，炸伤六百四十八人，炸毁、烧毁公私房屋一千四百七十九间（栋），炸毁木船十一只，轮船四艘（其中伤两艘），趸船三艘，铁驳两只，损失财产难以数计。县城、王家滩、万户沱、宝塔河、火焰石均遭轰炸，山城夷为废墟，民众家破人亡，由敌占区逃来巴东的难民中，许多人被炸死，不知其姓名。对日军轰炸巴东的罪行，时县政府军事科逐次记录。

覃家吊脚楼里的一屋大小，包括刚回家的玉蛟夫妇，还有船社里的好些伙计都在青石坝上安静地听着，没有一个人吱声。小凤念完这一段，抬头问道："我没念错吧？"

管家顾择站在一旁说："没念错。"

覃义蛟和凤娘看着小凤，也说："没念错。"

尾　声

每当江上的汽笛长鸣，覃义蛟就会想起二哥，从前二哥在武昌学堂念书时，每回从巴东去武昌，义蛟总要送到船上，等到长长的汽笛响过之后，他才依依不舍地跳下船来，站在趸船上目送二哥的船远去。但现在二哥没了音讯，那次听孙晓雯说他从常德会战之后就去了西北，就再也没了消息。

县长于良仲私下里告诉他："你听没听过一首《黄河大合唱》，风在吼，马在叫，黄河在咆哮，黄河在咆哮……你二哥覃远蛟一定是投身到陕北那边去了，那边的革命军队意气风发，为的是打退日本侵略者，争取民族自由解放。"于良仲说，若不是终于等来抗战胜利，他也说不定会走上那条路。当然，这些话只能藏在心里，绝不能对外人说。

于良仲不久得到政府调令，他被调任省府办公厅秘书处，很快要去往恩施，并在不久以后也要随省政府迁回武汉。临别时，他在巴东街上来回走着，看这小城的天梯巷，湿漉漉的码头和礓礤子，被炸毁又顽强地建起来的歪歪扭扭的木楼。他走过凤祥药房，覃义蛟请他一起去大哥的船上"划龙船"。

川江上每年都要划龙船，端午、中秋、正月十五，或是遇到大喜庆，九月时节，三峡两岸的红叶又都染上了秋色，江边站满了围观的人，覃九河与杜先生在江岸上，守着那一排酒坛，为桡夫子们赏酒。"敞起喝！"一人三大碗，喝了"摔碗酒"，敢往天下走。川江上的大船小船聚集在巫峡口，新老桡夫子们一起在江上划龙船，是庆贺也是比武，只听那鼓声如雷，船帆竞发，大江上一片沸腾。

大哥覃佑蛟接替覃九公，成为信陵船社的老大，义蛟拉着于良仲上了大哥的船，敲起了大鼓，鼓声中桡夫子们喊道："魂兮归来呵，魂兮归来！"

那本是长江三峡自古以来对那位伟大诗人屈原的召唤："三闾大夫，魂兮归来呵！"但在今日，大江上也回荡着对八年间英灵的召唤，那些浴血奋战，舍身成仁的官兵，那些白木船、麻阳子上的撑船人，光着身子埋头拉船的纤夫，为抢运物资丢了性命的百姓……"魂兮归来呵，魂兮归来！"于良仲不胜酒力，三碗没喝完就醉了，他一双泪眼看向飞逝的大江，"魂兮归来呵！"

覃义蛟担任船长的"民康"轮就要起航了，将经三峡、宜昌、江陵、沙市、城陵矶来至汉口，再顺江而下，去九江、安庆、南京、镇江、南通，抵达上海。好一条长江啊，纵横万里，无不是奇俊美色，也曾咆哮，也曾呢喃，处处有魂啊。凤娘和一双儿女送他到江边，乱石丛中，那浑黄的江水掀起大浪和漩涡，撞击出一层层浪花，又汇成浩浩荡荡，汹涌澎湃，永不知疲倦地向前奔流。

"江水会流到大海里去吗？那大海里的水又流到哪里去呢？"孩儿们的提问总是无穷无尽的。

"它们还会再回来的。"凤娘说，"江水、海水都会化作风雨雷电，再回到高山峡谷，就像那只金色的大鸟，飞去又飞回。"大鸟在哪里？娃儿们踮起脚朝天上看。

"到你们相信它的时候，就看见它了。"

凤娘抬头，恰巧那只金色大鸟，正从峡江的上空飞过，一声声低婉的鸣叫，仿佛在唤回大江的前世今生。

二〇二四年七月九日完成全书初稿
二〇二四年十月十六日一次修改
二〇二五年一月十二日二次修改
二〇二五年二月十七日第三次修改完毕

参考书目

《中华长江文化大系》——武汉出版社、中国言实出版社

《中共恩施地下党抗战纪实》——主编李长荣，湖北人民出版社

《巴东县志》——湖北科学技术出版社

《恩施县志》——湖北人民出版社

《巫山县志》——贵州人民出版社

《奉节县志》——方志出版社

《浴血大鄂西》——陈宏灿著，世界知识出版社

《石牌保卫战》——郭永洁抗战历史系列之一

《重庆：中国战时首都大事记》——重庆出版社

《宜昌抗战史料汇编 第2卷 宜昌抗战中的中国共产党》——宜昌市政协、中共宜昌市委党校编，中央文献出版社

《鄂西文史资料》总第17辑（纪念抗日战争胜利50周年专辑）——湖北省恩施自治州政协文史资料委员会主办

图书在版编目（CIP）数据

神女 / 叶梅著 . -- 北京：作家出版社，2025.6.
ISBN 978-7-5212-3535-7

Ⅰ. I247.5

中国国家版本馆 CIP 数据核字第 2025R7D383 号

神女

作　　者：叶　梅
策划编辑：钱　英
责任编辑：省登宇　王昌凤
装帧设计：TT Studio
出版发行：作家出版社有限公司
社　　址：北京农展馆南里 10 号　　　邮　　编：100125
电话传真：86-10-65067186（发行中心）
　　　　　86-10-65004079（总编室）
E-mail:zuojia @ zuojia.net.cn
http://www.zuojiachubanshe.com
印　　刷：北京博海升彩色印刷有限公司
成品尺寸：145×210
字　　数：310 千
印　　张：16.25
印　　数：001—10000
版　　次：2025 年 6 月第 1 版
印　　次：2025 年 6 月第 1 次印刷
ISBN 978-7-5212-3535-7
定　　价：68.00 元

作家版图书，版权所有，侵权必究。

作家版图书，印装错误可随时退换。